济宁市文艺精品扶持项目

微山湖三部曲（上）

阡尘

余秋玲　张博立　著

山东文艺出版社

图书在版编目（CIP）数据

微山湖三部曲.阡尘/余秋玲,张博立著.—济南：山东文艺出版社,2021.12
ISBN 978-7-5329-6359-1

Ⅰ.①微… Ⅱ.①余… ②张… Ⅲ.①长篇小说—中国—当代 Ⅳ.①I247.5

中国版本图书馆CIP数据核字（2021）第048795号

微山湖三部曲
阡尘 余秋玲 张博立 著
仲阳 余秋玲 著
风物 余秋玲 著

主管单位	山东出版传媒股份有限公司
出版发行	山东文艺出版社
社　　址	山东省济南市英雄山路189号
邮　　编	250002
网　　址	www.sdwypress.com
读者服务	0531-82098776（总编室）
	0531-82098775（市场营销部）
电子邮箱	sdwy@sdpress.com.cn
印　　刷	山东新华印务有限公司
开　　本	710毫米×1000毫米 1/16
印　　张	38.5
字　　数	490千
版　　次	2021年12月第1版
印　　次	2021年12月第1次印刷
书　　号	ISBN 978-7-5329-6359-1
定　　价	98.00元（全三册）

版权专有，侵权必究。如有图书质量问题，请与出版社联系调换。

序

"万顷荷花红照水,千丛荷叶碧连天。轻舟直到中央泊,杯酒临风便欲仙。"千丛荷叶,万顷荷花,这就是风光秀美、景色怡人的微山湖,我生于斯、长于斯的钟灵毓秀之地,一个美丽的湖,富饶的湖,文化的湖,文学的湖,英雄的湖。

一个美丽的湖。微山湖是北方最大的淡水湖,是镶嵌在华北平原上的耀眼明珠。清朝著名诗人赵执信过微山湖时,写下了"舟前湖泱漭,湖上山横斜。湖中何所有?千顷秋荷花"这样的诗句;胡翼廷在其《过微山湖》一诗中也写道:"微山四面水围村,一带人家翠掩门。鸡犬桑麻风景异,俨然世外作桃源。"他们都把微山湖比作世外桃源。比赵执信略晚一点的清朝学者龚炜在其所著的《巢林笔谈》中,把微山湖比作"大块文章",意思是天地间如锦绣般美好的景色。他以亲身经历,描述了微山湖的美。"从夏镇抵南阳,时当落照,云霞曳天,澄波倒影,俯仰上下,无彩不呈。俄而浓云四布,宝净色忽焉惨淡。已,又惟出新月,清光一钩,疏星万点。大块文章,真是变化不尽也。"他为这段文字起的题目是《大块文章变化不尽》,对微山湖的美进行了动态的勾画。

弹指间，几百年过去了，如今的微山湖风光更加秀美，一年四季都有让人流连忘返的美景。春天，当一缕缕春风吹开冰冻的水面，微山湖便呈现出一片勃勃的生机。湖中，鱼虾尽情地享受着暖融融的春光；大片湿地上，钻出了各种植物的嫩芽，不几天便绿意盎然。微湖碧水、清风梳柳，这里成了游人踏青的绝佳去处。夏天，十万亩荷花盛开，满湖清香，真是"接天莲叶无穷碧，映日荷花别样红"，让人流连其中，不由得发出"微山湖归来不赏荷"的赞叹。秋天，满湖的芦苇花似霜似雪，配上连天的芳草，像一幅水墨画，于天地间肆意展示着……

一个富饶的湖。微山湖自明朝万历年间基本形成，到南水北调之前，她是一个季节湖。夏天水位较高，烟波浩渺；秋天水位下降，大片湿地被开垦出来，种上小麦，一片碧绿。蒙造物主的青睐，这里物产丰富，人称"日出斗金"。微山湖有全国面积最大的荷花荡，多是丛生的野荷，光微山岛周围就有十万亩荷田，那些散布在湿地各处的荷田就更多了。荷花、荷叶、莲藕、莲子，产量巨大，深受人们喜爱。微山湖湖面广阔，但湖水不深，适合各类水草生长和鱼类繁殖。据统计，微山湖有鱼类78种，鸟类205种，湿地植被覆盖整片地域。

除了天然物产，微山湖还是一个大粮仓。秋冬之际，水面下降，湖边的农民开始在湿地上种植小麦等农作物。烟波浩渺的湖面，像变戏法一样，成了绿油油的农田。史料记载，1942年秋，鲁南地区大旱，微山湖水位下降，湖田被大量开垦。第二年春，湖麦长势良好，当时微山湖区南部沛滕边县一个县的小麦产量，就超过了山区10个县的总产量。

我小时候生活的村庄，就在微山湖边，村民以种田为生，也时常乘船撒网、捕鱼捞虾。秋末冬初，更是"长在湖里"，摘绿豆、种小麦、收芦苇、割草、挖藕……微山湖有的是物产，似乎永远取不尽、收不完。村庄周围的沟沟坎坎里，到处都是鱼，中午放学后，我和哥哥有时拿个推网到农田沟渠里，很快就能"推"到一脸盆鱼。1989年我大学毕业到韩庄镇的微山县第五中学工作，学校离微山湖和大运河都不远。每逢大雨，湖水倒灌，校园里就是一片汪洋，成群的鱼儿在操场上"散步"，年轻老师偶尔还会去捉几条。至今，我还常常梦到捉鱼的场景。

一个文化的湖。微山湖形成之前，这里原是泗水古道。夏商周秦以来，这里不知上演了多少场历史大剧。汉高祖刘邦曾在这里做过泗水亭长，又在这里起兵反秦，建立了四百年的基业。在微山岛西边的碧波之下，有座古城，就是被刘邦称为"运筹策帷帐之中，决胜于千里之外"的张良的封地留城。1953年微山县建县之前，现在的微山县城夏镇属于江苏沛县管辖。微山湖区古迹众多，文化遗产丰富，有微子墓、张良墓、泰山庙，还有大量的庙宇亭台、古碑刻石。

微山湖有着丰富的运河文化。虽然微山湖的形成离不开地壳运动、黄河泛滥，但人为的成分（调剂大运河水量）也是一个重要的原因。没有京杭大运河，就很难形成南北连贯的微山湖。微山湖承接了来自东、西、北三面三十多个县、市、区的水，入湖的主要河流就有47条，是大运河的天然水柜。每当大运河因水量不足影响行船时，都要靠湖水补给。京杭大运河傍湖而过，对微山湖人民的生产、生活、民俗文化产生了重大影响。微山湖周边能形成韩庄、夏镇、欢城、南阳等名镇，多数要拜运河所赐。大运河是流动的，运河文化也是流动的，千里运河为微山湖带来了江南、塞北的各种物产，也带来了各地的文化，不仅丰富了人们的生活，还丰富了微山湖区的文化，使这里的民间文化更加多姿多彩。

一个文学的湖。桃花源般的微山湖，美丽富饶的微山湖，具有悠久历史文化的微山湖，激发了历代文人雅士的创作热情。"发于中必形于外"，从明朝开始，歌咏微山湖的作品数不胜数。明代文学家王世贞在《夏镇》中写道"一片云飞护夏阳，人传帝子大风乡。波分沂泗争大堑，沟号胭脂带汉妆。碧树断香销艳舞，青村含景入斜阳。年年飞挽趋京洛，王气犹经水一方"，诗句大气、厚重；清朝诗人赵执信的"林光村远近，楼影帆交加。疑是桃花源，参差出人家"，虽然写在几百年前，至今还是微山湖区人民的生活写照；抗日战争时期，时任新四军代军长的陈毅过微山湖，面对湖上胜景，情不自禁地赋诗道："横越江淮七百里，微山湖色慰征途。鲁南峰影嵯峨甚，残月扁舟入画图。"这成了咏微山湖的佳作之一。

抗战胜利后，大批诗人、作家、学者到微山湖地区采风，创作出了不少文学作品。刘知侠创作的反映鲁南人民抗击日寇的长篇小说《铁道游击队》，里面有大量与微山湖有关的描写，据此改编的电影、电视剧，至今影响深远；著名词作家、剧作家乔羽先生出生在微山湖北岸的济宁，他写的《微山湖》更是情真意切。"自小生长在湖边，芦花浩荡藕花鲜。举网便知鱼虾富，来往常见万里船……"这些描写都十分感人。

微山湖更是英雄的湖。这里的人们富有正义感和斗争精神。抗日战争爆发后，在中国共产党的领导下，微山湖区人民成立了第五战区人民抗日义勇总队，开始抗日斗争。不久，建立了沛滕边县委，成立了沛滕边区县，纵横六十余里[①]。1939年7月，沛滕边县委组建了沛滕边警卫营。随后，中国共产党又成立了鲁南铁道游击队、微山湖游击队（1942年8月，微山湖游击队在湖西高楼整编，更名为微湖大队）、运河支队等抗日武装队伍，进行抗日斗争和党的组织建设、地方政权建设，使微山湖区成了著名的抗日根据地。由于微山湖位于苏鲁交界地带，南达徐州，北通济宁，东连沂蒙山区，西接鲁西南地区，战略位置重要，中国共产党在这里建立了微山湖上秘密交通线。交通线东起津浦铁路沙沟站西的彭楼，西至湖

---

① 郑安良：《开辟沛滕边抗日根据地》，《微山党史资料》第二辑，中共微山县委党史资料征集研究委员会办公室编，1984年3月。

西单县根据地，水路15公里，陆路70公里。在这条湖上秘密交通线上，铁道大队、微湖大队等相互配合，安全护送了刘少奇、陈毅、朱瑞、萧华、陈光等1000多名党政军干部往返于华中至延安。这条交通线成为当时党中央所在地延安至山东、华中两大战略区的重要通道。与此同时，有些战略物资如黄金，也是通过微山湖上秘密交通线运往延安的。

抗日战争和解放战争时期，微山湖人民积极参军参战，踊跃支前，出现了"母亲叫儿打东洋，妻子送郎上战场"的感人景象。1944年春节期间，沛滕边县各户门前都挂上了光荣灯、光荣牌，有的挂两三个。1945年初，八路军在这里一次扩编了一个团，不久，又成立了一个团。据统计，1944年到1948年，沛滕边县有一万多人参军。

近年来，微山湖地区涌现了不少乡土文学作家，他们有熟悉当地生活的天然优势，创作了大量优秀的文学作品，有一定的影响。但以大部头小说的形式，以一个湖边村庄为描写对象，对微山湖近百年的历史风云、风土民情进行立体、全方位描写的，我还没有看到过。去年春天，中共微山县委统战部副部长、县工商联党组书记侯军给我打来电话，说微山县作家余秋玲正在创作有关微山湖的长篇小说，希望将来成书后我能给她写个序。我深知出版这方面的难处，并不抱太大的期望。待到前几天余秋玲把她的小说"微山湖三部曲"发来，我在到深圳出差的途中看了一遍，很是惊讶、感动。这部小说不仅文笔好，故事情节有吸引力，在人物刻画、情感描写等方面，也很成功。她让我感到小说中的人物就是微山湖的，也只有微山湖人才是这样的。秋玲女士的小说做到了人物形象、性格特征、感情纠葛、民俗风情等全方位真实的刻画，非常难能可贵。有的故事，让人不由得流泪；有的故事，则发人深省，可以进行学理上的探讨。

"微山湖三部曲"包括《阡尘》《仲阳》《风物》三部分，以微山湖畔的一个小村庄——桃村为起点，书写了微山湖的百年风云。一段段或优美，或飞扬，或沉郁，或悲壮的文字，以文学的方式记录了历史，其中不乏客观的描述、真诚的缅怀、冷静的反思。她截取了不同人物、时段、场景，使之沉潜于同一地理环境中，向人们呈现出那段风起云涌、波澜壮阔的过往，用具有穿透力的思维和细腻的笔触呈现各个时代人们精神世界的衍变。《阡尘》取材于抗日战争和解放战争时期发生在微山湖畔的一些真实故事，以村民琐碎且满是烟火气息的生活作为基底，在展示北方水乡民众生活的同时，还凸显了人们抗击外来侵略者的英雄精神。作品中多处貌似写桃村人的柴米油盐、日常琐碎，实则融入了社会和人生的大气象，于无声中反映了微山湖畔人们的生命历程，让读者在不知不觉中对今日丰美多姿的生活来处进行了反思。《阡尘》中有厚重的历史背景和战争描写，这对一个生活在和平年代的女作家来说，是一件非常不容易的事情，还好，秋玲女士巧妙地借助了"外力"，她的儿子喜欢历史和军事，就做了她的"顾问"。《仲阳》和《风物》记述了新中国成立后各个时期桃村的变化，以从容的笔触，书写社会的发展，民生的进步，以至今天的美好生活，尽情展现了新中国成立70年来农村发生的翻天覆地的变化。书中多处看似无用、蜻蜓点水的闲笔，却使其中的众多人物立体、丰满、生动，思想和哲理也通过人物朴实的话语得以彰显。

　　我是学历史的，凡事"求真"。看完秋玲女士的小说，我就在想，这个虚构的桃村，是以现实中哪座村庄为对象写的呢？我是在微山湖西长大的，又在微山湖东工作过，根据我对两岸村庄的了解，我推断应该是在湖东的村庄。给秋玲女士打电话求证，果然！那片地方，是"我们那里的人"才熟悉的。

　　总之，"微山湖三部曲"以平凡的小人物、小事情切入，展现了社会大背景，展示了微山湖独特的文化、优美的自然风光和微山湖人的豪放性情，书写了人间温情，弘扬了家国情怀，提醒人们珍惜当下、不负韶华、心存感恩,具有积极的社会意义。

愿"微山湖三部曲"以文学的魅力,让这方水土上的故事在阳光下闪烁出永久的光芒。

侯仰军

2021年5月8日于京华

(侯仰军系中国民间文艺家协会分党组成员、副秘书长,历史学博士,教授,著名文化学者。)

目录

楔　子 …………………… 1
第一章　阡陌辰光 ……… 1
第二章　梧桐兼细雨 … 51
第三章　跑马圈地 …… 91
第四章　园莽抽条 …… 111

楔　子

这片天空曾被微子在"纣终不可谏"和"今诚得治国，国治身死不恨；为死，终不得治，不如去"的嗟叹中数次凝望；这湖碧波下有座古城，是被刘邦赞为"运筹帷幄之中，决胜千里之外"的张良的封地留城。留城在岁月流转中亦曾繁华富庶一时，却于明万历年间沉陷于碧波万顷的微山湖下。而后，大运河与微山湖相融相通，漕运兴盛，南北通衢，繁盛不已。在抗击日寇的那段血与火的战争年代，铁道游击队里也有微山人民活跃的身影。也是在这片曾经辉煌兴盛的沃土上，有一个叫桃村的小村庄，那里的人们在年代更迭、季节变换中，从容地细数着那些琐碎且丰饶的日子。我想截取桃村人在岁月河流中的一小段生活，展示这方水土养育出的天地和谐、丰美多姿的景象。

桃村依偎着大运河，又与大运河保持着一点距离，像依恋着母亲，又想探索外面世界的好奇孩子。大运河像条巨龙，迤逦游走了大半个中国，蜿蜒到了微山湖。微山湖不仅是丰饶的，绰约的，还是博大的。大运河被微山湖揽入怀里，相依相伴了千年。大运河曾经的兴盛繁荣，带动了两岸经济的繁荣。桃村距离运河只有二三里的距离，当年没依着运河获得盛名，亦没因运河的衰落而凋敝，桃村像位静雅的女子，活在自己的世界里。

桃村不是因有桃树而得此村名，村头的碑上用小楷刻着：史载明朝初期朱氏宗族自陕西迁居于此，后有肖氏宗族、来氏宗族、柳氏宗族在此居住，又有沿运河做生意的他姓居留于此。朱氏先祖有秀才，想着在此居成陶渊明意象世界里的桃花源，遂取名桃村。原来桃村来于朱氏先祖精神世界里的乌托邦。千百年来，先民们日出而作，日落而息，耕耘、改造、建设着这片沃土，世世代代都在这片沃土上繁衍生息。桃花源只是陶渊明在自然与哲理之间打开的一条通道，是向困苦的生活与自然旨趣达成的和解，也是他外表恬淡静穆、内心热情济世的文学体现。没想到，隔了数代，朱氏宗族里的秀才，还惦念着陶渊明的社会憧憬，并把这种憧憬付诸实践。

桃村以朱氏、肖氏两姓家族最大，其他姓氏只有零星几家，有的是渔民上岸，有的是逃荒要饭居留于此。他们世居桃村，祖辈的祖辈们，有的有交情，有的有姻亲，连着牵着的，不是一个姓的，也能论起辈分来。桃村地好，旱涝保收。旱时引运河的水也好，微山湖的水也好，反正能把庄稼地灌透。大旱之年，别处田干禾焦，这里的禾苗在汪着水的地里迎风招展着，像青葱年华的小媳妇一样招人喜爱，惹得上湖村的人眼红。桃村的小伙子们找媳妇也比别村的好找，姑娘嫁到外村更是有着公主下嫁般的优越感。涝时，桃村人会挖开田垄，将地里的水顺着沟渠放进微山湖或者运河里。反正，靠天吃饭的年代，桃村人从没挨过饥荒。桃村人挨着微山湖，农闲时，捉个鱼，捞个虾，改善改善生活，日子滋润着呢，虽没有陶渊明的桃花源惬意，却也自在逍遥得很。

桃村人一年四季不急不忙的。初始，他们记得"三山四水三分田，留得一分埋人烟"的祖训，敬畏天地、农时、河湖。春种秋收，夏锄冬藏，辛勤耕耘，遵时守信。

春季，冰雪消融了，人们伸着懒腰走出来，袖着手来到地里，用脚踢着土坷垃，再蹲下身子攥个土坷垃捏一下，说能耕了。以前用牲口耕种时，在仍有些凌厉的春风里，马嘶牛哞，欣然地宣布春天来了。现在改用拖拉机了，铁犁风卷残云般掀起沉睡的泥土，蛰藏了一冬的慵懒跳了出来，它们在阳光下舞蹈。人们甩掉冬日的闲散，开始在田间地头或菜园里劳作着。孩子们在田间疯跑、嬉戏，天空被他们笑闹得更辽远、高阔了。大人们劳作间隙伸直腰，抬起头，笑闹一番，欢快的气息让云也淡了，风也轻了，阳光明媚了，疲劳消失了。

桃村的夏天是多姿多彩、风情万种的。门前菜园里的黄瓜如指头般粗细，头顶的黄花恣意盛开着。青涩的西红柿等待着日头将它们染红。青椒在枝头上跳跃，张望着园中的景致。豆角舒展着长发轻摇慢荡。白菜、油菜在各自的领地里摇曳着身姿，芳华尽展。这些水灵灵、绿油油的菜成为桃村人饭桌上的餐食。桃村人有如此口福得感谢清凌凌的运河水，别的村没用水的便利，菜园不会如此青葱繁茂。

若以为桃村的夏季福利只有蔬菜的话，那就大错特错了。先不说庄稼，单说微山湖带给桃村的实惠，一时半会儿也说不尽。立夏一过，微山湖便喧闹起来。会捉鱼的人家，光是捕鱼工具就有许多种，罩网、扒网、地笼……琳琅满目。桃村人都不是专门捕鱼为生的，不过，他们捕鱼的技能和方法并不比专业的差。桃村的半大小子，没有不会捉鱼的。每当夕阳西下时，从微山湖回桃村的小路上，总有一群肩扛捉鱼工具的孩子们，他们手提的小桶里，都有或多或少的鱼虾，运气好的能捉四五条鲤鱼，运气不好的也不用烦恼，泥鳅、小虾一样能做出美味来。还有性格暴烈的黑鱼，抽冷子从小桶里跃出，惊得众人手忙脚乱。

鱼虾也只是夏日的微山湖给桃村人的福利中的一项。湖里的荷花开了，渲染了湖色，催熟了莲子。莲子是熬汤的好材料，对人的身体大有裨益，专家们给你讲上半天也讲不完。菱角、芡实、莲藕也不甘示弱地涌上桃村人的餐桌。那满湖的水草，被湖水滋养出清香，桃村人用来做蓑衣，苫房顶。湖边的芦苇，经桃村人收割晾晒后，被加工成苇席、小筐、席篓，反正桃村人会最大限度地利用好微山湖的资源。日子因微山湖的惠赐丰美多姿。

暑气消退，桃村人迎来了彩色的秋天。蓝蓝的天空下，有金黄的稻谷、羞红了脸的高粱、白绒绒的棉花。人们在喧闹中将丰收装进场院里。

秋日微凉的空气里，孩子们没来由地你追我赶着，大人们倒安静下来了，其实他们安静的外表下，掩藏着东突西冲的心。他们在心里默算着今年能分多少粮食，除了吃之外还有没有结余。反正他们在脑袋里进行着各种细密的算计。不管怎样，大家脸上的喜悦是掩不住的。在场上分粮时，会计的算盘扒拉得"啪啦"响，过秤的司磅更是一丝不苟。人们都在忙碌时，朱家大爷跑过来，说："生了，生了，俺家刚生了小六。"大家哄笑着，说："你俩还真行。"朱家大爷脸有些红。会计在分粮名单上添上了朱小六，司磅重新加了秤砣，铲粮的往斗里加了些粮食。朱大爷难掩欢喜，抖着手里的口袋说："俺又多了堆高粱。"一堆堆的粮食上，放着一张张白纸条，纸条大半个身子被埋进粮食里，上面写着户主的名字。村民们拿着口袋，找到各自的粮堆，将或大或小的粮堆装进口袋。他们装粮食时，脸上的笑敛也敛不住，像向阳而开的花一样灿烂。分田后，这种场景没有了，各家各户在自家的田地里忙碌着。布口袋早就换成了鱼鳞口袋，地比以前更生猛了，收成翻了几番。不过，没了之前收获时的热闹，村民们总觉得少了什么，是什么，又说不清楚。后来，这种不适感被粮食换成的钞票冲淡了，也习惯了，觉得生活原本就是这样的。

小麦播种完毕，冬迤迤然来到了桃村。桃村的冬也是多姿的。以前，村里自己育地瓜苗，村民们盖了屋窖。屋窖盖时须深挖地基，好保持地温。村里人挑来上好的黄泥，把细碎的麦秸放进泥里，赤脚在泥里翻踩，增加稀泥成墙后的韧度。村里人用泥一截截地堆着墙。每堆高一米，须风干几天。泥墙大约有五十厘米厚，足够抵挡严寒的入侵。屋梁是从村集体树木里挑选采伐的，经村里的木工师傅规整成屋梁。上梁时，村里的壮劳力喊着号子把房梁吊上去，房梁上有写着"上梁大吉"四个字的红纸。上梁后，覆盖上秫秸做的笆子，随后把银条似的麦秸翻晒规整后，一层层苫在屋顶上。屋窨盖好后，村里人聚在屋前，燃放完长长的鞭炮后，桃村人把上好的地瓜分拣出来，小心地放进屋窨内。屋窨厚厚的泥墙壁上，嵌满了木楔子。村里人虔诚地将一串串地瓜挂在上面。屋窨中间摆上架子，架子上放着单个的地瓜。屋窨是长筒形的，一般有十几米长，宽也有四五米。为了保温，只在炉膛处留一个小门。炉膛前挖了一个一米多高、一米五见方的空间。村里会派人轮流往炉膛里添柴草，保证屋窨温度，让地瓜不受冻。

桃村人的冬天是悠闲的，他们袖着手，倚着墙，对着太阳说上一上午的闲话，三纲五常、天文地理、陈芝麻烂谷子的什么话都有。那时信息相对闭塞，唯一能接触外面信息的方式是听村里的大喇叭。有那么几年，村里户户都把喇叭接进了家，想听时，拉下开关，就呜呜啦啦地响起来。新闻居多，也有唱戏的，反正不管播什么，桃村人都听得专注且用心。冬季时也会来说大鼓的艺人，他们以盲人居多。这些人一般会在村里说唱上几天，有时，村里的热心人会挨家挨户要些粮食给艺人当报酬。也有时现场说唱热烈，人们听得尽兴，有人会从头上摘下油腻的帽子，走进人群中，把帽子举到人群里说，有钱的捧个钱场，没钱的继续听了。那时候，兜里有钱的人不多。大多情况下，吆喝半天，帽子里仅仅只有几枚硬币，不过，这丝毫不会影响说书人的兴致，鼓点依旧错落，声音依旧铿锵。

冬季时，村里通常要放一两次电影，那是孩子们的节日。他们大多草草吃了晚饭，搬着板凳来到放电影的场上占据最佳位置。他们找来石块,圈起或圆或方的地盘,让爹娘和哥姐来看。有时候,孩子们还会为位置争斗。大人来了,各自训斥自家孩子。孩子们觉得委屈,大人们早相挨坐下争论电影里唱的是豫剧还是梆子了。银幕正面坐满了人,有的人会去背面看。背面的影像是反着的,看的人也不介意。也有时,人群中忽然争吵起来,原来是男的不小心碰到了女的的屁股,一看男的还不是桃村的。女的说男的故意耍流氓,男的委屈,结结巴巴地辩解。有小伙子要上去揍那男的,正剑拔弩张着,旁边老人说这不是李三外甥吗,人多,难免会磕碰到。喧闹平息了,电影继续放映。

  冬季,桃村人最大的乐趣是串门子,就是去别人家玩。通常大家喜欢一起聚到某一户人家。这家人要么好客,要么家里暖和,要么家里宽敞。聊村里的姑娘媳妇,聊农时,聊今年的收成。反正大家不会让话停下,唯恐话头会落到地上。有的会聊小时候家里穷,一家人穿一条裤子,更不要说被子了,有的夜里冻得蜷缩成一团,恨不得把盆盖在身上。大家缩缩脖子,像是被冻到了,想想眼下光景,的确比以前强多了,至少每人一条棉裤,暖暖和和的。有时还会讲老辈的事情,还有的插科打诨开着玩笑,一时间哄闹声能把屋顶掀翻。

  孩子们是不愿待在屋里的,他们捉迷藏、扔沙包、推圈、抽陀螺,样样玩得热闹。他们最喜欢在冰上抽陀螺。曾经桃村的房前屋后全是水渠和池塘,入了冬,孩子们见天会去池塘里试探冰层的厚度。孩子们用脚使劲在冰面上跺着,当冰面纹丝不动时,孩子们开始在上面溜冰、抽陀螺。当然,那会儿没有溜冰鞋,不过,这不会影响孩子们的兴致。他们先在池塘边上助跑,助跑到一定程度,双腿绷直,两只脚一前一后停在冰面上,这样就可以滑行很远。孩子们互不服气,比赛谁滑得远,呐喊助威的,用心比赛的,一片热闹。不一会儿,孩子们头上蒸腾着雾气,脸也泛起了红晕。年龄大点的孩子,会去大些的池塘砸开冰层捉鱼。冬季捉鱼全凭运气,运气好的能捉到些鱼，改善一下冬日的单调的菜单。

桃村的年是浓墨重彩的。家家户户不单是贴春联、吃饺子。桃村人进了腊月，便开始忙年。即便在困难时期，桃村人也尽量把年过得隆重热烈。进了腊月，姑娘媳妇会挑个好天气，把麦子淘洗干净，磨出上好的面粉，等着敬神用。家家筹备着做豆腐、炸馓子、炸丸子、蒸年糕、叠糖。那时的桃村人，将过年视为头等大事。单说叠糖吧，是把上好的地瓜，放在水里煮，再把煮出来的糖水，用大麦芽做引子，放在慢火上熬，熬出被称为糖盘子黏稠状的膏子。将糖盘子放在铺着炒熟的面粉和芝麻的案板上，沾着面粉反复揉，揉出韧度后，用刀切成长方形的小块，糖便叠成了。叠糖的关键是熬糖盘子时的火候，火候掌握得不好，熬过头，叠出的糖会苦，不脆。做豆腐更是有技巧的，桃村人做豆腐时，一般几家人一起做。那时，日子虽说清苦，可邻居们相处融洽，没人计较得失。大家拿来豆子混在一起，淘洗干净后，用清水泡上小半天，配着水用石磨研磨出豆汁来。把豆汁放进大铁锅里熬煮后，倒进细密的网兜，豆汁便从网兜底部渗出。人们用力挤压网兜里的豆渣，挤压不仅考验手劲，还考验手的耐烫度，大家一般不敢直接用双手挤压。所以有些人会事先备好挤压的工具，用两块用绳子连接的木板，再拴上一根棍子，用力压棍子，水就被挤了出来。然后把挤压出来的豆浆，放进锅里烧至沸腾，接下来，是最关键的一步——点豆腐。点豆腐时须放石膏，放石膏可是门技术活，需行家里手才能完成。不能多，不能少，须刚刚好，才能点出上好的豆腐来。最后，把点好的豆腐放进事先预备好的铺着纱布的木盒中，盖上木板，木板上再放两块石头，便于成型。做豆腐是细活，一般要忙个通宵才能做成。炸馓子、蒸年糕也大多一起做，在热闹欢欣的忙碌中，年味愈发浓了。桃村人平淡的日子中多了些莫名的期待，心中的欢喜也飞上了眉梢。

桃村人在忙碌中迎来了新年，大年三十晚上，一家人聚在一起吃着瓜子、花生守岁，小孩子们穿上新衣，低着头，转着圈玩耍。到了十二点，家家户户打开大门，燃起鞭炮。妇女们来到供桌前，焚香祈祷，保佑来年五谷丰登。供桌上有整鸡、四鼻鲤鱼、猪头、各类鲜果、五色点心、点着五个红点的馒头，还有烟酒。装供品的器具，是精心刷洗过的，讲究的人家，还会有祭祀用的成套的专用器具。妇女们焚了香，开始叩拜，男子放过炮，也过来叩拜，心里装着满满的虔诚。桃村在此起彼伏的鞭炮声中迎来了大年初一。初一早上，桃村人会挨家挨户拜年。桃村人有个规矩，无论之前有什么过节，初一这天，大家都要不计前嫌。大家走出家门，满面春风地相互寒暄、问候着。同姓的聚在一起，选一个家族中有威望的人带领着挨家挨户地拜年。每到一家，辈分低的要给辈分高的磕头拜年，辈分高的虽不给辈分低的磕头拜年，可要给每家的天老爷磕头。呼啦啦地跪一院子，煞是壮观。

过了初一，桃村的年仍在。初三，桃村人要恭敬地礼送天老爷上天。妇女们会焚香祷告说，请您老人家上天言好事，下界保平安。香烟缭绕中，人们仿佛看到自己的祈愿得到了实现。

一直到正月十五，桃村人都会沉浸在浓浓的年味中，仿佛积聚了一整年的欢喜都在这个时候释放了，桃村人在欢欣中开启了新的一年。

第一章

阡陌辰光

阡 尘

1940 年冬，桃村里外都散发着懒洋洋的气息。卯时过半，雾气缭绕的桃村像个贪睡的孩子偎在大运河与津沪铁路之间。村里偶尔传出几声鸡鸣狗叫，间或有老人艰难咳嗽的声音。村里的小路上，朦胧影绰，寂静无比。桃村的天地间仿佛有什么暗涌着，等待着破茧而出的时刻。

朱光明在床上舒展了下身体，打了个哈欠，扭头见窗外有了些微的亮光。李氏似在梦里嘟囔着，要去那么早？朱光明没说话，翻身下了床。到镇上要一个多时辰呢，晚了王来会骂娘，得把时间留得宽裕些。李氏揉着眼起身，见他穿衣去了外间，连忙穿衣起床，拢了拢头发，来到灶间，生火烧水给朱光明冲鸡蛋茶。朱光明每次出门，李氏都会为他冲鸡蛋茶喝。鸡蛋茶滋养人，还充饥。李氏在灶下引着火后，从瓮里摸出两个鸡蛋磕进碗里，倒了几滴香油，用筷子把鸡蛋和香油打匀。灶下的火苗舔着乌黑的锅底，水被撩拨得开了花。她舀起翻滚的开水冲进碗里，香油携裹着鸡蛋的醇香飘散开来。

李氏将冒着热气的鸡蛋茶端上桌时，朱光明洗漱完毕坐在了饭桌前。李氏放下鸡蛋茶，端来煎饼，说，没啥菜，将就吃点吧。朱光明说，不是有咸菜和酱吗？说着用嘴吹了吹鸡蛋茶，呼啦呼啦地喝起来。李氏摸着额头说，把这茬忘了。她返身去灶屋端来酱和咸菜。朱光明喝着鸡蛋茶，拿起煎饼，大口吃开了。他喜欢用煎饼卷大葱，再抹上酱，这样吃会更香。不一会儿，朱光明吃完了，抚着肚皮，打着饱嗝出了门。直到他拐上大路，也没遇到人。到处影影绰绰的，不甚明朗。路边枯黄的小草匍匐在地面上，偶尔有叶子从树上落下，增添了冬日的萧瑟。刚喝了鸡蛋茶，朱光明浑身热乎乎的，唯独耳朵露在外面，被冷湿的空气包围着，像被什么咬了般，麻酥着，夹杂着些微的疼。他用手搓了搓耳朵，紧紧腰带，加快了脚步。

朱光明边走边寻思，伪军队长王来召集大家开会，八成是要在周庄修碉堡。而且这主意，八成就是他给日本人出的。朱光明有次听王来说，日军的物资经常在这段路被盗抢，铁路也多次遭到破坏，他经常为这事挨训。他还说游击队之所以屡次在这段路动手，是因为两个火车站之间距离较远，日军得到消息，装甲巡逻车赶到时，游击队早撤到微山湖芦苇荡里了。周庄是两个车站之间的中点，为了加强铁路防护，杜绝后患，他想出了这么个办法。朱光明知道王来此举是一石二鸟，一来减轻了自己的防务压力，二则有了推脱责任的理由。一旦碉堡建好了，游击队再袭击，那时有日本人驻防，就不关他的事了。朱光明和李文君私下交流过，日军在这段铁路上频频遭袭，损失惨重，上边非常恼火，王来的主意多半会被日军采纳，这令他喜忧参半。喜的是碉堡修好后，铁路上再出事，不会唯他们几个保长是问了。忧的是周庄离桃村也就二三里地，碉堡建成后，须常和日军打交道，这是令他最闹心的。日本人和中国人不一样，中国人讲究人情，遇事总会前思后虑，不会单为一件事翻脸。日本人不一样，你只要一件事做不好，一句话不合他们的意，他们会立马抽出军刀，架在你的脖子上，满目凶光地说，你的，良心大大的坏，死啦！死啦的！每次和日本人打交道，他都提心吊胆的，唯恐哪句话说得不好，脑袋就搬家了。

那次朱光明从镇上回来后，一直闷在家里为炮楼的事闹着心。昨天，刚吃过早饭，朱光明正在西间过烟瘾，有人在门外喊，朱保长在家吗？朱光明出门一看，是个歪戴着帽子的伪军。朱光明让他去屋里坐。他说，不了，还要去别处送信呢。王来队长命令大家明天一早去镇上开会。朱光明问，啥事呀？伪军说，去了就知道了。说完一步三晃地走了。

朱光明来到镇上时，天已大亮，街两边的店家陆续卸下门板，从早点铺传来悠长的"喝粥来哟"的吆喝声，炸油条的油气也弥漫在空气中。包子铺的蒸笼刚揭开，雾气蒸腾，香味缭绕。朱光明看着街边的早点，心想早知不在家吃，来这打打牙祭了，再说大葱在嘴里留下了难闻的气息，和人说话还得捂着嘴。他咽了下口水，拐进了伪乡公所。

进了伪乡公所大门，朱光明见很多人已经站在院里了。朱光明上前和相熟的打招呼。不一会儿，王来挺着肚子站在屋门前往外看了看。

王来是石庄人，出了名的心狠手辣。自日军占领镇子后，就死心塌地地追随着日本人，做了许多坏事。乡长李文君对其很是不齿。在王来和李文君之间，朱光明更愿意接近李文君，他觉得日本人终究是外人，犯不着为他们得罪乡邻。

他正想着，王来从屋里走出来，他站在人群前，紧了紧腰带，开始讲话。王来说，皇军来到本镇后，一直本着亲善友好的原则佑护百姓，可共产党游击队屡次破坏亲善安定的局面，皇军为了保证铁路沿线的百姓的安全，特在周庄设一据点，以佑护周围百姓。咱们为了配合皇军的英明决定，务必在三日之内将据点建好，让皇军看看咱们的诚心。周边村子一定要不遗余力地支持修建工作，像桃村、杏园、前村和周村的人都要无偿出力，离据点远的村，也要无条件支持些银钱。说完，他扫视了一下人群，看到朱光明站在后面，又说，朱光明，你们村得出些劳动力。朱光明只好答应。王来又把目光转向人群，问，有没有信心三天完工？人群里稀稀拉拉地回应着，有。王来说，听着底气不足嘛。等据点建好了，你们就知道好了，别处央求皇军建，人家还不愿建呢。说完他不满地看着众人，随后用手指着朱光明、刘福田、王耀武、周福生说，你们四个留下，其他人回去筹钱吧。说完转身进了屋。朱光明一行四人围在一起，你看我，我看你，满眼恐慌，磨蹭着进了屋。

四人进了王来的办公室，王来仰坐在椅子上说，你们几个回村后，每人至少找十个精壮的劳力听从调遣。王耀武看看王来，又看看旁边的三人，手在长衫上摩挲着问，队长，出工有工钱没？王来干笑着说，有，皇军还就不差钱。王耀武往前走了两步，弓着身子小声问，队长，啥时候给？一天给多少？俺们回去也好招人。王来霍地站起身，拍着桌子说，跟老子讨价还价呢，这里不是菜市场，一分钱不给也得好好干，要不然脑袋搬家。王来说着从桌子后面绕过来，来到四人面前，歪着头瞪着眼，挨个上下打量着，看完开始围着四人转。四人敛声屏息地瞧着地面。朱光明觉得后背冰凉，双腿也有些发抖，心想这样下去可不是办法。他偷看了眼王来，王来本来黑红的脸已经成了猪肝色。朱光明知道再待下去不仅会挨骂，挨打也未可知。他小声说，队长，明日开工的话，俺们得回去准备了，临时不好找人。王来点点头，说，成，不过，明日一早一定得把人带到。几个人嘴里应着，是，是，争抢着往外跑。出门时挤在了一起，耽搁了一会儿才一块挤出来。出了门，王耀武"呸"了一声说，什么玩意？差事越来越难干了，乡邻们骂咱狗腿子，又得在这装孙子。周福生胆小，看着身后小声说，少说点吧。朱光明心里骂着娘，说，不给工钱，还是给日本人做事，谁愿意去呀！刘福田说，刚才干吗来？别贼走耍扁担，回去再说吧，没有抹不平的墙。

  朱光明在路上琢磨起了出工的事，工一定得出，不然王来会跟他们没完。想个让出工的人心服口服、不落抱怨的法子才是要紧的。回到村，他一刻都不敢耽误，把各姓年长且说话有分量的请来。寒暄一番后，大体说了日本人要在周庄建据点的事。朱泽运问，就没法子不让他建？朱光明说，哎哟，我的老叔来，咱平头百姓能有啥法子？人家扳机一扣，命都是人家的，到阎王那里说理去吧。再说了，日本人有多狠你们是知道的，咱们可惹不起，咱要不出工，指不定怎么祸害咱村呢。你们也都知道，前村李家媳妇被日本人祸害了，可不能让这事在咱村发生。各位，我是这样想的，咱们呢，每族去一人，日本人给工钱更好，不给的话，以后再出工，就不派这次出工的了,你们觉得怎么样?几人你看我,我看你,沙净北说,眼下也没好主意,只能去。朱光明说,明天可就出工了,今天得选好人。柳广林捋着山羊胡子说,保长让谁去,谁敢不去?没王法了?朱光明说,广林,眼下哪里有王法?枪杆子就是王法,枪攥在谁手里,谁就是王法。世道凶险,你方唱罢我登场,还是稳妥点吧,莫生事。柳广林点点头,说,俺姓让柳大全去吧。崔福运说,俺姓的要都不愿去咋办呢?朱光明站起来说,不去,理说不通的话,给些好处,实在不行,拿鞭子抽赶着也得让他去,当然,没到那步,我是说别管用啥法子,明日每族必须去一人。俺们朱姓去两人,我安排。说来说去,还是怕王来翻脸,只要他那张黑脸一变,村里老少都得跟着遭殃。众人应着说,听保长的,回去商量下。

  第二日,天还没亮,两个伪军就在喊朱光明家的门。朱光明披衣打开门,伪军说,赶紧让你们村去十人,那边开工了。朱光明不敢怠慢,出门召集各姓选好的人,在麦场上召集齐了,朱光明带着他们往周庄赶。柳大全跟在后面,嘟嘟囔囔地问,保长,到底给多少工钱?朱光明着急赶路,说,放心吧,少不了。柳大全说,少不了是多少?朱光明说,领到手,就知道了。朱光明领着一行人说着话,不一会儿,来到了工地。几个伪军拿着皮鞭,凶神恶煞地站在旁边。一个伪军围着朱光明带来的人说,都挺壮实的,比杏园来的人强多了。又用鞭子指着几人说,来都来了,还站着干什么?开始吧!朱光明见料都运到了,有的正在挖地基,有的正在挑沙子。朱光明看见杏园的李大元正摇摇晃晃地扛着段木头,便问站在旁边的王耀武,咋把他带来了?得七十了吧。王耀武说,没七十,六十挂零。本不让他来的,但有的不愿来,他又听说有工钱,非要来,拦也拦不住,说挣些钱回头给儿子说媳妇。朱光明说,你还真敢说,不给工钱的话,你补呀!再说活可不轻,他能撑下来吗?王耀武说,来都来了,先干着吧,管恁多。朱光明说,我看够呛,出了事，你两边不好交代。王耀武皱着眉把朱光明拉到一边说，咱赶紧回吧，在这待着里外不是人。朱光明一想也对，俩人趁伪军不注意，一溜烟地跑了。

朱光明的担心不是多余的，到了晌午，李大元体力不支，后面的人也跟着慢下来。伪军李三是王来的心腹，他用皮鞭抽李大元，说他怠工。李大元说，老天爷呀，俺可是尽力了，活了恁大年纪，干活从没惜过力。李三见周围的人都往这边看，心想，得杀鸡给猴看，把他们镇住，才能好好干活，都像李大元这样磨蹭，三天指定完不成任务，到时自己挨皮鞭也未可知。想到这，他挥着皮鞭抽打着李大元说，敢狡辩，明明藏奸耍滑，还不承认。李大元抬手抓住鞭梢说，还让不让人活？李三原本打算抽两鞭子吓唬吓唬他，没想到李大元居然抓着鞭梢瞪着眼和他对峙。他使劲往回拽鞭子，竟没拽动。他有些恼羞成怒，喊叫着，抓住这个私通八路、煽动闹事的老东西。伪军们为虎作伥惯了，呼啦围过来，把李大元绑了，吊在旁边的柳树上。李大元踢蹬着，大声骂着，你们这些龟孙，把俺放下来。李三没想到李大元这么刚强，还敢骂人，气急败坏地用皮鞭抽着李大元说，私通八路的坏分子，快说，谁派你来闹事的？李大元的暴脾气上来了，破口大骂，不得好死的狗腿子，看你们能蹦跶几天，指不定哪天就挨枪子了。李三听了，愈发气急败坏，鞭子抽打得更响了。有人见李大元被打得可怜，小声劝道，少说两句吧。伪军举着的枪指着他们说，没你们的事，老实干活去。他们看着黑洞洞的枪口，敢怒不敢言，只得埋头干活。李大元越骂，李三抽得越狠，李大元的骂声越来越弱，最后竟没了声息。一个伪军扒拉了下李大元的头，他的头歪向一边。那伪军扭头说，别真死了。李三说，死了更好，也算给刁民立了规矩。他们不再管李大元，骂骂咧咧地去监工了。

吃过午饭，李大元家人得到消息。李大元的儿子狗剩找到王耀武，让他去救人。王耀武一听出了恁大的事，头上立时冒出了冷汗。真让朱光明说中了，还无故沾上了私通八路的罪名。李大元是自己送到工地上的，可别引火上身。王耀武想，出了这事，就算李大元家里人不找他，他也得去撇清，要不然哪天八路击败了日军，自己可就说不清了。他一路小跑着来到工地，李大元还吊在树上，头耷拉着，看样子不行了。王耀武赔着笑，举着烟走近几个伪军，指着树上的李大元说，老兄，咋回事？李三叼着烟，斜眼看了他一眼说，正想找你呢，你倒来了，你把私通八路的坏人送过来，啥意思？王耀武双手作揖，说，各位老总，打死我也没这个胆呀，我对皇军一向忠心耿耿。李大元岁数大了，不会说话，惹各位老总生气，我回去好好教训他。李三说，私没私通不是你说了算的，得让队长汇报给皇军。王耀武擦了擦头上的汗，靠近李三说，别呀，队长多忙呀，鸡毛蒜皮的小事，哪能惊动队长，各位老总做主算了。说着从兜里掏出两个银圆塞进李三兜里，弓着腰说，老总，买酒喝。李三晃了晃口袋，笑得眼睛眯成了缝。又说，不是看你的面子，得把他家抄了。王耀武说，多亏了几位，耀武有礼了，说着抱拳作揖，又靠近李三说，我把他带回去，好好教训。李三眯着眼，歪着头，不耐烦地挥了挥手。王耀武来到树下，与李大元家人七手八脚地把李大元放下来。李大元浑身冰凉，早已没了气息。王耀武见李大元身上横道竖道的鞭印，衣服一缕缕的，破败的棉絮露在外面。他低声骂了句，畜生！狗剩扶着李大元的背喊着，大，大，醒醒！早上出门时，李大元还好好的，笑着说，挣些钱给你说媳妇。半天的工夫，人就没了，还死得这么惨。王耀武说，别叫了，早没气了。狗剩拳头攥得咔吧响，从胸腔里轰隆隆往外滚着脏话，奶奶的，不让人活了，俺去杀了这帮天杀的。王耀武摁住狗剩说，找死呢？你要是再出事，让你娘咋活？君子报仇，十年不晚，赶紧回家。李家来了几个近亲，也按住狗剩说，先把你爹安葬了。狗剩把嘴唇咬出了血印，浑身哆嗦着。王耀武让人搀扶着狗剩，抬着李大元走了。李大元的老婆哭得死去活来的，咒骂着伪军。王耀武心虚地站在旁边,小声说,姑奶奶,可小点声吧,引来了伪军可不是闹着玩的,莫生是非了。王耀武与李家人说,赶紧弄个棺材,悄无声息地埋了吧,免得他们寻事。李大元妻儿被这突来的灾祸打垮了,不知如何应对。在亲邻的帮忙下,李大元被草草安葬了。

建据点的人目睹了李大元的惨状,再也没人敢多说话,只顾埋头干活。三天后,据点居然真建好了。桃村派去的人安然回了村,朱光明松了口气,出了李大元的事后,他们也没再提工钱的事。

朱光明气还没喘匀,伪军又来了,说据点修好后,日军进驻了一个小分队。为了加强铁路防务,周边四个村必须出人巡道,不愿出的话,皇军亲自来抓人。朱光明听了,想起李大元,他确实怕了,只得再召集各姓的头人开会,说了日本人让巡道的事。头人们也听说了李大元的事,嘴上没了之前的凌厉,各自抽着烟不说话。烟雾缭绕中,朱光明说,胳膊拧不过大腿,家里有劳动力的轮着去呗,之前去修据点的就不用去了。大伙觉得合理,没人反对。朱光明把村里二十到五十岁的男人每两人一组排了班,用红纸写了张贴在门前。每天吃过晚饭,两人一组,轮流去巡道。村里人习惯了服从,也没了怨言。

巡道的事理顺了,朱光明想着能安生两天了。日本人好像知道他的心思,偏不让他安生。驻守据点的日军,无聊时会到村里转,他们以查户口为名,挨家挨户翻箱倒柜,看见稀罕物件便带走,还到处找花姑娘,弄得村里的姑娘媳妇脸上整日抹着锅灰。即便这样,沙老玄的妹妹回娘家,还没来得及换衣裳,就被两个日军堵在了屋里。沙老玄听见妹妹哭喊,狠劲撞门。沙老玄一边撞门一边说,太君,她是王队长的兄弟媳妇,王来队长,你们知道吗?日军似乎听懂了,指着沙老玄说,你的说谎,杀头的干活。沙老玄说,太君,绝没说谎。两个日军这才放了沙老玄妹妹,一步三回头地走了。这事之后,村里的姑娘媳妇受了惊吓,每天都在微山湖里躲着,活计也没人做,整个桃村凌乱无序,鸡飞狗跳着。朱光明只要出门，就会嘱咐李氏少在村里走动。

日本人打破了桃村原有的平静，桃村人敢怒不敢言，怒气在胸腔里缭绕盘旋着。狗剩咽不下父亲无故被杀这口气，加入了运河支队。运河支队也觉得日军设在周庄的据点是卡在喉咙里的刺，不拔除后患无穷，更不利于铁道上行动的开展。他们有了拔掉周庄据点的想法，一直在寻找合适的时机。

运河支队经过数次商议，决定铲除周庄据点。他们不打无准备的仗，于是派队员褚连胜去据点刺探情报。褚连胜家是后村的，非常熟悉据点周边的环境，但据点内部的情况，却无从得知。为了完成支队交代的任务，他找到了前村保长刘福田，说一直在外做生意，今日回家，听说日军为了保护百姓修了炮楼，他想代表褚姓慰问一下皇军。后村保长出远门了，想劳烦您带着去。刘福田一听，日本人巴不得有人给他们送吃的，便爽快地说，行。

第二天，刘福田刚吃过早饭，正歪头剔牙，褚连胜挎着篮子来了，篮子上还盖了块花布。刘福田起身招呼褚连胜，顺手揭开花布，见篮子里有鸡蛋、猪头肉，还有一只肥硕的烧鸡。刘福田看得口水直流，说，行啊，够舍得的。褚连胜举起两瓶酒说，还有这个呢。刘福田竖起大拇指晃了晃，说，不错，大气，一看就见过世面。稍等啊，我换件衣裳。说着进屋换了件绸衫后，才与褚连胜出了门。

前村离据点也就一里多地，刘福田一支烟没抽完，两人遥遥看到了据点大门。据点门前站岗的日本兵看见两人，哗啦拉开枪栓，问，什么的干活？刘福田摘下礼帽放在胸前，迈着碎步小跑上前说，我们是给太君送慰问品的。褚连胜连忙把篮子和酒举起来。刘福田常来据点，日军认识，再加上褚连胜手里的东西，日军便放他们进了据点。

两人进了院，看见炮楼下站着个又矮又胖的日军，他满目凶光，红红的蒜头鼻子占了半张脸。刘福田悄声对褚连胜说，这是驻守据点的小队长西村一郎，外号大狗熊，得喊太君。刘福田说着掏出哈德门香烟双手递过去说，太君辛苦！太君辛苦！褚连胜一看，赶忙放下手里的篮子，从兜里拿出火柴，刺啦一声划着了，双手捧着给大狗熊点烟。大狗熊低头点烟时，褚连胜的目光越过他的头顶向碉堡内瞄去，碉堡一层尽收眼底。大狗熊深吸了口烟，直起身子。褚连胜连忙拿起篮子递给大狗熊说，太君，驻防辛苦，特来慰劳。大狗熊接过褚连胜递来的篮子和酒看了看，嘿嘿地笑了。他指着褚连胜说，你的，良民大大的！这边的防务重地，你的那边的干活。褚连胜点着头说，是，太君！他顺着大狗熊指的方向走去，心想，我正想看看院里的地形呢。褚连胜溜达到了院南边的厨房前，这时，从厨房里走出一个系着围裙的青年，两人四目相对，不约而同地说，你怎么在这里？褚连胜看看左右，这才发现有些失态。他大声说，师傅，我是给皇军送慰问品的，口渴了，想讨杯水喝。青年瞟着碉堡方向说，喝水啊，等会儿啊，我去给你端。说完进屋端了碗水出来。凑近递水的空，青年问，你怎么来这了？褚连胜佯装喝着水，说，这里说话不方便，明日能回趟家吗？若能回，我去找你。青年在围裙上擦着手说，明日不一定，具体哪天也说不准。褚连胜说，成，回去后，在门前画个对号。青年说，行。褚连胜喝完水，把碗还给年轻人，又去墙边溜达。过了一会儿，刘福田在碉堡前朝他招手说，咱们回吧。褚连胜小跑了两步赶到刘福田面前问，这就回了？刘福田小声说，不回还等着吃饭？这里可是虎狼窝。褚连胜笑着说，看着太君挺好的嘛。刘福田说，你是没见他们发狠的时候，赶紧走吧。褚连胜答应着，两人离开了据点。

　　褚连胜与刘福田分开后，直接回了运河支队，向队里汇报了情况，说大体探清了据点的院子和碉堡一层的防务情况，重点是他见到了表弟郑绪新。表弟一直是个进步青年，不知怎么竟在据点给日本人当厨师了。运河支队队长邵建秋问，可靠吗？褚连胜说，队长，尽管放心，他是自家兄弟，我太了解他了。我和他约好了，等他回家后，我去找他，向他打探一下碉堡的驻防情况。邵建秋说，太好了！知己知彼，百战不殆，不打无准备的仗，真是天助我们也。

褚连胜连着几日去多义村郑绪新家门前转悠，他不敢进去，怕见到郑绪新的父亲，也就是自己的大舅，担心见了面，哪句话说错了就露了馅。之前，褚连胜一直对外说自己在夏镇做生意。大舅一辈子老实巴交的，之前在伪乡长家里做长工，表弟在外学了几年厨师，前几年两人还常见面。后来表弟在外见识多了，眼界也宽了，提起日本人在中国做的坏事，义愤填膺的。前年表弟还说游击队好，是替穷人撑腰的部队，有机会一定加入。他也曾想让表弟加入运河支队，后来一想，大舅只有这一个儿子，打起仗来，子弹不长眼，有个三长两短的不好和大舅交代。这次见了绪新，一定要和他讲清楚，不能当日本人的走狗。

第三日下午，褚连胜在郑绪新家门前转了一圈，没发现记号，转身却看见郑绪新从南边大道上走来。褚连胜迎上去说，绪新，有些事不能当着大舅的面说，咱去南沙河土岗上吧。郑绪新看了看家门说，行。两人并肩向土岗走去。南沙河土岗在村南头，以前弟兄俩常去沙河里游泳，游累了就去土岗上玩。土岗上全是淤沙，踩在上面像踩在松软的棉花上，他们小时候在这里翻跟头，比谁跑得快。一转眼多少年过去了，两人都长成了大小伙子，看着彼此熟悉又陌生的面孔，两人都有些局促。褚连胜有任务在身，不敢耽搁，短暂地寒暄了一番后，他直奔主题，问，绪新，你咋去了那地方？郑绪新苦着脸说，连胜哥，是伪乡长逼着俺去的，他说要是不去，等国民党再来抓壮丁，第一个先抓俺。俺大胆子小，只能答应了。褚连胜说，去就去了，只要心没变就行。郑绪新捶着胸口说，心哪能变呢，看着日本人做坏事，我恨得牙痒痒。褚连胜说，知道哥现在在做啥吗？郑绪新说，那天你去据点，俺就想你一定不是做生意的，以你的脾性，不会去慰劳日本人。褚连胜警惕地看着周围，见没有人，才握着郑绪新的手说，算你说对了，俺加入游击队了，专门收拾日本人。郑绪新的眼睛里露出了兴奋的光芒，拽着褚连胜的手问，真的？你有枪吗？打过仗吗？褚连胜重重地点点头说，当然有，当然打过。郑绪新高兴地跳起来说，连胜哥，真行呀！褚连胜却满脸凝重，一只手放在郑绪新肩上说，绪新，你给日本人做工有难处，我能理解，可日本人设这个据点，附近村的乡邻因此遭了不少罪，你也看见了。实话跟你说吧，游击队眼里容不下这些坏蛋，想端掉这个据点，我那天是去侦察的，你是个有血性的汉子，希望你能帮游击队做事。从前怕你参加游击队万一打仗时有个好歹，我不好跟大舅交代，现在你给日本人做工，一样不安全，伴日本人跟伴狗黑子一样，还不如加入游击队畅快呢。郑绪新用力地握着褚连胜的手说，我早就想加入游击队了，一直没机会，打据点需要我做什么，尽管说，我一定能做好。褚连胜在郑绪新的肩膀打了一拳说，太好了！咱俩又能在一起了。眼下，你先把据点内的布防搞清楚就行。郑绪新说，我早摸清楚了，据点内一共有十二个日本兵，那天站在碉堡门前的矮胖子是队长，叫西村一郎。听说最近他要离开这里，你们一定要在他离开前打据点，不能便宜了这个坏蛋。他常去村里扫荡，有一次，在前村为了显摆自己力气大，抓住一头小马驹举了起来。小马驹是王二大爷家的，大爷哀求着，太君，小马驹是俺家的命根子，求求您放下吧，俺屋里有几个刚下的鸡蛋，这就去拿。西村一郎冷笑着，转了几圈，用力将小马驹甩了出去。小马驹被甩出一丈多远，扑通一声摔在地上，四条腿在地上蹬了几下，不动了。大爷哭喊着扑向小马驹，小马驹早没了气息。王大爷一家人心疼地呼天抢地的，却怕他们手里明晃晃的刺刀，不敢理论。西村一郎没事人似的，擦擦手，带着两个日本兵扬长而去。他们在前后村作的恶多着呢，一时半会儿也说不完。褚连胜说，就是，不能便宜了这个小鬼子，得好好替百姓们出口气。你提供的这些信息太有用了，我回去报告给部队。还有，你回去后，要沉住气，千万不能露出破绽，有情况及时联络我。郑绪新挠着头问，哥，有情况去哪找你？褚连胜低头沉思了一会儿，问，食堂里的油盐酱醋是由你买吗？郑绪新点点头，说，是啊。褚连胜说，这就好办了，有情况的话，你借着买东西的机会，到多义村的郑记杂货铺找郑继民，他是自己人。郑绪新说，真没想到呢，继民叔平日里蔫蔫巴巴的，居然早就加入了队伍。褚连胜笑着说，继民叔伪装得好。两人哈哈大笑起来。郑绪新看着偏西的太阳说，哥，我得回了，不然会误了他们的饭。褚连胜说，好！一定多注意。两人挥手告别。

　　过了两天，吃过早饭，郑绪新找到翻译，说厨房缺调料了。翻译告诉日军，日军让他快去快回，不要耽误了午饭。郑绪新应着，挎着篮子直奔郑记杂货铺。据点离多义村走小道也就三里路，一刻钟的工夫，郑绪新就站在了郑记杂货铺门前。他左右看了一下，没发现异常，便闪身进了杂货铺。郑继民正坐在柜台后，面前摆着账簿和算盘。他抬起头，眼镜滑到了鼻尖上。他上下打量着郑绪新，郑绪新走到跟前说，继民叔，俺哥让我来这找他。郑继民站起来说，是你小子，你哪个哥？郑绪新说，四运哥。这是褚连胜教他的接头暗号。郑继民听完看看门外，压低声音说，有话我可以传给四运哥。郑绪新趴在郑继民耳边说，西村一郎明晚就走，昨天召集各村的头面人物开了会，让各村给他送万民伞，表示他把村民归化得好，好回去表功。明日上午，他还要办酒席，让大家给他送行呢。郑继民握了握郑绪新的手说，你提供的情报太有用了，我立刻汇报给上级。你下午能不能再来趟，部队有啥计划好及时通知你。郑绪新点点头说，行，办酒席需要的材料多，我到时再来。两人正说着话，郑绪新瞟见门前有人路过，故意大声说，称二斤盐，花椒和八角各二两。郑继民说，好嘞。

　　郑绪新走后，郑继民从后院叫来老婆，说有事出去趟，让她看会儿店。他老婆习惯了郑继民的神出鬼没，连去哪也没问，只是嘱咐他早去早回。郑继民应着，出了门。情况紧急，必须把情报及时送到。他一刻不停地找到运河支队队长邵建秋。邵建秋见他急三火四的样子，知道有要紧的事，连忙把他领到了队部。褚连胜正好也在，郑继民简短地说了郑绪新提供的情报。邵建秋觉得情况紧急，立即召集众人商议，大家一致认为这是个打击敌人的好时机。只是如何快、准、狠地虎口拔牙倒是让大家颇费脑筋。据点在铁道边，战斗时间不能太长，再就是必须一击而中，每拖延一分钟，都会增加十分的危险。邵建秋说，战斗只能智取，不宜强攻。西村一郎不是要万民伞吗，咱们去给他送万民伞，借着送伞的名义进入据点，外围掩护的队员们在十一点前化好妆分散埋伏在据点周围。第一队埋伏在马山南边的高岗上，截击镇上来援助的日军。第二队埋伏在多义村南的洼地里，牵制多义伪区长的支援部队。第三队由我带队，进入据点，伺机行动。邵建秋又说，通知郑绪新同志让他协助我们做两件事：第一，午饭延后一点。第二，待鬼子喝得差不多时，让他在厨房西窗户上挂条白毛巾。郑继民说，我一定把信带到。邵建秋又说，听连胜说，绪新一直想加入我们部队，请转告郑绪新同志，这次战斗结束后，我们欢迎他的加入！郑继民说，这话我也一定带到。邵建秋握着郑继民的手说，路上小心，我们也要准备战斗了。

第二天晌午，太阳炙烤着大地，庄稼被晒得蔫头耷脑的，周庄据点通往多义的路上一个人都没有。这时，从庄稼地旁边的小道上走来七八个人，一眨眼工夫，一行人拐上了通往据点的路。为首的两人戴着麦秸编的礼帽，身上穿着月白长衫，手里拿着折扇，一副乡绅模样。他们是化过妆的邵建秋和褚连胜，褚连胜的鼻上还架了副墨镜。后面跟着副队长李正和机枪手许云飞，他们手里各提着一个礼盒。再往后是李狗剩和王同来，他俩用扁担挑着东西。最后面是侦察员李数来，他提着篮子，跟在后面。李正小声地对许云飞嘟囔着，咱来送万民伞，万民伞到底是啥东西，俺还真不知道呢。王同来听见了，说，这个得问咱了，万民伞是旧时地主乡绅送给官府老爷们的，说官府老爷们像伞，为老百姓遮风挡雨，是专门拍马溜须用的，不过日本鬼子咋也学会这套了？李狗剩听完，"呸"了一声。

几人说着话，不一会儿，就要到据点了。褚连胜一眼看见了挂在窗户上的白毛巾，指着说，邵队长，你看！邵建秋把手搭在眼睛上方看了看，低声说，准备战斗！门外站岗的日本兵发现了他们，举着枪问，你们的，什么的干活？邵建秋取下礼帽放在胸前，说，太君，我们是前村的良民，来给皇军送慰问品和万民伞。郑绪新走出来，用围裙擦着手说，太君，他们是前村派来送礼的，大大的良民。日本兵看看几人，又看看郑绪新，把举着的枪放下了。邵建秋和褚连胜走在前面，举着烟走向两个日本兵。日本兵刚想接烟，邵建秋和褚连胜以迅雷不及掩耳之势从长衫里掏出尖刀，扎进了日本兵的心口处。日本兵像捆稻草一样倒在地上。褚连胜把日本兵的头盔戴在头上，又拿起日本兵的枪，站在日本兵刚才站的位置上。邵建秋抄起另一个日本兵的三八盖低声说，记住，速战速决。几人像猛虎下山一样冲进了据点。

据点院内的树荫下，摆了桌酒席。西村一郎坐在首席，手里拿着一只鸡腿啃得正欢，猛然看见一群人闯了进来。他一下站起来，拿着吃了一半的鸡腿指着他们说，八嘎呀路，你们的，什么的干活？坐在西村一郎两边的日本兵看到邵建秋手里端着枪，踢开凳子，直扑碉堡。李正手拿驳壳枪说，哪里跑！说着开了枪。其余几人也向日军开枪。李正一枪撂倒了一个跑向碉堡的日军，又一个箭步蹿到碉堡前，堵住了进入碉堡的门，日军只能在院里挨打。其他人也开了火，一下子倒了六个日军。西村一郎到底训练有素，很快镇静了下来，他躲在日本兵的尸体后面与队员们周旋。当他确定游击队来的人不多时，开始授意活着的日本兵反扑。他们有的举着凳子，有的拿着刺刀，开始反击。邵建秋目不转睛地紧盯着跳来闪去的西村一郎,寻找下手的机会。院子太小,日本人有了准备,贸然开枪怕误伤了自己人。这时,一个受伤倒在地上的日本兵,突然苏醒了过来。他摇晃着站起来,端起刺刀刺向王同来。王同来听到身后有动静,转过身,刺刀已到了胸前。他侧身躲开,抬脚狠劲踢向日本兵。日本兵见没刺到王同来,丢下刺刀,转身抱住了王同来。情势危急,邵建秋连忙对着日本兵的后背连开两枪,他抱着王同来的手慢慢垂了下来,王同来这才摆脱险境。西村一郎趁乱抓起一条凳子扔向站在碉堡门前的李正,李正见凳子带着风声飞过来,躲到一边。西村一郎想用凳子开道,他看李正闪开了,便飞身向碉堡里钻去。李狗剩初次参加战斗,一直没出手,看到西村一郎进了碉堡,恨意催逼着他追了过去。李正躲过西村一郎的凳子,有点恼怒,顺手抓起日本人放在碉堡门前的手榴弹,拉开弦投进了碉堡。李狗剩看见冒着烟的手榴弹,想出来已经来不及了,只得抱着西村一郎滚向手榴弹。手榴弹爆炸了,李狗剩的手臂和右腿挂了彩,西村一郎的衣服被炸开了。西村一郎从地上爬起后,直奔碉堡二楼,李正紧跟着追了上去。西村一郎来到二楼,咬咬牙,从窗户一跃而下,跳到庄稼地里,他挣扎着爬起来,顺着铁道向韩镇方向逃去。李正见西村一郎跳窗逃了,也从窗户跃下,紧追着他。西村一郎的后背鲜血直流,没跑多远,就一头栽倒在地上。李正追上来,把他翻了过来,又用手在鼻子下试探了下,已没了气息。

  李正回到据点后,跟邵建秋说,西村一郎死了。邵建秋说,他死有余辜,赶紧通知外围掩护部队,战斗结束,抓紧撤离。邵建秋下完命令,带着队员清理战场。王同来抱来干柴要烧了碉堡,邵建秋说,不能烧,烧了,日本人还会建,还得乡邻出工,留着吧。几人觉得队长说得有理,就进屋把子弹和枪抬了出来。郑绪新高兴地在旁边一会儿摸摸枪,一会儿又翻翻子弹,最后拿起一杆三八大盖挂在胸前,行了个不太标准的军礼,几人被他逗得哈哈大笑。大伙找来丢在门外的扁担,挑着战利品,扶着受伤的狗剩离开了碉堡。

据点被袭后，日本人气急败坏，紧急向韩镇增派了人手。王来当晚被日本人叫去，连踢带骂，他好不容易才脱了身。第二天一早，他就把据点周围村的保长叫到了伪公所。朱光明、刘福田、王耀武、周福生四人在据点被袭后，紧急在刘福田家碰了头。刘福田说，这次日军伤亡很大，看来咱们几个凶多吉少了，说着头抵在拐杖上唉声叹气起来。朱光明说，事到眼前了，怕也没用，得寻个法子脱身。王耀武说，有啥好法子？洗干净脖子等着挨宰吧。听说俺村李大元的儿子狗剩参加了游击队。周福生愁闷着一直没说话，据点就在他们村旁，无论如何他都脱不了干系。朱光明听王耀武说完，来到他面前问，你说的是真的？王耀武眨巴着眼睛说，啥？朱光明说，狗剩。王耀武说，村里人都这么说，没法证实。狗剩家里人又不傻，怎么可能承认狗剩是游击队的人。朱光明说，有了，狗剩为什么去游击队？王耀武说，还用问吗？他爹死了，刺激的。朱光明说，这不得了，得给日本人说，这次袭击事件不关我们的事，是狗剩的复仇。刘福田说，日本人能听咱的话？朱光明说，不听，也得想法让他们听，不然掉脑袋也未可知。朱光明挥着手让三人围过来，四人头抵在一起。朱光明小声地讲着，另外三人频频点头。末了，四人直起身。朱光明的目光在三人之间逡巡着说，明天脑袋保不保得住，就在此一举了，眼下关键得稳住，别自乱了阵脚。几个人低眉敛目点着头，各自在心里打着算盘。

　　第二天，四人来到伪公所，几个日军正杀气腾腾地在院子里操练着。四人在彼此眼中看到了绝望，之前伪公所里全是伪军，一下来了这么多日军，大家怕是凶多吉少呢。他们被引进了王来的办公室里。朱光明走在前面，进了屋，看见办公桌后面坐的不是王来，而是一个日本军官，王来侧身站在一边。四人一字排开站在办公桌前，向日本军官和王来问好。王来弓着身子附在日本军官耳边说，小野太君，他们是据点周围村子的保长。小野双手分开扶着桌子，挺直后背坐在椅子上，他的目光像探照灯一样在四人脸上扫来扫去，看了他们足有一分钟，四人紧张得甚至能听到彼此的心跳声。朱光明知道小野想先用气势打垮他们的意志，他用余光扫了下旁边的刘福田，刘福田的鬓角汗涔涔的，长衫抖动着。朱光明想，再这么下去，刘福田非得主动说点什么，到时更不好收场。想到这，朱光明说，小野太君，俺几个早就想过来向您汇报来着，后来觉得太君远道而来肯定非常辛苦，需要休息。还有，早就听说您非常英勇神武，得跟民众提前说道说道。这几日，俺们一直在村里宣讲太君的英明和皇军的大东亚共荣圈，是为了让太君看看万民归依的场面。周福生说，是呢。王耀武和刘福田也跟着附和。小野看着四人一唱一和，眼神还你来我往地传递着讯息。他拍了下桌子，站起来说，你们的，大大的狡猾！撒谎！朱光明双手摆得像微山湖中摇摆的荷叶一样，说，太君，不敢呢，不信，您问问王来队长，俺们对皇军可是尽心竭力呢。小野扭头看王来。王来没想到火一下引到了自己这，一时没想到措辞，结结巴巴地说不出句囫囵话来。周福生说，太君，俺们几个的为人王来队长最清楚。王来的脸成了猪肝色，一副急火攻心的样子。他现在是有苦难言，当初建据点是他提议的，现在无论如何也推脱不了罪责。王来想，原本想让四个保长当替罪羊，替他挡一挡，没想到这几个小子先下手为强，这几个混蛋，几天不见，本事见长呀。王来正不知道说什么好，小野指着四人问王来，他们的，你的推荐？王来苦着脸点头道，太君，是的。小野说，据点被袭怎么回事？之前有没有苗头？你的，说清楚！王来还没回答，朱光明用眼睛示意王耀武。王耀武紧张得满脸通红，双手拽着衣角结结巴巴地说，太君，据点遭袭是有原因的。小野转向王耀武说，你的，说清楚，什么的原因？王耀武说，太君，俺们村的李大元是个老实人，听说建据点是为了大东亚共荣圈，就报名来修据点，谁知被人打死了，他儿子狗剩从那之后就不见了。有人说是狗剩袭击了据点，为他爹报仇呢。小野问，李大元怎么死的？王耀武不说话了，眼睛看向王来。王来满脸惊慌地看向小野。小野说，修据点的，一定的良民，怎么就打死了？王来摊开手说，我当时不在那里，听说李大元有可能是共产党。小野说，你的，建据点这么大的事，为什么不亲自去？王来说，那几日有剿匪任务。朱光明说，俺们也听说是狗剩找来的人，太君，在中国人眼里杀父或夺妻的仇是不共戴天的。刘福田和周福生也跟着说，俺村也有人看见狗剩来着，说抬着枪走的。小野起身在房间里踱着步说，大东亚共荣圈是天皇的旨意，你我都得做好。据点遭袭的事继续调查，一旦找到谋划者，格杀勿论。你们的，回去，好好查访，有情况及时汇报。说着挥手示意他们出去。四人像得到了大赦，擦着额头上的汗往外跑。刚出屋，就听见小野骂道，八嘎，当初是怎么和你说的？他们还听到打耳光的声音。四人缩着脖子向大门外跑，跑了一里多地才停下来。刘福田说，王来这回被打惨了，和咱的仇也落下了。朱光明说，管恁多呢，今天要不甩锅，他指不定给咱扣什么帽子呢，过一关是一关，这关过不去，就没明天了，先糊弄着吧，局势一天一个样，保住今天，再说明天吧。王耀武说，多亏光明，咱仨可没这脑子。周福生说，可不，王来愣是没来得及反扑。刘福田说，他要是反扑，估计咱们就不能站在这说话了。四人说着往回走，路两边树木葱茏，小草葳蕤，不知名的花摇曳生姿。要不是战事连绵，哪也没咱这日子美。刘福田说着，哼哼唧唧地开口唱起来，马大宝喝醉了酒忙把家还，只觉得天也转来那地也转。为什么那太阳落在东山下？月出正西明了天，哎！明了天呢。

　　据点被袭的事朱光明几个算糊弄了过去，日本人却余怒未消，大队人马在据点周围装模作样地巡查了几次，却也没下文，桃村恢复了往日的平静，人们为一日三餐奔忙着。当黎明在晨昏流转中又一次来到桃村时，桃村沉浸在混沌的静谧中，忽然，村东头路上传来一阵尖利、惊恐的呼喊，快来人呢！火车碾死人了！快来人呢！桃村静默了片刻，村东头开始此起彼伏地传来了扒拉门插栓和木门的声音，紧接着杂沓的脚步涌向了村东头。走在前面的人，看到沙老鳖正向前来的人指着说，看，火车碾死人了！人们顺着沙老鳖手指的方向看，离得远，什么也看不清。有人揉着眼问，哪呢？沙老鳖说，就在那边嘛。他回头看村路上聚拢的人越来越多，拉拽着旁边人的衣袖向前走。

　　沙老鳖有早起捡粪的习惯。庄稼人说早起的鸟儿有食吃，早起捡粪人家的庄稼旺。沙老鳖习惯早起了，每天外面还漆黑着，他就穿上肥大的棉袄，用布腰带缠上几圈，挎上粪箕子，开始在村子的犄角旮旯里转。沙老鳖知道哪里能捡到粪，捡到什么样的粪。当桃村人揉着惺忪的眼睛打开房门时，沙老鳖已经背着满满当当一粪箕子粪回家了。

　　沙老鳖这几年又有了捡粪的新去处——铁道两边。沙老鳖还是孩子时，看过脖子上绕着辫子的南方人修铁路，他们说话快，像鸟语，沙老鳖听不懂，却喜欢听。他们用竹子编的筐子装石子，往垫好的路基上挑。他们做事手脚麻利，不像桃村人做事慢腾腾的。

　　铁路没多久就修好了，桃村人跑到铁路上瞧稀罕。只见两条闪着寒光的铁轨伸向远方，被太阳一照，银光闪闪的。后来，人们看见一个庞大的铁家伙喷着烟，在铁轨上滑动着。村里人既好奇又害怕，三五成群地站在远处观望着，争抢着发表言论，唾沫飞出去老远。沙老鳖也在人群里，他是惧怕的，躲在大人身后，怕那烟是妖气，喷到自己。后来，铁家伙每天来回，也没喷伤过谁，也就不怕了。这些来来回回的铁家伙，陪着他一天天长大了。那咣当声见证了他娶妻生子，在这声音中，他的面颊上也挂上了岁月的风霜。

　　有一次，沙老鳖背着粪箕子，站在远处凝望着喷着白气驶过的火车，看到有个东西从车窗掉了下来。他的心狂跳着，见左右没有人，慢慢靠近铁道，伏着身子在草丛里寻了半天，寻到一个比鸡蛋大些，黄澄澄、圆溜溜的东西。他拿在手里反复瞧了半天，也不知道是个啥玩意。他揣进兜里，心想，找谁看才保险呢？他歪着头琢磨了半天，想到了张明利。张明利读过书，还懂医术，常给乡邻瞧病，瞧完病有钱的给钱，没钱的他也不计较。十里八乡，沙老鳖最佩服他，每次遇到他都弓身问候。沙老鳖想到这，直奔张明利家，他心里有事，脚下生风，不一会儿就来到了他家门前。他放下粪箕子，在门外探头探脑了半天，见张先生灰色的银针袋挂在堂屋门旁。银针是附近几个村一家一瓢粮食给张先生打制的，张先生出诊时，必带在身上，银针在家，张先生就在家。沙老鳖怕张先生的儿媳妇，村里没有不怕她的。张先生一辈子行医积善，谁知儿子却娶了个厉害媳妇。她不喜欢家里乱哄哄的，对张先生免费给人看病的事很是厌烦，从不给来家里找张先生瞧病的人好脸色，有时甚至恶语相向。张先生也没有办法，儿子老实巴交的倒没啥，只是苦了求张先生瞧病的村民，找张先生看病还得像做贼一样。沙老鳖东张西望地进了门，见堂屋门敞开着，空无一人。又听见东厢房里有动静，便踮着脚来到东厢房前，站在门外向里张望，只见张先生正在抱着磨棍磨面。张先生听到门外有动静，扭头见是沙老鳖，笑着招呼，来了。却没停下手上的活，又说，儿媳妇走时派的活，晌午必须磨完。媳妇是怕公公出去给人看病，特意安排好了活计。张先生想家和万事兴，不想吵吵闹闹的，更不想让儿子夹在中间为难，尽量不违拗儿媳的意思。沙老鳖进来夺下张先生的磨棍说，先生，歇歇，我来。张先生低头掸着衣袖上的面粉问，有事啊？沙老鳖歪头里外瞧了瞧，确定没有人后，才掏出刚才捡到的东西，托在手里给张先生看，满脸神秘地说，先生，瞧瞧这是啥？张先生看沙老鳖紧张的模样，想笑，又忍住了，说，这个呀，长江以南叫橘，长江以北叫枳，因水土不同，果实的味道不一样，可直接吃，皮晒干后可做药引。沙老鳖有些失望地问，就这些？张先生摊开手说，就这些。沙老鳖扁着嘴说，还以为是个值钱的宝贝呢。说着从张先生手里接过橘子揣进怀里出了门，挎起放在门外的粪箕子走了。张先生笑着摇摇头，继续磨面。

晚上，沙老鳖关上门，让老伴沙王氏净了手，才拿出橘子给沙王氏看。昏暗的油灯下，沙王氏伸头眯着眼左右瞧着说，这是个啥东西？沙老鳖说，张先生说这是橘子，我今早捡到的，咱先尝尝。沙王氏用双手捧着橘子到微弱的灯光下，左右端详了半天，说，橘子？还没见过呢，咋长出来的？沙老鳖说，我哪知道，别看了，再看也看不出花来。说着拿过橘子，在手里抛了一下，又接住，说，不管恁多了，今儿个咱先尝尝。边说边慢慢剥开了橘子，里面是黄色的裹着一道道白丝的东西。他把丝线慢慢抽尽，原本黄黄的一团，竟然像花儿一样，一瓣瓣绽开了。他拿起一瓣放进嘴里，王氏也拿起一瓣放进嘴里。他们含着，不敢咀嚼。不一会儿，酸甜的汁液渗到舌头上，渗到残缺的牙缝里，口中十分清爽。他开始用残缺的牙嚼起来。沙王氏把满是老茧的手举在腮边说，他爹，这叫啥来着？柳家地主恐怕也没吃过呢。沙老鳖说，瞧你笨的，不是和你说过了，橘子。我敢打赌，依柳家的抠门劲，九成九没吃过，再说他们和咱一样是土包子，几时走出过桃村。沙老鳖说着又拿了一瓣放进嘴里，含混不清地说，这个皮要晒干，保管好，是药引呢。沙王氏应着，把橘子皮小心地捡起来，拢在手心里。后来，沙老鳖起得更早了，想着能再捡到橘子或别的什么稀罕物件。

　　这天，沙老鳖起得早，来到外面，天还是黑的。日本人来了后，对铁道看管得严了，他只能趁着天色未明之时来转转。他在铁道边再也没捡到过橘子，火柴倒是捡了好几盒。沙老鳖看到了希望，想有朝一日能捡到更好的东西，这些愿望化为动力，促使他每日起得更早了。沙老鳖在铁道边来回转了几圈，天色太暗，他的脸都快贴到地面上了，半天也没捡到东西。突然，他一脚踢到一个软乎乎的东西，他趴下身子仔细一看，像是个人，只是一动不动的。这个时辰躺在铁道边，八成是被火车撞了。日本人来了之后，西边塘湖弯道处常有扒火车截东西的人，沙老鳖惊恐万分，丢下粪箕子，拼命地跑到村头喊了起来。

　　沙老鳖看村里人来得越来越多，惊魂甫定，胆也壮了，领着大伙向铁道边跑去。村里人先是跟着沙老鳖小跑着，快到跟前时，沙老鳖心里的惧怕又卷土重来，便放慢了脚步。后面的人问，哪呢？沙老鳖心下惶急，拉拽着最前面的人来到了路基下面。此时，晨曦微露，沙老鳖指着脚下说，你们看嘛。大家看到路基下躺着个人，脸朝下，趴在地上，头发沾染着已经干涸的血迹，褐紫色的血沾满了棉袍。后面的人看前面的人不动了，从侧面围上来问，真碾死人了？高广杰来到跟前说，试试不就知道了，要是还活着，赶紧让张先生来救人。有人说，你傻呀，都直挺挺的了，还活？不知啥时候碾的呢。又有人说，这是谁呢？应该远不了，是咱附近村的吧。高广杰揉着眼说，这棉袍子看着怪新呢，好像在哪见过。有人又往前凑了凑，俯下身子说，是新的呢。不过年不过节的，能穿上新袍子的人不多呢。有的人低下头看自己露出棉絮的破夹袄，向后缩了缩身子。高广杰摸着头说，我想起来了，昨天柳文穿了件一样的袍子。旁边的人说，大早上的莫胡说。高广杰有些委屈地说，没胡说，昨天柳文穿着袍子向我们谝来，把我和大狗嫉妒得不行。有人说，是呢，我也看见柳文穿着新袍子在村里晃呢。他娘还骂他，短命鬼，不干活，就知道闲逛。有人说，这可不是闹着玩的，赶紧去柳文家问问吧。

　　桃村不大，以沟渠为界分为东西庄，柳文家住村西头，村东头咋呼喊叫了半天，村西头是听不见的。高广杰自告奋勇，要去柳文家，平日他就喜欢跟在柳文屁股后面到处窜。桃村一个姓的大多连片住一起，柳姓祖上来桃村时是弟兄俩挑着担子来的，几百年了，人丁一直不太旺，到现在也不到十家。不过，他们的光景相差很大，柳文弟兄五个是吃了上顿没下顿，而旁边的柳广林家，则是青砖灰瓦的高门大院，柳广林还有几百亩地。柳文家的两间房子用秫秸支撑着，外面糊上稀泥，就算是墙了。屋顶勉强用几根细棍支撑着，上面苫着麦秸。房子低矮，柳文进出都得低着头。高广杰一路小跑着，离柳文家还老远，就上气不接下气地喊，柳文在家吗？柳文娘踮着小脚端着破了边的泥盆走出来，她的头发散乱，髻歪缀在脑后，肥大的棉袄上缀满了大大小小的补丁，黑粗布大棉裤没绑束裤脚的丝带，裤筒把小脚遮住了，看起来有些奇怪。柳文娘揉着眼说，大早上大呼小叫的，干啥？高广杰没理会柳文娘的不满，依旧大喊，柳文在家吗？柳文娘放下手里的盆说，大早上的，有你这样的吗？高广杰一着急，不知道该说什么好，两只手在胸前比画着，比画了半天，不知该怎么开口，只得又对着屋里喊，柳文在家吗？柳文娘每天被一群饿狼一样的儿子追着要吃的、穿的，心里的憋屈正没处撒呢，便没好气地说，大早上，除了报丧的，没你这样的。柳文爹柳大全探着头，弓着腰从屋里出来说，有你这样说话的吗？他努力把头抬起来问，大侄子，啥事呀？高广杰说，柳文在吗？铁路边躺着一个人，穿的袍子和柳文的一模一样。柳文娘拍着手问，躺哪里了？喝醉了？高广杰看看柳文娘，又看着柳文爹，说，你们过去瞧瞧吧。柳大全的目光在高广杰脸上游走了一圈，高广杰有些心虚，把脸转向另一边。柳大全扭头冲屋里喊，柳虎、柳豹、柳武、柳全，赶紧去看看。屋里有人打着哈欠说，大早上的，啥事呀？柳大全弓着腰来到屋门前，一脚踹在破烂的门上，房门发出一阵惨叫，几人这才披上衣服，提着裤子从屋里走出来。柳大全说，赶紧的，去铁路上看看，柳文昨晚没回来。柳豹揉着眼说，他昨天说了，过几天要让我吃上肉，还要给我置一件和他的一样的袍子。柳大全粗大的喉结上下滑动着，旁边的高广杰甚至能听见他牙齿来回错动发出的咯吱声。柳大全一脚踢在柳豹后腚上说，滚你娘的，就知道吃。柳豹揉着屁股，歪着头问柳大全，你不想吃肉？柳豹个头大，衣服穿了多年，像马鞍子一样搁在身上，有些顾前不顾后的，上面缀满了颜色不一的补丁。柳豹脸长，额头窄小，两只眼睛细小浑浊，扁平的鼻子，阔嘴。他除了吃，脑袋里也没别的什么事要想。柳大全摸了根棍子趔着身子要打柳豹。柳文娘拦着说，打了有用吗？赶紧去吧。柳豹四个这才跟高广杰走了。

柳豹挨了一脚，心里窝着火，甩着胳膊走在前面。柳豹走路的姿势和别人不一样，他的胳膊从身体两侧向身后甩，两只脚后跟对在一起，脚尖指向不同的方向，像只摇摆不定的鸭子。柳文在家是老大，柳豹是老二，柳虎是老三，柳武是老四，柳全是老五。生柳全时，柳大全说，生完这个，五个手指头就全了，就叫柳全吧。柳全还小，刚十岁，正是饿得快的年龄。这几个都是能吃的主，柳赵氏做煎饼时，这边还没从鏊子上揭下来，那边已经有几双手等着了。烙一天，他们能吃上一天，吃饱了，出去转一圈，回来又饿了。租种的地，交完地租后，余下的那点粮食老早就吃完了。好在依着微山湖，总会有办法。柳大全时常带孩子去湖里捞鱼摸虾，每次都不会空手回来。捞回来的鱼虾剖洗干净，乱炖一锅，即便缺油少盐的，也会被他们吃得一干二净，孩子们也因此长得健康壮实。

有一年大旱，别的地方的庄稼几乎绝收。桃村虽依着微山湖，庄稼也比往年减产了不少。柳大全交了地租后，粮食所剩无几。几个孩子饿得乱喊乱叫，到处找吃的。微山湖里的水只剩一条线躺在湖中央，鱼自然没有了。柳赵氏把装粮食的瓦缸倒了几次，也没倒出几粒粮食，只能坐在灶间擦眼抹泪。

柳大全看着饿得乱叫的孩子，鼓了几次劲，决定去柳广林家借粮食。柳广林坐在堂屋的太师椅上喝着茶，看都没看他，说，今年歉收，家里的粮食也不多，刚够一家人的口粮，明年还不知啥年景，实在匀不出来了。柳大全站在屋门处，搓着手说，要不是孩子饿得很，实在不该张这口呢。柳广林没搭理他，举着一本书看。汉儒在院子里边玩边吃油饼。柳大全见柳广林痴迷地看书，压根就不搭理他了。他只好转身出了门。

柳大全没回家，而是来到了微山湖边，见不少人在淤泥中捡河蚌，还有不少桃村人正挑着担子往这边赶，估计也是来捡河蚌的。他转身跑回家，进门就喊，赶紧的，湖里出河蚌呢。柳赵氏正在家着急上火呢，听柳大全一说，立时挑着家里的瓦罐去了湖里。来到湖堤上，见整个湖滩上到处是黑压压的人，柳赵氏立马加入了拾河蚌的大军中。淤泥里的河蚌真多呀，柳赵氏很快就捡满了一瓦罐。她嫌河蚌壳太重，干脆掰开河蚌，只装河蚌肉。河蚌肉滑腻腻的，不容易从壳里掏出来。不过，这难不住柳赵氏，她取下头上的银簪，河蚌一闪缝，便把银簪快速插进河蚌壳里，银簪稍微倾斜，手指能伸进去，再掰开就省力不少。柳赵氏越做越顺手，不一会儿，第二个瓦罐也装满了。

柳赵氏见瓦罐实在装不下了，才挑着瓦罐回了家。进了家，几个孩子饿急了眼，吵闹着到处翻吃的。家里早没了能吃的东西，翻不到吃的，几人只能把火发到彼此身上，你推我搡的。看见柳赵氏回来，都围了过来，看见瓦罐里的河蚌肉，欢呼着忙开了。他们有洗河蚌的，有往锅里加水的，有抱柴火的，不一会儿工夫，便煮上了满满的一锅河蚌肉。几人不停地往灶下加柴草，柳豹不时地掀锅盖看。柳文厉声训斥柳豹说，掀一掀就白烧半天，赶紧盖上。柳豹见柳文冷着脸，只得把锅盖上，去灶前添柴。锅不一会儿冒出了白色的蒸气，柳豹再也忍不住了，往锅里倒了点盐，盛了一大碗，用嘴吹着端走了。柳虎几个也拿碗去盛，几人蹲在院里吃得满嘴流油，最后吃得东倒西歪的，摸着鼓胀的肚子才算完。

那一年，桃村人天天去湖里采河蚌，说也神奇，河蚌好像永远捡不完似的。灾荒年里，桃村人非但没挨饿，还个个吃得红光满面的。桃村人没事总念叨，是湖神保佑了这方土地上的人，微山湖从没让沿湖的人挨过饿。

柳文到了上学的年纪，村里和柳文一般大的，有的请了先生在家教，有的去了镇上的高级学堂上学。柳文家里吃了上顿没下顿，当然没钱供他读书。好在桃村能让他撒野的地方多，他一会儿上树掏鸟蛋，一会儿下湖捉鱼，一会儿去田里掰个玉米，扒块地瓜，就着田垄挖个洞，用柴火烤了吃，反正闲不住。有时他拢聚村里的孩子东跑西奔，桃村到处是他们的尖叫和欢呼声。村里人倒习惯了，一天听不到他们的吵闹，反而觉得少了点什么。

　　柳赵氏农忙时会去柳广林家帮工，做些做饭、洗衣的零碎活。柳文小时候跟着去过，柳广林家的房子外面好看，里面更好看，屋里还有油光锃亮的家具，条几上摆着好看的花瓶，墙上挂着柳文看不懂的字画，比他家低矮的茅草房亮堂多了。柳文含着指头倚在堂屋门边向里看。柳赵氏慌慌张张地跑过来，拽起他，边走边说，短命鬼，这里是你能待的吗？柳文想挣脱，可母亲整日做活，手劲太大，挣扎也只是徒劳。柳文被母亲拉拽着来到灶屋，被摁到角落的柴火堆里。母亲说，老实在这待着。那天，柳广林家雇人秋收，柳赵氏帮着烙煎饼。柳文在灶屋角落里坐久了，忒无聊，后来迷糊着睡着了。不知过了多久，他被一阵奇怪的声音吵醒了。他揉着眼，看见母亲和柳广林在柴草堆里滚着。鏊子底下的火熄了，一些燃烧后仍在挣扎的麦秸缭缭绕绕地冒着青白的烟。柳文没敢作声，因为柳广林怕他吃煎饼，曾和母亲说过不许带他过来。过了一会儿，柳广林从草堆里爬起来，提起裤子，整理好衣衫走了。柳文从柴草的缝隙里见柳广林没了往日的冷厉，过了一会儿，柳赵氏也从草堆里爬起来。柳文看见她的头发凌乱，偏襟的上衣敞开着，露出胡颤跳跃且有些丑陋狰狞的双乳。柳文忽然明白了，有时候他半夜醒来，听见父亲和母亲发出过这样的声音。他的拳头紧紧握了起来，整个人颤抖着。柳赵氏提着肥大的裤子站了起来，系好裤腰带，坐在了鏊子前。她撮了一把柴草，用火棍从鏊子底下掏出没燃尽的草灰，把柴草铺在上面，趴下头，狠劲地吹着。她反复吹了三四次，柴草才燃起来。她把燃着的柴草推到鏊子底下，又添了把柴草，这才整理起蓬乱的头发。她把头发胡乱拢上后，开始揭鏊子上的煎饼。她回头放煎饼时，柳文看见母亲的脸红艳艳的，像夏天湖里的荷花。柳赵氏听到角落里的窸窣声，转过身，见柳文正瞪着她。她眼里像有只被惊飞的鸟，慌忙低下头，快速往鏊子底下加柴草。不一会儿，鏊子底下的火蹿出来，在鏊子周围跳着妖娆的舞，柳赵氏忙把火往回推。柳文慢慢从角落站起来,"呸"了一声,转身走了。

柳文自记事起,就没见柳广林笑过。柳广林整天阴沉着脸,穿着缎面长衫,嘴下留着几根稀疏的胡子,两只眼睛像老鹰的一样。有一年夏天,柳文见柳广林没穿衣服,仰面在桃林里躺着。桃林不是桃树林,是桃村人对村前那片空旷地的称呼,桃林边有几棵柳树,是人们去湖里、田里的必经地。柳广林那日跷着二郎腿,闭目躺在一棵树下哼哼唧唧地唱着戏,全然不顾路过的姑娘、媳妇。柳文想,他不知道自己没穿衣服吗?反过来一想,他是大人了,能不知道自己没穿衣服吗?他一定是故意的,他咋不知羞耻呢?柳文八岁时,有人跟他开玩笑,扒他裤子,他捡起石头,围着村子追那人,咬牙切齿地骂着,要和人家拼命,没人能拦得住。人们看他的样子,怕出事,叫来了他爹娘。直到柳大全截住他,脱了鞋,要抽他屁股,他还不算完,歪着头骂了许久。

很多人在背地里咬牙切齿地骂柳广林,当面却对他恭敬有加。柳大全说,谁让人家地多,咱得种人家地呢,还得仰仗着他给碗饭吃呢。柳文那时十岁了,说,那可不见得,地也不能一直是那老狗的。柳大全看着皱着眉的柳文没说话。柳文这两年长高了不少,黑黢黢的,整日皱着眉。柳大全想,这小子忒倔,不随我胆小怕事的性格。他不敢宰兔子,柳文敢。柳文捉来野兔,自己宰杀。柳文把捉来的野兔吊在门前的矮树上,兔子在树上恐惧地扭动着身体,晃晃悠悠的。柳文在旁边磨刀,不急不慌地磨着。柳文比同龄的孩子多了许多沉稳老练。就说剥兔子吧,村里许多成年男子都不会干,他们不敢用尖刀把兔子的皮肉一点点分离开来,可柳文敢,还无师自通,剥的兔皮极完整。柳文剥兔子时,抿着嘴,眯着眼,有板有眼的。只一会儿工夫,树上只剩下剥过皮的兔子。村里人说,柳文不得了,能成事。

柳文自那次后再也没去过柳广林家,他也不让母亲去。那天,柳赵氏又要去柳广林家做活,柳文在后面拽着她的衣摆不松手。柳赵氏被拽得动弹不得，柳大全看不下去了，拿着棍子指着柳文的额头说，小兔崽子，你娘不去做活，你们几个狼羔子就等着饿死吧。柳文黑白分明的眼珠里火星四溅，歪头盯着柳大全。柳大全作势举起棍子，柳文毫无惧意，挺直了身子，等着棍子落在身上，手仍紧紧地拽着柳赵氏。柳大全棍子举得老高，落下时却像蜻蜓点水一样。柳大全嘴里骂着，你个倔驴。柳赵氏扒拉开柳大全的棍子说，别打了，他几时怕过你的棍子，俺不去了，你带他们下湖吧，说完冲柳大全使了个眼色。柳大全心领神会，丢下棍子说，是呢，昨天见东庄老来捞了不少鱼，咱也去碰碰运气。柳文喜欢捉鱼，他看见个水汪都走不动道，到了湖里，欢得像条滑腻的鱼。柳文见父亲要去捉鱼，便松开了柳赵氏，呼喊着柳豹、柳虎跟着柳大全一起去了湖边。柳赵氏看他们走远了，才拍拍身上的土，拢了拢头发，去了柳广林家。

柳赵氏到了柳广林家，柳广林的媳妇柳方氏耷拉着脸站在院子中间说，半大晌午了才来，想做活的人多的是，不想做的话明说，要不是觉得咱是近门，你的活我还相不中呢。柳赵氏赔着笑说，是呢，多亏您照应，老早就想过来的，他们爷几个非要去捉鱼，我帮着补了补网。柳方氏没搭理柳赵氏，转身进了屋。柳方氏嫁过来时，柳广林家也就二顷田。柳广林父亲柳进才勤俭持家，吃的、用的能省则省，教训家人晚上油灯能不点就不点。媳妇、闺女穿戴从简，更不能涂脂抹粉。柳进才还要媳妇、闺女亲自缝补浆洗、做饭洗刷。除非农忙时节，短工多，实在忙不过来，才请柳赵氏这样的近门来帮忙。在柳进才的勤俭操持下，家业一天天丰盈起来。眼下，柳进才去世多年，柳广林没柳进才在世时那么节俭了，不过，也是能省则省，绝不枉花一分一毫。柳赵氏是按天算工钱，半上午不来，一样给工钱，柳方氏自然不乐意。柳广林从堂屋出来，眼睛在柳赵氏身上扫来扫去。柳赵氏低头进了灶间，本族的柳张氏已经在灶间忙活了。

柳豹几个跟着高广杰来到铁道边时，天空东边露出了鱼肚白，天地清晰明朗起来。高广杰知道柳豹和柳虎几个四六不分，脾气还不好，所以只是在前面引路，不敢多说话。人们还围在铁道边，有人通知了保长朱光明，朱光明几乎和他们一同到达。围着的人自动闪开了一条道，这是朱光明做保长以来，第一次碰到火车撞死人的事。柳豹来到躺着的人跟前，眼睛登时瞪圆了。他蹲下身，一把拽住棉袍说，这不是柳文的长袍吗？前天求了他半天，让他借我穿一会儿，他都没答应，怎么到这来了？朱光明咳嗽了一声，说，先翻过来看看吧。有人上前把趴伏着的尸体翻过来，柳豹大呼小叫起来，柳文……是柳文！人们看见柳文胸前的棉袍被血浸染了成了褐紫色，眼睛圆睁着，额头和两颊处有青紫的瘀痕。高广杰人小胆子大，上前试了试鼻息，手指碰到了冰凉僵硬的鼻子。高广杰趴在朱光明耳边说，恐怕是昨晚的事了。柳豹看着周围的人，又看看躺着一动不动的柳文说，柳文死了？柳文死了！一直没吭声的柳虎"嗷"的一声哭诉起来，柳文，你骗人，昨天还许我，过年给我买新袍子呢，你死了，我找谁要去？高广杰说，人都死了，还要什么袍子？

朱光明皱着眉头走出人群，寻思着要不要报官，柳广林恰巧来了。他站在远处问朱光明，这么多人，出什么事了？朱光明踱到柳广林面前说，柳文被火车撞死了，正想着要不要报官呢。柳广林盯着朱光明说，真的？可惜哟！年纪轻轻的。说着蹲在了路边，伸手示意朱光明蹲下，朱光明与柳广林并肩蹲在了路边。柳广林和朱光明一起读过书。朱光明的家境比柳广林差些，不过，朱光明父亲有学问，曾是前清童生，深受四邻八乡尊崇。柳广林父亲和朱光明父亲关系好，到他们这就有了世交的意思。柳广林附在朱光明耳边问，你想报官？朱光明说，正拿不定主意呢，瞧着柳文死得蹊跷。柳广林又趴在朱光明耳边说，说不定是他自己撞上去的，报了官，日本人会寻事呢，你这个保长也跟着倒霉。朱光明没说话，抬头看了看柳广林，又看了看人群。柳广林说，人已经死了，说啥也没用，他是我的近门，家里实在艰苦，不如我出个棺材钱，葬了了事。朱光明还是没说话。柳广林说，你要是想多事，我也不拦着，日本人做事你也知道，难对付，去年铁道出事，你忘了？朱光明当时差点吓破胆，哪能忘呢。去年，日本人的火车坏了，桃村人去瞧热闹，看见帆布底下全是洋布，朱二起了贪心，趁日本人不注意，拽了一匹布夹在腋下跑了。王五见朱二拽布日本人没看见，也跟着拽了一匹。其他人看他俩得手了，也想上前。日本人见情形不对，端着枪喊叫着。王五夹着布没跑远，被日本人一枪打在头上，一头栽在地上，直接没气了。其他人四散而逃，日本人气恼地胡乱射击，还伤了一些过路人。

后来，朱光明被找了去，先是被王来骂了一顿，朱光明以为挨完骂就行了，谁知王来狠狠地说，日本人那里我交不了差，你得和我一起去。朱光明只好跟着王来去了日本军营，他俩被一个日本军官指着鼻子骂了半天，后来日本军官还不解气，抽出军刀架到了朱光明的脖子上。朱光明感觉脖子凉飕飕的，他闭上了眼睛，想着这下完了，连和老婆孩子留句话的机会都没了。他闭着眼等了半天，见没动静，就慢慢睁开眼，见日本军官正在用洁白的手绢擦着军刀。日本军官说，你们的，死啦死啦的，回去好好的效劳皇军，戴罪立功。朱光明和王来拱手作揖，然后赶紧溜了。还有前段时间日军的周庄据点被袭，日本人现在还耿耿于怀呢。眼下又出了这档子事，日本人遇事爱琢磨，柳文大半夜死在铁道边，日本人肯定不会善罢甘休的，他们会不会认为柳文是扒火车偷盗时被撞死的？朱光明低头想了一圈，越想心里越忐忑。

据点遇袭的事，朱光明几个把锅甩给了狗剩，后来，朱光明听说确实是狗剩领着游击队干的，也算没冤枉他。日本人曾带人去狗剩家捉人，王耀武怕狗剩家人有闪失，提早把他们转移到了湖里藏着。王耀武不是出于好心，保长们心里都有本账，他们不想得罪游击队，更不想得罪日本人，两边他们都得罪不起。柳文恰在这时死在铁道边，里面的蹊跷谁又能说清呢，真是一波未平一波又起，朱光明的心里像路边的野草一样杂乱。他抬头看周围的人愈聚愈多，眉头聚拢成了疙瘩。柳广林说，光明，都这辰光了，赶紧做决断，不能再等了。朱光明叹了口气，抬手招呼高广杰过来。高广杰小跑过来问，保长，啥事？朱光明说，广杰，去把柳大全叫来。高广杰没动，看看朱光明，又把目光投向柳广林。柳广林从兜里掏出一把碎钞，递给高广杰说，拿去买糖吃。高广杰盯着柳广林手里的碎钞，有点不相信自己的眼睛，他甩了甩头，确定是碎钞后，一把抓起来，一路小跑着走了。高广杰边跑边想，太阳莫不是从西边出来了，柳广林一向小气，今日咋会恁大方呢？高广杰想，管他恁多，不拿白不拿。

高广杰跑到柳大全家，柳大全正蹲在门前叼着烟袋抽旱烟。烟袋是用柳赵氏织的粗布缝制的，日月久了些，乌黑油亮。铜烟锅里的烟叶明明灭灭，映照着柳大全满是皱纹的脸。柳赵氏在灶间忙着，右眼皮跳了一早上了。柳大全见柳豹几个一去不回，正心绪不宁呢，见高广杰慌慌张张地跑来，心狂跳着。他把烟锅在旁边的石头上磕了磕，站起来迎向高广杰。高广杰跑到柳大全面前，气喘吁吁地说，叔，那个柳文他……高广杰不知如何把死说出口。柳赵氏从灶间走出来问，柳文咋了，又作恶了？高广杰转向柳赵氏说，没！柳赵氏回望了下灶间，她怕灶下的火蹿出来。高广杰看看柳大全，又看看柳赵氏，跺了下脚，把脸转向一边说，他被火车撞死了。柳赵氏听了，整个人晃了晃，用力抓住了身边的柱子才没栽倒。她稳了稳心神，指着高广杰说，大早上的不要胡呲呢。高广杰说，这事哪敢胡说，柳文躺在铁道边呢，保长让我叫叔去商量事呢。柳赵氏听完，跌坐在地上，两只手从脚脖处捋到大腿，前俯后仰地放声大哭起来，我的儿，我的苦命的儿呀！一天福没享的儿哟，受苦受罪的儿哟……柳大全拿着烟袋的手哆嗦着，看看柳赵氏，又看看高广杰，又蹲回到地上。高广杰趴下身子说，叔，事这样了，柳文不能一直躺在那，得操办下身后事，保长让您去呢。柳大全慢慢地站起来，高广杰扶着柳大全向铁路走去。柳赵氏的哭声招来了左邻右舍，人们从柳赵氏的哭诉中，大体知道了原委，劝慰着柳赵氏，有的陪着落泪。

柳大全被高广杰扶着来到铁道边，柳豹和柳虎坐在柳文身旁，一会儿拽拽柳文的袍子，一会儿看看周围的人。柳豹见柳大全来了，迎上去说，大，你看，柳文死了。柳大全被高广杰搡着，像一片树枝上的枯叶即将坠落。柳豹说，大，咋办呢？柳文被火车撞死了，身上全是血呢。朱光明推开柳豹，搡着柳大全说，叔，天上掉下的事，谁也想不到，叔得想开点。柳广林也跟过来说，叔，我一听说就过来了，咱本族本宗的，需要我帮啥忙就张口。柳大全又看了看躺着的柳文，身体哆嗦着。朱光明忙把柳大全搡到一边说，叔，咱这边说话。朱光明和柳广林一左一右搡着柳大全来到路边，朱光明先蹲下说，在这吧，咱爷仨说说话。柳大全机械地跟着蹲下，眼睛直直地盯着地面。柳广林掏出一盒烟，拿出两根递给朱光明和柳大全。柳大全像个木偶一样，柳广林只得把烟塞到他手里。柳大全拿着烟，眼睛仍呆呆地盯着脚下。柳广林用火柴给朱光明引着烟，看看柳大全，把火柴放进兜里，也跟着蹲下了。朱光明说，叔，出这样的事，咱都难过，难过归难过，事这样了，叔拿个主意，柳文不能一直躺在这。柳广林说，是呢。柳大全没说话，两行浑浊的泪从眼窝涌出。柳大全抹了把脸，把脸搭在膝盖上，嗓子里发出"咕咕"的声音。朱光明拍着柳大全的背说，叔，俺知道您心里苦，白发人送黑发人。可叔是一家之主，得拿主意呢。柳广林说，叔，柳文没了，我难过着呢，后事需要钱的话，我出，一定让柳文体面地走。朱光明说，叔，就等您一句话，咱报不报官？还有，您知道柳文昨晚去铁道边干啥了吗？柳广林说，铁道边可是个是非地，日本人的据点被袭还没理出头绪呢，可不能蹚了这浑水。

朱光明说，就是，西村一郎是日军的爱将，不明不白地死在这里了，后面还指不定出啥招呢。柳广林说，不报官的话，得赶紧把柳文抬走，巡道的来了，不想惊动也惊动了。朱光明说，是呢，柳文大晚上去铁道边，咱们浑身是嘴也说不清。朱光明和柳广林一唱一和地围着柳大全说道着。柳大全乱了阵脚，他抬起头，看看朱光明，又看看柳广林，被他俩一通分析，他的眼里除了悲伤还有惊惧。柳大全大字不识一个，只知道在土里刨食湖里捉鱼。柳文突然死了，他的心像被刀子剜了一样痛，突如其来的变故，让只知生之艰辛的他乱了方寸，听朱光明和柳广林一说，他猛然害怕起来。知子莫若父，柳文胆子忒大，这些年时不时会从外面带些钱粮回来，问他哪来的，他会说，不用你们管，不偷不抢，凭本事弄的。柳大全知道再问也没用，倒是家里的日月开始比以前好过了。柳广林抬头看见硕大的太阳从东方欣然跃出，洒下的万丈光芒，驱赶着雾气，柳广林瞅瞅太阳，又看向朱光明说，光明，都这辰光了，溜道的怕是要来了。朱光明看看太阳，又左右看了看说，差不多了。柳大全听了，蒲扇般的手掌从额头滑到下巴，把濡湿的手掌在衣襟处擦了擦说，抬回吧。柳广林说，柳文是少亡，按规矩不能抬进家。朱光明说，要不先停凤凰窝，准备下后事，再下葬。柳大全艰难地点了点头。柳广林说，我回去安排本家户族给柳文缝件衣裳，定个棺材，光明，你安排人把柳文抬到凤凰窝。朱光明说，行。朱光明说着起身招呼人抬柳文。这边，柳广林安排人把柳大全扶回家。

　　柳文的后事在柳广林的安排下，当天下午就仓促办了。高广杰抬柳文时，看见柳文的胸口像是被刀刺了，还不止一个刀口，他心里疑惑，又不敢多说。柳文下葬后，他去大洋马家玩。大洋马的丈夫叫崔明铎，他外出多年，据说参加了八路军。大洋马本名叫杨晓玛，与崔明铎订的是娃娃亲。杨晓玛家是韩镇上的，她祖上在韩镇开了菜馆，生意很是红火。崔明铎家当时也有一顷地，算门当户对。崔明铎父亲崔福运去杨家菜馆吃饭，见年幼的杨晓玛俊俏活泼，很是喜欢。崔福运家只有两个男孩，平日总觉得家里少了点什么，看见杨晓玛，他才明白家里少了女孩子欢快活泼的气息。崔福运与杨晓玛的父亲杨承先多聊了几句，杨承先不是个纯粹的商人，闲暇之余，还会吟诗作对，自诩半个文人。崔福运也是耕读传家，常读书习字，颇有文人风骨，两人相谈甚欢。交谈中，杨承先得知崔家家境殷实，崔福运谈吐不凡，绝非一般的土财主可比，心中多了份敬重，于是吩咐跑堂的给崔福运加了一菜一汤。旁边一位熟客看他俩聊得火热，开玩笑说，你俩如此投缘，何不做儿女亲家。杨承先打着哈哈说，做个干亲亦可。崔福运心里倒是十二分中意杨晓玛，看着活泼的杨晓玛说，两个犬子虽不才，品学亦属中等，大的眼下在镇上学堂读书，门门功课都是优等。杨承先说，崔兄好福气呀！前几日，学堂的几位先生来这里吃饭，说起学堂的一个孩子，他功课好，聪慧好学，莫不就是你家公子？崔福运说，小儿确实深得先生们的垂爱。杨承先皱眉想了一会儿说，先生们说那个孩子叫崔明铎。崔福运笑着说，正是犬子。杨承先向崔福运拱手致意道，老兄，有这么个儿子，真是有福气呀。崔福运拱手回到，哪呀，眼下还是孩子，以后的事谁也不好说。杨承先说，孩子有没有出息，从小就能看出来。崔福运说，这话家父亦讲过，老话历经千百年洗练，还是有道理的。杨承先点头称是，抬手召唤正在玩耍的杨晓玛。杨晓玛蹦蹦跳跳地跑过来说，爹爹，叫我何事？杨承先指着崔福运说，快叫伯伯。杨晓玛也不认生，脆生生地向崔福运问好。崔福运心下欢喜，掏出两个银圆递给杨晓玛，让她拿去买糖吃。杨晓玛双手背在身后，并不去接，眼睛转向杨承先。杨承先说，崔兄太客气了，还是小孩子嘛，礼有些重了，来日方长，银钱是万万不能收。崔福运说，杨兄，给孩子买糖吃的而已，何必认真。杨承先见崔福运态度坚决，觉得再拒面子上过不去，于是说，晓玛，赶紧谢谢伯伯。又吩咐跑堂的重置了酒菜，两人对饮了起来。酒越喝越多，话也跟着稠起来。说着说着又说到儿女亲家上，崔福运看着瓷娃娃一样的杨晓玛，打心里喜欢。杨承先虽没见过崔明铎，却从学堂老师们赞不绝口的夸奖里，感到崔明铎来日绝非平庸之辈。两人皆有此意，也不知谁在举杯时提起了结亲的事，两人晕晕乎乎中就把崔明铎和杨晓玛的事定了下来。

　　杨承先第二天酒醒后，觉得订亲的事有些仓促，礼数上欠缺。他与好友丁来智说起此事。丁来智说，这有何难，虽说仓促，亦非坏事，崔家与你家也算门当户对，崔家孩子也算金童，你家晓玛也不差，挺好的事，差的是礼数上的周全，咱找知底的人捎信于崔家，把该做的事做了，不就圆满了。杨承先点头称是。随后，两家便正式定下了这门亲事，崔明铎也被引到杨家几次，杨承先见崔明铎确实聪慧过人，有着同龄孩子少有的沉稳、机智，心里更是欢喜。

　　后来，崔明铎从镇上高级学堂毕业，又外出求学，受新思潮的影响，参加了革命，音信全无，连崔福运也不知儿子去了哪里。杨承先见女儿一日日大了，心里着急，想把他们的婚事办了，了却一桩心事，怎奈崔明铎一直未归，婚事也久拖未决。

　　有一次，崔明铎执行任务，顺道回家。父母欣喜之余，觉得他好不容易回来趟，要他去和岳父商量把婚事办了。崔明铎听从父母的安排，带着礼物去了岳父家。杨承先对崔明铎的到来很是惊讶，站在门外半天没让他进去。后来，有邻居路过说，姑爷来了，不能站在门外说话呀，他才让崔明铎进屋，不过让他在菜馆前厅坐着，不让他去后院，崔明铎坐在前厅非常不自在，他反复把父母的意思说与杨承先。杨承先擦了擦额头的汗说，明铎，婚姻兹事体大，须从长计议，不可匆忙行事。崔明铎说，岳父大人，我是组织的人，身不由己，下次还不知道什么时候能回来。说着向后院张望，他好几年没见到杨晓玛了，想着杨晓玛黑葡萄似的眼睛，有些魂不守舍。杨承先见崔明铎老是往后院瞧，只装作没看见。杨承先好像很忙，起身招呼着来往的客人，与他们寒暄个没完。崔明铎觉得岳父故意冷落自己，老傻坐着也不是办法，于是上前向岳父告别。崔明铎觉得自己告别，岳父至少会挽留他吃饭，或者让他去后院，可是杨承先却说，明铎呀，咱是有头有脸的人家，结婚大事，不能马虎，须办得体面些，容我准备准备，你先回吧。崔明铎早看出杨承先是在应付自己，负气告辞。回去的路上，崔明铎思来想去，没弄明白岳父的心思。悔婚吧，又不像，不是悔婚的话，又为何对他这般态度。

回到家，他把见岳父的经过说与母亲。母亲说，咋会这样呢？一年前，你岳父说，男大当婚女大当嫁，和春种秋收一个理，得赶节气，孩子到了年龄不成家，对做父母的来说都是件心事。今天咋这般说辞呢？崔明铎与父母揣摩了许久，也没弄明白杨承先的心思。崔明铎有些落寞地说，爹，娘，既然结不成婚，我得回部队了。崔柳氏想留儿子多住几天，崔明铎说，娘，部队有纪律。崔柳氏没办法，叹着气给儿子准备吃食，带着路上吃。

第二天，崔明铎收拾东西准备回部队时，杨承先牵着骡子，驮着杨晓玛来了。杨晓玛穿着一身红衣，挎着红包袱进了门。桃村人听说了，都来看新娘子。挤在门外看热闹的女人说，新媳妇还怪胖来。崔福运招呼杨承先喝茶，崔柳氏上下打量着杨晓玛，觉得她确实胖了不少，那腰身不像女孩子家的紧致，倒像是生养过孩子似的。崔柳氏心下疑惑，又不好说出来，忙着张罗洞房花烛需要的物件。看新娘子的人越来越多，大家七嘴八舌地品头论足着。崔明铎婶婶铺好了喜床，让杨晓玛去新房歇息。杨晓玛起身时，崔明铎婶婶见杨晓玛的胸大得出奇，乳房把单薄的衣衫顶得非常突兀。崔明铎的婶婶把崔柳氏拉到里屋，附在崔柳氏耳边说，新娘子八成不是雏。崔柳氏心里早就忐忑，又觉得毕竟进了门，不能乱说。崔明铎婶婶又说，这个可得弄清楚了，咱明铎怎好的孩子，婚姻大事上可不能马虎。崔明铎母亲听了，拽着崔明铎婶子说，话不能乱说。崔明铎婶子说，不只我怀疑，好多人都这么说。崔柳氏惊得张大嘴巴问，都咋说的？崔明铎婶子说，都是过来人，啥不懂呀？都说得可难听了。崔明铎母亲坐不住了，匆匆去找杨晓玛父亲，杨承先早走了。崔柳氏想，明铎婶子是个碎嘴子，她这般说，不弄清楚，以后不够她编排的。崔柳氏无心招呼来往祝贺的人，找到崔明铎婶子，将她拽到一边说，她婶，你做事利索，叫上他姑，一块审审她，要真有啥，这媳妇咱不能要。崔明铎婶婶平日里就是个好管闲事的人，哪能放过这个展露本事的机会，一阵风似的旋走了。崔柳氏又把崔明铎爷俩叫进屋，把事情说了。崔明铎虽然受过新式教育，但听了母亲的叙说，还是气血翻涌的，一拳打在墙上说，要是真的，我坚决不要，今晚就回部队，至于她，你们看着办吧。崔福运的胳膊肘支在桌上，手扶着头一言不发。亲事是他一手促成的，晓玛这孩子小时候聪明伶俐，挺讨人喜欢的，这才几年光景，不会如此不知廉耻吧。杨家的家境殷实，杨承先也算半个文人，家风不错，但愿不是真的。要是真的，出了这等辱没门风的事，该如何是好呢？

　　杨晓玛到底年轻，在几个女人的轮番逼问下，承认与店里的跑堂伙计好了，刚生下一个孩子。崔明铎婶子像是完成了神圣的使命一样，快速跑进了堂屋。崔明铎与父母正愁眉苦脸地枯坐着，崔明铎婶婶人未到声先到，可不得了了，丢死人了。没等崔柳氏开口，崔明铎婶婶便一五一十地把杨晓玛交代的复述了一遍。崔柳氏听完，心想，这个媳妇无论如何不能要了，不然以后不够他婶讥笑的。崔明铎还没听完，就回屋收拾东西，连夜走了。崔柳氏没阻拦儿子，连崔福运也觉得儿子一走了之是对的。

　　自从崔明铎婶婶和几个女人走后，崔家再没人来过洞房，杨晓玛陪着流泪的蜡烛坐到天亮。杨晓玛见崔明铎走了，后悔做下了蠢事。几年不见，崔明铎褪去了青涩，儒雅中透着股英气，他的眼睛晶亮有神，眉清目朗，唇红齿白，比那个猥琐的跑堂的强上一百倍。她当初怎么就着了他的道了呢？直到现在她也没弄明白。

　　杨晓玛记得，那是个阳光正好的春日，父母去探望生病的外公了，临走交代她看好门院。杨晓玛有些无聊，移步来到院里。几只小鸟在枝头雀跃着，两只鸟啄着彼此的羽毛。杨晓玛低下了头，心狂跳着。恰巧跑堂的孙来福闯了进来说，小姐，给您这个。杨晓玛转头一看，是一束颜色各异的野花，小花瘦弱，叶子怯生生的还没舒展开，被捆扎在一起。杨晓玛漫不经心地问，哪弄的？孙来福说，刚才去买菜，路过运河，看着好看，给小姐采回来了。孙来福十岁时被送到店里帮忙，他腿脚勤快，嘴巴也利索，杨承先把他当自己孩子待。小时候，杨晓玛喜欢和他一起疯跑，这些年，父母不让她外出了，孙来福也娶妻生子了，忙完店里的还要回家忙，她与孙来福见面的机会少了。杨晓玛接过花，放到鼻子下嗅着，不知怎的，眼泪顺着脸颊流了下来。孙来福被吓着了，问，小姐，你这是怎么了？杨晓玛不知怎的，忽然想起崔明铎。她心里难过着，再看眼前的春色如此撩人，却无人共赏，她愈发伤感，鼻子酸酸的，眼泪悄无声息地又流了下来。她进了屋，看着冷清的房间，更是悲伤难抑，走到床前伏在被子上哭起来。孙来福站在门前，走也不是，进来也不是。看到她哭，他着急难过，又不知如何劝说。想了半天，他倒了一杯水，慢慢走到床前说，小姐，别难过了，喝口水吧。杨晓玛没理会他。孙来福闻到了一股奇异的香气，直冲五脏六腑，他鬼使神差地伸出手，扶着杨晓玛的胳膊，想着让她起来喝口水。杨晓玛战栗了一下，孙来福感觉到了。杨晓玛抬起头，绯红的脸像雨后的花朵般艳丽。孙来福把茶杯放在小几上，撩了一下杨晓玛的乱发，满眼疼惜地看着她。杨晓玛伏在孙来福身上又哭了。孙来福结结巴巴地说，莫哭，莫哭。手抚着她乌黑浓密的头发。杨晓玛任由他粗糙的手抚着她的长发。窗外的鸟儿啁啾不休，有两只在树上卿卿我我着。孙来福伸手抱住了杨晓玛，杨晓玛犹疑了一下，任由他抱着。他呼吸急促起来，在她耳边絮叨着，晓玛，从十岁起，我夜夜都能梦见你。杨晓玛的眼神迷离，像是在梦中，她紧紧地抱着孙来福。

以后的日子，杨晓玛经常与孙来福眉来眼去的，杨承先看出了端倪。他说与夫人李氏，让她提醒杨晓玛少与来福说笑，不能乱了礼教章法。李氏觉得丈夫想多了，孙来福与杨晓玛从小一起长大，情同兄妹，来福不会做出格的事。杨承先说，但愿如此，我杨承先在镇上也算有头有脸的人，杨家几辈子在镇上树起的好名声，别葬送在我手上。再说了，老话说得好，女大不中留，留来留去，留出仇来。过几日，我去崔家问问明铎几时回来，抓紧办了婚事，也好了却我们的心事。李氏说，行，你急着做岳父，我也拦不住。

杨承先去了趟崔家，崔家的意思是崔明铎一时半会儿回不来。杨承先的心像吊在半空中。杨晓玛最近总是莫名呕吐，他让李氏询问，李氏说是吃坏了肚子。杨承先知道老婆粗心，搁着别人，不会被女儿一两句话就打发了。杨承先的烦恼像夏日雨后葳蕤的野草一样茂盛。他在柜上特意留意了孙来福，来福做事没了以往的利索，老是丢三落四的，眼睛还不时往后院瞟。杨承先训斥了他几次，他头点得跟鸡啄米一样，过后眼睛还是往后院瞟。杨承先心想，完了，杨家的名声怕是保不住了。

杨承先的担心不是多余的，没过多久，杨晓玛的肚子丰隆了起来。李氏也看出来了，说晓玛脸色憔悴，人倒胖了。杨承先拍着桌子说，你混呀！赶紧去问问她，丢人的东西。李氏瞪着双眼，捂着嘴说，不会吧！说着进了杨晓玛房间。杨晓玛正躺在床上，李氏一把掀开被子，厉声说，快说实话，肚子是怎么回事？杨晓玛拉过被子，盖在身上，瑟缩到床角，捂着脸不说话。李氏爬到床上，拉拽着被子说，你是不想让爹娘活了吗？杨晓玛看着愤怒的母亲，低声啜泣起来。李氏见杨晓玛哭，心又软了下来。她翻身坐在床沿上，喘着粗气问，那混蛋是谁？杨晓玛低头拽着被角不说话。李氏拍打着女儿说，你是想急死我吗？杨晓玛抽噎着说，孙来福。李氏一下站起来说，什么？你个下贱东西！李氏指着杨晓玛说，爹娘这些年白疼你了。她愤怒地跺着脚，拍着手，看见桌子上的花瓶，拿起来摁在地上。她又双手左右开弓扇自己耳光，不停地咒骂着自己，看你脸往哪搁！杨晓玛被母亲的举动吓着了，她滚爬着跪伏在李氏脚下说，娘，都是俺的错，俺知道错了，可肚子里的孩子会动了，俺想让他活下来。李氏指着杨晓玛说，滚！没羞没臊的东西。说完愤怒地离开了房间。

杨承先看她气鼓鼓的样子，明白了七八。他拍着桌子说，不成器的东西，早知道掐死她了。李氏说，窝囊死人了，你眼还真毒，是那个喂不熟的狼。杨承先说，我早看出来了，只是心里不愿承认。太欺负人了！赶紧让那个狗东西滚得远远的，你去和他说，要么永世不得回镇上，要么吃官司，坐大牢。李氏说，让他走？便宜这个畜生了。杨承先说，眼下只能这样了，事情闹大了，咱就没法在镇上待了，能捂多久就捂多久吧。李氏觉得丈夫说得有理，起身去找孙来福。

李氏把孙来福叫到东厢房，问他想死还是想活。孙来福低着头没敢说话，随后跪在了地上。李氏看也不看他，说，想活的话立马滚出镇子，滚得越远越好。想死的话咱们马上去见官，弄死你，跟踩死只臭虫差不多。孙来福听完，给李氏磕了三个响头，转身走了。

李氏回到厅堂，没见到杨承先。她转身来到卧房，见杨承先躺在床上。李氏坐在床沿说，狗东西走了。杨承先没说话，面壁躺着。李氏说，他爹，是我不好，没教养好孩子，你打我骂我都成。杨承先说，打你有用吗？我恨不得一头撞死在杨家列祖列宗的牌位前，我杨家在镇上几代清白做人，没想到毁在我手里。李氏说，也不能全赖咱闺女，崔明铎这一去好几年，战火连天的……杨承先没等李氏说完，一下坐起来，说，是你根不正，苗才歪。你的闺女，你想法子，镇上不能待了，明日你带她回你娘家。李氏跳起来说，你骂我，我认了，不带这样埋汰俺娘家的，这时让俺回去，哥嫂指定不乐意，我不活了。说着提起裙子往外走。杨家在镇上做生意，见多了南来北往的客商，李氏的穿着也有了新式味道。她上身穿着元色的夹纱衫，裙子也是素净的元色，镶着韭菜般宽的边儿，再压上一道白色褶皱的外国花条子，上下都透着精致的贵气。杨承先看到李氏的这身打扮就来气，心想，要不是你整日追赶新潮，晓玛能这样？他气急败坏地拿起茶杯掼在地上，怒吼道，滚！滚得远远的。李氏负气奔向门外，走到门外又站住了，心想，我头脑一热说不活了，还真去死？当家的也不易，出了这事，作为一家之主，发发火也是应该的。再说，负气走了，能去哪呢？当然不能回娘家，还不够嫂子耻笑的。要不要个手段，拿些银钱，去南方待些日子，省得在家守着老古董生气。李氏转念间，来到了厅堂，坐下来细想着对策。

杨承先也在为刚才的吵闹懊恼，家里闹得鸡飞狗跳的，只会让外人看笑话，作为撑门立户的男人，他有责任让杨家人继续风光地在镇上生活。最好的办法就是把女儿嫁出去，现在出嫁不现实，只能先生下孩子，再伺机行事。把娘俩撵回娘家也不妥，不如把后面的两间旧房收拾出来，待生产完再做定夺。撵走了孙来福，也算斩断了祸根。杨承先来到前厅，见李氏还在生气，故意不理她，去了前面店里。

店里居然没客人，往日这个钟点早就人满为患了。他问站在门前的来财，今儿个是怎么了？来财快四十了，在店里做了十几年的活计了，人忠厚老实，长得眉黑目阔的。他肩上搭着条毛巾，腰间系了条围裙，弓着腰来到杨承先面前说，掌柜的，您没听见外面轰隆的炮声吗？别家店都上了门板躲炮火呢。杨承先倒背着手来到门前，看着空旷的街道问，又打起来了？

韩镇不大，却是南北交通咽喉，自古是兵家必争之地，战火纷飞的场面镇上人经历多了，也就多了些淡定。今日似乎与往日大不相同，家家关门闭户。杨承先家里炮火纷飞，倒是忽略了外面真正的炮火了。杨承先看了一会儿，问来财，谁和谁打的？来财说，听说是日本人和川军。说日军第十军团的一个大队，占领了火车站和铁桥，正构筑工事，想掩护台儿庄右翼的日军。杨承先说，日本人狡猾，知道占据险要位置。来财说，咱中国人也不傻，听说川军的四十一团是曾苏元任总指挥官，他在咱的运河南大堤的陈庄到运河铁桥一带布了一个团的兵力，运河铁桥到咱这的街面上，连着微山湖的大闸和铁山寺一带又布了一个团的兵力呢。大炮车拉到了张小屯，连利国驿和蔡庄那也驻了军。微山湖南岸的铁山寺、南石楼、上马庄至拾屯以北的小王庄一线到处都是人呢。杨承先听来财说得有鼻子有眼的，疑惑地问，你怎么知道他们布防的事？来财说，早上六声来过，他说的还能假了？杨承先点点头，六声在韩镇确实是个人物，日本人来了他投靠日本人，国民党来了他投靠国民党，游击队来了，他说他也是游击队的人。他嘴巴利索，活得风光无限。可常在河边走，焉能不湿鞋。有一次，他把游击队的驻扎地点泄露给了日军，日军袭击了游击队，后来，游击队知道是六声告的密，找他算账，他吓得钻到了床底下才躲过一劫，老实了一段时间。最近，他又出来了招摇了。杨承先想，六声知道得这么详细，想必日军和川军两边都去了，且用自己的三寸不烂之舌取得了他们的信任。杨承先看着空荡的街道，吩咐来财，这几日乡邻不敢出门，客商被截在镇外，留一人看店即可，其他人都回家歇着吧，工钱照发。来财听了，心下高兴，欢天喜地地去后厨帮着收拾。

　　杨承先趁店铺关门歇业的空，让李氏把后院两间房子收拾了。李氏原本气鼓鼓地计划南下，随着炮声隆隆，南下的想法瞬间消散到空气中了。杨承先让她看着杨晓玛，说，从今天开始，不准踏出后院半步，再出事的话，你们娘俩都不要活了，等在省城读书的儿子回来，把家业交于他，我自会去黄泉路上找你们。李氏见他面色冷峻，知道丈夫这次被伤得不轻。李氏没说话，默默地收拾着门前杂乱的东西。

　　店铺歇业后，杨承先让李氏把家里的老妈子也打发了，多一张嘴，多一分风险。他要李氏亲自做家事，李氏养尊处优惯了，操劳起来老大的不习惯，又敢怒不敢言。她做好饭，放厅堂饭桌上一份，她和晓玛在后院吃。店铺歇业的第三天，李氏正在院子里无聊着，天上忽然飞来了老鹰一样的飞机，飞机向镇子的东北方向飞去，不一会儿，远处传来了密集的枪炮声。李氏张皇地跑到杨承先书房前，敲着窗棂说，承先，飞机来了，又打起来了，咋办呢？过了一会儿，杨承先才慢吞吞地说，怕什么？死了倒利索，柱死好托生呢。李氏无奈，只好回到后院。杨晓玛挪到后院后，足不出户，能吃能睡。李氏看着她的肚子，倒狠不下心来骂她了。

李氏跑到门前，还没喊出声，只听轰隆一声巨响，小屋跟着晃了晃。她尖叫着，抱着头冲进了屋里。杨晓玛惊慌地坐在床上，房顶簌簌往下落着灰土。李氏抱住杨晓玛说，不怕，有娘呢，就算死，也要死在一起。杨晓玛伏在李氏的怀里瑟瑟发抖，她紧紧地抱着母亲。枪炮声响了一天一夜，杨家店铺在镇中央，日军和川军的主战场在镇北的火车站和运河铁桥边，离杨家远些，虽打得厉害，杨家却是有惊无险。

日军与川军在韩镇打了两个月。日军深知韩镇地理位置上的重要性，日军南下北上都得从此经过，一旦失去了对韩镇的管控，日军的南北联系就会被切断。日军誓死要保住韩镇的控制权，他们从外地调来了大批援军和装备，又派重兵加强了对运河铁桥周围和水路的管控。川军也想控制车站和铁桥，日军和川军各据一端，打了许久。最后，由于日军人数实在太多，装备也精良，川军退出了战斗，日军重新控制了韩镇。

炮火停熄了，街上灰尘飞扬，垃圾遍地，一片破败萧瑟的景象。乡长李文君派人挨家挨户地通知，让每家出一个壮劳力，帮着掩埋尸体。日军和川军留下了大约五百具尸体，铁路和铁桥边的尸体较多，堆得跟小山一样。杨承先接过来财手里的扫把说，赶紧去吧，我扫。

战事一过，杨家的生意恢复了正常。杨承先被战事一闹腾，对杨晓玛的恼恨减少了不少，想着，人生一世，草木一秋，也就转瞬间的事，心气顺了许多。一天，杨承先正招呼着生意，一个俊朗的后生来到他面前，叫他岳父。他定睛一看，原来是多年没有音讯的崔明铎。杨承先又惊又惧，又喜又忧。喜的是崔明铎毫发无损地站在他的面前，惊惧的是昨日李氏唠叨，说晓玛也就这一两天就要生了。

崔明铎早不来晚不来，偏偏杨晓玛即将分娩时来了。崔明铎话里话外想完婚，杨承先在心里埋怨着，早来一年，也不会发生此等丑事，两家的日子都好过了。

这日晌午，杨晓玛躺在床上，捂着肚子喊疼。李氏正着急，杨承先在屋外咳嗽了一声。李氏走出来，站在门前。杨承先冷着脸说，明铎来了。李氏"啊"了一声，四下张望着说，在哪呢？杨承先说，让我打发走了。李氏说，那咋办呢？杨承先说，人家公干路过，想顺道把婚结了，明铎言谈举止的确不错，说是在部队还是个什么长了，过了这个村，你们就后悔去吧。李氏扶着门框，回头看了看躺在床上的晓玛说，也就今明两天的事了，孩子咋办呢？杨承先说，能扔多远扔多远。李氏没说话，扭头进了屋。

当天夜里，晓玛诞下了一个男婴，哭声还挺嘹亮的。杨承先听见孩子哭，在门外低声喝骂，别让哭了，还嫌不够丢人。李氏的眼泪掉在褓袱上。李氏前几天去姐姐家，问姐姐有没有想抱养孩子的人家。姐姐说，婆家侄子结婚多年了也没生育，正打算抱养一个呢。李氏知道姐姐的侄子的家境不错，谎称邻居家孩子多，养不了，她回头从中说和，抱给他们。那边听了欢天喜地的，备好了孩子要用的东西。

杨晓玛虚弱地躺在床上，听母亲说崔明铎英武俊朗，还有了大出息，心下欢喜，她不明白当初怎么就鬼迷心窍，与孙来福做了苟且之事。她幻想着能随崔明铎去看外面的世界，开始崭新的生活。

杨承先自崔明铎走后，心里万马奔腾着。他左思右想，怕崔明铎一走又是几年，再说崔明铎年轻，有学问，现在思想解放，外面的新式女性多的是，拖久了，婚事肯定就黄了。杨承先隐约记得崔明铎说在家待两三日，他再也坐不住了，第二天，杨承先便用骡子驮着杨晓玛把她送到了崔家。到了崔家，见崔明铎还没走，杨承先如释重负，谢绝了崔福运的挽留，赶紧回了家。

崔明铎没来洞房，杨晓玛有种不好的预感。她紧紧咬着嘴唇，祈祷崔明铎能原谅她。杨晓玛想，那些已经做下的错事，如果是一场梦该多好呀！可是，那不是梦，而是挥之不去的阴霾，永远笼罩着她。崔明铎连声招呼都不打就走了，杨晓玛除了怅然失落，还被慌乱和恐惧缠绕着，今后，该何去何从？

崔明铎走后，崔家当然不会留着杨晓玛，便让人捎信给杨家让他们来接人。杨承先当然不会把杨晓玛接回去，他想，进了你们崔家的门，就是你们崔家的人，搭些银钱可以，人断断不会接回来的。崔柳氏见杨家不来人，气不打一处来，想着你们嫌丢人，俺们崔家就不要脸面了？她见天指桑骂槐，指着溜进家里的鸡说，谁家养的鸡，到处下蛋，有人生，没礼教的货。杨晓玛一开始天真地想，忍一下，或许崔家能容下她。崔柳氏可没恁好的脾气，她哪能咽下这口气，饭也不让杨晓玛吃，崔福运也从不用正眼看她。杨晓玛眼看实在融不进崔家，没办法，只得用娘家的陪嫁在崔家墙外盖了一间房，给人缝补度日。

村里男人吃饱了饭没事干，总爱来杨晓玛家玩。铁路修通后，溜道的也常来她家歇脚，讨口水喝。铁路旁边是官道，南北商贾有时也在她家歇脚，说会儿闲话，赶上饭时，会给她些银钱，在她这吃饭。杨晓玛自幼在菜馆长大，熟稔生意之道，倒不愁日长月短了。商人们有时会给她些洋货，她本来就爱打扮，心里还憋着一股对崔家的气，于是可劲地打扮自己。她时常穿着花布衫，青色裤子，还用青丝带绑腿。白袜青鞋，利索齐整。村里的妇女私下议论，花里胡哨的，看着跟外国洋马一样，村里人背地里叫她大洋马，杨晓玛的名字反倒被人忘记了。

  高广杰有事没事的也过来，他家贫困，与母亲相依为命。到了论婚的年龄，他想娶了大洋马。大洋马人长得好看，眉黑目秀，腰身丰腴，比村里邋里邋遢的媳妇和没见过世面的姑娘有趣多了。高广杰的姐姐不同意，说大洋马名声不好，讨媳妇要讨守妇道的。高广杰见多了大洋马与男人调笑的样子，心里打鼓，万一娶进家里还这样咋办？娶大洋马的念头像初春暖阳下的雪，慢慢消融掉了。他不打算娶杨晓玛了，倒没耽误他还来她家玩，没人时，依旧对她动手动脚的。大洋马也不恼，只是支使他做活时理直气壮些。

  那天，高广杰吃了饭来到大洋马家，她正在缝一件袍子。高广杰想起了柳文的袍子，随口问道，柳文的袍子是不是你缝的？大洋马抬头看看高广杰，低下头"嗯"了一声。高广杰看大洋马没了往日的欢喜，脸上笼着雾气，便靠近大洋马小声说，我感觉柳文不是被火车撞死的。大洋马愣怔着，手一哆嗦，针扎在指尖上，立时渗出了血珠。大洋马把手指放进嘴里吮着。高广杰趴在大洋马耳边说，你知道柳文是怎么死的吗？大洋马说，我知道什么？柳文是个好人。柳文以前常来大洋马这里，有时捉了鱼，还会给她送些过来。有人开玩笑让柳文娶了大洋马，柳文说，等老子有了钱，盖了房子就娶。大洋马指着柳文的额头说，你个小屁孩子，才多大？那时柳文还没二十岁，大洋马都快三十了。高广杰当时也在，指着柳文说，大洋马，别祸害了柳文。柳文绷着脸说，是人得说人话，往后在大姐这都得有点人样。高广杰见柳文阴沉着脸，没敢接话。很多人为柳文这句话，来大洋马这时老实多了。

  高广杰说，我当时觉得报官好，可保长和柳广林不让报，柳广林这个老家伙安葬柳文花了不少钱。当时我就纳闷，一向小气的柳广林怎会恁大方。柳文要是被害死的，咱得替他申冤呢。大洋马说，我也觉得柳文死得蹊跷，柳文头天来，说他就要发财了，等有了钱，就翻盖家里的房子，没想到第二天就死了。前些日子，前村的刘四说，柳文死的那天夜里，他看见几个人往铁道上抬东西。高广杰说，黑灯瞎火的，他眼神恁好？大洋马说，火车正好开过来，火车前面的灯贼亮，他说至少有五个人，他害怕，没敢多看。高广杰"哦"了一声，双手放在袖里，半天没说话。过了一会儿，高广杰转向大洋马说，这事，你知，我知，切不可外传。大洋马点点头。高广杰说，你一个人住，少生事好。大洋马眼里的泪花涌动着。高广杰说，瞧瞧，像个小姑娘一样。说着上前帮大洋马擦眼泪。大洋马打开高广杰的手说，小屁孩，少给姑奶奶动手动脚的，说起来，刘四那个酒缸子的话也不能信，那日俺不搭理他，或许是他故意说这话呢。高广杰说，也是。大洋马没说话。高广杰说，记着，迟早有一天，咱得把这事翻出来，但眼下还不是时候。大洋马说，就凭咱们？高广杰说，是啊，还没到时候，会有那一天的。

第二章

梧桐兼细雨

阡 尘

桃村的春天是短暂的，院子旮旯里的桃树、杏树还没来得及喧闹，槐树的枝头上就明媚起来了，香气缭绕着桃村。桃村的妇人和孩子的面色在槐花香气的氤氲下也活泛了起来。桃村人容易满足，他们看着满树的槐花被金色阳光映照着，没来由地欢欣，村子涌动着欢快的气息。人们忙活着找杆子、簸箕，收获着自家树上的槐花。槐花拌上点面，做成的槐花饼，是青黄不接时的好饭食。但今年的春季，桃村人没了往日的悠闲，很多士兵在桃村旁驻扎。有时，半夜会有兵用枪托敲着单薄的木板门喊，老乡，开门。他们拖儿带女，用独轮车推着家当，村里人也不知道他们的来路。他们有时候要些吃的，没有吃的的人家，他们也不为难。这一队刚走，又来了一队，他们和刚走的那队不一样，穿戴更整齐些，也不骚扰百姓，有的还给看热闹的小孩子饼干吃。再后来，日本兵来捉人了，朱光明早先跟柳广林说，日本人遭到了袭击，正到处搜八路呢。柳广林担心他的租户被误捉了，没人交地租，所以往外散了消息。桃村人拖家带口，捉上鸡鸭逃向了微山湖。他们躲在芦苇荡里。日本人说微山湖里有毛猴子，不敢去湖边，大部队就撤了，桃村人这才拖家带口地回了村。

日军留了几个兵驻守在桃村东边的多义村，多义村有个伪乡长郑箕斗，死心塌地地效忠着日本人，日本兵住在他的深宅大院里，对桃村倒没什么影响。到了秋天，又来了不少日本兵，他们在桃村转了一圈，说让桃村出些壮劳力帮着修工事。朱光明被日军带到了韩镇，王来去了峄县还没回来。翻译告诉朱光明，太君让他尽快落实壮丁的事，为了震慑村里人，日本人还给他配了枪。朱光明接过沉甸甸的枪，心想日本人下恁大的本，看来事情不简单。

回村的路上，朱光明抱着枪想，这次出工与往日不同，往日出工就在村子周边，这次却没说去哪里。日本人的仗愈打愈远，一旦上了日本人的道，万事就由不得己了。可是，不派人，日本人不会放过自己的，说不定会要自己的小命，杀鸡给猴看也未可知。以往派壮丁，朱光明念着都是家门亲邻，尽力维护着大家，可今日此事会危及自己的小命，他残存的良知便如太阳下的露水，瞬间蒸发了。他想，回村先摆平个刺头，只要他服了，其他人便不在话下了。他想了半天，想到了朱光正。朱光正平日在桃村没人敢惹，若谁招惹了他，他会和那人拼命，所以村里人都怕他三分。朱光明反复权衡着，不拿朱光正开刀，没别的法子。拿朱光正开刀，他心里也没底。他思虑再三，决定还是冒一次险，不这么做，实在没有好的法子。再说朱光正和他是近门，先给他个下马威，再给村里人立规矩容易些。

  朱光明直接去了桃村麦场，他让人召集来了村里的壮劳力。正是吃晚饭的当口，村里人都在家，不一会儿，陆陆续续来了不少人。朱光明冷着脸，提着日本人刚发的枪站在前面。有人路过，好奇地歪头看他手里的枪。他故意托起枪摆弄着，实际上日本人也只教了他怎么扣扳机。他摆弄枪，一是为了给自己打气，再就是吓唬一下村里人。他看人来得差不多了，便清了清嗓子说，日本人要征集劳力挖工事。他故意停顿了一下，见大家懒洋洋的，没什么反应，于是又说，今天把我召去了，你们也知道日本人，他们说一不二。说到这，他扫了人群一眼，厉声说，每家必须去一个！这是命令！如果不去，日本人怪罪的话，我佑护不了你们。朱光明看到人们眼里的敌意和蔑视，心里烦乱起来。从前村里人对他十分恭敬客气，自从为日本人做事后，一切都不一样了，他和村民们之间没了之前的融洽，好像隔着条运河呢。可是，又有什么法子呢？他不做保长，自有人会做，他坚信自己的良心。别人未必有他的胸襟和手段，到头来桃村会更糟。他有些索然，抬眼见朱光正站在前面。朱光正和以前一样仰着头，眼里除了不屑，还有挑衅。朱光明说，光正，你得去。朱光正压根不看他，也没搭理他。朱光明有些下不了台，顺手端起枪抵在朱光正的额头上问，去不去？不去，打死你。朱光正毫无惧意，凛然地说，你先回家禀告老娘，再说去不去的事。朱光明端着枪愣在原地，一时不知如何收场。朱光正用手指夹着枪杆说，用得着这个？朱光明顺势收起枪，面色活泛了许多，说，我提前给大伙演练一下，不出工，日本人不会如我这般善待你们。柳大发说，保长，你带俺们一起去呗，你是压舱石，有你，去哪都成。朱光明干笑着说，我倒是想去，日本人不让我去啊。朱光明想，还要再使些手段，恩威并用他们才能自愿出工。朱光明还没说话，柳豹站在场边喊起来，大，俺娘喊你吃饭，再不回俺们可吃完了。有人问，你娘想你爹没？柳豹干脆地说，想！大家哄笑起来。有的说，快说说咋想的。有的说，有事明天再说吧，赶紧回，饭都凉了。人们哄笑着散去，朱光明想阻拦，喊声被人们的哄笑声淹没了。朱光明跺着脚喊，回来！都回来！今天不定下，明天日本人来了就晚了。人们哪还听他的，说笑着走了。

　　日军前线急着用人挖工事，没耐心等朱光明做工作了。第二天，天刚蒙蒙亮，日本兵加上伪军十几人进了村。朱光明得到信后，一边穿衣服，一边跑出了家门，日军和伪军正挨家挨户捉人呢。朱光明气喘吁吁地找到日军带队的说，太君，我昨天说与他们了，今日与家里商量下，会去效忠皇军的。领队翻眼看了看他，没说话。自从西村一郎死后，镇上驻守的军官换了好几茬了，这个刚来两三天，叫什么来着，朱光明一着急没想起来。朱光正从家里出来，与两个伪军撞了个满怀。伪军喊着，站住！伪军不喊，朱光正没想到是来抓人的，伪军一喊，朱光正想起了朱光明昨天的话，撒腿就跑。他仗着对地形熟，在村里三钻两绕地跑着，伪军跟在后面像没头的苍蝇一样追着。伪军边跑边喊，站住！别跑！再跑开枪了！有人听到喊声，出来瞧稀罕。见朱光正在前面拼命地跑，伪军们端着枪在后面追。他们见伪军端着枪，想起昨日朱光明说的话，想着八成是来抓人的。大家见朱光正往北湖跑，便也跟着往北湖跑。北湖是片坟地，桃村很多人家的祖坟都安在这里，平日里阴森森的，除了过年过节要来祭祀，其他时候都不来这。朱光正在前面跑，伪军在后面没命地追。朱光正的鞋都跑掉了，也没停下来。伪军有些气急败坏，在后面嘶哑着嗓子喊，再跑就开枪了！朱光正没理会，继续跑。伪军气急败坏地扣动了扳机，子弹从朱光正的耳边呼啸飞过，朱光正仍没停下来，在田地里奋力跑着。朱光正耳边响起了老母亲的话，儿呀，咱的力气是挣饭吃的，不能使给蛮夷之地的日本人。奔跑的人中，有的听到枪响后停了下来，有的继续跟着朱光正跑。停下来的被伪军拉到一边。朱光正一行人跑进了坟地，坟地周围的麦苗有一拃高了，他们实在跑不动了，只得趴伏在长着稀疏麦苗的坟地中。日军追上来后，看着坟地，不敢过来，因为他们上过几次游击队诱敌深入的当，只好在不远处乱吼乱叫着。翻译跟着喊话，赶紧出来，再不出来就开枪了。话音还没落，子弹就扫射了过来，打得麦苗东倒西歪的。胆小的战战兢兢地站起来，跟着走了。朱光正一直想着娘的话，咬着牙没站起来。站起来的人，被日本人和伪军归置到一起带走了。

　　朱光正继续趴伏在地里，直到天黑，他才伸着酸胀的胳膊站起来，在村里绕了几圈，才回了家。朱光正进了家，母亲拉着儿子左看右看，擦着眼泪说，咱村连同前后几个村被抓的有五六十个，娘正担心呢。朱光正心不在焉地说，有恁多吗？朱光正母亲见他神色不对，问，儿子，莫不是吓着了？朱光正没说话，嘴里发着嘘声，龇牙咧嘴地抬起脚。朱光正母亲见他抬起的脚血肉模糊，脚心有一道特别长的口子，朱光正拂去伤口上的尘土，伤口像孩子张开的嘴。朱光正母亲心疼地捧起他的脚说，我的儿哟，疼死娘了。朱光正说，娘，慢点。朱光正母亲赶紧引火烧水，边帮儿子清洗着伤口边说，我儿命大福大，多亏老天保佑。朱光正说，啥老天保佑，还得自己保自己，那些没主心骨的，还不是被捉走了。朱光正母亲说，可不，自己没主心骨，到头来倒霉的是自个儿。儿呀，你没回来时，娘在村里转了几圈，听说捉走的那些人，被带到了伪公所，有的说是要坐火车去南方，还有的说要带到日本去。朱光明个王八羔子去伪公所了，见到了那些人，回来说个个跟霜打的茄子一样，那些人的老婆孩子在家哭天喊地的，儿呀，兵荒马乱的，咱顾不了别的，能活着在一起，有口吃的就成了。朱光正说，光明也挺难的。朱光正母亲说，他为难啥？还不是惦记着日本人给的饷银，不拿日本人的钱能饿死？别提那个黑心鬼，看他能张狂到几时。朱光正母亲给朱光正端来一碗热气腾腾的面条说，儿子，多吃点，再来捉人的话，咱还能跑脱。

日军在微山湖一带抓壮丁的事，像长了翅膀传开了。微山湖一带活跃着多支游击队，日军在微山湖这里曾多次被动挨打，也分不清是哪个队的，日军叫他们微山湖游击队。

微湖大队知道了日军抓壮丁的事，很是愤怒，队员们说不能放任日军祸害亲邻，坐视不管。他们一起向微湖大队政委孙坚请愿，希望去解救这些村民，挫挫日军的锐气。孙坚也觉得他们一旦被日军带走，肯定凶多吉少。眼下，要紧的是怎么解救他们，打击一下日军嚣张的气焰。

他们派出队员多方探听，得知日军将用火车运壮丁南下。孙坚分析，在车站动手解救，把握不大，车站周围的驻兵太多，还有两座碉堡。出了韩镇也不行，两边是平原，无遮无掩的，不利于行动。只能在火车刚出车站尚未提速前，实施解救。他们想到了运河，运河在韩镇边上，想到运河连着微山湖，想到日军怕微山湖，众人这么七嘴八舌地一讨论，营救方案出来了。孙坚反复画着营救路线图，说，就算是虎口拔牙也得拔。队员们摩拳擦掌，准备行动。他们摸清了发车时间，把营救方案做了详尽的标注，一切就绪，只待日军入瓮。

营救当天，微湖大队毁坏了铁路，营救、转移行动一气呵成，日军得到消息赶到时，营救船只早已顺着运河进入了微山湖，日军不死心，调派了两艘汽艇尾随截击。队员们熟悉水路，把船驶进了莽莽苍苍的芦苇荡里。

日军开汽艇追了一段，水面上早没了游击队的踪影。游击队早料到日军会追击，他们把一团团水草放在河道里。水草韧劲十足，飘飘摇摇地蛰伏在水里，日军的汽艇果然着了道，螺旋桨被飘摇的水草缠上了，只能在原地转圈。日军只得派人潜到水下撕扯着螺旋桨上的水草。游击队员们分散进入芦苇荡，甩开日军的追击后，再统一去湖心处集合。茫茫无际的芦苇荡挡住了日军的追击。日军不止一次在芦苇荡遭受过伏击，这样的事经历多了，日军也变得小心了。后面的汽艇看前面的出了故障，再也没有追击下去的勇气，日军最后调转了汽艇头，灰溜溜地回去了。

游击队员带着被解救的村民到了湖中心的一艘大船旁，一位中年男子从舱里走出来。他穿着灰色粗布对襟褂，里面是白色粗布汗衫，汗衫穿久了，有些发黄。腰间扎了根皮带，皮带上插了把乌黑锃亮的手枪。一个年轻的小伙子站在船上，向众人介绍，这是我们张新华队长，是他组织了这次营救行动。有人说，感谢张队长搭救，众人跟着附和。张新华挥了挥手说，别说客气话了，咱们是一家人。只是各位乡邻要通过这件事，认清日本人的嘴脸，咱的家园被他们糟蹋着，大家还要为他们做工，还有天理吗？这次救下了你们，保不齐还会有第二次，第三次，不会每次都这么幸运。所以啊，只有团结起来，把日本人赶出去，大家才能过上太平日子。前村赵三站在前面，忍不住问，队长，俺们也想抗争，可咋抗争呢？日本人举着明晃晃的枪一进村，俺腿肚子都转筋了。另一个说，就是呢，日本人进村，有时保长给我们透信，还能逃到湖里躲躲，跑不及的，只能像耗子一样，躲在犄角旮旯里，能躲一会儿算一会儿。张新华蹲下身子看着赵三说，兄弟，你说的是心里话，大部分人都怕明晃晃的刺刀，可为啥我们不怕？赵三嗫嚅着答不上来。张新华站起来看着人群说，没参加游击队前，我和你们一样怕日本人的刺刀,可是,看着日本人做下的恶事,心里生出恨来,但还不敢反抗,这些恨和怕埋在心里,窝囊着自己,被搅扰得心烦意乱,觉得日子没法过了。加入共产党后,知道了如何把恨转化为打击敌人的力量,把怕转换成打击敌人的勇气,现在的我不仅不怕明晃晃的刺刀了,还会让日军怕我们了。你们要是参加了游击队,也会敢跟日军斗争的,时候不早了,如果有想参加游击队的,我们欢迎,想回去的,我们也送到岸上。记住,我们是穷苦人的队伍,游击队的大门永远为你们敞开。赵三带头说,俺想参加游击队,回去也没安生日子,不如在这里学习咋样才能不怕日本人的刺刀。有人响应,就是,回去再被捉走了,还不如参加游击队呢。几个年纪大的挂念着家里的老小,游击队开船送他们上了岸。

桃村被抓走的人大多回家了,柳大全、柳大发也回来了,他们孩子多,又没能撑门立户的,只能回来。回到家,一家人抱头痛哭。哭完,又怕日军再来捉,于是带了些干粮,去湖堤上躲避。

朱光明这几日像进了风箱的老鼠,被抓壮丁的家人追着要人,哭着、喊着、拉着、拽着,朱光明被缠怕了,不敢回家,更不敢在村里待,只能在外面东躲西藏。村民被解救了回来,日军不乐意了,号叫着让王来把保长们找来。朱光明知道躲得了百姓,躲不了日军,躲得了初一,躲不了十五,一直躲着,后果会更严重。他想明白了,便回了家。朱光明回来后待在西厢房里想对策,两个伪军端着枪进了朱光明家,他们直奔堂屋。朱李氏跟在后面喊,你们这是干啥呢?伪军不搭理她,一脚踹开了堂屋门,厚重的木门发出一声沉闷的叹息。他们见堂屋没人,撩开门帘进了东屋,屋内也没人。一个伪军说,还真躲起来了,他要是去和皇军解释一下还有活路,过了今天,保不齐脑袋就搬家了。朱光明在西厢房听到了声响,西厢房无处可藏,而且听伪军的意思,不去见日本人的话,收不了场,他只得整理了下衣衫走出来。两个伪军正想进西厢房呢,与朱光明打了个照面,伪军阴阳怪气地说,朱保长,让兄弟们好找呀！朱光明说，两位兄弟，爱惜点鞋，怪贵的，鞋可是皇军发的，得爱惜着才是，再说我这门踹坏了，一时半会儿修不好，下次再来小酌可就不好看了。两个伪军变了脸，赔着笑说，保长，这不是找不到您，替您着急嘛。朱光明没说话，阴着脸出了门。他有些瞧不上这些伪军，平日里没少来家里吃喝，见日军对自己有成见，立马变了脸，真是喂不熟的白眼狼。

朱光明被伪军带到了镇上的日军驻地，院内凶神恶煞的日本兵有的对着几捆芦苇练刺刀，有的练摔跤。朱光明心里没底，往日在伪乡公所，事情还好回旋些。别看王来死心塌地地追随着日本人，关键时候还是维护保长们的。王来明白一个理，保长们的作用对他来说是非常重要的，为了自己，有时该在日本人面前保他们，还是要尽力保一保的。日本人可不管恁多，他们只看眼皮底下的方寸天地，认为没有你朱光明，还有李光明张光明，中国人多的是。他们不知道保长不是谁都能干的，保长得有宗族势力、不怒自威的气场、八面玲珑的圆滑，缺一样都镇不住场子。王来知道，在这穷乡僻壤具备这些条件的人少之又少。再说，保长不是可有可无的点缀，没有的话，遇到事可就抓瞎了。所以王来和保长们来来往往这么多年，其实在日本人那里还是照顾着他们的。现在日军撇开了王来，朱光明的心像被秋风追着满地旋的落叶一样没着没落的。

朱光明被带进了一间空旷的屋子里，屋子是用石头建的，屋顶极高，窗户窄小，只有少许阳光挤进来。朱光明进屋后问伪军，你们队长来没？伪军说，能不来吗？朱光明问，队长在哪呢？伪军咧着嘴说，还能在哪？在皇军那里挨骂呗。你们这些人，作出事了，害得队长不得安生。朱光明说，兄弟，谁想出事呀，谁不想过安生日子？伪军说，给皇军修个工事，至于吗？闹得鸡飞狗跳的，你但凡早做些工作，他们会跑得跟兔子一样？还把游击队招来了，游击队不来，皇军顶多认为是你工作不力，游击队来了，性质就变了。朱光明有些委屈地说，游击队也不是俺让来的呀。伪军说，谁能说得清呢，估摸着队长也正掰扯这事呢，掰扯清了都好，掰扯不清，你算回不去了。朱光明还想说什么，门被推开了，王来和一个日本军官进来了，后面还有一个牵着狼狗的日本兵。狼狗吐着舌头，凶狠地盯着朱光明。朱光明幼时被狗咬过，别说这条大狼狗，他平时见到家狗都害怕。朱光明闭着眼默念，朱家的列祖列宗，保佑我渡过这一劫吧。王来朝朱光明翻了个白眼，指着他对日本军官说，小野君，这是桃村的朱光明。小野上下打量着朱光明，朱光明讪笑着向小野抱拳作揖。小野面无表情，把军刀杵在地上，双手扶着刀把。王来说，朱保长对皇军是大大的忠心。朱光明赶紧点头。小野说，忠心？人跑了怎么说？朱光明说，太君，他们误解了皇军的美意，回头我好好和他们说。王来走到朱光明面前说，这么点事都能出纰漏，真是辜负了皇军对你的信任，赶紧向皇军保证，以后好好效忠皇军，将功补过。朱光明走到小野面前，低着头说，太君，您放心，我一定为皇军效力。小野挥挥手说，你的，辜负了皇军对你的信任，良心大大的坏了，把皇军配发的枪交回来，今后再对皇军不忠，格杀勿论。朱光明点头如啄米，小野这才不耐烦地挥手让他出去了。朱光明出来后，看见刘福田和王耀武站在门前，刘福田用袖子不停地擦额头上的汗。王耀武小声问朱光明，咋样？朱光明看着身后的日本兵，没敢说话，向他俩拱拱手，提着长衫，小跑着出了门。

朱光明经了这事，窝在家里好些日子没出门。游击队常在桃村一带活动，日军疲于应付，没继续来桃村抓壮丁。

桃村家境殷实的几户人家，先后把孩子送出去读书了。崔明铎是最早出去的，据说现在是八路军的团长了。沙净北的儿子沙从君在徐州一中读书，随同学去考了黄埔军校，没想到，竟然考上了，毕业后参加了三青团。柳广林眼见桃村出去读书的人都出息了，加上沙净北天天显摆他儿子，说搁在过去，那就是武举人，他有些气恼，不愿看沙净北小人得志的样子。心想，有什么呀？自家儿子也不差。他和朱光明闲聊,说想让俩儿子去省城读书。朱光明说,好是好,就是太远了。柳广林说,远是远些,省城毕竟是省城,啥都走在前面,孩子在那见识多了,能出息。朱光明没说话,他想着自己的三个儿子。大儿子庭力话少,脑子也不灵光,每日读书回来,看着比在地里做一天活还累,应该不是读书的料。二儿子庭训倒是聪明伶俐,嘴巴也利索,不过,朱光明不敢把他送太远了。庭训人太鬼,光召第一个老婆方氏的死,和他多少有些关系。他觉得庭训万一在省城再出了状况,他根本掌控不了。所以就把他送到了峄县读书,离家近,面子也还能使上。庭福处在庭力和庭训之间,读书的话,也读不出啥名堂了,不如趁早学门手艺,朱光明便把庭福送到镇上熟人的柜上学记账。庭力书读不好,家里也需要人手,留在家里也非坏事。朱光明思虑了半天,说,去省城读书是不错,我家底不行,缓缓再说吧,你家老大、老二年纪上按说能离家了,书也读得不错,实在想去,可以试试,不过,一定先探探路,看孩子能考哪所学校,学校怎么样,眼下乱世,别瞧着眼下沙净北挺风光的,有他难过的时候。柳广林点头称是,说去学堂问问老师吧。朱光明说,这样最好了,老师知道的比咱多。

  大洋马家里依旧人来人往的,村里传崔明铎在部队娶了妻子,是大学生呢。村里人把新娘子说得有鼻子有眼的,跟看到了一样。大洋马是听高广杰说的。大洋马听完,生气地赶高广杰走,说,少在我这胡咧,他做他的官老爷,与我何干?只是眼圈红红的,嘴唇被咬得青紫。高广杰说,有苦说出来,别闷在心里,闷久了,人会生毛病的。大洋马说,你咒老娘是吧?我偏不信邪,我活得好好的呢。

  村里人好些天没见大洋马,她家的门也紧闭着。过了几日,大洋马出来了,穿着艳丽的花布衫,头发梳得一丝不苟,后面的髻翻卷着。女人们纳闷,她的头发咋梳得恁好看?有去过城里的,说大洋马梳的是城里最流行的飞机头。村里的妇女满眼妒火,看着大洋马的头，指指点点着。明铎婶子说，这不要脸的，花样还挺多。高广杰正好路过，笑着说，就你那两根黄毛，让你梳也梳不成。

村里跟沙净北的儿子沙从君一般大的青年，孩子都会买盐了。沙净北把方圆几个村待嫁的姑娘踅摸了个遍，觉得没有能配上自己儿子的，沙从君的婚事也就久拖未决。

桃村人守着微山湖这方好水，日子再艰难，也感觉只是倏忽间就过去了，他们欢天喜地迎接着每一天。不知不觉年关临近了，沙从君早早来了信，说回家过年。沙净北眼瞅着儿子三十了，三十而立，眼下也算成了事，不成家，总觉是个缺憾。他想，今年无论如何得把从君的亲事给定下来。他发动亲戚朋友替沙从君物色对象，这边还没物色好，沙从君回来了。沙从君穿着黄呢子大衣，黑色方头高靿皮鞋，走路带风，气宇轩昂，很是英俊威武。沙从君回来，不仅惊动了十里八村，连韩镇的人也知道桃村有个上过黄埔军校，人长得英俊，家境殷实，前途无量的人没成亲。韩镇陈氏布店的老板托人来提亲。陈家女儿陈佳二十八了，在当地绝对算老姑娘了。陈家家境不是一般的殷实，陈家二老对陈佳言听计从，自幼宠着她，宠出了她的脾气和本事。陈佳比较挑剔，凡事不将就，一般人入不了她的眼，挑拣着也就大了。陈佳平日治家理店，很有手段，像个撑门立户的男子。去年，陈佳哥哥，也是陈家唯一的儿子去外地备货时出了意外，死在了异乡，留下妻子王氏和一儿一女。哥哥在世时，陈佳看不惯嫂子，只是哥哥在，不敢放肆。现在哥哥没了，她怨恨是嫂子克死了哥哥，对嫂子百般刁难。王氏觉得儿子尚年幼，需要照料，一直隐忍着。有一天，王氏八岁的女儿张皇失措地跑过来说，娘，赶紧逃吧，他们商量着要害死你。王氏自从没了丈夫庇护，成了惊弓之鸟。她惊恐地抱着女儿问怎么回事。女儿说，刚才路过爷爷奶奶房外，听姑姑说，不弄死她，早晚会毁了陈家。女儿抱着王氏说，娘，回姥姥家吧，俺不想没了爹，再没了娘。王氏抱着女儿大哭着说，俺走了，你俩怎么办？女儿说，我们姓陈，他们不会害我们，等我大了再去接娘。王氏觉得女儿说得有理，也确实害怕，连忙收拾东西，从后门走了。陈佳气鼓鼓地赶来时，没见到王氏，只有姐弟俩抱在一起痛哭。陈佳问，你娘呢？女孩只是哭，不说话，男孩还小，见到陈佳更是害怕，哭得愈发厉害。陈佳被孩子们的哭声搅得心烦意乱，来到里屋，见敞开的衣柜，她明白了，于是厉声呵斥两个孩子说，不要哭了，她不要你们了。说着摔上门走了。男孩也就两岁多一点，平日由王氏带着，一下子没了母亲的照料，孩子天天哭喊，后来竟郁郁而疾，最后不治而亡。韩镇人都说是陈佳害死了孩子，她的坏名声也就传了出去，更没人敢去提亲。陈佳就成了老姑娘。

沙从君在外见识了有文化的新女性，根本瞧不上农家女孩，他无法想象和一个没见识的女人生活在一起的场景。但陈家委派的媒人说，陈佳上过新式学堂，现在管理着家里的店面时，沙从君心动了。他欣赏有文化、有见识的女孩，而非粗粗邋邋的憨直女子。两人在媒人的引荐下见了面，沙从君对身穿旗袍，长相俊秀的陈佳颇有好感。陈佳也被沙从君的军人气质吸引。两人互相中意，中间没什么波折就开始谈婚论嫁了。沙净北为把儿子的婚礼办得体面，出手阔绰，依着新式婚礼办。骑着高头大马，一身戎装的沙从君接回了穿着旗袍的陈佳。陈佳个子高挑，穿着旗袍袅袅婷婷的，十分好看，沙从君也是英气逼人，两人拜天地时，颇有天造地设的味道。

婚后，沙从君带着陈佳返回了部队，陈家在镇上风光了一阵子，说女儿成了军官太太。镇上人觉得陈佳命好，恁大了，还嫁得恁好。可是，没过多久，沙从君就带着陈佳回来了。对外说辞是沙从君所在的三青团并入了国民党，他被派往前线作战，不想去才回来的。崔明铎和沙从君从小一块长大，两人偶有书信来往，后来观点上有分歧，交往也就少了。崔明铎听说沙从君回家了，认为沙从君受过那么多年教育，国家生死存亡的时刻，应为国家尽一己之力,于是写信让沙从君跟他参加革命。沙从君看着陈佳隆起的肚子,实在放心不下,再说,他厌倦了颠沛流离的部队生活,想着时局不甚明朗,还不如在家安心务农,抚幼养老,与陈佳厮守到老的好。遂谢绝了崔明铎的好意。

沙从君回村后,桃村人说大好的前程,咋说回来就回来呢,当真被老婆拴住了手脚。桃村人为沙从君心不甘,情不愿了好一阵子,沙从君却很淡然。日子在桃村人的闲言碎语中悠然前行,只一眨眼的工夫,春便来到了桃村。今年桃村的春与往年不同,赶上了大旱,微山湖的水瘦了不少,大片的湖底裸露了出来,乌黑的淤泥被太阳晒过后,龟裂成蛛网状。有的地方匍匐着被晒干的水草,刚冒出芽的芦苇也蔫蔫的。桃村人也像湖里的植物一样,没了往日的鲜活气。桃村人站在湖堤上,整日唉声叹气的。

大旱丝毫没有因桃村人的愁闷而得到缓解,旱情一直持续到了夏季。桃村人蔫头耷脑的,只是吃过饭,还是喜欢往微山湖跑,桃村人称之为下湖。桃村人见面不是问,吃饭了吗?而会问,下湖去吗?眼下的湖没了往日的丰腴,桃村人才不在乎呢,他们像喜欢自家孩子一样稀罕着微山湖。

有天午后,高广杰老早就来到了湖堤上,他躺在树荫下想着大洋马的飞机头,想着想着笑了起来。忽然,他听到了一阵奇怪的声音。他抬头看天,太阳在空中嚣张地瞪着他,他又向四周看,仍没有找到声音的来处。柳豹几个躺在湖堤的树荫下睡觉,柳虎伸着懒腰,走下湖堤撒尿。忽然,柳虎提着裤子大呼小叫起来,快看呢!淤泥里有乌鱼。高广杰顺着柳虎指的方向看去,果然几条黑鱼从皲裂的淤泥里跳出,远处也响起了黑鱼摔在淤泥上的声音。一时间,湖堤上的人被凭空跃出的黑鱼惊呆了,像被施了魔法一样愣在原地。柳豹跳起来,边跑边说,恁多鱼不捡,都傻了吗?湖堤上的人这才醒过来,一起向湖边跑去。可是,等他们跑到湖边,却听到了"咕咚、咕咚"的声音,仿佛从遥远的地下传来。他们站在原地无所适从，正惶惑着，碧清的水从皲裂的淤泥中汩汩冒出，不一会儿一个波光粼粼的微山湖就出现在了大家眼前。高广杰使劲掐着胳膊说，我不是在做梦吧？微山湖只一眨眼的工夫又碧波荡漾、丰美秀丽了，枯萎的芦苇奋力摇曳着，湖中的鱼儿也欢腾跳跃着。柳虎揉着眼睛，柳豹骂骂咧咧地说，这一眨眼的工夫，哪来的水？鱼是吃不上了。高广杰说，有水还愁吃不上鱼吗？赶紧回家拿网呀。柳豹这才拍了下头说，是呢，有一阵子没捉鱼了，浑身的骨头都痒痒了。说着转身让柳全回家拿网。

  这天，朱光明回到家，朱李氏正在院里摔摔打打的。朱光明听出是嫌弃儿媳不做饭。儿媳刚生了个男孩，和庭美仅差两天。儿媳年龄小，忙着伺候孩子，不做饭也正常。朱光明觉得她有些过分，沉声说，你忘了妇之所贵为何了？朱李氏见朱光明满脸肃杀之气，用两道利剑般的目光瞪着她，她立时敛声屏息，转身进了灶屋。

  朱光明家是四合院，大门对着东面的大路。从大门进来是过道，过道左面是杂物间，放着农具和杂物，右首是灶间。堂屋是一明两暗三间，堂屋中间靠墙的地方放着条几，条几前放了八仙桌，桌子两侧放着太师椅。条几左右各放着一个一尺多高的花瓶，一个放着鸡毛掸子，一个放着几幅卷着的书画。后墙上挂着四幅条屏，分别是梅、兰、竹、菊，笔触苍苍混混，像信手抛掷之作。朱李氏爱干净，条几和桌面上永远油光锃亮的。东屋是朱光明和朱李氏的卧房，西屋是朱光明读书、放私物的地方。西面是三间厢房，原来庭力、庭训和庭福各一间，庭力成亲后，搬到了南屋。南屋是两间房，一间卧房，一个门厅，西南角空出来的地，养了几只鸡鸭。吃饭时，朱光明在八仙桌上吃，朱李氏带着儿媳妇在矮桌上吃。媳妇王氏进门一年了，不爱说话，不过，活计样样拿得起，人也长得俊俏，朱光明对这个儿媳还是比较满意的。王氏每日做好饭，把厨房收拾妥帖后，才能上桌吃饭。饭菜本来就不多，王氏上桌时，菜基本没了。朱李氏吃完了，站起来离开饭桌，意味着这顿饭该结束了。王氏偷偷看婆婆的脸色,朱李氏的脸像一张平展的纸。王氏快速扒完碗里的饭,匆忙收拾碗筷。王氏收拾碗筷若有响声,朱李氏就会咳嗽几声。王氏咬着唇,轻手轻脚地把碗筷收拾出去。

王氏晚上向庭力诉苦,庭力从不应答,脸上永远只有一个表情,不惊不喜的,像戴着面具。庭力剥王氏衣服时,也是那个表情,也不说话。完事后,三下两下钻进被窝呼呼大睡。王氏委屈地哭过多次,朱庭力好像听不见她哭,依旧睡得沉实。王氏生下儿子后,朱庭力只看了一眼就转身出去做活了。他们住的是背阴的房间,王氏产后虚弱,瑟缩在被子里,孩子放在一边,像只小猫。庭力婶子中梅来探望,见孩子躺在一边,屋里凉飕飕的,忍不住说,侄媳妇呀,孩子不能自个儿睡,得放怀里暖着。王氏笨拙地把孩子抱进怀里,却怎么也揣不严实。中梅摸了摸孩子的手说,手冰凉冰凉的,这样可不行。中梅说完去堂屋找朱李氏,朱李氏正在给庭美换尿布。中梅站在东屋门前说,嫂,孩子手太凉,要不抱你这吧,暖和些。正是响午,阳光懒懒地泼在床上,朱李氏头也没抬,说,我哪有恁多力气,一个还忙不过来呢。说完再也不搭理她。中梅站也不是,走也不好,空气中满是尴尬。中梅自觉无趣,嘴里念叨着该做饭了,转身走了。

中梅是续娶的,她知道李氏刁钻,凡事不敢多说。丈夫朱光召多次提醒她少去东院,去了也少说话。中梅见朱光召阴沉着脸,点头说知道了。朱光召一天难得说一句话,更不会说谁的不是,自嫁进朱家门,还是第一次听他说这种话,说的是他亲哥嫂。中梅心里有了七八,她之前听说朱光明夫妇俩如何厉害,平日尽量不往来,眼下庭力添了孩子,作为二奶奶,她碍着面子也得过来看看,却没想到,竟在朱李氏这碰了一鼻子灰,回去还不敢和朱光召说,说了朱光召指定会和她急。

朱光召的第一个老婆是方村的,与朱家家境相当,媒人提亲后，两家都很满意，于是三媒六聘地娶进了门。朱光明和朱光召的父母几年前就去世了，朱光明是长兄，一直当家主事。朱光召比朱光明矮一头，平日像被太阳暴晒的庄稼，蔫头耷脑的没精神。家里的大事小情，全凭朱光明做主。朱光召第一个老婆朱方氏进门时，弟兄俩还住在一个大院里，朱光明住院东头的三间上房，朱光召住西边三间房。朱方氏进门两年还没生养，朱光明的三个儿子都会跑了。朱方氏娘家是书香门第，方氏的品性好，温良恭谦，家务活样样拿得起，平日话也不多，家事抢着做。朱李氏处处以长嫂自居，有时把婆婆曾经对她的那套拿出来，对方氏摆家长款。好在方氏温驯，生活在一个屋檐下，倒也相安无事。

一天，朱庭训在外面疯玩饿了，回家让朱方氏卷煎饼。朱方氏用煎饼给庭训卷了咸菜，她怕齁着孩子，只在煎饼上放了几根咸菜。庭训见婶婶放的咸菜少，心有不满，嘴上却不说。朱李氏把煎饼交给他，转身出了屋。庭训见婶婶走了，自己又往煎饼里放了不少咸菜。朱李氏在门前和邻居闲话，见他抱着煎饼出来了，朱李氏问，卷的咸菜？朱庭训应着，抱着煎饼心虚地看着母亲，趔着身子要走。朱李氏一把抓住朱庭训，夺过煎饼，打开一看，煎饼里放了许多咸菜，把煎饼都洇透了。朱李氏举着煎饼问庭训，谁给你放恁多咸菜？想齁死你！庭训见朱李氏满脸怒气，怕挨骂，说婶子卷的。朱李氏端着煎饼给沙王氏看，说，瞧瞧，有这样坏心肠的吗？沙王氏探头看了看说，是多了点，孩子小，别落下痨病。朱李氏的脸上涌上了乌云，拿着煎饼进了家门，她把煎饼摔在朱方氏脚下说，看你做的好事！朱方氏看着脚下的煎饼，一时没明白怎么回事。朱方氏平日话不多，见朱李氏满眼怒火地瞪着自己，没说话，蹲下身捡起煎饼，拍了拍，转身进了灶间。朱方氏想息事宁人，想着自己不辩解，李氏发发脾气，事情也就过去了。朱李氏却不这样认为，觉得方氏不说话，是对她的蔑视，缠缠绕绕的气在胸腔里盘旋着。恰巧朱光明回来了，李氏添油加醋地把事情跟朱光明说了。

朱光明平日最疼嘴巴利索的庭训，躺着了，可是一辈子的事。他像燃着的鞭炮一样炸开了，站在院里骂了起来。朱方氏躲在灶屋里轻声哭泣，朱光召蹲在门前一声不吭。朱光明骂累了，进了屋。朱光召还是像尊雕像一样蹲在檐下。

　　过了一会儿，朱李氏进了厨房，朱方氏低头坐在灶前。朱李氏绕开朱方氏，一声不响地盛了饭菜端到了堂屋。朱方氏听到一家人开始吃饭，欢声笑语的，像什么也没发生过。没人理会方氏，像根本没她这个人似的。朱方氏抱着肩蹲在灶前，眼睛肿成了桃子。朱光召一直没来灶间，朱方氏忽然哆嗦起来，想着朱光明辱骂自己的话和朱李氏以往的污言秽语，她长这么大，何曾受过这样的屈辱？最可恨的是朱光召，他居然一句话都没有。但凡他能有句体己的话，自己也不会如此难受。方氏的悲哀像浩渺的微山湖一样一眼望不到边，她心痛地捂着胸口，大口喘着气，感觉孱弱的心已经碎了，正在汩汩流血。在朱家，她是孤单的，是无助的，是被人踩在脚下的。在娘家，她可是被捧在手心里的。她站起来回了屋，看着镜中的自己，有些陌生。她叹了口气，开始洗漱。洗漱完毕，挑了件碎花上衣和一条黑色裤子，拿在手里抖了抖，穿在了身上。朱方氏把自己收拾利索后，去了趟茅房。朱李氏见她穿戴齐整，还戴上了平日不舍得戴的蓝底白花头巾。朱李氏心想，不会要去寻短见吧。转念一想，死了倒好，整日丧着脸给谁看。吃过饭，朱光召去了西厢房，他一直没到卧房来。朱方氏坐在床边等着，哪怕他进来说句话也好。她不想死，父母已年迈，她不想让他们伤心。朱光召始终没来，方氏感觉身体在一点点变得僵硬。活着太难了，走吧，眼睛一闭，所有的屈辱和艰难就都没了。于是，她把头伸进了梁上挽好的麻绳中。

　　傍晚，跋涉了一天的太阳把微山湖染得金光闪闪，朱家院里满是金黄色的阳光，似乎与往日有所不同，又说不出哪不同，仿佛有股诡异的气息缭绕着。朱方氏一下午没出屋，朱李氏小声唠叨着，真把自己当棵葱了。她站在院里，扯着尖细的嗓子说，都把自己当客了，等着吃现成的。朱光召听到了，从西厢房出来，看见嫂子满脸怒气地在灶间门前往这边看。他也好奇，半天没听见方氏动静了。他走进卧房，看到吊在梁上的朱方氏，一向木讷的他像狼一样叫了一声跑出门，手颤抖地指着屋内说，她……她死了。朱李氏看见张皇的朱光召，知道出事了。朱光明不在家，她像只受惊的鸟奔出门，大呼小叫着，快来人呢！快来人呢！死人了！朱李氏抚着胸口，坐在门前，手哆嗦着指着家里。人们不明缘由，看着惊慌失措的朱李氏，便问，出什么事了？朱光召浑身哆嗦地指着屋内。门外的人，仗着人多，奔进卧房，看到直挺挺吊在房梁上的朱方氏。沙老鳖走在前面，招呼后面的人，还愣着干啥，赶紧把人放下来，看看还有没有救。人们这才七手八脚地把方氏放了下来。朱方氏浑身冰凉，已气绝身亡多时了。朱光召进了屋，抱着头蹲在墙角哭了起来，他想起方氏的种种好来。屋里屋外来了很多人，有人说，怎么就想不开了？昨天还好好的呢。有的捂着嘴，小声咬着耳朵说，中午吵架了呢，把房顶都掀翻了。朱光明被找了回来，他没了以往的笃定，站在门外像一棵狂风中的树摇摆着。朱光明心里翻江倒海着，他明白，因自己的辱骂弟媳才寻的短见，前后邻居都听见了，赖也赖不掉。他原本想给方氏立规矩，庭训年幼，落下毛病是一辈子的事。他想自己也是昏了头，被小鬼蒙了眼，为啥要听信朱李氏的话。朱李氏大呼小叫地引来了众乡邻，这事会像风一样在四邻八乡传开，所谓好事不出门，坏事传千里，尤其自己在十里八乡有些名头，家事会传得更远、更快。朱方氏的五个哥哥，平日修身慎行不假，只是死了人，他们会干出什么事就不可预料了。朱光明一时不知该如何应对，心里烦乱着，表面却强作镇静。

　　柳广林听说了，急火火地赶过来。他倒背着手，皱着眉，屋里屋外转了一圈后，附在朱光明耳边说，你得出去躲躲，别在人前栽了面。余下的事，找人头说事。朱光明正苦于无策，听柳广林这么一说，立时理出了头绪，便抓住柳广林的手说，广林，你得帮我。柳广林紧握着朱光明的手说，这还用说，咱又不是一天了，我定会不遗余力。只是请人，得费些银钱。朱光明说，这是一定的，千金散去还复来，要紧的是先把这道坎迈过去。柳广林说，放心，有我呢。

夜色像浓稠的墨一样淹没了桃村。今日桃村的夜晚没了往日的安详、静谧，多了些骚动不安。村里人或远或近地站在朱光明家周围，在黑暗中窃窃私语着，或为方氏抱不平，或慨叹世事无常。朱家明感受到了来自周围的熊熊怒火，不安和恐慌一直跟随着他。朱光明进了屋，打开西间屋的柜子，从里面取出了一个精致的漆匣，匣子是暗红色的，闪着乌亮的光泽。匣子侧面落着把铜锁，铜锁横陈着。他从裤腰上解下一串钥匙，选出其中一把，用拇指和食指捏着，叹着气打开了匣子。匣子里满满当当的，有卷在一起的地契，有锦囊，旁边还躺着几排银圆。朱光明开始往外取银圆，他一枚枚仔细地数着，银圆在桌上排成了两列。朱光明嘴里念叨着，家门不幸，破财消灾吧。他找来两个钱袋，把银圆分装进去，又把钱袋子举高凝视了片刻，才把袋子放在桌上。他把匣子合上，锁好，手在匣子上摩挲了一会儿才放进柜子里。朱李氏用手帕捂着脸，哼哼唧唧地进来。朱光明想上去扇她耳光，没她挑唆，家里怎会生此横祸。但他转念一想，眼下不能生是非。他忍着满腔怒火说，给我收拾几件随身衣裳，还有，家里的事，一切听广林的，切莫嚣张多言。朱李氏瞪着朱光明问，咋着，你要走？朱光明看了看门外说，不走，等着找难看？朱李氏说，你走了，俺咋办？朱光明说，他们不会为难一个女人，再说了，你也是活该。从方氏死的那刻起，朱李氏就担心朱光明会抱怨自己。她也后悔呢，人死了，说什么都晚了。不过，朱李氏是个不服输的人，眼下更不能认输，否则后患无穷。她挺胸说，都怪俺？朱光明烦躁地挥挥手说，说什么都晚了，挨过这关就阿弥陀佛了。老话说得好，家有贤妻，少惹横祸。但凡你少煽点风,我能去骂她?朱李氏继续捂着眼站着,心底像被秋风扫出了寒意,旋出秋的肃杀。李氏想,今日要不洗脱清,往后别想肃静。她拿开捂着眼睛的手帕,来到朱光明面前说,这话俺可不爱听,往日,俺的话你哪句入耳了?这次倒赖上俺了。朱光明心里火烧火燎的,朱方氏娘家方村离桃村也就几里地,要是听着信赶来了,堵着他可不是闹着玩的。搁往日他早就没了耐性,今日不同,院里院外全是人,那么多人等着看笑话呢,一定不能生事。可是,看朱李氏不依不饶的样子,不是三言两语能摆平的。想到这,他扒拉开朱李氏,走进东间,从衣橱里拿出几件衣裳放进包袱里,把包袱左右对着系好,拿起往外走。走到门前,又犹疑着站住了。包袱太显眼,村里明白人多的是,他索性把手里的两袋银圆和包袱一股脑塞进怀里。胸前登时鼓突出来。他按压了下,抱着双臂掩饰着出了门。

  院里站了不少人,朱光明从屋里出来,立时有不少双眼睛转过来,他们直盯盯地看着他。朱光明低头看着地面,抱着双臂快速走出院子。柳广林在大门外等他,见他出来,拽着他向东面官道跑。柳广林一边走,一边附在朱光明耳边说,事这样了,一定得稳住。朱光明点头。柳广林说,我给你备了马车,你打算去哪?朱光明听到这,站住了。他急着收拾东西,还没想好去哪呢。柳广林知道事发突然,朱光明懵了,拉着他说,我给你安排到镇上的旅店吧。朱光明说,不好吧,一是离咱这太近,再者,人来人往的会走漏风声。柳广林说,那去哪?朱光明闭目想了会儿说,去俺姑家吧,山里,僻静。柳广林点头说,成。朱光明从怀里掏出一袋银圆递给柳广林说,你先拿着打点。柳广林接过来,在手里掂了掂说,放心吧。朱光明说,不够的话,你先垫着,我那兄弟,实在扶不起来,啥事都不能指望他,有些事,你拿主意就成。柳广林叹了口气,说,但愿他们不会为难老二。朱光明扭过头,叹了口气。柳广林说,时候不早了,走吧,四村八邻的人头,我去央了。朱光明向柳广林抱拳致谢。柳广林说，咱就不用这些了，赶紧走吧。说着送朱光明上了马车。

柳广林看马车隐没在夜色中，才转身回村。他琢磨着先从朱姓的人中寻个机灵的去方村报信。他把朱姓的人过了一遍，觉得都不合适，实在不行，只能找别姓的。别姓的一是怕方家挑理，再就是这种事，谁愿意蹚浑水呢？他把村里可用的人琢磨了一遍，想起了高广杰。高广杰嘴巴是利索，人也机灵，能相机行事。只是这种事，他愿不愿去还未知。再就是高广杰平日里与朱光明走得不近，有事求他，以高广杰的脾性，有点悬。他心里像装着十五个吊桶七上八下地进了朱光明家。

朱光明是桃村的人头，更是朱姓的家长。村里有红白喜事，都是由他帮着安排。今日朱光明有事，人们都远远地看着，没人上前主事。一是觉得没当家主事的能力，再就是今日之事，不同于其他的白事，透着随时而至的凶险和磅礴无边的未知。柳广林进了门，他想，自己一个外姓，出面安排事不合规矩，得在朱姓人里找个代言人。朱姓在桃村户数不是太多，除了朱光明家，只有朱泽运家和朱光正家，再就是朱光宝家，只是这三人都没主事的能力。柳广林正思谋着，看见朱光宝站在朱光召家门前。柳广林抬手招呼他过来。他穿着黑色夹袄，领子油亮，散发着难闻的气味。他比柳广林矮些，又有些驼背，与柳广林说话时须仰着脸。他小声问柳广林，眼下咋办呢？柳广林没说话，返身来到八仙桌边，四平八稳地坐到太师椅上，才慢条斯理地说，没有迈不过去的坎。朱光宝点着头，又东张西望地问，俺哥呢？柳广林说，省里有要事相邀，去省城了。朱光宝的眼睛瞟向门外，心里狐疑。柳广林心想得先把他稳住，让他冲在前面，于是说，光宝，光明不在家，你得多担些事，人在那躺着，得寻个解决的法子，死者为大，不能耽搁了。眼下，一是让朱姓妇女过来，尤其是晚辈，帮着操持下，丧事的场面得出来；再就是，谁去方村送信合适？柳广林说完，盯着朱光宝，朱光宝被他盯得很不自在，搔着后脑勺说，朱家妇女忒少，只有光正嫂子和俺媳妇，其他远房的，不好使唤。柳广林点点头说，这也成了。朱光宝的目光在柳广林和地面上来回飘忽着说，送信的，真没合适的。柳广林说，实在不行，你去吧。柳广林起先考虑的人是高广杰，在见到朱光宝后被他否定了。一是时间紧迫，没时间去说服高广杰，再就是，朱家的事，朱姓人不出钱可以，得出力，要不说不过去。想到这，柳广林说，光宝呀，你们朱姓年轻人，也就你还能成事，出了这事，你得走在前面，年轻人多历练，总会有出头之日的。朱光宝弟兄一个，家境差，平日村里人，尤其朱姓的，从没把他当回事。柳广林忽然间把他抬起来，他有些受宠若惊，浑身不自在起来。他扭捏着说，我怕做不好呢。柳广林拍了拍他的臂膀说，只要有往前闯的豪气就行。朱光宝挺起胸脯，满脸油光。柳广林说，事不宜迟，明日一早你去方村送信，到那见机行事，光明也算个人物，不能让他栽了面。朱光宝点点头。柳广林从怀里掏出一个银圆递给朱光宝说，明日换身齐整点的衣裳，鸡叫头遍动身。朱光宝应着，接过银圆出了门，忽然想起了什么，又扭头问，我一人去？柳广林说，还就得一个人去，去一群人，人家以为我们去示威的呢，还不得打起来。朱光宝说，那行吧，我去问问二哥还有啥要交代的没。柳广林说，成。

朱光宝来到西屋，朱光召仍蹲在门前。朱光宝走近说，二哥，明日我去送信，你有啥要交代的没？朱光召没说话。自把方氏从梁上放下来，他一直蹲着。他想起了新婚夜方氏的羞涩，想起了方氏在院里忙碌的身影。他恨自己，这么好的媳妇，怎么说没就没了呢？怪谁呢？怪哥，他不敢，小时他听父母的，稍大一点，他听哥的。哥确实比自己强，人情世事，家里家外，春种秋收，哥没做错过事。有哥的荫护，凡事不用他拿主意，也没拿主意的机会，他的主意在哥那根本不值一提，像见不得阳光的露水。媳妇是哥帮着选的，聘礼是五亩上好的土地。地离桃村远，离方村近。哥说正愁那几块地不方便耕种呢，眼眨都没眨就划给了方家。方家对土地满意，对朱家的家境也满意，婚事就成了。对哥，他是感激的，感激活在哥的荫护下，不用经历风雨。可这次，他的愤懑在胸腔里萦绕，这是之前没有过的。方氏死了，他的心像刀割那样疼，父母当年离世时他也是这感觉。不过，父母离世有个过程，从病到去世，他慢慢适应了。方氏死得突然，方氏和嫂子拌嘴，他觉得谁家过日子还没个是非长短，牙还咬腮呢。方氏怎么就想不开呢？他想到方氏最后从卧房出来，瞥他时哀怨的眼神，他的心更疼了。朱光宝问他，他愣了半天，才说，人家说啥就是啥，我对不住她。朱光宝点头说，成，二哥。

柳广林打发走朱光宝，又理了理头绪。朱光宝去送信，再圆滑的人，也平不了方家的怒火，火只能在这边灭。他掰着手指算了算能请动的人头。这种棘手的事，除非关系很好，不然一般人不会掺和。再说，朱光明辱骂朱方氏，令乡邻不齿。桃村千年的风俗，对弟媳妇多看一眼，多说一句话都被视为逾矩。朱光明是读过书的场面人，骂了弟媳，弟媳不堪其辱自尽，这是桃村从来没有过的。人们心里有杆秤，私下闲话，巴不得方氏娘家人教训朱光明一顿，让他懂下规矩。

柳广林思谋了半天，来到院内，见朱光正和朱成功站在院内。柳广林来到他们面前，朱成功瞟了柳广林一眼，朱光正往西屋看，没说话。柳广林说，光明去省城了，走得急，又出了这事，你们是近门，多出些力呗。朱光正收回目光，看着脚下，没说话。朱成功应了声，心里却老大不痛快，心想，俺们老朱家的事，轮到你个外姓的在这充人头了。以前，朱家有什么事会请朱成功父亲朱泽运出面，今日，事发突然，朱光明没请朱泽运，朱成功见柳广林忙里忙外的，早就不高兴了。柳广林看出了朱成功的不悦，笑着说，光明走时说了，原本该请泽运叔来的，只是这事，方家免不了会说些难听的话，泽运叔年高德劭，不想让他……朱成功听了，面色活泛了许多。柳广林趁机说，你们去前村王五那，拿些出殡用品来，场面上要过得去，免得方家人挑理。银钱先不用结算，告诉王五，末了一并算账。朱成功和朱光正应着走了，柳广林又把一些小事安排妥帖，回到堂屋时，夜已经深了，柳广林强打着精神，列出了明日要请的人，光明不在，自己要亲自去请。他琢磨着，先请东村的赵先生，前村的刘福田，西村的曹本照，还有杏园的王耀武。再去镇上邀来乡长李文君坐镇，从阵容上看，问题不大。得让方家人明白，人死不能复生，再闹人也活不过来了，不如寻个解决的法子，要晓之以理，动之以情。有些话，得说到点子上，才能让方家心服、口服。所以呀，能把场面上的人央来是关键。他想，央人的事，他得亲自出面，他与朱光明相交多年，朱光明曾帮过他，投桃报李的时候到了。再说朱光明还是保长，许多事还得仰仗他通融。这几年，时局变化太快，不得不多寻些出路。再说了，这也是为了让桃村人看看他的手段，有些事，他们做不来，也让他们见识一下马王爷长几只眼。柳广林的心思一刻没停，万马奔腾的。

柳广林就是柳广林，没费多大劲，该请的人辰时刚过，就聚集到了朱光明家。几人刚落座，还没来得及寒暄，朱光宝跑回来了。他站在门前，用袖子擦着头上的汗，衣歪襟斜的有些狼狈。柳广林从朱光宝的神情判断，他那边并不顺利。果然，朱光宝说，方家女人差点把我撕了。柳广林拉着朱光宝坐下说，光宝，不急，慢慢说。朱光宝看看身后的矮凳，坐下说，方家五房媳妇，侄子辈也有娶亲的，出嫁的侄女们也回了娘家，一大家子围着问缘由。我答了这个，又被那个薅住。哭着，骂着，说好好的人，被你们折腾死了，方家跟朱家没完。柳广林微微颔首，这是他预料到的，搁谁家也受不了，何况方家生了五个儿子后，才有了方氏，一家人非常稀罕她。方氏倒不恃宠而骄，听话懂事，连亲戚邻居都喜欢她。现在以这种方式走了，方家肯定咽不下这口气。柳广林想，咽不下，也得咽，谁让碰到我柳广林了呢，我可是个鬼见愁。

柳广林拉起朱光宝，附在耳边说，去置备些酒菜招待执事的。他又走到院里，吩咐朱姓的人，家里院外弄些幡和雪柳，挽联也挂上，弄得庄重些，场面上一定要显出丧事的排场。朱李氏一直待在东间屋，看着家里家外一团糟，出来进去的可都是钱呢，她心如刀割般疼，又没办法，朱光明临走时嘱咐过她，一切听柳广林的。再说，朱方氏刚死时，她只是惊恐，没有害怕，朱光明的逃遁，加上来往人脸上的憎恶，连乡长也来了，她才知道惹下塌天大祸了。她躲在东间，不时从窗棂处向外窥探着。柳广林在外间叫她，让她给庭力、庭训和庭福穿上孝衣，朱李氏心里老大的不愿意，说，我的儿子，咋能给她披麻戴孝？柳广林心里非常不满，以前有人说朱李氏不贤淑，现在看来，果然是。不过，看在朱光明的面上，只好说，咱眼下想尽千方百计，就是为了快点把这道坎过了。说完不再搭理她，扭头招呼执事们。乡长李文君两手交叠在手杖顶部，目光威严地越过正在倒茶的朱光宝的头顶，看向朱李氏，他眼里的怒意像六月晌午的日头一样毒辣。李文君出身于书香门第，祖上有在朝为官的。告老还乡后，在镇上建了处宅子。几代皆以诗书传家，平易待人，深得镇上人的拥戴。到李文君这代，连年战乱，家道衰落。不过，李家仍是与邻为善。日本人来了，敬佩他的品性，都忌惮他三分，国民党和游击队也是他家的常客。无论谁来，他都以礼相待，不过，他也有做人准则，违了准则，即便砍头也不做。有一年，几个月没下雨，连带着微山湖和运河里的水也少了，少量的水苟延残喘地蛰伏在湖底，水太浅，引不上来浇灌水稻。韩镇地洼，以种水稻为主，水稻没了水的滋养，几乎绝产。日本人不管不顾，让李文君征粮。李文君不卑不亢地对日本人说，你们杀了我，我也不会从乡邻手里抢他们的救命粮。日本人见他梗着脖子，一副视死如归的样子，只好作罢。日本人占领镇子时，李文君巧妙地与他们周旋着保护着乡邻。国民党来时，他不卑不亢，不冷不热。唯独游击队不提要求，他也主动相帮。有一次，他看游击队员大冬天还穿着单薄的衣衫，便让家里人缝了十套棉衣送了过去。今日，柳广林提着上好的茶叶去找他，说朱光明家里出了事，以他和朱光明的交情，不能不来。再者，不来的话，周围人会说关键时候，他只会当缩头乌龟，没了号召力，以后可不好行事。思前想后，他随柳广林来了。柳广林在路上说了个大概，起因在朱光明老婆身上，这令他非常反感。他对朱李氏的不满通过眼睛凌厉地传了过来。李氏在李文君目光的威逼下，点头答应了。

朱光明家的灯火通明了一夜，有的在赶着缝制孝衣，有的在准备出殡用的细碎物件。第二日，整个家才有了些忧伤的样子。堂屋里，执事们喝着茶，讨论着应对之策。他们讨论了多种方案来应对，事情若办不圆满，不只朱光明栽面，连带着他们的面子也没了。柳广林说，方家是良善人家，礼数到了，不会太过分的。王耀武说，良善得分什么事，亲人没了，搁谁也不能良善了。李文君点头说，一会儿方家人来了，礼数上一定得周全，方家提的要求，但凡能做到的，一定应下。还有方家说话再难听也得听，要做到打不还手，他们的气消了，凡事才好商量。刘福田和曹本照一直没说话，他们低头抽着烟。刘福田说，方家男丁碍着面子不会做出格的事，要紧防着那些女眷，她们不会顾及脸面。曹本照说，是呢，找几个会说的女子来。柳广林说，村里女子大多没见过世面，笨嘴拙舌，应付这种场面恐难周全。他皱眉想了片刻，说，有一人倒会说，不知她愿不愿来。几人探着身子好奇地问，谁呀？柳广林说，大洋马呀。李文君没说话，用拐杖在地上捣了捣说，不成！那种人焉能登堂入室。大洋马的事在镇上早已不是秘密，成了人们茶余饭后的谈资了。李文君以前常去杨承先店里喝茶、聊天，杨家出了这事后，他再也没去过。他有些瞧不上杨承先，把女儿教成这样，他还开门营业，也是没皮没脸。柳广林见李文君的反应如此强烈，讪讪地说，我也觉得不合适，不过，除了她，实在没合适的人了，再说了，她难请着呢。几人你看我，我看你，不知说什么好。过了一会儿，赵先生说，费些银钱把方氏的随身物件备全些，免得娘家人挑理，若把妇人们安抚好了，事也就成了大半。柳广林说，光明走时说了，该花的钱一定花，我一早就派人给方氏买了几身上好的衣裳，铺盖也要最好的。要我说呀，方氏自进了朱家门，也是不易，凭着天地良心，咱不能亏欠她。几人点头称是，随后，又翻来覆去地商议着些细节，说话间，他们看到了彼此眉宇间的愁绪，他们缺乏掌控局面的信心。

几人还没理出头绪，门外就传来了长短高低的哭声，哭声混合在一起，有着响彻云天的气势。朱光明院内随着哭声忙乱起来。执事们说得口干舌燥，有些疲累，有的歪在椅子上眯着眼，有的喝着茶，各怀着心事。朱光正、朱成功置办完丧事用品，一直在西间屋陪着朱光召，听到哭声，来到门外。柳广林听到了哭声，猛地站起来，看了看桌上的残茶剩水，又看看身边的几位执事，高声喊道，赶紧让庭力仨穿上孝衣去门前迎接，朱姓的，不论辈分，一律跟在庭力弟兄仨身后。有人着急忙慌地喊庭力，这边还没忙出个头绪，一群人哭着进了家门。柳广林带着庭力弟兄仨出了堂屋，他让庭力弟兄仨迎面跪在了哭喊的人群前。领头的是方氏二哥方世英，他眉头紧锁，神情期艾。他低头看了看三个跪在地上的孩子，目光转向了朱光召住的西间屋。妇女们跟上来，拽着方世英说，走，别在这耽误工夫，看他姑去。一群人绕开三个孩子，直奔朱光召的西屋。柳广林本想用孩子唱出苦情戏，没想到方家压根没有看的兴致。庭力三人从地上爬起来，迷茫地看着哭喊的人群进了二叔的房子。柳广林牵着庭力的手想跟过去，李文君在屋里向他招手。柳广林来到李文君面前，李文君说，莫急，让他们释放一下悲愤。柳广林点着头，眼睛瞟向西院。李文君看他的眼睛老是看向西院，说，你去看看谁当家主事。他们此番前来，估计在家里议了个大概，会有主事的人。柳广林向李文君拱拱手，向西院走去。

方家人来到西屋，进了东间卧房，见方氏脸上盖了黄纸，穿戴整齐，平躺在床上。方家小辈哭喊着扑过来，方氏侄女芝诺哭得最伤心，她从小与方氏一起长大，姑侄感情较深。芝诺揭开黄纸，哭着要看看受苦的姑姑。朱光召本来待在床前的，被方家人挤到了墙角。这半日，他想了很多，没人时，他扇自己耳光，恨自己无能，可又有什么用呢？他无力支撑瘦弱的躯体，蹲在了墙角。芝诺揭开黄纸时，方家人看到方氏苍白得有些狰狞的脸，脖子上还有青紫色的瘀痕，大家看了哭得愈发伤心。芝诺趴在方氏身边，轻抚着方氏额前的头发。忽然，芝诺歇斯底里地喊着，快看！我姑死得屈呢！人们看见方氏的口鼻中开始流血，还是鲜血。方家人看到，哭得更凶了。老辈人说过，只有冤死的人，尸体见了亲人后才会口鼻流血。方家人除了哭还夹杂着咒骂，有人发现了蹲在墙角的朱光召。方氏侄子方永健抓起朱光召的衣领，把他提了起来，说，你个怂货，快说，我姑是咋死的？我恁好的姑，嫁到你家就没了活的心气，你们得有多歹毒！朱光召被提起后，像个木偶般，不挣扎，也不说话，耷拉着眼睛，任凭他提着。朱光召再瘦小，方永健提着也累。他看朱光召一言不发，更加来气，使劲扔下朱光召。朱光召趔趄着摔在了墙角，又无声无息了。芝诺擦掉方氏口鼻上的鲜血，伏在她身上哭得撕心裂肺。这哭声让方氏几个侄子气血翻涌。他们冲到外间，把桌子上的花瓶茶具划拉到地上，地上一片狼藉。方氏几个嫂子指着朱光召说，这个窝囊废不会给你姑气受，害死你姑的，指定是东院的，不能让他们逍遥，让他们出来。方氏几个侄子正摔打着，听到这，冲出房间，奔向东院。柳广林牵着庭力弟兄俩站在门外，方家人看着三个孩子问，就他们？朱光明不是人头吗？要他出来。方永健绕开柳广林说，甭跟他废话。说着冲向东院的灶间，顺手拿起门前的一把铁锨，进了灶间一阵狂抡。他像一头暴怒的狮子，没人敢上去阻拦。

　　几位执事不安地站在堂屋门前，只有李文君端坐在堂上。柳广林见拦不住永健，只能拉着庭力来找方世英。他让庭力跪在方世英面前，上前握着他的手说，世英，我是柳广林，咱们见过面。方世英盯了柳广林片刻，是有些印象。柳广林说，文君兄在东屋，咱移步过去说话吧。方世英本不想去，柳广林握着他的手上移，架着他的胳膊，搀着他向东屋走。方世英和李文君有过几次交集，他佩服李文君的人品，犹豫间被柳广林拉向东院堂屋，院内的人自动闪开了一条道。李文君见方世英来了，起身迎到门外。拐杖挂在手腕处，抱拳致意。方世英低着头，抱拳还了礼。李文君把方世英让到上座说，方兄！节哀！方世英当着众人，只得强忍着悲痛说，小妹猝亡，心下……说着哽咽着说不下去了。李文君说，方氏贤良淑德，端静纯良，知书达理，好端端殁了，真乃行号巷哭，鸟啼花怨。方兄，将心比心，李某亦是触目崩心。然人死不能复生，还望方兄保重。方世英说，手足折断之痛，一时实难排解。李文君说，知晓，感同身受。李文君向方世英这边挪了挪椅子，拍着方世英的胳膊说，方兄，要说呢，朱家有错在先，乡邻的眼睛也是睁着的，咱们世居于此，先辈把名声看得比啥都重，到了咱们这辈，名声看得是淡了些，可我觉得老理还在，他失了理，咱不能和他一般见识。人没了，砸了锅也回不来，倒是失了咱书香门第的家风。李文君说到这，故意停了下来，他要给方世英留个缓冲情绪的余地。方世英点头说，我们并不想逾矩，只是家妹暴亡，不会无缘无故吧，只想让朱家给个交代而已。李文君说，交代自然会有。他伸出左手冲着在座的绕了一圈说，俺们几个从辰时就在此恭候，不知算不算诚意。方世英说，各位乡邻为小妹的身后事操心，理应感激，只是朱家人不出面，我也难做。李文君说，光召从昨天至今滴水未进，他是个老实人，要他怎样？您说句话。方世英眼见着李文君故意把话引开，他所说的朱家是指朱光明夫妇，他们才是罪魁祸首，到现在连个人影也没有，只让仨孩子演苦情戏，于情于理说不通。方世英是场面上的人，又不能把事情说得太透，李文君话赶着话，不能不给他台阶下。他正为难，方家一群女眷奔了过来，嘴里喊着，朱光明人呢？让他出来！柳广林上前拦住说，息怒！息怒！事总得寻个解决的法子，你们说咋办咱就咋办。方世英媳妇说，这可是你说的，朱光明逼死弟媳，十里八村可都知道呢，让他俩给俺妹披麻戴孝送殡。柳广林赔着小心说，您说得对，那就这么办，咱往好里办。柳广林不急不火，温雅有礼，方家人像一拳打在棉花上，不知如何下手，她们你看我，我看你，院里有了片刻的寂静。

李文君看了眼门外，怒气写在每个人脸上，搞不好又是一场打砸。再砸，砸的不仅是朱家的东西，也是他们几人的面子。他拍了拍方世英的手臂说，方兄，咱万万不能给人留下口实，光明夫妇披麻戴孝不是辱了他俩，是辱了咱们呢。方兄想想，长兄为父是老话，披麻戴孝在咱们这是晚辈所为，这不是乱了礼数了？方世英也觉得不妥。可是，妹妹没了，不出出气，显得方家窝囊，气怎么出，出到什么程度，来时方家也商议过。不给朱光明留脸，也得给这几位面子，他们毕竟是场面上的人。今天不管不顾了，会有很多后患。想到这，他说，家妹的事，各位亦能感同身受吾的切肤之痛，诸公受累，让小妹走得体面、安心，也让乡邻见识诸位的大仁大义。方世英到底是读书人，把包袱甩给了执事们，言下之意，你们要是处理不好，助纣为虐，今后还能不能受人尊敬都不好说。李文君听出了话的深意，他看了一下众人，说，方兄，今日来哭丧，有何要求，尽管提。出殡时，俺几个竭力督促成。方家女眷有的往东西厢房张望。柳广林怕她们进去打砸，站在门前说，进来喝水。方世英坐在屋内，看着站在门外的家人，又看看在座的诸位，他觉得在这多待一会儿都是煎熬，于是说，时候不早了，俺们得回了，家父和长兄在家，有些事我做不了主，余事再定。说着起身要走，李文君巴不得他们走呢，方世英给他们留了余地，凡事可商量。几人赔着小心把方家人送到村口，方家人一路哭骂着，说这事没完。村里人或远或近地看着，李文君觉得如芒刺背。他们几人站在村头，见方家人走远了，才蔫头耷脑地往回走。

送走了方家人，几人又回到朱光明家。他们陆续回到堂屋坐定，柳广林说，事不宜迟，人还在西屋躺着，咱们耗不起，下午备些礼品去方家，事情总得有个了结。李文君说，行，再这样下去，咱们也撑不住了，赶紧的吧。几人商议来商议去，觉得还得李文君亲自去一趟方家。柳广林说，算他一个，再去两个才好。刘福田和曹本照也说要去。他们觉得跟着出去，比待在朱家要好些，他们乐得跟在李文君后面。

经过李文君的斡旋，方家做出了让步，不让朱光明披麻戴孝，能厚葬方氏就行。李文君答应了，但方永健又提出，不能这么轻巧了事，朱家得拿五亩地补偿。方永健几个侄辈私下商量过，姑姑葬礼完毕后，与朱家再无瓜葛，他们逼死姑姑，得让他们割点肉。厚葬的事，李文君能做主，于情于理都得这么做。可是，划地补偿，不是小事，柳广林说，须回头说于朱家定夺。他觉得朱光明临走只说费些银钱，一下出去五亩地，可得告知他，免得日后落抱怨，出力不讨好。

回来后，柳广林让朱光宝连夜去找朱光明，让他把其中的利害关系说与朱光明，不同意的话，他们也没办法了。朱光明待在姑家正心急如焚呢，朱光宝简单说了情况，听到再划出五亩地，他心下老大的不舍，不过，家门不幸，不答应，事不完，老在那摆着不成，破财消灾，舍得舍得，有舍才有得，先把眼前这关过去再说。想到这些，他让朱光宝回话，割地就割地，一切听从执事们的安排。

方氏的葬礼总算结束了，朱光明回了家，朱李氏也回来了。这几日，她怕挨揍，一直躲在朱光宝家，朱光宝老婆每日把丧事过程向她说得一清二楚的。回来后，看到家里狼藉一片，咬牙切齿地咒骂着。方氏的衣服首饰，加上出殡费用，豁出去了半个家当，她心里那个疼呀，又没办法。朱光明回来后，脸像结了霜。朱光明心疼钱，胸中还有无法排解的怒气。自出事后，朱光召再没来过东院。

朱光明心里忐忑，父母不在了，只有这一个弟弟，心事重，莫为这事窝囊出病来，他要有个三长两短，以后真的无法面对亲邻了。他让庭力去叫光召。庭力回来说，二叔在西间睡觉，没开门。朱光明，想解铃还须系铃人，赶快给他寻个媳妇，也许能缓过来，也能在乡邻面前寻些面子回来。朱光明开始给朱光召踅摸媳妇人选，想了半天，也没个合他意的。朱光明想，光召再娶的话，长相、人品不能低于方氏。朱光明正费心琢磨、烦闷着，前村王三老婆来找他，说家里的牛被东村的曹本相牵去了。朱光明问，他怎么会无缘无故牵你家牛？王三老婆低着头说，俺不知道。朱光明心里有了七八。王三老婆明显说了谎，平日，他常处理鸡毛蒜皮的琐事，凡事他一眼就能看出长短来。朱光明说，要不要报官？王三老婆说，报啥官呢，您主事吧，家里指着牛耕种呢。朱光明说，王三哪去了？王三老婆说，几日不回家了，俺也不知道去哪了。朱光明心里有了数，王三嗜赌成性，估计赌输了，曹本相才去他家牵牛。朱光明说，你回吧，待王三回来问问明白，实在不行找你们村主事的。王三老婆说，俺村主事的哪有朱保长说话管用。朱光明知道王三老婆用的激将法，心里还是热乎乎的受用。王三老婆能找到他，说明这个女人不简单。只是朱光明眼下实在没心情管闲事，摆手对王三老婆说，先回吧，等哪天我去看看。王三老婆见朱光明神色冷峻，不好再说下去，嘟囔着，保长，您可得管管呢，不然，没法活了。朱光明不再搭理她，满脑袋想着给光召找老婆，医好他的心病。王三老婆见朱光明不搭理她，自觉无趣，不情愿地走了。

　　第二日，朱光召仍不吃饭。朱光明坐在堂屋心烦意乱着，王三媳妇哭着进了院门。朱光明怒火中烧，刚办完丧事，妇女哭着进门更是不吉。朱李氏迎上去把王三老婆堵在院中，板着脸说，有你这样的吗？王三老婆见她满脸怒气，止住哭声说，嫂子呀，没法活了，王三把房子和地都输了，人家逼着腾房子，俺来找保长做主呢。朱光明走出房门，冷着脸说，愿赌服输，有契约收据，找我有啥用？王三媳妇说，俺儿女还小，一家子咋活命呀？朱保长得替俺做主呀。朱光明听到这，眼睛立马有了光亮，他记起去年去刘福田家，有个黑眉虎眼的女孩路过，他当时多看了两眼。刘福田说是王三大女儿，叫中梅，人是黑了点，不过耐看，虽生在小户人家，可透着股机灵劲。刘福田说，可惜了，生在赌徒家，不然能嫁个好人家。朱光明想到这，语气缓和了些，说，没有过不去的坎，想想法子嘛。王三媳妇拍着手说，有啥法子？死鬼不知跑哪去了，俺娘几个眼瞅着要睡路边了。朱光明说，房子输给谁了？王三媳妇说，俺也认不清呢，说不腾房子也行，用钱抵，用人抵。朱光明说，你先回吧，我回头去看看。王三媳妇说，保长，您可得去呢，要不非出人命不可。朱光明答应着进了屋。

朱光明回到西屋，从柜里拿了盒哈德门香烟，换了身干净的衣衫，左右瞧着准备出门。自方氏丧事过后，他一直窝在家里，觉得这个跟头栽得太大，得缓缓劲。可是，光召这样，他不能安心怡养心神。

朱光明出了门，瞧瞧左右无人，走屋后的小道来到柳广林家。柳广林刚好在家，两人寒暄了两句，进了西间屋。柳广林要泡茶，朱光明摆手说，广林，别忙了，咱说会儿话。这几日，你费心张罗，这个情我记下了，客气话咱就不说了。柳广林说，不说就对了，咱们又不是一天了。朱光明掏出烟，撕开递给柳广林说，眼下还有更棘手的呢，老二不吃饭，一天两天还可以，一直这样下去，有个三长两短的，我到那边不好跟爹娘交代。柳广林说，老二心思重，过几天，缓过劲来会好的。朱光明说，俺家老二，心思不是一般的重，小时候，有次算盘没打好，俺大说了他几句，他几天不吃饭。后来俺大也怕了，让前村的张先生开导了多日，他才好起来。他跟张先生读过书，佩服张先生的学问。眼下，张先生作古多年了，别人的话入不了他耳。柳广林说，那咋办？朱光明干脆地说，医他的心病。柳广林问，咋医？朱光明说，我寻思，给他再找个，样貌不能差,或许能医好他的心病。柳广林说,婚姻大事,一时半会儿能成?再说了,光召刚丧妻,好的不容易找,孬的咱又觉得委屈。朱光明说,我今天急着来,就是为这事和你商议。他约略说了王三家的事。柳广林说,王三家姑娘照你说是不差,不过,你可得想好了,王家这阵势,说不定会狮子大开口。朱光明说,早想好了,谁让咱是长兄呢,得把老朱家的面子糊弄圆了。柳广林向朱光明晃了晃大拇指说,不愧是长兄。朱光明说,广林呀,我想了半天,还得你出面,别人没这本事。柳广林面露难色,说,我和王三不熟呢。朱光明说,王三不知跑哪去了,关键把那些讨债的打发了。柳广林说,成,我下午去看看,喊上刘福田,就说你央的。朱光明说,那感情好。

柳广林来到刘福田家,向他说明了来意。刘福田说,这几日正为这事烦着呢,王三老婆哭哭啼啼地来了几次了,我说这事我解决不了。王三老婆发狠说,出了人命你就能解决了。这个拎不清的女人,他男人赌博输了,到我这发什么疯?那闺女和光召成了,倒是好事,两家的难处都解决了。柳广林说,是呢,事不宜迟,咱们去王三家探探深浅。柳广林和刘福田说着话去了王三家,老远看见几个人坐在王三家门前。刘福田指着那些人说,瞧见没?都是来讨债的。几人见柳广林和刘福田过来了,交头接耳了一番,一个歪戴着礼帽的人警惕地问,你们也是来讨债的?柳广林昂着头没搭理他,刘福田说,俺不是讨债的,是管事的,王三欠了你们多少钱?几人交换了下眼神,见刘福田穿戴齐整利索,走路四平八稳的,倒像个管事的。有的掏出欠条字据,围着刘福田说,这是俺的。后面的也不甘落后,举着字据,手伸得更长说,这是王三欠俺的。刘福田约略扫了一眼,心想王三确实把能抵的都抵出去了,还好,没抵人。刘福田说,想要钱,好说,不过,得折损些。几人你看我,我看你,心里翻腾着,本来讨债无望的,王三家眼下能抵账的就几间破房子,可破房子是鸡肋,家门亲邻的谁买呀!他们围门要账,权当死马当成活马医。猛然间有人替王三出头，让他们看到了希望。几人异口同声地问，怎么折损？刘福田指着柳广林说，你们找这位爷吧，他有办法。几人看向柳广林，柳广林倒背着手，气宇轩昂地看着王三家的房子，故意不理他们。几人心意翻转着，这位看着像有钱的主。他们围上柳广林说，这位爷，您想要这房子？柳广林没说话，和这帮赌徒打交道，得沉住气，该摆谱就摆谱，让他们心里没底。几人眼巴巴地围着他，他目光森然地看着他们举着的字据。王三老婆在屋里高声低声地哭着，这日子没法过了，俺的亲娘来，可让俺咋活哟？王三女儿中梅出来倒水，扫了眼站在门外的众人。柳广林看见中梅，心想，朱光明确实有眼光，中梅的样貌不算出众，可是有股精气神，让人看了舒爽，可惜摊上了赌徒父亲，要是跟了光召，有些可惜了。柳广林分开众人，抚着几缕稀疏的胡须来到门前，看着中梅含笑不语。中梅以为柳广林也是来讨债的，一下子关上了门。柳广林指着屋门对刘福田说，还挺有个性。他把刘福田拉到一边说，这妮子不错，光明的意思是快刀斩乱麻。刘福田说，好呀！夜长梦多，免得多生是非。柳广林说，媒还得你保。刘福田面露难色，说，保媒是好事，只是眼下，聘礼说不定会多些。柳广林说，看王家提啥条件了，咱们传个话，尽量把事促成了，也算积德行善了。刘福田点头说，成，咱晚些时候再来，当着这些赌徒不好说。柳广林扭头看身后那些要债的说，也是。两个人说着话要走。讨债的跟在身后说，别走呀！再说说嘛，少点也成。

　　刘福田下午去王三家提亲。王三老婆一听，拍着手说，好倒是好，救了俺一家人的急，只是……王三老婆故意停了话头，眼睛瞟着刘福田。刘福田说，朱家的家境你也知道，光召人也不错。王三老婆说，他再不错，俺闺女嫁过去是填房，忒委屈了。再说他老婆刚死，还是被朱光明骂死的，十里八村的都知道。刘福田说，清官难断家务事，人家的家事咱也不好说，不过，提亲是朱光明委托的，毕竟是场面上的人，做事是说得过去的。王三媳妇说，想娶俺闺女可以，彩礼先放一边，有一事必须依了俺。刘福田问，啥事呀？王三媳妇说，朱光明和他老婆那样不是一天了，一时半会儿改不了，俺虽说穷家破院的，但俺闺女可不是受气的人。成了亲，得分家单过。刘福田想，朱光明的坏名声算是传出去了。想到这，刘福田说，我今天来了，先起个头，我把话带到，那边同意了，咱再说第二层。王三老婆说，别，来回跑怪累的，朱光明让你来提亲了，俺把底全透给你，家门亲邻的，您得帮着点俺呢。刘福田趴伏在拐杖上说，说来听听。王三老婆拍着手一五一十地说开了。刘福田听完，心想，没看出来，这个粗邋的女人，还有点心机呢。条件倒是在理，只是朱光明得出血了。刘福田沉吟了一会儿说，我倾心想把婚事促成，话我带到，成不成就看缘分了。王三老婆把刘福田送出门，讨债的又来了，见王家开门了，一下围了过来。王三老婆叉着腰说，干吗？不就是赌鬼欠了你们俩钱吗？待姑奶奶有了钱，看谁顺眼，先给谁！谁要是生事，钱没有，命倒有。讨债的被她的气势吓到了，趔着身子向后退。刘福田笑着摇摇头走了。

  刘福田没去找柳广林，而是一刻不停地来到了朱光明家。情势紧急，尽量减少中间环节。他提亲时，见讨债的人中多了两个面相凶恶的人，王三老婆见朱家派人去提亲，胆子壮了不少，别再针尖对麦芒的出了事。一个村住着，出了事，于他不利，提早把这个雷排掉才好。朱光明热情地招呼着刘福田，连忙沏茶，拿烟招待他。刘福田擦着头上的汗说，事情紧急，我捡要紧的说。他把王家要求婚后分家单过的事说与朱光明，朱光明本打算费些银钱的，没想到女方提出分家的要求。他问，彩礼的事咋说的？刘福田说，没细说，大体透了一点，帮着还上赌债，外带五亩地。我约略算了算，十亩地出去了。朱光明眉头紧锁，在屋里转了几圈说，按王家说的办。刘福田看着朱光明的脸，小声说，王家还有个条件呢，成亲不能住死过人的屋，房子得翻修，修完后，在中间垒院墙，找上朱家三老四少分家。朱光明埋头抽烟，心想，分开也好，只是以光召的脾性，能撑门立户吗？再说，经这一折腾，家底算是空了。朱光明心里扑腾得厉害，想着见底也得办，要不以后不好在桃村混了。朱光明寻思了半天，让刘福田给王家回话，一切按他们说的办。这一两日先下聘礼，立马翻修房子，秋收后成亲。刘福田没想到朱光明答应得这么痛快，他原想以朱光明的自负，得来回拉锯，讨价还价几次呢，没想到，这么容易就成了。刘福田起身要走，朱光明说，福田，你等等。说着起身去了西厢房。朱光明出来时，手里拿着两条哈德门香烟。他随手找了块布，缠了缠递给刘福田说，福田兄，为我的家事来回奔波，辛苦！刘福田推脱着说，老弟这就见外了。朱光明把烟塞在刘福田腋下说，再客气就见外了。说着把刘福田送出了门。

朱光召躺了几天，这天早上，朱光正来叫他，说要修房子。他被朱光正扶起来时，腿都不听使唤了。朱光正说，光明给你订下了前村的中梅，房子翻修后才能成亲。朱光召木然地看着朱光正。他茫然地看着忙碌的人们。过了一会儿，他觉得有些疲累，蹲在了地上。朱光正附在他耳边说，啥叫因祸得福，你小子就是，能娶中梅，有福呢。朱光正平日寡言，也就和朱光召能说上两句。朱光召没说话，愣愣地看着他，眼睛如门前洼处的死水，毫无生机。朱光正被他看得心里发毛，手在他面前挥着问，你这是咋了？老像做梦一样，事都过去了，活着的人还得活着。朱光召低下头，肩膀一耸一耸的。朱光正说，知道你心里憋屈，一时半会儿转不过弯来，今后好了，可着心过自己的日子吧。王家提出来了，要你们分家单过，多好的事呀！分家时，让泽运叔过来，不会让你吃亏的。朱光召还是没说话，低头看着地面。朱光正拍拍他的背说，兄弟，该醒醒了。

朱光明说到办到，秋收后，风风光光地给朱光召办了婚事。朱光召掀开中梅盖头时，脸上露出了少有的笑容。成亲第二天，朱光明请来了朱家的三老四少，说，树大分叉，人多分家，父母不在了，光召成家立业，立门单过是应该的，还望各位家人操心。朱光明到底是朱光明，将被逼得分家，说得冠冕堂皇。朱姓老少都知道，分家是王家提出的，大伙对跋扈的李氏没有好感，平日里同情朱光召，早就盼着他弟兄俩分家了，这样朱光召还能少受些李氏的挟制。有这些因果在里面，他们偏向于朱光召。不过，毕竟人家是一家人，大家的这份态度还不能表现出来。朱泽运作为朱氏家族辈分最高的人，首先开口说，光召呀，你得感谢哥嫂，这些年为你里外张罗，俗话说得好，长兄为父，即便分家了，哥嫂还是哥嫂。朱光召点着头。朱光明从西厢房抱出个匣子，说父母留下的家当，除了用度，都在这呢。我是长兄，分家时吃些亏是应该的，各位家人心里千万别为难。朱泽运说，光明这些年确实不易，咱们今天一定一碗水端平。半天不说话的朱光召站起来说，俺也说句话，分家给什么，俺拿什么，绝无二话。朱泽运说，有你俩这态度，俺们好做多了，其实呀，那些分家时撕破脸皮，不顾亲情，争抢家产的最蠢了，老话说得好，好男不争财和产，好女不争嫁时衣。良田不由心田置，产业变为冤业折。千年田地八百主，田是主人人是客。人的品行不行，争来的财产也守不住。你们弟兄俩如此深明大义，是祖上积德呢。在场的人也附和着，说朱家祖辈的德行高尚，积善余庆。就这样，朱光明和朱光召当着三老四少把家分了。朱光召翻修房子时，向南另开了大门，中间垒了一道院墙。朱家大院子被一分为二了。

　　分完家，朱光明失落了一阵子，看着小了一半的院子，心里堵得慌。他安慰自己，这道坎好歹算迈过去了，他觉得身心疲乏，想着好好休息些日子。谁知，世事难料，天偏不遂人愿，更大的凶险正在逼近他呢。

第三章

跑马圈地

阡尘

秋收后，桃村人天天往天上看，祈盼着老天能落雨耩地，谁知老天偏偏不理会桃村人的焦急，连着多日不下雨，运河的水也跟着瘦了，微山湖的水更是可怜巴巴地缩在湖中央，大片黑色的淤泥裸露了出来。朱泽运说，田干不能播种，湖滩不怕旱，有湖水渗着呢。桃村人信朱泽运的话，用桃村人的话说，他的话从没落空过。大家开始背着锄头，带上种子，扛着耩子去湖滩上播种。有的带着干粮，日夜不停地在湖滩上劳作，他们铆足了劲，看谁耕种的地多。有牲口的人家耕种轻省些，有马的人家嚣张地撒开缰绳让马在湖滩上跑，说是跑马圈地，这也是微山湖畔的规矩，马跑过的湖滩都是他家的，别家就不能耕种了。桃村人遵守老辈留下的规矩，凭自己的力气，各家都有了或大或小的湖滩地。他们日夜在湖滩上播种，湖滩地也争气，虽说早过了播种的时节，可是播下没几日，绿油油的麦苗便拱出了地面，绿了湖滩。桃村人俯身看着绿莹莹的麦苗，看到了希望，向更远处拓展领地。别村见桃村的麦苗长势喜人，也开始见缝插针地在湖滩上播种。人们如比赛般劳作着，直到小雪节气，还有人在播种。按农时，秋分前后小麦就得全播种完了。今年的节气似乎打了马虎眼，天气虽一天天变凉，却没影响小麦苗倔强地从地底下拱出来，湖滩上深浅不一的绿色，让桃村人觉得日子有了盼头。

之后，桃村只在春分前后下了不到一刻钟的牛毛细雨，直到麦收，再也没落过一滴雨。田地里是一眼望不到边的灰黄衰败，偶尔有棵顽强的野草迎风招摇，显得萧瑟单调。翻过湖堤，又是另一番景象，湖滩黄灿灿的麦浪翻滚着麦香，炫出丰收的好年景。桃村人念叨着，一分耕耘，一分收获呢。想着即将到口的粮食，睡觉都能笑醒。朱泽运在麦场上说，天作有雨，人作有祸，天作了恁长时间没落雨，怕是要有人祸呢。朱泽运的话又没落空。日本人早听说湖滩上的麦子要丰收了,开着摩托沿着湖堤来巡视了几次,看着沉甸甸的麦穗,预谋着今年要多征些粮。

八路军鲁南军区接到了上级命令,一定要保卫人民的劳动果实。鲁南军区委派熟悉情况的武工队和微湖大队做具体工作,微湖大队找了朱光明几次。朱光明每日待在家里心惊胆战的,他最怕听到门响,门一响,准是有人找上门了。来人没别的事,话里话外全是征粮。他们走马灯似的来回,朱光明觉得自己快要疯了,他想找个地方躲起来。

朱光明挺佩服自己的,真是想什么来什么。一天晚上,孙政委来找他,说八路军鲁南军区首长知道他们辛苦,让他去山里住些日子,免得日本人找他的麻烦。朱光明看着和颜悦色的孙政委,心下虽说忐忑,还是装着高兴的样子,让李氏收拾换洗的衣裳。李氏看着孙政委,又看孙政委后面背着枪的人问,得多少日子回?孙政委笑着说,麦收完就回。朱光明沉声说,啰唆什么!快把衣服拿出来。朱光明担心再来人,撞在一起,他是风箱里的老鼠,两头受气。他快速背上李氏拿来的包裹跟孙政委出了门。经历了方氏死亡的打击后,朱光明磨去了不少锋芒,心性平和了许多。他边走边想,生逢乱世,万事看开点,闷头往前赶吧。

来到村头,朱光明看见几个人站在那里,走近些,朱光明发现刘福田和王耀武也在其中,还有几个保长和伪区长,他们安静地站在一起,几人大概觉得前景未卜,各怀着心事。孙政委见大家情绪不高,说,大家不要有思想负担,八路军只想让你们去山里休养段时间,很快就会回来。见朱光明几个还不说话,孙政委转身小声交代了随行队员几句。不一会儿,孙政委走了,留下六七个微湖大队的人。队员们分成两拨,一拨在前面带路,一拨断后。带路的队员说,咱们走吧,明早一定要赶到。朱光明几个没说话,跟在他们身后赶路。

经过大半夜的行进,他们被带到了鲁南军区驻地抱犊崮山区中。到达驻地时，天还未亮，赶了一夜的路，他们都疲惫不堪的。朱光明跌坐在地上，抬眼看着周围。桃村虽说离抱犊崮也就五六十里地，不过，风光却大不相同。桃村有运河和微山湖的滋养，多了些江南水乡的韵味，抱犊崮是典型的山区，树木参天，草木葳蕤，朱光明觉得挺新鲜的。刘福田和王耀武却没朱光明的兴致，他们灰头土脸地跌坐在地上，耷拉着头。朱光明想，既来之，则安之，啥也不想。朱光明看见不远处有些和他们行装差不多的人，仔细一看，大多是眼熟的人，有的能叫上名，有的叫不上。他这才明白，感情这次来的不只他们几个。他让刘福田看，刘福田耷拉着头，没理会他。朱光明发现来了约有百来号人，保长和伪乡长居多。朱光明向近处几个相识的招手，他们点点头，苦笑着算是回应。

朱光明一行人被一个小战士带到了开阔地，很多人满脸肃杀地站着。有人给他们划分了小组，说今后吃饭、学习、休息都以组为单位，免得凌乱无序。一个干部模样的人给他们讲话，要求在此期间一律按时作息，遵守八路军的纪律，注意自己的言行举止，准时参加学习，以小组为单位进行讨论，吃饭去食堂，不准饮酒。这里条件有限，非常时期，望大家克己复礼，这里的"礼"指的是八路军的各项规定，希望大家安心在这学习生活。最后问众人，听明白了吗？众人回答，听明白了。

讲话结束后，朱光明按分配的牌号去找住的地方。路上，朱光明见八路军们穿着简朴，有的军装上还打着补丁，不过整洁干净。他们大多体态清瘦，却神清气朗，走路带风，有种昂扬的气势。

朱光明一行人在山里住了下来，每天有吃有喝，当然咸菜窝头居多。住的是石头房子，三五人一间。这里漫山苍翠，松涛滚滚，鸟鸣兔走，倒是个逍遥的好去处，他们暂时忘了待收的麦子和因麦子生出的那些纷扰。

有时，他们被集中到一个屋里上课。讲课的是位戴着眼镜的三十多岁的男子，人们叫他黄政委。他穿着褪了色的灰色军装，面善、和气，讲课时细声慢语，却有种直抵人心的力量。他讲共产党的统一战线思想，讲全民抗战的重要性，讲中国人该觉醒了。黄政委讲了很多，有的朱光明能听懂，有的听不懂。朱光明听黄政委的口音像是本地的。果然，黄政委说自己是南阳人。朱光明听说过南阳，只是没去过，那里离桃村走水路要走一百里。黄政委说起南阳，眼神更温煦了。他说，我们南阳好呀，是运河四大名镇之一，周边是微山湖，运河穿镇而过。那里景色优美，物产丰饶，有日出斗金之誉，老百姓按季节收割、捕捞生活所需。不是自夸，南阳民风可淳朴了，百姓勤劳善良，夜不闭户，路不拾遗。当年漕运兴盛时，南北商贾云集南阳，使得南阳繁华起来。街上商铺林立，厦檐相连，有晴不见日，雨不落水之说。石板路横贯南北，油光锃亮。运河两岸是清一色的青砖灰瓦民居，依河而建，错落有致，是北方少有的独具江南水乡特色的小镇。我这么美的家园，前几年被日军焚烧殆尽，连建于明代的古建筑群也被烧了。黄政委说到这，停顿了一会儿，朱光明依稀看见他的泪光隐现。黄政委平复了下情绪继续说，烧毁的建筑中，最有名的是关帝庙，关二爷想必大家都知道吧，过年时请的门神大多是关二爷。南阳的关帝庙据说始建于明代，是南阳最大的庙宇。占地1500平方米，大门朝西，三间大殿，殿内有关羽塑像，左右是周仓、关平。厢房有八间，院中间的戏楼，是正方形的四间屋，分上下两层，上面用于演员化妆、休息，有大小窗户十个，其中有两个石头窗户的造型很有特点，代表着两万零八个窗户。整栋建筑宏伟壮观，既有北方园林的大气，又兼具南方建筑的秀美，特别是庙里的暮鼓晨钟，声及二十余里，是南阳人休憩耕作的时钟。庙内松柏肃立，百鸟驻足，烟雾缭绕，南阳人常聚集于此。院内还有鱼台八景之一的"杰阁跨河"的魁星楼，钟楼、鼓楼、圣人庙、奶奶庙、文公祠、四思堂、广圣庵、荷花仙子庙都在院内，是南阳历经三百余年的文化积淀。所有的这些，在1938年3月18日被日本人毁于一旦。这场无妄之灾，使南阳的父老乡亲痛失家园。今天时间充裕,我和诸位说说日本侵略者在南阳犯下的滔天罪行。黄政委说到动情处,取下眼镜,用袖子擦了擦眼睛。接着说道,你们中有人相信日本人的谎言,说他们来中国是为了建立大东亚共荣圈。日本人有那么好心吗?当然没有!我希望通过这件事,你们能觉醒,能看清日本人的狼子野心,明白作为一个中国人应该怎么做。朱光明几个你看我,我看你,他们想起了自己围着日本人转,听从日军调遣的场面。这些算不算是替日本人卖命呢?几人不敢说话,心情复杂地看着彼此。黄政委倒背着手在人群中走了一圈,眼神威严地看着每一个人。有的人不敢与他对视,低下了头。朱光明倒是坦然,微笑着向黄政委点头致意,黄政委拍了拍他的肩,又回到了黑板前,在黑板上写了"七七事变"几个大字,然后拍着手上的粉笔末继续说,七七事变后,南阳人听说了日军侵略中国的消息,不过,乡亲们以为南阳偏安一隅,日本人不会来这,这个幼稚的想法很快被现实击碎了。台儿庄战役打响后,日军在台儿庄受到了狙击。驻守在济宁周边的日军接到上级命令,去支援台儿庄的日军。他们集结到一起,打算乘快艇顺运河去台儿庄。日军大约集结了一百余人,他们从济宁日军驻地进入鲁桥,从鲁桥方向由北向南沿着小路去南阳湖乘坐汽艇。八路军湖西大队得知了消息,为了阻止日军增援,决定在南阳周围狙击日军。八路军经过周密侦查,认为在日军没乘上汽艇之前发动袭击胜算大些。八路军在日军必经的路上设下了埋伏,他们在小路背面的高岗上架设了仅有的一挺机枪,又在路东的芦苇荡中埋伏了一个小队。当日军进入了埋伏圈,埋伏在高岗处的机枪率先开始了射击,切断了日军的后路。日军被打得措手不及,无处藏身,队伍顿时乱作一团。埋伏在芦苇荡的八路军见日军四处逃窜,也发动了攻击。一时间,日军尸横遍野,死伤惨重。八路军正打得酣畅淋漓,没想到弹药用尽了,指挥战役的梁队长只得下令撤退。日军到底训练有素,短暂的混乱后,迅速组织部队寻找有利地形做掩体进行反扑。此时,八路军早已撤退远去。日军清点人数，伤亡惨重，一百余人损失了大半。日军领队暴怒，没出师就遭受如此重创，不知如何向上级交代。

日军领队只得带人回济宁另作打算。驻济宁的日军小队长小野一郎见他们被打得如此狼狈，气急败坏，他让日军短暂休整后，又调兵遣将，带着部队直扑南阳。

日军乘汽艇很快到了南阳岛。他们下船后，个个面色冷峻，有的紧握战刀，有的手握钢枪，眼睛里寒光四射。他们上岛后见人就杀，近处用刺刀，远处用枪射击。岛上民众哪见过这场面，一时间，哭喊声惊天动地。南阳很多人家枕水而居，他们见日军上岸后滥杀无辜，有的就驾船去湖里躲避。日军见人跑了，没杀过瘾，开始挨家挨户搜查，劫掠财物。他们把抢夺来的财物集中起来，开始放火。而且只要一家着火，就能引燃邻家。一时间火光冲天，运河东岸的房屋皆被点燃，成了一条火龙。

到了晚上，日军聚集在关二爷庙前，他们围着庙转了几圈，商议着如何才能点燃这里。原来，关二爷庙建时就考虑到了防火问题，普通的火源根本引燃不了。日军想起了喷火枪，他们找来喷火枪，对着大殿一阵喷射，浓烟开始弥漫在大殿里，火苗挣扎扑闪着，汇聚成了熊熊烈火。这座有着三百余年历史的关二爷庙，被熊熊大火吞噬了。火势蔓延，引燃了周围的魁星楼等建筑，河岸上蹿起新的火苗，越烧越旺。原本漆黑的运河，被狰狞的火舌照亮。大火烧了三天三夜才熄灭。

大火熄灭后，南阳岛上只剩残垣断壁，片瓦无存，草木皆焦，街道上横陈着民众的尸首，真是人间炼狱。这次，南阳遭受了毁灭性的破坏，惨状难以言说。日军在南阳的暴行，使大半南阳人流离失所，无家可归。不过，这也激起了南阳人民的爱国热情，很多有识之士参加了八路军。我就是那时候参加的八路军，那年，我家的房子被烧了，年迈的父母惨死在敌人的刺刀下。我那时在济南读书，得到消息回家时，家园已经变成了一片焦土。各位，你们能体会到家园被焚，父母双亡的悲愤吗？有的人为日本人做事，我想问问，你们有做人的良知吗？若有，会有民族气节，不会为蝇头小利做人家的走狗。日本人在中国烧杀抢掠不是一天了，或许你们抱着事不关己，明哲保身的心态，可是，你们想过没有，覆巢之下安有完卵？也许，你们会说，日本人待我不错，但是，安逸只是暂时的，若你没了利用价值，或有一丝一毫不合他们的意，他们会像扔旧抹布一样随时丢弃你。我绝不是危言耸听，这种事比比皆是，只是你们捂着眼睛不愿承认罢了。我从前也只想着眼前的安逸，觉得参军报国是件遥远的事，当我看到家破人亡的惨状时，我身上流淌的热血促使我弃笔从戎，我才明白没国就没家，所有的中国人概莫能外。只有通过斗争，建立新中国，成为堂堂正正的国家的主人，才能过上好日子。希望你们在这里好好反省，回去后坚决不为日本人做事，要有家国意识，为建立新中国做好准备。朱光明听完心里热乎乎的，旁边的李文君紧握着朱光明的手说，光明，以前我就觉得不该帮日本人，就是没想得这么透，听黄政委一说，我知道该怎么做了。

黄政委讲完，留出时间来让大家讨论。他补充说，在国家民族危亡之秋，但凡有点良知的中国人都会觉醒。众人开始小声交谈着。黄政委又不失时机地说，希望你们能明白，部队在物资匮乏的情况下，把你们接来，是出于对你们的爱护，但愿你们能觉醒，做中国人该做的事。有的可能不理解我说的保护你们是什么意思，你们想想，若现在待在家里，日军和国民党能让你们肃静？他们会逼着你们向乡亲们征粮。灾荒年，老乡们不容易，辛苦耕种湖滩地收点口粮，你们要是助纣为虐，把粮食征缴了去，老乡们能不记恨你们？待在这里，他们找不到你们，你们也就做不了恶事，这不是爱护你们吗？朱光明一听，也对，若待在家里，不征粮，日本人和国民党不会善罢甘休。若征了粮，日本人和国民党都要，他谁也得罪不起，夹在中间更难，乡邻也会记恨呢。从此之后，朱光明心安理得地待在山里，每天听课、吃饭，很是上心。

朱光明一行人在山里待了二十天了。有天，部队通知他们到师部门前的平地上开会，朱光明见许多人席地而坐，窃窃私语着，他预感有事要发生。他找到李文君，坐在他旁边。李文君小声说，今天要枪毙人了。朱光明吓出了一身冷汗，颤声问，枪毙谁？李文君把头偏向台上。朱光明这才看见台上绑着四个人，他认识其中一个叫张善德的。黄政委见人来齐了，说，你们来了有些日子了，道理跟你们讲了不止一次，可是有些人恶贯满盈，手上沾满了人民的鲜血，却拒不向组织坦白交代，态度恶劣，今天召开公审大会，让与人民为敌的人死个明白。黄政委指着身后绑着的四个人说，这四人的罪行罄竹难书，他们投靠日本人，残害百姓，死心塌地地替日本人卖命，有的给日军透露我们的消息，致使我们损失惨重。朱光明听得心惊肉跳。他想，有些事，八路军咋就跟眼见了一样，以后做事得小心点，盆罐都长着耳朵呢。黄政委义正词严地说，这四人罪大恶极，与人民为敌，拒不悔改，立即枪毙，以正视听！四个被绑着的人听完宣判，有跪地哭嚎的，有求饶的，有一个听完宣判，立马瘫在了地上。黄政委一挥手，四人被架到不远的空旷处，朱光明不敢看，低下了头。随即，几声沉闷的枪声传来。再抬头时，四人横竖躺在地上。有胆大的跑过去看，朱光明觉得心都要从胸膛里蹦出来了，连忙抓着李文君的手离开了。

朱光明在麦收后被送了回来。朱李氏黑瘦了许多，她站在门边，脸上满是怨气。李氏之前没下过地，今年与往年不同，麦子长在湖滩里，没有明显的地界，你不收，别人会收。朱光召更是指望不上，自办完方氏丧事，一次也没搭理过她。今年还雇不上人，往年家里没地的，农忙时会出来打短工。今年不同了，湖滩地谁都可以耕种，家家铆足了劲播种，都有麦子等着收。麦收就像在战场上一样紧张，收到家才是自己的。朱李氏只能勉为其难上阵收割，庭力被李氏带到地里，庭训和庭福待在家里。朱李氏一早带着干粮和水下地，累了就在麦秸上打个盹，手磨起了泡，仍咬牙硬撑着。累极了，她靠在麦捆上想，搁往年，让麦子烂地里也不出这力。可时下与往日不同，好家经不起三下劈，家底再厚，连番折腾后，再无余粮，不抢收些麦子回去，闹饥荒也未可知。当家的被八路军带走后，伪军和国民党来了几次，脸色一次比一次难看。最后一次，伪军撂下狠话，再不回来，有你们好看的。她琢磨着，日后他们的银钱怕是不好得了，为了一家人不挨饿，不让村里人看笑话，她只能咬牙强撑着。日军和国民党不只是找不到朱光明，微山湖一带的保长和伪乡长一起不见了，临时找人替代，一是没合适的人选，再就是村里根本找不到人。没保长和伪乡长，征粮无从下手。他们曾想着直接去湖边抢粮食，但他们曾在微山湖吃过八路军的亏，忌惮去湖边，宁愿不征粮，也不敢去湖边冒险。

  日军不敢去微山湖是有原因的。去年，日军汽艇从夏镇装了武器弹药，想走运河运往台儿庄。游击队在桃村南边的运河里伏击了日军，日军损失惨重，差点全军覆没。日军的四艘汽艇中，前两艘是全副武装的日军，后两艘装着武器弹药。微山湖游击队不知从哪得来的消息，埋伏在桃村运河边的芦苇荡里。他们事先在运河里布好了水草和渔网，用来缠绕汽艇的螺旋桨。日军来到此处，螺旋桨被缠住了，他们不知道水草和渔网是游击队故意布置的，还加大马力，想着能挣脱。马达嘶鸣着，汽艇在原地打转。游击队员布置的水草太密实，无论如何也挣脱不了。日军正急得团团转呢，岸上忽然响起了号角声，日军抬头一看，两边的芦苇荡窸窣摇曳，人影闪动。日军警惕地举起了枪，还没来得及开枪，芦苇丛中就伸出了多支乌黑的枪管，对准了汽艇。原来，号声是发动进攻的信号。一时间，鸭枪响了起来。微山湖的鸭枪是特制的，子弹呈伞状发出，密集得跟下雨一样。日军还没弄明白怎么回事，汽艇已经被打出了不少窟窿，有的日军掉进了水里，在水里扑腾着。日军想赶快脱离险境，汽艇却不争气，在水草和渔网的缠绕下，方向盘早已失灵，在原地打着旋，前进不了，也后退不出去。最后面的汽艇，好不容易调转了方向，却被鸭枪打中了油箱，着起火来。汽艇上的日军为了逃命，跳进水里。这时，田螺号又一次响起。从芦苇荡里走出了手拿鱼叉、河镰、篾刀、破冰榔头的渔民们，他们与日军展开了近距离的搏斗。渔民的进攻似疾风骤雨，彻底摧垮了日军的斗志。日军的军装浸湿后，能浮在水上就不错了，哪还有还手之力。

　　战斗不一会儿就结束了，日军丢下了三艘汽艇和十几具尸体。有艘汽艇见大势已去，调转船头，载着余下的日军灰溜溜地跑了。此次战斗，微山湖游击队缴获了大批物资，灭了日军的嚣张气焰，从那之后，日军再也不敢去微山湖了。桃村人因此得福，只要日军来扫荡，便拖家带口地去微山湖里避难。日军只能对着微山湖骂上几句，然后悻悻离去。桃村百姓待日军走了再回村。日军来桃村扫荡，大多会空手而归，次数多了，他们也不来桃村了。

　　秋又一次来到桃村，梧桐树上的叶子陆续飘落，槐树、枣树、桃树瑟缩着迎着萧瑟的秋风。田地里倒是一片五颜六色的喧闹，高粱像喝醉了酒，黑红的穗子迎风摇来晃去，稻谷翻滚出金色的波浪，玉米捋须咧嘴地等待着被收割，地瓜的根须把土地撑出了裂缝。在这繁闹的秋色中，桃村人见许多日本兵衣衫不整地走在官道上，他们枪也没了，头盔背在身后，没了往日的威风。人们躲在草垛后看着日军纳闷，张明利说，日本人投降了，急着回国呢。有人问，日本人承认自己败了？又想起被日军追着满地跑的狼狈样，嘴里恨恨地骂着，龟孙子也有今天。有的日本兵饿极了，见路边田里有地瓜，跑进去挖。挖出的地瓜还带着新鲜的泥土，他就大口啃咬起来。桃村人急了，想起日军做过的坏事，新仇旧恨涌上心头，捡起石块扔向日军。日军全然不顾，只是低着头，快速吞咽着地瓜。

　　日本人走后，国民党对桃村也有所忌惮，一般不来桃村。桃村人的日月就像运河的水一样，无声地流逝着。人们鸡鸣开门，落日歇息，日月还是那些日月。高广杰最近有些兴奋，他听说国民党要重新收拾周庄据点，需要个做饭的。他想托表哥的人情去，一旦去了，有了饷银，就不愁生活了。他把这个想法告诉了大洋马。大洋马说，当兵的恁好伺候？掉脑袋都不知道咋掉的。高广杰原本满脸憧憬，听大洋马一说，捂着脖子愣怔在那里。大洋马又说，别觉着捡到便宜了，朱光明早知道这事，他为啥不让自己儿子去？那是人家不愿去，去了，命就被攥在人家手里了，还沾了晦气。高广杰满脸惶恐地说，真的呢，那就不去了。

柳广林好些日子没在村里逛了，有人说他去省城看读书的儿子了。柳方氏也不出门，柳赵氏去帮忙时，见她正跪着焚香祷告。朱光明也多日不出门了，肖常福倒是比往日活跃了许多，每日吃过饭，在村里溜门串户时说，马上要解放了，解放军要来了，解放军是让穷人当家做主的部队，以后咱们都有地，都能吃饱饭，还都能娶上媳妇。有人不相信，说，那不都成地主了。肖常福说，不一样，解放军打土豪，分田地，让穷人不再挨饿受冻呢。柳豹摸着头问，怎么打？肖常福说，到时你就知道了，北面已经开始了，咱这也就眼前的事。柳豹说，不挨饿，有煎饼吃就成。一向寡言的庭力回家说，肖常福正挨家游说呢。朱光明没说话，低头往烟锅里装烟叶。日本人走后，有人举报朱光明是汉奸，被国民党的高连长反驳回去了，说光明曾帮咱们筹过粮呢，才帮他逃过了一劫。朱光明想，看来，蚂蚁小虫都不能得罪，得罪了谁，都没有好下场呢。他窝在家里，好些日子不出门。这日，木讷的庭力又回来说，肖常福又在场上说那事了。这让朱光明很好奇，他倒想知道肖常福说了些什么。他走出家门，见麦场上围了一圈人，肖常福的声音从人群里传出来，朱光明蹲在人群外听着。肖常福正讲到要清算坏人，他听了心惊肉跳的。日本人走后，虽有高连长佑护，他还是被多次批评教育，无论谁教育他，他都点头认错，还会期期艾艾地为自己辩解几句。他说，是为桃村的父老乡亲着想才做的保长，若他不从中斡旋,日本人会作下更大的恶。教育他的人也算民主,去村里调查,桃村人歪着头想了半天,说,日本人在时,朱光明确实没作多大的恶,除了抓了一次苦力,别的还真没有。大多时候,朱光明会牵引着日本人,不让他们进村子,前村的姑娘媳妇被祸害的不少,桃村却没有。桃村人是念旧的,仍想着朱光明的好,向调查朱光明的人说了不少好话,朱光明给日本人做事的黑历史貌似就此翻过去了。现在,朱光明怕的是他为国民党征过粮的事被捅出来,肖常福说共产党要来了,他怕共产党的眼里容不下沙子。

之后的日子,朱光明常在村里溜达,他会在人多的地方站住,笑着和人们说些家长里短。末了会说,国民党真不是东西,当年拿枪抵在我的脑袋上,让我帮着筹粮,粮食是咱老少爷们汗珠子摔八瓣才挣来的,能随便给他们吗?可当时国民党说,他们是打日本人,是为了抗日,征粮是爱国行为,听他们这么说,咱就心软了,作为一名中国人,谁不爱国呢?众人被他说得一愣一愣的,觉得他说的有些道理,再说,桃村很多人的思想尚在混沌中,有些事搞不明白,以他们的智慧和见识,辩不过朱光明,也没有与他辩论的底气和勇气,大家都是认为他是见过世面的人,说话是有道理的。朱光明看着桃村人的表情,觉得第一步做好了,至少在讲究民主的共产党那里,能糊弄一阵子了。他叹着气想,这一辈子,咋恁多坎呢?

朱光明一直关注着肖常福的言行,他推断肖常福会得势。当肖常福又一次说起共产党的好处时,朱光明感到了实实在在的恐慌,不是为曾经为日本人和国民党服务过的历史恐慌,让他忐忑的是肖常福说的分田地,从目前的情势看,肖常福说的八成会实现,也许自家承继了多年的土地要改姓了,他心有不甘。柳广林去省城时,他俩密会过。柳广林说,听说共产党要主天下了,共产党啥都好,就是分田地不好,那可是祖辈们积攒下来的。朱光明拍着柳广林的肩安慰道,也只是传言,不可全信。柳广林说,我去趟省城,一是去看汉庭、汉轩，再就是到省城探探风向，早做打算。朱光明说，听说崔明铎混成团长了，他该明白时局。柳广林说，崔明铎又不回来，上哪找他去？我觉得时局不妙，沙从君都回来了。朱光明说，沙从君不是说他的什么团解散了？或许真是被老婆拴住了。柳广林冷笑着说，你也太小看沙从君了，他在外历练多年，文武皆通，甘心回来种地，肯定是嗅到了什么，及早脱离。朱光明没说话，他反复咀嚼着柳广林的话，但他认为，有些事不是想抽身就能抽身的，烙印会一直在。

　　柳广林第二天一早就走了，走时吩咐柳方氏，少出门，多念佛。柳广林走后，朱光明有事没事总爱从肖常福家门前走过，以前，他从不用正眼瞧肖常福的。肖常福住他家后面，只有二亩薄地，当然没钱读书，不过，肖常福脑袋好使，嘴巴也会说，据他自己说，曾给湖里的游击队送过信，还跟着参加过战斗。说有一次，湖里的游击队炸毁了铁道，截击了日本人的火车，截获了大批物资。肖常福作为积极分子，帮着运送了截获的东西。日本人在时，他不曾说过，日本人投降后，他天天在麦场上向大家炫耀这事，说得唾沫四溅。村里人倒是记得有一天晚上，塘湖那边的枪声跟过年的鞭炮声一样密集。第二天，有人说日本人的火车翻了，丢了很多东西，和游击队还交了火。桃村人对肖常福的一面之词有些将信将疑，不过，他说得有鼻子有眼的，谁指挥的，他埋伏在哪，扛了几匹布，说得清清楚楚，村里人暂且信了他说的那些。肖常福只有弟兄一个，在村里势单力薄，自从他说了他参加过战斗后，村里人对他刮目相看。朱光明对肖常福说的事知道个大概，出事地段离桃村较远，出事后，日本人没来搜查，他也没机会详尽了解。依着眼下局势，他须与肖常福搞好关系，只是找不到由头。朱光明观察了些日子，还是没寻到契机。他这些年能在乱世中活得如鱼得水，全在于他的应变能力。他深知一个理，中国是人情社会，一支烟，一句暖心的话，能迅速拉近彼此的距离，等有事相求就顺遂多了。可是，他想与肖常福拉近关系，过程却并不顺利。最近，肖常福总是高昂着头，腰板挺得溜直，眼睛老往天上看。朱光明顺着他的目光往上看，天还是那片天，他不明白肖常福老往天上看啥。他的脑子里翻转万千的，背着手回家了。

朱光明的老婆朱李氏刚生了个小女儿，朱光明给她取名叫庭美。大儿子朱庭力二十了，去年娶了前村王家姑娘，刚刚生下一个小子。二儿子庭训在峄县读了几年书，出落得一表人才。三儿子庭福在镇上布店做伙计，学记账。但朱光明时常想，仨儿子没一个能独当一面的，不像崔家，八路军来了就是光荣户，要是国民党来了，沙家也能受到优抚，眼下，村里又多了个肖常福。自己这些年谁当权，就在谁面前当孙子，才保住了眼下的家业。现在时局不甚明朗，不过，看着柳广林的惶惶劲，得有所应对才是。他想在肖常福那寻个突破，却碰了壁，看他那嚣张劲，一时半会儿疏通不了。他拍了下头，忽然想起，当初日本人问村里有没有八路家属时，他冒着掉脑袋的风险说没有。他当初要是说了崔明铎，崔家早就家破人亡了，怎么着也是个恩情。吃过饭去崔家转转，顺便把那旧事提提，一旦有变故，也能抵挡一阵。

朱光明最近常在村里转，柳广林一直没回来，官道上没了南来北往的商贾，火车上拉的全是兵。有的穿着黄军装，有的穿着灰军装，他也认不清是哪个部队的。肖常福人前人后满脸得意地说，用不了几天了。周围的人一脸困惑地问，你说啥？朱光明心里有了七八，笑着想与肖常福搭讪，肖常福像是没看见，扭头走了。朱光明打着哈哈说，没看出来，常福平日风不吹火不冒的，倒是个成大事的人呢。周围的人不知朱光明说的大事是什么，倒没看出肖常福与往日有何不同，还是趿拉着旧鞋，前襟上满是油渍。倒是朱光明，以前从不用正眼看肖常福，现在看见他，眉眼里带着笑。桃村人大多以朱光明为风向标，他们自认没朱光明的脑袋和处事能力，跟着他行事总没错，人们见朱光明待见肖常福，也对他恭敬起来。肖常福一时老大不适应人们对他的态度。

朱光明与肖常福的关系没实质性的进展,朱光明有些烦闷。这段时间,桃村周遭没了炮火轰鸣,朱光明踅摸着,静不一定是好事,物极必反,万古老理。眼下,不能一条道摸到黑,得另辟蹊径。

一天,吃过午饭,朱光明剔着牙出了门,他在村里悠闲地晃着,时不时和村里人打着招呼。不一会儿,他来到崔明铎家门前。他左右逡巡了下,见四下无人,便袖着手进了崔明铎家。崔明铎前两年把弟弟崔明凯也带走了,平时家里只有崔福运和崔柳氏。崔家五间上房,东西还有配房,门庭显得有些冷清。崔家有不少地,忙时雇短工,会有短暂丰收的喧闹。朱光明故意在门厅处咳嗽了一声,崔福运从屋里出来。崔福运身材颀长清瘦,穿一身灰色粗布衣衫,一顶瓜皮帽扣在头上,双目炯炯有神。看到朱光明,热情地招呼着,朱保长呀,屋里坐。朱光明迎上去双手递上烟说,叔,可不能这么叫,生分,叫光明好。崔福运看看他身后,右手向后推推瓜皮帽哈哈笑着说,好,光明,屋里坐。崔柳氏听到说话声走了出来,她穿着一身月白上衣,黑裤子,头发一丝不苟地挽成髻,头发太多,加了发网套着,还别了根银簪。崔柳氏白胖利索,是村里少有的齐整人。崔柳氏笑着招呼朱光明,大侄子,稀客呢,等着,我烧水给你们沏茶。朱光明说,婶,不必麻烦,和叔说会儿话。崔福运把朱光明领进堂屋,分宾主坐在八仙桌两边的太师椅上。朱光明说,叔,咱两家也不是一天了,您和家父就对脾气。崔福运说,那是,咱老辈家里、地里、书本上都能弄一堆去。朱光明笑着说,那是,都是过日子人家,和明铎在一起读书时,俺俩也能说到一块去,前几年日本人用枪抵着我的头,问咱村有没有八路,我一字都没漏,好狗还护三村呢。崔福运笑着说,光明呀,这事我知道,念着你的好呢,和明铎也说过。朱光明扭过头,目光炯炯地看着崔福运问,叔,明铎啥时候回来过?崔福运皱着眉苦思冥想了一会儿,说，我也记不清了，没正经回来过，有次路过，一盏茶的工夫又走了。朱光明说，眼下在哪呢？崔福运说，我也不知道，一会儿东，一会儿西的，哪有准地。朱光明说，是呢，为国家辛苦，栋梁之材呢，我这辈子算毁完了，一直窝家里。崔福运说，光明，这话不对，桃村多亏你上下佑护，战火连天的，没伤民损财，不是万幸？朱光明说，叔，也就您这有句暖心话，有人背后骂我呢，叔，我可冤着呢，咱几代世居一块，打断胳膊连着筋呢，我可拿乡邻当亲人。崔福运说，就是，就是，百人百心，有不讲究的别放心上。两个人聊得热火朝天的，倒忘了时间，日头悠悠地偏了西。崔柳氏放下手头的针线活，去厨房里忙活了，说要留朱光明吃饭。朱光明说，不了，婶，家里忙得鸡飞狗跳的呢。崔柳氏说，忙点好，热气腾腾一大家子，俺家忒冷清了。朱光明说，明铎回来就好了，明铎孩子不小了吧？崔柳氏说，都是听说的，两个混账东西都成家了，一个也没见过。朱光明说着话已走到了二门处，崔福运夫妇把他送到大门外，崔柳氏说，光明，有空来啊。朱光明应着，好。

朱光明从崔家出来，心里有了底，走路有了往日的四平八稳，他倒背着手往家走。柳豹领着几个比他小许多的孩子在村路上疯跑。柳文死后，他家的日子过得一团糟，柳豹几个除了吃，啥活不做，过了今天不管明天，吃饱饭，满村跑，跑饿了，回家要吃的。朱光明想起自己的仨儿子，不是多出众，不过，比上不足，比下有余。崔明铎倒是出息，父母连他的面也见不到，有啥用呢？朱光明思前想后，心里舒畅了许多，加快了回家的步子。

快到家时，他听到隐隐约约的哭声，又不甚清晰。他侧耳听了听，像是从自家传来的。他三步并做两步进了门，哭声确实是从南屋传来的，应该是儿媳王氏。他有些恼火，好家好院的最忌讳哭声了。他站在过道檐下铿锵有力地咳嗽了一声，搁往日，王氏早出来问候了。今天不同，哭声只是停了一下，复又响起来，像绵绵秋雨般幽怨凄哀。朱光明进了堂屋，朱李氏坐在床上抱着庭美。朱光明有些生气地说，家里整日鸡飞狗跳的，又怎么了？朱李氏放下庭美说，我能管了？朱光明坐到太师椅上说，让外人听到成什么了？你就不能消停些！朱李氏拍打着衣服，拢着头发出来说，别吃了枪药似的，孩子短命，能怪到俺？朱光明坐直了身子，一只手在八仙桌上拍了下，问，什么？朱李氏说，要我说就是短命鬼，成不了人，有什么好哭的。朱光明总算明白过来了，孙子夭折了，是有些可惜，只是眼下要紧的事多，再说月子里孩子没了是常事。他把烟锅放进烟袋里搓着问，庭力呢？朱李氏说，谁知道呢，天天就我一人操心。朱光明烦躁地挥着手说，去去，赶紧做饭去。

朱光明的孙子夭折后，朱家一直被儿媳王氏或高或低的哭声包围着，连朱光明也没了办法。亲家知道了，过来探望。亲家知书明理，言语也谦逊有规，但朱光明分明嗅到了另外的味道。亲家在不动声色中斥责是他们对孩子的漠视，导致了孩子夭折。最后亲家抱拳说，咱们都是过来人，知道作善，降之百祥，作恶，降之百殃的因果，做事得经得起外观的考量。朱光明说，那是，那是。胸中却涌上一股翻江倒海的愤怒。

一天夜里，桃村人在梦中被激烈的枪炮声惊醒，仔细一听，枪炮声是从镇上传来的。有的披衣来到院中，看见韩镇方向的天空红亮，枪炮声一夜没停息。早上有人说，两军在镇上对垒了。一方在运河南，一方在运河北，为了争夺铁桥，双方的伤亡都不小。桃村人用手罩着眼睛向韩镇方向看，只看见黑烟滚滚，遮住了半边天。肖常福说，放心吧，只是时间问题。沙老鳖背着粪箕子说，看把你能的，你咋不去呢？肖常福摸摸头说，我不是正规军，是积极分子，只要招呼我，我就去。高广杰说，俺听说了，抬死尸，运补给的都是积极分子。肖常福说，我听从组织安排，在村里安抚大家，不要惊慌。朱光明半天没说话，蹲在一边看着韩镇方向发呆。朱泽运问肖常福，你啥时候加入的组织？是啥组织？朱泽运和朱光明父亲是堂兄弟，诗书传家，他有些看不惯肖常福的嚣张劲。肖常福一脸得意地说，这是秘密，暂时不能说。朱泽运"哼"了一声，翻了个白眼走了。

第四章

园莽抽条

阡尘

桃村人在韩镇的枪炮声中忐忑不安着。第四天，村里来了几个穿军装的人，肖常福迈着碎步在前面带路，还不时回身说着什么。他们来到麦场上，柳豹趿拉着少了半个鞋底的鞋，带着一群小孩跟在身后瞧热闹。军人笑着问柳豹，小伙子，多大了？柳豹笑着说，俺娘去年说二十了，今年还不知道。几人听了哈哈大笑，有人说，这孩子还挺幽默呢，看着是穷苦人家的孩子，没上过学吧？肖常福说，家里孩子多，租地种，哪有余钱上学。一个军人说，以后好了，可以上学了。肖常福拉着柳豹说，听到没？以后就好了，现在挨家挨户叫人来开会，完成任务给你白馍吃。柳豹把两根手指含在嘴里，口水顺着手流下来，流到衣襟上，衣襟处一片油亮。他歪着头问肖常福，啥时候给？肖常福推着柳豹说，去，赶紧去，明天给，都有。一群孩子向村里奔去，嘴里还喊着，开会喽，开完会有白馍吃喽。村里人这两天正支耳听着外面的动静，一听到开会的吆喝声，都从家里跑了出来，有的手里端着碗，有的拿着正纳着的鞋底，有的拿着烟袋。大家边走边小声问着，咋回事？开什么会？不一会儿，麦场上聚拢了不少人。肖常福看人来得差不多了，便清清嗓子说，各位亲邻，咱们翻身解放了，以后都是国家的主人了，这位是解放军代表张震连长，请张连长给大家讲话。说着鼓起了掌，村里人看着肖常福拍着两只手，有些奇怪，他们不懂鼓掌是什么意思。朱光明恰巧过来，老远跟着鼓起掌来，村里人这才学着朱光明的样子也鼓了起来。张连长向前一步，立正站好，左右敬了军礼，才开始讲话。他说，乡亲们，这些年你们受苦了！说着又敬了军礼，用威严的目光在人群里扫了一遍说，乡亲们，日本人被我们赶走了，国民党反动派也被我们赶跑了，大伙可以过安生日子了，今后是咱劳苦大众的天下了。我们还要成立合作社，分田地，搞生产，大家以后再不用挨饿了。人们互相望着，这些话他们多次听肖常福说，这次从军人的嘴里说出来，感觉不一样。别管家里有地还是没地，大家对土地都稀罕得不了得。他们不知道合作社是什么，却知道分田地。他们心里都打着鼓，地咋分呢？没地的想着能分到多少地，有地的怕自家地有闪失。朱光明脸上汗涔涔的，该来的终究要来了，他的田地怕也要被均分了。崔福运平日很少出门，这次却站在人群后面，他听到分田地时，心里咯噔了一下，想，明铎这个小王八羔子，革命来革命去，把自家老子的命革了，地可是几辈人省吃俭用积存的，这还咋去见列祖列宗呢？崔福运心里乱糟糟的，无心听下去，黯然转身回了家。张震仍旧激情地讲着，崔福运心慌得不行，回去给明铎打了封信，说看在他革命了多年的分上，自家的地能不能不均分给别人。

　　张震讲完话，走到人群中，想与大伙再聊聊。人们有些腼腆，不知从哪说起，见到他都向后躲。倒是柳豹带着几个孩子，围着张震问，啥时候吃白馍？张震哈哈笑着说，快啦，快啦。吃白馍原本是肖常福糊弄孩子的话，谁知柳豹记心里了。肖常福在后面扯着柳豹的衣服小声说，到时候我给你，再嚷嚷，知道的人多了，可就没了。柳豹眨巴着眼睛问，不说，能多给吗？肖常福看着张震一行的背影，肠子都悔青了，就不应该向他许白面馍。他急着摆脱柳豹，紧走两步追上张震说，张连长，去村里转转吧。张震微笑着说，成。桃村不大，肖常福带着张震几人，一支烟的工夫就从村东头走到了村西头。张震老远被柳广林家的院子吸引了，几人在大门前停下左右瞧着，见门楼飞檐斗拱，颇有气势。两扇黑漆大门上各写着四个鎏金大字，右面是耕读世业，左面是勤俭家风。大门有三级台阶，台阶两侧有抱鼓石，鼓托呈莲花状，鼓体上刻着"福""禄""寿""禧"。张震在柳广林家的大门前来回踱着步说，够气派的。肖常福说，这家主人叫柳广林，他家的房子是桃村最好的，位置也好。张震点头说，是不错。柳广林家的大门最近一直紧闭着，他去省城一直没回来，家里只有柳方氏和小儿子汉儒。柳豹惦记着馍头，一直跟在肖常福身后。肖常福见张震站在柳广林高大的门楼前若有所思，他拽了下柳豹的衣襟，向柳广林家努努嘴说，柳豹，能把门砸开吗？砸开了解放军有奖励。柳豹看了看肖常福，又看了看紧闭的大门，他早就对柳广林一家十分不满，有人撑腰砸门，他当然乐意。当下撸了撸袖子，站在门前，向后退了几步，然后整个身子像子弹般急速冲向大门。只听嘭的一声，柳豹被弹回来，跌坐在地上。他有些气急败坏，爬起来，又要去撞。张震摆手制止说，要注意工作方法，说着让随行人员敲门。士兵用拳头擂了几下，大门吱呀打开了半扇，柳方氏低眉敛目地站在门里，两只手不安地握在一起。肖常福走向前问，广林在家吗？柳方氏低着头说，不在呢。肖常福又问，去哪了？柳方氏颤声说，不知道呢。肖常福推开门问，不欢迎我们吗？柳方氏退到一边，头低着，不敢看进来的人。几人鱼贯进了家，站在了二门处。汉儒听到动静，从堂屋门前往外看，见一下来了那么多人，满眼惊恐地看着来人。张连长转身问柳方氏，家里就你们？柳方氏跟在后面慢声细语地回答，嗯，孩子在外读书。张震在院里转了一圈，又探头向屋里看，说，挺像样嘛。肖常福说，是不错，是俺村最富的人家。肖常福又问柳方氏，广林到底去哪了？有些日子没见他了。柳方氏看看张连长，又低下头看自己握在一起的手，舔了舔嘴唇说，俺也不知道呢。肖常福靠近柳方氏说，走了恁多天了，你能不知道？在解放军面前要说实话。柳方氏向后退了退，两只小脚并在一起，抹了一把额头上细密的汗说，说是去给孩子送学费了。肖常福说，送学费去了恁长时间？柳方氏低着头，声若蚊蝇，俺也是天天着急呢。张震见家里只有妇孺，说，常福，算了，咱们走吧，还有很多工作要做呢。肖常福这才罢休。

出了门，肖常福说，他家的地可多了。张震问，鱼肉乡亲吗？肖常福说，可不，鱼肉着呢，要不哪来的高门大院。张震皱着眉没说话，倒背着手走在前面。过了一会儿，说，过几天，我去开会，有新精神传达,这几天,先在村里摸摸底,不要有大动作。肖常福点头应着。又笑着说,张连长,俺给您汇报下桃村的情况吧。张震点点头。肖常福舔舔嘴唇说,桃村呢,说简单也简单,说复杂也复杂,有大地主,像柳广林这样的,也有租地种的,有参加革命的,有黄埔军校毕业的,还有朱光明这样的保长。张连长回头说,村不大,还挺复杂,看来,工作还得往细里做。肖常福说,是呢,清末俺村朱家还出过秀才,到这辈,朱家还拿这个说事呢。张连长说,参加革命的是谁家?肖常福说,崔家,现在可不得了,听说在八路军里是个大官呢。张连长停下脚步,满脸严肃地看着他说,今后大官这样的话不要说了,我们是人民的部队,是为人民服务的。肖常福点头哈腰地说,是,是,记住了。张震又问,谁是黄埔军校毕业的?现在做什么了?肖常福说,沙从君,前两年回来了,说什么解散了,具体我也不清楚,娶了镇上陈家布店的女儿。张震点点头,说,这倒是个新情况,得详细了解。柳广林这样的有几家?肖常福说,桃村家业没有比得上柳广林的,崔明铎家也有不少地,其次是保长朱光明了,这几年,他家出了几次事,划出去了一些地。张震陷入了沉思,过了一会儿,说,桃村的情况比其他村复杂,得多想些处理的方法。肖常福说,有您坐镇指挥,还能复杂到哪去?张震摇摇头说,除了打仗,我没做过地方工作,听指示吧,我们只是奉命过来安抚群众的,具体工作的开展,上级还有安排。肖常福点头哈腰地说,是,积极配合政府工作。

过了几天,桃村来了几个陌生人,他们穿着洗得发白的粗布衣衫,和颜悦色地问,肖常福同志家在哪?村里人刚吃过饭,这几日都站在路边探听消息。一看来人穿着,知道有要紧的事。有人自告奋勇要带他们去。很快来到了肖常福家,肖常福正坐在家里琢磨村里的事,听到动静,快速跑出来,见是几个陌生人,为首的穿着中山装。肖常福热情地伸出双手,弓着腰迎上去说,欢迎政府。有人介绍说,这是县里派来桃村的干部,先做工作,一些事还在理顺中，政府下一步要成立农协会。肖常福说，那感情好，桃村的乡亲可算盼来春天了。肖常福觉得在外说话不便，家里又实在邋遢，他想到了朱光召家。朱光召有两间南房，门开在外面，平日村里人喜欢去那闲聊。他把一行人带到朱光召家，朱光召和朱光明虽是亲兄弟，脾性却大不相同。朱光召不善言辞，肖常福曾找他帮忙读信、写春联，村里人大多不识字，都愿意找他帮忙。朱光召老实木讷，有人找他帮忙，他一板一眼地做，人缘极好。朱光召续娶了中梅，她生了两个儿子后，肚子再没了动静。他家南房敞亮，没有比他家再合适的去处了。肖常福领着一行人来到朱光召家，朱光召见家里一下来了恁多人，有些紧张，愣怔地看着他们。中梅倒是快言快语，招呼着大家，打开门，烧了壶水提了过来。

几人落座后，其中一个叫王解放的说，我们几个来做初期工作，村里工作捋顺了，村民能自治了，我们就会撤走。肖常福热情地倒水，让他们先喝水歇息下，再开展工作。肖常福心里美滋滋的，干部们来村里不找别人，找自己，说明他是被他们信赖的，真是风水轮流转呢，朱光明在桃村一手遮天的日子一去不返了。他心里得意，脸上掩藏不住，像顶个向日葵般灿烂。王干部来到门外，见不远处有村民探头探脑地向这边看，便抬手招呼他们。人们又躲到了墙角。王解放回头问肖常福，能不能找些觉悟高的老乡来开会？让老乡们了解一下咱们的政策。肖常福应着，心里盘算开了，这是拉拢人心的好时机。他思谋着出了门，在村里转了一圈，脑子里遴选着开会人选。他想，大洋马读书识字，以后会有用处，是人选之一。几大家族得各叫上一个，须好掌控，听从自己派遣的。他思之再三，叫上了大洋马、柳大全、高广杰、沙老玄一干人。几人不明就里，跟在肖常福身后，柳大全小声嘀咕着，常福，开啥会呢？俺可从来没开过会呢。肖常福大摇大摆地走在前面说，有我呢，怕什么？保证只有好事，没有孬事，有人想来开会，我还不叫他呢。说着嘴向小巷里努着。几人看过去，见朱光明在胡同口向他们笑着招手。肖常福说，瞧见没？再没有比他鼻子灵的了。几人点着头，没说话。也确实，关键时刻，朱光明总能先人一步，自他撑门立户后，家底越来越厚实。谁知人算不如天算，光召丧妻娶妻使他的家产折损了不少。为此，朱泽运常念叨，命有一尺，难求一丈，千算万算来的财，啥时候改姓都不知道。几人自看见朱光明后，亦步亦趋地跟着肖常福，生怕落下半步。

几人跟着来到朱光召家门前，肖常福把他们领进屋说，王干部，这几位都是俺村的积极分子，觉悟高着呢。王解放说，好，大家请坐吧。几人除了大洋马，都有些拘谨，缩手缩脚的。王解放笑着说，大家不要紧张，让大伙来，主要想告诉各位，咱们解放了，以后大家就是国家的主人，还要成立农民协会，自己处理村里的事。几人迷茫地看着彼此，王干部觉得一时半会儿也说不清，随即说道，有一点请乡亲们相信，以后你们是主人，日子会越来越好，回去和乡亲们说，我们过几天召开全体村民大会，选举农协会会长，领人伙过上好日子。高广杰摸着头，像是在梦里一样。王解放又说，各位乡亲，我们正在筹备会议，通过选举产生会长，大家可以推举会长人选。肖常福笑着站在一边，眼睛从左边的柳大全开始，挨个看过去，看到大洋马时，眼睛停了下来，满含深意地看着她。大洋马立时意会了，双手拍着膝盖说，常福就能当会长，人好着呢，积极多年了。刚才在路上，肖常福挨个和他们说，组织上让他找积极分子开会，他先想到了他们，以后有好事，还会想着他们。其他人听大洋马一说，也附和说，是呢，没有比常福更合适的了。几个干部的目光从肖常福身上移到众人这边，又移回目光，用眼神交流着。干部们目光再汇聚到一起时，像是碰撞出了纯白的日光，热烈直白。肖常福作揖拱手说，各位亲邻抬举，常福这里谢了。几人又絮絮叨叨你一言我一语的，常福早就革命了，为大伙着想，好人呢。王解放说，大伙的意见我们会考虑，先回去吧，和乡邻们说说咱的政策。几人抢着说，一定，一定，天真变了呢。

柳大全几人从朱光召家出来，像在梦里般。柳大全问高广杰，大侄子，这是真的吗？高广杰说，当然是真的。柳大全听完，激动得满脸绯红，弓着腰，劲头十足，像一头撒欢的牛跑了。大洋马看着离去的柳大全说，可惜呢，柳文没活到今天。高广杰说，刚才在屋里我还琢磨呢，你记得柳文对你的好吗？大洋马说，哪能忘呀，柳文活着时，捉了鱼一准给俺送来，谁这么真心待过俺？高广杰附在大洋马耳边说，知道你是有情义的人，俺待你也是掏心掏肺呢。又看了看左右说，我觉得替柳文申冤的机会来了。大洋马推开高广杰，说，千人万眼的，离俺远点。你那点心思俺还不知道？心性比柳文差十万八千里呢。柳文死得可惜，不明不白的，只是柳文有家人，有近门旁支，咱说好吗？高广杰佯怒说，看不上俺，别贬损俺嘛，伤心戳肺的。说着装模作样地捂着胸口，一脸坏笑地说，我问问你，柳文家谁能替他申冤？他近门旁支就柳广林那一大家子，他们能替他说话？再说柳广林活不见人，死不见尸的，柳文的事不着急，看看形势再说，总有那么一天，柳文的死因会见天。大洋马说，那也算老天有眼了。

　　开会的人还没到家，桃村就热闹了起来。他们三五一群地聚在一起说，听说开会了呢。是呢，是呢，说是要当主人了，这主人咋当呢？

　　柳大全回家后，柳赵氏问，干部都说了啥？柳大全说，以后共产党会让我们过上好日子，也能吃得上面包，用得上电了。柳赵氏问，电是啥东西？柳大全实在想不出电是啥东西，说，你好好活着就是了。柳赵氏说，苦了恁多年，俺当然要好好活，看看变的天是啥样。柳赵氏说着话出了门，向柳广林家张望。柳广林家的大门紧闭着，柳广林的两个弟弟家的门也紧闭着。柳赵氏说，看来是真的了，王八羔子再也别想欺压人了。

　　过了几天，桃村正式成立了工作组，之前来桃村的张震连长是工作组组长。工作组在朱光召家开了几次会，参会人员比上次多。

大体意思是广泛发动群众，对封建地主阶级开展斗争，划分阶级成分，没收和分配土地，成立农会，让老乡广泛参与自治。桃村热闹起来，有的人欢呼雀跃，有的犹疑踟蹰，有的惶惶不可终日。高广杰属于欢呼雀跃的，他没地，一直租种柳广林家的几亩地，当然想有自己的地。他每日去工作组处帮着扫地抹桌，人勤快，嘴巴利索，工作组的人都喜欢他，叫他高同志。高广杰喜欢这个称呼，走路都和从前不一样了。他以前走路身子总前倾着，本来个子就矮，这样感觉又矮了几分。现在走路手背在身后，努力挺起胸脯，像一只高傲的鹅。肖常福更是不离工作组左右，他每日向工作组汇报桃村的人口状况，土地构成等琐碎小事。工作组的人有时也去村里转转，村里人远远看着他们，有大胆的围过来问着天上地下的话题。工作组停下来说，现在是新社会，大家要把旧社会受的苦说出来，从前受的欺压也要说出来，有共产党做主呢。村民们低头回想着，日子是老辈沿袭下来的，也不觉得怎么苦。老辈有地的，到这辈只要不败家，家业基本只多不少。老辈没地的，这辈子勤扒苦做，能混饱肚子就不错了，添置家业的少。他们因袭了祖辈的生活方式，也习惯了，以为这就是命。之前，桃村人除了柳广林不下地，其他人都稀罕与土地打交道。这忽然间，他们沿袭了多年的生活方式和认知要改变了，他们满是憧憬，又无所适从着。

　　工作组做足了准备工作，在桃村麦场上召开了全体村民大会，准备选举桃村农会会长。张震首先给大家讲了土地改革政策，工作组之前在村里小范围宣传过。村民耳朵里有，就是不太明白，又不能说不明白，只能不懂装懂，跟着点头。张震又说，你们已是主人了，得自主管理生产，大伙选出个领头的。经过工作组考察，肖常福同志无论是思想觉悟还是工作热情，都适合担任桃村的农协会会长，大伙同不同意肖常福同志担任桃村会长，带大家搞土地改革？大伙你看我，我看你，一时没人说话。大洋马一直坐在前面，她看看左右，带头举起右臂说，俺同意！高广杰跟着说，同意！很多人跟着举起右臂说，同意！沙老玄看周围人都举手了，也举手说，同意！张震见群情激昂，激动地说，好，表决通过，大家一致同意肖常福同志担任桃村农协会会长。今天的重点是选会长，下步的工作重点是分配土地，财产再分配。今天先跟大家说下，让大家有个思想准备，希望大伙今后支持肖常福同志的工作。人们互相询问着，成分又是什么事呢？肖常福站在主席台一边说，大伙不用担心，以后日子只会好，不会差。

　　崔福运这些天躲在家里，心绪不宁的，眼看着村里一天比一天热闹，给明铎打信也有些日子了，还没回音。崔福运在院里徘徊着，朱光明悄无声息地站在门外，崔福运吓了一跳。朱光明没了往日见面时的欢喜，面色凝重。崔福运说，光明，屋里坐。朱光明说，不了，叔，在院里说会儿话吧。朱光明来到崔福运面前，两人对望了下，崔福运脸颊洼陷，眼珠布满血丝，几缕稀疏的胡须抖动着。朱光明脸上的锈色，盖住了往日的精气神。两人站了一会儿，不知怎么开口。崔福运有些乏累，先蹲了下来，旁边是他种的一片青竹，被寒冬威逼得没了往日的苍翠。朱光明跟着蹲下，说，叔，这形势……崔福运不知什么时候捡了一颗小石子，在地上来回画着说，不知道呢，桃村要变了。崔福运把下巴抵在膝盖上，整个人窝成一团。朱光明小心地说，明铎知道形势，他怎么说？崔福运扔掉手里的石子说，快别提那个不孝子了，不尽孝就算了，跟着担惊受怕恁多年，革命来革命去，革老子的命了。朱光明看着怒形于色的崔福运，不知说什么好。他搔了搔头，说，叔，莫动气，明铎比我们明白。崔福运说，他明白个屁呢，眼瞅着要把老子搭进去了。朱光明说，叔，咋会呢？打小都说明铎能成大事。崔福运依旧沉浸在愤怒中，没说话。朱光明觉得再待下去也是煎熬，便站起来说，叔，我回了。崔福运抬起头问，这就走了？朱光明应着出了大门。

　　沙净北在堂屋坐立不安，他叫来了沙从君。沙从君自从回了家，很少出门。陈佳生下了一儿一女，脱去了旗袍，开始穿上居家衣衫照顾孩子，只是不进灶屋。沙净北不让陈佳做饭，说高大媳妇门前站，不会做活也好看，头发把子满地滚，再会做活不景人。话里话外，他稀罕这个出众的媳妇。沙净北老婆沙李氏和别的儿媳妇对陈佳有颇多怨言，不过，她们不敢挑战沙净北一家之主的权威。沙净北坐在太师椅上，手里握着紫砂壶，含着壶嘴问沙从君，从君，看这局势，明铎是对的。沙从君两手握在一起，低头没说话。现在说什么都晚了，当初崔明铎来信分析了革命形势，还讲了许多道理。现在想想，他是对的。也许明铎见识多了，眼界开阔了，考虑问题周全。沙从君看完信也曾动摇过，陈佳不同意，不想让他天南地北地革命。他觉得有了老婆孩子和以前不同了，有了责任和挂牵。只是，现在一切都不容乐观，家庭出身和他曾经引以为傲的黄埔军校学生身份怕是会惹来麻烦。沙从君思前想后，不知如何回答父亲。他怕一开口，焦灼和惶恐溜出来，让焦灼不安的父亲更上火。沙净北等了半天，儿子一直眉头紧锁，没开口。沙净北了解儿子，他只有心里没底时才会如此。从君一直是他引以为傲的孩子，之前别姓都出了读书人，他们这一族，是有些家业，可终究是没见过世面的泥腿子，拿不上台面。沙从君从小有灵气，沙净北铆足劲供他读书，他没辜负沙净北的期望，一气考上了黄埔军校，沙净北向村里人炫耀顶以前的武举人了。没想到，沙从君成婚后，再也不想出去了。沙净北想，儿子在眼前也不错，不像崔福运年节都苦巴巴的，膝下无人承欢。对于儿媳陈佳，沙净北是满意，他常想儿子若不是读了黄埔军校，陈佳也看不上儿子，更不会从镇上嫁到桃村，这也许是读书最大的收益。可眼下的局势又不容乐观，谁又有前后眼呢？早知道让他随明铎去了。爷俩各怀心事枯坐着。他们知道，眼下无力改变什么了，只能听天由命。

沙净北不是杞人忧天。第二天，肖常福领着人挨家清查家产，地有地契，没任何马虎，家里的立柜、矮桌、条几、花瓶也都登记了，银钱更得主动上交。村里没地的人家，如过年般欢喜。高广杰与来长友每日紧随肖常福左右，高广杰看着肖常福的脸色说话，来长友登记时执笔。来长友从前家里有地，他父亲喜欢喝酒，他母亲气不过，跟唱戏的跑了。父亲没人管制，把地卖了喝酒，现在一清查，他倒是贫农了。他和柳广林是前后邻居，他检举柳广林是恶霸地主，欺压百姓。工作组让他说详细些，他含糊地说，去他家帮活的女人都被他欺负了。工作组问他怎么知道的，他吭哧了半天没说出来。工作组说，同志，反映问题要实事求是，来长友说，我听别人说的。实际上，有一次，来长友饿急了，潜入柳广林家的灶屋想偷点吃的时，看见柳广林把柳大发媳妇摁在灶屋柴堆里。他当时狠劲咬着唇才没发出声响。眼下一着急说漏了嘴，不知如何蒙混过去。工作组的人目咄咄地看着他，来长友双脚在地上来回蹭着，大脚趾拱破了鞋面露在外面，特别突兀。肖常福说，有话尽管说，有政府做主。来长友愣愣地看着肖常福，舔了舔干裂的嘴唇。肖常福趴在他耳边说，农协还要充实人员呢，得看你积极不积极。来长友一听，来了精神，说，有一次俺去柳广林家，看见他欺负大发媳妇了。大伙都好奇地支着耳朵听着呢，柳大发也在不远处，来长友话音还没落，柳大发冲到来长友面前，抓着来长友的衣襟说，你胡呲什么？来长友向后趔趄着身子，掰着柳大发的手说，俺说的可是实情，柳广林确实把你媳妇欺负了。柳大发更是气急，要和他拼命。肖常福冲到两人中间，拉开两人说，都是贫苦大众，要找准斗争对象。来长友赔着笑说，就是，就是，找准斗争对象。柳大发像只被踩了尾巴的狗，只管狂叫着打人。张震拍了下桌子，站起来指着他俩说，给我住手！柳大发像是被施了魔法，安静了下来。过了一会儿，柳大发喊着跑了出去。张震吩咐身边的人说，这件事落实一下，如属实，一定从重处罚。

晚上，工作组继续在朱光召家开会，张震忽然问肖常福，村里的军属是谁来着？肖常福说，崔福运呀，他儿子崔明铎一直在南方打游击，眼下不是团长就是师长了。张震嘴里念叨着崔明铎，觉得耳熟，又一时想不起在哪听说过。于是问，他家里有什么人？肖常福说，他弟前几年也被他带走了，只有父母在家。张震问，家里什么状况？肖常福说，地比柳广林家少些。张震低头抽烟，烟雾缭绕着他黑红的脸。他说，崔家情况特殊，我需要向上级汇报。肖常福又说，柳广林还没回来呢。张震说，是不是在省城？肖常福说，不会的，在省城的话，早回来了。张震说，也是啊，明天再去他家问问，他家的财产清查完了吗？肖常福说，还在清查呢。来长友坐在角落，眼睛到处乱飞，他没敢回家，怕柳大发找他算账。听他们说到柳广林，他不失时机地说，就是，就是，这家伙欺压良家妇女，得好好斗争。

　　桃村在划分成分时，遇到了两个难题。一个是崔福运，根据划分原则，崔福运够划成地主的了，不过，他们一直自己耕种，再就是曾支持过革命，为崔明铎所在的部队贡献了不少钱粮。根据上级精神，在阶级划分上，这些应该考虑在内。大洋马得了信，赶过来在工作组面前哭诉，说崔家是如何欺压她的，又说了崔明铎抛弃结发妻子的罪行。张震很为难，说，杨晓玛同志，崔明铎同志为国家解放和人民幸福一直在外战斗，一定要体谅他。大洋马愣愣地看着张震，然后用手帕捂住脸哭起来，声音还特别嘹亮，引得人们在外面探头探脑地看。张震在屋里兜起了圈子。大洋马斜眼看了看张震，又提高了嗓门哭天抢地起来，他革命，俺的苦就得白受？张震说，杨晓玛同志，莫哭，我会向上级汇报，说明情况。大洋马说，干部得说话算话，要替俺做主，不然我去乡里说理，乡里说不通，我会去更高的衙门说理，共产党是讲理的。张震点头应着，说，您先回吧，我尽力。

　　在朱光明的成分划分上，工作组也颇费脑筋。朱光明现在的地不多，不过，他为日本人和国民党做过事，日本人投降清除汉奸时，他躲过一劫，也亏着他八面玲珑，替日本人做事时，不得罪国民党，和游击队也来往。朱光明审时度势，提早向工作组汇报了，说当时是为了佑护村民才出面做事的。工作组在村里走访，了解到朱光明确实没做过大恶事，还说掩护过游击队，至于真假，目前还有待查证。工作组正犹豫着朱光明的事，肖常福风风火火地跑进来，说柳广林带着儿子跑台湾去了。张震正筹划着桃村的下步工作计划，在本子上来回画着，当肖常福携裹着风说出柳广林的事时，他站起来问，听谁说的，消息可靠吗？肖常福说，听说柳广林来信了，我过去看，谁知信被柳豹几个夺去了。张震问，要回来没？肖常福说，我去时，信被几个孩子争抢烂了。张震跌坐在椅子上，有些不满地问，那怎么证明他去了台湾呢？肖常福说，以前我只是怀疑，昨天清查完柳广林的财产，我敢肯定他跑了，他家几乎没查出余钱，现在看来，他早有准备。张震点燃了一支烟，陷入沉思，看来桃村的斗争形势远比他想象的复杂。他对肖常福说，无论如何，把那封信找来，撕碎了也要拿来，能对上多少算多少。肖常福说，我这就去找。张震盼咐王干事，情况复杂，一定要稳住，我先去县里汇报崔家的事。

　　崔福运接到了崔明铎的信，他拿着信，脚步轻快地进了家门，把信向崔柳氏晃了晃。崔柳氏觉得他的手臂摇摆得像春日的树枝般轻佻。崔柳氏问，明铎来信了？崔福运没说话，点点头，进了屋，把门关上。崔柳氏想跟进来，吃了闭门羹。崔柳氏嘟囔着，看把你美的，不知姓啥了。崔福运不理会崔柳氏的唠叨，点上灯，展开了儿子的信。崔福运越读脸色越凝重。崔明铎在信上说，现在解放了，百废待兴，父亲要提高觉悟，适应形势，配合政府工作，接受政府的任何决定，不要给国家添乱。崔福运看完，生气地把信在手里团了又团，恨恨地骂着，这个逆子！崔柳氏在外面拍着门问，美得连饭也不吃了？崔福运打开门。崔柳氏见崔福运手里握着一团纸，胸脯一起一伏的，红头酱脸地喘着粗气。崔柳氏明白了七八分，故意问，这是咋了？像小孩的脸，没准头，一会儿红，一会儿白的，一封信值当的？自家孩子还不知道脾性？再说了，又不只收咱的，就你的家产稀罕，柳家比咱家多了去了，人家有风吹草动了？你不就觉着儿子革命了，有后台了，儿子不给你撑腰，你就受不了了，儿子革命是儿子的事，再说部队有规矩，亏着整天说没规矩万事不成呢，往日明白着呢，咋到了大事上犯起糊涂来了，有些事，儿子也挡不住。就跟运河的水一样，一水儿南流，几千年了，你能改变了？该来的终究会来，别为了生不带来，死不带走的家产置气了，咱还能活几日？不值当的。再说了，好多人眼气咱明铎呢，儿子也算给祖上争了光了。崔福运白了一眼崔柳氏，敲着桌子说，啥时候了？就知道护犊子，儿子革命革到老子头上，这还不是最要命的，要命的是那个贱人，上蹿下跳着呢。崔柳氏撇撇嘴，坐在门前的矮凳上说，不是我说，亲事是你一手包办的，你觉得人家是镇上的，家里做大生意，想着高攀呢，没想到是这么个货。崔福运撇撇嘴，没话了。儿子与杨晓玛的亲事确实是他订下的。他又不想认输，黑着脸说，他要是不去革命，早把亲成了，能出那事？崔柳氏摊摊手说，合着都是你的理了？贱货这些年做的事你也看见了，结了婚也不会安守妇道。崔福运彻底没话了，唉声叹气地站起来，又坐下。

  大洋马开了一次会，又告了次状后，像是开了窍，看出了门道，觉得自己翻身的机会来了，绝不能让崔家安宁，崔明铎迫于压力回心转意也未可知。得可着劲闹，闹他个惊天动地的，最不济能出出当年被崔家扫地出门的恶气。她等不及张震给她答复了，想着要主动出击，才能赢得先机。她想到做到，去了乡里。到底是生在镇上见过世面的人，她大方不怯场，直接找到了乡长张冲锋，说自己是来诉苦的。张冲锋一脸茫然，大洋马一把鼻涕一把泪地哭开了，说如何被崔家欺负，崔明铎如何抛弃结发妻子，现如今新社会了，要政府做主。大洋马之前在张震那里哭诉了一遍，等于提前演练了，到张冲锋这就游刃有余了，她哭诉得真切、幽怨，让人心生恻隐。张冲锋像拿了个烫手山芋一样。张震苦着脸刚走，就是来汇报这件事的，他还没想好怎么处理呢，杨晓玛就来了，打了他个措手不及。他刚过来，情况还不熟悉，工作还没打开局面，就碰到如此棘手的事。他来任职时，上级曾和他打过招呼，说崔明铎老家在桃村，现在是八路军某师师长了，让他妥善处理他的家事。他正为这事闹心，不知如何把握，张震和杨晓玛前后脚来了。大洋马见哭诉了半天没动静，只得拿出撒手锏，发狠说，要是乡里觉得为难，不敢处理，俺会去省城说理。张冲锋看大洋马不管不顾的样子，心里忐忑得厉害。他听说过杨晓玛的事，人泼辣，又识文断字，搞不好工作会被动。大洋马心里打着如意算盘，她听说崔明铎是大干部了，她咽不下这口气，想借此要挟崔明铎给个名分，她知道，要挟崔明铎跟摘星星一样不靠谱，不过她想试试。小时候，周围人夸她有贵人相，银盆大脸的。戏里的贵人也是脸如满月，穿着凤冠霞帔煞是好看，新社会不兴那一套了，也不会差到哪里去。就算不成，她也没损失，无论如何，她是稳赚不赔的。不能让他逍遥自在，不让崔福运日月好过。大洋马有这些念头在心间，铆足了劲闹腾。张冲锋坐不住了，从屋子这头走到那头，像一只被追赶的鸡，着急忙慌地东突西撞。他狠劲把烟头丢在脚下，用脚尖踩着烟头说，杨晓玛同志，请相信党，相信组织，会做出正确决定。杨晓玛的心念翻转着，不能老闹下去，差不多就行，把干部惹急了，不好收场。想到这，杨晓玛说，张乡长啊，眼下贫下中农是国家的主人，您可得为我们贫下中农做主呢。张冲锋见她不闹了，心里像卸下了巨石，说，放心，放心！回吧。大洋马这才走了。

肖常福见天去柳广林家，柳广林还是没回来，家里除了战战兢兢的柳方氏和汉儒，再也没别人。他又反复问被柳豹抢走的信，当初张震让他找柳豹要信时，柳豹几个嬉笑着说，撕完扔水里了。他看着一群四六不分的家伙，一筹莫展。只得硬着头皮去回话，被工作组训斥了一顿。没办法，他只好从柳方氏那里寻找突破口。柳方氏拽着衣襟下摆，低着头说，俺不识字，不知谁来的信，还没来得及让人看，就被他们拿去了。柳方氏声音小，肖常福伸着头，靠近了才能听见。肖常福心里忐忑着，当初凭着柳豹的只言片语，向工作组汇报柳广林去了台湾，拿不出证据，工作组会说自己鲁莽，对自己有看法。上级对这事还非常关注，该怎么把这事平息呢？他又恼又恨自己，柳豹一副拎不清的样子，他的话咋能信呢？肖常福的目光掠过汉儒的头顶，看向屋里油光锃亮的家具。他想起自家缺角少边的矮桌，矮桌是原木的，没上漆，年岁久了，被灰尘和饭菜残汁侵蚀得脏污不堪。肖常福心里的火一下蹿了上来，他想柳广林一家安享富贵多年，也该吃些苦头了。他又想起柳广林阴沉的样子，以前看到他，会没来由地心生怯意，对他也就恭敬有加了。他甩甩头，想把惧怕从脑袋里甩出去，他指着柳方氏说，立马让柳广林回来接受批判，要不然，饶不了你们。柳方氏说，俺不知道他去哪了。肖常福高声说，与人民对抗，只有死路一条。汉儒站在柳方氏身边，拽着她的一条胳膊，瞪着肖常福。肖常福被汉儒瞪得很不舒服，推了一把他，说，地主羔子，瞪什么？新社会了，还想翻天？柳方氏将汉儒揽在怀里说，他还小，不懂事，您大人大量，别和他一般见识。肖常福悻悻地说，要不是看着近门亲邻，你们事大了。柳方氏上前拽着他的衣袖说，大兄弟，大兄弟，他叔，您多担待。肖常福甩开柳方氏说，别套近乎，也就一两天，农会过来复查财产，你们等着吧。说完挺胸抬头地走了，走到大门处，被门槛绊了一下，他恨恨地踢了一下门槛，骂骂咧咧地走了。

  第二天，柳广林家的大门被拍得震天响。柳方氏打开门，一群人闯了进来。他们有的拿着纸笔，有的端着糨糊，有的伸胳膊卷袖子。一群人进了堂屋，吆喝着把屋里的东西向院里搬。汉儒揉着眼从里屋出来，见柳豹拿着花瓶往外走，花瓶里放着几轴画，有一幅汉儒特别喜欢。汉儒上前抱住花瓶问，你们干什么？柳豹正笑嘻嘻地抱着花瓶往外走，被汉儒一拦，很是恼火。他从小看不惯吃好的，穿好的的汉儒，被他一拦，火气一下上来了。他一脚踢开汉儒说，小地主羔子，滚一边去。汉儒跟跄地后退了几步，跌坐在地上。柳方氏跑过去扶起汉儒进了灶屋，轻声安慰着，孩子，别怕。汉儒伏在柳方氏怀里，看着在院里忙碌的人群，噤了声。人们把屋内的东西搬出来，一一登记在账本上，连衣橱也被抬了出来，衣服散落了一地。柳虎拿了一件绸衫往身上套，肖常福呵斥道，今天只是登记，东西谁也不能动，等开完会，根据情况，统一分配。柳虎只得把衣服放了回去，回头看着那件绸衫说，俺就要这件。

农会成立后，设在朱光召家的临时办公点异常热闹。桃村人有事没事总爱往这边跑，这里关系着成分的划分，财产的重新分配，农会成员的补充。桃村人各自怀着心事在这里出出进进。没几天，成分大致划分了出来。柳广林、柳广田、柳广福三个被划为地主。沙净北也被划成了地主，沙从君的国民党身份，暂时没追究。崔福运在大洋马的数次告状下，被划为富农。朱光明被划为富裕中农，村里大多人被划为贫农和雇农。高广杰被划为贫农，积极性和底气比以前更足了，有事没事总爱往办公点跑。一天午饭后，他来到办公点，见只张震一人。他左右瞧着，神秘地附在张震耳边说，张干部，向您反映个情况，贫农柳文当年是被人谋害死的。张震吃惊地看着他，他虽然不知道柳文是谁，可是人命关天呢。高广杰故意停住了话头，张震看着他，等着下文，他却笑而不语了。通过这些日子的接触，张震知道高广杰聪明是聪明，就是油滑了些。他刚从部队转到地方，许多事还没捋顺，想借着这件事，打击一下阶级敌人的嚣张气焰。不过，在高广杰面前不能表现出来，他只淡淡地说，把人证和物证准备好，一并来汇报吧，不能想起什么说什么，要实事求是。说完继续看文件去了。

高广杰见张震不冷不热的态度，心想，难道他以为俺信口胡说？得赶紧找人证明下。高广杰不敢耽搁，急忙去找大洋马。他来到大洋马家，拉拽着她说，柳文的事俺和工作组说了，工作组让俺找证据呢，咱得找证人，去把看到往铁道上抬柳文的人找来。大洋马正气着呢，崔家是被她整治了，可是，她一丁点好处也没得到，听说崔明铎做了别省的要员，她就顺不上这口气。崔明铎的近门兄弟崔明全前几日去了崔明铎家，回来满世界谝，说崔明铎家多大多大，家里到处是沙发，还有人站岗。大洋马那个气呀，原本该她享的福，现在被别的女人占了。崔明全还说明铎嫂子是大学生，长得别提多洋气了，生了几个孩子了，还跟大闺女般。大洋马对崔明铎彻底死了心，今后自己咋办呢？高广杰拉拽着她絮叨着，搁着以前，她会跑在前面，眼下，她实在打不起精神来。高广杰看大洋马期期艾艾的样子，凑到跟前说，知道你想吃后悔药呢，可世上有后悔药吗？当初咱俩可说好了要替柳文申冤，我和柳文没交情，倒是你，他待你不薄吧。大洋马抬起头说，啥人啥命，我就是气不顺。再说了，柳文的事过去恁多年了，咱只是猜测，也没真凭实据。高广杰说，要不说你傻呢，崔明铎的事该翻过去了，再描下去也没意思，倒是柳文的事咱可以当个筹码。你想想，农协还要人，人家见天往工作组那跑，你倒好，除了告状，啥虫不结。你得认清形势，村里有几个女人像你样识文断字？男人指望不上，还可以凭自己翻身呢。积极表现，对你只有好处，没有坏处。大洋马看着高广杰，面色活泛起来。是啊，不能在一棵树上吊死，你崔明铎不要我，我倒要活出个样子给你看。想到这，她抬起头说，柳文的死，刘四应该知道原委，想着那日他说的未必是实话，让他说实话，不如咱把他叫来喝酒。高广杰说，成，刘四几杯酒下肚，啥都搁不住了。大洋马说，这事好办，我这里还有坛好酒，你去叫刘四来喝酒。高广杰拍着手，这就对了嘛，走出来，全在自己。

没多大会儿，高广杰回来说，刘四那货，不能提酒，一提酒，立马要跟我来，我想着不能一起来，支他回家说声再来。大洋马说，好呢，咱得想周全了，咋把他的话套出来。高广杰说，没事，见机行事，只是吃啥呢？大洋马说，瞧。她摊开手，一手一枚硕大的鹅蛋。高广杰笑着说，是好东西，还有别的没？大洋马说，有啊，酱豆、咸菜、韭菜花。高广杰咂着嘴说，没点荤腥不好。大洋马环顾四周，说，也是呢。停了一会儿，她撩开大襟，里面有个贴身口袋。她伸手在里面摸索着掏出一卷钞票，轻声说，攒几个钱不易呢。高广杰探过头来说，还真不少呢。大洋马转过身，避开他说，这是姑奶奶我一针一线缝来的，平日都不舍得用。她从卷着的钞票里拿出两张交给高广杰说，赶紧的，买点猪头肉去。高广杰说，来回十里地呢。大洋马说，有钱出钱，有力出力，老理了。高广杰嬉笑着接过钱说，遵命，姑奶奶。说着一溜烟跑了。

没过多大会儿，刘四来了。刘四爱喝酒，鼻子都喝成了酒糟鼻，又大又红，矗在脸中间，显得突兀。刘四的母亲是神婆，据说非常厉害。当年，很多人家邀请刘四母亲做法，刘四母亲会带刘四去，一来二去，刘四学会了喝酒，时间长了，酒瘾也养出来了。早上起来得喝酒，中午得喝酒，晚上得喝酒，一天到晚就那么醉醺醺的。母亲做法时，家里酒不断，酒场不断，可以敞开了喝。可是，花无百日红，刘四母亲的口碑后来衰落了，影响了酒的供应，这对刘四来说是致命的。

刘四是独子，之所以叫刘四，是刘四有三个哥哥，都在七八岁时横死了。刘四母亲当时还没坐坛看病，孩子先后夭折后，有人提议她找仙家看看。刘四母亲去了，仙家说她和过路神仙有缘，得服侍神仙，才能家宅平安。刘四母亲听从了仙家的话，在家里焚香敬神。后来，左邻右舍有小病小恙时找她看，居然一时半刻就好了，名气也就大起来，百里开外的也有来请的。刘四是在母亲焚香敬神后出生的，白胖健康，也无病无灾。她母亲为此殷勤奉神。一晃二十年过去了，刘四家财旺人旺。刘四后来娶妻生子，一家人喝酒吃肉，穿靴戴帽，日子过得很是惬意。

后来，人们在背后议论说，刘四母亲侍奉的神仙走了，瞧病不灵光了。消息一出，像当初传她看病灵一样，随着风就传开了。这样一传十，十传百，刘四家的门庭冷落了下来。受不了门庭冷落的不是刘四母亲，是刘四。刘四可以不吃饭，但不能不喝酒，他开始拿家里的东西换酒喝。刘四家的积蓄，倒是够他喝一阵的，只是他媳妇不乐意了，媳妇是当年母亲去河南做法时，帮她瞧好了病，女方父母许配的，这些年，倒是跟着刘家享福了。近几年，眼瞅着没了进项，刘四每日还往外拿东西换酒，全然不管家里的日月。媳妇有了怨言，见天不给刘四好脸色看。刘四酒瘾上来了六亲不认，打了她几次。媳妇想着来日无望，整日闷闷不乐，没多久就郁郁而亡了。媳妇的死没唤醒刘四，现在更没人管他了，他得空就拿家里的东西换酒喝，孩子们吃了上顿没下顿，衣不蔽体他也不管。母亲年老体衰，也有心无力，每日待在黑漆漆的屋里念佛。

高广杰找到刘四时，刘四正倒背着手在村东的场院上转圈子，半天没喝上酒了，正抓耳挠腮难受着呢。高广杰说大洋马邀他去喝酒。他擤了下鼻涕，脑子转了八圈，大洋马平白无故地为啥喊他喝酒？母亲坐坛红火时，他没少往大洋马那跑。那娘们可不简单，会照人下菜碟。家里宽裕时，没少接济她，大洋马对他高接远迎的。近几年，情形大不一样了，大洋马都不用正眼瞧他了。他负气地想，有啥了不起的，哥也曾阔过，要受你的气，也就不太来大洋马这了。高广杰今日叫他来，他负气不去想，可是，一听到酒，他就不管不顾了，酒比脸面重要。高广杰让他和家里说下。他想，好不容易有人请酒，怎么着也得让人知道。他一路寻着人，想向人显摆一下。可是，直到到家，也没碰到一个人，这让他有些失落。

刘四到家后，隔着门帘和母亲说，桃村高广杰找我有事。母亲在屋里低声应着。孩子们拖着鼻涕，趿拉着鞋在院里玩。刘四从他们面前经过，孩子们连眼皮也没抬。刘四对酒的热情超过了对孩子们，孩子们也习惯了刘四的冷漠，当然也不待见他，刘四和孩子们间的亲情被酒消磨掉了。

刘四村与桃村隔着铁路，穿过铁道下的桥洞能看到大洋马家。刘四缩着头小跑着来到她家，涎着脸说，大洋马，有些日子没见了，喊哥喝酒有事？大洋马正炒着鹅蛋，香味在屋里缭绕着。大洋马拍拍大襟说，瞧你说的，没事就不能请你了？刘四吸了吸鼻子说，能，咋不能，天天见妹子才高兴呢。大洋马眼波翻转着说，先坐会儿，菜马上好。大洋马话音没落，高广杰抱着东西进来了，说，快点，还热着呢。大洋马从灶台上拿了碗，把用荷叶包着的猪头肉倒进了碗里。猪头肉肥嘟嘟、滑腻腻的，在碗里震颤了几下，香气散开了。刘四吸溜着鼻子过来说，真香呢。高广杰说，可不，洋马为请你，下老本了。大洋马笑着说，是请你们俩呢。说着拉开矮桌，把菜摆了上去。又从床下掏出一个黑坛子，坛用布盖着，掀开布，坛口还用红绸封着。刘四看着坛子，眼睛都直了，说，妹子，这可是好酒呢。大洋马抚着坛子说，几年前一个过路客商给的，和他一起做生意的起了歹心，用石头打破了他的脑袋，他躺在道沟里快没气了，俺看着可怜，扶他进屋来，清洗了伤口，又包扎了，喂了小米粥，在这里将养了些日子才走的。这是专来感谢我留下的酒呢。俺说不会喝酒，他说留着当家的回来喝。哎！说着竟伤感起来。高广杰说，洋马姐，这是干啥呢？好日子在后面呢。大洋马抬起头，擦了擦眼泪，撩了下额前的乱发说，不说了，赶紧开了喝吧。刘四早等不及了，打开坛子封口，一股酒香霎时飘满了小屋。刘四趴在坛口上闭着眼美美地闻着。高广杰推开他说，你一气喝了算了。刘四这才抬起头问，酒盅呢？高广杰举着小碗说，在这候着呢。两人倒了酒，推杯换盏起来。

两杯酒下肚，刘四的话稠起来，说，幸亏当年把家业换酒喝了，搁到今天，得划成地主了，那可惨了，跟柳广林一样，当年十里八村谁有他风光？现在活不见人，死不见尸，老婆孩子也跟着担惊受怕。高广杰说，该享受的他也享受了，死了也不可惜，只是柳文，年纪轻轻的，不明不白地死了，可惜呢。刘四放下酒杯，看了看门外，探着身子附在高广杰耳边说，谁说不是呢，柳文绝不是被火车撞死的，是被柳广林找人害死的，找的谁我都知道。高广杰故意板着脸说,咱喝酒就喝酒,不能乱说,柳广林害死柳文有啥好处?刘四说,不是有好处,是柳文不让他好过。你想想,柳文也是个嫩秧子,斗得过老奸巨猾的柳广林?高广杰摆着手说,你别能了,柳文和柳广林有啥好斗的?根本不在一条线上。刘四吐了口痰说,你还别不信,我知道一整根。大洋马起身为刘四倒上酒说,你咋知道的?刘四盯着大洋马起伏的胸口看,涎着脸说,我啥事不知道。大洋马嗔怪地指了一下刘四的额头说,看你那傻样。刘四更加放肆,拽着大洋马坐在身边。大洋马就势坐在他旁边的矮凳上说,你倒是说来听听嘛。刘四咂了一口酒,抹了下嘴巴说,今天高兴,就和你们说说,这事我可窝在心里多年了。当年俺娘的坛还兴旺着,俺村的刘飞找俺娘瞧病,当时俺在里屋睡觉来着。俺娘给刘飞上了香,没多大会儿,俺娘变了声,斥责刘飞心狠手辣,不该谋害他。俺一听,浑身汗毛直竖,俺娘给人瞧病常变声,可都没那天酷肖,活脱脱柳文转世。柳文小时候常和我一起捉鱼,还打过架,他的声音我再熟不过了。刘飞听了,头磕得很响。一个劲地求饶说,柳文好兄弟,不关我的事,是有人指使俺这么做的,俺上有老,下有小,请仙家奶奶开导柳文兄弟。俺娘又说,我年轻轻的被你们害死,指定不会善罢甘休,我每天都去阎王那告你们。阎王被我缠烦了,让小鬼惩治你们。刘飞哭着说,冤有头,债有主,是柳广林指使我们做的,为啥不去找他?俺娘又说,柳广林能有今天,你们以为他是凡人?现在有人护着他呢,他会遭报应的,等着吧。刘飞还不死心,说,那也不能可着劲找我呀。俺娘又说,别着急,慢慢都会找的。刘飞听了,又磕起头来,说,您大人大量,给俺寻个活路吧。俺娘半天没言语。刘飞又磕头如捣蒜。过了一会儿,俺娘转换了声。一个苍老的声音说,看你可怜,去南路口为柳文超度吧。刘飞说,请奶奶明示咋做。俺娘没了声息,过了一会儿,俺娘打着哈欠"嗯"了一声,声音变回了俺娘的。刘飞问俺娘,大娘,请您明示我该如何超度柳文。俺娘没回答。俺娘每次从坛上返回,都得歇上一会儿才能说话。刘飞又问了一遍,俺娘才说,买些火纸、银箔、酒、公鸡,十五月圆之夜去南路口。我那天喝了酒,迷迷糊糊又睡着了。刘四说完,端起酒杯抿了一口。大洋马看着高广杰,高广杰又给刘四斟满酒,说,就这些了?不会是你喝多了产生的幻觉吧?刘四说,这些还不够?不是幻觉,隔天刘飞又来找俺娘了,问烧纸的细节。高广杰点头说,看来是真的了。柳广林个坏鬼,咋能随便杀人呢?咱要为柳文申冤,只是这样说,工作组的人肯定不信。刘四说,非亲非故的,咋想起为柳文申冤这茬了?高广杰说,看你说的,看来共产党对你教育得不够,现在我们是国家主人了,要有一颗红心,积极检举揭发地主恶霸的罪行。刘四的眼神慌乱,没说话,喝了口酒。因为刘四母亲的缘故,工作组已去他家多次了,他觉得眼下要谨言慎行。高广杰见刘四不说话,又问,刘飞现在咋样了?刘四说,前几年无缘无故地腿疼,后来就瘸了,每天拉着一条腿走路。高广杰又问,他当时说没说那几个人是谁?刘四说,我当时喝了酒,迷迷糊糊的,哪听恁清楚,好像有你们村的沙什么来着。高广杰眯着眼若有所思,忽然,他拍了下大腿,问,是不是沙老玄?他和柳广林有表亲关系呢。刘四摸着头顶想了一会儿说,差不多是他。高广杰说,这下好了,能为柳文申冤了,还能让坏人受到惩罚。刘四说,你们真想为柳文申冤?大洋马说,当然!有事一定要向政府报告,解放了,翻身当主人了,有政府为咱撑腰呢。刘四摆着手,向后缩着身子说,可别把我牵扯进去,俺娘整日提心吊胆的,怕政府找她清算呢。高广杰说,怕什么?政府打击的是地、富、反、坏,和你们没丁点关系。刘四说,还是小心点好,俺娘风烛残年了,经不起事了。大洋马说,那倒是,不过,有沙老玄这个突破口,不会扯出你们,只是你以前说有人往铁道上抬柳文,是咋回事?刘四说,是他们用刀捅完,才往铁道边抬的,让人以为是火车撞死的。高广杰说,还怪黑来。刘四捂着嘴小声嘟囔着,可别说是我说的。

第二天，桃村召开批斗地主、反动派、坏分子大会，麦场上五张八仙桌一字摆开。柳方氏被反绑了双手带了上来。柳广林的两个弟弟柳广田和柳广福，还有沙净北和崔福运也被带了上来，他们并排跪在八仙桌上，朱光明站在后面陪绑。张震主持大会，让大家有苦诉苦，有冤申冤。肖常福站在桌子旁边说，乡亲们，今后是我们穷苦人的天下了，大家不要怕，诉诉旧社会受的苦，共产党为咱们做主。人们的眼睛四处乱扫，用手捂着嘴，与相邻的人咬着耳朵，一时间，会场上空仿佛有上千只苍蝇飞舞。肖常福看没人上来，用袖子擦了擦头上的汗说，乡亲们，都忘了受过的苦了？人们你看我，我看你，还是没人上来。肖常福站在台上，心慌意乱的，他面露难色，看着张震。肖常福想，别村的批斗会都开得很成功，俺可不能刚上任就在工作组面前栽了面。他指着坐在前面的柳赵氏说，大婶子，你整日去柳广林家做活，受他们的剥削，快说说他是怎么盘剥贫下中农的。柳赵氏见肖常福叫她，先是一愣，又看了下周围，站起来，指着自己问，让俺说？肖常福用力点头。张震带头鼓着掌，说，欢迎贫下中农上台诉苦。又侧身问旁边的人，她叫什么名字？肖常福凑过来说，都没名字，登记时是柳赵氏。张震点点头。台下，柳赵氏在众人的推搡下站起来，拍着身上破旧的偏襟上衣说，说啥呢？有人在后面打趣说，想起啥说啥。肖常福见柳赵氏站在台下犹豫，他走下来，拉拽着柳赵氏说，老婶子，你最有发言权了，忘了在柳广林家做活时他是如何苛待你的了？柳赵氏一下想起来了，有时做活去晚了，柳方氏给她摔脸子。想到这，她小跑着上了台，指着柳方氏一顿臭骂，说地主婆当初怎么享受，怎么拿帮工的不当人。柳赵氏还没说完，肖常福高高举起手臂喊着，打倒恶霸地主！血债要用血来还！人们被肖常福昂扬的气势感染，跟着呼喊起来。一时间，口号声响彻桃村上空。大洋马在下面早按捺不住了，当口号声浪告一段落，肖常福问谁上来诉苦时，大洋马举起右臂说，俺！所有人的目光聚集了过来。大洋马昂头挺胸地来到台上，复述了无数场合上她讲过的崔家苛待她的事。张震欲言又止，他看着崔福运，又看着声嘶力竭的大洋马，一时不知该如何是好。这时，高广杰跳上台，来到崔福运跟前，揪着崔福运的山羊胡子说，打倒迫害贫下中农的恶霸！打倒恶霸！人群中有稀稀拉拉的响应。崔福运的胡子被拽着，只得向前探着身子，脸像被揉皱的纸。旁边几人看这阵势，瑟瑟发抖着。柳方氏的眼泪打湿了大襟，身体抖得如筛糠。高广杰一上台，柳大发坐不住了，飞奔上台，揪着柳方氏的衣襟，反正地扇着耳光，嘴里骂着，打死你个地主婆！打死你个做坏事的地主婆！张震一看这阵势，唯恐局面不好控制，安抚大家说，批斗会今天先到这吧，明天分财物，大家回去做好准备。大洋马心有不甘地说，张干部，俺还有事要反映呢。张震现在就怕大洋马，一边收拾面前的记录本，一边说有情况会后反映。大洋马说，俺想在这说。肖常福见张震面有不悦，来到大洋马跟前说，反映问题不能当着这么多人，会后去光召那里。大洋马这才答应。

  张震起身先行离开，让肖常福把会场安排妥当。高广杰看着张震离去的背影，拽着大洋马的衣袖说，觉得你是个能成事的人，咋就恁急呢，这事能当众说吗？沙家知道了，还不和咱落仇呀。大洋马笑着说，谁还管恁多。高广杰说，万事得考虑周全，你没看见张干部都不耐烦了。大洋马说，我管恁多，眼下，咱不是主人吗？高广杰拍着手叹气说，有时看你明白着呢，今天咋就恁糊涂呢？大洋马说，我看见姓崔的就来气，一生气就失了智呢。高广杰说，现在要沉住气。再说了，崔福运都挨批斗了，你还要怎的？要不是你，依着崔明铎的辉煌，他老子是万万没人敢斗的。大洋马撣着衣角说，他那是罪有应得，斗得轻了！少废话了，赶紧去光召家，我一刻也不想等了。高广杰说，莫急，弄清我们要啥，咱们是借着柳文的事来表现觉悟的，并不是真为柳文申冤。咋做合适，须好好琢磨一下。大洋马说，那倒是，把这茬忘了。

  大洋马和高广杰来到工作组的临时办公点，肖常福正向工作组汇报，说他刚训斥完几个坏分子，让他们端正态度，回去好好反思。张震说，好。又问他明天的分配财产工作准备好了没，务必做到公平。肖常福为了表明自己工作细致，拿出分配方案给张震看。高广杰和大洋马在门外侧身探听好一会儿了，见肖常福一时半会儿汇报不完，大洋马不耐烦了，说，不管恁多了，不是说是主人了，哪有主人像看门狗似的站门外的。说着推门而入。高广杰无奈，只得紧随其后。肖常福停下来，看着他们问，有事啊？大洋马大大咧咧地坐下说，没事就不能来了？肖常福笑着说，能来，当然能来。高广杰点头哈腰地说，确实有情况要反映。张震和颜悦色地指着凳子说，坐吧。高广杰讪笑着坐下，看了一下在场的人说，张干部，经过这些天的学习，俺觉得作为国家主人，责任重大，对柳文的死，又进行了调查，有了新证据，确定柳文是被人谋害的，就赶紧来汇报了。张震一脸疑惑地看着高广杰问，还是那天说的？高广杰用力地点点头。张震又看向肖常福。肖常福解释道，是雇农柳大全的儿子，前几年说是被火车撞死的。高广杰说，我当时在场，柳文身上有刀伤，我怀疑他不是被火车撞死的，不过，那时是旧社会，没咱们说话的份。现在解放了，有共产党给咱穷人撑腰，俺才敢把真相说出来，是地主柳广林指使人杀害了柳文，又把柳文扔到铁路上，伪装成被火车撞死的。张震瞪大眼睛看着高广杰说，人命关天，要实事求是。高广杰说，是沙老玄带头做的这事，找不到柳广林，把沙老玄捉来，一问不就清楚了。张震问肖常福，沙老玄是咱村的？肖常福点点头，说，是呢。张震皱着眉头问，沙老玄有杀人动机？肖常福说，柳广林和沙老玄家有老亲，青黄不接的时候，柳广林接济过沙老玄，沙老玄许是念着旧恩。张震若有所思，转身对高广杰和大洋马说，你们能及时反映情况很好，我们商议后，会做决定，你们先回吧。大洋马有些不甘，不想就这么回了。她愣愣地看着高广杰，又看向张震。张震一脸波澜不惊。高广杰看她坐着不动，向她使着眼色，招手让她走。大洋马只好不情不愿地走了，走到门外还回望了下。

　　张震最近被大洋马缠怕了,看见她就头皮发麻。他看大洋马走远了,才问肖常福,柳文到底怎么死的?肖常福沉思了会儿,说,柳文死了有几年了,尸体是在铁道边发现的。当时,是柳广林出钱帮着埋葬的,村里也有人嘀咕,只是当时谁也不敢多说话。张震的眉头拧成了疙瘩,他问肖常福,沙老玄这人怎么样?肖常福说,沙老玄这人可复杂了,曾架过人。张震没明白,问,架人?肖常福说,就是绑架。张震眯着眼问,绑架了谁?肖常福说,朱光正。肖常福看张震,有些疑惑地说,朱光明的本家哥。有一年,朱光正在自家门前晒麦子,被沙老玄看见了。晚上,朱光正家来了一伙人,把朱光正的眼蒙上了,反绑上双手抬走了。张震问,你怎么知道是沙老玄绑的?肖常福说,沙老玄绑了朱光正,放在了金马村一户人家的地窖里,和主人说朱光正欠了他的钱,给了钱再放人,让那家每天给点吃的。又让人给朱光正家捎信,拿两斗麦子换人。谁知沙老玄麦子没拿成,朱光正回来了。原来,关朱光正的人家送饭时,看朱光正眼熟,像婶婶的娘家侄子。他赶紧把婶婶叫过来,一看,果然是,于是把朱光正从地窖里放了出来,告诉他是沙老玄把他放这的。朱光正回家堵着沙老玄的门把他好一顿臭骂。沙老玄自知理亏,央求朱光明从中说事,才算了结。直到现在,朱光正一见沙老玄还骂呢。张震陷入了沉思,低声说,看来沙老玄是惯犯了,杀害柳文的事十有八九是真的。肖常福想了一会儿,选会长时,沙老玄支持他,他想偏袒沙老玄,便轻声说,也不能说是惯犯,那时,吃不饱饭,人一急就生了盗心。有一年过年,他家没包上水饺,夜里把俺家包好的饺子端走了,近门亲邻的,明知是他端的,又能咋的?张震敲着桌子说,这和杀人有本质区别,人命关天,并且做地主阶级的帮凶,立场有问题。肖常福说,那是,那是。张震抬头看了看窗外,见太阳经过一天的跋涉,已经有气无力地挂在西边树梢上了。他站起来说,今晚立即行动,把沙老玄控制住,让他交代同伙，要一网打尽，注意方式，切忌打草惊蛇。我马上去向上级汇报，情况特殊，非常时期，要考虑周全，注意保密。肖常福听了，不敢怠慢，带着王干事一行去了沙老玄家。

沙老玄在家正琢磨着明天分财产能分到啥，正高兴着，肖常福带着人闯了进来。沙老玄结结巴巴地问，恁晚了，还上门？有事叫我去就成。王干事冷着脸来到他面前问，你是沙老玄？沙老玄见王干事杀气腾腾的，向后退着说，是，咋了？王干事不说话，抖开手里的麻绳，上前捆沙老玄。沙老玄挣扎着问，常福，咋回事？俺可是贫农呢。肖常福转过脸，不看沙老玄。沙老玄老婆跑过来，拽着沙老玄说，咋随便捆人呢？王干事系着绳扣说，不是随便捆，自己做的事，心里没数？沙老玄老婆听到这里，放开沙老玄，从里屋拿出一个南瓜说，不就一个南瓜嘛，值得捆人？肖常福摆着手说，不是这事。几人捆完沙老玄，押着他出了门。沙老玄低头寻思着，到底为哪桩事呢？几人一阵风似的捉走了沙老玄，沙老玄老婆丢下南瓜，伸手抓住肖常福问，常福，到底咋回事？肖常福被她拽得死死的，不得已，掰着她的手小声说，柳文的事被翻出来了。肖常福话音没落，沙老玄老婆一下跌坐在地上。肖常福赶紧溜出门，沙老玄老婆嘹亮的哭声传了出来。肖常福想，看这情势，害死柳文的事八成是真的了。斗争越来越复杂了，沙老玄偷摸不是一天了，没想到还有杀人的心。整日碰头碰脸的，没看出来，想着怪吓人的。

肖常福心里忐忑着来到临时办公点，沙老玄已被关进了旁边的小屋。王干事几人商量着是连夜突审沙老玄，还是等张震回来。肖常福说，不能再等了，沙老玄老婆在家里哭天抢地的，万一让其他参与的知道了，跑了就不好办了。几人一听，觉得有道理，开始商讨谁主审。对于审问的事，他们比较陌生，之前一直随部队打仗，这些工作一时半会儿上不了手。王干事问肖常福，你能主审吗？肖常福摆着手说，俺只能协助工作，要紧事还得你们出面。肖常福心里打着鼓，沙老玄能杀柳文，也能杀其他人，眼下，还不能确定要给沙老玄定多大的罪，要是有天出来了，再找自己寻仇，可不是闹着玩的。自己目前在其位，谋其政，做表面的工作可以，不能让沙老玄把仇记到自己头上。

　　王干事见肖常福不想主审，只得亲自上阵，他硬着头皮说，咱们一起审吧。说着把门窗关了个严实，沙老玄也被押上来坐在凳子上。沙老玄坐下后，低头看着脚下的地面。王干事见沙老玄的青布棉鞋破旧不堪，鞋底磨去了后半个，鞋帮被踩在脚下，穿和没穿区别不大。王干事咳嗽了一声，问，知道为甚抓你吗？沙老玄抬起头，目光滑过每个人的脸，看到肖常福时，沙老玄甚至笑了笑。肖常福把脸转向一边。王干事拍了下桌子说，沙老玄，老实点，没有足够的证据不会抓你。还记得柳文吗？沙老玄低下头，眼睛里像藏了只惊慌的老鼠，粗糙的手被反绑后仍握在一起。王干事看出沙老玄慌了神，实际上他也心慌，只是慌的原因和他不一样。王干事继续说，现在人民当家做主了，你做的事，早点说出来，还能从轻处理，如果顽抗到底，与人民为敌，只有死路一条。沙老玄听到最后一句，问，死路一条是枪毙吗？王干事说，这要看你表现了，把同伙一并交代了，有立功表现，可从轻处罚。若表现不好，枪毙是轻的。沙老玄感觉天摇地动的，枪毙就够重的了，还有更重的？听说枪毙会把脑袋打没了，脑浆溅得到处都是，活了大半辈子，可不能被枪毙了，连个囫囵尸首都没有。想到这，他站起来。张干事喝了一声，坐下。沙老玄只得坐回去，说，俺都交代，俺不想被枪毙，杀柳文，真不是俺的主意，是柳广林支使俺干的。沙老玄舔了舔嘴唇继续说，柳文活着时，在路上拦柳广林，向他要钱，他不给。柳文掏出刀子说，我剥兔子不是一天了，不想被活剥的话，赶紧拿钱。没办法，柳广林只得掏了几个银圆给他。柳文接过来，在手里掂了掂，吹着口哨走了。没走几步，又转回来说，要是敢报官，你儿子还小，有你看不着的时候。柳广林看着目露凶光的柳文笑着说，报什么官，一笔还能写出俩柳来？咱们还没出五服呢，是一家人。柳文吐了口浓痰说，做缺德事时，咋没想着是一家人？柳广林没敢接话。就这样，柳文三天两头地堵着柳广林要钱。柳广林找到俺，说不弄死柳文，家业就要败在他手里了。沙老玄也觉得柳文不地道，行行有道，吃大户不能吃起来没完没了，得给个喘息机会。柳广林说，柳文那小子，是粪坑里的石头，寻常法子弄不服他，只有让他死。柳广林掏了十个银圆给我，让我看着做，我不想接来着，柳广林是谁呀，俺知道了他的事，不帮他，今后还能肃静了？王干事问，还有谁参加了？沙老玄低头想了一会儿，说，有前村的刘飞，还有死了的朱奉，刘飞和朱奉是王六找来的，说是一起赌博输了钱，我也认不清。王干事问旁边的肖常福，他供出的这几人，你可认得？肖常福说，刘飞和王六认得，朱奉死了几年了，剩下的那两个让王六交代了再抓。王干事说，事不宜迟，赶紧行动，先把沙老玄押下去，细节的事回头再审，不能让他的同伙跑了。他们留下一人看押沙老玄，余下的人由肖常福带着去捉人。

　　崔福运回到家，一头栽在床上。茶不喝，饭也不吃。崔柳氏说，挨斗的多了，谁像你这样？崔福运说，堂堂正正地活了一辈子，末了，被那个贱人辱没了，窝囊。还有高广杰那个王八羔子，小时候没少吃咱的，没想到，整个一白眼狼。崔柳氏慢声劝慰道，他整天在她那里，让她蛊惑了，估摸着是她故意让高广杰整你出气。想开点就好了，和他们生气不值当的。崔福运气哼哼地说，说得轻巧，你去试试，千人万眼的，我何曾受过这等欺辱。崔柳氏说，去就去，明天再斗我去，俺儿子把脑袋别在裤腰带上革命，凭一个贱人，能整治起军属没完？崔福运没说话，心想你也就在家嘚瑟，你有那胆量？胸中的怒火一刻不停地熊熊燃着，崔福运有些疲乏，没心情理论下去，索性挥挥手，闭上了眼。

　　柳方氏披头散发，脸颊红肿，一瘸一拐地向家走。有调皮的孩子往她身上扔着石头喊，臭地主婆。她不敢停留，加快了脚步。汉儒自从母亲被押走后，一直用后背抵着门，他听见脚步声，吓得瑟瑟发抖。肖常福昨天让娘俩搬到门外的一间柴房里，说他家房子好，留着办学校。柳方氏拿了几件衣服，还有锅碗，别的东西，肖常福一概不让动，说是要清算。柳方氏眼下倒不稀罕那些家产了，柳广林和两个儿子没有音讯，才是她的心病。柳方氏用力推开门，汉儒站在门后。他抬头看见头发散乱的柳方氏，扑在她怀里小声地哭了起来。柳方氏抚着他的头说，不哭，不哭。

有肖常福带路，没费多大周折就把刘飞和王六捉来了。刘飞一条腿不明不白的残废了，整日不能做活，老婆孩子都嫌弃他，他像条狗一样整日窝在自家门前。王六是东村杀猪的，秃头，眼睛霍亮霍亮的，黑色棉袄的大襟处油光锃亮，一路上他几次想试图挣脱，王干事又给他加了道绳索才算老实。他们把两人带到临时办公点，地方小，不好单独关押。张震不在，王干事倒是能主事，说先把王六押进朱光召家的柴房，杀杀他的性。刘飞看着好对付，拿到他的口供，即便王六不承认，事情也能定性。大家都觉得他说的有道理，先把反绑着的王六推进了柴房。王六吐了口痰大声嚷嚷道，眼下是新社会了，咋能随便捉人呢？我可是几代贫农。张干事推了他一把，说，你嚷什么，没真凭实据能抓你？你的杀猪刀不光杀猪，上面还有人血吧。王六心里咯噔了一下，多少年前的事了，难道柳文的事又被翻出来了？他油亮的脑袋上，立时渗出了细密的汗珠。他蹲坐在柴堆上，再不嚷嚷了。

还没审问，刘飞就一五一十地说了杀柳文的过程。那天，他们把柳文约到铁道边，说是找个地方耍两把。柳文见是我们几个，也没防备，问去哪耍。王六腰里别着杀猪刀，等待着时机。沙老玄说，你去阴曹地府耍吧，王六就掏出了刀。柳文一看这阵势，伸手去夺王六手里的刀。我们几个上去按住了他。柳文到底年轻，真不好对付，连蹬加踹，弄得我们几个慌了手脚。沙老玄急了，说，王六你个孬种，动手呀。王六拿刀的手被柳文捉住了，柳文用另一只手掐住了他的喉咙，他动弹不了。沙老玄的手从柳文腋下伸过去，拽过王六手里的刀，顺势戳进了柳文的心口处。别说，柳文真不赖，挨了一刀，还能连踢加咬的。到现在也忘不了他临死时看我们的样子，他捂着流血的胸口，咬牙切齿地指着我们说，你们等着，我去阎王那告你们，让你们不得好死。这些年，我一闭上眼，就见柳文指着我骂，没睡过一个好觉，活着还不如死了好受呢，现在好了。刘飞说完，看着几人笑。王干事拍了下桌子，问，笑什么？刘飞说，我是真想笑，恁多年了，都没今天舒坦。肖常福趴在王干事耳边说，再审他也没意义了，王六那不是还有俩同伙，那才要紧呢。王干事觉得他说的有理，于是让人把刘飞押下去，把王六带过来。王六没了刚才的嚣张，低头坐在凳子上。王干事说，柳文被杀，别人都交代了，我们已掌握了足够证据，问你也就是个形式。你要想立功赎罪，就把其他两个同伙供出来。王六抬起头，眼睛没了先前的霍亮，像潭死水一样，低声说，当时俺们在东村赌场上耍钱，他俩赌输了，正好沙老玄让我踅摸俩人。我问他们想不想挣钱，他们当时输红了眼，说，只要给钱，杀人都干。我就把他们带去了。事后，沙老玄每人给了一个银圆，他们完事就走了。王干事几人交换了眼神，觉得王六说的不像是假话。王干事见屋外显出了亮光，折腾了一夜，确实有些乏累，收获倒是不小。案情基本明朗，整理好审问记录，等张震来了再拿主意。王干事让肖常福再找间屋关押王六。几人第一次审案，都很兴奋，更没想到，桃村看着不起眼，背地里波诡云谲呢。

张震一大早就风尘仆仆地赶了回来。他说事情紧急，他跟领导汇报完就连夜赶回来了。上级要求，凡事做稳妥，不能出任何纰漏。王干事把连夜抓捕突审的事向张震汇报了。张震来回踱着步听他汇报，时不时地说，好！好！王干事汇报完，张震把手里的烟头弹出去说，干得好！我向上级汇报了，柳文的死，超出了阶级斗争的范围，不能在村里处理，县里会派人来。咱们现在把他们看管好，整理审讯材料，等着移交吧。又嘱咐王干事，一定把材料做扎实仔细了，免得接管的同志麻烦。王干事说，一定的。

　　张震刚想让王干事几个休息一下，外面突然传来了忽高忽低的骂人声。肖常福倒见怪不怪，平日，村里骂人的多了去了，谁家南瓜丢了，要骂上一会儿。孩子打架了，要骂上一会儿。就连堆在门外的树枝少了几根，也要骂上一会儿。张震之前一直生活在城里，从学校参的军，没见过这阵势，问肖常福，不会又出什么事了吧？肖常福说，没事，村里就这样，我过去看看。肖常福说着跑了出去。过了一会儿，他跑进来说，是柳大全的媳妇，不知从哪得到的消息，围着柳广林家骂呢。张震说，你们连夜抓人，消息怎么传出去了？肖常福不安地搓着手说，我可连家都没回。张震说，我知道你觉悟高，只是不明白她是怎么知道的。非常时期，千头万绪，一定要稳定好他们的情绪，莫出了意外。张震这么一说，肖常福惊出了一身冷汗，就柳豹几个莽撞犊子，知道了还不得去拼命。关键柳广林家只有柳方氏和汉儒，没点战斗力，出了人命可不是闹着玩的。他转向张震说，这倒提醒我了，我去安抚柳大全一家。张震说，抓紧去办。肖常福应着，转身跑了出去。

　　晌午，桃村来了辆绿色卡车。桃村依着官道，人们见过从官道驶过的汽车，可是，汽车开进村还是头一遭。桃村的大人孩子兴奋地跟在车后跑，根本不在意飞扬的尘土。汽车在朱光召家门前停下，从驾驶室下来两个穿军装的人。孩子们像小鸟一样在他们前后叽喳环绕着。张震迎出来，热情地与他们握手寒暄，然后进了屋。孩子们被挡在了门外，大人们在旁边相互咬着耳朵，听说没？是来押杀人犯的。有不知道的问，什么杀人犯？有人就一五一十地说起来。听完的拍着手惊呼起来，真有这事呀！一时间，门前聚集的人愈发多了，闹哄哄的。司机满头大汗地倒车，村里路窄，开进来容易，想要出去可就难了，再加上不知轻重的孩子围着瞧稀罕，司机更是紧张。张震见外面的人越聚越多，怕有什么意外，吩咐王干事把三人一起押了出来。三人之前被分别关在朱光召家的柴房、西厢房和旁边的一间小屋里，门前有专人把守。张震想，赶紧押走好，去了心事。王干事把反绑着的沙老玄、刘飞、王六押了出来。三人一字排开，耷拉着脑袋站着。沙老玄戴着破旧的黑色瓜皮小帽，山羊胡子花白稀疏，黑粗布棉袄上打着补丁，棉布腰带在腰间缠了两圈，下面是黑色粗布棉裤，脚上穿着一双老旧破棉鞋。刘飞瘦瘦弱弱的，站都站不直。旁边的王六宽脸，满脸横肉，一副凶相。押解的人指着王六说，他能杀人我信，这俩真不像能杀人的主。张震指着沙老玄说，别小看他，他是主谋呢。两人上下打量起沙老玄来，说，是有那么点阴森。张震让王干事把审讯记录交给来人。来人说，俺们只是负责押解，让王干事跟着去趟，把材料交接一下。张震想着也是，安排王干事收拾一下跟着去。三人被押上了汽车。沙老玄老婆来了，在车边号哭不止。人们冷眼看着她，没人劝慰。桃村第一次发生杀人的事，人们一时难以接受。柳赵氏也来了，跪在汽车前哭喊，青天大老爷，一定为俺儿子申冤呢。肖常福把她架到一边，小声说，忘了我咋和你说的了？柳赵氏抽噎着瘫坐在地上。早上，张震让他去安抚柳大全家人，肖常福去时，柳豹正踢着柳广林家的门，肖常福说，柳豹，这房子不是柳广林的了，政府要在这里办学校，你这是损害公物，是犯罪。柳虎、柳武、柳全，手里都拿着石块，满眼仇恨地瞪着他。肖常福的心里也犯着嘀咕，这几个小子加起来连柳文一半的脑子都没有，一句不对付，石头招呼到头上可不是闹着玩的。他放低了声音说，听我的，到时候给你们申请救济。柳豹说，啥是救济？你上次许俺的白面馍还没给呢。肖常福指着柳广林家说，明天分他家的东西，到时候你想要啥，提前和我说。柳豹说，我想要那件绸衫，穿身上舒服。肖常福说，行，给你留着。柳虎和柳全一看，说，俺也要汉儒的绸衫。肖常福说，把石头放下，赶紧回家，明天都给你们留着，要是再砸门，不光啥没有，还得蹲黑屋子。柳豹一听答应给他绸衫，便挥手领着几人回了家。

肖常福跟着柳豹几个进了他们家，柳大全蹲在屋门前，头搭在膝盖上。柳赵氏在灶房里哭骂着。肖常福说，嫂子，节哀，人死不能复生，别哭坏了身子。柳赵氏的眼泪更多了，她生了五个儿子，只有柳文的脑袋好用，剩下这几个只知道吃，恐怕连个媳妇也说不上。柳文一死，算绝后了。前几年，柳全看着还灵光点，越大越和柳豹一样，四六不分了。当年柳文死时，他们还感激柳广林帮着葬了柳文，眼下要是柳广林在，吃他肉，喝他血的心都有。肖常福见她哭骂起没完，一时半会儿也劝不好，便来到柳大全面前，蹲下说，老叔，您是一家之主，啥事得把握好。柳大全抬起头，肖常福见柳大全比以前更苍老了，古铜色的脸像被刀刻过，布满蛛网一样的皱纹，皱纹缝隙里黑乎乎的，大概藏着经年的灰尘，使得纵横的皱纹特别显眼。肖常福说，老叔，事查明了，得感谢政府，没有政府，咱这辈子也不知道真相。柳大全叹了口气，把脸转向一边。肖常福附在柳大全耳边说，沙老玄全招了，是柳广林指使的不假，柳文先讹了柳广林，柳广林才下的手。您和他还没出五服，以后可不能生事了。柳大全愣愣地看了肖常福一会儿，问，你说啥，柳文讹他了？肖常福说，是呢，这还能假？柳大全说，王八羔子，做这事，该！柳大全生气，是柳文违了土里刨食，忠厚传家，命里无福莫强求的祖训。这话柳大全爹的爹说给了爹，爹又说给了他，再穷，人要活得坦荡，莫做鸡鸣狗盗的事。柳文个熊羔子咋能做出匪事？他转过脸说，常福，这事万不能说出去。肖常福说，那是，不该说的肯定不说。可是，叔，咱也得看好家人，不能去柳广林家生事了，再说，他家眼下只有妇女孩子，围门显得咱不地道了。柳大全的喉结上下翻动着说，把心放肚里吧，没人生事。肖常福这才站起来说，叔，我先回了，那边事多着呢。柳大全没应声。柳豹几个从屋里跑出来说，答应俺们的事莫忘了。肖常福点点头，算是回答。

汽车拉着仨人好不容易驶出了桃村。张震看着远去的汽车，长长地舒了口气。转身刚要进屋，大洋马穿着花布上衣摇摇摆摆地走过来，张震心里立马打起鼓来。大洋马衣衫鲜亮，合身，在人群里很是惹眼。村里妇女的衣裳不是黑的，就是灰的，顶格的也就穿件月白的，大洋马的上衣蓝底缀着白花，招摇，明艳，加上一张没经风霜的脸，有点像路边的锯齿兰，迎风飘荡出热烈的气息来。张震怕和大洋马打交道，不但怕她凌厉的嘴和嬉笑的面庞，还有她的身份，搞不好会惹火上身。眼下躲又躲不开，只得打起十二分小心应承。张震正心潮翻涌着，大洋马在身后嗲声嗲气地说，张干部，受累了。张震只得勉强笑着说，职责所在，应该的。他怕外面群众太多，大洋马说些没深没浅的话，让他被动，连忙进了屋。大洋马笑得欢畅，也不见外，紧跟在张震身后进了屋，还随手把门关上了。张震吓了一跳，屋里就他和大洋马，关上门万一出什么事情就说不清了。他若无其事地来到门前，打开门，探着身子往外瞧，外面还有看热闹的人。张震热情地招呼着，老乡，进来坐嘛。门外的人受宠若惊地摆着手说，不呢，不呢。大洋马大大方方地坐在椅子上，看着张震笑。张震只好坐到离大洋马远些的地方，然后掏出笔记本，佯装翻阅。大洋马说，张干部，怎忙？张震没抬头，说，可不，千头万绪的。今天，原定继续开批斗大会，分田地的，被这事一搅扰，批斗会没开成，先筹划着把地主的家财分了，免得老是放在外面。大洋马歪着头说，干部就是操心。张震没接话，继续翻面前的本子。大洋马看看张震，又看看门外。门外偶尔有人歪头向屋里看，大洋马知道他们是竖着耳朵在外面探听呢，于是故意大声说，张干部，俺觉悟咋样？帮着揪出了杀人犯。张震抬起头说，觉悟不错，我们都知道。大洋马又往前探了探身子说，张干部，村里比我觉悟高的不多吧。张震点着头，"嗯"了一声。大洋马又说，村里妇女识字的没几个。张震说，这倒是，大多妇女不识字，不过，马上要成立扫盲班，至少得让大家会写自己名字，认识简单的字。大洋马见张震岔开了话题，心有不甘，重新坐直了身子，说，张干部，以后咱这边需要人手，俺可以过来帮忙，俺觉悟高，识文断字，出身也好，还没家小拖累，只会为咱村的工作添彩。张震这才弄清楚大洋马的意图，心里万马奔腾着，眼睛仍没离开笔记本，笑着说，晓玛同志，积极性蛮高的嘛，值得表扬，只是我们只是来临时协助工作，农会人选由肖常福同志推荐，乡里最后决定，过段时间，我们会撤离桃村，重新分配到其他单位。大洋马歪着头问，肖常福能做主？张震说，他负责向上推荐。大洋马若有所思，肖常福好色，不止一次对她动手动脚。她讨厌肖常福，他家穷，拿不出像样的东西不说，还粗俗得要命，满嘴黄牙，看着恶心，话也讲得露骨，她没给过他好脸色。前些天，肖常福找她来开会，话里话外让推举他做会长，大洋马想着投桃报李，也就照做了。他负责推荐人选的话，也好，也不好。好的是他是馋猫，容易引诱，达到目的容易些。不好的是，要面对他那张让人生厌的脸。张震见她不说话，想打发她走，笑着说，你条件确实不错，我会推荐你的。大洋马站起来，两手交叠在左腰处，微微躬下身子说，晓玛这里先谢了。张震说，回去吧，也就今明两天分财产，你想要什么？我们会重点照顾一下。大洋马心想，他这是考验我贪不贪财吧，于是轻声说，我一人，凭手艺吃饭，党给啥要啥，感谢共产党让俺翻身做主人，哪能提要求。张震心想，这女子说话滴水不漏，村里妇女真没有她这能力，拿到乡里或县里也不逊色呢。大洋马见张震的面色比刚才活泛了，想着话说到这份上了，不能死缠烂打，要给干部留面子。她站起来说，您忙着，俺先回了，看你们没白没黑地为大伙操心，真是辛苦呢。张震站起来送大洋马，说，是我们应该做的，慢走。大洋马袅袅婷婷地走了。

朱光明这些天一直闷在家里没出门。他一会儿悲从心生，一会儿又暗自庆幸。自己在桃村风光了几十年，现在一切都不复存在了，还得经受没完没了的询问。庆幸的是连崔福运都跪在众人面前接受批判了，他只是站在后面陪绑，没像崔福运被人揪着胡子历数罪恶。看眼下情形，肖常福会主持桃村的工作。他曾试着和肖常福修好，怎奈他不领情，就是小人得志，可古往今来，小人得志最可怕。小人之所以是小人，是孔老夫子说的小人长戚戚，小人对曾经的过往耿耿于怀，一旦得势，必然摆谱，心念着报复。肖常福眼下对自己还不算过分，也许和自己主动找张震谈话有关。朱光明待在屋里像困兽般思虑着。朱李氏不体谅他的烦忧，唠叨着，刚去了会长家，人家正蒸白面馍呢，咱家连棒子面也没了。朱光明讨厌她头发长见识短，女人要是不识文断字，简直是鼠目寸光。我当保长时，别说白面馍，连洋点心都吃了许多，现在见人吃白面馍眼气了，说好听的是眼界窄，说不好听的是见不得人好，许自己吃香喝辣，见不得人家吃顿好饭。

朱李氏在外面唠叨起没完，朱光明磕着烟锅走出屋。他没说话，用眼睛盯着朱李氏。朱光明有双不怒自威的眼，朱李氏经不起他目光的拷问，也就噤了声。朱光明又转身回了屋。儿媳在灶间忙碌着，自从第一个孩子夭折后，儿媳再没笑过，整日不说话，像个木头人。庭美牙牙学语，在院里东跑西跳，院里才有了些生气。好在二儿子朱庭训回来了，村里在外读书回来的不多。朱庭训的回来，让朱光明又看到了希望。他听说政府要在柳广林家办学校，他觉得机会来了。庭训若能去学校当先生，朱家翻身又有希望了。庭力也读了几年书，只是人过于木讷、老实，成不了事。二儿子庭训倒是机灵，怎么把庭训推出去，倒是件大事。目前，自己不易出头，可好日月是争来的，不是平白无故送上门的。他闷在屋里苦思冥想着对策，忽然灵光一现，庭训年纪不小了，长得仪表堂堂的，还有着几分儒雅，虽说家衰败了，可瘦死的骆驼比马大。自家没被划成地主，家当然没查抄，比别家的日月要强那么一点。要是能寻门襄助庭训的亲事，庭训的前程和家里处境都会有所改观。他把附近待嫁的姑娘踅摸了一遍，没有中意的。朱光明觉得寻儿媳不是小事，一是姑娘的性情得好，温良恭谦是必须的；二得会做家务，知老知少;三是能帮衬朱家,须根正苗红,可根正苗红的大多是贫雇农家的孩子,家教上就欠缺了点。朱光明想,若父母没读过书,指望儿女知书达理不现实。就跟柳大全的几个孩子一样,满脑袋只有吃。朱光明在西间苦恼地踱着步,以前,他可以在村里倒背着手,惬意地转转,人们会热情地和他打招呼。最近,他很少出门,偶尔出去,人见他都躲得远远的,有的装作没看见,还有的故意问,咋没去乡公所呢?他不明白他们是真不知道,还是故意揶揄他。反正,他现在置不起这气了,只得赔着笑脸说,没去。眼下,除非村里开会,必须去才出门,平日窝在家里。以前的那些老友,眼下也和他一样,须夹着尾巴做人。他苦恼了半天,为家庭打开新局面的想法有了,只是还没寻到路。

第二天,村里召开了村民大会,分地主的财产。柳大全分到了柳广林家的一张大床,床是上好的楠木,床身上架置着四杆,三面有一米左右的栏杆,正面上方安置着门罩,床前设有踏步的板。门罩上画有百子图,旁边有山水花鸟。柳大全和孩子们欢天喜地地把床抬回家,只是门太窄小,床怎么也抬进不进屋。柳大全气得踢着床骂,他奶奶的,没福消受呢。柳虎几个如愿领到了绸衫,高兴地穿在身上,在院里你拽着我的袖子,我撩下你的前襟,又低下头瞧地上的影子,美得满院跑。柳广林家的立柜分给了朱光正,朱光正不愿要,任凭肖常福如何做工作,朱光正只一句话,俺不要别人的东西,谁愿要,谁拿去。朱光正没读过书,可他常说,只向土地要粮吃,双手从不取非利。朱光正辛勤耕种着父辈留下的二亩地,地让他整得平整如镜,没有杂草,长势也比别家的好。他谨遵靠天吃饭的祖训,节气里恭敬祈福。他古怪,喜欢爱惜土地和老实肯干的庄户人,见到对眼的人,老远会眉开眼笑地招呼人家。对好吃懒做的人,他连话也懒得说。据村里人说,他幼时脾气好着呢,后来,他在微山湖里见了真龙,变了脾性。人们把这事说得有鼻子有眼的,朱光正却从不回应。据说朱光正孩童时,有天去湖里割草,原本响晴的天，忽然就黑云翻滚，炸雷四起。他抱头跑到渔船上避雨，这样的天气，渔民早早系好了缆绳瑟缩在船里，默念祷告着。朱光正年幼，不知害怕，趴在船篷边往外看，看到一个庞然大物从黑压压的云中把头伸进湖水里，像在吸水。它身上的鳞有碗口大，隔着雨雾亮闪闪的，只是精气神不好，有气无力的样子。村里人不信，说他被疾风响雷吓晕了，看到了幻景。后来，听说别村有人看见龙从云端上掉下来，在湖边躺了个把时辰，好像挨过打的样子，再后来，挣扎着腾空飞走了，人们才将信将疑。桃村人遇到朱光正会拿话逗他，让他讲龙长什么样，朱光正知道他们不信他，也不辩解，神情里满是不屑，那之后他的性情就变了，变得寡言少语，平日孝顺父母，勤扒苦做，言信行果。他相信天地间有三界，看到龙就是很好的证明。他听说龙是犯了天规，受到责打，被贬下界的。龙尚且会受惩罚，何况人呢。

　　肖常福知道朱光正的脾气，不再劝说，柜子放在外面也不是办法，便差人把立柜搬到了自己家里。非常时期，尽量事事顺遂，方能显出自己的能力。政策要执行，除了地主，与别家的关系也要维护，朱光明能全身而退就是例子，凡事得留退路。除了朱光正，别家倒欢天喜地地把东西搬回家。只有地主家凄凄惨惨的，柳广林两个弟弟的房子也被没收了，一个寄居在门外的柴房，一个寄居在看菜园的小屋里。崔福运的房子没收，财产也只没收了一部分，没柳广林家没收得那么彻底。沙净北和柳广林一样，财产全被没收，连陈佳结婚时的旗袍也被翻了出来。高广杰故意把旗袍穿在身上，在人们面前扭来扭去，惹得人笑得前仰后合的。

　　崔福运还住在高屋大院里，大部分家产还在，这令大洋马非常恼火。依着大洋马，把崔家的财物都收了，才过瘾呢。可是，她现在要求进步，觉悟就得跟上，不能由着性子来，行为不能等同于一般群众。在崔福运的问题上，张震提早给肖常福做了工作，分析了利害关系，让他确保大洋马不再生事。肖常福为此单去了一趟大洋马家。大洋马见肖常福来，笑着起身招呼着，肖会长，可是稀客呢。肖常福嬉笑着说，想天天来，怕你忙，也怕你烦。大洋马眼波翻转出柔媚来，说，瞧会长说的，哪能烦呢？说着让肖常福坐在床前的矮凳上。大洋马前几天刚剪了齐耳短发，耳朵管束不了稠密的黑发，头发时不时地越过耳朵遮住半拉脸。这种新式发型，村里妇女还没剪。大洋马的眼睛好看，黑葡萄般，晶亮晶亮的，被一圈长长的睫毛围绕着，看人时有着摄人魂魄的狐媚。肖常福自进了门，眼睛就没从她身上移开过。大洋马看肖常福的眼睛粘在自己身上，有些小得意。以前她讨厌肖常福，现在不一样了，自己能不能走出桃村，或者走出不一样的人生，全指望他了。心思翻转间，她笑盈盈地问肖常福，会长恁忙，今天咋有空了？肖常福这才想起此行的目的，坐直了身子说，还是崔家的事，差不多就行了，领导眼下为难呢。崔家保存着资助革命的凭据，过分了，说不过去。大洋马没说话，手在大腿处摩挲着，眼睛斜睨着肖常福问，你来就为这事？肖常福刚想说是，看着大洋马似笑非笑的模样，这分明是在挑逗嘛。于是壮着胆说，主要还是来看你。大洋马嫣然一笑，狐媚地歪着头问，真的？肖常福看大洋马的样子，胆子大起来，向前探了探身，头几乎抵到了大洋马的额头，粗重的气息喷到大洋马脸上，拉着大洋马的手放到自己胸前说，不信，你摸摸。大洋马的手被肖常福双手握住，故意往后缩了缩。肖常福拽得更紧了。大洋马嘟着嘴看着门外说，会长，大白天的。大洋马家就一间房，不远处是官道。肖常福起身关上门，随手上了门闩。返身来到大洋马面前，利索地把大洋马抱起放在床上说，大白天怎么了？老子喜欢。

　　两人在床上折腾够了，大洋马穿衣下了床。肖常福有些意犹未尽，拉拽着大洋马的手不放，说，慌啥，等会儿呢。大洋马甩开肖常福的手，作势要把门打开。肖常福忽然想起工作组还等自己汇报结果呢，这才穿衣下床。大洋马拢着头发，见肖常福要走，佯装生气，问，就这么走了？肖常福嬉笑着转回身说，心留这了。大洋马嘟嘴说，去！肖常福又想起崔家的事，还须再叮嘱一下，便正色道，崔家的事，可不能再闹了。大洋马拢齐整了头发，拍着身上的衣服说，我闹不闹，还不看你们？肖常福问，怎么就看我们了？大洋马说，我想当妇女主任，你得推荐我。肖常福站在原地，半天没回过神来，看来大洋马的便宜不是那么好占的。肖常福后背上直冒冷汗，心想，桃村以后是得有妇女参与工作，不过，大洋马一是名声不好，再就是身份特殊，和上面不好交代。大洋马见肖常福半天不说话，知道他正犹豫，于是说，你要不好帮忙，我找上级去。肖常福擦着头上的汗说，别，有我呢。大洋马噘着嘴说，你翻检去吧，村里有几个识字的？睁眼瞎能干啥？肖常福点头说，那倒是，只是得有个过程，我会积极推荐你，结果如何我不敢保证。大洋马似笑非笑地说，肖会长，看来你是健忘，刚才谁在床上说桃村是他的天下来着，感情下了床就忘了。肖常福又惊又惧地说，哪能忘呢？我一准向上级举荐。大洋马一手抚着脖颈，一手拽着衣襟说，我去趟乡里跟走平路一样，举不举荐我能知道。肖常福嬉皮笑脸地说，咱从今天开始可不是一般关系了，你的事就是我的事，放心吧。大洋马这才捏掉肖常福身上的一根头发，举着说，就是嘛，有空常来哟。肖常福嘴里应着，像兔子一样蹿出门来，一路上咒骂自己贱，怎么就着了她的道，以后恐怕要被她挟制了。大洋马揽镜梳妆，竟对着镜子笑起来。

　　大洋马正笑得欢畅，高广杰不声不响地进来了，绷着脸问，刚才敲了半天门不开，和谁美呢？大洋马回头看了眼高广杰说，老娘爱和谁美就和谁美，管得着吗？高广杰在姐姐的操持下，已娶了老婆。当初高广杰也想娶大洋马来着，只是，高广杰的姐姐不同意，嫌她的名声不好，见高广杰整天和大洋马鬼混，便央人为他说媒。媒人手上正好有位褚姓姑娘，个矮，一直没嫁出去。高广杰姐姐说，矮是矮了点，可名声清白。高广杰无奈，听从了姐姐的安排。

这倒不是眼下大洋马和高广杰生气的因由,大洋马会取舍,今后,肖常福比高广杰有用处。想到这,大洋马冷着脸说,不在家和"三寸丁"腻歪,出来做甚?高广杰蹲在大洋马面前,像个妇人一样期期艾艾地说,你知道我心里苦,还这样耍笑俺。大洋马看着窝在一边可怜巴巴的高广杰说,谁耍笑了?你心里苦?俺可听说了,你结婚那天可是胸带红花,欢天喜地得紧呢。高广杰翻眼看看大洋马,又低头说,总不能哭吧。大洋马说,你不哭,有人哭呢。高广杰看看门外,忽然拽住大洋马的胳膊说,这许多年,我在这的辰光,比在家还多,俺心里想的啥,你还不知道?大洋马甩开高广杰说,知道什么呀?俺只知道人家一抹黑俺,你比谁躲得都远。你成家了,少来俺这,俺还想肃静呢。高广杰愣愣地看着大洋马,他成亲也不是一天了,不明白大洋马为啥今天才翻出来,还一副翻脸无情的架势。他哪知大洋马心里算的账呢。大洋马想,今后要想成事,生活得检点些,不能像往日一样放肆了。再说,高广杰也就嘴巴利索点,又不能为自己的事帮上忙。往后,肖常福会常来,和高广杰碰在一起不好。高广杰相较于肖常福,没甚价值了,一定要当断则断,不受其乱。大洋马想到这,脸色更凝重了。高广杰瞧着大洋马的脸色,先没了底气,觉得当初辜负了她,看这阵势,再待下去也没意思,便站起来讪讪地说,怹厌烦俺,俺可走了。说着来到门外,回头看大洋马,大洋马端着瓦盆狠劲向外泼水。高广杰跳脚躲了一下,水才没泼身上。高广杰看着脚下,想骂人,又觉得大洋马不是好惹的主,只得悻悻地走了。

桃村工作组撤走后,肖常福全面接手了桃村的各项工作。肖常福没食言,向乡里举荐了大洋马,说她有文化,能帮着开展村里的工作。乡长张冲锋对大洋马有印象,满脸严肃地问,推举她,桃村没人了吗?肖常福知道他对大洋马的印象不好,来到张冲锋身边,弓下身子,附在张冲锋耳边说,乡长,您不了解桃村,妇女都不识字,推荐个睁眼瞎,不好开展工作。再说,那些妇女整日从锅前转到锅后，没见过世面，话也不会讲，怎么调教？张冲锋说，你可想好了，你能应付得了？肖常福说，她苦巴巴守了恁多年，解放了，崔明铎不回来，也没个交代，心里有苦向政府诉诉，也是相信政府。这些日子，她学习了新精神，工作组的同志开导她要识大局，顾大体，她的觉悟提高了不少，没再找过崔家麻烦。张冲锋说，看来，你是看中了？肖常福摆着手说，我看中不看中无所谓，关键村里工作千头万绪的，斗争形势又复杂，没人手的确不行。再说妇女识字班得有人组织动员，她没啥拖累，是再合适不过的人选了。张冲锋说，先让她参与，暂时不能任命，留条退路。肖常福喜笑颜开地说，行。

　　肖常福从乡里回来，直接去了大洋马那里，把事情约略跟她说了，故意把过程说得异常艰难。大洋马说，常福，可得好好谢你呢。肖常福笑着问，咋谢？大洋马的笑意漾到眼角，又把眼里满满的魅惑泼到他身上。肖常福像沐在冬日暖阳下般受用。大洋马见他喝醉酒了般，用胳膊肘碰了碰他，嗔怪地说，你说怎么谢，就怎么谢嘛。肖常福摸着肚子说，这里还瘪着呢。大洋马说，那好办，鸡蛋面。说着挽起袖子和面，不一会儿，一碗香气扑鼻的鸡蛋面端到了肖常福面前。肖常福有些心虚，时不时地探头看门外。大洋马问，怕什么？肖常福说，就是，有什么好怕的，咱这是在商量工作。大洋马说，就是嘛，除了你老婆，别人说不出啥来。肖常福说，她四六不分的，提她做什么？肖常福三下两下把一碗面吃完了，他剔着牙，没有离去的意思。大洋马刷洗完，外面天色暗下来。大洋马歪着头问肖常福，不回吗？微弱灯光的映照下，大洋马更显妩媚。肖常福不说话，走到门前说，急啥呢，再陪你一会儿。说着插上房门，吹熄了灯。

　　大洋马开始打扮得妥帖利索起来，整日在村里转，动员妇女去识字班学习。有的妇女不愿去，问，识字有啥用，能当饭吃？大洋马说，还真能当饭吃，没听说吗，国家要在镇上建工厂，要男的不假，不过，人家要识字的。朱光明家的庭力，连句话也不会说，就因读了几年书，被厂里招走了，每月能拿回票子呢，你男人要是识字，也会被招走呢。女人也一样，识字了，也有机会。不识字的，再会说也没用。女人们还是不积极，说家里家外还忙不过来呢，哪有那闲工夫，都一把年纪了，也记不住。大洋马说，扫盲班是政府对妇女的关爱，也是妇女为自己争取平等权益的前提。妇女们被大洋马说得一愣一愣的，什么权益，什么前提，她们不知道是啥东西。大洋马见她们跟盆糊涂糨子一样，怎么也涂抹不利索，只得下撒手锏，满脸严肃地说，这是任务，必须去，不去，再分东西会受影响。大洋马这话管用，吃过饭，妇女们陆续去了识字班。识字班在柳广林家的堂屋里，屋内的家具早已搬空，显得特别宽敞。来识字的不只有妇女，也有不少男人。男人们的心思不在识字上，眼睛围着大洋马转，大洋马的短发干净利落，花布衫裹着丰腴的腰身，像园子里熟透的番茄那样诱人。女人们不乐意了，看着身边男人没出息的样子，气不打一处来，男人的眼睛直勾勾的，嘴巴张开着，还不知不觉地流出了口水。女人恼了，逮着自家男人的耳朵狠劲拧着。有的男人爱面子，疼得龇牙咧嘴的也不敢喊出来，有的就不管不顾了，与老婆争吵着扭打到了一起，会场乱了。大家忙着拉架、劝慰，好一阵子才平息下来。

教扫盲班识字的是朱光明的二儿子朱庭训。庭训刚从学校回来不久，脸皮薄。他在临时做的木板上写上了大大的"人"字，有些腼腆地带头读着，人。下面稀稀拉拉地跟着读。读了几遍，他问，认识了吗？下面人倒是很齐整地回答，不认识。没办法，他又领着读。有次他在木板写上"中国"两个字，下面人参差不齐地跟着读。柳大全媳妇问，中国是啥？庭训说，中国就是我们国家，现在是新中国。柳赵氏问，你咋不教"新中国"，非要教"中国"呢？庭训到底嫩点，一时不知如何回答。大洋马站起来说，先教会"中国"，再教"新中国"，一会儿还教我们"中国人"呢，还要挨个教你们写名字呢，以后发粮时，就能自己找粮堆了。柳大发说，这个好。柳豹几人坐在前面，柳虎问，"白面馍"怎么写？俺要是学会写"白面馍"，会写了，能吃上，才好呢。惹得一屋子人哄堂大笑。

自从办了识字班，桃村更热闹了，人们没事更爱聚在一起了，说闲话的时候，有人问起昨天学的那个字，有的说是粮，地里的庄稼都是粮。有的说稀罕了恁多年的东西，原来长这模样。人们哄笑着说，这下可认清了。桃村的新鲜事也多起来，村路两边的泥墙上，用白石灰水刷一下，写上了长短不一的标语。人们吃过饭袖着手走出来，指着墙上的标语念，中国共产党万岁！有的只认得中国两个字，问身边的人后面的字咋念，身边的人说，俺也认不得呢，看来还得学。他们东看西看地寻着话题。

有天中午，村里人聚在朱光召门前说闲话，一个穿着干部服，梳着洋头的人从官道上下来。人们以为是上面来的干部，有人要去叫肖常福。朱成功蹲在一边，远远看着来人说，还活着呀！村里人纳闷，朱成功咋这么说干部呢？谁知，那个人径直走到朱成功面前，亲热地叫哥。人们这才明白，感情穿干部服的是朱成礼呀。朱成礼十二三岁时离家走了，一直没音讯，人们以为他不在人世了，猛然间就冒了出来，看这身行头，混得还不赖。人们围上来说，是成礼呀，都认不出来了。朱成礼热情地和周围人说话，您是三大爷吧？您是二叔吧？二婶还年轻着呢。村里人应着，说还没忘本，好。朱成礼说，哪能忘呢，我走时虚岁都十三了。有人又问，成礼，这些年，在外做啥呢？朱成礼说，打仗呀。有人问，你是共产党？朱成礼点头说，是。又有人问，成礼，看你这行头，做大官了吧。朱成礼笑着说，什么大官不大官的，都是为人民服务。朱成功耐不住了，分开众人拉着朱成礼的手说，赶紧回家。朱成礼向众人挥手告别。众人看着他俩的背影说，朱家祖坟好呀，以前出秀才，现在又出武将。众人应和道，是呢，他家祖坟一年四季都有活水流过,叫什么来着。有人说,别不懂装懂了,那叫青龙绕福地。

朱成礼随朱成功进了家门,见父亲坐在八仙桌边的太师椅上,看样子身体还算硬朗。朱泽运见朱成功领个人进门,他手搭在额头上,伸着头努力看着。当他确认是朱成礼后,他手扶着八仙桌想站起来,屁股离开椅子半尺许,又坐了回去,眼睛定定地看着朱成礼。朱成礼快步走向前喊,大!低头从随身挎包里掏出几包香烟递给朱泽运。朱泽运神情淡然,晃着手里的烟袋说,洋玩意吸不惯,还是这个好。朱泽运坐直身子,目光威严,上下打量着朱成礼,朱成礼在父亲的审视下有些局促,拽着衣襟左看右看。朱泽运说,还知道回家?朱成礼搓着手说,大,这些年,确实忙不过来。朱泽运拉着长音说,忙得都不要爹娘了?朱成功拽着朱成礼的胳膊说,大,成礼大老远地回来了,别老让他站着,坐下说话。成礼,咱娘没了。朱成礼自进家就没看到母亲,心里惶惶着,没想到母亲真不在了。他哽咽着问,娘是怎么走的?朱泽运说,三分是病,七分是念你,你不孝呀!朱成礼跑进母亲房间,跪在母亲曾经的睡床前说,娘,儿不孝。说着伏在床上哽咽不已。朱成礼母亲朱王氏是朱泽运的第二个老婆。朱泽运的第一个老婆生了一个女儿后,肚子再也不见动静。朱泽运算半个读书人,倒也豁达,对有无子嗣倒也不在乎。他把女儿静雅视若掌上明珠,对女儿的教育也非常上心。静雅琴棋书画、针织女红样样精通。静雅年方二八时,提亲的人踏破了门槛。朱泽运左右权衡,选中了李村家境殷实的李兆力,李家有良田千亩,是方圆几十里的大户人家。李家三代单传,李兆力长得还算俊朗,朱泽运还是比较满意的。两家经过三媒六聘的礼节后,选了良辰吉日完了婚。朱泽运嫁完女儿后,家里立时冷寂了下来,朱泽运有些郁郁寡欢。恰在这时,朱泽运和朱光明家因地界发生了争执。朱光明的父亲朱泽峰骂朱泽运,快绝户的人,还争啥呢?朱泽运见朱光明和朱光召站在朱泽峰身后。朱光明和朱光召年纪虽小,不过,双手叉腰,呲眉瞪目,虎气生生地那么一站,还真有那么点气势。朱泽运扭头看自己身后空空,立时心灰意冷,转身回了家。

回到家,朱泽运把自己关在屋里,好些天不出门。静雅恰巧回娘家,看着闭门不出,满脸忧戚的父亲非常担心,知道原委后,立马回了婆家。回到婆家,她把婆家配的丫鬟杏花找来,问她可想做主人。杏花家在黄河北,当年黄河发水,家里把她卖给了李家。进李家门时,她才八岁,穿着破衣烂衫,怯生生地站在院内。当时院子墙角的杏花正开得热烈,李家夫人看着瘦弱的她说,真是可怜呢,以后就叫杏花吧。这些年李家没把她当下人,静雅进门后对她更好,两人情同姐妹。杏花不知静雅葫芦里卖的什么药,低着头不说话。静雅是个急性子,说,做俺姨娘,你可愿意?杏花羞红了脸,背着身不说话。静雅兀自说,俺娘家情形你也知道,俺大没儿,被村里人看轻,俺就要争口气,俺娘家在桃村不能绝了户,你同不同意,给句痛快话。杏花的心如鹿撞,静雅父亲他见过,是个读过书的人,品性好,人也温和。只是事发突然,她不知如何是好。静雅又催问道,到底同不同意?杏花满脸羞红,用手帕捂着脸。静雅说,到俺家,你尽管当家主事,俺娘一天到晚吃斋念佛,从不多事。俺大你也知道,是少有的老好人。杏花还是没说话。静雅说,你不说话,就是默许了,我去禀告婆婆了,让婆婆做主送你去。杏花拿开手帕说,这么快呀!静雅笑着说,我还想早点见弟弟呢。杏花羞得满脸通红,跑走了。

自从静雅进了李家门,婆婆看她聪明能干,早已不问家事,全交给她打理,乐得清闲自在。杏花的事,静雅说与婆婆。婆婆说,只要杏花愿意,我们没意见。杏花在我们家这么多年,走时要备份心意。静雅欢喜地应着,说会准备的。

第二日,静雅用马车把杏花送到了娘家。朱泽运起初不同意,静雅说,大,不想被人笑话,就别使性子了。朱泽运没说话,转身进了东厢房。静雅母亲在东厢佛坛前焚香祷告，没给朱家生下儿子，让朱泽运遭亲邻耻笑，她难过加无奈，每日只能向佛诉说苦恼。对于女儿的决定，她没反对的由头。静雅向跪在佛前的母亲说，给她准备些用品吧。母亲缓缓点头。

　　杏花自此留在了朱家，没用一年，就生下了朱成功，第二年又生下了朱成礼。朱家自此多了欢声笑语，朱泽运出来进去腰板也挺直了。不过，静雅母亲的身体愈发差了，在朱成礼没满周岁时，就撒手人寰了。朱家为她办了隆重的葬礼，蹒跚走路的朱成功披麻戴孝哭得嘹亮。静雅哭得死去活来的，哭与母亲阴阳两隔，哭自己境况。静雅嫁到李家几年了，一直没生育，三代单传的李家非常着急，纳妾的事提了不止一次了。静雅想着母亲，想着自己，哭得愈发伤心。杏花让成功帮静雅擦泪，静雅抱着成功又哭起来。大家劝慰着，你妈知足了，至少有人打幡了。静雅抱着成功，哭得惊天动地的。

　　静雅母亲去世后，杏花辛苦抚育着两个儿子。朱氏家谱上，朱泽运的名字后面不再空着，写上了朱成功和朱成礼的名字。朱泽运开始教他们读书识字。朱成礼脑子灵光，教过的过目不忘。朱成功差点，他倒是常摇头晃脑地念书，只是一考他，他就满头大汗答不上来。朱泽运摇头叹气说，孺子不可教也。杏花说，一爷一娘生九子，各有各的命，不是读书的料，不能强求。朱泽运觉得有道理，也不强求朱成功读书了。朱成功不喜欢读书，却喜欢下地，一年到头喜欢往地里跑。小小年纪，耕耙锄种没有不会的。朱成礼不同，他识字后，常躲在没人的地方看书。家里的书看完了，就去外面借。那时候，崔明铎和沙从君都在外面读书，一到放假，朱成礼就去找他们，他和崔明铎聊得很投机，有时崔明铎会借些书给他看。朱成礼看书入迷，看着能笑出声来。杏花看了，有些担心，问朱泽运，这孩子莫不是读书读出毛病了？朱泽运说，放心，没事，书里有让他欢喜的东西，他是走进去了。杏花还是不放心，问朱泽运要不要找人瞧瞧，这孩子，一天到晚的，话也少。朱泽运说，别担心，他是读书痴迷了，这孩子一准吃不了庄稼饭。杏花还是不放心，不过，见朱泽运一脸笃定，便不再多说，忙家务去了。随着年龄增长，朱成礼越来越有想法了，有时候他提的问题，朱泽运也答不上来了。

朱成礼十岁时，朱泽运决定把他送到峄县读书，朱成礼欢天喜地地准备行装。朱成功不愿读，朱泽运也没强求。读到第三年时，学校放了年假，朱成礼却没回来。杏花在家像热锅上的蚂蚁，每日站在门前张望无数次，唠叨着要去找儿子。没办法，朱泽运只得去学校寻。学校告诉朱泽运，学校还没放假，朱成礼就离校了，算来有些日子了。朱泽运无奈地回了家。杏花见朱泽运一人回来了，问清缘由，在家里哭天抢地地说着，读书读书，把人都读丢了。朱泽运说，放心，丢不了。杏花说，丢不了，你倒是给个准信，在哪呢？朱泽运没话了，起身去了外面。

没多久，朱成礼来信了，大意是父亲曾教导我，男子要立鸿鹄之志，更要去身体力行，知行合一，儿子应为国家变强大贡献一己之力，望父母勿念，他日家国得安，再回家探望双亲。朱泽运拿着信慨叹，我这儿子算是给国家养的了。从那之后，朱成礼再无半点消息。每当官道上有军人路过，杏花都要眼巴巴地追着看。她每日以泪洗面，每到年节，她总是在饭桌上为成礼摆上一副碗筷。没人时，会暗自垂泪。时间久了，杏花生病了，肚子鼓胀得厉害。朱泽运到处寻医问药，药吃了不少，病却不见起色，一日比一日重。眼看着最隆重的节日"年"到了，杏花却再也没力气操办了。不过，只要天气好点，杏花就会挣扎着来到门外向官道上看。朱泽运家的年味寡淡了些，杏花大多时候有气无力地躺在床上，眼睛一直盯着门外。正月十五没过，杏花不行了，她拉着朱泽运的手说，一定要找回成礼，回来去她坟上给她烧纸报平安。朱泽运说，放心吧，成礼没事，会回来的。杏花的眼里汪着泪，慢慢松开了朱泽运的手，眼睛也没闭。

傍晚，朱成礼在朱成功的带领下来到杏花坟前。朱成礼在杏花的坟前磕头，涕泪滂沱的。桃村人远远看着，有的抹着泪，有的叹息，说杏花可惜了，活着时没看见儿子出息。肖常福走过来，问正蹲着摆弄银箔和火纸的朱成功，成礼啥时候回来的？朱成功说，中午刚回来。朱成礼依旧哭着。肖常福来到朱成礼面前说，成礼，路途劳累，节哀！朱成礼抬头看见肖常福，哽咽着站起身和肖常福握手。肖常福说，婶是生病，没办法呢。朱成礼抽噎着一时说不出话来。肖常福又问，成礼，在哪高就呢？朱成礼说，部队刚南下回来，我被分到滕县农业局了，组织上给了几天假，回来看看。肖常福说，咱桃村是风水宝地呢，看看出了多少人才，常见明铎吗？朱成礼摇摇头说，没见过，我们不属于一个部队。肖常福说，你们为建立新中国付出太多，也是咱桃村的荣光。朱成礼依旧沉浸在悲伤中，不知如何应答。肖常福说，成礼，路上劳累，在家多歇息几天，陪陪泽运叔，叔这些年不容易。朱成礼点点头。朱成功点燃了火纸，火纸燃得热烈，没燃尽的火纸被风吹得打着旋。朱成功站起来说，回吧。

晚上，朱成功下厨，用腊肉炖了白菜，又蒸了风干的鲤鱼，油炸了红辣椒浇在蒸熟的鱼身上，香味就缭绕开了。朱成礼说，在外就想吃咱微山湖的鱼，外面的鱼没咱这的好吃。朱泽运端坐在上首说，要不要喝点？朱成礼还没说话，朱成功就从里间搬来个酒坛子说，这酒放了几年了，大说等你回来喝。朱成礼说，我一直没学会喝酒呢。朱泽运说，喝点吧，高兴。朱成礼说，成。朱成功把坛里的酒倒进酒壶里，又放在盛着热水的瓦盆里温了一会儿，才往酒杯里倒。朱泽运说，成功，成礼，第一杯先敬你娘。朱成礼立时感到眼睛热热的，他把酒杯倾斜着，把酒缓缓洒在地上。朱泽运说，甭难过，你娘地下有知，看你出息了，也会高兴呢。成礼，有一点我就纳闷了，这些年，为国家打仗，身不由己俺能理解，可为甚连个音讯也不给家里？你娘多半是挂念你才生的病，但凡你有个只言片语来，你娘也不会走恁早。朱成礼低下头说，大，是儿不孝。不过，儿子确实有难处。从学校离开后，我投奔了抱犊崮山区的游击队。后来，被派往抗日军政大学学习。学习回来，组织交给我一个重要任务，让我打入敌人内部，我便去了济南，成了王耀武的副官，做事须万分小心，不敢往家写信，怕引起敌人怀疑。这些年，我与敌人周旋，心神分离，精神高度紧张，不敢有一丝一毫的懈怠。只有在睡梦里，我才是我。天一亮，又得戴上面具与他们周旋。朱泽运问，你到底是崔明铎这边的，还是沙从君那边的？朱成礼说，大，革命需要，我必须去沙从君那边，可我的心一直是在明铎这边，也就是共产党这方。新中国成立前，我策反了国民党驻防部队，解放济南时立了功。那时，本想回家的，没想到，形势需要，跟着部队南下了，现在，刚稳定下来就回了。朱泽运举起酒杯说，儿子，有些事，大老了，一时弄不明白，可俺信你，今后要好好做事。过段时间，爹央人给你说门亲事，你娘不在了，没个持家的不行。朱成礼说，我不急，先给我哥成家吧。朱泽运听了，立马变了脸，满脸愠色地看向朱成功。朱成功低下头小声说，咋又说我这了？朱泽运说，你是长子，咋就不能说你？朱成礼见父亲一脸怒色，靠近朱成功低声问，哥，怎么回事？朱泽运说，以前给他订了前村的孙家女子，原本要过红成亲了，谁知女子生急病去了，这都几年了，他倒好，再也不娶了。眼下，谁给他提亲，他跟谁急。亏着还有成礼，要不然，俺老朱家要绝后了。朱成礼拍了拍朱成功的后背，朱成功不说话，端起酒杯一饮而尽。朱成礼见哥的眼睛红红的，说，大，不能急，让哥缓缓劲。朱泽运说，随他吧，缓几年了，啥劲也该缓过来了，你回来就好了。朱成礼没说话，想着刚解放，要做的事很多，单位离家一百多里地，来回不方便。再说，这些年，他见识了很多知识女性，他无法想象与一个农村女子生活在一起的情形。只是刚回家，不能惹父亲生气，于是端起酒杯说，大，这杯酒算儿子赔罪了。朱泽运说，自家人，没恁多事，看着你出息，比啥都强。爷仨喝着酒，说着话，不一会儿夜深了。朱成礼把喝得东倒西歪的朱泽运扶到了床上，他蹲下身子，帮父亲脱下鞋，为他轻轻盖上了被子。朱成礼站在朱泽运床前久久不愿离去，微弱的灯光下，父亲苍老了许多，胡须都花白了，脸上的皮肉了无生机地向下耷拉着，皱纹像干裂的土地般触目惊心。他转过身，眼泪又涌了出来。这些年，他觉得心性已经磨炼硬了，没想到，自从进了家，眼泪几乎没停过。

桃村土改告一段落了，对地主家的财产清算后，各家各户都分到了自留地，个个喜笑颜开的。欢喜过后，有的人家又犯起了愁，劳动力少，又没骡马牲口，耕种遇到了困难。肖常福根据上级精神，号召大家成立互助组一起劳动。村里人一开始不明白互助组是啥意思，经过肖常福的数次解释，村里人才弄明白，地是各家各户的，互助组农忙时互相帮忙，解决生产困难。事情是好，只是像柳大发家孩子多，农忙时能参与劳动的人少，很长时间没人与他们互助。肖常福做了大量工作也没人接纳他，根据上级要求，不能落下一户，肖常福只能让柳大发和自家一个互助组。为了促进生产，鼓励大家辛勤劳动，上级对于沙老鳖半夜起来捡粪的行为给予了高度肯定，还为他颁发了一面三角小红旗。沙老鳖把小红旗绑在粪箕子上，老远看到红旗迎风招展着。对于懒惰的，村里也进行了评选，大家一致认为来宗友的劳动积极性不高，小黑旗非他莫属。来宗友像沙老鳖般背着粪箕子，后面的小黑旗招展着。村里人觉得黑旗没红旗喜庆，当然都想背红旗，大家的劳动积极性提高了不少。

桃村人除了忙着分地，还惦记着被汽车拉走的沙老玄，听说他常被拉着陪绑游行。桃村离县城远，村里人不常去，只是道听途说些消息。后来，又说沙老玄被判了刑，不是死刑，也就关十来年的样子。村里人不明白，不是说杀人要偿命吗？沙老玄可是主犯，主犯才被判了十来年，从犯可能会更短些。传说归传说，没从肖常福嘴里说出，就不是事实。柳大全比以前更沉默了，他分到了地，柳豹几个在他的指点下出点蛮力，却不管日长月短。柳大全没了过日子的心气。有人和他说起沙老玄的事，说要是沙老玄没被判死刑，他得去找政府，哪能杀人不偿命呢？柳大全只是木然地点头，没了下文。村里人都说，柳文死时也没见他这样，怕是已经惊掉魂魄了。

柳广林家的房子经过收拾规整，成了乡里的中心小学，方圆十几里的孩子都要过来读书。各村都在统计适龄学生，这一统计发现，不识字的多了，有的十七八岁，有的七八岁，基础一样，说是要归到一个班里学习。眼看着学校开学在即，朱光明在家坐不住了。前些日子，他使出了浑身解数，上蹿下跳了有些日子，七拐八转地让人央了张冲锋，庭训才得以在识字班教课。这离他推出庭训的设想还差许多。他感觉事情的关键还在肖常福身上，机会不等人，他只得再去舍舍脸。肖常福与朱光明在村里偶尔碰到过，朱光明递烟给肖常福，肖常福接过烟看牌子，见是没见过的牌子，就把烟放在鼻子底下闻，有股醇香的烟草味，比烟叶粗粝的味道好闻多了。朱光明燃了根火柴凑到肖常福面前，肖常福伸头就着火点烟，尔后，眯着眼美美地吸了一口，他让烟在胸腔里待了一会儿才吐出来。朱光明见肖常福吐出了烟圈，笑着问，咋样？肖常福咂巴着嘴说，忒好。朱光明说，庭力学习带回来的，别看庭力话不多，书也读得少，摆弄机器零件却是把好手。肖常福说，他那是术业专攻。镇上刚建电厂时，庭力常去看，有时帮着做些事，被厂长看中了，招工进了工厂，多少提振了朱光明的心气。朱光明和肖常福吸着烟，说些闲话，站时间长了，两人会蹲下来，通常两人脚下堆满吸过的烟屁股后才分开。经过几次这样的铺垫，朱光明心里有了底，想着火烧得差不多了，可以进一步采取行动了。有天，肖常福刚吃过饭，朱光明笑着进了门，递给他一根烟。他接过烟，并没像往日那样立即燃着,而是掖在耳后。他们站着说了会儿闲话,肖常福开始云里雾里地闲扯,自从做了会长后,肖常福的讲话功夫见长,说上一两个时辰都不带重样的。朱光明心想,看来不能兜圈子了,须主动提出来。朱光明想到这,转回话题说,常福,庭训回来了,学校用老师,咱们近门亲邻的,肥水不能流到外村田里,你得帮这个忙。肖常福站累了,从屋里拿出两个板凳,一个递给朱光明,另一个放在屁股下面,两腿叉开坐下说,那是,庭训有学问,当然好了,就是学校是乡里的,我做不了主,只能推荐。朱光明说,常福,得多费心,庭训出息了,咱前后院的,你也好看不是。再说了,总比外村来的好调教吧。肖常福说,那是,这还用说嘛。朱光明见肖常福的态度一直模棱两可,只得咬咬牙,从兜里掏出两个银圆塞进了肖常福兜里。肖常福用手虚挡了下说,这是做啥?嘴却笑得更阔了,说,咱们还兴这个?朱光明说,莫见外。

　　肖常福向乡里举荐了朱庭训。乡里正为教师人选发愁呢,刚解放,读书人少,各行业都需要有文化的人,一时半会儿物色不到合适的。肖常福说朱庭训人品好,学识渊博,是个合适人选。张冲锋说,好是好,不过,一个老师指定不行,还得物色一个,先从桃村选,实在选不出,再去别村物色,只是外地的,吃住也是问题。肖常福说,桃村除了庭训,读书人是有几个,不过都在外高就呢,崔明铎、朱成礼都是大领导了。还有沙从君,他是黄埔军校毕业的,加入过三青团,不知能不能用?张冲锋说,咱不能冒这个险,还是不用的好。肖常福想了一会儿,说,柳广田和柳广福读过私塾,还上过新式学校,只是他们是地主呢。张冲锋问,表现怎么样?肖常福说,人厚道,从不生事。张冲锋说,他俩可选一个试用。上级已经订了教材,开春就可以开学了。肖常福说,那感情好。张冲锋说,作为乡里的学校,上边会来检查,一定要把工作做细了,做成样板学校,造福一方百姓。肖常福说,一定会的。

　　日子过得飞快,转眼间,桃村人送走了凛冽的冬,迎来了温暖的春。桃村高级小学开始上课了,庭训穿着学生装,上衣兜里插了支金星钢笔,站在讲台上给学生们上课了。教室里传来了孩子们长短不一的"我是中国人"的读书声。桃村的原野生机勃勃起来。大喇叭一遍遍地播着《胜利的旗帜哗啦啦地飘》,下地时,在大洋马的领唱下,大家也跟着唱起来,胜利旗帜哗啦啦地飘,千万人的呼声地动山摇。桃村人被这昂扬的旋律激励得走路也脚下生风了。田野里一片欣然,桃村人眺望着远处波光潋滟的微山湖和静静流淌的运河说,又一年开始了,真是娶不完的媳妇,过不尽的年,干不了的微山湖,流不休的运河水。

完稿于 2018 年 12 月 18 日

济宁市文艺精品扶持项目

微山湖三部曲 中

仲阳

余秋玲 著

山东文艺出版社

图书在版编目（CIP）数据

微山湖三部曲.仲阳/余秋玲著.—济南:山东文艺出版社,2021.12

ISBN 978-7-5329-6359-1

Ⅰ.①微… Ⅱ.①余… Ⅲ.①长篇小说—中国—当代 Ⅳ.①I247.5

中国版本图书馆 CIP 数据核字(2021)第 048796 号

目录

第一章　芃芃黍苗 ……… 1
第二章　山川悠远 …… 67
第三章　风云激荡 …… 127
第四章　天高地远 …… 193

第一章

芃芃黍苗

仲阳

当春再次来到桃村时，人们还没从冬的天凝地闭中缓过神来。太阳在村头的老皂荚树上挂了好一会儿了，村里鸡鸣狗跳、人喊马嘶的日常还没完全打开。公鸡引喉高鸣了几声，没得到应和，感觉失了王者之风，倍感无趣，没了继续鸣叫下去的兴致，在逼仄的鸡窝里扑扇着翅膀，与旁边的母鸡絮语。桃村又陷入了静寂中。

桃村的格局和别的村不一样，村中央一条南北路，一条东西路，两条路在村子中间交汇，把村子分成了四份。南北路东边有一条沟渠，常年被风吹水蚀，狗刨鸡挠，堤坝像老人的脊背一样塌了下去。可别小看这破败的沟渠，下雨时能往运河里排水，孩子们顺带能捞出不少鱼来，旱时还能引水浇灌田地，庄稼得以旱涝保收。村子东面是外国人早年修的京沪铁路，与铁路并行着还有一条官道，南来北往的行人带来了天南地北的尘土。车一过，尘土嚣张着幻化成了巨龙，在路上扭动升腾着。好在官道比村里的路宽许多，足够尘土翻腾的。路上不时会驶过货车，偶尔有吉普车驶过，村里人会在路边追着看，一晃眼的工夫，追着的人只有看尘土的份了。桃村西面是银龙般的大运河，依偎在烟波浩渺的微山湖的怀里。前些年，一个南方先生路过，吸着烟蹲在路边小憩，说桃村风水好，能出几个做官的，官职有大有小，但有实权。村里人絮叨着这段佳话。最后有人认真起来，问谁见了先生。问来问去，没一个人见过。后来，人们认为以讹传讹的成分多些。不过，桃村人宁愿信其有，说不定做官的是自家儿子呢。桃村人因这个传说中先生的话，每家都揣上梦，对孩子的读书上起心来，但凡有点家底的，都勒紧裤腰带供孩子上学。还别说，桃村人得感谢传说中的先生，没先生的话，他们不会拼上家底供孩子读书。桃村人觉得，只有读书才能考取功名，才能改换门楣，光宗耀祖。不读书，是断断成不了气候的。肖常福对传说中的先生不以为然，认为纯粹是胡说八道，共产党讲究人定胜天，啥时候了还抱着封建思想。不过，私下里他也观察过几个儿子，从人们说的耳朵、眼睛、鼻子和三庭上细观，没看出异于常人之处。大儿子大建长得瘦小，窄窄的脸有些局促，五官分布不出气势来。二儿子脸膛黑红，像极了戏里的张飞，人敦厚，没有灵气。三儿子还在襁褓中，双眼没有神采，整日蔫头耷脑的。老话说得好，一分精神一分财，连精神头都没有，还妄谈其他？他又看向两个女儿，现在是新社会，讲究男女平等，女儿也能出息。看了两个女儿，他又没了信心。大女儿用丑来形容一点都不为过，黑黝黝的皮肤，五官挤在一起，整天苦着脸。二女儿也好不到哪去。肖常福没了兴致，扒拉开孩子出了门。

  肖常福有早起的习惯，天刚麻麻亮时，他就起了床，屋里屋外转了一圈，西屋和过道偏房里睡着他的儿子和女儿们。听着儿女们时断时续的鼾声，他感到熨帖。他家几辈单传，人丁不旺，到他这辈，老婆呼呼啦啦给他生了一帮儿女。孩子们整日在田间野地里疯跑，灰头土脸的，不如城里孩子鲜亮，可架不住会长变，就像小鸟一样，会褪去茸毛长出好看的翎羽来。毛主席老人家都说了，人多力量大。他喜欢看孩子们生龙活虎的样子，每日回家时，看见家里家外的孩子们，心里的欢喜像春日枝头的小鸟一样欢畅。父亲活着时整天念叨，有人才有财，没人，即便财拱了门，也没人去捡。肖常福知道父亲的心思，家里人丁不旺，在村里先没了势，会被人看轻，看轻的结果就是人人都可以踩你一脚。村里人眼皮活泛，有人踩了，其他人也会踩。当然不是用脚踩，是在许多事上。肖常福父亲一辈子都被人踩，做梦都想人丁兴旺，家也跟着兴旺起来。可惜呀，他命短，没看到满院的孙男娣女，要是活到现在多好，咱再也不被人踩了，村里的大事小情都是儿子说了算。父亲一辈子想改换门庭，到我这代算完成了。肖常福思谋着来到门外，人们或许贪恋热被窝，村里还是一片静寂。春天了，得给小麦积点肥。吃过饭，要组织人手把肥运到地里。领着村里几百口人过日子和居家过日子一样，算计不到就会闹饥荒。他打算吃过饭，让副队长来长友召集人，这些小事他不屑于亲自出马。

刚解放那会儿，方圆二十多个村成立了乡政府，乡长是上级委派的部队干部张冲锋。后来，部队南下，张冲锋随着部队走了，肖常福被推举成了乡长。肖常福刚开始还有些忐忑，接手干了一段时间，摸出了门道，工作也上手了，觉得做领导也就那么回事，他有时候会豪气地想，把我推到县长位置上，一样能干好。一是心态，摆正自己的位置，我天生是做领导的料。再就是注重学习，不学习赶不上形势。说起来，肖常福不是自负，他不识字，开会发言都是即兴，在全县大会上，他讲两个小时都不带重样的，还能讲到要点。那些从学校出来的领导干部都很佩服他，他们有时拿着稿子，磕磕巴巴地念，还时不时从衣兜里掏出手绢擦抹头上的汗，哪像他，讲话时游刃有余的。肖常福只要嘴对上话筒，话就跟日夜流淌的运河水一样多。眼下，肖常福常常回想起那段光辉岁月，没人时，后悔地扇自己嘴巴子。要不是一时糊涂，说不定现在是县长了呢，或者去了专署也未可知。

肖常福犯的事说大不大，说小也不小，他犯了当干部的两大忌，一是男女关系，二是拿了集体财产。他刚当乡长时，时刻告诫自己，身份不同了，要注意影响，连大洋马那里，他也不去了。可是，后来许多事身不由己了，他是躲得了水，躲不过火呢。乡里新来了个大学生方蕊，是南方人，长得那叫一个水灵，跟盛开的花朵一样，尤其那双黑白分明，忽闪、忽闪的大眼睛，像黑葡萄一样藏在浓密的睫毛下面，满是神秘的诱惑。还有一笑腮边露出的两个酒窝，比戏台上的演员还好看。肖常福第一次见方蕊就看直了眼，愣怔了半天，心像被猫抓挠了一般痒痒，活了半辈子哪曾见过这样的女子，平日里口若悬河的他，面对方蕊时腔调都变了，话也说不完整。方蕊到底是大地方来的，见过世面，待人热情大方，见了肖常福乡长长乡长短地叫。肖常福最听不得她叫自己，感觉没了三魂六魄。乡里人多眼杂，他不敢轻举妄动，只得将蠢蠢欲动的心思竭力摁下。心里的火却按压不住，心火蹿到牙上，半拉脸被殃及，红肿着。开会时，他捂着脸讲话，没了往日的气势。别人不知他的心思，以为他为工作的事着急上火呢，连上级领导也夸他工作认真。肖常福捂着脸，心像泡在黄连水里，有苦说不出。偏偏方蕊不知他的心思，在他面前像花蝴蝶似的飞来飞去。

有天，方蕊去肖常福办公室送文件，见肖常福捂着脸坐在办公桌后面。方蕊把文件放在桌上，一脸惊愕地跑过来问，乡长，您这是怎么了？肖常福抬眼见方蕊正俯身用水灵灵的大眼睛关心地看着自己。方蕊剪着新式短发，灰色列宁装里穿着雪白的衬衣。列宁装裁剪得体，勾勒出她曼妙的身姿。肖常福经不起她的注视，感到浑身燥热，一股原始的力量在他身体里横冲直撞。他手哆嗦着，原本浑浊的眼睛侵入野兽特有的狂野光芒。他低吼了一声，你出去！整个人歪斜在椅子上。方蕊像一只受到惊吓的小鹿，忙问，乡长，你怎么了？没事吧？要不要找大夫？肖常福挥手示意她出去。方蕊把水杯放在肖常福面前说，乡长，您喝水，我先出去了。方蕊惊慌地带上门，不安地搓着手回了办公室。

方蕊是浙江宁波人，新中国成立前，家里经商。她上大学时，周围同学有的加入了国民党，有的加入了共产党，有的还在观望，她只想安静地学习，哪个也不愿参加。她有一个同乡叫林立鹤，林立鹤长得跟仙鹤一样高高瘦瘦的。小时候，他们常见面，两家大人有生意上的来往，父母希望他们在学校能相互照顾，最好能走到一起，只是没捅破那层窗户纸。林立鹤在学校似乎很忙，每天神神秘秘的，方蕊很少见到他。有天，下课时，他塞给方蕊一个纸条。方蕊拿着纸条，心狂跳着。她来到僻静处展开看，原来林立鹤约她晚上在学校小树林里见面。方蕊看看左右没人，把纸条收好装进了兜里。

晚上，方蕊如约来到了小树林。这么多年了，他们第一次单独见面。借着微弱的灯光，方蕊看见他倚树站着，眼睛凝视着远方。方蕊轻轻咳了一声，林立鹤转过身对她笑。林立鹤笑起来纯净、明亮，方蕊觉得整个林子都被他的笑容点亮了。林立鹤轻声说，来了。方蕊低头应了一声。方蕊的心快跳到嗓子眼了，她不知林立鹤单独约自己出来的目的。她强作镇定，靠在离林立鹤不远的一棵小树上，低着头看自己的脚。林立鹤大概看出了她的局促，轻描淡写地说，方蕊，约你出来没什么要紧的事，只是，我今夜里要走了，想和你说声，以后照顾好自己。方蕊惊愕地抬起头问，立鹤哥，你要去哪里？林立鹤凝视着远方说，不好说，国难当头，我辈须尽一份力，不能像鸵鸟一样把头埋进沙子里，今后，我不在，你多保重！方蕊看着他，有句话在嗓子里挣扎欲出，我要和你一起去。可她终究没说出来。她是个腼腆的女子，从前见到生人会脸红，来到学校后，好了许多，只是还是容易害羞。之后一段长长的静默，微风吹拂着树叶发出哗啦的声响。过了许久，林立鹤说，我走后，无论发生什么事，切勿惊慌。若有人问起我，只说我们是同乡，别说我们单独见过面。方蕊忽然鼻子酸酸的，使劲点着头。林立鹤走到方蕊面前，他身上散发出来的气息令她迷醉。他摸着方蕊的头说，你这个性格，我是最不放心的，等革命胜利了，我来找你，一旦时局不稳，你就先回家吧。方蕊不敢抬头，有一刻，她有种冲动，想靠在他肩上，就靠一下。可是，她一动没动，像根木头一样站着，手汗津津的。林立鹤叹了口气，说，先回吧。方蕊没动，她不甘心就这么走了，林立鹤去哪里，去做什么，她全然不知，她实在不甘心他就这么走了。过了一会儿，方蕊鼓足勇气，又问，立鹤哥，你去哪？林立鹤说，我也不知道去哪，听从组织安排。方蕊急切地问，哪个组织？林立鹤说，你知道的越少越好，国难当头，匹夫有责，热血男儿当誓死卫国。如果我回不来了，可能的话，帮我照顾一下我的父母，拜托了！说完向方蕊深深地鞠了个躬，快步走了。方蕊的眼泪霎时流了下来，她用手背擦着脸上的泪，想喊林立鹤。

林立鹤已走到小路的尽头，转眼不见了。

第二天，学校来了许多警察，说是要抓人，名单上有林立鹤，方蕊看着警察乌黑的枪口吓得浑身哆嗦。警察在学校折腾了一上午才离去，课也没法上了，有的同学说要上街游行、请愿，学生们的豪情像滔滔洪流在校园里奔涌。方蕊躲在宿舍里，脑海里不断地闪现着警察黑洞洞的枪口。她忽然想起了林立鹤，拼命抓紧被子把自己蒙起来。后来的日子，学校的课时断时续，方蕊断续听到了关于林立鹤的消息，有的说他去了延安，有的说他参加了山区游击队，没有确切的消息。方蕊的心翻上跳下，她担心林立鹤的安危。她听说战场上的尸体无人清理，战死的是谁都不知道，人们被战事追赶着停不下来，生死被看淡了，她心里愈发恐慌。学校里不是这主义，就是那党派，她不想参加，觉得回家是最好的选择。她跟好友静雯说了想法。静雯像不认识她一样看着她说，读书读傻了？外面打着仗，回家的路上战火纷飞的，还是待在学校安全。她瞪大眼睛看着静雯，静雯刚剪了齐耳短发，头发从耳边滑出来，遮住了半拉脸，一时看不习惯。静雯说，你得解放思想，不能囿于狭隘的个人小天地里，得有家国意识。有国才有家，国之不存，焉能有家？方蕊被静雯的话语和表情吓了一跳，这才几天，静雯跟换了个人似的，一改往日慢吞吞的样子，说话铿锵有力不说，还配上了颇有气魄的手势。静雯看着呆愣的方蕊，笑着摸了下她的头说，大小姐，该醒醒了，从今天起，跟我参加社团活动，我们得为国家出些力。方蕊紧咬着下唇，问静雯，你们的主义和林立鹤的一样吗？静雯说，当然一样。方蕊点点头，说，明天我跟你去。

方蕊有时跟静雯去听演讲，演讲者慷慨激昂地挥舞着手臂，说着诸君身为大学生，当应束身爱国，肩扛重任，责无旁贷之类的话。方蕊听得热血沸腾，听众的爱国热情被点燃了，开始跟着台上的人喊口号，方蕊也跟着大家喊着口号。拿着警棍的警察来了，他们不分青红皂白地抡着警棍砸向学生。有的学生和警察打了起来，更多的四散而去。方蕊第一次见这场面，两腿打战地站在原地，被静雯拖拽着跑了。到了没人的地方，方蕊看着头发散乱的静雯哭起来。静雯说，大小姐，哭什么？乱世中就眼泪廉价无用，要想让侵略者把我们当人，得自己先做个坚强的中国人。不想做亡国奴，就要逼着自己坚强。方蕊似懂非懂地点头，以后活动中再遇到警察，就没那么慌乱了。

　　方蕊与静雯在一起久了，成了无话不谈的密友。有一天，两人在校园漫步，方蕊偷眼观察了会儿静雯，静雯昨日出色地完成了传递情报的任务，眉梢上挂着得意。方蕊试探地问，静雯，上级组织有咱熟悉的人吗？静雯的脸像六月的天，倏忽间就变了，说，组织都是单线联系，你问这个干什么？方蕊被她的表情吓到了，嗫嚅着说，我就随便一问。静雯看着揪弄着衣角，满脸绯红的方蕊，忽然明白了，笑着问，是不是想打听林立鹤的下落？告诉你吧，林立鹤早不在这个城市了。方蕊急切地问，他去哪了？静雯指着方蕊的额头说，瞧你那点出息，我上哪知道他去哪了。不过，你放心，以他的能力，指定差不了。方蕊说，我怕他父母问起，不知怎么说。静雯两手背在身后，大步走在前面说，不要此地无银三百两了，惦记就惦记嘛，有什么好遮掩的？不过，只要你参加革命，终究会在革命队伍中遇到他。方蕊相信了静雯的话，随她参军做了宣传员，跟着部队辗转多地，直到解放了，她被分配到地方，也没遇到林立鹤。她多方打听他，得到的版本都不一样，她有些心灰意冷。新的工作岗位，有许多不适应，包括乡长肖常福，对她忽冷忽热的，令她捉摸不透。周围的人也是陌生的，她融不进这方土地上的群众，有些孤独无助。

　　肖常福又召开全乡人员大会，安排工作。会场设在乡里的三间大屋里，他正口若悬河地讲话，儿子大建来了。大建快十岁了，个子不高，穿着土布做的衣裳，脚下的布鞋破了，露着大脚趾。孩子多，老婆是顾了这个，顾不上那个。肖常福让老婆把孩子收拾得齐整点，为此发通火，会好上几天。只是过不了几天，又邋里邋遢了，肖常福也懒得管了。大建闯进来，众人没了开会的兴致，围过来逗大建，找你大回家吗？大建卖力地点着头。旁边一个问，要你大回家有事？大建抬头看了下众人，低下头说，俺娘想俺大了。众人狂笑开了，笑声差点把屋顶掀翻。肖常福有些下不来台，他让通讯员小徐带大建出去。众人还不放过他，有的揶揄地说，乡长，光耕社会主义的地了，家里的地都撂荒了。肖常福很尴尬，又不能发火，敲着桌子说，继续开会。众人笑得东倒西歪的，哪还有心思开会。方蕊不明白这些人为什么笑得这么放肆，低着头走出了会场。肖常福见方蕊出了门，清了清嗓子，正色说，行了，能不能有点出息！小刘擦着笑出的眼泪说，乡长，咱们天天在乡里忙，快成和尚了，社会主义建设重要，家也重要嘛，要不，咱们会议长话短说，都回家看看吧，家里有老有小的。大伙也都跟着附和，是呢，乡长，工作要紧，家也要紧。肖常福看民意汹汹，再说自己也一个月没回家了，让大建一个人回去不放心。还有，回去一定要教训下老婆，别有事没事地撵孩子来，让人笑话。肖常福想到这，说，成，今天把各自的工作领回去，安排妥当，回来好好干。众人热烈地鼓起掌来。

　　肖常福冷着脸领大建进了家，他把手里的布袋放在饭桌上。老婆秀芬满脸堆笑地站在门里，一会儿看他脸色，一会儿看布口袋。她见肖常福阴沉着脸，敛声屏息没敢说话。肖常福撩开门帘进了里屋。秀芬快步走到桌边，伸手摸口袋，里面竟是细细的白面。她欣喜地抱起口袋，举到鼻子底下闻了闻，面粉的醇香缭绕扑来。她把口袋紧紧地抱在怀里，嘴里喃喃自语着，这下好了，又能顶几天了。明日蒸了白馍让孩子去肖立柱家门前吃，挫挫他家的锐气。

　　肖立柱家和肖常福家挨门，两家的祖爷爷是亲兄弟。肖立柱父亲肖贵栓勤劳且会持家，置办了十几亩地，日月过得丰裕。肖常福父亲肖贵田就不一样了，年轻时读过几天私塾，书没读好，功名当然考取不了，又不愿种地，整天看啥都不顺眼，日子过得差三落四的。肖贵栓家的灶房和肖贵田家的仅一墙之隔，肖贵栓家的饭菜香气会飘到肖贵田家。肖贵田老婆正愁无米下锅呢，闻着隔壁飘来饭菜香气不打一处来，摔打着扫帚骂骂咧咧的。肖常福年幼时，每到饭点就会趴在肖立柱家大门前。肖立柱母亲有时会给他些吃的，有时任由他趴着。肖贵田在家里被老婆谢氏唠叨火了，会窜出门来，又气又饿，急火攻心，像头暴怒的狮子。看见肖常福趴在肖立柱家门前，气急生疯，拽起肖常福摔在地上，连打加骂。谢氏听到肖常福的哭喊声跑出来，一把推开肖贵田说，你就这本事了。肖贵田气还没顺过来，还要再扑过去打肖常福。谢氏护儿心切，抓起身边一块石头要和他拼命。肖贵田被谢氏的样子吓着了，谢氏头发披散着，眼睛透过散乱的头发，发出凶狠的光盯着他。谢氏指着肖贵田说，在老婆孩子身上撒气算啥本事，有本事去赚钱养家糊口呀！肖贵田自知理亏，转身向村外走去。肖贵田越想越气，凭啥你家吃香的喝辣的，俺家挨饿。他一路走，一路薅着路边的狗尾巴草往嘴里塞，将草的汁液嚼出后，啐到地上。让肖贵田窝火的是肖贵栓不仅财旺，还生了俩儿子。自己老婆生了一个儿子后，肚子再没动静，凭什么你啥都强过我？肖贵田的心像被刀铰般难受，他躺在河堤的草丛里想，不能总被他骑在头上。他咬牙切齿地又薅了把身边的草放进嘴里。远处，水天一色，微山湖的碧波在太阳的照耀下光芒四射，近处清冽的运河里，几个孩子大呼小叫地捉鱼。肖贵田看了眼那几个孩子，肖贵栓的儿子立柱和立强也在里面。肖贵田仔细看过这俩孩子，立栓自小会耕耙播耩，长大是个好庄稼把式。立强不一样，两眼有神，眉头时不时地紧皱着，额头宽大，按相书上说，应该叫天庭饱满。肖贵田自诩是读书人，识人还是有一套的，他觉得立强长大后会有大出息。果然，肖立强进了私塾后，先生逢人便夸，说，别看立强人小，读书过目不忘，十里八村找不到这样的孩子，长大一定能成器。肖贵田在人群里听到这话，被龅牙挤得凸出的嘴唇扁了扁，说，出水才见两腿泥呢，现在说啥都早。村里人知道他不说好话，没人搭理他。有人说，啥时候咱祖坟也冒冒青烟，有个这样的孩子。肖贵田想起儿子肖常福，爬树掏鸟倒在行，一提读书就喊头疼。这让他感到气短，没了在众人面前白活下去的勇气。

　　肖贵田负气躺在草丛里，百无聊赖地盯着天上悠闲的云朵。几个孩子大概捉到了大鱼，欢快地叫喊起来。肖贵田气愤难耐，他一骨碌坐起来，恨恨地说，不能让你处处占上风！说着冲到河边，叉着腰对几个孩子嚷道，熊孩子，咋呼啥呢？几个孩子正兴奋着，被这突兀的呵斥吓了一跳。立强看清是肖贵田，说，叔，这是野地，又不是你家的一亩三分地，俺们在这碍你啥事了？肖贵田一时气结，指着立强说，小王八羔子，敢和我这么说话。立强不紧不慢地说，叔，您是读书人，应以理服人，先说我们错哪了？叔是"德建名齐，形端表正"之人，请教诲，我们一定改正。说完两眼霍亮地注视着他。肖贵田一时语塞，手哆嗦着指着孩子们，说不出话来。最后结结巴巴地顿足道，孺子不可教也！河堤松软的泥土被他踢出了坑。几个孩子见他生气，愈发来了兴致，笑盈盈地看着他。无奈，他只得气哼哼地转身回了家。

　　回到家，谢氏正搂着肖常福哭天抹泪。谢氏边哭边数落着，日月过成这样，拿家人出气，还算人吗？肖常福抽噎着用袖子擦鼻涕，粗布上衣大襟和袖口灰黑油亮。肖贵田想，立柱和立强整日清清爽爽的，自家儿子像从猪圈里爬出来的。肖贵田刚想发火，听见隔壁肖贵栓家传来寒暄声，肖贵田侧耳细听，原来村东的沙老玄家要办喜事，恳请肖贵栓过去帮忙。村里红白喜事恳请的都是人头，人头就是村里公认的有头有脸的人。我一识文断字的没人请，他肖贵栓算啥？不就是这几年置了几亩薄地，村里人就是势利。他听见沙老玄要告辞，快步来到大门处。沙老玄从肖贵栓家出来，肖贵田拱手打招呼，家里有喜事了？沙老玄看见他，像躲避一坨屎般，侧着身子快速走开了。肖贵田满脸尴尬地站在门前。肖贵栓过意不去，说，晌午在堂屋吃饭来，没看见常福，晚上让立强给常福送面吃。肖贵田肚里的火正翻着跟头蹿跳着没处撒呢，听肖贵栓这么一说，没好气地说，饿死不吃嗟来之食。肖常福听到了，着急忙慌地跑出来说，大爷，俺吃嗟来之食。肖贵田狠狠地踢了一脚肖常福说，没出息的东西。肖常福像沙袋一样被摜在地上，半天没声响。肖贵栓上前抱起肖常福说，贵田，怎下恁重的手！肖贵田转身进了家。

自那天被立强顶撞后，肖贵田开始留意他。他想，这孩子一旦成了气候，更没俺家好日子过了。立强身子弱，三天两头要吃中药将养，肖贵田把这事记在心上。一天，肖贵栓老婆用砂壶又给立强熬药，隔着院墙，肖贵田闻到了药味，他一直留意着隔壁动静。肖贵栓一早下地了，不到晚上不会回来。王氏好像牵着毛驴去地里驮庄稼了，只有立栓和立强在家。肖贵田喊过肖常福说，昨天看见村头大杨树上有个大鸟窝，估摸着鸟在里面下蛋呢，叫上立柱和立强一块去，掏了鸟蛋你们仨分。肖常福说，我自己能掏，为啥要喊他们？还得分鸟蛋给他们。肖贵田敲了下肖常福的头说，万一有马蜂呢？再说那树太高了，下面没人接应不行。肖常福这才同意去叫立柱和立强。立强起初不愿去，说家里没人看门，架不住肖常福的拉拽，也跟着去了。

肖贵田侧耳听孩子们走远了，来到门外，掏出腰间的烟叶袋，一边装烟叶，一边四下张望。肖贵栓家的门半掩着，远处几只鸡在低头觅食，东面沙净北家的烟囱冒着青烟，周围空无一人。肖贵田咳嗽了一声，向四周张望，慢慢向肖贵栓家靠近。他来到肖贵栓家门前，背贴着墙，转动着浑浊的眼珠再次向四周看了看，确定没人，他像只老鼠一样快速闪进了肖贵栓家。进了家门，他直奔灶间，灶间用三块石头支撑着的砂壶冒着热气，底下的火刚熄灭。他快速掀开砂壶盖，盖太烫，烫得他龇牙咧嘴。他顾不上那么多，把手里的东西倒进砂壶里，快速盖上，转身出了门。来到门外，他左右看了一下，见没有人，才慢悠悠地回家。

肖贵田回来后，一直侧耳听隔壁的动静。两家隔着一堵墙，有个风吹草动都能听得清清楚楚。当初肖贵田盖房时，借了肖贵栓家的一面墙，依着桃村的规矩，居家过日子有两不让，一是老婆孩子，再就是宅基地。宅基地大多是上辈传下来的，是家族延续的一部分，半个墙根也不能让，盖屋亦不能搭人家山墙。肖贵田父亲找到肖贵栓父亲，很认真地说，咱是一个娘养的对吧，别家不能搭，咱们能搭，谁让咱是一家人呢。肖贵栓父亲老实，不善言辞，还没说话，肖贵田父亲又说，哥，你侄子等着屋娶媳妇呢，别说搭你家山墙，孩子叫你大爷呢，你给他盖房子也是应该的，这大爷不能白叫不是，再说老的不在了，你是咱家的家长，这个家可全指着哥周全呢。肖贵栓父亲再无话说，依着肖贵田搭他家山墙建房子。谁知，就此埋下了祸根，现在肖贵田人前人后说山墙是他家的。肖贵栓说不过他，当时也没立下字据，日子久了，墙是谁家的说不清了。外人明知道墙是肖贵栓的，却没人愿意出来证明，人家毕竟是一家人。用肖贵田的话说，搁着从前，不兴分家那会儿，还一个锅里抹勺子呢，什么你的我的。肖贵田青黄不接时去肖贵栓家拿粮食，嘴里是这么说的。肖贵栓终年丢下锄头就是犁耙，像绣花一样拾掇庄稼，菜园也种得仔细，一年到头，菜粮都有结余，不在乎周济他。肖贵田整日倒背着手，在村里闲逛，家里的光景过得凄惶，却总觉得"虚负凌云万丈志，一生襟抱未曾开"。他自恃才高，凡事总想和人白话一番，显得他懂得多，见识广。桃村人顶看不上不务正业的人，尤其肖贵田这样的，本是庄稼人，老是觉得高人一等，走到哪里都不受人待见。肖贵田在村里四处碰壁，会愤愤不平地说，小人之见！天地好轮回，等俺家发达了，让尔等睁开狗眼看看。

肖贵田晚饭也没吃，一直叼着旱烟袋坐在后墙的椅子上听隔壁动静，隔壁传来不甚清晰的说话声，时断时续的。老婆孩子早睡下了，肖常福的磨牙声搅扰得他心神不宁。他又一次把烟袋里的烟灰磕出来，将烟锅伸进烟叶袋里，隔着烟叶袋，他被烟锅烫得哆嗦了一下，他记不得这是今晚装的第几袋烟了。他嘴里自言自语着，难道不顶事？话音还没落，听见隔壁肖贵栓老婆王氏在惊恐地哭喊，立强、立强，你别吓唬娘呢。伴随着立柱和肖贵栓惊慌的喊叫，肖贵田一下站起来，把烟袋随手放在桌上，两手握在一起，在屋里转着圈说，老天总算开眼了，谁让你处处压我一头呢。肖贵田老婆谢氏被隔壁的声响惊醒，问，那边咋着了？半夜大哭小叫的。肖贵田没好气地说，睡你的觉。谢氏翻个身又睡去了。肖贵田听到肖贵栓家开门的声音，接着是远去的脚步声。肖贵田想，许是肖贵栓着急忙慌地去请先生吧。他想，让你们旺！还旺吗？盛极必衰。过了一会儿，杂沓的脚步声又在门外响起，估计肖贵栓带着先生来了。屋里安静了一会儿，忽然，王氏撕心裂肺的哭喊声破墙传来，我的儿啊！这一声哭喊后，没了后音，立柱惊恐地喊着，娘、娘！肖贵田像只青蛙一样跳了起来，嘴里喃喃说着，老天开眼，老天开眼。他估摸立强应该归西了，王氏才如此悲痛。他打开房门，揉着眼去了肖贵栓家。肖贵田正推大门，从门内走出个人，与他撞了个满怀，肖贵田认出是张先生，他迎上去抓住张先生的手问，先生，这大半夜的，怎么就把您惊动了？张先生叹了口气。肖贵田明知故问，先生，怎么叹气呢？先生不愿多说，叹着气绕过肖贵田走了。肖贵田说，先生，路上慢点。

　　肖贵田见先生走远了，这才咳嗽着走向肖贵栓家堂屋。王氏大概刚刚醒过来，喉咙里嘟囔的话不成腔调。肖贵栓蹲在门前，两手抱着头，里间床上，立柱环抱着王氏。肖贵田站在门前弓着身子问，哥，这大半夜的，出什么事了？肖贵栓哆嗦着。肖贵田来到里间，探身问，嫂子，怎么了这是？王氏一口气没上来，直翻白眼。肖贵田赶紧帮着掐人中和虎口。一阵手忙脚乱后，王氏悠悠醒来，又哭起来，我的儿啊！肖贵田这才看见，立强直挺挺地躺在床里侧，面色乌青，双唇紧闭。肖贵田虽有心理准备，只是在幽暗的灯光下，乍一看立强的面容，也心惊胆战地往后退了退。立柱眼里噙着泪，看了他一眼。肖贵田稳了稳心神，结结巴巴地说，立柱，下午还好好的，这是怎么了？立柱没说话，拍着王氏的后背，嘴里不停地喊，娘、娘。微弱的灯光加上王氏的哭喊声，使得屋里阴气森森的。肖贵田感到后背发凉。他来到肖贵栓面前，蹲下说，哥，你是一家之主，立强这样了，别太伤心，许是向咱来讨债的。我去叫本家户族，商量一下怎么办。肖贵栓艰难地点点头。

　　肖贵田不敢待在这里，仓皇地跑出肖贵栓家。外面到处黑漆漆的，偶尔有风吹动着树枝，令他心惊肉跳。恐惧像潮水一样把他淹没，他瑟缩着闪身进了家门，捂着狂跳的心想，这些日，被嫉妒烧昏了头，立强毕竟是个孩子，是条鲜活的命呢，作孽呀！他双手合在一起念叨着，立强，别怪俺，早日托生去好人家吧。他来到堂屋，叫醒熟睡的老婆，让她去肖贵栓家帮忙。谢氏被叫醒，老大不乐意，嘴里嘟囔着，大半夜的，干啥呀？肖贵田有些气急，一耳光甩过去说，没用的东西，就知道吃睡。谢氏被打醒，捂着脸，见他铁青着脸，没敢吭声，愣怔了一会儿，用脚试探着去找地上的鞋。肖贵栓倒背着手站在床前。谢氏慌忙趿拉上鞋，系着裤腰带，一摇一摆地去了肖贵栓家。肖贵田抚着胸口坐下，外面黑灯瞎火的，他不敢出去，可刚和肖贵栓说去找人了。他看到横躺在床上的肖常福，走过去拉起他说，福，赶紧起来，跟大出去趟。他之前听老人说过，童子活力大，邪气不敢靠近。肖常福睡得正香，被肖贵田拽起，又躺下了。肖贵田有些恼火，感叹自己的老婆孩子都不如肖贵栓家的抵事。老婆邋里邋遢不说，一门心思只知道吃。肖常福脑袋不抵立强好用，更抵不上立柱勤快，为这事，他没少咒骂老婆孩子，可是一点用也没有。眼下，见常福这样，他急火攻心，脱下脚上的黑布鞋，一手拎起肖常福，另一只手用鞋底狠劲抽打他的屁股。肖常福挨了打,一下子醒透了,捂着屁股问,大,干啥呢?肖贵田的鞋是老婆做的,千层底硬邦邦的,威力不比木板差。肖常福疼得光着脚板围着肖贵田转圈。肖贵田不说话,一下下将鞋底抽在儿子屁股上。肖常福疼极了,一只手狠劲掰父亲的手,想逃出他的控制。肖常福眼见掰不开,转而掰父亲的一根手指。肖贵田痛得一分神,肖常福像条泥鳅一样逃脱了。肖常福跑到门外,肖贵田从屋里追出来,见他赤着脚,没穿衣服,有些于心不忍地说,赶紧穿了衣裳,随我去,立强走了。肖常福没反应过来,歪头问,走了?去哪里了?肖贵田觉得一时半会儿和他说不清楚,不耐烦地挥挥手说,赶紧穿衣服随我去,莫不是还想挨打?肖常福捂着屁股进了门,去床边寻衣服。

　　肖贵田牵着儿子的手挨家叫人。肖常福感到大的手滑腻腻的,像湖里的鲶鱼一样。每敲开一户的门,肖贵田会说,立强走了,恁好的孩子。别人会像肖常福一样问,走了?去哪里了?谁也不信活蹦乱跳的孩子说没就没了。人们弄明白立强死了后,惊惧地问,怎么就没了呢?肖贵田含糊其词地说,俺也不知道呢,先生去过了,俺哥嫂正难过呢,咱们去商议下咋办吧。人们急急慌慌地穿上衣服跟过来。不一会儿,肖贵栓屋里和院里挤满了人。有人劝王氏,该着不成人,讨债鬼,莫心疼了。有的说,看着立强不是凡间人,长得又俊又聪明,八成是泰山奶奶跟前的童子下凡,又回去服侍泰山奶奶她老人家了。人们七嘴八舌的,按以往规矩,须把立强入土为安,再就是立强是少亡,不能入祖坟。当务之急是想想把立强安葬在哪里。有人说葬在乱死岗上。王氏呜咽着说,不行,俺孩子不能与那些孤魂野鬼在一起。谢氏帮立强穿衣服,是王氏预备过年给立强穿的簇新棉袄。立强的胳膊怎么也伸不进去,谢氏嘴里念叨着,立强好孩子,莫让父母伤心,你前世为神,安生走吧。说来奇怪,说完袖子竟顺利伸进去了。王氏看了,哭得更是撕心裂肺。在众人的操持下,立强被埋到了肖贵栓自家地里。王氏说,俺想孩子时,能去看看。立强是用苇席卷着埋葬的，肖贵田自始至终不敢靠近立强。油灯忽闪中，他好像看到立强瞪了他一眼，许是错觉，只是这场景一直追随着他多年，以致后来，他常从梦里惊醒。

立强走后，王氏整日以泪洗面，后来眼睛竟看不见了。肖贵栓整日在地里忙，立柱一会儿地里，一会儿家里，摔打得不成样子，日子没了从前的红火。肖贵田近日添了心口疼的毛病，经常会没来由地疼上一阵子，疼的时候跟万箭穿心一般。他抓了几副药吃，竟一点起色没有。他去拜神求佛，也不抵事，该疼的时候还是疼。发作时，他像条狗一样蜷缩着，双手捂着胸口，脸抵在膝盖上，嘴里的黏液不停地流出。刚开始时，谢氏还上点心，给他喂点水，擦把脸。犯的次数多了，谢氏也没心情管了，家里的粮眼看又没了，她得去地里捡白菜帮和地瓜叶预备过冬，榆钱吃了不少，地里但凡能吃的，谢氏都会搜罗来。依着半死不活的老鬼，日月真是没法过。之前不做活就不做吧，好歹是个全乎人，现在病歪歪的，也不知啥时候是个头。谢氏心里老大的不满。再看隔壁立柱家，别看王氏眼睛看不见了，过日子的心气一点没减，饭菜整日齐整的。肖贵栓过日子真是把好手，胡萝卜屯了一大窖子，更别说人家盆满瓮满的粮食了。肖贵栓家以往常接济他们，今年，也不知咋了，立柱见了他们，连话也没了，眼里像装满了火，一不小心，就要迸出来烧他们似的，这让谢氏一头雾水。

肖贵栓有个妹妹叫贵芬，是个齐整利索人，嫁到了李村，居家过日子是把好手，得到婆家老小敬重。她稀罕侄子立强，立强好端端的没了，她觉得蹊跷。后来，她听说立强是喝了药后没的。好在熬药的砂壶还在，立强走后一直被弃在墙角。她留心看了药渣，又用纱布包了回去请明先生看。明先生的医术方圆百里是出了名的，人品也好。先生仔细翻检着药渣看，说，没啥凶险药嘛，不至于毒死人。后来，先生在药渣底部看到了一坨粘在一起的东西，先生皱着眉，捻着放在鼻子底下闻了闻，说，是了，你们家有人吸烟吗？

贵芬说，没有，哥和嫂都不吸烟。先生说，那八成是得罪人了。贵芬紧盯着先生问，先生，怎么讲？先生把手举到她面前说，你看，这明明是烟灰嘛。贵芬疑惑不解地问，烟灰怎么了？先生将指上的烟灰弹开说，烟灰本身没问题，可与这几味草药一起煎就不成了，有味药与烟灰不相容的，加上你侄子年幼，身子骨弱，自然会出事情。贵芬跌坐在凳子上，脑子里翻腾着谁会下这毒手。哥嫂平日里为人谦和，只有隔壁肖贵田家，之前听说立强和常福打架，肖贵田踢了立强一脚，立柱不乐意，上去和肖贵田厮打，嫂子出来拉孩子，没想到肖贵田老婆谢氏以为王氏要打肖贵田，从后面薅住了嫂子的头发，两家打了一架。后来，毕竟是同门同族，还是继续来往，哥也没少接济他家。他要是下此毒手，简直不是人了。贵芬心里七七八八地想着，谢了先生，拿着药渣出了门。

　　贵芬回到家，越想越坐不住，收拾了一番，骑上毛驴奔哥家来了。进了家门，嫂子坐在灶间高声低声地哭着，凉锅冷灶的。贵芬叹了口气，挽起袖子拾掇灶间。王氏抽噎着看着贵芬忙碌。贵芬边忙边问，嫂，那日是你给立强煎的药？王氏点点头。煎药那会儿家里来过人没？王氏揉着红肿的眼睛，愣怔着想了一会儿，抚了把乱草一样的头发说，记不得了。王氏的头发大概几日没梳了，髻松松垮垮地坠在左肩上，散乱的头发遮挡住了脸。贵芬说，咱家往日也没啥人来，有人来的话，应该能记住。王氏点着头说，我记起来了，那日你哥在地里收高粱，我见药煎得差不多了，让立强和立柱看着下地去了。俩人正说着话，立柱背着一捆干树枝进来了。贵芬迎上去，帮立柱放下柴草，掸去立柱身上的草屑问，柱，饿了吗？立柱见姑姑来了，勉强笑了笑，搁着往日早蹦起来了。自从立强死后，立柱一下老成了许多，摇摇头说，不饿，姑。贵芬摸着立柱的头说，柱，姑问你件事，立强走的那日，你娘走后，你们出去了没？立柱摇了摇头，想了一会儿说，出去了，俺和立强在家，常福非叫俺们一起去掏鸟蛋，说他大看见的，掏了鸟蛋平分。贵芬问，你们出去时锁门了吗？立柱说，就在村东头，寻思就一会儿的工夫，一着急，没锁门就跑了。贵芬心里有了七八，她低下头小声对立柱说，柱，立强走了，你娘又这样，你大做了一辈子好人，到头来咋样，还不是被人算计。你也不小了，有些话姑和你讲，你记在心里就是，莫要显露出来。立柱使劲地点点头。贵芬摸着立柱的头，眼里噙着泪，声音嘶哑地说，你不觉得立强走得蹊跷吗？立柱的脸涨得通红，抓住贵芬的胳膊问，姑，咋着了？贵芬的眼泪扑簌簌地落下来，抱住立柱说，你年纪小，有些事，本不该和你说，不说吧，我怕再生什么变故，这个家再经不起事了。立柱抓着她的胳膊说，你说吧，姑，我能经起事了。贵芬用袖子擦了擦眼泪说，常福平日也叫你们一起玩吗？立柱沉思了一会儿，摇摇头说，立强不待见他，嫌他邋遢，还贪吃，一起烤红薯，他非挑大的，有小半年不来往了。贵芬问，掏鸟蛋一个人就成，为啥叫上你们呢？立柱自语着，就是呢。贵芬抱住立柱说，以后小心那边，少与他们来往，你大总把人往好处想，怎奈有的人心是黑的呢。立柱眼里像有条滑腻的鱼在肖贵田家和姑姑的脸上来回游弋着，他忽然摇晃着贵芬说，姑！是不是有人使坏，立强才……贵芬捂住立柱的嘴，抱紧了他，说，今后这个家你要支撑起来，把日子过红火了，让他们肚里绞刀吧。立柱说，要真是这样，我饶不了他们。贵芬蹲下身子说，立柱，记住姑的话，将日子过红火给他们看，他们眼红你家的日月，才做下猪狗不如的事。你弟走就走吧，千万莫生是非，咱家眼下就你这棵独苗，得好好的，经不起折腾。这事俺想了千万遍，打官司吧，老话说得好，穷死不做贼，冤死不告状，说书唱戏的都讲过打官司有多艰难，万古不变的理，咱且忍下一口气，看着坏人遭报应。立柱听得似懂非懂，眉毛拧成了疙瘩，嘴里喘着粗气说，俺大往日还常接济他，就当喂狗了。贵芬说，还不如条狗呢。立柱，姑和你说这事，让你今后小心他家，莫再中了他们的道，这事你且记心里，莫和你大、娘说，说与你大，他也不会相信，你娘要是知道了，非找他们拼命，这个家经不起折腾了，你知道就成。立柱卖力地点点头，浑身哆嗦着，拳头握得咔吧响。

　　立柱自此不再搭理肖贵田家的任何人，即便肖贵田迎头叫他，他也不理不睬。肖常福几次想跟他去捉鱼，都被他转几圈甩下了。以前，肖常福吃饭时挨在肖贵栓家门前，能得些吃的。现在，立柱喂了条黑狗，取名大黑，只要肖常福来门前，立柱就会唤来大黑，大黑摇着尾巴跑过来，立柱的嘴巴冲门外一扬，大黑会旋风般蹿出门狂吠着。有一次咬住肖常福的裤子不放，把他的裤腿都撕扯烂了。肖常福吓得抱着头哇哇大哭，肖贵田提着棍子出来打狗，大黑狗夹着尾巴一溜烟跑远了，肖贵田气喘吁吁地在后面追。立柱跟在后面说，叔，就一畜生，你和他一样？肖贵田怎么听怎么不对劲，停下来指着立柱说，熊羔子，胡说什么呢？立柱一脸委屈地说，叔，哪句话错了，叔，不就一畜生吗？周围人听了哈哈大笑，肖贵田气急败坏地把手里的棍子向立柱打去。立柱这几年长高了不少，都到肖贵田的耳朵了，加上整日在田里劳作，练出了好身板，他抬手攥住了肖贵田打来的棍子。肖贵田整日闲逛，加上饭食供养不上，气力上自然逊了色。棍子被立柱抓住后，他向后拽了几次，居然纹丝不动。他面子上有些下不来，声嘶力竭地骂道，小贼羔子，反了你了？立柱冷笑着不说话，只用眼睛冷冷地看着他。肖贵田被立柱的样子吓了一跳，他心里忐忑着，立强去世没多久，立柱见他就这么不阴不阳，不理不睬的，难道他晓得了什么？肖贵田又想，自己纯粹是做贼心虚，自己做得神不知鬼不觉的，再说，他们一家糊涂糨子，能有那心思？他心下思谋着，喊道，没教养的贼羔子，还懂不懂天地人伦？立柱怒瞪双眼，牙缝里蹦出两个字，你懂！说着用力拽过棍子，顺手扔到远处，拍拍手，头也不回地走了。肖贵田愣怔在原地，指着远去的立柱说，瞧瞧，大逆不道的东西。众人说，还是孩子，莫生气了，回吧。依着肖贵田的脾气，这事不能算完，只是，眼下他有些怕立柱，他仔细盘算过，上门打架讨不到便宜，不理论吧，这口气又实在难咽。思前想后，他决定找肖贵栓理论，舌战肖贵栓他还是有把握的。

第二天，他去找肖贵栓。走到门前，见大黑狗正威武地坐在门前。他弯腰捡起了一块石头扔向大黑狗，想把它吓跑。大黑狗没跑，反而弓起身子，发出低沉的吼声，浑身的毛都立了起来，尾巴紧贴在屁股上。肖贵田吓了一跳，咬人的狗不叫，这大黑狗像是要和他拼命一般，这可不是闹着玩的，他赶紧跑回了家。从此以后，肖贵田和肖常福父子俩都不敢去立柱家门前了。

后来，每当肖贵栓让立柱给肖常福送吃的，立柱会说，大，给他吃还不如给大黑吃呢，大黑能帮咱看庄稼。肖贵栓说，浑小子，说的啥话嘛。不过，肖贵栓不再坚持。这几年，立柱家里家外地忙活，一个孩子，实属不易。有些事，肖贵栓尽量依着他。自从立强走后，王氏更倚重立柱，眼睛看不见了，只好每日无数次地唤着立柱的名字，立柱一遍遍应了才安心。

自此之后，肖常福眼看着立柱家吃香的喝辣的，他家仍是饥一顿饱一顿的凄惶。肖贵田心口不痛时会倚墙蹲着，指着肖贵栓家对肖常福说，小子，以后一定要超过他家日月，要不老子到那边也顺不过气来。说着咳嗽起来，上气不接下气的。谢氏愈发瞧不上他了，自己没本事把日月过好，像赶牲口一样催赶孩子，你一没给孩子撇下家业，又没让孩子读书出息，光知道拿鞭子赶，赖驴哪来的气力？当然，这话是谢氏窝在灶前嘟囔的，当着肖贵田的面说，指定会招来一顿暴打。别看肖贵田把日子过得差三落四，可三纲五常那一套一点都没落下。肖常福听不进去，谢氏也听不懂，不过，不耽误肖贵田讲，常讲得唾沫四溅，筋疲力尽才停下。

肖常福对于大说过的话，别的没记下，日月超过立柱家，他是记住了。现在他做了乡长，立柱还是在土里刨食。村里的红白喜事都恳请他帮忙，立柱自然没人请。肖常福想，真是风水轮流转，太阳从谁门前都经过，你家也有今天。不过，让他恼火的是，立柱见他还是和从前一样，眼神还不如看他家大黄。立柱的大黑狗前几年死了，立柱又喂了只大黄狗。黄狗没黑狗凶恶，见了肖常福摇头摆尾的。立柱见了，会把黄狗唤走，用脚踢着说，没记性的畜生。肖常福想问立柱，说的啥话啊？看着立柱铁青的脸又噤了声。别看肖常福在外面讲话不用打草稿，可在立柱这，他竟觉得气短，没来由地打怵，说话磕磕巴巴的。他有时候骂自己没出息，啥辰光了嘛，怕他干吗？可到了立柱面前，那些积聚的勇气又烟消云散了。没办法，他让老婆做了白面馒头，故意让大建拿着去立柱家门前吃。立柱已娶了老婆，生的两个女儿，个顶个的水灵。她们小小年纪就开始家里、地里的忙活着。她们见大建吃馒头，眼皮也没翻一下。这让肖常福很挫败，一样的孩子，为啥立柱家的孩子跟小大人一样有志气，自家的孩子却常为吃的打架？肖贵田和肖贵栓前几年相继去世了。王氏还在，每日坐在院里，别看眼睛看不见了，村里只要有人从立柱家门前走过，她立马能猜出是谁。她眼瞎后，村里新娶的媳妇，只要告诉她一次这是谁家的媳妇，再从她家门前经过，她就能猜出是谁，且从没错过。肖常福怀疑她不是真瞎，村里和她年纪差不多的，大多老眼昏花，常认错人呢。肖常福没事时常想，别看自己眼下日月强过立柱，有些事还是比不过他，比如立柱一家人过日子的心气，他们家就没有。立柱闺女跟鲜花一样，再瞧自己闺女，长得跟菜园里的倭瓜一样。咋办呢？父亲说的日月是超过他家了，可有些东西，不是说超就能超的。唯一让肖常福宽心的是，自家有了几个虎气生生的儿子，立柱老婆枣花生了两个女儿后，肚子一直不见动静。王氏常在院里骂。枣花是王氏做主娶的，是她娘家的远房侄女。即便这样，王氏也没少为难她。据说枣花出生时门前的枣树花事烂漫，她父亲一听说是丫头，随口说叫枣花吧。枣花奶奶是方圆百里有名的神婆，据说能上天入地与神鬼交流，村里人说她泄露了天机，但凡泄露天机的人，后代就会受到惩罚。枣花父亲是独苗，整日病歪歪的。枣花奶奶想尽办法给他娶妻生子，想着能开枝散叶，延续香火。谁知好不容易娶妻后，生子的事一直没实现。枣花母亲生了枣花后，又生了槐花、荷花、菊花，就是没生下男孩来。枣花奶奶眼看后继无人，决然闭坛，吃斋念佛，好在四个孙女乖巧懂事，让她欣慰不少。

　　立柱母亲央人来提亲时，枣花奶奶犹豫再三。前些年，立强走后，立柱和母亲来过，央求她破解不顺。对立柱她还是有印象的，挺清秀的孩子。只是当时她已封坛，拒绝了王氏的恳请。她自幼看着王氏长大，她从小要强，别家孩子裹脚时，痛得要哭喊上几天几夜。王氏不哭不闹，就那么坐着。后来，听人说，她疼得把自己的腿都掐烂了，就是不哭。一个孩子能做出这样的事，听起来让人怕。稍大些，在家里纺线织布，缝补浆洗，样样拿得起，村里人说她将来能成就一户好人家。果然，嫁给立柱父亲后，家里的光景在她的操持下愈发红火。枣花奶奶想，嫁过去孩子不受穷，只是，王氏太要强了，她会以自己的标准要求儿媳，怕枣花嫁过去受委屈。听说她家地多，却从不雇人，每到秋收，白天夜里在地里拼命。枣花家这边犹豫着，那边又派人送来了聘礼。媒人说，立柱家急需个当家理事的，立柱整日在外忙，他母亲眼睛看不见。枣花奶奶将烟袋锅在脚底磕了磕没说话。媒人又说，老婶子，孩子进门就当家主事，方圆十里八村，这么殷实正干的人家不多了，咱不是图着孩子以后不受穷嘛。说着从包袱里取出一对银镯子，举着镯子说，老婶子，瞧瞧这镯子的用料，就知道人家的心诚不诚了。枣花奶奶瞟了瞟镯子，问歪在床上的儿子，你们看呢？枣花父亲染上了烟瘾，正哈欠连天呢。他擤了把鼻涕说，娘看成就成。枣花奶奶叹了口气，摊上这样的爹娘，还咋挑拣人家呢。枣花奶奶喊出枣花娘，让她拿出枣花的生辰八字，说八字合就成。枣花就这样嫁给了立柱。

　　立柱是孝子，父亲去世后，一直在王氏床前支个小床服侍她。成婚那日，家里的客人散去了，立柱还待在母亲房里。立柱的婚房设在过道旁边的偏房里，蜡烛燃尽了，立柱也没来。枣花顶着盖头坐到天亮，正委屈着呢，立柱在院里喊，死人呀，还不出来烧饭，吃了好下地。枣花一把扯下盖头，嘟着嘴，绣花鞋跺在床凳上。枣花正憋着一肚子委屈没处说呢，立柱却像呵斥小孩般叫她。她有心赌气不出去，又想起了奶奶的嘱咐，嫁人就成人了，嫁鸡随鸡嫁狗随狗，万古老理了，一定要收起小性子，女人一辈一辈都是这么过来的，多年的媳妇熬成婆，得学会忍，学会熬。枣花想到这，梳了头，挽起袖子进了灶屋。

肖常福也在立柱娶了老婆后娶了亲，肖常福老婆开始也生了俩女儿，惹得肖常福母亲见天咒骂，说常福老婆上辈子作恶太多，这辈子生不出儿子来。

肖常福娶妻时，肖贵田已去世几年了，肖贵田死在心口疼上的。年纪越大，肖贵田的心口痛得越厉害，最后不能下床了，整日在床上哼哼唧唧的。有一天，肖常福从外面回来，没听见大的哼声，有些奇怪，来到东间屋，见大嘴角挂着乌黑的血，胸口的衣服一绺一绺的，眼睛睁得大大的。肖常福惊慌地喊，娘！谢氏正在煮饭，不紧不慢地说，鬼叫啥？肖常福惊慌地指着里屋说，大去了。谢氏说，去了倒轻省，省得整日鬼叫着烦人。肖常福跪在地上，哭喊着大。肖常福的哭喊引来了左邻右舍，人们帮着把肖贵田抬到堂屋的草苫上。谢氏像没事人似的坐在灶前。有人问，给贵田准备寿衣了吗？肖常福母亲恨恨地说，肚皮都饿瘪了，哪有那闲钱。人们不再说话，毕竟是人家家事，帮言帮不了钱。不过，人死为大，活着时纵有万般不是，也随风走了，后事还是得好好操办的。谢氏大概觉得在众人面前得有个态度，这才抽抽搭搭地哭着，数落说，你个死人，撇下俺们苦娘们呢，今后咋活呢？人们发现，她哭喊了半天，竟没一滴眼泪。

肖贵田蒙着草纸躺在堂屋的草苫上，肖常福披麻戴孝地蹲在旁边。肖常福那时还没成家，看着空荡荡的屋子不知如何是好。肖贵栓摇晃着进来说，常福，找件像样的衣服给你大换上。肖常福嘴里应着，却没挪地，他知道大的这身衣裳穿了好几年了，一年四季就这一身，没衣裳了。肖贵栓身后站着许多村里人，他们搓着手，看着躺着的肖贵田摇头叹息。谢氏一直在灶间，人们看着无措的肖常福，又转到灶间，问谢氏肖贵田的丧事如何办。谢氏用手巾捂着脸，手巾用得久了，不知是油渍还是灰渍，黑灰一团，看不出本来的颜色了。她抽噎着说，家里一眼看到底，俺们孤儿寡母的是没法打发他了。大家把目光移到肖贵栓身上，按房分他们最近，况且，他家日月过得比别家好，别人添言添不了钱，肖贵栓能添。肖贵栓许是累了，在众人的注视下蹲在了地上。从年轻时开始，在地里做活累了，他会蹲在地头田垄上歇会儿，时间久了，他习惯蹲了。他蹲着摇了摇头，叹口气，双手拄着地费力地撑起身子，两只手背在身后回了家。

　　肖贵栓进了家，来到床头搬出一个瓦罐，伸手往里掏。王氏跟进来问，你做啥呢？肖贵栓瓮声瓮气地说，活了一辈子，总得给他弄个遮脸的。王氏说，人家逍遥了一辈子，要你操心？肖贵栓不说话，眯着眼看掏出的布袋。别看王氏眼睛看不见，耳朵却好使，她伸手一把夺过袋子说，咱们在地里汗珠摔八瓣时，人家跷着二郎腿说风凉话呢。肖贵栓伸出手，黑着脸说，拿来，跟个死人一般见识，利人者自多福，你我还能活几日？给立柱多积福吧。王氏听完，缓缓将袋子递过去。肖贵栓翻着袋子说，钱财是身外之物，看躺着的贵田就明白了，啥都带不走，名声倒是留下了。肖贵栓出钱给肖贵田置办了寿材，虽是杨木的，不过，总算没让黄土打在肖贵田脸上。成殓时，肖常福长跪在肖贵栓面前。

　　肖贵栓是在肖贵田走后没几日走的，肖贵栓一直闲不住，那天去刨地，年纪大了，气力不行了，刨一下，要歇上一会儿。有那么一会儿，他感到眼前金星乱蹿，气息如醉酒人弹出的琵琶般乱。他把脑袋抵在锄把上歇息，感到天旋地转，眼前一黑，一下倒在劳作了一辈子的地上。远处有人看见肖贵栓倒下了，大呼小叫地跑过来，扶起来时，已经气若游丝了。立柱赶来，哭着将肖贵栓背回了家。

肖贵栓十年前就给自己做好了棺木，是上好的柏木，放在院子一角。他照着棺木大小盖了偏厦，为棺木遮风挡雨。棺木做成后，刷了几遍黑油漆，乌黑油亮，散发着神秘气息。肖贵栓每年会买回桐油，一遍遍地刷在棺木上。村里老人艳羡得要命，说看人家贵栓，老早为自己造好屋了。肖贵栓老婆在肖贵栓"造屋"时，让他买来了上好的青蓝布料，她摸索着给他做了件三面新的棉袍子，顺带着做了身贴身穿的棉布衣，还给他做了双鞋。与平日的鞋不同，跟唱戏穿的靴子一样，上面用五彩丝线绣着行云流水般的图案。立柱纳闷，问王氏，娘，你眼看不见，咋还绣得恁好呢？王氏笑着摸着立柱的头说，娘的心不瞎，心跟明镜一样。王氏做好后，一件件抖给肖贵栓看，肖贵栓脸上露出了笑容，嘴里连说，好，好！王氏把簇新的棉袍和鞋子用红色的包袱仔细包好收起来，每年六月六，王氏会把包袱取出，将衣物抖开，放在骄阳下暴晒。衣服舒展着身体，贪婪地吮吸着阳光。肖贵栓端着碗蹲在院里吃饭，眼睛偶尔从碗里移到衣物上，目光会在上面停留良久，不一会儿，眼睛蒙上了雾般。他用手从上往下抹了把脸，在地里做活脸上挂满汗水时，他会这么抹一把，使劲甩出手上的汗水。后来，成了习惯，有事没事总爱抹把脸。眼看着衣服的颜色一年年暗了，肖贵栓的腰杆佝偻得愈发厉害。不过，他依旧闲不住，蹲在地里拔草，满是老茧的大手摸着庄稼，眼睛里满是疼惜。

立柱将肖贵栓背回家时，王氏正在院里剥玉米粒，立柱带着哭腔喊着娘进了门。王氏侧耳听到杂沓的脚步声，有人小声喊着贵栓的名字。王氏用手撑着地站起来，拍打着前襟处的碎屑说，慌啥，天塌不下来。立柱哭着说，娘，俺大不行了。王氏的身子晃了晃，站稳说，当家的要走了。说着两行清泪从干瘪的双眼里滑出。她蹒跚着向屋里走，摸索着取出那个红包袱说，赶紧给你大穿上，到那边也得齐整利索。立柱已将肖贵栓放在床上，旁边的人帮着打开包袱，立柱泣不成声地说，大，你不能走呢，麦子还没种上呢。王氏絮叨着，当家的累了一辈子，该歇着了。肖贵栓气若游丝地翻动着嘴唇，似有话要说。立柱紧紧握着他的手说，大，你说啥？肖贵栓的喉结上下翻动着，嘴里发出含混不清的声响。立柱跪着说，大，俺都明白！肖贵栓艰难地点着头，胸腔急剧起伏着，被立柱握着的手慢慢伸开。立柱哭喊着，大！王氏悠悠地说，别喊了，都得走，让你大安生走吧。那件在太阳下翻晒了多年的棉袍穿在了肖贵栓身上，脚上那双五彩丝线绣的鞋，让肖贵栓浑身上下透着安宁。

立柱为肖贵栓操办了隆重的丧事。立柱说，俺大辛苦了一辈子，俺得对得住他的辛苦。大来这世上走一遭，顶不易呢，一辈子流的汗水赶上半个微山湖了。人们知道立柱说得有些过了，半个微山湖当然不可能，肖贵栓辛苦了一辈子倒是实实在在的。他一年四季长在地里，不消说收种季节，即便是冬季，万物蛰伏，他每天也要去地里转转。他挎着粪箕子，一路拣拾着鸡狗的粪来到地边，将粪倒进地里，蹲下身子看着趴伏着的麦苗说，天冷了，慢慢熬，立了春就暖和了，能展开身子了。麦子好像听懂了他的话，在寒风里频频点头。通常，肖贵栓会在地里待到饭时，检巡完地里的每棵庄稼才安心回家。村里人觉得他迂，说恁冷的天，待家里烤火不好吗？肖贵栓不理睬别人的说辞，照旧每天去。说来也怪，他的庄稼，总比别家要好。有人问他，一样种地，为啥你的总比俺家的好呢？肖贵栓看着油亮的庄稼笑着说，俺是用心种呢，庄稼和人一样，用心待它，自然也有好的回报。众人摇摇头说，庄稼能知道人心？真是怪了。

立柱为肖贵栓办丧事时，请来了喇叭响器班，村里但凡来帮忙的，一律留下吃饭。那时，适逢战乱，桃村常过兵，有的兵会来家里翻吃的，不多的粮食，会被他们搜罗走。当然也有好的，会给小孩饼干吃。那时，收成也少，很多人吃不饱饭。立柱的举动，让大家既佩服又激动,大伙借着丧事把肚子混个囫囵圆,四邻八乡都过来帮忙,也没什么事,即便站着说闲话,也聚拢了人气,丧事显得隆重,送殡的队伍迤逦了一里多路,十里八村也少见。立柱跟母亲说,人生一世,草木一秋,图个啥?俺得对得起俺大一辈子的辛苦。王氏没说话,心里是赞成儿子呢,说身后事是虚的,走的人看不到了,不是还有活着的众乡邻,他们不一直说,贵栓这一辈子没白活。这就值了。

　　肖贵田去世后,肖常福开始撑门过日子。肖常福和肖贵田一样不愿在土里刨食,他不屑于这么蠢笨地活着。日本人投降有些日子了,前村打游击的褚大麻子回来过,带来了一起革命的媳妇。那媳妇真俊,剪着短发,穿着对襟衣裳,精神利索,眉眼中带着英气。村里姑娘媳妇去瞧稀罕,褚麻子媳妇笑着和村里人打招呼,像一只天鹅站在一群鸡中间。肖常福想,自己当年要是跟褚麻子出去了,现在也衣锦还乡了。褚麻子比他大几岁,虽说不一个村,可掏鸟窝或捉鱼时常碰到。褚麻子现在是山区游击队队长,讲话时喜欢双手叉在腰间,还时不时很有气势地捋下头发。褚麻子每次来,肖常福总去找他,打听战事。褚麻子说,常福,要对共产党有信心,终有一天会带领全国人民迎接解放的。肖常福说,你和湖里的游击队是一伙的吗?褚麻子说,都是革命部队,尽可能为他们提供方便。肖常福记住了褚麻子的话,试着接触湖里的游击队。游击队让他参加革命,他犹豫着,鬼子是走了,可仗还在打,他怕呼啸的子弹,又想像褚麻子一样风光。思来想去,他对游击队说,家里有老娘需要赡养,暂时离不开,不过,俺支持革命,有需要支援的地方尽管叫上俺。游击队把他列为积极分子,有那么一两次,肖常福跟着参加了行动,成就了后来的肖常福。

　　肖常福去了乡里后,在村里碰到大洋马,都不用正眼看她。大洋马看到肖常福,大老远摆好笑脸招呼他,肖常福冷着脸应着。大洋马瞅着左右无人,低声说,傍黑去俺那吧,煮面给你吃。肖常福眼睛逡巡着左右，大声说，是呢，乡里忒忙了。说着昂首阔步地走了。大洋马看着他的背影，咬牙切齿地骂，坏良心的东西，吃完了，嘴巴擦得倒挺干净。大洋马骂归骂，恼归恼，人家眼下是乡里干部，奈何不了他。之前巴望着能去乡里帮忙，没肖常福托底是没指望了。在村里，里外忙着，也没个明确职务，关键自己这身份，入不了党，再积极也白搭。每到晚上，她一个人对着油灯唉声叹气。崔明铎现在官居要职，娶的大学生老婆给他生了一串孩子了，大洋马后悔得肝肠寸断也没用。高广杰老婆这几年陆续生了几个孩子，他每日老婆孩子热炕头，也不来这里了。村西头的来长礼倒是对她动过心思，她也打算和来长礼登记结婚来着，来长礼母亲烙好了饼，预备登记路上吃。后来，两人还是不欢而散。那日，大洋马去来长礼家，商量明早几时去登记。刚进屋，来长礼嬉皮笑脸地向里屋拽她。大洋马往里屋瞟了眼，格子窗太小，照进来的光线有限，她看到对着屋门有张小床，床上有胡乱卷在一起的破旧被子，还有黑乎乎的枕头。大洋马爱干净，看到这，一阵恶心。她挣扎着想摆脱他，扭头见来长礼母亲在院里喂着鸡说，大白天的，你做什么呢？来长礼拽不动大洋马，有些恼火，手上又加了把力说，你这种女人，还怕啥呢？大洋马脸上残存的笑容像雾遇到了太阳，一下子不见了。她狠劲甩开来长礼说，你说清楚，俺是啥样的女人？来长礼双手交替着挽了挽袖子说，你是啥样人，还用我说，你自己不知道？大洋马把痰吐到他身上，扭头出了门。来长礼在后面阴阳怪气地说，装什么贞洁烈女，谁不知道谁似的。大洋马回去后，趴在床上哭了半天，她揉着红肿的眼睛爬起来时，想着得为自己的将来谋划一下了，总这样也不是办法，得想法逮住一个男人。

　　大洋马和来长礼闹掰后，开始在周围寻找猎物，一直没寻到合适的，入眼的都结婚成家了，剩下的歪瓜裂枣，她看不上。肖常福去乡里后，来长友成了村主任，柳生是农会主任，村里人还是叫他们队长。大洋马常参加村里的会议，说好的妇女代表一直没落实，上级也没安排其他人。

桃村人积极响应国家号召,墙上用白石灰水刷上"中国人民大团结万岁"。村里不识字的多,朱庭训在路上不止一次被人拦下来,让他念墙上的标语。朱庭训指着墙上的字,一个一个念给他们听。有人问庭训,团结是什么意思?庭训想了想,说,就是不吵架了,和和气气的。村里人说,国家都要求不吵架了,今后可莫闹气了。以后再见面,连过分的玩笑都不能开了,都是国家主人了,得按国家的要求做。庭训听完,笑着走了。学校刚成立,老师少,学生也不同,一个班的学生,最大的十八九岁,最小的六七岁,教起来有些费力。柳广福也在学校教书,他喜欢和学生说话,杏园村一个叫陈雪云,一个叫王翠芬的学生常来找他。两个女孩十七八的样子,剪着齐耳短发,收拾得齐整利索。庭训知道,但凡来上学的孩子,家境都相对好点,柳大全的几个孩子,任凭怎么做工作,也不愿来上学,说是买不起笔墨。庭训比年龄大的学生大个二三岁,见了陈雪云和王翠芬会面红耳赤的,不敢多说一句话。朱光明到处给庭训张罗亲事。朱光明比较挑剔,一是模样要周正,再就是得贤淑,会理家。十里八乡的女孩子,没有能入他眼的。朱光明心里打着小算盘,眼下自己不行了,找个兴家的最好。他把目光投到乡里,听说乡里新来了大学生,还是南方人,长相俊俏,要是和庭训成了就好了。他找过肖常福,还没把话说完,肖常福就不耐烦地打断他说,别想了,人家有对象了,是大学同学,在部队呢,庭训是不差,比着人家,咱可是癞蛤蟆了。朱光明有些下不了台,喃喃地说,不是觉着你是乡长,咱能说上话,近水楼台嘛。肖常福有些不耐烦,他现在说话喜欢配合着手势,他一手叉在腰间,一手伸到朱光明面前说,这是个人问题,咱可不能干涉。朱光明碰了一鼻子灰,有些不甘,小声说,来咱这了,一时半会儿走不了,女子终究要嫁人嘛。肖常福这些日子正为方蕊的事着急上火呢,朱光明又死皮赖脸的,火气一下蹿上来了,没好气地说,人家从大城市来的,能进咱这小门小户？朱光明见肖常福的脸变成了猪肝色，赶紧递上烟说，就当我没说，有合适的您给庭训上上心，庭训立业是您扶持的，成家还得操心不是，谁让咱是挨门邻居呢，您能力强，老话说，能者多劳拙者闲嘛，像我整日无所事事的，和猪无异了。肖常福面色活泛了许多，他爱听这样的话，这话也就朱光明能说出来。村里有些人，他愈发看不上眼，就那来长友，好歹也是村干部，刚刚领了邻村赵家女子跑了，惹得女子家人来找他。来长友家里穷，可人长得不差，当了村主任后，几个村经常在一起开会，赵桂花和一群女子来瞧稀罕，不知怎么就和来长友好上了。依着规矩，来长友托人提亲，这事也不难办。来长友不知哪根筋搭错了，竟先斩后奏，领着人家女子跑了。桂花父母在乡邻间失了面子，找到肖常福讨要说法。来长友确实是肖常福提携起来的，于公于私，他都有责任。他安抚着桂花母亲说，先回吧，一定给你们个满意答复。桂花母亲说，您一定要给我们做主呀，哪有这样丢人败兴的。

　　肖常福唯恐这事闹大，不好收场。他随后叫来了柳生，简单说了桂花母亲讨要说法的事。来长友领桂花私奔的事，村里早传开了，柳生没想到桂花家人会找肖常福。肖常福让他一起去桂花家，他连声应着。柳生没多大能耐，不过能配合工作，无论和谁都能搭班做事，乡里人调侃他是最佳搭档。

　　肖常福和柳生一路说着话来到桂花家，桂花爷爷正坐在门前翻着破夹袄捉虱子。看到他俩，慌忙将衣服穿好，冲屋里喊，来客人了。桂花父母应声从屋里走出来。桂花娘肖常福见过，桂花父亲还是第一次见。肖常福见他穿着黑色对襟褂子，腰间系了条布腰带，胡须侵占了半拉脸，双眼被须眉遮蔽得没了神采。肖常福和柳生进了屋，里面实在逼仄，一共两间房子，外屋靠东墙放了一张床，破烂的草席上凌乱堆放着被子和衣物，床头空隙处堆满了杂物，里屋用秫秸隔开，依着秫秸墙放着张矮桌，桌上放着一摞粗瓷碗，有的还豁了口。透过秫秸缝隙，看见里屋横竖放了三张床。桂花母亲见肖常福和柳生一直站着，有些过意不去，拿出板凳递给他们说，家里地方小些，坐嘛。两人接过板凳放在床前，后背抵着床框坐下。桂花父母站在一边，肖常福反客为主，说，你们也坐嘛。桂花父亲找了个凳子坐下，桂花母亲坐到里屋床沿上。肖常福两手握在一起，胳膊肘擎在膝盖上开了腔，这事吧，是长友不对，不过呢，事既然这样了，也是泼出去的水，收不回来了。咱把事尽量往圆满了办，先让长友回来赔礼认错呗，后面的事，咋好咋办，我和柳生鼎力办。桂花父亲知道肖常福的身份，嘴里嗫嚅了半天也没说出话。倒是桂花母亲，说，丢人败兴的东西，还不如死了呢。肖常福说，年轻人嘛，一时犯糊涂，免不了的事。长友吧，人不差，家里呢，是没什么家底，不过，新社会了，国家会领着咱向好日子奔呢。依着长友的精明劲，往后肯定混不差，二老今后跟着享福吧。桂花母亲说，享什么福，没一个省心的。肖常福说了半天，柳生一直没说话。肖常福回头看柳生，柳生立刻心领神会，说，俺和乡长今天是来提亲的，给我们个面子，以后的事，咱该怎么办就怎么办，不能坏了规矩。桂花父母交换了眼神，桃村两个头面人物都来了，再不就坡下驴，还待何时？桂花母亲说，让死丫头回来吧，咱们依着规矩把婚事办了。肖常福说，那感情好，我回头让长友操办去。肖常福说着起身要走，柳生赶紧起身跟了出去。桂花父母送出老远。

肖常福安顿好来长友的事，自己这边却出事了，还祸不单行，他没来长友幸运，有人帮着兜底操持。他出事了，别人都像躲避瘟疫一样唯恐避之不及。

肖常福出事后，有些恼恨老婆，要不是她整日在耳朵边唠叨孩子吃不饱，他能拿上级下拨的救济粮？多少次他记不清了，反正有人送来他就收了。后来，上级检查，账目对不上，有人就把他供出来了。他起初想不是什么大不了的事，不就是几斤粮食嘛，老子见天起早贪黑操持乡里的事，多吃几斤粮怎么了？可是，这事被地区专员老靳知道了，靳专员是老革命，脾气像炮仗，点火就着。他在大会上拍着桌子说,克扣老百姓的救命粮,搁着从前是要被斩头的,知道包拯为什么铡包勉吗?肖常福看着靳专员铁青的脸,才知道事情的严重性。寒冬腊月,会场上清冷,他不停地用袖子擦额头和脖子上的汗。会后,靳专员和随行人员召集乡里的主要领导开会,没让他参加,他像困兽一样在办公室里来回踱着步。看情形,凶多吉少呀,该怎么办呢?他一筹莫展。他知道靳专员一向雷厉风行,疾恶如仇,犯在他手里凶多吉少。他正无措着,响起了敲门声,声音虽然轻微,对他无异于惊雷。他稳了稳心神,问,谁呀?外面响起了软糯的女声。肖常福听出是方蕊,别人大多粗门大嗓,只有方蕊有这种勾人心魄的声音。他应着,进来呀。又提了提衣领,尽量让自己周正些。方蕊手里拿着文件,说,乡长,刚送来的。方蕊到底年轻,虽知道肖常福挨批评了,却没想到这么严重,上级有了新指示,还是第一时间送给了他。方蕊进来后,把文件放到桌上,转身要走。肖常福看着她的背影,心像是被猫爪挠着,这块在面前晃了许久的肥肉,恐怕永远没有入口的机会了。他有些不甘心,叫住方蕊说,方蕊,来这工作时间不短了吧。方蕊两脚并拢站着,两手下垂握在一起,低着头说,乡长,一年多了。肖常福绕到方蕊面前说,这一年来俺待你咋样?肖常福不甚清新的口气扑到她脸上,她向后退了退,小声说,乡长待我好着呢。肖常福又向前探了探身子问,怎么个好法?方蕊抬眼看了看肖常福,见他的眼睛与往日不同,血红可怖。方蕊背过身子说,我也说不出来。院子里寂静无人,梧桐树上偶尔有一两只鸟聒噪着,肖常福知道人都在会场,眼下,横竖好不了,不如了个心愿。他鬼使神差地一把搂过方蕊说,俺对你好,是心里装着你呢。方蕊吓了一跳,用力推拒着说,乡长,你这是做什么?肖常福把嘴拱到方蕊脸上说,俺心里装的全是你呢,不信,你摸摸就知道了。方蕊大骇,用力推开肖常福说,俺一直很敬重你呢。肖常福没想到向来文弱的方蕊有恁大的力气,他被推得趔趄着。一愣神的工夫,方蕊从他的腋下钻过去,捂着脸打开门跑了。肖常福像木桩一样站着，心想，完喽，这下全完喽，雪上加霜了。

方蕊捂着脸哭着跑回办公室。靳专员主持召开的会议刚结束，靳专员考虑到肖常福这几年为乡里做了不少工作，培养一个干部不容易，再说，他熟悉当地情况，有利于开展工作，讨论结果是让他继续留任，党内记过，做深刻检查。散会了，人们正小声议论着，有人听到方蕊的哭声。人们好奇地聚拢过来，见她趴在桌子上哭着，桌上的笔墨纸张凌乱不堪。方蕊的对桌刘行进了屋，他走到方蕊桌前，俯下身子问，方蕊同志，怎么了？方蕊没回答，只是哭。人们交换了下眼神。方蕊来乡里后，工作认真，脾气好，见人不笑不说话，还有文化，大伙都喜欢她。今日这样，指定受了委屈。副乡长王来居赶来问，怎么回事？众人都摇头。他示意屋里人出去，来到屋外，把乡妇代会主任孙淑兰叫来，让她弄清方蕊为啥哭。又嘱咐孙淑兰，方蕊作为我们乡唯一的大学生，又是从部队军转过来的，咱们一定要保护好革命同志。孙淑兰点点头，她一直喜欢方蕊的文静大气，平日里像关心自家女儿一样关心她，她一定受了极大的委屈，要不然不会这样失态。她当即拍着胸脯说，王乡长，您放心，我一定问出是哪个王八羔子欺负咱方蕊了，好好教训教训他。平日里，方蕊像只花蝴蝶一样飞进飞出，惹得小伙子们看直了眼。孙淑兰想，指不定是哪个毛头小子做了出格的事，一定揪出来，杀鸡儆猴。孙淑兰想着进了方蕊的办公室。

孙淑兰新中国成立前是妇救会的，当年组织妇女为游击队和抱犊山区的八路军做鞋和棉衣，是个有思想、有觉悟、有智慧的妇女干部。她来到方蕊办公室，反手把门从里面插上，顺手从门后盆架上取下毛巾，在盆里淘洗了一下，来到方蕊面前，躬下身子，一只手抚着她的头发说，孩子，别哭了，出啥事了？方蕊的哭声小了，仍是啜泣着，身体一上一下地耸动着。孙淑兰轻声说，有什么大不了的事，说出来俺给你做主，擦把脸吧，这在单位呢，哭哭啼啼的实在不像样子。方蕊果然不哭了，只是趴在桌上。孙淑兰把举毛巾的手放到方蕊额头上，就势把她的脸托起来，用毛巾擦着她的脸说，瞧瞧，桃子长眼上了，看这鼻涕，跟门前的淘气鬼一个样，哪像革命同志！方蕊摸着头不好意思起来。孙淑兰把毛巾扔到桌上，扳着她的肩说，快给我说说，怎么回事？方蕊低下头，洁白的牙齿紧咬着下唇没说话。孙淑兰两手摇着她说，我的大小姐，你这一哭，声震八方，咱们乡的人可都洗完耳朵等结果呢，要不说出来，保不齐他们会胡说八道，咱可是清白姑娘，别惹下闲话。方蕊到底年轻，孙淑兰这么一说，眼泪又落下来。孙淑兰说，可别哭了，专署同志还没走呢，刚研究完肖常福同志的处理意见，你这又出一拐，乡里别想肃静了。听到"肖常福"三个字，方蕊扑到孙淑兰身上又哭了起来。孙淑兰捧着方蕊的脸说，方蕊同志，你要是再哭，我可叫公安来办案了，到时可不是这样了，啥事赶紧说出来，有我呢，我替你做主。方蕊伏在孙淑兰身上说，乡长，他……孙淑兰像是被烫着了，身体颤动了一下，捧起她的脸说，哪个乡长？他怎么着你了？快说！方蕊被孙淑兰的神情吓了一跳，见她双眉紧锁，眼睛瞪得溜圆，射出骇人的光芒。方蕊嗫嚅着，他……他亲了我。孙淑兰晃着她说，谁？什么时候？方蕊说，肖乡长，就刚刚，你们开会的时候。孙淑兰一把推开方蕊说，他真是疯了，克扣粮食的事还没完，又闹这出。孙淑兰平日看不惯肖常福的做派，胸无点墨，无德无才，也没什么功劳，在乡里吆五喝六地装大，凭着两片嘴皮，见啥人说啥话才混到今天，真是要烂到家了。孙淑兰愣了一会儿，丢开方蕊旋风般走了，连方蕊在后面喊她都没听见。

　　孙淑兰挟裹着风冲进王来居的办公室，王来居正陪着靳专员说话，对孙淑兰的莽撞很是不满，说，孙主任，房没着火吧，慌什么？孙淑兰看着坐在旁边的靳专员，有些窘迫。晃着身体说，那个，确实有点紧急情况。王来居说，有什么要紧事，工作上的？孙淑兰用力点点头。王来居说，正好，领导在，说出来，让领导给咱把关。孙淑兰更加局促地说,什么,那个乡长……王来居说,孙主任,你是怎么了?这可不是你的作风,有话赶紧说,靳专员不是外人。没办法,孙淑兰吞吞吐吐地说,方蕊是因为肖常福乡长那个她,才哭的。王来居站起来说,到底怎么回事?你这都吭哧半天了。孙淑兰瞥了他一眼,鼓足劲说,肖常福乡长亲她,就刚刚,她才哭的。王来居一时没反应过来,愣了片刻,他回头看靳专员,靳专员剑眉竖起,拍着桌子站起来说,这个肖常福,他想干什么?把他给我叫过来!

  肖常福当天下午就卷铺盖走了,依着靳专员,非得治他流氓罪不可。后来考虑到影响不好,毕竟肖常福之前一直在当地开展工作,也是组织用人失察,决定让他回家,消除影响。

  肖常福是天快黑时背着东西进家的。大建和一群孩子在门前分成两队打仗,两军正对垒着。他见肖常福背着大包袱进了家,赶紧遣散了人,说,今天不玩了,俺大回来了。说着奔向家里。肖常福每次回来,总会给孩子们捎点吃的,大建见这次包袱比往日都大,心想一定有很多好吃的。他和弟弟蜂拥着围上去叫着。肖常福没像往日那样拿出吃的分给他们,而是一把推开他们说,滚一边去。大建几个被推得向后趔趄了几步才站住。他们吸着鼻涕见肖常福黑着脸进了里屋。秀芬跟进来,见几个孩子呆愣着你看我,我看你。她拉过大建问,刚进家,又抽什么风?说着去摸肖常福放在门前的包袱。她有些好奇,包袱里究竟装的啥。包袱还没解开,肖常福撩开半截门帘从里屋出来。秀芬站起来,双手在衣襟上来回摩挲着说,回来了。肖常福没理她,扫了眼屋内,满脸凝重地往外走。秀芬见肖常福出去了,继续解包袱。她费劲地解开了包裹的死疙瘩,见包袱里卷着被子,还有凌乱的衣服和两双鞋。秀芬站起来自言自语地说,咋把东西都带回来了?几个孩子一字排开,站在秀芬面前。秀芬的心里东奔西突着,她扶着门框,见肖常福坐在院内问,他大,怎么把东西都带回来了?肖常福没搭理她。秀芬有些着急,来到他跟前，拽着他的衣袖说，快说，到底怎么了？肖常福甩开她说，不干了，看不见卷铺盖了？秀芬被惊得后退了一步，说，啥，不干了，今后家里吃什么？肖常福平日讨厌她心里只装着吃，不耐烦地说，村里也没见饿死的。秀芬拍着大腿说，那能一样嘛。肖常福早就不耐烦了，他想咋找了这么个四六不分的老婆，这时候了，还惦记着吃。他像头暴怒的狮子，抓起板凳掼向秀芬说，打死你个只知道吃的蠢货。秀芬侧身躲过了板凳，满眼惊恐地说，你心气不顺，拿俺撒什么气？谁惹你，你找谁去！这话无异于火上浇油，他想，要不是她整日唠叨着吃，他能伸手贪污？要不是因贪污受处分，他能失了心智对方蕊下手？一切都因这个蠢婆娘而起，娶个好老婆发家，一点不假，她除了拖后腿，啥也不成。肖常福想到这里，一步跨到秀芬跟前，伸手抓住她的髻，把她掼在地上，然后脱下鞋，劈头盖脸地抽着。秀芬一边用手遮挡着鞋底，一边哭喊着，救命啊！隔壁枣花听到了动静，要过来拉架，被立柱和婆婆制止了。秀芬哭喊得越来越凄厉，枣花听不下去了，不顾阻拦，跑到肖常福家，见肖常福正一下下抽打着地上的秀芬，秀芬身体团在一起，大声哭喊着，几个孩子在一边哭着，却不敢上前。枣花上前夺下肖常福手里的鞋说，打了半天了，再打出人命了。肖常福许是打累了，扔下秀芬进了屋。枣花扶起地上的秀芬，见她脸上青一块、紫一块的，嘴角还渗出了血，满脸是泪，嘴哆嗦着说不出话来。枣花说，大建，搭把手扶你娘进屋。几个吓呆的孩子这才过来，七手八脚地搀扶秀芬。秀芬哭得伤心欲绝，枣花撩起她的头发说，咋下恁重的手呢？枣花和孩子们搀着秀芬进了屋，枣花想让她去床上歇息，她拖着身子不愿进里屋，肖常福在屋里，她怕肖常福再动手，一屁股坐在堂屋地上。门外陆续有邻居进来问，这是怎么了？秀芬不敢大声哭，小声啜泣着，头发散乱地遮住了面颊，松散的髻垂在右侧肩上，倚墙瘫坐着。人们都说，莫哭了，两口子哪有不吵架的。有人探头往里屋看，里屋黑，借着外间微弱的灯光，看见肖常福仰面躺在床上。人们劝说了会儿，翻来覆去还是那几句话，又陆续散去。清幽的灯光下，只剩下秀芬攥着鼻涕哭。几个孩子见局势不妙，也不吵着吃饭了，蜷缩到床上睡觉。

枣花回到家，见立柱黑着脸站在门前。枣花侧身进了家。立柱瓮声瓮气地说，东院的事，你少管！枣花回头看着立柱的背影说，都打破头了，邻里百世的，拉拉架怎么了？立柱说，别家可以，他家不行！话像一块石头掷在地上。枣花不明白，立柱为啥对隔壁恁大成见。立柱又说，天作有雨，人作有祸，看他们见天嘚瑟样，有他现眼的时候。枣花没说话，回头进了南房。自从成亲后，立柱来她房间的次数扳着手指就能数过来。大多时候，立柱留在上房陪母亲。枣花也理解，婆婆眼睛看不见，跟前需要人。让枣花对立柱心生罅隙的是他从不心疼自己。那天，枣花回了趟娘家。成亲后，枣花一年也就回一两次，她蒸了些馍打算带回娘家。婆婆一直坐在院里，手拿着拄棍在地上来回划着。立柱和枣花下地时，她拿着拄棍坐在大门前，一是撵鸡打狗，再就是防贼，慢慢养成了习惯。枣花踌躇了一会儿，说，娘，俺想回家看看呢。枣花婆婆抿抿干瘪的嘴问，回家？枣花听出婆婆的不悦，说，娘，俺回娘家看看。婆婆说，立柱还在地里忙呢。枣花说，地里收拾完了，刚下完种子，立柱去看苗出来没。婆婆没说话，手里的拄棍加大了划拉速度说，到底喂不熟呢。枣花在灶间落泪，看来婆婆不愿自己回娘家，只是昨天担水时，碰见娘家邻村的货郎刘，说昨日去她娘家村卖货，听说她奶病了，还挺厉害。枣花一夜没睡好，奶奶从小疼她，父亲不成器，爷爷去世早，奶奶支撑这个家不容易。奶奶就如风中的灯，说不定哪天就油尽灯灭了。她一早将家里家外收拾利索，想着快去快回。她没敢和立柱说，说了，立柱顶多回一句，问俺娘吧。枣花最后咬咬牙说，娘，饭做好了，回头让立柱盛一下，俺后半晌就回来。婆婆没说话，用鼻孔哼了声。枣花以为婆婆默许了，挎上包袱，一溜小跑出了门。

枣花回来时，立柱黑着脸蹲在二门处。立柱一年四季喜欢长在地里，白天很少在家待。枣花笑着问，咋没下地？立柱没说话，翻着白眼看她。枣花绕过他，奔向上房说，娘，捎了些枣子回来，给您尝尝。婆婆说，俺牙口不好，吃不了那玩意。立柱跟进来说，拿这些破烂货回来糊弄谁呢？枣花没说话，低眉顺眼地将包袱放在矮桌上，去里屋收拾婆婆床上的衣物。枣花走时收拾过了，再做是为了躲避立柱锋利的眼神。立柱不依不饶地跟进来说，把俺娘一人扔家里，抬腿就走，哪个是你家？枣花没说话，拍打着平整的床铺。枣花的眼睛雾蒙蒙的，想起娘的话，嫁鸡随鸡嫁狗随狗，哪个女人不伴着眼泪渡日月？你婆婆也是这么熬过来的。病床上的奶奶说，习惯了就不觉委屈了，久了，委屈会把心胸撑大，气也顺了。枣花看着奶奶核桃般的脸，深陷的眼窝，缺牙瘪进去的嘴，她没来由地心酸。奶奶就像门前的老枣树，为这个家，一年年在风雨中挺立着。奶奶伸出干枯的手说，出了嫁，维护好婆家，经管好家，也算咱家的荣光了，也是你的造化。枣花不明白奶奶的话，奶奶拍拍她的手说，孩子，女子持好家，荫及子孙，光耀的是两家人。枣花点点头。奶奶又说，你婆婆眼不好，回吧，她一辈子顶不易呢。枣花担心立柱回来生事，想回去，嘴上却说，奶奶，俺刚来，过午再回吧。奶奶说，不成，立柱回来，家里只有你婆婆，指定不痛快，咱得把日子往好里奔。枣花只得告别了家人。没想到，回来后，立柱果然不依不饶。枣花来到灶间，生了火，温热了饭菜，把饭菜端上桌。立柱蹲在院里竖眉瞪眼地看着她出来进去，每日吃饭时，通常立柱和婆婆先吃，她喂鸡，收拾灶间。立柱和婆婆吃过后，她才坐在灶间矮凳上吃饭。她往嘴扒拉着凉了的饭菜，看一眼黑漆漆的灶下，目光又收回到碗里。

枣花连着生了两个女孩后，婆婆开始指天骂人。偏偏隔壁家秀芬一年生一个孩子，枣花是进门三年才怀上，刚生产完，婆婆一听是女儿，没好气地说，立柱等着使驴呢，赶紧给他送去。枣花拖着虚弱的身子，爬起来牵着驴下地了。立柱正割麦子，见枣花顶了头巾，面色蜡黄地牵着驴子走来，连问都没问，继续低头割麦子。枣花开始往驴身上装麦子，驴身上装了架子，麦捆要撂老高，装着装着，枣花眼前一黑，她慌忙蹲下。驴在一边不安地刨着蹄子。立柱回头看了眼说，有恁娇贵？枣花蹲了一会儿，扶着地慢慢站起来，继续往驴身上装麦捆。装好后，枣花牵着驴回家了。枣花把麦子卸在场院后，把驴拴在门前，像往常一样生火做饭。

　　肖常福出事后，好长时间待在家里不出门。后来，他在广播里听说要成立农业合作社，他像猎犬一样嗅到了机遇。你们把我开除回家，没开除我党籍，我有工作经验和方法，上级那些政策，依着村里几个脑袋装满糨糊的家伙，能执行得了？为此，他去了趟县里。周县长以前很赏识他，出事时，帮着他说了话，靳顽固才没让公安局的人来。多年的工作经验告诉他，要听毛主席的话，按他老人家的指示精神开展工作，不过，上面没人，再好的工作思路和方法执行起来也难。肖常福之前听一个有文化的领导讲过伯乐和千里马的故事，他起先不知伯乐和千里马是什么，后来人家讲到用人上，他才明白。肖常福悟性好，后来在不同场合，他也有样学样地讲千里马和伯乐的故事，人们对他更是刮目相看了。他由此开始寻找自己的伯乐，去县里开会间隙，他主动找领导汇报工作，他会察言观色，看哪个领导是敷衍他，哪个对他的话感兴趣。经过甄选，他锁定了周县长做他的伯乐。周县长老家离桃村十来里地，乡里乡亲好说话。再说周县长是个念旧的人，对他热情有加。自从搭上了周县长，他去县里申请救济啥的顺畅多了。那些傻里傻气的家伙，想凭着一腔剩勇到处东奔西突，简直是痴人说梦。

　　肖常福去县里找周县长，他刚好在办公室，寒暄了几句后，他有些恨铁不成钢地说，常福，没想到你犯了这么严重的错误，好好的前程毁在自己手里，多大的人了，把握不好自己。你也受党教育多年，意志就那么不坚定？毛主席老人家说过，治国就是治吏。礼义廉耻,国之四维;四维不张,国将不国。古代,但凡强大的国家,都懂得这个道理。如果大臣一个个寡廉鲜耻,贪污无度,胡作非为,国家还没办法治理他们,那么天下一定大乱,老百姓一定要当李自成。历史都写得明明白白的,你怎么就犯糊涂呢?肖常福毕恭毕敬地站着听周县长训话,还不时地点头会意。周县长训累了,坐回到椅子上。肖常福赶紧端了桌上的茶杯,举到周县长面前说,周县长,您喝口水,消消气,莫跟我一般见识。我八辈子贫农,没见识,乍一过好日子,没把握住,也是家里孩子多,拖累。周县长喝了口水,将杯子怼到桌上说,你少拿孩子说事,方蕊的事又怎么说?肖常福偷看了眼周县长,见他还是满脸怒色,看来不用撒手锏消不了他的怒火。肖常福闭上眼,左右开弓扇着自己耳光说,我辜负了毛主席的教导,辜负了您的栽培,辜负了党的教育。周县长背着手刚踱到窗前,听到耳光的脆响,转过身说,住手!你应该从思想上做深刻检讨,而不是这般。肖常福住了手,脸火辣辣的。周县长面色缓和了许多。肖常福期期艾艾地说,县长,您看,我认识到自己的错误了,我有工作经验,不能一直在家窝着呀,听说要搞合作社,我多少能出点力呢,他们几个,没工作经验,落实上会出问题。周县长没说话。肖常福了解他,不说话就代表默许。不同意的话,早就跟机关枪一样训开了。

  桃村的农业合作社成立后,肖常福如愿当上了社长。用周县长的话说,对待犯错误的同志不能一棍子打死,要给他们戴罪立功的机会,再说,现在村里工作需要他。周县长说的是事实,桃村是乡里几个试点合作社之一,村民们有些事明白不过来,肖常福在全村大会上不止一次地讲农业生产合作社的好处,说农业生产合作社是劳动人民的集体经济组织,是在共产党和人民政府的领导和帮助下,按照自愿和互利的原则组织起来的。说白了,就是社员的所有土地、耕畜、农具等生产资料统一使用,并逐步把这些物件公有化。社员们在一起共同劳动,统一分配劳动成果,这样做的好处是消灭了剥削。肖常福还没讲完,人群立马炸了锅,立柱这般过日子人家,有点积蓄就会去置办地,牛马耕耙都有,当然觉得亏得慌。沙从君和柳汉儒家,解放时被查抄了,家徒四壁,他们躲在角落里,没有发言权,感觉事不关己。村里一些不过日子的人家,每年收成还不够吃喝败坏的,没有点家底,他们是积极拥护的。立柱气呼呼地离开了会场,说,早知道他会作妖,没想到,才消停两天,又出来犯浑了。肖常福眼角余光瞥见立柱气鼓鼓地走了,一分神,正讲着的话不知怎么往下说了。不知为啥,他打心底怵立柱,桃村合作社能不能做好,做成全乡、全县的样板,须把立柱的工作做通。自己出面,心里没底,让来长友出面吧,立柱也看不上他。立柱是个倔脾气,不喜欢的人,走对面叫他,他也不搭理。喜欢的人,牛马都可以借人用。立柱倒是不讨厌柳生,当年柳生父亲活着时,和肖贵栓要好,两家农忙时一起用牲口。眼下老一辈不在了,有从前的底火,立柱对柳生比别人要好。青黄不接时,立柱常接济柳生。肖常福一心不可二用,讲话磕巴起来。再加上下面人问东问西,比如俺家老母鸡还入社吗?地是不是都得入上?肖常福也是刚开会回来,为了在大伙面前显摆一下,紧急召开了会议,合作社的具体精神还没领会透,这么一问,有的他也答不上来。他摆着手说,今天只是个预备会议,让大家知道上级的精神,至于具体事宜,待我们开会研究后再召开全体村民大会,不要着急,反正共产党和毛主席会带领大伙往好日子奔。众人这才议论着散去。崔福运老了,佝偻着腰,耳朵有些背,他问朱光明,常福讲的啥?朱光明说,叔,你家的地和俺家的地都不跟咱姓了,以后都是大伙的了,咱们一块干活,一个锅里吃饭,不分张家和李家了。

　　肖常福召集来长友、柳生和大洋马来他家开会,商量合作社的事。大洋马说头疼不愿来,秀芬之前听到了大洋马和肖常福的闲话,碰面时骂了几次。依着从前的性子,大洋马不会善罢甘休的,只是眼下铆着劲想进步,当然不能和群众发生争执。再说,她和肖常福确实不清不楚,怨不得人家,只能忍了。来长友和柳生一起进门,肖常福坐在堂屋,歪头看他们身后。柳生见肖常福往后看,也回头看,见院子空空的,忽然明白了,说,她说头疼呢。肖常福说,她不来,会开不圆满,咱村合作社要想顺利成立,非她出马不成。来长友搔着头说,有恁邪乎?肖常福站起来说,走吧,去她家开。来长友和柳生紧跟着肖常福出了门。肖常福出任社长,来长友有情绪,不过没表现出来,毕竟在自己婚事上,他里外奔走帮忙了。柳生随方就圆,不管谁主政桃村,带着他就成,他暂时没野心,也没二心。来长友边走边问,为啥非得洋马姐出马呀?肖常福说,你傻啊?你想想,咱村谁不愿入合作社?来长友想了一会儿,说,你立柱哥不愿意。还有呢?朱光明也不愿意,不过,朱光明这人不愿意也不说出来,他滑得跟咱微山湖里的鲶鱼一样。柳生跟在两人身后说,福运大爷也不乐意。肖常福拍着手说,说得对,其他人好对付,崔福运不好办。来长友恍然大悟,说,我明白了,原来是借力打力呀。肖常福说,就是呢,想当初大洋马将崔福运整得一点脾气都没有。现在,听说崔明铎又升官了,你我犯不着去崔老头那里讨没趣。所谓石膏点豆腐,一物降一物。来长友说,洋马姐最近工作没以前积极了,也不知咋回事。肖常福说,积极性得调动嘛。三人说着话来到了大洋马家门前。大洋马家的门半掩着,肖常福走在前面,推门进去,见她正缝着小孩的棉衣。肖常福说,晓玛,这是给谁缝的?大洋马抬头看了看,继续低头缝衣服,拉长声调说,贵客呢,今天是啥日子?肖常福知道她不满前些日子自己对她的冷淡,顺手拉了个板凳坐下,又回头招呼来长友和柳生坐。来长友寻了个凳子坐下。柳生没寻到,房间小,肖常福和来长友坐下后,只剩下门前一点地了。柳生倚门站着说,不碍事,我在这一样听。肖常福说,晓玛,以前我在乡里,不好插手咱村的具体工作,你的事一直没落实,怪我。这回组织上把我派到咱村了,我一定向组织反映你的情况,村里的工作还得参加,没你哪能成事?大洋马说，乡长，我这急着赶明利叔孙子的冬衣呢，挣口饭吃，到了跟前，现做来不及，凡事都得早打算，不能用着啥抓啥。大洋马的一席话绵里藏针，说得肖常福的脸红一阵、白一阵的。不过，肖常福就是肖常福，他干咳了声说，还是晓玛有远见，要不说村里的工作离不开你呢。我明天去乡里落实你的问题，乡里不行我去县里，这么有能力的同志不用，是组织的损失嘛。大洋马抬头看了他一眼，见肖常福一脸严肃和真诚。她面色缓和了许多，说，有什么事？说吧。肖常福说，昨天你没开会，不了解上级精神，国家呢，是想让生产关系适应生产力，消除工业化与农业发展的矛盾，出台了一些政策，再说，今年别看咱桃村庄稼丰收了，那是依着微山湖和大运河，别的地方可没咱们幸运，旱灾庄稼减产挺严重的，老百姓的生产积极性不高，有的对生产灰心，宰杀牲畜的大有人在。国家为了遏制这些不利于发展的苗头，决定成立农业合作社，咱们桃村这几年在大伙的共同努力下，各项工作都走在了前面，这次上级出于对我们的信任，在我们村率先搞试点合作社建设，我们都要积极响应。再说，国家的初衷是好的，是想让大家过上好日子，可是架不住千人千心，思想觉悟不高，一门心思想复辟剥削阶级那一套的大有人在。肖常福为了唬住大洋马，把会议上听来的内容，没经理解，一锅端了出来。大洋马知书识字不假，对于这些新精神，还是第一次听说，一时半会儿弄不明白。肖常福才不管你明白不明白，越云里雾里的，越显得自己高于一般人。他讲得高兴，又滔滔不绝地讲了桃村合作社的规划，工作重点、难点是村里拥有土地牲畜的人家，做通他们的思想工作，就成功了大半。说完眼睛霍亮地盯着大洋马。大洋马瞟了一眼肖常福，大致猜到了他的来意，他是拿自己当枪使，去整治崔家。大洋马心想，有这机会，我干吗不出口恶气？你崔明铎再能耐，左右得了别人，奈何不了我。她咬断衣服上的线，将棉袄拍打着叠上，说，我手里的活做完了，有事叫我就成。肖常福见目的已达到，笑着说，还是晓玛同志觉悟高，事多着呢，有咱们忙的。

立柱回到家，把开会的事说与母亲。王氏划拉着棍骂开了，这个坏蛆，这辈子做不下好事了，咱汗珠子摔八瓣攒下的家业，他一句话就成大伙的了，丧天良的。立柱见母亲生气了，小声说，娘，等等看，肯定不会说是公家的就是公家的了，得给咱个说法。枣花小声说，就是，又不光咱家，福运叔家的地可比咱家的多。王氏停下拐棍说，那倒是，人家儿子是省里的要员呢，看他能把人家怎么着。

秀芬隔着墙听到王氏的咒骂。肖常福还没进门，她就跑到跟前，瞟着隔壁说，那边正骂呢。肖常福皱着眉说，赶紧烧饭去，熊老娘们事多。秀芬小跑着进了灶间，自从挨打后，她学会了看肖常福的脸色说话。肖常福刚从乡里回来那段日子，秀芬挨了打，脸上有伤，除了挑水，基本不出门，消停了些日子。肖常福新近当了社长后，她又和以前一样了，每日在井台上故意说给村里人，俺家常福又去开会呢，一早就走了。别人还没应声，枣花在旁边说，嫂子，你脸上的伤好了，没落下疤，怪好呢。秀芬噎住了，翻着白眼看枣花，生气地挑起水桶走了。枣花看着她的背影说，三天不打上房揭瓦，兴许说的就是她吧。朱光明的老婆李氏说，小声点，人家是干部家属。枣花说，干部家属咋了？各人吃各人的饭。

肖常福暗下决心，一定把桃村合作社做成样板，最好能在全乡、全县推广，到时自己翻身就有底气了。他每晚辗转反侧地想着合作社成立的细节。村里那些吃了上顿没下顿，家徒四壁的户整天翘首企盼着政府的新政策落实呢，最好像刚解放时分些地主的浮财。不过，也有几家难对付的，立柱是其中之一，他暂时不打算接触立柱，先晾他一段时间，村里其他人同意了，只剩他一家，不同意也得同意，这是人家说的避其锋芒、迂回战术。关键还得看大洋马给不给力。肖常福整日为合作社的事费力劳神时，学校那边却出事了。

那天半夜，杏园村的陈白学深一脚浅一脚地来到桃村，黑灯瞎火的，他先拍了立柱家的门。立柱一家被惊醒了，枣花隔着门问了一会儿，才明白是找肖常福的。枣花耐着性子说，东面呢。陈白学听完，像火上了房一样跑到挨门狠劲擂门。早在砸立柱家门时，肖常福就被吵醒了，他侧耳听得不太清晰，听到砸自家门，慌忙披衣去开门，非常时期，没什么要紧的事，不会半夜三更砸门上户。

肖常福鞋都没顾上提，趿拉着鞋一路小跑打开了门。陈白学携裹着风闯进来，双手抓住肖常福说，乡长，您得给俺做主呢。肖常福被喊得心里暖乎乎的，多少日子没人这么叫他了，没人能体会他听到这个称呼时心里的舒坦劲。他转身关上门，拉着陈白学说，有话屋里说。说着领他进了屋。陈白学跟在后面说，乡长，可得给俺们做主呢，地主啥时候都改不了本性。来到屋里，肖常福拿凳子递给他，他接过凳子，倚着门坐下，双手捂着脸说，丢人败兴呢！肖常福说，到底怎么了？

陈白学以前不叫这个名字，父亲请人给他取名陈思成，希望他学有所成，光耀门楣。六岁时，家里把他送进私塾。谁知，去了三天，愣是一个字没学会。后来，私塾先生想学孔老夫子因材施教，想了很多方法教他，无奈还是教不会他。后来，先生想从他身边熟悉的东西教起。有一天，私塾先生路过磨坊，抓了一把糠，想教他认识"糠"字。先生把糠攥在手里问，思成，这是什么？陈思成盯着先生的手看了一会儿，又看先生的脸，见先生正颔首微笑鼓励着自己，他大声说，拳头。先生无奈，于是把拳头松开继续循循善诱，思成，仔细看看，这是什么？糠被先生攥过后，团在了一起。陈思成又看了看先生，心想，先生怎么让我学这个，这不就一圆团吗？随口说，团。先生听了，眼前一黑，感觉胸口热辣辣的。先生想，莫不是要吐血了，实在教不了，还是放弃吧，犯不着把命搭进去。

第二天，先生请来陈思成父亲，大意说，自己才疏学浅，教不了令郎，可另觅高师。陈思成父亲知道先生不愿教了，看先生的样子，多说无益，向先生说了些感谢的话，带着陈思成回家了。村里有好事的，戏谑说，思成进学堂又不去了，这几日不是白学了。后来，不知怎的，在村里叫开了，父亲请人取的陈思成这个名字倒没人记得了，大家都叫他陈白学。陈思成读书不行，种庄稼却是把好手，加上会捉鱼捞虾，父亲又给他置下了家业，日月过得一直比别家好。桃村成立学校后，陈白学大女儿雪云十七了，他还是把女儿送到了学校，想着自己不成器，盼着下辈出个读书人。陈雪云也争气，先生一教就会。陈白学想，现在新社会了，女孩子读书一样有出息，上级来村里检查的女干部，精气神不输男子嘛，想着让女儿好好读书，有一天也能成为吃公家饭的人。谁知，前几天，女儿放学回来老是呕吐。原想着是吃坏了肚子，带她去瞧病，她死活不去，一直窝在床上。老婆大月看着呕吐的女儿满脸焦色，说，他大，这孩子……陈白学看老婆把话含在嘴里，拍着床帮说，有话快说嘛。大月怯怯地说，咱闺女像不像我有喜那会儿。陈白学一下站起来说，你个蠢货，被猪油蒙心了，咱闺女可是黄花大闺女。大月瑟缩着说，可是，你看……陈白学跌坐到床上，回想起这些日子女儿的种种行径，指着大月说，你个混女人，咋管孩子的，赶紧问清楚。大月急急慌慌地往外走，差点被凳子绊倒。

大月来到陈雪云和妹妹住的西屋，陈雪云正蒙着被子睡觉。大月一把掀开被子，她刚被丈夫骂完，余怒未息，指着陈雪云骂开了，你个死丫头，天天睡得跟头死猪一样，快说，做没做伤风败俗的事？你大都要生吃我了。陈雪云侧身躺着，没搭理她。大月彻底被激怒了，抄起床前的鞋，劈头盖脸地抽着女儿。鞋底抽在陈雪云身上，她却一声不吭，任凭母亲抽打。陈雪云想，做下这事，不如死了算了，肚子一天天大了，她不敢向母亲讲，只是纸包不住火，事情总有败露的那天。大月见她一声不吭，心愈发往下沉，依着女儿的脾性，没错的话，早就咋咋呼呼地闹了，她心里有了七八。大月打累了,坐在地上哭起来,一边哭一边数落着,怪不得都不待见妮子,不光赔钱,还让家里蒙羞,你咋不为这个家想想呢。你说,是哪个缺德鬼做下这事,不说,我死在你面前。说着起身从墙角摸出了麻绳,往房梁上抖。陈雪云慌忙下床,抱住大月说,娘,是柳广福,俺稀罕他。大月像是被雷击了,像尊雕塑般站着。

陈白学听完大月遮遮掩掩的叙说,左右开弓打自己的脸。大月哭着跪在他面前说,他大,都怪俺,没调教好闺女。陈白学说,不能便宜了那个畜生,我这就去告他。说着拉开门走了。大月跟在后面说,他大,这大黑天的,政府也没人呀。陈白学没好气地说,滚回去!大月哆嗦着回了屋。

陈白学坐下后,前言不搭后语地诉说着,柳广福不是东西,是大坏蛋!两只手不停地抖动着。肖常福递了颗普滕烟给他,他点了几次也没点着,一个劲地说,他就一畜生,一坏分子,地主性不改,欺负到我头上来了。肖常福看着明灭的油灯,心想,他在这待一夜,兴许还是这几句话,依着这几句话,他实在弄不清楚柳广福到底做了什么坏事。于是说,白学呀,我明天去学校批评广福,有啥大不了的,让他改正就是了。陈白学激动地站起来说,乡长,这不是批评的事,得让公安局把他捉起来,他要流氓。肖常福心里咯噔一下,这个词前不久别人刚给自己用过,听着有些刺耳。肖常福有些不悦地说,他怎么就要流氓了?陈白学看了肖常福一眼,低下头,两手握在一起说,他把俺闺女肚子弄大了。这次轮到肖常福语无伦次了,他瞪大眼睛问,你说什么?这种事可不能乱说。陈白学说,俺会往自己头上扣屎盆子?肖常福点点头说,我不是那意思,柳广福真不是个东西,看来贫下中农对他的教育还不够。当初是肖常福向乡里举荐的柳广福,柳广福知恩图报,逢年过节都会提着东西来看他。这次捅了这么大的篓子,传到乡里可不是闹着玩的,一是他曾经的错事刚被人淡忘,出了这事,又会被提起。再说,是他举荐的柳广福,乡里会不会有人拿这说事,说啥样的人稀罕啥样的人呢。他之前在乡里得罪了一些人，要不是周县长，乡里那帮家伙无论如何不会让自己复出，得想法把这事压下来。想到这，肖常福往前挪了挪板凳说，白学，我知道你气，你恼，搁着谁，这口气也不好咽，我让公安局把他捉走简单，不过，你想过没有，真这样，十里八乡，甚至全县的人都会知道，咱闺女以后还得嫁人，咱在村里还得待下去，这事一旦捅出去，唾沫星子也能把咱淹了。陈白学看了眼肖常福，低下了头。他气昏了头，咋没想到这一点？要是这事捅出去了，今后肯定抬不起头来了。肖常福说，白学，柳广福我会找他，坚决不让他教学了，还得让他私下给咱个说法，至于孩子，年龄不小了，踅摸个婆家嫁了吧，对孩子，对家都好。这事，我就当夜里做了个梦，明天一早就忘了，回头想想我说的有道理没，你要是坚持捉他，我也支持，一早我就去报告。陈白学抹了把脸说，常福，还是你做事周全，这事你就当是个梦吧。说着起身要走，起得太急，身子摇晃了一下才站稳。

第二天，来长友和柳生来找肖常福，商量如何开展工作。肖常福打着哈欠从里屋出来说，夜里没睡好。来长友嬉皮笑脸地说，嫂子昨晚缠你了？肖常福满脸菜色，指着来长友说，你以为都和你一样，连娶进门的工夫都不能等。来长友说，你是饱汉子不知饿汉子饥，三十大几的人了，有人愿意跟咱，那还不跟饿狼见着肉一样，一时半会儿也不能等。肖常福说，看你那出息！今天我确实有些乏累，工作也不是一天能干完的，你们先回吧，柳生，让广福到我这来，我有事和他说。来长友说，合作社八字还没一撇呢。肖常福说，就你这毛躁劲，能成啥事？沉住气，让他们心里吊几天桶。说完端起桌上的饭吃起来。柳生接到任务转身走了，来长友见柳生走了，也跟着出了门，他知道肖常福找柳广福一定有事，待在这里碍事。

柳广福不一会儿来了，他站在门一侧，低着头，双手垂着，腰微弓着说，乡长，你找我？肖常福看了他一眼，柳广福身高超过他家门了,他穿着月白色衬衣,衣领和袖子扣得严严实实的,上衣兜里别着一支亮光闪闪的金星钢笔,黑亮的头发从中间分开,浓眉下一双细长的眼睛闪着寒星般的光。柳广福被看得很不自在,低着头,双脚不停地移动着。肖常福耷拉下眼皮说,进来嘛。柳广福这才弓腰进了屋,坐在进门处。大建领着几个孩子在里间找布条搓抽陀螺的鞭子。肖常福起身把他们赶出去,随手关上了半截风门,说,广福,当初让你去教学,我在乡里费了老鼻子劲了。柳广福点头哈腰地说,是呢,俺一直记着呢。肖常福说,以你的成分,是万万不成的。柳广福把头窝在胸前,双手不知放哪好。肖常福见他没说话,知道他心虚,说,你不好好教学,接受贫下中农再教育,偏偏作怪。昨天夜里,要不是我使了心思,你现在恐怕在公安局待着了。柳广福听到这,扑通跪在肖常福面前,拉拽着他说,乡长,您的大恩大德俺一辈子不会忘,俺不是人!肖常福沉声说,赶紧起来,这事我给你瞒着呢,学是不能再教了,我明日编排个由头向上级和村里人讲。只是,糟蹋了人家的黄花闺女,得给个说法。柳广福说,乡长,你说咋办就咋办,我听您的,我倾家荡产想办法。肖常福说,就你那个家,搁着从前还有个倾头,现在全倾了,能倾出多少?柳广福说,那边怎么说?肖常福摸着下巴想,看他这架势,应该有家底,莫非当年他还留了一手?肖常福说,国家现在发了新币,花花绿绿的好看,你拿十五块给我,我去给你说说看。人家答不答应还两说呢。柳广福听到十五元,跌坐在地上说,乡长,家里眼下有一块钱就不错了。肖常福说,随你便吧,我还不想跟着蹚浑水呢。柳广福说,乡长,您还得救俺,我回去筹钱。

  第二天晚上,柳广福来找肖常福,没了昨日的神采,穿了件破旧的粗布褂子,头发散乱,舔着干裂的嘴唇说,乡长,只筹借到了十三块,您大人大量,洪福齐天,一定帮帮俺,您的大恩大德俺会记一辈子。肖常福看了一眼柳广福举到面前的钱,只有一张一元的,剩下的有一分、二分、五分的,还有一些纸币。肖常福想,这些钱，也够他还个十年八年了。柳广福见他没说话，以为他嫌少，苦着脸央求道，乡长，不是俺打马虎，能借的全借了，能卖的也卖了，家里只剩人了，实在筹措不出了。肖常福叹了口气说，谁让你犯浑呢，惹下祸事，我过去试试吧，成不成的，可不敢打包票。柳广福又要给肖常福跪下，带着哭腔说，乡长是好人呢。肖常福轻描淡写地接过钱说，回去听信吧，我晚会儿去那边。柳广福这才缩着头，抱着肩走了。肖常福觉得他比昨天矮了，出门竟没刻意弓腰。

　　肖常福吃过午饭，剔着牙出了门。他走村后面的小路，顺着田埂往杏园村方向去，不一会儿来到了陈白学家门前。陈白学家在村东头，三间上房，房顶上面是茅草，临近房檐处有三层灰瓦，地基比旁边的房子要高些，气派了不少，东西还有几间配房。门前不像别家，不是鸡鸭猫狗，就是柴草堆，他家门前敞亮，收拾得干净利索。肖常福做乡长时，经常各村转，附近几个村，家家锅灶朝向他都知道。他推着虚掩的大门说，白学在家吗？听到声响，屋里慌慌张张出来一个妇女，看到肖常福，双手拍着胯说，这不是乡长嘛，您怎么有空了？肖常福倒背着手进了门说，路过，顺道找白学说说话。妇人听到这，向屋里喊，他大，赶紧的，乡长来了。陈白学趿拉着鞋，揉着眼，披着衣服出来，看样子正睡觉呢。肖常福说，白学，好福气，大白天在家睡觉。陈白学说，乡长，屋里坐，哪睡觉呢，心口疼，在床上歪会儿。肖常福明白陈白学的心情，岔开话题说，我路过，有点事想和你唠唠。陈白学说，乡长，屋里坐吧。肖常福跟着进了屋。

　　进了屋，陈白学招呼肖常福坐。肖常福坐下，满屋打量着说，白学，拾掇得不错嘛。陈白学苦着脸递过烟说，马虎过日子呗。肖常福接过烟叼在嘴上说，一点都不马虎，十里八乡也就你家收拾得利索。肖常福说的不是虚话，陈白学堂屋后墙放着暗红色条几和八仙桌，桌子两边放着太师椅。锃亮的条几上放着茶盘，茶盘上摆着套洁白的景德镇瓷器，旁边放着个胖胖的大花瓶，插着鸡毛掸子。

肖常福吐了口烟说，村里一般家庭哪有你这陈设？陈白学说，都是俺姐帮着弄的。肖常福倒是听说过陈白学有个姐，早年去外面读书，现在谋了不错的工作。当年，陈白学父亲见陈白学不是读书的料，铆足劲供女儿读书。很多人说他糊涂，女儿总要嫁人的，读书是二次赔钱，再说十里八乡没听说女孩子读书的。陈白学父亲不听闲言，卖地也要供女儿读书，现在看来，他老人家还是有眼光的。肖常福说，大姐现在在哪工作了？陈白学说，北京，啥单位我也叫不准，门前有站岗的。肖常福若有所思地说，肯定是好单位。陈白学苦着脸看脚下。肖常福往陈白学跟前靠了靠，压低声音说，白学，不如让咱姐在北京给闺女寻个婆家，闺女长相好，又识文断字，到北京说不定会有大出息呢。陈白学说，昨天给俺姐发电报了。肖常福说，那忒好了。又往门外看了看，见院内空无一人。肖常福来后，陈白学怕老婆乱说，打发她出去了。肖常福从兜里掏出五元钱递到陈白学面前说，白学，这是那货给的。陈白学像躲火一样躲着钱说，乡长，这钱俺不要，太埋汰人。肖常福说，干吗不要，依着老规矩，犯了错，不打就得罚，不惩治他，他不长记性，得让他觉着疼。陈白学用手捂着脸叹了口气。肖常福起身把钱放到八仙桌上说，别再等姐的电报了，明日打了车票，带上闺女去北京吧。陈白学把手从脸上拿开说，对呀，我怎么没想起来呢。肖常福说，赶紧收拾收拾吧，我回了，村里还有好多事呢。

  肖常福把成立合作社的风放出去后，过了几天，才召开了全体村民大会。听说开会，女人们和之前一样纳着鞋底，捻着线，说笑着来了。高广杰不时地跑到女人堆里调笑。他喜欢在人前疯，觉得不过瘾，去仓库翻出陈佳结婚时穿的旗袍，把旗袍套在身上，在人群里扭来扭去。人们笑得前仰后合。他又拉着秀芬的手捏着嗓子说，姐姐，咱今日拜干姊妹可好？众人有的笑出了眼泪，有的笑得捂着肚子。高广杰见所有人都往这边看，心里暗自得意。他这么做是想引起肖常福的注意，刚解放那会儿，他跟着大洋马积极了一阵子，没想到大洋马跟上了队伍，他被甩下了。这次，他感觉机会来了。肖常福早就看穿了他的心思，故意给他留出时间，让他活跃下气氛，一会儿好传达会议精神。只是高广杰太油滑，一般情况下不能启用，再说，他在村里到处散布他和大洋马的事，弄得他很狼狈，后来，他数次阻止了高广杰参与村里工作。这次不一样，拿他当枪使使也不错。肖常福想。

肖常福见气氛让高广杰搞活跃了，于是给来长友递了个眼色。来长友心领神会，站起来清清嗓子说，大伙安静下，现在开会，请肖社长给我们传达上级精神。会场霎时安静了下来。肖常福手里拿着一沓纸说，现在我宣读上级最新精神，全国人民代表大会常务委员会通过的《农业合作社示范章程》，文件有点长，我这两天喉咙不好，请长友给大家宣读。肖常福不能说文件上面的字认不全，那样太栽面子，只能找个托词。村里人知道他识不得几个字，只是没人捅破这层纸。来长友有些小得意，自从肖常福回村后，他一直窝在他身后，今日，终于有了在大伙面前展示的机会，他像只得胜的公鸡，一字一句地读起来。第一章，总则，第一条农业合作社是劳动农民的集体经济组织。下面有人问，"总则"是什么？柳生说，先听着。人们都噤了声。肖常福心里明白，村里人十个有九个听不懂，只有朱光明能明白个七八。听不明白最好了，好糊弄，要是都明白了，还不好开展工作呢。文件太长，来长友读得口干舌燥的，下面的人越听越没耐心。有人说，俺们又不懂这些，你就说俺该怎么干就成了。肖常福走到人群里说，上级的精神大伙还是要了解的，国家让咱老百姓过上好日子，咱好比是国家的孩子，哪有家长不想让自家孩子兴旺发达的。有人附和着，那倒是。

为了把合作社工作做扎实，肖常福一次次给村民开会，每次来长友都会宣读文件，村民们越来越觉得成立合作社是国家大事，要不然上级不会一而再再而三地下通知，再加上每次开会肖常福会描绘一下合作社的美好前景，有些人开始对合作社充满了期待。那些没地的，见了肖常福就催问，咱们社啥时候成立？反正没地，对他们来说只赚不赔，说不定能咸鱼翻身呢。肖常福会不紧不慢地说，不急，得统一了认识，有一个不愿加入的，这事也成不了。每次开会，大洋马会坐在前面，有时会配合着来长友喊口号，坚决支持走合作化道路！人们也高举起拳头跟着喊，声音响彻桃村上空。

　　崔福运有次开完会拄着拐棍进了家。进了门，他丢下拐棍，进了里屋。崔柳氏跟进门，见他歪在床上，满脸忧戚。她小心地走过来问，上级又有新精神了？崔福运将枕头扔出去说，那货又出来蹦跶了。崔柳氏捡起枕头，拍打着说，贱人消停了些日子，又出来了？崔福运叹了口气，说，这辈子做的最混球的事是订下了这门亲。崔柳氏说，眼下说这些也没用了，谁又有前后眼，今时不比往日，她能翻出多大的水花来？崔福运说，你没看她那样，像猴子一样上蹿下跳的，上辈子与咱有仇呢，这辈子专来羞辱咱的。崔柳氏说，咱都快入土的人了，跟她计较个啥劲，咱啥也别贪恋，死了带不走一点，人家要咱怎么做，依着做，还能咋的？崔福运叹了口气又躺下了，过了一会儿自语道，都怪明铎个贼羔子。崔柳氏说，别想太多了，我弄饭去，该吃还得吃。

　　经过多次动员，桃村所有人都同意成立合作社，连肖常福认为最难啃的硬骨头立柱也同意了。立柱每次开会都去听，回家会向母亲说起开会的情形。王氏一开始划拉着拐棍骂得很大声，后来，越来越小了。最后一次，立柱蹲在母亲身边小声说，崔福运和朱光明都同意加入合作社了。立柱母亲听了，没骂人，过了一会儿，立柱听到母亲颤颤地说，儿呀，胳膊拧不过大腿，咱也入了吧。立柱抱着头蹲在母亲身边没说话。隔壁肖常福不知和谁高声说话，毛主席他老人家说了，农村合作社是运动的主流，在欣欣向荣的局势下，全国奔着半社会主义合作化的道路发展，这是任何反动势力都阻止不了的，谁阻止就是发展社会主义的绊脚石，是要被清理的。立柱一家人听了面面相觑。

第二天，立柱告诉柳生，他同意加入合作社。至此，桃村率先在全乡成立了农业合作社。县里在桃村开了现场会，周县长在会上对肖常福短期内取得的成绩给予了表扬，并号召其他正在成立合作社的向桃村学习。肖常福满脸红光，垂手站在主席台一侧，眼神热切地看着台上的县长，不失时机地鼓掌。

会后，肖常福经常被邀请到周边合作社指导工作。肖常福得意了一阵子，想着做社长比做乡长还好，有名有利，不像在乡里，千人万眼地监督着你，在桃村，他说了算，没人敢反驳，也反驳不了。他走在村路上和以前不一样了，倒背着手，慢悠悠，四平八稳的。肖常福以前去找周县长时，见周县长在大院里就是这样走路的。

肖常福得意了没多久，县里又开了次会，传达了上级精神，说在实行合作社大发展中，个别人急于求成，出现了急躁冒进的情况，各社对照检查自身问题，对不符合要求的合作社坚决砍掉。肖常福听得冷汗直流，当初他可是乡里第一个成立合作社的，是不是急躁冒进呢？他心里没底，心里像装了十五个吊桶般七上八下的。

肖常忐忑了没多久，上级派来了工作组。带队的周组长戴的眼镜跟瓶底一样厚，肖常福把他们安排在朱光召家住下。周组长简单向肖常福说了这次来的目的，要开展一场既严肃认真又和风细雨的思想教育运动，鼓励批评，实行知无不言，言无不尽，言者无罪，闻者足戒，有则改之，无则加勉的原则。毛主席说了，要大鸣大放，春天来了，要让一百种花都开放，还有几种花没开放，得想法让花开放，这就叫百花齐放。百家争鸣就是诸子百家在春期战国时代，大家各抒己见，自由争论，成就卓著，现在也需要这个。肖常福听了半天，还像在云雾里。春天开花他知道，春秋战国和诸子百家又是什么呢？他满腹狐疑又不敢问，只是点头说，周组长，你安排就行，我们绝对服从。周组长说，这个简单，就是把大伙召集在一起，说说自己的想法。肖常福说，这好办，明天就召开大会，到时候您给大伙传达精神。周组长点点头。

第二天，桃村的男女老少被召集到队屋前开会。周组长传达了上级精神，下面小声议论着，啥叫大鸣大放？肖常福敲着桌子说，大家安静，听周组长讲话。周组长说，大伙不用着急，大鸣大放就是心里怎么想，就怎么说。高广杰说，俺现在心里想晌午吃点好的，这个算不算？周组长笑着说，这个不深刻，可以说说现在的日子好，还是从前的日子好，还有干部作风问题都可以说。崔福运蹲在离主席台较远的角落里，听到这，他猛然站起来说，我想不明白，以前地是百家姓，现在地都一个姓。说完头也不回地走了。肖常福扭头看周组长，周组长认真地在本子上记着。肖常福转身对台下说，谁还说说？大家你看我，我看你，一时冷了场。周组长说，大伙想说什么就说什么，刚才那位老同志说得很好嘛，大家要响应毛主席的号召，积极发言。肖常福见朱光明起来蹲下几次了，似乎有话要说。他知道朱光明知深浅，不会说出格的话，于是对朱光明说，光明叔，你说说吧。朱光明有些迟疑地站起来，看看周围，目光又回到台上。周组长鼓励说，老同志，不要有顾虑，说说吧。朱光明说，俺觉得福运叔说得对，以前地是自家的，有底气，过日子心气足，现在一下成大伙的了，心里没底了，吃得也没从前好了。高广杰站起来说，那是你家从前吃得太好，俺这些穷兄弟爷们，觉得吃得比从前强多了。沙箕斗说，可不是嘛。大伙你一句我一句地说开了。肖常福想制止，被周组长用手势制止了。他说，上级要的就是"百花齐放，百家争鸣"，听听大伙的心声，会议才算开成功。在周组长的鼓励下，很多人发表了自己的看法，连一项开会不敢发言的柳广成也站起来说，俺觉得还是过去好，过去俺家地多。高广杰说，所以你才被划成地主呀，难不成还想反天？柳广成被这话吓着了，嗫嚅着说，俺可没那意思，这不上级让说嘛。说着蹲下身子，任凭高广杰再怎么挑衅，他只蹲在地上，头窝在臂弯里不说话。有人见高广杰得了势，也跟着附和，一时间会场吵吵嚷嚷的。

肖常福趴在周组长耳边说，要不今天先到这。周组长点点头，会议在哄闹中结束了。

晚上，周组长皱着眉坐在煤油灯下翻看笔记本，肖常福推门进来。周组长站起来说，常福，你来得正好，正想找你呢。肖常福说，周组长，我越琢磨越不对劲，就过来了。周组长招呼他坐下，说，通过今天的会议，掌握了大伙的思想状况，想破坏农业合作化的大有人在呀，这样会影响社会主义农业改造事业的顺利进行。肖常福说，就是呀，看来，这些年对他们的思想改造还不够彻底。周组长说，是呀，所以我们要认真对待，将不利于社会主义事业发展的不利因素消灭在萌芽阶段。肖常福说，周组长，您说怎么办？周组长说，明天继续开会，挑一两个典型分子进行批判，要让大伙充分认识到错误，树立正确的思想。肖常福说，我也这么想，得狠杀他们的嚣张气焰。只是批斗谁合适呢？周组长说，批典型和有代表性的。肖常福说，那就朱光明和柳广成吧，他俩说得最多。周组长翻了翻笔记本说，好像是崔福运先开的头。肖常福看看门外说，周组长，你不了解情况，崔福运的儿子为国家做过大贡献，现在是省级领导了。周组长很是意外，说，没看出来，桃村出了恁大的人物。肖常福说，是呢，再说，当初福运叔还支持过八路军呢。周组长点点头说，那就按你说的，批那两个，一定要做好充分准备，批得他们心服口服，借机让群众受教育。

第二天一早，高广杰围着村子吆喝，让大家抓紧去队屋门前开会。沙箕斗从家里出来问，高广杰，又开啥会？接着大鸣大放？高广杰绷着脸说，去了就知道了。说完顺着巷子向南走，边走边大声吆喝着。

不一会儿，大伙聚集到队屋前，朱光明发现今日的会场氛围与昨日不同。昨日周组长的面色像三月的太阳一样温暖，而今天他的眼睛像数九寒天的月亮，发出凄冷的光。朱光明心里像揣了只兔子，他又转向肖常福，肖常福的脸平展展的，像无风时的微山湖面。他又向人群扫了一眼,看见来长友和柳生分开站在人群后面,面无表情地倒背着手。朱光明感觉不妙,心忽忽悠悠地下坠着。他想扇自己大嘴巴子,一把年纪了,还是改不了人前疯的毛病,窝着尾巴待着多好,昨天说恁多干吗?人多守嘴,少惹是非,这下好了,看来闯祸了。他又安慰自己,但愿是多想了。他正忐忑不安着,周组长开始讲话了,通过昨天的大会,了解到个别人妄图搞破坏……朱光明的板凳不知怎么歪倒了,四仰八叉地仰面倒向后面。他爬起来,有些狼狈地拍着身上的土。这时,周组长拍着桌子说,将破坏社会主义事业发展的坏分子朱光明和柳广成带上来。来长友和柳生带着人分别奔向他俩。朱光明努力挤出笑容说,长友,误会,误会呢。来长友沉着脸,不搭理他。反剪了他的双臂,推搡着向前走。柳广成耷拉着脑袋,双手绞在一起,不停地抖动着。两人被押到台上,面向大伙。有人小声说,昨天不是让大鸣大放吗,今天咋又不放了?人们你看我,我看你。肖常福在台上喊,大家安静,听周组长指示。人们这才安静下来,眼睛在周组长和旁边的朱光明和柳广成之间游弋着。周组长说,走合作化发展社会主义农业是国家的大政方针,偏有那么一小撮人,妄图破坏合作社的大好局面,这是与人民为敌的,朱光明和柳广成出于个人私心,歪曲事实,瓦解大家建设社会主义农业的斗志,是典型的坏分子,大家觉得我说的对不对?高广杰站在最前面说,周组长说的对,支持打击坏分子。群情跟着激昂起来,呼声一阵高过一阵。朱光明如鸡啄米一样点着头说,我是坏分子,我认错!柳广成弓着腰,身子跟筛糠一样站不稳。

工作组在桃村待了两个月后撤走了,肖常福有些疲惫,想着以静制动,村里各项工作先缓缓,见机行事。可是,他没能如愿。麦收过后,刚种完夏季庄稼,天像漏了一样,天天下雨,桃村房前屋后的沟渠里满是水。以往下过雨,用不了半个时辰,水就会顺着沟渠流到微山湖里。这次水不但流不下去,微山湖里的水都乌泱泱地涌到了村西头，连学校也泡在水里了。桃村人这才惊慌起来，多少年了，湖水从没这么放肆地围到门前过。崔福运蹲在自家门前眯着眼，看着明晃晃的水发呆，朱光明不声不响地来了，他蹲在崔福运身边。自从前些日子被批斗后，朱光明寡言了许多。崔福运说，光明，今年是八龙治水吧？朱光明点着头说，是呢，八龙治水，五牛耕田，十人分四饼，九日得辛，九个屠户三头猪，十匹马驼粮食。崔福运说，老话说龙多主旱，今年这是怎么了？朱光明说，历来己亥年来雨水多，平地三尺总成河。高田大熟低田苦，禾棉均言损尖多。秋冬依旧洪波见，米谷中平莫奈何。崔福运说，把这事忘了，今年是猪年，按说鸡狗年歉收。朱光明没说话，远处几个孩子在水里用扒网捉鱼。上级派来了不少干部协助抗洪，村里的壮劳力被集中在村西头筑堤，上级派来了在水里开的汽车和橡皮艇，桃村很多人蹚着水瞧稀罕。柳豹好奇，用手去摸橡皮艇，被柳生呵斥道，摸什么摸，摸坏了得赔。柳豹吸着鼻涕说，摸摸怕啥呢，又少不了。柳生不敢和他理论，细算起来，他年龄比柳生大，只是到现在也分不清好赖话，说不好会急眼打人，恁大人了，谁给他吃的，他管谁叫爹。柳大全得了痨病，每到冬天，会咳喘不停，说今年是活不过去了。开了春，又像地里的小草一样舒展开了，地里湖里四处忙着。他说，俺不敢死，阎王爷不收俺，我死了，这几个孩子也活不成了。

　　洪水在桃村人的坚守下，终于从村里退去。田地里还汪着水，到处白茫茫的。立柱心疼庄稼，每日站在村头看，水浅了些，他挽起裤腿深一脚浅一脚地踩着没到小腿的稀泥来到地里，地里的庄稼全被冲走了，地头剩下的几棵匍匐在泥水里，立柱哽咽着蹲在地头。

　　村里的水排出去了，地里的水一时半会儿却排不出去，生产无法开展，上级决定转移一部分村民去外地，一是支援生产，再就是缓解一下冬春饥荒的情况。肖常福召开了全体村民大会，动员大家响应上级号召，积极报名移民，说，到了那边有吃的有住的，比在桃村饿肚子强。桃村人大多从出生就没离开过村子，故土难移，抬眼看水茫茫的田地，都沉默不语，动员了半天也没人报名。肖常福有些着急，说，好不容易为咱村争取了名额，你们要不去，别村有愿意去的，我可把名额给人家了，到时候别后悔。柳豹说，有白面馍吗？肖常福说，有！柳豹说，信你个鬼，当年许的还没给呢。肖常福说，滚，怎么没给你？柳豹提了提裤子翻着白眼说，就是没给，别想赖。来长友说，这次说有，一定有，你去不去？柳大全说，他去了能支援啥？四六不分，不是给人家添乱嘛。来长友说，添什么乱，都是社员，说不定能给你领个儿媳妇回来呢。柳豹一听媳妇来了精神，追着肖常福说，俺不要白面馍了，俺要媳妇。肖常福对来长友撺掇柳豹报名很是恼火。这次出去，代表的不是个人，是桃村，是乡里，是县里，柳豹去不是给咱抹黑嘛，一点大局观也没有。看这架势，不让柳豹去，这事还不算完。肖常福歪着头闭眼想了一会儿，皱着的眉舒展开了。他说，大伙安静一下，这次转移，是一项严肃的政治任务，大家务必要认真对待，咱去支援人家，要把真本事拿出来，不能让人小瞧了咱桃村。当然了，还得考虑具体情况，比如像立柱，是个好庄稼把式，不过呢，他不能去，为什么呢？他有老娘需要照顾。高广杰在人群里踅摸开了，肖常福和立柱不对付不是一天了，以肖常福的胸襟，他能怎好心替立柱考虑？定是去那边有好事，才不让立柱去呢。想到这，高广杰举着手说，报告社长，俺去支援。肖常福上下打量着高广杰说，好，把名字写上。来长友写下高广杰的名字。又抬头问，还有没？我和你们讲，咱村名额不多，晚了可没有了。朱光明的脑子也没闲着，心里想，庭训反正没娶亲，去外面看看也不错，不如让他表现一下，想到这，说，社长，学校淹了，一时半会儿开不了学，能让庭训去支援吗？咱农业要支援，学校也要支援嘛。肖常福说，上级倒没号召支援学校，不过，庭训也懂庄稼活，跟着去，农也行，文也中，挺好的。回头对来长友说,记庭训一个。其他人看朱光明都报名了,也跟着报名。柳生在一边清点着人数,心想,别的村还愁着怎么动员呢,俺村都踊跃报名,看来得跟社长好好学学工作方法。

庭训的亲事成了朱光明的一个心事。提亲的倒是有几家,他打听后不是嫌弃姑娘粗拉,就是嫌弃人家家底不行,还有的家里成分不好。庭训要样貌有样貌,要学问有学问,朱光明指望着娶个好媳妇壮大门面呢。挑着捡着,桃村和庭训一般大的,孩子都满地跑了。朱光明想着让庭训多抛头露面,机会就多些。

大洋马本来也想去的,想借这个机会把自己推销出去。肖常福没同意,说长友带大伙一起去,村里还有许多事得你参加。肖常福不让大洋马去是有原因的,他最近去她家时,见大壮老在那,按说,大洋马家常有人串门,大壮在那也不稀奇,只是那天肖常福进门时,见大壮神色慌乱。虽说像电光火石般稍纵即逝,仍没逃过他的眼睛。大壮笑着起身和肖常福打招呼,递过板凳说,社长,坐嘛。肖常福接过凳子坐下,看着大洋马,又转向大壮,感觉两人跟一家人一样融洽。大洋马低头做着针线活,大壮笑着问,社长,喝水不?肖常福想,他无事献殷勤,再说又不是他家,看那皮笑肉不笑的样子,应该非奸即盗。肖常福心里窝火,你倒反客为主了,我喝水要你倒?肖常福心里不爽,脸上却笑着说,不喝了,来给晓玛说点事,你坐嘛。大壮这才讪讪地挨着大洋马坐下,见肖常福盯着他看,把凳子往旁边挪了挪。这次大壮报完名后,大洋马才要报名。肖常福想,大壮家里几个孩子呢,看大洋马这架势,别就着这机会把他拐跑了,到时候烂摊子还得自己收拾,影响也不好。

大壮老婆花妮是童养媳,自幼父母双亡,五六岁时来到了大壮家。大壮母亲是个厉害角色,支使花妮洗衣做饭,割猪草,放羊。再大些,夏种秋收,地里的活样样能拿得起,顶个男子用。大壮有些看不上顶着一头黄发又粗拉的花妮。嫌弃归嫌弃,媳妇领进门了,父母的决定违抗不了,偏偏要结婚时父亲去世了,家道中落,大壮只能认了。与花妮圆房那天，大壮耷拉着脸，没点笑模样，客人都走了，他还不愿进洞房，在院子里溜达。母亲推搡着他进了洞房。

有了孩子后，大壮更是厌烦花妮，整日灰头土脸不说，头发从没梳齐整过，裤子也提不周正，一个裤腿高，一个裤腿低，上衣扣子常扣错。大壮有时气不过会骂上几句，看你那鬼样，像从猪窝里爬出来的。孩子更别提了，花妮不会针线活，以前大壮母亲能缝制孩子的四季衣物，孩子们衣服穿得还周正些。现在，母亲年纪大了，眼神不好，起先，针脚歪歪扭扭的，还能缝制成，后来，眼睛彻底看不清了，连针脚歪扭的衣服也缝不成了。孩子们衣服开始穿得不像样子，一条一绺的，这让大壮很是愤怒，回家从没好脸色。有时会指着花妮说，看看人家大洋马，整日精神利索的，人家月白色的褂子，浆洗得平展，穿在身上看着就舒坦，再看看你，老母猪！花妮正打扫着茅房，浑身臭气熏天的，没理会怒气冲冲的大壮。几个孩子灰头土脸地坐在门前，跟泥孩子一样。大壮气不打一处来，指着花妮又骂开了，孩子整日跟灰腚老鼠一样，家像猪窝，有你这样的吗？瞅瞅你那样，看着倒胃口。花妮丢下铁锨，跑到灶间哭。婆婆厉声呵斥道，哭什么？好家好院的。花妮噤了声，红肿着眼，抽噎着用烧火的棍子在地上画圆圈。她不是不想学针线活，每次手扎得血糊糊的也没缝成一件，再说，她实在搞不清衣服该怎么缝。她恨自己蠢笨，才招家人嫌恶，看着孩子穿得丢三落四的，她也难受。她揉着酸胀的眼想起了心灵手巧的大洋马。以前，婆婆不许她和大洋马说话，现在婆婆眼神不好，不大出门，她想偷偷找大洋马帮忙。

花妮请大洋马给大壮缝了件褂子，给大洋马工钱时，大洋马不要，花妮过意不去，用瓢端了十个鸡蛋送过去。大洋马爽快地收下了，说，以后有活尽管拿来，捎带着就做了。花妮笑着说，洋马姐，这让我说啥好呢？大洋马推着花妮说，啥也别说，乡里乡亲的，捎带手的事。花妮将褂子递给大壮时，大壮满脸惊喜地问，你缝的？花妮小声说，洋马姐缝的。大壮回头看了看母亲，指着花妮说，主意大了。他走到西间屋，穿上褂子，手拽着下摆，转着圈瞧。

从那以后，大壮常去大洋马那里，有时见缸里没水了，会帮着挑满，忙完坐一边看大洋马做活。大洋马做活不急不忙，针线上下翻飞，一绺头发从耳后滑了下来，遮住了半个脸，红艳的嘴唇紧抿着，面色像湖里的荷花一样嫣红。大壮看直了眼。大洋马偶尔抬起头，大壮赶紧移开目光。大洋马笑笑，眯眼看了会儿太阳。阳光温驯，周围有着橘红色的暖意。

一天，花妮抱着孩子坐在门前玩，高广杰老婆路过，看看左右没人，探着身子小声说，你家大壮又在狐狸精那呢，你可得长点心，别让她把大壮拐跑了。花妮笑着说，嫂子，洋马姐不容易，她帮了俺恁多忙，再说她一个人，大壮帮她做点重活应该的。高广杰老婆撇撇嘴说，算我多嘴，出了事，别怪我没提醒你。说着摇摇摆摆地走了。花妮婆婆在屋里喊，花妮，和谁说闲话呢？花妮回着，娘，前院广杰嫂子。婆婆又问，说啥呢？花妮说，也没说啥。花妮婆婆有些生气，说，俺又不聋，都听见了，谁把谁拐跑了？花妮说，她说着玩呢。婆婆说，这种事可不能乱说，往后少跟着嚼舌头。

又一个夏光临了桃村。刚过小暑，桃村人还没享受夏季瓜果的香甜，连着下了几天雨，上级湖开闸放了水，微山湖的水一改往日的温顺脾性，第二次淹了桃村。好在桃村地势东高西低，水上来时，村西头的人家逃到了村东头，待几天水下去了，再回去。崔福运家在村东头，他腾出房子给村西头的人住。柳广林老婆和汉儒住在他家，柳广林老婆进门握着崔柳氏的手落泪。崔柳氏看着大门处，拍着她的手说，大妹子，别让人看见了，又会说咱地主见地主，你苦俺也苦，眼下新社会了，得感谢国家呢。柳广林老婆泪光涟涟地点着头。

朱光明来崔福运家串门，说起了庭训的婚事。崔福运说，甭愁，好男儿何患无妻。朱光明把烟锅在门前石墩上敲着，没说话。崔福运说，光明，这湖里的水赖上咱桃村了，连着两年都来呢。朱光明说，上级湖放水，咱这段没放，水就聚这段了，聚多了就蹿上岸了。崔福运眯着眼看着天空说，不算去年，上次发水明铎还小呢，有三十多年了，说是黄河开口了，那会儿水比现在大，村西头还没几户人家。朱光明说，是呢，我也记得，泡倒了好多房子。崔福运说，是呢，后来都盖起来了，唉，人和那树上的鸟差不多，忙忙活活一辈子，都为了糊弄嘴。两人正说着话，肖常福过来了，朱光明起身打招呼。崔福运依旧蹲着，抚着头看着远处。肖常福说，叔，家里住进了几户？崔福运看都没看他，说，我不知道，你婶收拾的。肖常福说，叔，帮爷们的忙了，眼下一会儿也闲不住，刚从乡里开会回来，上级要求农业生产战线来一个大跃进，要大家鼓足干劲，力争上游，多快好省建设社会主义。朱光明说，这个精神好呢。肖常福说，就是呢，也就是一天得当三天用。工人老大哥更是厉害，是"以钢为纲"，用不了几年就会赶超英国了。党带领我们建设社会主义，把广大人民群众迫切要求改变经济文化落后状况的愿望早日实现。还要成立"人民公社"，就是工农商学兵共同管理生产，管理生活，管理政权。一会儿我让人在墙上刷上"人民公社好，人民公社万岁"，表表咱们村的决心，光明叔，你吃过饭没事帮着看看，柳生做事我不放心。朱光明点着头说，我一会儿过去。崔福运说，这政策，那精神，大伙还是得种地不是。肖常福说，上级出台这些精神，就是为了让大家把地种得更好。崔福运没接话，起身拍拍屁股进了家。

第二章

山川悠远

仲阳

肖常福近日忙得跟陀螺一样，上级要求加快进入半社会主义，成立食堂，桃村与其他村可联合成立食堂，也可单独成立。肖常福早有打算，单独去找了王主任。他来到乡政府，见门前刚换了崭新的韩镇人民公社的牌子，白底黑字，颇有气势地立在门旁。肖常福找到王主任，也没客气，直奔主题说，俺村搞互助组时，为了下地吃饭方便，有锅灶，有条件自己成立食堂，不需要和其他村合办。王主任知道肖常福有周县长撑腰，对他忌惮三分。他来回在办公室踱着步说，也可以，规矩要和大伙讲清楚。肖常福自信满满地说，桃村的百姓，除了个别坏分子，其他都是守规矩、讲政治的。王主任说，那就成。肖常福起身说，主任，您先忙着，俺回了，现在是一刻也不得闲呢。王主任说，现在是跑步奔社会主义，需要你这样的领头人嘛。肖常福满面红光地摆着手向门外走着说，主任，过奖了。

肖常福回到桃村，来长友带着转移的群众刚回来。肖常福拉着来长友问，那边怎么样？饭食还不错吧。还没等来长友回话，又热切地说，长友，来得正是时候，村里千头万绪的工作要开展呢。柳生一直跟在他们身后。肖常福说，你俩去我家吧，有好多事要商量呢。来长友原本想回家，肖常福这么一说，他不好回绝，和柳生跟在了肖常福身后。肖常福边走边说，快说说那边的情况。来长友拍着胸脯说，看来国家让咱去支援是对的，他们连场都不会扬，连高广杰那样的，到那都成好庄稼把式了。高广杰可滋润了，得吃得喝不说，人家还当师傅敬着。肖常福说，没亏着就好。肖常福话锋一转，说，上级要求从初级社进入高级社，咱们村变成了生产大队，还是咱仨负责村里的工作，长友负责生产，柳生以后盯紧村里的账务。我和王主任汇报过了，争取单独成立食堂，让大伙把家里的铁家伙贡献出来，支持国家炼钢。肖常福边说边在前面阔步走着，来长友紧跟了两步说,俺们来时,听说那边也要这么搞,没想到这么快。肖常福说,明日先把精神给大家传达一下,让社员把家里的粮食带到大队食堂,趁着地里的白菜萝卜还没收,柳生明天组织人手,把各家各户的菜收到食堂存上。来长友担心地说,咱是不是有些快了？要不让大伙把精神吃透再开展工作吧,还有一些事得具体落实呢,比如食堂谁去做饭？各家各户的粮食是全部上缴,还是部分上缴,这些细节得做好。肖常福说,我先带头,让俺家的去食堂做饭,咱们奔跑为社会主义做贡献嘛,细节走着落实。来长友说,嫂子做饭好吃,必须去食堂做饭。依我看,这么多人吃饭,村里大部分妇女都得去食堂帮工。肖常福说,不见得,需要人手的地方多着呢,先紧几个手脚麻利的过去。来长友和柳生点头应着。三个人说着话来到了肖常福家,秀芬在灶间忙活。肖常福说,俺仨还没吃饭呢,下三碗面。秀芬把手里的瓢扔进水缸里,小声嘟囔着,都不舍得给孩子吃,便宜外人。肖常福进了屋,让两人坐下说,从今往后,之前初级社的劳动力、土地、牲畜、农具都固定给生产队使用了,今后还要实行包工、包产、包成本和超产奖励的责任制度。初级社到高级社有很大区别,许多细节的事我记不太清,会场上人太多,大伙一听新政策,也兴奋,喘气声粗重,合在一起嗡嗡直响,我伸长脖子,支棱着耳朵也没听全,估计下步得有文件下发。咱先奔着大方向走着,实行统一生产后,加上咱们之前初级社的积累,在奔往社会主义的道路上比其他村又快了一大步。来长友和柳生听得满脸红光,眼睛亮晶晶的。柳生兴奋地紧握着拳头说,是呢,一定鼓足干劲,加油干。秀芬端上热腾腾的面条,三人呼啦吃起来。肖常福说,今后,咱村老少爷们天天有好吃的,长友,食堂的事不能耽搁,明天你去收拾,让光明写副对联贴门前,显得喜庆。来长友点头答应着。

第二天,天刚蒙蒙亮,来长友拍柳生家的门,让他叫上人拾掇队屋。柳生刚睡醒,揉着眼睛说,精神头还怪大来,小半年没见了，嫂子能饶了你？说着一脸坏笑地盯着来长友看。来长友指着柳生说，跟你没干过似的，看你这脸色，就知道没少作恶。柳生干笑着问，需要几个人？来长友说，三五个得力的就成。柳生说，成，我这就去。柳生转身正要走，来长友一把拽住他说，我这些日子不在家，有些事不大了解，这些日子，谁表现积极就叫谁。柳生若有所思地说，沙箕斗倒是挺积极的，队长看不上他，说他比泥鳅还滑。来长友说，那就不叫他，得捡队长入眼的叫，队长火眼金睛，看人比咱准。柳生说，我知道了。

　　肖常福吃过早饭，剔着牙去了队屋。老远看见队屋门两旁贴着大红纸写的对联，看着就提神。门两旁清扫干净了，显得敞亮多了。朱光明从屋里走出来，看见肖常福，笑着招呼道，队长来了。肖常福应着问，这上面写的啥？朱光明指着字念道，鼓足干劲加油干，放开肚皮吃饱饭。肖常福拍手说，好！柳生从屋里出来说，一早光明叔就来了。肖常福说，就凭这对联，咱的工作也走在全公社前面了。肖常福说着进了屋，见几个人围在一起垒锅灶，来长友站在一边指挥。柳生和朱光明盘算着谁家桌椅好，搬到食堂用。肖常福转了一圈说，咱们食堂最迟后天，大伙就可以过来吃饭了。来长友说，没问题，下午咱们是不是还要召开全体社员大会，将精神传达到？柳生带人去社员家起粮食，这样省些口舌。肖常福说，成，抓革命，促生产，刻不容缓。

　　下午开会时，肖常福向大伙传达了上级要求成立食堂的精神。会场立刻像开了锅一般，人们对肖常福描绘的天天有白馍和肉吃的场景充满了期待，喜笑颜开地笑闹着，有的还咽着唾沫，好像白馍和肉摆在了面前。立柱瓮声瓮气地问，东西从哪来？天上只下雨，不掉东西。有人说，是呀！有人小声说，国家让吃，说明国家给嘛。立柱站起身说，大白天做梦，净想好事。

　　柳生带人挨家起粮食。到了柳大全家，柳大全这几年腰弓得厉害，头快抵到地面了。他翻着眼睛看着柳生说，俺家早没粮了，还是人民公社好，管大家吃饭。到了立柱家，立柱黑着脸蹲在二门处。柳生笑着说，柱哥，食堂明天开火了，家里不用做饭了。立柱黑着脸没搭理他，一口痰从嘴里飞射出去，落在柳生脚下。柳生看着脚下的痰，脸色凝重起来。也就是柳生敢来，搁着别人，立柱早骂开了。枣花从院里走过来说，小队长，都去食堂吃吗？俺娘眼神不好，没法去呢。柳生说，国家让大家一块吃，才能跑步奔社会主义，咱不能违反国家政策。枣花见柳生的脸跟结冰的湖面一样，说，那好吧，今年收成不好，存粮不多。柳生说，早拿晚拿都得拿，谁也不准私藏粮食，私藏就是破坏社会主义建设。枣花说，社会主义好，谁会私藏呢？说着从屋里提出一小口袋麦子说，麦子都在这了，还有点高粱、谷子，我挑拣一下送过去。柳生说，成。柳生让人将粮食搬到队屋后面的小屋。肖常福正好在，问柳生可顺当。柳生说，就你立柱哥不大悦意。肖常福说，他一人阻挡不了大伙奔社会主义。柳生还想说什么，想着人家毕竟还在五服上，到嘴边的话又咽了回去。

食堂开饭那天，村里人像过年一样兴奋，老早挤在队屋前。沙王氏拄着拐棍一早来了。肖常福说，老嫂子，以后，到点来吃饭，天天有白面馍和肉吃。沙王氏的牙掉光了，想着软乎乎的白面馍眼泪都掉了下来，说，常福，咋恁好呢，这不到天仙国了。肖常福说，不是天仙国，是社会主义社会。柳豹领着一群孩子在门前疯跑，惊得鸡飞狗跳的。柳生一把拽住柳豹说，再跑，不给饭吃。柳豹跑得正高兴，被猛然拦下来，像头愤怒的狮子挣扎着，刚想发作，听到不给吃饭，狮子瞬间变成了温顺的兔子，慢慢来到墙角蹲下。其他孩子跟着一字排开蹲下，眼睛盯着灶间。

枣花一早去食堂帮忙了，立柱陪着母亲坐在堂屋。太阳升起老高了，搁着往日，枣花早把饭端了上来。立柱见母亲拿着拐棍的手哆嗦着问，娘，饿了吧？母亲说，没。立柱知道母亲饿了，这一两年，母亲不骂人了，更多的时候只无声坐着。立柱站起来说，娘，你等着。说着拿起瓦罐出了门。

立柱来到队屋前,见门前到处是袖着手喜笑颜开的人。他沉着脸进了屋,屋里热气缭绕,他眯着眼来到锅前,锅里的米粥正翻滚着。他把瓦罐伸进锅里,舀出了一瓦罐汤提在手里。翻滚的汤舀进瓦罐还冒着泡,立柱被烫得甩着手,换了只手提瓦罐的沿。他来到盛放馒头的筐前,伸手抓起几个馒头,转身向外走。肖常福和来长友站在灶间,立柱进门,肖常福早看见了,他仍和来长友几个说笑着,装作没看见。来长友看看立柱,又看看肖常福,将手里的烟头扔在脚下,用脚尖碾了碾,也没说话。柳生见他俩没吱声,转过身,也装作没看见。门前有人招呼立柱,立柱黑着脸,一声不响地走了。

晚上,枣花从食堂收工回来,立柱和母亲坐在堂屋。枣花进门时,携裹的风把煤油灯的火苗吹得妖娆地扭动着,光线跟着忽明忽暗。枣花从怀里掏出一卷煎饼说,再吃点吧。立柱没说话。婆婆说,是有些饿了,家里没点吃的。枣花把煎饼放在饭桌上,掰下半个卷好放到婆婆手里,说,娘,吃这个。婆婆双手摩挲了下,问,哪弄的?枣花说,队里拿的。婆婆说,这可不好。枣花说,东院带头拿,俺们才拿的。婆婆说,咱和他家不一样。立柱说,娘,眼下不讲那些了,坏人活千年了,好人不长命。枣花婆婆掰了一块煎饼放进嘴里说,有干煎饼饿不死老头,有干草饿不死老牛,先度着命吧。

桃村食堂热气腾腾的,男女老幼每天早早来到食堂等着开饭。有时,柳生带着大家唱,社会主义好,社会主义国家人民地位高。男女老少伸长脖子,拍着手卖力地唱着,欢快热烈。柳生在前面打节拍,其实,柳生对节拍一窍不通,有次,他去镇上,看礼堂指挥合唱的是这样打拍子,他照猫画虎学来了,反正村里人看不懂。各家各户的粮食集中在食堂仓库里,人们可以放开肚皮吃,大伙天天欢天喜地的。附近有好几个村在一起办食堂的,人多,事也多,闹哄哄的，纷争不断。肖常福心里暗自得意，真是吃不穷，穿不穷，算计不到会受穷，要不是有先见之明，提早筹划单独成立食堂，还和他们一样夹缠不清呢。

　　肖常福得意了没几天，村里又出事了。有天早上，窗外还黑乎乎的，肖常福醒得早，枕着胳膊盘算着村里的事，外面传来了脚步声，紧接着大门被拍得震天响。肖常福心一紧，赶紧跳下床，披上衣服去开门。踉跄着出了门，问，谁呀？怎么了这是？回答肖常福的是嘹亮的哭声。肖常福打开门，见门前坐着个人，他凑近一看，是花妮。肖常福松了口气，问，大壮又打你了？花妮说，队长，打俺倒好了。肖常福想笑，又怕激怒花妮，强忍住笑问，没打你，你哭什么？花妮拍着地说，队长，他不见了。肖常福说，恁大人了，丢不了，回去吧。花妮双手拍着地哭喊着，队长，她也不见了。肖常福蹲下问，谁？花妮说，大洋马那个狐狸精。肖常福的脑袋"嗡"的一声，前几天秀芬回来唠叨大洋马和大壮有一腿，被他训了一顿，让她注意身份，少跟着嚼舌头，原来是真的。肖常福问，你咋知道的？花妮说，昨晚他一直没回来，俺娘不放心，让俺去找，到处黑灯瞎火的，俺想是不是在大洋马那，到她家一看，门锁着，俺用手灯往窗户里一照，屋里的家什都没了，俺这才想起大壮头天在家翻腾衣服呢。回家一看，大壮的衣服也没了，装钱的瓦罐也不见了。俺跟娘一说，娘骂大洋马是害人的狐狸精，让俺来找队长做主，把大壮找回来。肖常福听完，站起身，在门前边摇头边转圈。怪不得这些日子大洋马没从前爱出风头了，也不催着给她入党了，看来，她早有打算了。大壮也不是个东西，撇下老的小的，一拍屁股走了，她们今后的日子可咋过嘛。村里有人听到哭声赶过来，来长友揉着眼夹杂在人群里。肖常福小声招呼来长友，让他赶紧把花妮送回家，老在这哭不像样子。来长友架起花妮说，在这哭也没用，先回家，让队长帮你想办法。花妮坠着身子不愿走，说，队长，你得把他给俺找回来。来长友连搀加哄地把她弄走了。

肖常福挥手赶着围观的人说，都回吧，有啥好看的。高广杰问，队长，大洋马真把大壮拐走了？早知道当年俺领她跑了，省得又祸害一家人。肖常福说，胡说啥。高广杰说，可不是俺胡说，这不都摆眼前了。肖常福说，哪都少不了你，有那闲劲，吃了饭，多刨两下地，要不招呼大伙出工，做好了，党员纳新时我推荐你。高广杰窜到他面前，拉着他的衣袖说，队长说话算数？肖常福甩开他说，当然算数。高广杰摆了一个向前冲的造型说，队长，从今天起，您看我行动吧。

枣花带回的煎饼开始是全麦的，后来是杂粮的，现在是高粱面的。高粱面发散，烙出的煎饼厚，不成型，只能用手捧着吃。王氏看不见，吃到嘴里问，立柱家的，煎饼咋刺喉咙？枣花说，娘，见天儿百号人吃饭，库里的粮食眼看见底了，过几天，连这个也没有了。立柱说，看着吧，早晚得挨饿。王氏抓住立柱的胳膊说，挨饿的滋味可不好受，娘是饿怕了。立柱说，饿饿他们也好，知道咋过日子了。不打算着过日子，日子回头会教他们打算。枣花说，别说恁多了，咱娘恁大年纪，可不经饿，还有孩子，得早想法。立柱说，慌啥，园里埋着胡萝卜呢。枣花说，那有啥用，家里不能冒烟，吃生的？立柱说，依着你没活路了。枣花说，俺是怕出什么岔子，一村都饿着，一煮熟，还不都闻着味来了。立柱有些烦躁地挥手说，还没到那步，路先让你堵死了，该干啥干啥去。

大壮和大洋马走了没几日，有人见大壮和大洋马在李村安家落户了。李村离桃村不远，一袋烟工夫就到了。大壮母亲知道了，日夜咒骂大洋马，累得实在发不出声才停下。花妮没去找肖常福，肖常福那日就说了，这是你们的家事，他管不了。花妮好些日子不出工，队里也拿她没办法，只能由着她。

有天，吃过早饭，高广杰卖力地围着桃村吆喝出工，说趁着天好，该锄草的锄草，该积肥的积肥。他吆喝着走到大壮家时，见花妮头梳得溜光水滑，穿了件紫底带粉色小花的上衣，瞅着脚下的影子从家里走出来。高广杰瞪大眼睛看着她说,花妮,几十年了,头次见你捯饬得恁俊。花妮笑得像正午的阳光般炫目说,是吗?高广杰上下打量着花妮说,别说,人靠衣妆马靠鞍,这一捯饬就是不一样。花妮笑着,眼里飞出满园春色,四下打量着问,几时出工?高广杰说,你去了就出工。说着伸手请花妮前面走。花妮扛起锄头,风摆柳一样走在前面。几个男人蹲在队屋前有一搭没一搭地说着话,看见花妮跟朵花一样,几人眼睛都直了。高广杰在后面咋咋呼呼地说,咋才来这几个人?花妮故意来到几个直眉瞪眼的男人面前,把锄头拄在地上,笑盈盈地瞅着身后的影子。沙箕斗嬉笑着偎到花妮身边说,花妮,今天咋恁俊呢?花妮仰着头说,一直这么俊,你狗眼没看到。沙箕斗说,都怪俺这狗眼,大洋马把大壮拐走了,你打算拐谁呀?花妮沉着脸,小声说,滚!又低头拽了拽花上衣,脸上重新漾起笑意,手指拈成兰花指说,就你这样的,老娘还没兴致呢,你们几个捆一起还凑合,要不老娘全包了。旁边几个观望的男人来了兴致,呼啦围拢过来说,怎么个包法?花妮也不恼,指着他们说,你说咋包就咋包。女人们看见一群男人围着花妮说浑话,凑到一起咬着耳朵说,走了大洋马,原想着安生几天,没想到,又蹦出个花妮来。

  冬天眨眼工夫到了,村西的微山湖结了厚厚的冰,船是不能撑了,胆大的开始跑凌。跑凌是从结冰的湖面上走过去,湖水有深有浅,冰结得厚薄不一,不小心走到薄的地方,会掉到凌眼里,咕咚一声人就没了。跟在身后的人眼看着啪啪炸裂的冰面,只有缩头逃命的份。每年跑凌都有人伤亡。肖常福一早站在湖堤上,看着白茫茫的湖面发呆,冬天让万物瑟缩着臣服在脚下,糟乱枯黄的芦苇丛里偶尔飞起一两只野鸭子,振翅打开了闭凝的天地。食堂的粮食在入冬时吃完了,依着榆钱、菜叶和树皮熬到了现在。眼下,田里、地里的但凡能吃的都吃了。

  肖常福前日去公社,想寻些救济来。他找到王主任,王主任蜷缩在椅子上，面色灰青，眉头聚拢在一起。见肖常福进门，说，常福，我知道你来做什么，别说了，今天你是第九个了，你们村算是好的，别村的粮食过完秋就没了，今年秋季歉收，国家又增加了粮食统购计划，我是实在没辙了。肖常福说，俺去找周县长想想办法，总不能让大家挨饿吧。王主任摆着手说，常福，我劝你还是莫去了，县里也困难，你们依着湖，不如去湖里想想办法。肖常福说，俺昨天去湖里了，天寒地冻的，湖面结冰了，实在没法弄。王主任有气无力地挥挥手说，回吧，在我这也没用。肖常福蔫头耷脑地出了门。

肖常福回了村，没回家，直接去了队屋，老远看见队屋墙边蹲着许多人，个个像霜打的茄子一样没精打采的，几个孩子悄没声息地趴伏在远处的柴垛上。有人见肖常福来了，说，队长，上边给咱点救济不？饿得打晃了。肖常福没说话，耷拉着脸，低头进了屋，屋里几个妇女低眉顺眼地站在锅灶前。案板上空着，他打开锅，一锅清水。枣花说，队长，俺们等米下锅呢。肖常福没说话，转身出了屋。沙箕斗蹲在墙根说，这下好了，村里可安静了，鸡不鸣，狗不叫，老婆晚上也不闹了。有人见肖常福来了，用胳膊肘捣他。沙箕斗说，捣俺干啥，俺说的是实话，你听见村里有鸡鸣狗叫了？高广杰说，我现在比黄鼠狼都馋，见着鸡我能活吞了。沙箕斗说，就是，看那几个小崽子，搁着从前，吃饱喝足了，早满世界疯去了，现在想疯，没气力了。还有，从秋天到现在，除了秀芬肚子大了，桃村女人的肚子都没动静了。肖常福咳嗽了一声，说，广杰，你是党员，觉悟不能这么差。高广杰新近入了党，他弓着腰站起来说，社长，俺也没说啥。肖常福说，社会主义不能靠等，该出工还得出工。高广杰说，出工得有劲呀。肖常福说，那得看觉悟了。说完头也不回地走了。

肖常福无奈，又去了趟公社。王主任说，常福，你来得正好，上级有新精神。肖常福一听，来了神，问，拨救济粮了？王主任说,不是,是关于公办食堂的最新指示精神。目前,各地食堂出现了一些问题,上级考虑是地、富、反、坏、右在捣乱,要彻底整治,将他们从食堂里清理出去,消灭不利因素。肖常福强打起精神说,地、富、反、坏、右确实得打击,只是重点不在这上面。王主任拉长脸说,你还质疑上级精神?肖常福抹了把头上吓出的冷汗说,没有,主任,绝对没有,回去一定按文件精神执行。

肖常福回到村,来长友和一帮人正在队屋前说话。来长友见他来了,说,队长,俺们正商量呢,靠山吃山,靠湖得吃湖,不能眼看大家挨饿,俺想带他们砸凌捉鱼,李四有杆鸭枪,看能去湖里打点野物嘛。肖常福说,那感情好,救济没指望了,咱们先自救吧,我先小范围传达上级精神,上级要求将地、富、反、坏、右从食堂清理出去,我路上盘算了一下,咱们食堂没这些人,不过,得知道有这个精神,你先带着大伙去吧,吃饱饭才是王道。来长友说,明白了,国家现在也困难呢。肖常福点着头说,谁说不是呢,注意安全。来长友答应着带着人走了。

傍黑,肖常福听到队屋前人声鼎沸。大建跑进家说,大,长友叔让俺来叫你,他打了几只鸭子,还捉了不少鱼。肖常福听了,灰暗的眼睛一下子亮起来,小跑着出了门。来到队屋前,汽灯将门前照得灯火通明,男女老少脸上挂着笑,有的提来水,有的撸起袖子杀鱼,有的拨鸭毛,有的搂柴草,像过节一样热闹。来长友一身泥浆,走过来说,队长,老天饿不死瞎鹰,去湖里真弄出吃的来了,饿了恁多天了,今天让大家敞开肚皮吃顿好的。肖常福说,长友,放开吃,会吃出人命的。来长友说,有恁厉害?肖常福说,肠子都细了,不能放开吃。来长友回头看着欢乐的人群说,大家流着口水等着呢,怎好拂逆了大伙的心愿。肖常福说,你把前村四先生找来,让他跟大伙说说道理,今晚用大锅煮条鱼就成了,大伙喝点鱼汤垫垫饥。来长友搔着头,看看人群,又看看肖常福。肖常福说,我是对大伙负责,撑死人你我都有责任。来长友叹了口气,冲柳生招手，柳生在人群里正向这边张望，看见向他招手便跑了过来。肖常福说，赶紧把前村四先生叫来。柳生看看肖常福，又看着满脸沮丧的来长友，转身走了。

桃村人倚着微山湖，每日捞些吃的回来，清汤寡水的还能吃上，食堂勉强开火。有些村子可没这个便利，他们知道桃村食堂开着火，但凡与桃村沾亲带故的，开始奔涌到桃村，桃村家家户户来了不少亲戚，来了住着不走。一家来了不走，其他家也跟风。肖常福找到来长友和柳生说，这样下去不行，哪家都有亲戚，都这样，咱们承受不了。来长友问，有啥办法？肖常福说，你和柳生挨家挨户去撵，不是咱村的一律撵走，出嫁姑娘也不行。来长友像个为难的小媳妇，扭捏着说，队长，这样好吗，谁家还没个亲戚？肖常福刚想训斥他像个娘们一样拎不清，看见官道上下来一个领着两个孩子的妇人，肖常福细看，是秀芬姐姐。柳生和来长友也认出来了。肖常福撇下他俩，快步迎了上去，边走边从怀里掏着什么。他走到她面前，把手里东西塞给她，摸着孩子的头说着什么。距离远，来长友和柳生听不清。过了一会儿，妇女慢吞吞地像老牛一样牵着孩子原路返回了。柳生和来长友对望了下，向村里走去。

桃村尽管把大家的亲戚全撵走了，食堂也维持不下去了。有的村食堂实在撑不下去了，就陆续散伙了。肖常福和柳生、来长友商议，要不咱们也散了吧，得想好咋跟大伙说。柳生说，就说咱锅坏了，一时半会儿买不到，从明天起，各自在家开火吧。肖常福说，行。来长友说，当初不让在家做饭的是你，现在让回家做饭的也是你，看你咋开这个口。柳生嬉笑着说，此一时，彼一时嘛，有啥不好说的。

立春一过，桃村跟着明媚起来。微山湖面上的冰一日日消融了，星星点点的渔船在湖面上游弋，渔人奋力将渔网抛出去，在湖面荡出了一圈圈涟漪，湖面跟着热闹起来。不知从哪窜出一只不知名的鸟轻击水面，惊得鱼跃出水面，又一头扎进水里，弄得哗啦响。桃村人忙碌起来，肖常福从镇上开会回来，向来长友和柳生传达精神，上级说去年之所以闹饥荒，是没吃透精神，耽误了生产，现在是人有多大胆，地有多大产，没有干不到，只有想不到。有的生产队小麦单产七千斤了，咱桃村要有这产量，还能缺吃的？关键得响应国家号召，"鼓足干劲、力争上游、多快好省地建设社会主义"。来长友说，咱们的干劲也不差呀，产量咋差恁大呢？咱们伺候庄稼也算尽心尽力了，施肥、除草一点也不敢马虎，到头来好的才收三百多斤。肖常福摆摆手说，长友，你得想，为什么人家能做到，咱们做不到？县里将粮食产量分到了公社，公社又分到了各个生产队，人家都能完成，到咱这就完不成了？来长友说，情况摆在眼前呢，要不咱去别的村瞧瞧？肖常福语重心长地说，长友，你啥都好，就是悟性还得精进些。来长友看肖常福，又回头看柳生。柳生瞪着眼看他，眼神像地里的老鼠洞，没有生机。来长友舔舔嘴唇说，咱祖辈种地，还不知道这个？七千斤根本不可能呢。肖常福说，打住，长友，现在不是讨论这个的时候，要紧的是解放思想，跑步前进。来长友见肖常福脸上涌上乌云，没敢说话，抱着头一屁股坐在旁边的石头上。肖常福说，你俩听我说，假如全公社生产队都完成了任务，只有咱完不成，结果会怎样？你俩得悟。柳生点头说，我明日去前村看人家咋播种的。肖常福说，这就对了，前村队长在公社拍着胸脯保证了，要单产超过七千斤呢。种子这几日就到，上面号召把地深翻，多施肥，广撒种，这些咱们都要做好。来长友说，这些自然没问题，我担心的是这么做了，还达不到咋办？肖常福说，长友，我看你是魔怔了，钻牛角尖，在这方面，你不如柳生。柳生腼腆地笑着说，哪呀，还是长友哥有想法，有主见。肖常福说，咱们都在轰隆前进的车上，抓紧，坐稳，不掉下来就成，多说无益。柳生说，长友哥，听队长的没错，他大方向把握得准。来长友没说话，怅茫地看着远处的田地。

高广杰和柳生每天天不亮就去叫大伙出工。沙箕斗挂着锄头说，柳小队长，干活得有力气呀，没看见走路都打晃了。柳生说，挨过春天，到了夏收就好了，让你敞开肚皮吃。沙箕斗说，别介，敞开了，不好合拢了，地咱也种了几十年了，深翻有恁神？柳生黑着脸说，眼下干活、吃饭，其他的不用你操心。其他人见这情形，不再说话，一群人拖拖拉拉地向地里走。到了地头，朱光召和朱成功歪躺在地头。高广杰说，你们是来干活的还是来睡觉的？朱成功说，想干活，得有劲呀，你成，你干呀。高广杰说，干就干，说着抡起锄头刨地，用力太猛，一个趔趄差点摔倒。众人哄笑，朱成功说，广杰，悠着点，闪着你的老腰可不得了。高广杰站稳说，看你们那出息，谁肚里还没三天存粮。沙箕斗摸着肚皮说，三天存粮？我都个把月没吃粮食了。柳生说，大伙别一天吃不上就发牢骚，没解放那会儿，吃不饱、穿不暖是常事，那时也没见你们叫苦。高广杰说，就是，好日子过多了，生出毛病了。朱光召想说什么，被旁边的朱成功拉了下衣袖，说，他嘴大，你让他说。朱光召本来就寡言，不再说话，起身去刨地。地里到处插着红旗，随着风猎猎作响，远处的微山湖在太阳的照射下发出粼粼波光，桃村的田地被映照得亮闪闪的。

  桃村的夏收在大家的期盼中施施然来了，大人孩子没事会在队屋前算计着。依着当初的七千斤收成的说法，桃村的仓库会装不下，往哪放呢？还怪愁人呢。高广杰说。朱成功翻着白眼看着他说，你个贼羔子，要是收不到咋办？高广杰说，听队长说，别的村都报上去了，七千多呢，咱们的地比他们好多了，只会多不会少。朱成功说，怕是说梦话，连麦秸算上也没七千斤。来长友正好路过，高广杰拉着他的衣袖说，队长，你说说，俺说不圆满。来长友甩开高广杰，晃晃悠悠地走了。来长友以前爱喝酒，娶了老婆后就很少喝了，最近不知怎么了，老是一身酒气。沙箕斗说，瞧瞧，咱饭都吃不上，人家还有酒喝。来长友瞪着如兔子般的红眼睛说，我喝自己的酒，关你屁事！没钱，赊的酒，我乐意，我还不上，还有儿子，我不喝酒心难受。大家看他的样子，没人敢接话。高广杰想扶他一把，被他推了个趔趄。来长友甩着胳膊，摇晃着走了。朱光召说，长友跟换了个人一样。

蚕老一时，麦老一响，几阵南风吹过，桃村的麦子在金色的波浪中翻卷出醇香。来长友找到肖常福说，队长，收了吧，白天夜里看着怪累的，再说大伙饿急眼了，挡不住。肖常福说，沉住气，看看前村和杏园收了没。柳生说，杏园今晌开镰了。肖常福说，那就成，咱们也开镰。不过，一定要注意，统计产量时不能让太多人在场，人多嘴杂。来长友梗着脖子说，这事能瞒住？大伙都长着眼睛呢。肖常福说，长友，不是我说你，你的思想得好好改造了，先收麦子吧。

麦收过后，桃村交过统购粮，仓内的粮食所剩无几。留下种子，分到社员手里的还不如往年多。分粮时，有人大呼小叫着，说好的敞开肚皮吃呢？恐怕勒紧腰带也吃不饱了，揣了一年的美梦破了。柳生叉着腰，黑着脸说，谁想当坏分子？就可劲叫吧。大伙见柳生脸上挂了霜，噤了声，不甘心地小声嘟囔着。众人围着队屋不愿离去，公社通讯员骑着大金鹿，铃铛欢快地鸣叫着停在队屋前，柳生迎上去，通讯员递过一张会议通知，通知肖常福明天一早去公社开会。朱成功和沙箕斗站在旁边，沙箕斗附在朱成功耳边小声说，牛吹死了，看咋收场。朱成功干笑了两声说，不该操的心别操。沙箕斗说，咱就一说。

肖常福下午从镇上回来，倒背着手走在村路上，嘴里哼哼唧唧地唱着。柳生站在队屋前，迎上来说，队长回来了。肖常福伸出一只手，挥挥说，回来了。说着喜滋滋地进了队屋，转了一圈又出来了。见门前蹲着几个人，他心里的喜悦像春日的小草一样蓬勃，忍不住扁着嘴说，咱们生产搞得好，得到上级领导表扬了，这都是毛主席老人家领导得好，眼下又提出了新精神，让咱们千万不要忘记了阶级斗争，阶级斗争要天天讲、月月讲、年年讲，尤其批判了

"单干风"，要巩固农村社会主义所有制和基层无产阶级政权，对个别坏分子实行专制，免得他们破坏生产。肖常福慷慨激昂地讲了半天，见蹲在门前的几人蔫头耷脑的没点反应。他有些下不了台，一只手在头上来回搔着。柳生连忙出来圆场说，队长，太好了，坚决拥护执行党的方针路线。柳生原本以为自己一吆喝，几人会像以前开会时一样跟着喊口号，谁知他们还是你看我，我看你，像没睡醒般。肖常福挺直了腰杆，倒背着手，咳嗽了一声，说，我看有的人好日子过久了，忘本呢。朱光召说话慢，一字一句地说，没忘本，主要是肚里没食，欢实不起来。肖常福说，一天到晚只看眼前那点，觉悟能不能高点，眼光长远些。朱成功说，队长，你说过，不该操的心别操，俺们只能盯眼前这点，别的盯也没用。肖常福说，成功，别人觉悟跟不上行，你觉悟低了不行，拖成礼后腿，等成礼回来你问问，咱村工作是不是每次都按上级精神执行，要是有偏差，我用脑袋担保。朱成功说，我吃饱撑着了？啰唆恁多事。肖常福苦笑着摇摇头，朱成功说话冲，肖常福奈何不了他。肖常福想，全公社没桃村这么复杂的了，一共没几户人家，又是局长，又是省里的干部，对桃村来说是荣光，却又让他开展工作时战战兢兢，怕哪件事不周全，得罪了干部家属，不好收场。肖常福无奈，只得给自己找台阶下，问柳生，长友去哪了？找他来，到我家去。柳生点着头走了。

　　肖常福回到家，见大门紧闭着。他使劲拍门，秀芬嘴里嚼着东西开门。肖常福说，大白天的，关门做什么？秀芬探头看了看门外说，孩子们饿了，垫补点。肖常福说，哪来的粮食？秀芬说，你甭管。肖常福说，我能不管？你是干部家属，要以身作则。秀芬关上门说，这话留着会场上讲，在家不用假模假式。肖常福用眼睛狠盯着她，负气打开门说，长友和柳生一会儿来，关什么门！秀芬听说有人来，慌慌张张地向堂屋跑着说，别吃了，快收起来。

　　来长友和柳生不一会儿进了门。来长友进门吸了吸鼻子，眉头聚在了一起。肖常福说，长友，进来坐。来长友没说话，拉个板凳坐下，柳生挨着他坐下。肖常福说，长友，拉着脸，咋了这是？来长友说，我愁着咋跟大伙交代。柳生眼睛霍亮地盯着肖常福。肖常福笑笑说，长友，别太较真，较真和较劲是一家的，没好处。来长友张张嘴想说什么，看看肖常福又咽了回去。肖常福说，食堂算解散了，下一步有更重要的精神需要传达贯彻。来长友说，又有新精神？我觉得咱们跑得太快。肖常福说，不是太快，是党和政府带领大伙前进的过程中，发现问题及时做出的英明决定，比如这次要大家千万别忘记了阶级斗争。阶级斗争是必须搞的，要不然那些坏分子会时刻想着颠覆，英雄们抛头颅洒热血换来的胜利果实不就被破坏了？别的不说，就说朱光明，别看他每次都说拥护支持，可狐狸尾巴还是藏掖不住，大鸣大放那会儿，他不还说从前的日月好？得时刻敲打他们，他以前的好日月是剥削别人得来的。来长友说，这些俺都懂，就是产量的事咋和大伙说？大家等着敞开肚皮吃呢。肖常福说，这事好办，食堂不是散了嘛，库里的粮食分点给大伙，剩余的就说国家要统购，还要备战、备荒，桃村人这点觉悟还是有的。阶级斗争得好好搞，把沙从君和广林家的，还有沙老鳖弄到一起批斗，这事宜早不宜迟，咱们明天召开大会怎么样？来长友两手握在一起，眼睛盯着脚下说，队长怎么安排咱们就怎么干。

　　桃村人在阶级斗争和促生产的忙碌中又迎来了新的一年。大壮家的大门上贴上了火纸，他母亲年前去世了，大壮没回来，肖常福带领大伙将老太太入土为安。大壮母亲临咽气还骂大洋马。有人说把大壮叫来吧，老太太横竖不同意，说俺家没这个孽子。村里老人对大壮老大不满，说养儿防老，就为走那会儿眼前有人，身后事有人操持。就是呢，为了个女人，连老娘都不要了，真不应该，老话说"千万经典，孝义为先"，这人算完了，以后，人前人后再也挺不起腰杆了。人们附和着说，就是，没爹娘的人，不能交往。

　　年施施然再次来到桃村。桃村的年是隆重的，是热烈的，是欢快的。进了腊月，家家户户忙碌起来，他们把仅有的几斤麦子拿出来，淘洗晾晒，预备着过年做成糕点，供奉各路神灵。肖常福不止一次开会强调不要搞封建迷信那套，桃村人表面上举手赞成，私下，年前年后仍虔诚满满地供奉，说进了腊月遍地神仙，做事要有恭敬心。秀芬也忙起来，她默算着依着家底能做几斤豆腐，叠多少糖。就在各家各户忙年时，村里传出个爆炸性的新闻，花妮生了个女儿。大壮跟大洋马走了两年了，花妮的孩子是谁的，成了村里人最关心的事。人们饭后抹着嘴，相互打听着，都没得到确切答案。冬天出工少，花妮不常出门，穿的衣服多，人们一直没发现花妮怀孕，这猛然间生下孩子，冲淡了桃村人忙年的兴致。

  早上，太阳打着哈欠还没完全升起，秀芬打开院门，看见枣花正在抱柴火，她使劲向枣花招手。枣花抱着柴火走过来，两人嚼起舌头，枣花问，听说花妮生孩子了？秀芬说，可不，不知谁的种。枣花说，说起来，花妮也怪可怜的。秀芬说，有啥可怜的，自大壮跑了后，疯得都不是她了，见了男人恨不得马上脱裤子。枣花说，少说点吧，都是女人。秀芬吐了口唾沫说，你是没见她那样，捏着腔调说话呢，男人听了骨头都酥了。朱光明老婆挑水路过，搭腔道，就是呢，村里又多了个祸害，孩子还不知几个姓呢。枣花向自家看了看，立柱在门里咳嗽着。枣花说，你们说话，俺锅底还烧着火呢。秀芬转向朱光明老婆说，婶，你说孩子是谁的？朱李氏说，谁敢乱说，不过，我觉着，出不了咱村。秀芬脸上笼上乌云。花妮这些日子有事没事总爱找肖常福，秀芬没给过她好脸色。不过，花妮压根不看她脸色，追着肖常福说，队长，来救济时，可得想着俺家，要不然没法活了。声音燕语莺声的。肖常福眉开眼笑，应着，放心吧，只要有救济，少不了你的。花妮说，先谢队长了。花妮说完，也不走，眼睛像花蝴蝶围着肖常福绕呀绕。秀芬看不下去了，拿起扫把扔向一只母鸡说，谁家的鸡，到处找窝下蛋，没羞没臊的。花妮瞥了一眼秀芬，继续笑着说，队长，可想着哈。说着像只欢快的小鸟，轻盈地飞走了。肖常福回头狠狠盯着秀芬说，嘴巴干净点。秀芬被打了一次后，怕了肖常福的拳头，装作没听见，低头搓洗衣服。肖常福见秀芬没说话，知道她心气不顺，来到她跟前，加重语气说，你得有干部家属的样子，要区别于一般群众，骂骂咧咧的不行。肖常福故意把"不行"说得很重，像石头掷在地上。秀芬吓得哆嗦了一下，没敢抬头。肖常福哼了一声出了门。

以后，花妮再来，秀芬不敢比鸡骂狗了，只是寸步不离地跟着他俩。这次，花妮生下孩子后，秀芬试着问过肖常福孩子是谁的，惹得肖常福骂了她一顿，从那以后，她再也不敢提了。出了门，她又忍不住向别人打听。村里说啥的都有，有的说是肖常福的，有的说是朱光明的，有的说是高广杰的，有的又说是来长友的。反正桃村的男人都有嫌疑，这几个嫌疑最大。朱光明年纪大了，但长得精神，又会说话，花妮喜欢和他说话。朱光明和花妮说话时，眼神活泛了许多，像春天的湖水，绿波荡漾的。村里有眼尖的，看见过朱光明单独和花妮在场院说话，才有了孩子是朱光明的流言。高广杰有事没事围着花妮转，说些不三不四的话，花妮也不恼，真真假假的，村里人也糊涂了。秀芬见枣花走了，故意试探着问朱李氏花妮孩子的事。朱李氏知道秀芬的心思，笑着说，花妮眼下精着呢，谁对她有用，她就对谁下手，觉没白睡的。秀芬说，也不全是，花妮喜欢样貌好看的，光明叔眼下不主事了，可论样貌，村里没赶上光明叔的，跟戏台上走下来的一样。朱李氏说，多大年纪了，早没拈花惹草的心气了，再说他行不行，俺还不知道？秀芬撇着嘴说，那事行不行，得分人。朱李氏脸上慢慢涌上乌云，冷着脸说，秀芬，十年走运，赶不上一年倒运，嘴上积德才能家旺业旺。秀芬说，就是呢，婶，你看光召叔家，不是旺起来了。朱李氏没接话，冲秀芬翻了个白眼，拉长了脸，晃晃悠悠地挑着水走了，嘴里嘟嘟囔囔地骂着。秀芬气哼哼地转身回了家，本来为花妮的事窝了一肚子火，又被朱李氏夹枪带棒地骂了一顿，气正无处发泄，四儿子迎过来说，娘，饿了。秀芬一脚踢开他说，滚一边去，一天到晚就知道吃。

晚上，秀芬早早上了床。肖常福在堂屋听广播，秀芬侧耳听着动静，见肖常福一时半会儿不会睡，故意问，啥时候了？肖常福不耐烦地说，睡你的吧。秀芬翻个身说，你咋不睡？肖常福说，我这领会精神呢，你以为队长恁好干？秀芬有些委屈地蜷缩着。以前肖常福可不这样，三天两头早早上了床，伸手把她揽进怀里。黑暗中他呼出的灼热气息喷在她脸上，另一只手在她身上像蛇般滑行着。秀芬的脸跟着燥热起来，醉酒般伏在他怀里，像只乖巧的猫。现在肖常福十天半月也难搂她一次，秀芬有时靠过来，他烦躁地转过身说，睡觉！她抱着肩想，指定在外吃野食了，要不然不会这样，到底是哪个不要脸的呢？她把村里的女人想了一遍，感觉哪个都像，又都不能确定，心里恨恨地骂着，骚狐狸精，心像被百万只蚊虫噬咬着，又无可奈何，紧咬着下唇挨到天亮。第二天起床时，头发蓬乱，眼睛周围乌青浮肿，跟只乌眼鸡一样去挑水。碰到女人，心里的恨意像汨汨流淌的运河水一样肆意蔓延，嘴上也就骂开了。女人们碍着肖常福，没人敢和她叫板，大多脚底抹油走了。秀芬看着空荡荡的井台，眼泪涌出来，又怕别人看见，赶紧用袖子擦干，挑着水回家，到家会逮着孩子打一顿或者骂一顿，一天就这么凌乱地过去了。

肖常福整日忙得陀螺一般，一边领会上级精神，一边想着怎么把上级精神不折不扣地执行好。阶级斗争刚开始，还没完全展开，上级又要求向雷锋同志学习。他好不容易搞明白雷锋是谁，了解了雷锋事迹，决定向大伙好好宣讲下雷锋事迹，将社会主义新风尚在桃村传播开。冬闲时，他决定将阶级斗争和学雷锋工作一起开展。桃村开大会时，先批斗了一会儿阶级敌人，随后学习雷锋精神。高广杰说，雷锋确实是好人，搁着我做不到。沙箕斗说，你做不到就对了，就你这样的，要成了榜样，国家号召学你，我可学不来，太滑。惹得周围的人哈哈大笑。高广杰嬉笑着说,到了那天,你还就得好好学。沙从君刚被批斗完,低着头站在最后,别人笑时,他不敢笑,怕笑得不合时宜。柳生在台上读文件,有的字不认识,招手让沙从君过来。沙从君弓着腰,低着头,像只逃遁的老鼠一样来到柳生面前。柳生用手指着不认识的字,沙从君低声念出来。柳生"哼"了一声,说,回去吧。沙从君两手袖在一起迈着碎步跑了回去。桃村的阶级斗争潜移到孩子中,贫下中农的孩子聚在一起,指着汉儒和沙从君的孩子说,地主羔子。他们要是一声不响地走开还好些,要是多看一眼,会被追着丢坷垃、吐口水,他们只有逃跑的份。肖常福看见会笑着说,阶级斗争就要从娃娃抓起。柳生说,就是,别看汉儒小,眼里满是怨毒呢,就得让他们夹着尾巴做人。来长友说,跟屁孩子一般见识。柳生说,他可不是屁孩子了。

  肖常福脑子里装的事太多,对自家孩子的管教少了些。有天,他从地里回家,路过村西头小树林,发现女儿大芝站在树林里和汉儒说话。肖常福咳嗽了一声,汉儒像只受惊的兔子窜了出来,低着头说,队长。大芝跟在后面慢吞吞地走过来。肖常福说,不在家帮你娘做饭,在这做什么?大芝腮边挂着红云说,不到做饭的点呀。汉儒趁着他们说话的空,飞快地跑了。肖常福看着汉儒的背影,又看看大芝说,老大不小的了,不好好在家待着,真是分不清是非。大芝说,大,新社会了,得出来长见识,待在家里怎么赶超美帝?肖常福见她仰着头,眼睛里满是雏鹰般的无畏和桀骜,粗布衣衫藏不住她正发育的身体。肖常福猛然意识到女儿长大了,他仔细想了想,过了年,大芝就十八了,算个大人了。只是,她为啥要和汉儒待在一起呢?单论长相,汉儒确实不错,可是现在以阶级斗争为纲,找婆家要看成分,不然会受牵连,尤其自己是队长,更不能让人抓住把柄。想到这,他拉下脸说,大姑娘了,没事少出来,帮你娘做做饭。大芝说,我向汉儒请教问题,毛主席老人家都说了,三天不学习,赶不上刘少奇。肖常福沉着脸说,向谁学不好,非向他学。大芝说，他懂的可多了，连画都懂。肖常福见大芝一直替汉儒说话，气不打一处来，推搡着她说，去、去，懂得多能当饭吃？还不如在家好好学习雷锋精神呢。大芝见肖常福生气了，吐了吐舌头，跟在他后面往家走。迎面碰到沙从君的女儿沙如月，这才几年，沙如月也长成了大姑娘，两条乌黑的辫子垂在胸前，穿着方领格子布衫，蓝色裤子，脚下一双黑袢带布鞋，清爽利索。肖常福想，日子过得真快呢，当年拖着鼻涕的孩子都成大人了。沙如月笑着和肖常福打招呼，接着和大芝咬起耳朵来，两人像枝头的小鸟一样叽叽喳喳地聊得欢快。肖常福撇下两人回家了。

　　肖常福进了家，秀芬正搓洗衣服。肖常福向堂屋走着说，你来。秀芬甩着湿淋淋的手跟在身后问，啥事不能在院里说？肖常福进了屋，见二芝正在缝沙包。他挥手赶着二芝说，出去玩会儿。二芝不情愿地说，还没缝好呢。秀芬说，一会儿缝。二芝这才放下往外走。肖常福坐在板凳上叹了口气说，你见天忙啥？大芝平日里上哪去了，你知道吗？秀芬看着肖常福，又看向门外说，她又不是三岁孩子，我能见天跟着她？肖常福生气地踢了下脚边的板凳说，你就得见天跟着她，她要是做了辱没家门的事，我先找你算账。秀芬见肖常福铁青着脸，小心地问，你这没头没脑地说什么？肖常福说，回头问她吧，不过，从今天起，你记住了，不能让她随便出去。秀芬说，不挣工分了？肖常福说，我是说一早一晚。秀芬还想说什么，肖常福起身往门上踢了一脚，怒气冲冲地走了。秀芬说，这是发得哪门子邪风嘛。

　　桃村的日子像运河的水，日夜不停地流淌着。转眼间桃村人欢欣地迎来了懵懂未开的春。春揉着惺忪的眼睛看着周围，想着该怎样装扮土地、庄稼和树木。桃村的大喇叭正播放着新闻，先是工业学大庆，农业学大寨，社会主义企业要现代化，更要革命化，高度的革命精神与严格的科学态度相结合，现代企业要搞好群众运动，要学习"铁人"王进喜的精神，在困难时期，有条件要上，没条件创造条件也要上。农业上要学习大寨精神，走大寨之路，大寨人民与穷山恶水做斗争，改变了山区的面貌。全国要掀起"农业学大寨"的运动，大寨将成为农业战线上的榜样。高广杰一直站在喇叭下听，他不明白大庆是人名还是地名，村里有两个叫大庆的。还有，大寨的穷山恶水到底长啥样呢？他正困惑着，肖常福来了，高广杰迎上去说，队长，我正领会精神呢，咱大庆学不上，大寨肯定要学，到底咋学呢？肖常福说，趁着不忙，我们把排灌渠修一下，公社派人支援咱们。高广杰说，啥时候开工？肖常福说，也就最近，我们管住，公社安排吃。高广杰说，忒好了，国家就是为咱老百姓着想，修好排灌渠，旱涝都不怕了，再说闲了一冬，是得活动一下筋骨了。肖常福说，广杰的觉悟是跑步前进呢，凡事能往大处想了。高广杰笑着说，跟着好人学好事，俺是跟着队长的时间长了。肖常福拍拍他的肩走了。

过了没几天，桃村来了两辆拉满了人的拖拉机，拖拉机上坐着青年男女，他们嬉笑着跳下车。柳生正在队屋，听说公社修排灌渠的来了，赶忙招呼他们进屋，又让人去叫肖常福和来长友。前几天，肖常福让来长友和柳生大致安排了住处，挑拣房屋好，卫生条件好的家庭安排。这些青年在韩镇表现好，思想水平过硬才有机会来，是组织的重点培养对象，千万不能马虎。肖常福提前向公社领导汇报了情况，领导通情达理，知道农村条件有限，说，实在住不下，可在工地上搭帐篷。肖常福来到队屋，粗略数了下人，预备的住处住不下，只能按预备方案搭帐篷。好在天气正逐渐变暖，晚上不算冷。肖常福让来长友和柳生先把女同志安排到村里住，余下的男同志住帐篷。好在，同志们觉悟高，不会计较。

安排好住处后，肖常福又落实吃饭问题。虽说粮食不用桃村操心，可是，人家初来乍到，摸不着锅灶，一些小事，需要肖常福安排仔细妥帖。过了一天，公社王主任来了，王主任在排灌渠现场开了动员会，说咱们要用战天斗地的大寨精神把桃村的排灌渠修好，要鼓足干劲,力争上游,修好桃村的排灌渠就是为社会主义建设做贡献。王主任讲得慷慨激昂,下面的姑娘小伙子们听得热血沸腾的,有的还用手绢擦拭眼泪。王主任是从部队转业到公社的,有战功在身,满身豪气。肖常福在乡里时,他老大不服气,曾明里暗里和肖常福斗气,特别是在三反五反运动时,他曾向组织反映过肖常福的问题。当时肖常福作为从基层走上来的干部,各项工作走在前面,深得县里的赏识。当时还是一般工作人员的王主任反映问题时,领导还给他做了不少思想工作,说同志之间要互相爱护,要多看其他同志身上的闪光点。没多久,肖常福出事了。上级考查了很久,选上了王主任,王主任上任没多久,肖常福死灰复燃,主持了桃村工作,这让他不舒服,肖常福像埋在自己阵地里的一颗地雷,说不定哪会儿就会爆炸,眼下又奈何不了他。肖常福时不时在他面前说找周县长汇报了的话,让他既窝火又无奈,这次给桃村修排灌渠,也是周县长的意思,王主任不敢怠慢,在物资紧张的情况下,给桃村拨付了修排灌渠所需的物资,亲自开动员会。排灌渠上插满了红旗,给荒凉的田野带来了火热气息。开过动员会后,姑娘小伙子们摩拳擦掌上阵,刨的刨,抬的抬,拉的拉,一派繁忙景象。王主任穿梭在工地上视察,肖常福亦步亦趋地跟在身边说,主任,去队屋休息会儿。王主任说,大家都在劳动,我能偷懒?既来之,则干之,给我找个锄头来。说着把身上的棉袄脱下,放在一块石头上。柳生递过锄头,王主任往手心吐了口唾沫说,好久没握锄把了,拿着真带劲。说完来到排灌渠底部卖力地刨起来。肖常福皱着眉问柳生,只给王主任拿了锄头?柳生看出肖常福的不悦,有些慌乱地四下找寻着说,队长,我这就去拿。高广杰一手举着锄头,一手拿着铁锹小跑过来说,队长,给你。肖常福和来长友一人一个接过来,来到王主任身后,刨的刨,装的装。柳生嫌恶地看了高广杰一眼说,哪都有你。高广杰笑着说,我是革命一块砖,哪里需要哪里搬。说完哼着小曲走了,全然不理会翻着白眼的柳生。

桃村挑拣精干力量参加修渠，一是得年轻，再就是得成分好，阶级敌人不能参加，怕他们伺机破坏。大芝也参加了修渠，肖常福故意让大芝参加重要活动。肖常福两个女儿，大芝没二芝长得俊秀，二芝脑瓜也比大芝灵活，怎奈二芝还小，只能把大芝向前推。大芝长相上确实欠缺点，不过，眼下成分要紧，长相就不那么重要了。汉儒也想报名，被肖常福坚决拒绝了。自从见他和大芝在一起后，队里分配活计时，肖常福总是想方设法将汉儒与大芝分开。这次修渠，肖常福听说镇上来的都是积极分子，是有思想，有前途的有为青年。他故意把大芝派来，让她开阔眼界，知道比汉儒优秀的人多了去了，她当初和汉儒聊天，是眼界问题，大芝一直在桃村，没接触过外界，要让她知道人外有人。

排灌渠的东南侧搭了帐篷，东边是食堂，挨着食堂住着几个小伙子。姑娘小伙子们到底年轻，繁重的劳动没耽误他们谈笑风生，凌厉的春风里，飘荡着快乐的歌声和爽朗的笑声。高广杰与沙箕斗抬着一筐土往上走，高广杰说，镇里姑娘和咱村的就是不一样，大方，歌唱得也好听。沙箕斗说，那是你没见过世面，北京上海的更不得了。高广杰说，看把你能的，跟你见过一样。沙箕斗说，我是没见过，我听成礼说过，人家成礼可是握着枪从北打到南呢。高广杰叹了口气，说，当年出去的，都混好了。只有沙从君，估计正在挨家淘粪呢。沙箕斗说，怨着谁了？当初人家崔明铎打信让他去来着，他不去，人呀，一辈子也就那关键几步，走对了，荣华富贵，走错了，吃苦受穷也没辙。高广杰说，咱替人可惜啥劲，看着点脚下，别踩滑了。沙箕斗在前面双手握着肩头的杠子，正是上坡，杠子上的绳向下滑，箩筐滑向高广杰这边。高广杰有些吃力，说，你不能斜着点走？沙箕斗扭头见高广杰正吃力地双手抱着杠子，故意晃动着身体，绳子又向高广杰那边滑过去些，气得高广杰一阵乱骂。两人笑骂着路过大芝身边，大芝正和一位俊朗的小伙子往小推车里装土。大芝穿着黄黑相间的格子布衫，显得身板宽阔，黑红的脸被风一吹，面色更显枯槁，不过大芝眉眼漾着笑，像微山湖里的荷花一样明媚。小伙子握着铁锨把，用力把铁锨踩到泥土里，侧身弓腰撬动着，铁锨上铲满了新鲜的泥土，小伙子用膝盖当支点，铁锨上的土被甩进了推车里。高广杰和沙箕斗没听见两人聊什么，不过，看情形，他们聊得挺开心。沙箕斗回头小声与高广杰嘀咕着，没见过这小子，估计是镇上来的。高广杰说，你管呢。沙箕斗说，我怕渠修好了，咱村姑娘也被拐跑了。高广杰说，冲着你这嘴，得给你开场批斗会了。沙箕斗说，你小子要是在队长跟前胡说八道，当心我让你祖宗八代都不得安生。高广杰说，我祖宗八代今晚就去找你拉呱。两人笑骂着来到了大堤上，合力把筐里的土翻倒出来。沙箕斗有些疲累，扔下筐，一屁股坐在地上，用毛巾擦着头上的汗，指着人群说，广杰，看看，人就跟蚂蚁一样。高广杰用袖子抹着头上的汗说，有恁大的蚂蚁吗？还别说，看这场面还挺激动呢。沙箕斗顺着他的目光看下去，见土黄色的斜堤上，呼啦作响的红旗下，人们穿着各色衣服忙碌着。王主任左右是肖常福和来长友，柳生跟在身后。高广杰说，看，柳生像个跟屁虫一样。沙箕斗说，搭班子跟唱戏一样，都争着站台中央，那就乱了，你没看出来，队长更待见柳生，柳生知进退。高广杰说，队长待长友也不错嘛。沙箕斗说，说你能吧，有时你真能，不过，你也有糊涂时候。柳生听话，而且能力有限。长友像咱队的青骡子，有脾气，可人家有本事。队长呢，笼络住这哼哈二将，才能省心省力。高广杰蹲到沙箕斗身边说，没看出来，你这样的还能看出个门道来。沙箕斗说，我能看出更多呢，你，别看积极，可我和你说，一时半会儿没戏，人家铁三角关系稳固着呢，你只能是拌菜的酱油。高广杰推了他一把说，俺压根没那心思，只是响应毛主席老人家的号召，积极投身社会主义建设。沙箕斗站起身说，得了吧，就你那点小心思，都成司马昭了。高广杰紧追着问，司马昭是谁？哪村的？沙箕斗用眼角看了看高广杰说，干活！队长和主任都没歇呢。

修渠的食堂晚上六点开饭，人们蹲在食堂门前端着碗三五一群凑在一起吃饭。菜是白菜猪肉炖粉条，几片肥肉隐身在白菜粉条中间，猪肉的香味却隐藏不住。小伙子吸着鼻子，眼睛盯着炖菜的大锅说，今天有肉吃。可是肉少人多，不是每个人都能盛到肉。不过，没人在乎。高广杰端着菜碗，狠劲从装馒头的筐里抓了四个杂面馒头说，有菜有饭就不错了，在家里哪有这吃食。沙箕斗说，这倒是实话。

镇上来的姑娘小伙子们吃饭也在一起，他们互相开着玩笑，很是热闹。吃过饭，他们坐在帐篷前，要一个叫李建国的小伙子吹口琴。李建国大概被日头晒久了，脸是健康的小麦色，剑眉下一双眼睛闪着寒星般的光，鼻梁挺直，嘴角上扬着。他上身穿着洗得发白的军装，下面是褪了色的卡其裤子，脚上一双解放牌球鞋，整个人看起来精神利索。他也不推辞，擦拭了下口琴吹起来。他先吹了曲《东方红》，下面的人跟着哼唱起来。一曲吹完，人们鼓掌，让他再吹一曲，他又吹了曲《红梅赞》。下面有人会唱，跟着哼起来，不会唱的跟着拍手。大芝坐在前面，仰着头目不转睛地看李建国，不时地鼓掌叫好。李建国吹累了，要求换节目，让大伙唱歌。他提出镇上来的和桃村人比赛，看谁唱得好。桃村的年轻人除了大芝跟着肖常福去过一次县城，其余的最远也就去过镇上，平日跟着喇叭学几句，要在人前演唱，个个扭捏着不敢上前。镇上的姑娘小伙子也不强求，说一起合唱，大芝几个如释重负，跟着小声哼唱。年轻人玩得高兴，直到八点也不愿散去。带队的王队长说，天不早了，明天还要出工，都回去吧。他们才不舍地离开。

大芝哼着小曲推开门，见父母坐在灯下。搁着往日，这个时辰父母早睡了。大芝拉下围巾问，大、娘，怎么还没睡？肖常福拉长音说，等你呢。大芝来到肖常福面前问，大，有事？肖常福拉个板凳递给大芝说，坐下说话。大芝接过板凳坐下。肖常福说，大芝，你也不小了，得为今后考虑了。大芝看着父母等他们说下去。肖常福又说，如今新社会，女子和男子一样了，要有一番作为，这次修渠，你要好好表现，大想把你推出去吃公家饭。你弟还小，下步我推荐他去学农业技术。趁着我现在还说得上话，谋划下你们的将来。你呢，得争气，在工地上干活要积极，与人相处要把握好分寸。秀芬说，你绕那么远干啥，直接说不就完了，在工地上少与男的来往。大芝激动地站起来，把板凳带倒了，说，你们说什么？又不是旧社会了，男女之间还不能说话了？肖常福说，新社会也不行，千人万眼的，女孩子要内秀。大芝说，啥叫内秀？你俩谁教过我？肖常福说，现在不教你了嘛。你是我闺女，要注意身份。再说了，咱大芝物色婆家，各方面条件都不能差了。大芝说，新社会，讲究婚姻自由。肖常福站起来说，少给我讲自由，我们家就不能由着你，想继续修渠，言行上必须注意。说完掀开帘子进了里屋。秀芬拉着大芝的衣袖说，听你大的，他是老狐狸了。大芝有些委屈，说，我做啥了吗？工地上连话都不能讲了？秀芬说，不是不能讲，得少讲，叽喳的讨人嫌。信你大，他会把你往好路上领。大芝没说话，甩手回了房间。

第二天，大芝早早起了床，对着镜子搽雪花膏，还往刘海上别了个红色发卡，穿了件蓝底粉色小花上衣，左右瞧着出了门。秀芬跟在后面说，妮呀，记住你大的话，听说公社领导要来。大芝不耐烦地说，知道了，我又不是三岁孩子。

大芝来到工地，李建国和钱大明正插着红旗。见大芝来了，笑着打招呼。大芝本来想过去和他们说话，走了一半想起了父亲的话，停下来站在了原地。钱大明经过大芝身边说，穿新衣服了？现在国家号召节约，要备战、备荒，应对苏美的军事威胁，你这个衣服不符合眼下精神呢。大芝拽着衣角问，真的吗？李建国说，别信他的，号召"深挖洞、广积粮、不称霸"和穿件新衣服没关系，别理他。他们说着话，工地上陆续来了不少人，肖常福也来了。他出门时大芝还没起床，谁知这会儿穿得跟花蝴蝶般出来了，她的花布衫在满是黄泥的堤上特别惹眼。他皱了皱眉说，天不早了，开工吧。李建国应着，招呼帐篷里的人。沙箕斗和高广杰小跑着赶到，高广杰在村里吃喝人出工，高广杰见肖常福脸色凝重，拉着沙箕斗去渠底下挖土。沙箕斗说，你跑得跟兔子一样，不能一步步走？高广杰说，没看见队长脸色不好嘛，咱们来晚了，别扣了工分。沙箕斗说，眼睛真好使，隔着恁老远，能看清队长脸色，队长嘴上几根胡须数清没？帮着捋胡须去。再说，刚开工，怎么能说晚呢。高广杰正下坡看着脚下，没搭理他。沙箕斗觉得无趣，用胳膊肘捣了下高广杰说，看见没，大芝穿得多鲜亮，男女只要一捯饬，准出事。高广杰的眼睛在人群里寻着大芝说，就你懂得多。沙箕斗说，还记得大壮吗，有些日子穿得跟先生一样，没多久，就跟大洋马跑了。高广杰说，行了吧你，跟个娘们一样碎嘴，赶紧干活。

　　大芝在工地上沉默了许多。肖常福每天在工地上转悠，以为大芝听了自己的话，心里想，还是女儿好调教，不像大建，让他学技术，倒是同意，刚到那就和花妮闺女大凤搅和到一起。大凤长得倒不错，只是花妮的名声，别说在桃村，十里八村没有不知道的。再说，花妮这几年又生了两个孩子，大壮走了几年了，从来没回来过，花妮俩孩子的父亲是谁，一直是桃村人解不开的谜。花妮有一次和村里人说闲话，说第二个孩子的父亲是个孬种。那天，天刚上黑影，她出来找麦草引火，被一个孬种摁住了，蒙住了她的眼，看不清是谁。没想到，回来就怀上了，她给孩子取名叫二黑。村里人根本不信，说天再黑，近在眼前，怎么就辨识不清是谁。只是花妮这么一说，全村男人都有了嫌疑。二黑大点时，村里人依着他的样貌，把村里男人挨个对了一遍，感觉哪个都像，哪个都不像。这些都不是主要的，主要是肖常福也上过花妮的床，还不止一次。前些日子，公社的王主任来搞社教，二黑挤在一群孩子中看热闹，他年龄小，被挤倒了，哇哇哭起来。王主任多看了二黑一眼，说，肖队长，这是你家孩子？肖常福说，我哪有恁小的孩子。王主任说，和你挺像呢。肖常福窘得满脸绯红，擦着额头上的汗问，哪像呀？说着拽着王主任进了队屋。肖常福回头看了看，幸亏只是一群不懂事的孩子，要是有大人在场，传出去可不得了。这事砸在身上，揭也揭不下来了。有这些因素掺杂其间，若成了儿女亲家，该如何面对？这让肖常福很闹心。

肖常福见天忙，感觉日月跟织布梭子一样，说话间，村里拖着鼻涕的孩子呼啦啦长大了，看着他们青春的面庞，肖常福不由自主地摸摸自己的脸，腮上的皮肉松弛了不少。他自语着，看来，不服老不行呀。儿娶女嫁摆在面前了，大建的事倒不急，大芝的事须放在心上。镇里来的小伙子，他侧面了解了一下，长相差别不大，都是镇上的，家世也都一般。这让他有些失望，他想让大芝嫁到高点门头的人家，可是回头想想，好点的人家，依着大芝的样貌，不一定看得上她，这让他窝火闹心。

修渠一般六点下工，大芝以前八点回来，后来，回来得越来越晚。肖常福对大芝白天在工地的表现还算满意，心里七七八八装的事多，也就疏于对大芝的监管。直到有一天，工地王队长说，肖队长，今年得喝你家喜酒了。肖常福心里忽悠沉了一下，说，小子还小呢，不够结婚年龄。王队长说，我说你家闺女，和我们李建国多般配。肖常福打着哈哈说，王队长说笑，大芝也还小，想让她多学习两年，争取进步。王队长说，找了对象也不影响进步，一起成为社会主义有为青年更好。肖常福对李建国倒是有印象，样貌不差，也积极进步，只是不知家里怎样。他故意问，王队长，这话从哪说起呢？王队长说，两个孩子能说到一块去。肖常福心里明白了大概，不好再问下去，递给王队长支烟说，王队长，眼看着工程快结束了，多亏着你们来支援呢。王队长说，应该的，一家人不说两家话，建国这孩子不错。肖常福见他把话又绕了回来，轻描淡写地问，家里几口人？王队长来了兴致，说，建国家是镇上三组的，是家里的老大，兄妹是四个还是五个记不清了，父母都老实巴交的，好像爷爷奶奶还健在。肖常福点着头说，不错。心里却不满意。老话说得好，能在家当家姑老，不去当人家大伯嫂。当了大伯嫂意味着更多的付出和责任，照顾老的，抚育幼的，吃苦受累在前，看样子家庭也没什么闪光点，要是有，王队长早就放大百倍说了。肖常福想到这说，王队长，周县长答应培养大芝，青年人得学点真本领，为社会做贡献，不能光想着儿女之事，你呢，得督促年轻人进步。王队长点着头应着说，那是。王队长从肖常福的话中听出些端倪，他似乎对这事不满意。他受李建国之托试探一下，没想到碰了软钉子。王队长看着肖常福的背影，把烟头丢在地上自语道，有什么了不起的，现在是新社会了，你不同意也得同意。

　　肖常福满工地找大芝，见她正拉着推车往堤上走，推车的正是李建国。肖常福来到跟前，李建国停下车，笑着招呼，肖队长。大芝扭头看见肖常福，撩着额头的短发小声说，大。肖常福没搭理李建国，脸像结冰的湖面，粗声对大芝说，收工早点回家。没容大芝说话，倒背着手向堤下走去。李建国看着肖常福的背影，苦笑着转向大芝。大芝负气把绳子放到肩上说，走嘛！发什么呆？李建国推起车说，肖队长对我有意见呢。大芝说，你管呢。李建国说，心里没底呀。大芝说，只要我悦意，谁也挡不住。李建国说，别，老人的话还是要听。大芝有些恨铁不成钢，说，就你这胆量，能成啥事？没上战场先投降。李建国苦着脸说，这和上战场不一样，你大要是不同意，会去公社说道，以后我别想进步了。大芝说，你找个得劲的人来提亲呀。李建国问，谁得劲？大芝歪头想了想说，除了周县长，别人不管用。李建国说，俺小门小户的，上哪认识周县长去。大芝把手里的绳子扔在地上，生气地蹲下说，这不行，那不中，要不咱散了吧。李建国站在她跟前，手足无措着，想蹲下来劝解，看着渠底的人群又放弃了，说，人家都忙着呢，咱这样不好，有话回头说吧。大芝抬头向下看，见钱大明正往这边做鬼脸，这才起身。

大芝放工后，不敢耽搁，直接回了家。肖常福黑着脸坐在堂屋，见大芝进门，让大建几个去南屋玩，秀芬里外忙着。肖常福对秀芬说，别瞎忙了，过来。大芝倚门站着，眼睛盯着屋顶。秀芬手里捻着线坐下说，芝，坐下。大芝没搭理她，脸转向黑漆漆的院子。肖常福看大芝的样子，气不打一处来，指着秀芬说，这就是你教育出来的孩子，没一个像样的，瞧瞧人家立柱闺女。大芝用后背撞击着门板，门被撞得直响。肖常福拿起一个板凳扔过去说，你给我消停些。秀芬慌了，起身拉过大芝，让她坐在身边，说，有话好好说嘛。肖常福生气地说，看她那样，好好说能听进去？找婆家不是小事，不能依着性子来，再说你见过啥光景，知道日长月短？秀芬有些愕然，扭过头问肖常福，谁找婆家了？又转头拉住大芝的衣袖问，谁找婆家了？大芝烦躁地甩开她。秀芬说，你们这是咋着了，没头没脑的？肖常福说，你问你闺女吧，我也是在十里八村有头有脸的人，做事要给我留脸面。大芝没说话，起身向外走。肖常福说，要是敢做出格的事，我打断你的腿。我是为你好，现在是新社会不假，有些规矩还是要守。

　　肖常福对大芝说了狠话后，工地上，大芝和李建国不一起说笑了。肖常福心里的一块石头落了地，想着渠快修好了，李建国一撤，再把大芝送出去学习，这一页算翻过去了。谁承想，工程结束前一天，秀芬一早在院子里大呼小叫着，他大，快来！大芝不见了！肖常福慌忙跑到大芝住的南房，二芝从被窝里探出头，揉着眼睛说，姐一夜没回来。肖常福冲进屋，见大芝放在床头装衣服的纸箱敞开着，里面空空的。秀芬两手拍着大腿说，这个死妮子，跑哪去了？肖常福脸涨得通红，一巴掌打在秀芬脸上说，一天到晚就知道吃，啥用没有。秀芬捂着脸说，打我干吗？又不是我让她走的。肖常福向前跨了一步，抬手又要打秀芬。秀芬向后躲着，肖常福眼睛瞪得溜圆，咬牙切齿的，腮帮子哆嗦着。秀芬哀求着，他大，打俺也没用，赶紧想法找那死丫头。肖常福用力推开她说，管住你的嘴，别胡说八道！说完一阵风似的出了门。

肖常福来到工地，天色微明，肖常福被怒火折磨乱了方寸，他思谋着怎么把负面影响降到最小。大芝这个不争气的东西，他恨得咬牙切齿的，不体谅老的心，也得为自己的将来打算吧，居然这么不懂事，随她去算了，只是眼下不能让他们这么走了，会让众乡邻耻笑，以后在人前人后抬不起头来。肖常福七七八八地想着来到帐篷前，他咳嗽了一声，问，王队长，起了没？有事找你商量。过了一会儿，帐篷里传来王队长的声音，肖队长，这么早，进来嘛。肖常福说，不了，你起吧，趁着没开工，咱们到工地上转转，别有啥疏漏，领导来了不好交代。王队长打着哈欠说，还是肖队长细心，稍等啊。

王队长出了帐篷，见肖常福在不远的堤上。王队长弓着身子爬坡来到他身边问，肖队长，去哪看？肖常福没说话，递给他一支烟。王队长接过烟，见肖常福阴沉着脸。他将烟夹到耳朵上问，队长，出啥事了？肖常福吐出一口烟说，兄弟，你来桃村，俺待你怎样？王队长摸了摸头说，肖队长，大早上的出什么事了？肖常福说，哥有做得不对的地方，直接说出来，不兴埋汰人。王队长转到肖常福面前说，肖队长，大早上的，有话能不能明说？肖常福把刚点燃的烟扔到脚下问，李建国呢？王队长皱眉想了想，说，哎，别说，昨晚真没见到那小子，怎么了？肖常福盯着他的脸看了一会儿，见他一脸茫然，看样子真不知情。于是，拉着他到了离帐篷远些的地方。王队长被拉得踉跄着，说，肖队长，我这衣服还新着呢，放手。肖常福松开手说，王队长，你得让哥能见人。王队长整理着衣服说，肖队长，那事你不同意就不同意，没人强求，和能不能见人没关系。肖常福说，现在就有人强求了，李建国那狗东西没给你透露？王队长问，什么？怎么了？肖常福跺着脚说，大芝昨晚没回家。王队长看着肖常福的脸问，真的？肖常福说，这事我能胡说？王队长倒背着手转着圈说，这混账东西，胆子怪大的。肖常福说，你带的队，出了事，你脱不了干系。王队长说，都是成年人了，我能管恁多？肖常福说，你不管也得管，不然要带队干吗的？王队长说，带队是带领干活的，不是让他们……他看肖常福脸色铁青，把话又咽了回去。肖常福问，整天跟李建国在一起的小子叫什么来着？王队长说，钱大明。肖常福说，你去找他，让他交代李建国去哪了，赶紧把他们弄回来。王队长说，成！肖常福拉住他的衣袖说，知道的人越少越好，一定要唬住钱大明，让他快点交代。王队长说，放心吧。

在王队长的恩威并用下，钱大明交代李建国把大芝带去镇上了。王队长说，浑小子，这么着急干吗？钱大明说，他不急，肖大芝急呀。说着冲王队长挤眼。王队长说，来的时候，怕你们几个浑小子惹事，真是怕啥来啥，莫不是把人家弄怀孕了？钱大明说，我又不是李建国，我哪知道恁多。王队长指着他说，你小子等着，回头跟你们算账，还有，这事，想进步的话，谁也别说。

王队长回到肖常福身边，天边现出了鱼肚白，站在堤上能看到微山湖上渔人们在撒网。王队长说，他们在镇上，我去一趟，让他们回来。肖常福说，不能一起回来。王队长说，那当然。肖常福抓着他的手说，兄弟，这事你知、我知。王队长说，放心吧。说着从帐篷里推出大金鹿自行车，回身吩咐钱大明说，招呼出工，站好最后一班岗，我去公社跟领导汇报点事，一会儿就回来。说完用手指了指他。钱大明小声嘟囔着，有我啥事呀！

王队长在日上三竿时，用大金鹿带着大芝回了桃村。路上碰到人，王队长说，带大芝去县里上培训班来，又改时间了。肖常福早就放风说，大芝被县里选中了，要出去学习。桃村人私下说，真是龙生龙，凤生凤，老鼠的儿子会打洞呢，大芝眼看要吃公家饭了。桃村人对王队长的说辞一点也不怀疑，只是满眼羡慕地看着他们拐进了肖常福家。

王队长把大芝送到门前，用衣袖擦着头上的汗说，肖大芝同志，回家和父母说清楚，我先回工地了，估计公社领导已经来了。大芝低着头，看着脚尖，期期艾艾地说，队长，那个什么……王队长像赶鸟一样挥着胳膊说，先回家，我一会儿和肖队长说。大芝咬着嘴唇，看了一眼王队长，又迅速低下头。王队长一只脚踩在脚蹬上，一只脚用力在地上蹬了几下，一偏身子像只大鸟一样跃上自行车走了。大芝看他转过胡同不见了，只得转身回家。秀芬小跑着出来，拉拽着大芝进了屋。秀芬把大芝拉进南屋，抽打着她说，死妮子，干的这叫什么事，你大差点打死我，你还让俺活不？大芝躲着秀芬，将包袱扔到床上说，你们同意也得同意，不同意也得同意，反正我跟定他了。秀芬说，反了你了，你知道个啥？远的不说，就说咱隔墙，人家啥时都没断过吃的，咱家倒好，你大看着风光，俺过的日子只有俺知道，只能打掉牙往肚里咽。秀芬说到伤心处，眼泪涌上来，擦着眼泪说，见人长得人五人六的就动了心，长得好能当饭吃？大芝说，你一天到晚就知道吃，我找对象，看着舒服就行，人不就活个心气。秀芬拍着手说，闭嘴，这话要是在你大跟前说，他非打你不成，你大谋划好了，让你吃公家饭，多好的事，你倒好，不领情，胡作非为，坏了自己前程。大芝有些烦躁地走到门前说，说啥都晚了，我是他的人了。秀芬听完，惊恐地捂着嘴巴，愣了一会儿，她来到大芝跟前，一巴掌打在大芝头上。大芝生气地转身出了门。秀芬在后面咬牙切齿地低声咒骂着，丢人败兴的东西，你给我回来。大芝早走远了。

　　大芝来到工地，公社王主任正在讲话，堤上黑压压坐了一片，大芝在后面找了块石头坐下。王主任挥着手说，桃村的修渠工程是宏大的，是艰巨的，是战天斗地的。在物资、机械缺乏，自然环境恶劣的情况下，咱们工、农联合，依靠人力顺利完工，全靠锄挖肩挑手推，却完全达到了机械化速度，这是工地全体人员夜以继日，忘我劳动，艰苦奋斗，开展大竞赛、大比武、大技术革新取得的成果，我们将嘉奖为工程付出的人，评选出一批"青年突击手""工程标兵""五好党员""五好干部"和"五好民工"进行表彰奖励,并且会将表现突出的同志提拔重用。我们坚信,桃村排灌渠修好后,一定能造福百姓,荫及后人。王主任铿锵有力地讲完,下面响起了雷鸣般的掌声。王主任鼓着掌向人群点头致意,过了一会儿,他小声问旁边的肖常福,肖队长,你给大家说两句。肖常福说,主任讲得很全面了,我只想对大家说,桃村的老少爷儿们会念着你们的功德。有人兴奋地鼓起掌来。高广杰鼓得最起劲,他对身边的沙箕斗说,咱俩表现不赖呀,能不能评上个啥呀?沙箕斗说,你指定成。高广杰手拍得更起劲了。他仰着头,眼睛越过众人的头顶追着王主任和肖常福。

王队长坐在最前面,见王主任讲完,起身迎上去。王主任看见他问,来时怎么没看到你?王队长说,主任,刚才去湖边了,看排灌渠和湖连接得咋样。王主任拍拍他的肩说,有心人,干得不错。王队长说,是主任指挥有方。王主任笑着点点头又与其他人打招呼。王队长向跟在王主任身后的肖常福挤挤眼,附耳小声说,事办利索了,细节咱抽空说。肖常福紧紧握了握他的手,见大芝坐在后面,李建国也在人群中,又小声对他说,老弟,哥记着你的好。

肖常福送走了最后一批修渠人员,心里的石头落了地,修渠工作总算圆满完成了。他喊上来长友和柳生去了堤上,三人来回走了两圈,堤上平整宽阔,到处是新鲜泥土的气息。柳生说,这下好了,旱涝咱们都不怕了。肖常福低头看着脚下没说话。来长友紧追两步跟上肖常福说,队长,今天听公社的人说,毛主席又有重要指示,说在需要夺权的地方和单位,必须实行革命"三结合"方针,建立一个革命的、有代表性的、有无产阶级权威的临时权力机构,这个机构叫革命委员会,咱桃村会不会也成立革命委员会?肖常福看着微山湖,若有所思地说,谁知道呢?来长友说的事,肖常福不是不知道,他心里慌得不行,在王主任讲话时,公社李干事趴在他耳边告诉他,周县长被县里的造反派打倒了,被押着游街呢。肖常福想细问，正在讲话的王主任往这边看。李干事赶紧回到了座位上。肖常福在乡里时，没少提携李干事，他一走，李干事在公社不受待见，像被老母鸡撇下窝的小鸡，没着没落的。后来，肖常福跟上了周县长，李干事随他去见了周县长，周县长记下了他的名字。以后，周县长再去公社检查工作时，见到李干事格外热情。公社从领导到一般工作人员也跟着对李干事热情起来，尤其是王主任明着暗着问了几次他和周县长的关系。李干事打着哈哈说，也没啥关系。李干事在公社混了几年，混出了心眼，啥事不能说得太明白，云里雾里让他们摸不清深浅，他们才会有所忌惮。有些事，跟一眼望到底的水养不了鱼一样，说得太白了，反倒不好，让他们觉得他和周县长关系不一般，有这个势就足够了。这个势看不见，摸不着，却实实在在地存在着，起码这个势能让他在单位活得滋润些。那天，他看到周县长被押着游街时，他连忙用皮包遮住脸。他看见周县长的秘书陈沉也在人群里，不过，陈沉高呼着口号，打倒执行资本主义反动路线的顽固派周长庚！把周长庚打翻在地，再踏上一只脚，让他永世不得翻身。后面的人跟着陈沉喊起来，声震林樾。周县长的脖子上挂着牌子，上面歪歪扭扭地写着几行字。李干事不敢看，他缩着脖子，顺着街道的墙根向前走。回来后，他忐忑不安，想找个人探讨探讨，又没合适的人，此时万万不能多说话，天堂地狱，一念之差。可是，他心里像有只小鹿，翻腾得厉害。今日，他到底还是沉不住气，开着会，抽空告诉了肖常福。肖常福活了大半辈子，越来越相信预兆，当然只是埋在心里，连秀芬也没告诉过。秀芬是个装不下事的人，出工时，和村里的老娘们没深没浅地胡说八道，有些事不能告诉她。他被乡里撵回前一两年，老是梦到被狗追着在黑暗中跑，每次惊醒后，会抚着狂跳的心呆坐良久。回来后，再没做过那样的梦。最近这些日子，他时不时地感到心塞，还没来由地心慌。他起初以为是被大芝的事搅闹的，当李干事告诉他周县长的事时，他一下明白了这些日子没来由心慌的症结。

全公社都知道他是周县长的人,周县长被打倒了,他能安然无恙?别看社员现在对他毕恭毕敬的,当初被他斗过的,被分了田地的,心里还记恨着,想看他笑话呢。眼下周县长都被打倒了,自己更不算个事了,周县长一倒,自己跟湖里的浮萍一样没了根基。他心里七七八八地翻腾着,于是说,辛苦这些日子了,回去歇着吧。柳生看着肖常福,见他的脸没了往日的光亮,像冬日的庄稼一样没有生机。来长友扶着堤上刚种上的杨树苗说,十年后,这些树都该成材了。肖常福看着手指头粗细的树苗说,等着吧,会成材的。说完下了堤,顺着小路回村了。柳生说,长友哥,队长今天不对劲呢。来长友低着头,把小树周边的浮土踩实说,许是累的。柳生点点头说,咱也回吧。

  肖常福到家后,秀芬正在做饭,见他进门,像是被吓到了,脸像微山湖水里丢进了石子,慌乱一圈圈漾开了。肖常福见秀芬的样子,知道家里又出事了,故意不搭理她,直接去了堂屋。二建、三建和小四正在院里抽陀螺。肖常福刚在堂屋坐下,秀芬的手在衣襟上摩挲着跟进来说,他大,闺女大了不中留,留来留去,留出仇来。肖常福嘴上叼着烟,身子倚在山墙上,没说话。秀芬看看他,又转向院外,嗫嚅着。肖常福吐出一口烟雾,眯着眼说,新社会了,不讲究三媒六聘了,但该走的礼数,还是不能省,不能不明不白地嫁闺女。秀芬弓腰点着头说,是、是。肖常福踢着脚下的凳子说,是什么?秀芬说,让他们家来提亲。肖常福的眼睛像夏天晌午的毒日头,盯着秀芬说,瞧瞧你生的货,有一个长脸的吗?秀芬不敢还言,扭头向灶屋跑去。

  第二天一早,王队长背着面镜子进了肖常福家。肖常福刚吃过饭,站在院中央,舀了瓢水漱嘴。见王队长进门,连忙将瓢扔进水缸里,让王队长屋里坐。王队长说,肖队长别客气,公社让我给你送面镜子,留个纪念。肖常福接过镜子说,感谢领导,啥事都想得周全,给我们桃村修渠,俺们还没感谢呢,更要感谢你,这大老远的辛苦。王队长坐下，笑着说，今天我是带着双重任务来的，送镜子只是其一，另一个，我是来保媒的，想吃湖里的大鲤鱼了。桃村的规矩，媒保成了，男方家要给媒人送鲤鱼作为酬谢。肖常福干笑了两声没说话。王队长说，肖队长，你是个明白人，现在新社会了，讲究婚姻自由，再说，姑娘大了，有自己的主意了，依着他们吧，免得跟着多操心，路是自己选的，过得好不好，老的不落抱怨。肖常福听了，勉强挤出两个字，也是。心里却翻腾开了，原本周县长答应培养大芝，只是她眼下泥菩萨过河自身不保了，这事恐怕要泡汤了。秀芬嘴快，早把大芝要吃公家饭的事在村里说开了，有人还问过肖常福大芝啥时候上班，嫁就嫁吧，吃苦受累自找的。王队长见他沉默不语，心想还得烧把火，笑着说，李建国这小伙子我了解，爱学习，肯动脑筋，好好干，会有出息。肖常福递给王队长支烟说，兄弟，劳你在中间辛苦，只要他们悦意，我是没意见，不过，咱是农村，村里老少爷儿们都盯着呢，该走的礼数还得走。王队长见肖常福松了口，嘘了口气，没想到肖常福这么容易就答应了，于是喜滋滋地说，那是自然，这事包我身上，保证圆满，有啥要求尽管提。

　　后来，王队长来回跑了多次，把订婚、结婚前的礼数，该走的都走了，双方把结婚日子定在了五一劳动节。王队长说他们是在劳动场上认识的，劳动节成婚有意义。

　　五一节那天，李建国开着拖拉机来接大芝。拖拉机货箱上用竹匹搭了个拱形，覆上了喜庆的红被单，门帘上挂了个红缎子被面。村里人听到鞭炮响，跑来看热闹，高广杰媳妇和花妮也在人群里，花妮拉着高广杰媳妇往前挤。大芝穿着大红涤纶上衣，蓝色裤子，脚上穿青方口布鞋，被大建和二建用椅子从家里抬出来。大芝踩在椅子上，偏腿往拖拉机货箱上爬。花妮用胳膊肘捣了捣高广杰媳妇说，嫂子，瞧大芝肚子。高广杰媳妇顺着她的手看过去，见大芝肚子确实有些凸起，说，前些日子工地伙食好，吃胖了。花妮说，你也是生养过的，咋睁着眼说瞎话，单胖肚子呀，怕是挂上驹了吧。高广杰媳妇看着周围，小声说，可别胡说。秀芬以前出工时常在花妮面前指桑骂槐，有一次，花妮气不过，和她打了一架。秀芬个子高，花妮没占到便宜。性格刚烈的花妮咽不下这口气，坐在地上叫骂，觉得还不解气，脱了上衣，跑到地里打滚。地里刚秋收完，到处是锋利的秫秸茬。村里人吓坏了，站在一边大呼小叫，却没人敢上前。高广杰跑过去，拼命抱住了花妮。花妮哭骂着，欺负俺，瞎了狗眼。高广杰媳妇把高广杰推开，帮花妮穿上衣服。其他人也过来劝花妮，花妮还是不依不饶，要去乡里讨说法，说干部家属欺压人。来长友让几个妇女连拉加拽地把花妮弄回了家，又多给了她些工分，这事才算平息。

　　秀芬回到家被肖常福结结实实地打了一顿，肖常福边打边说，再惹事，滚回娘家去。秀芬挨了打，只能把委屈窝在心里。花妮再来找肖常福，说些放浪的话，秀芬不敢明着骂，不过，两人一见面就跟斗鸡一样，互相吐着口水。花妮早听说大芝在工地上处了对象，有人看见大芝和那男的在野地里亲嘴，她故意来看笑话的。高广杰媳妇怕事，拉拽着她说，赶紧回吧，该做饭了。花妮扭头说，瞧稀罕景呢，拉我干吗？让那货知道有女别笑人养汉，有儿别笑人做贼，看她一天到晚那嘚瑟样，知道啥叫丢人了吧。高广杰媳妇说，一码归一码，大芝这孩子不错，她娘是她娘，再说，谁让人家男人是队长呢，咱男人要是队长，保不齐比她还能嘚瑟呢，结婚是人家一辈子的大事，莫生是非，赶紧回吧。说着拉着花妮想挤出人群。花妮扭动着身子说，着急忙慌地把闺女嫁出去，怕丢人现眼吧。高广杰媳妇说，你就少说句吧。说着探着身子分开人群。别看高广杰媳妇个子矮，劲却不小，拉拽着花妮踉跄着离开了。

　　大芝出嫁那天，肖常福早起洗脸，对着盆架上的镜子照了照，发现鬓角多了些白发，啥时候长恁多，竟没发现。他心里像雨季上涨的湖水猛然蹿上许多悲哀，忽然间就老了呢。肖常福被浸在满是忧伤的大缸里，迎亲的鞭炮声把他从忧伤中拖拽了出来。他用手拢了拢头发，将额前的黑发向下按了按，盖住鬓角的白发，这才出门。李建国被一群人簇拥着进了门。对大芝的婚事，肖常福不是多积极，不过，走到这步了，场面上该应承的还要应承，他强打起精神招呼迎亲的客人，院子里挤满了大人孩子，肖常福浮在人群里，有些身不由己。有一会儿，肖常福看着喧闹的人群，像是在梦里。他眯眼看太阳，想着周县长现在咋样了。立柱闺女翠莲也挤在人群里，立柱老婆枣花连着生了两个女儿后，歇了几年，又生了三个女儿，之后肚子再没了动静。枣花生前两个闺女时，立柱母亲白天夜里骂，骂枣花是瞎巴母鸡，生不出带把的来。第三胎时，立柱母亲骂人的声音小了，到了四胎、五胎，老太太不骂人了，改成吃斋了。肖常福隔着墙常听老太太嘟囔，各路神仙，俺现在吃斋念佛了，以前犯下的罪孽，求您老人家担待，赐个男丁给俺柱吧。后面絮絮叨叨听不太清楚了。肖常福听到这，故意站在院里大声喊几个儿子的名字，让儿子们在院子里玩耍、嬉闹。他想，要是父亲活着多好，自家终于比立柱家强了。可每次看到立柱的几个闺女，他心里像塞满了臭鱼烂虾般难受，表面看比立柱强，只是立柱的几个女儿，个顶个的水灵、好看不说，还懂事，从没像自家孩子为吃的打闹过。尤其立柱大女儿翠莲长得好，书读得也好。依着立柱早就不让上学了，可翠莲每次都考第一名，去镇上读书后，每次还是考第一名。有几次，农忙没人手，立柱不让翠莲上学了，校长和老师轮番来家里找，说不能耽误了这么好的读书苗子。立柱无奈，只得让女儿接着读书。翠莲站在人群里，肖常福很是不安。平日翠莲一直在学校，今天怎么回来了？听说镇上学生闹得厉害，翠莲不会把学校运动带到村里来吧，要是那样就有些麻烦。肖常福的心里万马奔腾着，表面上还要客客气气地招呼着大伙。肖常福好不容易把载着大芝的拖拉机送走，回头去找翠莲。没找到翠莲，倒是看到沙静轩儿子沙泽厚站在人群里，他和翠莲一起在镇上读书。肖常福上前拉住沙泽厚问，今天不是星期天呀，怎么回来了？沙泽厚被突然拉住，有些愕然，上下看着肖常福说，学生造反了，我们打算回村造反，现在造反有理。肖常福黑着脸推开沙泽厚说，小熊羔子，造谁的反？沙泽厚被推得向后退了一步，站稳身子，挥着胳膊说，毛主席老人家说了，要炮打司令部！开展"无产阶级文化大革命"，这是为了促进思想革命化，带动生产发展，更好地抓革命、促生产。肖常福举起手作势要打他，说，小熊羔子，胎毛还没褪，知道个屁，还造反？沙泽厚看不惯肖常福的蛮横，仰着头，毫无惧色地说，肖队长，我刚才说的可是领袖的最高指示，你说什么来着，知道屁？我明天就去公社革委会汇报。肖常福急了，这个帽子要是扣到头上，不死也得脱层皮。他上前揪住沙泽厚的耳朵说，走，找你大去，才上了几天学，不知天高地厚了。朱成功刚好路过，说，常福，黄口小儿，信口雌黄，跟他一般见识？肖常福不依不饶地说，这孩子再不教育，会给家门带来不幸。沙泽厚疼得龇牙咧嘴，两手护着耳朵，趔着身子想挣脱。怎奈肖常福的手像钳子一样有力，挣扎只会更疼，只得被肖常福拎着向前走。一路上，不少人围过来看热闹，翠莲也在人群里，说，叔，放了泽厚吧。肖常福梗着脖子没搭理她。沙泽厚觉得在翠莲面前丢了脸，脸涨得通红，踢了肖常福一脚。肖常福没想到沙泽厚敢踢他，生气地踹了沙泽厚一脚说，反了你了。沙静轩闻讯赶来，赔着笑脸说，队长，这是咋了？肖常福生气地将沙泽厚推到沙静轩面前说，问你儿子。你这儿子要是不教育，会惹祸招灾的。沙静轩见肖常福大喘着气，跟老黄牛一般粗重，胸脯一起一伏的，脸成了猪肝色。他赔着笑脸，弓着腰递上支烟说，肖队长，莫生气，您大人大量，别跟他一般见识，我回家好好教训他。肖常福看了看烟，没接，脸扭向一边。沙泽厚见父亲在肖常福面前低三下四的，抬起头说，大，甭理他！给脸不要！沙静轩扭头厉声喝道，闭嘴！滚回去！回家看我怎么收拾你。肖常福说，静轩，当面教子，背后教妻，你当着大伙的面教训下这头倔驴。沙静轩老来得子，把儿子看得比自己的眼珠子都重，别说打了，连句重话都没说过，日子再难，他勒紧裤腰带让儿子读书，他实在下不去手打儿子。再说，要是打了，回家老婆非跟自己拼命。他举着烟，苦笑着站在肖常福面前说着赔礼的话。沙泽厚的耳朵被拧得火烧火燎的疼，肖常福又怂恿父亲打自己，看着父亲在肖常福面前连腰也挺不直，沙泽厚的火气腾地蹿了上来。沙泽厚冲上去，把父亲手里的烟夺过来，扔到脚下，奋力踩着说，大，烟是给人抽的。肖常福彻底被激怒了，伸手去揪沙泽厚，沙泽厚学聪明了，像泥鳅一样从肖常福身边滑过去，挤到看热闹的人群里，还不忘回头向肖常福吐着舌头扮鬼脸，两只手扒着眼睛。肖常福父亲眼睛小，活着时村里常拿他眼睛说笑，父亲去世多年了，这个死孩子还拿这个嘲笑自己。实际上，沙泽厚只是扮个鬼脸，没想那么多，却戳中了肖常福的心窝子了。肖常福拽着沙静轩的衣袖说，你到底管不管这个逆子，不管，我可替你教育了，实在不行，我去公社汇报，让公安来收拾这个坏分子。沙静轩一听公安，脸都吓绿了，几乎要给肖常福跪下，说，常福，咱们老亲世邻，你不看僧面看佛面，回去我一定好好教训他，让他去你家赔不是。朱成功走过来说，常福，跟个屁孩子一般见识，传出去让人笑话。肖常福说，这孩子太没规矩，不理正不成。朱成功拉着肖常福说，走吧，静轩不是说了，回去好好教训。肖常福这才不情愿地跟朱成功走了，边走边说，成功，要不是看你的面子，我饶不了他。朱成功说，不饶又能咋的？人家有爹有娘，打人家孩子咱就怵理了，赶紧回家吧，我看你呀，也是火大，一点就着，这么点事，不值当的。肖常福越听越不对味，依着朱成功，是自己多事了。他想和朱成功说道说道，朱成功却转身走了。肖常福在后面顿足叫他，他也没回头。肖常福窝了一肚子火，远处看热闹的人还没散去，有的咬着耳朵，有的嬉笑着，肖常福觉得那些人都在看自己笑话，恼恨地进了家。

肖常福窝了一肚子火，第二天，连大芝和李建国回门也打不起精神。大芝担心地问，大，你脸咋恁难看？肖常福打着哈欠说，昨天没睡好，没事。大芝带回了不少点心，二建和两个弟弟在一边争抢。大建陪李建国坐在堂屋说话。李建国有些拘谨，挺直身子坐在矮凳上，腿伸开不礼貌，不伸腿又窝得慌。他穿了一件蓝涤卡中山装，领子扣得严严实实的，下身一条九成新的军裤，脚上一双簇新的解放鞋。大建盯着李建国的裤子说，姐夫，记得在工地上，你穿过军装上衣呢，现在咋不穿了？李建国还没回答，大建又接着说，俺们一块学习的都有军装，就我没有，让大给弄件，都两年了，也没见影。大芝正在院里帮秀芬杀鸡。鸡大概觉得死到临头，拼命挣扎着。秀芬左手攥着鸡翅膀底部，大拇指捏住鸡冠，准备下刀。大芝闭着眼在后面攥着鸡腿。鸡挣扎晃动着身子，秀芬迟迟不敢下刀。大芝喊李建国来帮忙，李建国应着，大建也跟出来了。李建国弓下身子说，婶，我来吧。说着从秀芬手里接过鸡，左手拎着鸡翅膀，将鸡腿踩在脚下，右手迅速在鸡脖子上薅下一片毛，左手拇指把鸡冠摁紧，刀在鸡脖子上拉锯一样来回两刀，暗红色的血从鸡脖子上淋漓流出。李建国放下刀，换成右手捉鸡翅膀，左手拎起鸡腿，把鸡血控到碗里。李建国杀鸡干净利索，一气呵成。大建在旁看着说，姐夫，行呀！有两下子。李建国笑了笑。大建说，我姐啥也不会，这下好了。李建国控完血，将鸡扔到墙角，鸡扑棱着翅膀跳跃着，做最后的挣扎。大芝招呼李建国洗手，李建国小声说，我那件军装给大建吧。大芝小声说，还崭新呢。李建国小声说，谁让他是我小舅子呢。大芝捣了他一下说，就你能。转身对大建说，下次把你姐夫的军装带给你。大建高兴地跳起来说，真的？什么时候？要不，我跟你们拿去。大芝指着大建的额头说，瞧你那点出息。大建说，心心念念两年了。肖常福恰巧从门外进来，见大建手舞足蹈的，沉声说，老大不小的了，稳当点。大芝和李建国进门后，肖常福陪李建国说了几句话，借口有事出了门。他心里还是迈不过李建国和大芝自由恋爱这道坎，按说李建国第一次进家，依着桃村的规矩，得找上三五个同辈的小青年陪新女婿吃饭。肖常福一是昨天和沙泽厚生气，气还没顺过来，另一个也是对大芝和李建国有意见，也就没找人陪。李建国见肖常福阴着脸，觉得初次进门，受这待遇，脸上没表现出来，心里却不舒服，与大建聊得没之前火热了。

　　肖常福刚才出门后，先去了队屋，队屋前几个孩子在玩老鹰捉小鸡。他从兜里掏出几颗糖分给他们，让他们把来长友和柳生叫来。几个孩子拿了糖跑走了。来长友不一会儿来了，倒是柳生，个把时辰了也没见影。来长友进门说，队长有事呀？肖常福说，也没啥事，就是咱这排灌渠修好了，地里的活得上紧些。来长友看了看门外，小声说，听说城里运动得可激烈了，队长，咱们队去年"四清"运动没搞起来，这次"文化革命"怕是脱不了。肖常福说，咋这么说？来长友说，今天一早，我见村里几个读书的孩子结队去镇上了，带头的是泽厚。肖常福的心沉了一下，昨天，小瞧了那小子。表面还是强装镇静地说，去就去呗，回去上学好，免得在家生事。又歪头往门外看了看说，柳生怎么还没来？来长友起身到门前看了看说，应该快了。又转身说，队长，我觉得咱村会起风暴呢。肖常福冷笑了一声，说，起什么风暴？就那几个毛孩子，几条小鱼虾，能翻起多大的浪来？来长友说，可别小瞧小鱼虾，说不定小鱼虾会借势呢。再说，虽然他们吃的饭没咱多，识的字肯定比咱多，整日在镇上，见识也多。要是当初不发那两次水，学校在咱村呢，孩子上学方便不说，啥事也好掌控，再说，镇上走南闯北三教九流的人都有，孩子们跟着学不出好来。肖常福没搭话，摩挲着手里的烟袋，烟袋用久了，被烟油浸染成了黄色。这个烟袋他放在队屋里，遇到愁烦的事才拿出来，平日出门会咬牙买盒普滕烟装兜里。肖常福半天没说话，过了一会儿，他抬头看门外说，学校被淹也是天意，咱桃村出歹人，赶走了文曲星。来长友还没接话，肖常福又说，柳生这小子今天不正常嘛。来长友说，队长，要不你先回，新客头次上门，你不在家不是事，有什么事，我回头再去找你。肖常福一想，还真没什么事，他一是心里有些惴惴不安，再就是不想待在家里。两人正说着话，柳生气喘吁吁进了门说，刚才去湖里捉鱼来，孩子去叫我，我这一路跑着来了。肖常福示意两人坐下说，也没别的事，这几日，你们多在村里转转，几个学生不是去镇上了嘛，下午要是回来了，多盯着点，免得他们生事。柳生没像以往说，坚决执行，而是转头看向来长友。来长友点着头说，成，队长。肖常福说，你俩活泛点，多打听着。来长友说，上哪探去？公社的人都心慌得不行。柳生一直没说话，眼睛在肖常福和来长友之间穿梭。太阳从门外挤进来，在屋中间照出了一片光亮的长方形，空气中数以万计的灰尘舞蹈着。三人半天没说话。外面一头牛叫起来，声音在桃村上空回荡。来长友说，该吃午饭了，咱们回吧。肖常福说，你俩跟我吃吧？来长友听出了是虚让，说，不了，队长，家里饭也好了。柳生跟在他俩身后出了门。

第二天一早，外面刚麻麻亮，肖常福听到队屋方向吵吵嚷嚷的。他赶紧披衣下床，打开门，站在院里，侧耳听着。距离远，听不太清晰，好像人不少。他来到配房，把大建从被窝拎起来说，恁多人吵，去队屋看看咋回事。大建揉着眼说，天还没亮呢。说着去拉被子。肖常福气急，一巴掌打在大建头上，大建摸着头看了他一会儿，才抓挠着找衣服。肖常福平日厌烦大建没这个年龄该有的朝气，说话做事慢慢腾腾的，其他几个儿子也好不哪去，这让肖常福气馁，都说老子英雄儿好汉，为啥他的儿子个个像软蛋呢？大建穿好衣服，拉开门走了。肖常福站在院内看着天上零星的星星想，谁会大清早的生事呢？以往桃村有个风吹草动都会来找他，今天不正常嘛。这些日子，他想人这一辈子，忙忙叨叨为的啥？桃村人生老病死的画面在他脑子里闪过，自己当年光屁股在运河捉鱼跟在眼前一样，一眨眼过去恁多年了，眼看着老了，没以往的精气神了。肖常福正伤神，门外传来急促的脚步声。肖常福正疑惑着，大建推开门,上气不接下气地说,大,不好了,队屋门前好多人,说要造你的反,揪斗当权派。肖常福拉过大建说,都有谁?大建大口喘着气说,沙泽厚带头,姓沙的都去了,柳生叔也在里面,柳家也有不少人。肖常福听到这,脑袋像被人用锤击打了。他稳了稳心神,紧握着拳头咬牙切齿地骂着,他娘的,敢造老子的反。大建说,大,他们人多,赶紧躲下吧。肖常福说,就凭这几个孬贼,还能翻了天!大建晃着肖常福的胳膊说,大,不单是他们,好像他们有什么最高指示。肖常福听了,眼里的光芒黯淡了,心想,他们没仗势,不会这么大胆,在乡里时,有不少人和自己不对付,被撤职时,还有人幸灾乐祸呢。后来,在周县长的拂照下,在村里立住了脚,他们收敛了许多,表面上还过得去。肖常福明白,想看自己笑话的大有人在,说不定有人在后面煽风点火呢。现在看,局势不妙。没想到,柳生平日对自己恭敬有加,关键时候背后捅刀子。肖常福正悔恨交加着,外面吵吵嚷嚷的声音愈发近了。大建说,大,赶紧走吧,不能吃眼前亏。肖常福拉开门,杂沓的脚步声和愤怒的咒骂声清晰可闻,早该打倒这个孙子了,造了多少孽,今天好好和他清算。肖常福听出是沙老玄的声音,他从监狱出来后,一有运动,村里就会拉他陪斗,他表面老老实实的,心里可记着账呢。听他那狠劲,逮住自己还不得扒层皮,他手里可有人命,犯不着和他较劲,赶紧躲躲吧。肖常福想到这,打开门,拔腿向微山湖方向跑,他想,进了芦苇荡,你们就奈何不了我了,当年日本人就怕芦苇荡,芦苇长得稠密不说,人进去根本没下脚的地,要是不小心碰了身边的芦苇,斜刺带动旁边的,不知怎么就抽到脸上,火辣辣的疼。再说芦苇荡里潮湿,常有鼠蛇出没,一般人不敢单独进去。肖常福甩开膀子没命地跑,有些慌不择路,跑得耳边生风,路边的树枝把脸刮得火辣辣的疼,鞋也跑掉了一只,脚被蒺藜扎得钻心疼。他顾不得那么多了,只想逃过眼前这劫。肖常福拼命跑出桃村,估摸有三四里地,实在跑不动了,扑通跌坐在路边。这时,天渐渐亮了,太阳从桃村上方挣扎欲出，地里的庄稼刚有一拃高，在风中轻摇慢晃着。隐匿在草丛中的各种虫子叫着，再无他声。天高阔，地辽远，几片絮状的云在空中悠闲地俯视着大地。湖堤上的白杨树高大挺拔，沿着湖堤延伸开来，成了苍翠的绿色长廊。不远处一片芦苇荡随着风起起伏伏，湖面被太阳一照，波光粼粼的，偶尔有几只渔船在运河道上撒网。肖常福喘息着抹了把头上的汗，心想能不进芦苇荡就不进，芦苇荡实在不易待，蚊虫蛇鼠太多，在路边也不行，过一会儿，有人吃过饭会下湖捉鱼或割草，被他们撞见可不得了。上哪去好呢？没想到，自己也有这天。肖常福站起身，心思翻转着拍拍屁股。他想先去湖边看看，坐路边目标太大。他起身向湖边走去，肚子咕咕叫着，他心里装满事，倒不觉得饿，只是心慌得不行。他觉得这次遇到了真正的危机，比上次被撵回家更凶险。上次可以退回家，这次连退的地都没了。关键现在情况不明，不好反击，肖常福心烦意乱，不过，心里有个信念是坚定的，不能坐以待毙，假如放任沙泽厚造反，不反击，那意味着灭亡。肖常福脑子里搜罗着可以支配的力量，柳生彻底指望不上了，来长友立场不明，以来长友的品性，不会和柳生同流。来长友素来耿直，不可能参加斗争。再说，他是个念旧的人，不会背叛自己。只是走得太急，没来得及嘱咐大建去找来长友，大建估计不会有那心眼。能去县城摸摸情况最好了，也好决定下步如何走。肖常福一筹莫展，感觉掉进了枯井里，抓挠不到出路。他怅然地摸摸兜，翻出几张零碎钞票。这让他很丧气，这点钱，去县城吃碗面都不够。他思谋着来到了湖边，走在湖边松软的草地上，湖水氤氲出的腥气缭绕在他周围。他深吸了口气，想顺着湖堤去趟镇上，再酌情去县城更稳妥。到镇上去哪落脚呢？眼下情况不明，他是万万不敢去公社的，别成了瓮中的鳖。他想到去大芝家，顺带着让李建国去公社探探虚实，又觉得欠妥。大芝刚结婚，和公婆住在一起，老少一大家子，自己去实在唐突，再说，当初不待见李建国，见了面不好说话，除了大芝家，眼下没有更好的去处。他思来想去拿不定主意,有些嫌恶自己,觉得像村里的娘们一样没主见。他眯眼看了会儿太阳,应该有九点多了,这里不可久留。他愣怔了一会儿,下了决心,顺着河堤向韩镇走去,河堤上被来往的人踩出了羊肠小道,能容下两只脚并排走,路两边长满了野草,有曲曲菜、绞股蓝、苣荬菜、附地菜、面条菜、婆婆丁、猪毛菜和苦苣菜,它们努力伸展着身体,都想占一方天地,挤挤挨挨地迎风招展着。肖常福想,草和人一样,都想争得一方天地,看来万事万物都活在争斗中,没谁能免俗。

  肖常福刚跑走,沙泽厚带着人踹开了他家大门,大建吓得瑟缩在被窝里。秀芬听到声响,连忙穿衣下床,披头散发地扣着衣襟上的盘扣,出来问,干啥这是?沙泽厚叉着腰说,革命无罪,造反有理,桃村的红卫兵小将们将"无产阶级文化大革命"进行到底,要斗私批修,快让肖常福出来接受批斗。秀芬看着黑压压站了一院子人,连沙老玄也站在沙泽厚身边。秀芬撇撇嘴说,就你们这户的,想斗谁就斗谁?说着上下打量着沙老玄。沙老玄知道秀芬瞧不上自己,这些年憋在心里的火一下蹿上来了,他激动地拍着胸脯说,俺老沙冻死迎风站,饿死打嗝嗝,没贪污,没睡人家女人,这户干净着呢。秀芬见沙老玄急赤白脸的,不敢和他纠缠,又不甘心就此败下阵来,小声嘟囔着,有本事别去坐牢呀。秀芬声音小,人群闹哄哄的,沙老玄没听到,继续拍着胸脯说,老子大牢都坐过,怕谁?秀芬心里打起了鼓。这些人杀气腾腾的,不使点手段,他们断断不会善了。她睡得迷糊时,听着肖常福开门出去,后来大建哆嗦着推醒她说,出事了。然后掉头跑了,啥事也没说清楚。秀芬心里恨恨地骂着肖常福,要紧的时候只知道跑,把她推到前面,看他们的样子,打自己也未可知。不过,事到临头,硬着头皮也得撑下去,服软也不会放过自己。这时,天刚麻麻亮,秀芬看见灶屋门前放着劈柴的砍刀,她拽了拽衣襟,趁众人不注意,跑到灶屋前,抓起砍刀,高高举起说,我一个妇道人家,不懂你们造谁的反,你们在俺家闹就不行，你们去屋里找，找不到他，赶紧滚蛋，要不然，我先拿你们脑袋开几个瓢，兔子急了还咬人呢。沙泽厚到底嫩了点，一看这阵势，吓得往后退了退。大家一看沙泽厚往后缩，也跟着往后退，只有沙老玄没动。秀芬举着砍刀的手哆嗦着，有人来夺刀，她还真没胆量砍下去，只是眼下情势危急，只能撑一会儿算一会儿。沙老玄扭头看了看后退的人，冷笑着说，老子人都杀过，还怕柴刀？秀芬见沙老玄眼里射出老鹰捉食小鸡一样的犀利来。她手哆嗦着，几乎攥不住砍刀了。两边正对峙着，一声叫骂从门外传来，老不死的，还能活几天，跟着瞎折腾。沙老玄老婆弓着腰，分开人群进了院。沙老玄听到叫骂，身子像绷紧的弦被松了下来，顿时矮了几分。沙老玄老婆上前拉拽他说，老东西，在这做甚？赶紧回去，咱们吃了早饭，不知晌午饭能不能吃，还跟着造反。有那劲头，蹲墙根前歇着不好？沙老玄出狱后，觉得亏欠老婆的，在她面前俯首帖耳，乖乖地跟在身后走了。剩下的人一看沙老玄走了，又往门外退了退。秀芬一看沙老玄走了，来了斗志，嘴里咒骂着，目露凶光，砍刀举得更高了。沙泽厚不甘败下阵来，拉住身边的人声音颤抖地说，保皇派不投降，就让他灭亡。秀芬看出了门道，沙老玄一走，这些家伙没了主心骨，没人敢出头。她壮了壮胆子，举着砍刀往前走着说，小熊羔子，看把你能的，我先灭几个，看谁还敢在这撒野。众人见秀芬头发散乱，紧咬着嘴唇，眼里满是杀气。沙从君儿子沙明广也在人群里，他平日看不惯肖常福，村里一有运动，沙从君会跟着陪绑挨批斗，他从小跟着父亲学会了低头，这次，沙泽厚说要打倒肖常福，他起先不信，想着肖常福倒背着手，训斥村里人的样子，怎么能被打倒呢。沙泽厚看他犹豫，说，城里都这样，连省委书记都被打倒了，他算根毛。沙明广心里像春草初生蓬勃起来。他跟着来了，想看看肖常福是怎么被打倒的。不巧的是肖常福不见了，他老婆要拼命，沙明广心里打起了鼓，别还没斗争，先丢了命，想到这，他向门外跑去，其他人见他跑了，也跟着向后散去，瞬间撤出院子，四散而去。沙泽厚左右看看，身边的人都跑光了，他像条被摔在岸上的鱼垂死挣扎着，声音颤抖着说，革命无罪，造反有理！也扭头跑了。秀芬看着空荡荡的院子，一屁股坐在地上，手拍着地咒骂着，大建个挨千刀的，要紧的时候和你大一个熊样，跑得比兔子还快。大建猫在被窝里没动，二建和三建从屋门处向外探着头。秀芬想，日子没法过了，以前死货在家里吆五喝六，在村里风光，吃喝用度还能沾光，现在好了，被人造了反，今后还有啥活路呢？秀芬越想越难过，呜呜咽咽地哭起来。

　　肖常福顺着湖堤走走停停，看到人，就躲到湖堤下面的灌木丛里。其实对面人未必认识他，近处村子的人下湖时，会来大堤上歇会儿，还有打鱼上岸的。眼下非常时期，万事要小心，好在下湖的人不多。肖常福在灌木丛里出出进进，衣服被划扯了，鞋子掉了一只，有些狼狈。眼下，这样子去大芝家确实不妥，大建要是有心，能来湖里找自己最好了，可是他没脑子，胆小如鼠，指望不上。眼看着太阳在头顶偏西了，肖常福从早上到现在滴水未沾，他坐在地上，觉得心虚气短，倒是不觉得饿，只是气力不行了，得找东西填饱肚子。他薅起路边的狗尾巴草，将梗放进嘴里来回咀嚼着。青草甘涩的味道在嘴里漫延开来。看着波光粼粼的湖面，他想起母亲的话，当年躲日本人，在湖里待了三天都没饿着，湖里有的是吃的。想到这，他爬起来，奔向湖里。此时，刚过立夏，湖里的荷花开始绽蕾，水里有几朵顶着花瓣的莲花。肖常福挽起裤腿，一步步向水里走去，近处刚长出的莲蓬被孩子们采摘了，剩下的几支在水深处。他站在水里想了一会儿，除了莲蓬能吃，菱角也成，可惜得去水深的地方。他又向四周望了望，确定除了湖心处的渔船，岸上没人。他抚摸了下肚皮，咬着牙向深水走去。这些年，别说下水，地里的农活也很少做，眼下又饿又恼，恨恨地骂着，泽厚个小兔崽子，你等着，看你能蹦跶几天。骂着骂着，他忽然来了精神，毛主席老人家不是说过，不是东风压倒西风，就是西风压倒东风，你们批斗我,我就落荒逃了?革命不能这样,得想法子反击,柳生彻底反叛了,谁能为自己翻盘呢?他站在水里,摸着头想了半天,没想出合适的人选。湖水映照得他睁不开眼。他揉着眼,看着白茫茫的水面像是在梦里。他正举棋不定,岸上有人喊,大、大。肖常福扭头一看,见大芝挎着篮子,正向他招手。肖常福来了精神,关键时候还是自家孩子管用。他奋力蹚水向岸上走,身后带起两道长长的水痕。他问,你怎么来了?大芝递过毛巾说,大,擦擦手,大建去我那了,我听后,立马赶来了。肖常福将脸埋在毛巾里,想起当初对大芝婚事的态度,心里有些愧疚。大芝看出父亲的凄惶,说,大,先别想恁多,吃点东西。肖常福说,你来时碰到人没?大芝说,碰到了又怎样,别怕他们,建国在镇革委会,几个毛没长全的屁孩子,能翻起多大的浪来?我去队屋骂了一阵,柳生也在,我说有的人就是狗,主人得势时,他是哈巴狗,主人失势了,就变成疯狗咬人了,就你那老鼠眼能看多远。恁多人,只有看的,没一个敢放屁的。肖常福从篮子里拿出煎饼说,你也忒大胆了,他们打你怎么办?大芝说,谅他们也不敢,大,说来我嫁到镇上还真是时候,他们的榆木脑袋知道建国是镇上的,不敢对我怎么样,都是欺软怕硬的货。肖常福把煎饼塞到嘴里想,大芝说的确实有道理,怎么早没想到这一出呢?大芝见肖常福吃得急,说,大,慢些吃。肖常福嘴里塞满了煎饼,没法说话,点头应着。大芝说,在这待着不是办法,不如回家吧,我在家,看他们谁敢来闹。肖常福没说话,心里盘算着,沙泽厚敢挑头造反,说不定镇上有人给他撑腰,要不然,谅他也不敢。大芝骂了他们,尤其柳生被骂得狗血淋头,肯定咽不下这口气,说不定已经去汇报了,不能贸然回去,得想个反扑的法子。大芝给他带来了信心,只可惜大芝是个闺女,大建要有大芝的能耐,完全可以组织人手与沙泽厚斗争,但大建像摊烂泥,实在糊不上墙。大芝用树枝在地上画着,嘴里小声嘟囔着。肖常福问大芝,你嘟囔啥呢?大芝说,大,这帮王八羔子把你赶下台,我咽不下这口气。肖常福抹着嘴角的煎饼渣说，有什么法子，县长不也被批斗了。大芝说，农村和城里不一样，城里须跟着大形势走，咱们村，沙泽厚那小子要是不泄私愤，指定没人出头，也运动不起来。肖常福点点头。大芝说，咱家要是宗族势力再大些，都维护你，他们也不敢。问题是连最近的立柱大爷都不支持咱，再说，这些年这运动，那运动，村里被运动、批斗过的，表面上不显露出来，那是有大气候罩着，一旦有机会，他们还会反扑的，他们骨子里就那样，跪服得势的人，对失势的人恨不得用脚踩。肖常福点点头，看来大芝长大了，看透人事了。肖常福看大芝的样子，知道她心里多少有了法子，故意说，眼下也没啥好法子，坐等灭亡吧。大芝说，有我和建国呢。村里有的人可以拉拢一下，还可以拉拢他们家族的人，至少能和沙泽厚打个平手，再说，他们以为你逃跑了，正庆祝胜利呢，可乘虚而入。肖常福问，你想拉拢谁？大芝说，你甭问了，先在这安心待着，等我把事摆平了，再回去。肖常福说，凡事须稳妥，万不可冒进。大芝说，放心吧，我自有分寸。大芝说完，收拾肖常福吃剩下的煎饼咸菜。大芝头发剪成了齐耳的，额前的头发被黑发卡向后固定着，露出浓黑的眉毛，眉尾向下耷拉着，压住了眼角，显得没精神。大芝眼睛不大，不过，黑亮有神，嘴唇有些前突，五官少了女孩的柔和。大芝的外貌曾让肖常福气馁，要是有立柱几个女儿的容貌，肖常福一定让他们嫁给吃公家饭的。现在，见大芝遇事比大建笃定多了，肖常福心里宽慰了许多。大芝把吃的归拢到了篮子里说，大，这些够你吃上一两天的，安心在这待着，一两天会有结果。肖常福点点头，靠在树上看着亮闪闪的湖面，像经历了寒冬迎来了春的庄稼，心慢慢舒展、复苏着。就大芝刚才对问题的分析，他觉得大芝有胜算，只是时间问题。没想到，自己一直倚重儿子，关键时候还是女儿撑起了场面。

　　大芝没辜负肖常福的期望，只用一天的时间把局面扭转了过来。

大芝从湖里回来的路上理出了方向，她先到了立柱家。立柱蹲在院中间搓绳，枣花迎出来说，大芝回来了。大芝说，是呢，大娘，这不刚回来就过来看您和大爷了。说着塞给枣花一个纸包说，大娘，票实在紧张，别嫌少，给俺大爷尝尝。枣花隔着纸捏了捏，感觉是羊角蜜，少是少些，握在手里一把，不过，是侄女的心意。枣花说，这闺女，还想着你大爷。大芝笑着来到立柱身边说，大爷，怎么着你和俺大的上一辈还在一锅里抹勺子呢，出嫁了，得给大娘、大爷表下心意。大爷，他们在村里到处骂俺大祖宗，俺大的祖宗可是大爷的祖宗呢，祖宗让人辱没，是肖家人都不能忍。大芝进门后，立柱一直没说话，当大芝说有人辱没肖家祖宗时，立柱低吼了一声，哪个贼羔子骂的？说着拎起门旁的抓钩出了门，一路叫骂着向队屋走去。枣花想拉立柱没拉住，大芝见立柱出了门，一脸无辜地说，大娘，我和大爷就一说，大爷怎么就动气了？枣花说，你大爷啥都好，就是不能听别人辱没他先人，谁要当着他面骂祖宗，他会和人拼命。大芝说，我让大建把大爷找回来？枣花说，没事，你大爷骂一圈会回来。大芝说，大娘，那成，我先回了。枣花把大芝送出门。

平日，村里人都有些怕立柱，连沙老玄见了他，也毕恭毕敬的。沙泽厚小时候抢了翠莲割的草，翠莲哭着跑回家，立柱围着村子追沙泽厚，连沙静轩打躬作揖赔不是也不管用。最后，沙泽厚跑到姥姥家躲了几天，朱泽运在中间讲情，事情才算平息。从那以后，沙泽厚再也不敢惹翠莲姊妹几个了，见了立柱也躲着走。

大芝成功把立柱激怒后，面如止水，心里却乐开了花，立柱只能算先锋军，后面还得乘胜追击。她来到花妮家，花妮正刷着锅，瞥见大芝进门，装没看见，继续忙着。大芝笑着说，花婶，忙着呢。花妮没抬头，说，大小姐，金枝玉叶的，咋到俺这小门小户来了？大芝来到花妮面前，帮她舀了瓢水倒进锅里，笑着说，花婶，咱都快成亲家了，俺来看您，是应该的。大凤从屋里出来说，大芝姐来了。大芝应着说，没出去呀？花妮翻着眼皮看了眼大芝说，啥亲家？俺可不敢高攀呢。大芝说，眼下是新社会，只要他俩悦意，咱都得支持。大凤倚在墙上，双手垫在身后，身体一下下撞着墙说，就咱这样的家，闺女能嫁出去就不错了。花妮扔下刷子，跳起来骂着，你个死妮子，这家咋着了？嫌丢人你重新投胎呀，怕没那命呢。大芝抚着花妮的胸口说，花婶，咱不生气，我以前在家也是整日和俺娘拌嘴，置气，出嫁了才明白爹娘不易。又走过去，拉着大凤说，大凤，花婶撑这个家不容易，十里八村谁不夸花婶，抚老育幼的多难，可不能惹花婶生气，你和大建以后成家了，一定体谅花婶，帮她分担些。大凤点着头。花妮面色缓和了许多，两只手反复在衣襟上擦拭着说，给你大芝姐搬个板凳。大芝说，花婶，不用了，站着说话一样，咱们一家人还客气啥。花妮听大芝说话挺受用的，脸上有了笑意，拍打着前襟说，侄女嫁到镇上就是不一样了。大芝说，花婶就会夸俺，是俺大教育得好，只可惜出了这事，本来，俺大还想操办大建和大凤的事呢，俺大还说要培养大凤。花妮说，我正琢磨不透呢，这又是闹得哪出呀？说打倒就打倒了，以前清算地主还开会动员呢。大芝说，俺大平日坚持原则，得罪人了，他们借机报复呢，可惜耽误大建和大凤了。大凤说，我昨天和大建说了，他只要站出来，俺家族指定向着俺，再找李家，沙家也能拉拢一些，来家没参加沙泽厚那派，估计咱一拉拢准成。大芝说，这么一说，我倒有信心了，关键咱不能就这么认怂，这次认怂了，以后你们在村里不好立足了。大凤说，我早把利害和大建说了，他不听。大芝说，甭管他，咱们分头行动，争取早日把沙泽厚一伙赶走，只要大回来，他们再想造反就没那么容易了。花妮说，成，你们快去吧。

在大芝的运作下，沙泽厚还没站稳脚跟，就被赶出了桃村，依附沙泽厚的人作鸟兽散了。肖常福在湖里待了三天后，大摇大摆地回了村。肖常福回家换了身干净的衣服，直接去了队屋。柳生站在队屋前搓着手说，队长，你看，那天被泽厚挟持着，实在对不住呢。肖常福目不斜视地从他身边走过，没搭理他。来长友听说肖常福回来了，也来到队屋。肖常福咳嗽了声说，长友，泽厚那小子没找你？来长友见柳生正用袖子擦额头的汗说，队长，我这几日没在家，柳生也是耳根子软，怪不得他。肖常福说，肝和肠子满肚子，心得为主，还是立场不坚定，墙头草没好下场。柳生的脸像被春风揉皱的运河水，低着头跟在肖常福和来长友身后。肖常福像看一只癞皮狗一样嫌恶地看柳生。来长友站在两人中间，一会儿看柳生，一会儿看肖常福，他挠着头想怎么消除两人间的罅隙。来长友重情义，他还记着柳生帮他说合过婚事，有心帮柳生一把。他来到柳生面前说，你也糊涂，跟着熊孩子掺和啥？赶紧向队长保证，再也不犯这样的错了。柳生来到肖常福面前，毕恭毕敬地说，队长，要是俺再犯错，天打五雷轰。肖常福一时半会儿顺不过气来，转身不搭理他。来长友说，队长，现在可得稳定军心，别看沙泽厚跑了，说不定还会回来，咱得团结大多数，队长有宰相肚皮，不跟他一般见识。再说毛主席老人家说了，允许人犯错误，也要允许人改正错误，改正错误就是好同志。柳生不失时机地说，就是，俺一定改正。肖常福觉得再不给柳生台阶下，会驳了来长友的面子。再说，还得预备沙泽厚反扑呢，暂时先稳住他，大不了以后提防着，拿他当枪使也不错。想到这，肖常福面色缓和了许多，说，以后遇事要动动脑子，我是那么容易能被打倒的吗？柳生像鸡啄米般地点头应着。

肖常福回村后，大芝立马回到镇上，她觉得要乘胜追击，将沙泽厚一次打倒，再无反扑之力，也让桃村人知道厉害，看今后谁敢造反。她听说沙泽厚躲到镇上了，让李建国去打听。大芝对建国说，不能便宜了那小子，要让他知道马王爷长几只眼。李建国面露难色，说，打听他不是难事，我打听过了，那小子在他二姨家，但他二姨夫不是省油的灯，是镇上三街口大户，没人敢惹。大芝白了他一眼说，平日谁说的，在镇上咱可以横着走。李建国说，咱这不刚结婚嘛，再说下步我还想进步，别因小事影响了前程。大芝背过身说，俺大的事是小事吗？李建国见大芝生气了，转到她面前说，莫生气嘛，遇事不能直来直去，得想个迂回的法子。现在对那小子下手，他立马会想到是咱们干的，会引起不必要的麻烦，得在中间使些手段，既报了仇，又不露痕迹。大芝说，有什么法子，赶紧说出来，卖什么关子！李建国说，借刀杀人听说过吗？大芝说，我不听你瞎白话，要结果。李建国打了个响指说，老婆，你擎好吧。

　　肖常福回到桃村后，去了趟公社，一是探探情况，再就是让公社那些使坏的人知道，他肖常福不是那么容易被打倒的。到了公社，大院里没人，公社墙上到处贴着大字报，有的是刚贴上的，淋漓着墨迹，压住了下面的，层层叠叠。公社没了往日的生气，他来到王主任办公室，门虚掩着，推门进去，王主任坐在办公桌后哆嗦了下，看清是肖常福，松了口气，说，常福，是你呀，坐嘛。肖常福坐下，见王主任没了往日的精气神，低眉顺眼地看着面前的报纸。王主任把面前的《人民日报》递给肖常福说，你看看这个，上面有新精神。肖常福接过来，看着上面密密麻麻的字，又放回到王主任面前说，主任，您是知道的，我认不得几个字，啥新精神，给我传达一下。王主任端起报纸念道，我们也有双手，不在城里吃闲饭！知识青年到农村去，接受贫下中农再教育是很有必要的。要说服城里的干部和其他人，把自己初中、高中、大学毕业的子女送到乡下去，来一个动员，各地的农村同志应当欢迎他们去，农村是一个广阔天地，在那里大有作为。肖常福问，主任，就是说城里孩子要到农村来，城里孩子细皮嫩肉的，能吃得了苦？王主任说，这是国家大政方针，都得执行，咱公社也来不少呢，回村给他们收拾好住处，至于谁去你们村，还没定，不过，每村都有。肖常福还没搭话，听见院子里吵吵嚷嚷的。王主任站起来，从窗户往外看，脸色唰地白了，说，常福，赶紧回吧，莫在这趟浑水了，这里到处是炮仗，有个火星就会炸开。肖常福听了，连忙起身往外走。到了门前，王主任说，走后面小门。肖常福像泥鳅一样溜出门，听见身后有人说，把牛鬼蛇神王德彪押过来。肖常福吓了一跳，王德彪就是王主任，没想到王主任也被揪斗了，他抹着头上的汗想，幸亏跑得快，要不然要跟王主任陪绑也未可知。他边跑边想，今后还是少来公社，守在桃村更安全。

　　肖常福从公社回到家，见秀芬还没做好饭，转身去了立柱家。他听大芝说是立柱拿着抓钩骂人，先把那伙人的气焰灭了，后面的工作才得以顺利进行，怎么也得说句客气话。他多年没去立柱家了，即便过年也只是在大门外象征性地问候一下。立柱母亲前年去世了，立柱话更少了，只有几个女儿出来进去，才让立柱家有些生机。立柱的几个女儿长得好看，尤其翠莲，镇上好多人家托人来说媒，立柱都没答应。翠莲别看读书识字，婚事上还是听立柱的，立柱不张口，再好的人家，翠莲也不多看一眼。肖常福吃饭时听秀芬唠叨这事，怼了她一句，人家枣花教得好。秀芬没接话，端着碗出去了。肖常福进了立柱家，枣花正浆洗衣裳，立柱蹲在地上搓绳。枣花招呼肖常福，递过板凳。肖常福接过凳子放下，来到立柱跟前说，哥，搓绳呢。立柱"嗯"了一声。立柱将黄麻收割后，打成捆，放在池塘淤泥里沤上个半个月，捞出来，洗干净淤泥，从麻秆上剥下麻皮，用棒槌捶打宣腾，然后搓绳。从前，立柱家用绳子的地方多，拴牲口，运庄稼都需要绳子。成立生产队后，立柱家绳子用得少了，他还是每年沤麻、搓绳，门后的绳子堆得老高。立柱手脚闲不住，闲一会儿，会觉得没着没落的。肖常福站在立柱身边看立柱搓绳，立柱没抬头，只专注地搓绳。肖常福递烟给立柱说，哥，歇会儿。立柱还是没抬头，也没接烟，继续搓绳。肖常福把烟举到立柱面前说，哥，抽根烟歇会儿。立柱往一边挪了挪说，俺抽不惯这个。肖常福讪讪地把烟放进烟盒，打量着四周说，翠莲几个没在家？枣花说，一早下湖割草去了，快回来了。枣花话音没落，翠莲姊妹几个进了家。翠莲看见肖常福，愣了一下，说，叔来了。肖常福应着问，学校还没开课？翠莲洗着手说，还没呢，听说号召城里学生下乡锻炼呢，一时半会儿开不了课。肖常福说，我也听说了，咱村也来，还没安排好住处呢。翠莲洗完手随口应着肖常福，去灶间拾掇做饭了。肖常福又没了说话的人，站也不是，坐也不是，咳嗽了一声说，哥，你忙吧，我先回了。说着向外走。翠莲在灶间说，叔，这就走了？肖常福说，走了，你们忙吧。肖常福出了门，把手里的烟头狠劲丢在地上说，有什么嘛，像燃不着的湿柴火。他原本想和立柱说几句热乎话的，预备着再有个变故，立柱好出面。没想到立柱压根不给他机会。看来他是块千年寒冰，一时半会儿化不开。

第三章

风云激荡

仲 阳

这天，吃过早饭，肖常福来到队屋，柳生正扫地，看见他，脸上堆满笑说，队长，吃了没？肖常福说，吃罢了。柳生见他面色比前几日活泛了许多，便亦步亦趋地跟在他身后，从他衣服上捏下一根头发，又顺势帮他掸了掸衣服。肖常福拉着柳生说，过来坐嘛。柳生一时不适应他的热情，结结巴巴地说，队长，你坐。肖常福坐在椅子上，掏出烟递给柳生。柳生两手推着说，队长，你抽，俺不抽。肖常福不再推让，燃着烟美美地吸了一口说，柳生，我去公社了，斗争激烈着呢，咱也不能闲着，闲着闲着工作就落后了，得把场子操持起来，轰轰烈烈的，像那么回事。再说了，有些人呢，不斗不行，时刻想着反扑。柳生点头哈腰地说，是呢。肖常福说，上级精神要领会后执行，你年轻，将来桃村还得你领导，现在必须把威树起来。柳生说，队长，哪能呢，舵还得你掌，我跟着跑腿。肖常福摆摆手说，蚕熟麦老，都是常理，人也一样，经这一事，我算明白了，你放心干吧，长友和我有一天都会退下去，你得锻炼独当一面，眼下有个锻炼机会，组织开展好批斗坏人的工作。咱村那些定了性的坏人，怎么斗都没毛病。柳生说，是呢，像沙从君和汉儒娘俩。肖常福说，别的地方斗争得轰轰烈烈的，咱不能落后，得赶紧行动。上次那事，我还没缓过劲来，得歇阵子，斗争的事，你自己拿主意就成。柳生心念翻转着，他这是考验我呢，做与不做都没好果子吃。做了，得罪人，前几日他还支持沙泽厚呢，现在反戈一击，让人觉得不地道。不做吧，就差磕头才让肖常福不再计较，依着他的脾性，没来长友和稀泥，断不会善了，真是两难呢。肖常福见他半天没说话，问，开展斗争有困难？实在不行，让广杰帮你，他一直要求进步。柳生苦着脸说，队长，没困难，我一定把桃村的阶级斗争搞好。柳生想，高广杰想往上爬不是一天了，要被他钻了空子，自己可能被排除在桃村的决策层之外。他咬咬牙说，队长，你擎好吧。肖常福笑笑没说话，背着手走了。肖常福边走边哼哼唧唧地唱着小曲，心想，小样，跟我斗，你还嫩着呢，我这是一石二鸟，让你们狗咬狗，撕扯去吧。

柳生翻来覆去一夜没睡好。媳妇在旁边问，你这跟碌碡一样碾来碾去的做什么？柳生没好气地说，挺你的尸吧。柳生媳妇见他急了，没敢说话，转身睡了。

第二天，柳生揉着眼起床，跟只乌眼鸡一样。他打着哈欠站在院里问老婆，饭做好没？这几天，连着下了几场小雨，今天刚停，柴火潮湿，不好引燃，灶屋里往外涌着滚滚浓烟。柳生媳妇在灶屋被浓烟呛得咳嗽着说，芋头锅还没开。柳生踢着脚下一个瓦盆说，有什么用，几时了，饭也没弄熟。瓦盆被踢得翻了几个跟头才停下来，洒出一道亮亮的水汪。柳生老婆从灶屋跑出来，捡起瓦盆反正瞧着说，就这一个洗手盆了，摔坏了咋弄？柳生没搭理她，气哼哼地出了门。柳生走在村中间的路上，一夜没睡好，也没想好妥帖的法子应对眼前困局，他想，只能走一步算一步，你想坐山观虎斗，看我笑话，我还就假戏真做，做出气势来，在桃村立下规矩。眼下得稳扎稳打，不能有丝毫闪失。想到这，他眉头舒展开了，抬起头，一轮红日从村东头升起来，照在低矮破旧的草房上，有了莫名的喜庆，缭绕的炊烟中夹着大人小孩的喊叫哭闹声，在烟火气息中，柳生忽然来了精神。他眯眼对着太阳笑，脸被太阳映照出蓬勃生机来。他小声嘟囔着，之前装孙子太累，现在是你给我指的路，到时候可别后悔。柳生想到这，心里忽然像被照进了太阳般敞亮，他挺起胸脯，重新系了系腰间的布腰带，转身回了家。

柳生回到家，拿起刚踢过的瓦盆，舀了瓢水，洗了把脸，感觉清爽了不少。老婆给他盛了碗芋头放到桌上，又切了咸菜端上来。柳生用筷子插芋头，芋头没煮透，只滑下一层皮，看来皮熟了，里面还夹生。搁着往日，他得骂老婆几句，现在心里装着事，没那闲工夫了。他就着咸菜呼啦吃完，抹抹嘴出了门，眼下得找几个得劲的帮手，该出手时能出手，在桃村，拳头还是管用的。桃村几个姓，能拉拢的得拉拢过来，这年头，想跟风跑的人不少。柳生理出了头绪，脚下生风一般在村里跑开了，他想先拢住柳姓的人，柳大全的几个傻儿子一定得拢住了，没脑子，好差遣。柳大全前年去世了，柳大全刚死时，众人商议怎么安葬他。柳大全老婆在旁边哭天抢地，几个儿子围坐在周围，没一个哭的，更不操持柳大全的身后事。肖常福还算仁义，伐了生产队的树给他做棺材，才勉强下葬。柳大全死后，几个儿子像没头的苍蝇般到处乱窜。柳大全老婆看着几个只知道吃的儿子，没了活下去的心气，一天早上，吊死在自家桃树上了。柳豹弟兄几个彻底没人管了，整日四处讨吃的。只要闻到谁家有饭香飘出来，直接奔过去，也不管人家同不同意，拿起就吃，不给吃，还打骂人家，弄得桃村人吃饭时会把大门插上。几人后来在村里讨不到吃的，会去祸害庄稼，玉米穗刚长出来，掰来啃着吃，村里人都奈何不了他们。柳生想，这几个只要给吃的，让干啥干啥，要紧的时候让他们冲在前面。他又想到了朱光明，别看他年纪大了，不得势了，诸葛的外号不是白叫的，好多事村里人都向他看齐，觉得他老谋深算，能看透事。如果狐狸千年能成精的话，朱光明就是修炼了九百九十九年的狐狸，离成精只差一步了。以朱光明的老奸巨猾，拉拢须费些口舌，不过，他识时务，自己脑筋转得慢，得找个明白人指点，还就得请他当军师。柳生思谋着一脚踏进了朱光明家的门。

朱光明坐在堂屋的太师椅上，看着茶盅。柳生平日觉得朱光明和村里人不一样，他坐时身子笔挺，两眼像天上的寒星一样闪着幽光，鼻梁挺直，不知是不是说书讲的鹰鼻鸱眼，他的牙齿像瓷碗一样白，嘴下几绺稀疏胡须，脚上青布鞋配着白色的线袜，一年四季衣着干净利落。朱光明见柳生进门，连忙起身说，柳队长来了。柳生看看身后说，老叔，可不能这么叫。朱光明笑着说，早晚的事。柳生被朱光明拉着坐下，朱光明为柳生端来茶。茶水缭绕出的清香弥漫在他左右，他看着黄莹莹的茶水甚是诱人，端起杯子一饮而尽。柳生把杯子放回桌上，抹着嘴说，这是啥？真好喝！朱光明说，是庭力厂子发的。说完含笑盯着柳生。他知道柳生没事不会来家里，他不问，只是用眼睛看他。柳生觉得自己在朱光明面前像晴天运河的水，一眼就被看到底了。眼下时间紧，没迂回的时间，柳生想到这说，叔，我呢，生性愚笨，能在队里混，是两位队长提携，眼下呢，肖队长为了锻炼我，让我跟着潮流把咱村的运动搞一下，我大字不识一个，没这脑子，这不来求老叔了。朱光明沉吟了一会儿说，这是好事呀，你终究会独当一面的。柳生说，老叔，我心里没底。朱光明与柳生说着话，心思翻转了几遍，他想，肖常福怎么会放手呢？朱光明忽然想起前几日沙泽厚发动的短暂闹剧，他一下明白了，肖常福是想隔岸观火，现在局势不明朗，不能随便介入，可柳生找上门了，不接招吧，怕柳生有一天得了势，找自己麻烦。庭福以后还想在村里谋个保管会计啥的，肖常福年纪大了，柳生终究会主事桃村。再就是，听说一直力挺肖常福的周县长倒台了，肖常福在公社人缘不好，应该是秋后的蚂蚱，蹦跶不了几天了。想到这，朱光明说，肖队长说得对，你放开手脚做吧，运动就是杀鸡儆猴，镇住了场子，就没人敢反对你了。柳生靠近些说，老叔还得和我细说道说道，咱该怎么搞？朱光明靠近柳生说，这有啥难的，把以前定性的人拉去批斗，大方向不错，再者得有自己的人马，桃村几个姓里拢住几个关键的人。朱光明像诸葛亮给刘备分析天下形势一样分析了桃村现状。柳生不住地点头说，老叔，经你这么一指点，我心里敞亮多了，也知道该怎么做了。又握着朱光明的手说，老叔，批斗时，你一定到场，就算给我吃定心丸了。朱光明吐了口烟说，那是一定的。柳生站起身说，老叔，天不早了，我得做些准备了。说着起身要走。朱光明站起送他，走到二门处停了下来，朱光明只能把柳生送到二门处。凡事得留余地，让肖常福看到了，或者村里人说给肖常福，那不是好事。

柳生从朱光明那里取到了"真经",又找到高广杰,让他召集村里人开会。以前柳生经常让他吆喝人开会,高广杰没多想,痛快答应了。不一会儿人们陆续聚集到队屋前,人们发现这次开会和以往不一样,以往肖常福会早早地坐在会场前,来长友忙前忙后地操持着,这次肖常福和来长友都没来,只柳生一人黑着脸坐在队屋前。柳虎、柳豹、柳武、柳全四人凶神恶煞地站在他身后,四人的眼睛如探照灯一般在人群里扫来扫去,拳头紧握着。村里人心里没底,都在想,怎么把这几个四六不分的人弄来了?看那架势,像随时要和人拼命。村里人你看我,我看你,没之前开会时的嘻哈耍笑。

柳生看人来得差不多了,学肖常福以前那样,拍了下桌子说,安静了,现在开会。桌子年代久了些,瑟瑟发抖着。柳生站起身,双手拄在桌子上说,根据毛主席老人家的指示,要时刻不忘阶级斗争,对有些阶级敌人,必须进行批斗教育,咱桃村也得坚决执行毛主席老人家的指示精神,对阶级敌人和四类分子进行批斗。柳生说到这,故意停下来,身后的柳豹带头喊起来,打倒地主分子!打倒反、反啥来?柳豹挠着头问柳生。柳生小声说,反革命分子!柳豹站直身子,将一只胳膊高高举起喊道,打倒反革命分子沙从君!打倒地主分子、敌特柳方氏!柳豹弟兄四个声如洪雷,下面的人还没反应过来,互相用目光探寻着。来长友的儿子福顺和杨甲的儿子杨军奔向后面的沙从君,另外几个奔向柳广林老婆柳方氏。沙从君别看年纪大了,腰杆却笔挺,被福顺和杨军反剪着手推搡着带到柳生面前,那边柳方氏也被带了上来。福顺和杨军在镇上读书,眼看着到处串联闹革命,他们跟着沙泽厚闹,没闹几天,沙泽厚被赶跑了。柳生找他们时,他们躺在运河边骂沙泽厚是缩头乌龟呢。柳生一说让他们做桃村的红卫兵小将,两个人拍着屁股一跃跳起来问,真的吗?柳生说,当然是真的了,你们还须找些帮手,别学沙泽厚刚出穴,就被人打散了。福顺说,在咱村找吗?柳生说,那当然。

福顺回头问杨军，你能找几个？杨军说，二狗蛋，三癞子都成。柳生说，越多越好，前提是得听我指挥，公社让我负责这事。福顺紧盯着柳生问，俺大呢？柳生说，你大负责生产，他不愿管这事，怕得罪人。福顺点点头，大在家确实说过，家门亲邻的，有啥好斗的，有那功夫，还不如寻些吃的呢。福顺还和他争辩了一会儿，说他跟不上形势，被他踢了一脚。柳生拍着福顺的肩说，这是咱们的秘密，先不告诉你大，男子汉得能装事。福顺说，成。柳生推着他俩说，那还等什么？赶紧行动吧，下午就得上场了。两人应着跑远了。

　　沙从君和柳方氏被押了上来，脸上满是惊恐。沙从君前几日听说别村又搞运动了，见桃村风平浪静，以为能躲过一劫呢，没想到厄运来得如此之快，一点征兆都没有。柳方氏头发蓬乱，脸色蜡黄，看不出悲喜，像一截腐朽的木头。柳生来到沙从君面前问，当初从国民党部队回桃村，是不是有任务？来这潜伏的目的是什么？沙从君抬头看了一眼他，又匆匆低下头，小声说，没任务。柳生说，没任务你回来？不对你实行专政，是不会交代的。柳生向福顺递了个眼色。福顺带头喊起来，打倒反革命分子沙从君！杨军和柳豹几个卖力地跟着喊起来。台下的人没反应过来，出现了短暂的冷寂。高广杰站在前面，看看台上，又看看台下，目光在柳生脸上停了一会儿，挥着手臂喊起来。高广杰这一喊，下面的人也跟着喊起来，呼喊声在桃村上空久久飘荡着。柳生转身看着许多条胳膊挥舞着，像极了庄稼被风吹动的样子，他很是得意，有什么呀，掌控场面咱也会。他用眼睛扫着人群，见朱光明在人群后面，胳膊挥舞得格外起劲。崔福运站在旁边，缩着脖子，冷冷地看着一切。汉儒低着头躲在角落里，偶尔抬起头，眼睛里装满了毒蜂，嗡嗡飞出来蜇人。台下有的激动得满脸通红跳着脚喊着，有的木然地跟着喊着。柳生感觉差不多了，双手做了个下压的手势。高广杰站在左侧跳着脚说，大伙停停，听柳队长讲话。群情像褪去的潮水，慢慢安静下来。柳生踱步到柳方氏面前问，柳广林个敌特来信没？柳方氏看着脚尖说，没有。柳生厉声道，说实话！柳方氏哆嗦了下，说，没来。柳生阴恻恻地笑着说，不老实交代，是与人民为敌，只有死路一条。福顺，把桃村这两个阶级敌人先围村游行，杀杀他们的气焰。福顺几个得令，推搡着把两人押走了。柳方氏走得慢，杨军在后面用脚踢。汉儒扑过来抱住柳方氏，含泪恳求福顺，俺姓柳，批斗我吧。福顺阴阳怪气地说，别着急呀，一个个来，还没轮到你呢。说着示意柳豹把他推开。柳豹抱起汉儒摔在路边的草堆里。柳方氏想去扶汉儒，被几人拉拽走了。

　　一群人押着两人来到麦场上，杨军用白纸糊了顶帽子，帽子有一尺多高，从上到下歪扭写着"我是反革命"。他把帽子戴在沙从君头上，让沙从君围着场跑，帽子还不能掉，要他跑着喊，我是反革命，我对不起人民。几个人轮番拿着棍子在后面赶着他。沙从君围着场院一圈圈地跑，渐渐的，沙从君气喘如牛，脸色煞白，胳膊耷拉着，跟在后面的人换了几茬了，跑得上气不接下气的。最后，沙从君实在体力不支，一头栽倒在地上。沙方氏没跟着沙从君跑，她在后面走，见沙从君不省人事，吓得倒在地上。杨军用脚踢着沙从君说，反革命就是狡猾，诈死呢。其他人也用脚踢着，让沙从君起来。来长友不知什么时候站在他们身后，沉声喝到，差不多就行了。福顺被吓了一跳，转身见大满眼怒火地看着他们。福顺眼神躲闪着，对杨军几个说，让他们歇会儿。来长友指着福顺说，你等着，回家再和你算账。福顺指着胳膊上的红袖章说，看清楚了，我可是无产阶级革命小将。来长友牙咬得咯嘣响，跺了跺脚，转身走了。几人见来长友走了，又来了精神，来到柳方氏面前说，地主婆，好好交代吧，不然，杨军说着晃着手里的绳子。柳方氏说，俺真没啥可交代的。杨军用眼睛询问福顺，福顺刚被来长友吓唬完，心神还没回来，担心回家挨打，没搭理杨军的问询。几人见福顺没指示，一时不知怎么办，回头又踢躺在地上的沙从君。沙从君慢慢从地上爬起来，坐在地上，木然地看着远处。福顺抬头看晚霞染红了半边天，如墨的黑云正一点点吞下绚丽的霞光。福顺说，天不早了，回去反思吧。明天再不交代，有你们好果子吃。

柳方氏一点点向家挪着，天渐渐暗下来，周围一切模糊不清，她之前是怕黑的，现在，她不怕了，她感到浑身痛，又不知哪痛。她担心汉儒，不牵挂汉儒的话，她早投门前的井里了。小时候，她常听奶奶唠叨，人年轻时享福不算有福，得看老了有没有福。当时她觉得奶奶大概老糊涂了，年轻时有福，老了能差哪去，她现在彻底明白了奶奶的话。刚嫁到柳家时，外人说她嫁了好人家，只有她知道日月艰难，公公每日天不亮就在院里咳嗽。她明白该起床了，要是晚一会儿，公公会在吃饭时数落她半天，她脸皮薄，一句难听的话，会让她伤心半天。刚进柳家门时，家里地里的活计都要做，尤其夏天锄地，帮工多，一天到晚在灶屋忙饭食，汗水顺着衣角往下滴。即便这样，婆婆有时还会斥骂她。外人觉得柳家高门大户，吃穿一定讲究，只有她知道，除了公公婆婆外，吃的饭食和做工的一样。用公公的话说，不吃得苦滋味，哪知道甜。即便身怀六甲，也没耽误做活。好不容易多年的媳妇快熬成婆了，柳广林又带着两个儿子走了。柳广林走时只说让她少出门，没留下只言片语，她有时半夜惊醒，会恨恨地骂上会儿，为啥要撇下她和汉儒呢？之前她只知道做活，柳广林撑门立户，家里的日月长短没操过心，猛然间，头上的庇护没了，她才知道世事艰难。这几年，要不是放不下汉儒，她早没了活下去的心气，她不知如何迈过眼前的坎。柳生一口咬定柳广林来信了，他要来信倒好了，死活有个信呀，没有的东西，让她怎么交代？看柳生那样子，不交代还不知会出啥招呢。她抬眼看黑黢黢的村子，桃村像头蛰伏的怪兽，张开了巨大的口。她闭上眼睛，摇摇头，两行清泪滑下来。她挪到家门前时，汉儒扑过来，哽咽着喊，娘。娘俩抱在一起，她抚着汉儒的头说，我儿大了，莫哭。汉儒擦着泪，扶她进屋。柳方氏进了屋，跌坐在门后的床上。汉儒端来一碗水，柳方氏的眼泪又涌了上来。她背过身说，汉儒，天不早了，早歇息吧，娘也要睡了。汉儒跪在她面前说，娘，他们为难你了吗？柳方氏放下碗说，没，孩子。汉儒不放心，上下打量着母亲。柳方氏推开汉儒说，娘确实累了。说着把碗放在床边凳子上，侧身躺在床上。汉儒帮母亲盖上被子，转身去了后墙边的小床。

汉儒夜里一直睡不踏实，想明日找柳生通融一下，替娘接受批斗。天快亮时，他才迷迷糊糊睡着，听到窸窸窣窣的声响，他想睁眼，但太困乏，翻个身又睡去了。汉儒做了个梦，梦到自己被人用车子拉着，在黑暗中奔跑，跑着、跑着，拉车的人不见了，只剩他一个人站在黑暗中。他好像又来到一座高山前，他拼命往山上爬，爬到山顶，四下望去，什么也看不见，一不小心，从山顶跌落了下来。汉儒大声喊叫着。睁开眼，原来做了个梦。他揉着眼坐起来，看见娘站在门后，他又仔细看了看，娘比平日高了许多，再往上看，娘的脖子套在绳套里，绳子挂在梁上。汉儒一下从床上跌下来，撕心裂肺地喊着，娘！来长友和汉儒家隔两家，他正在吃早饭，心想，福顺昨晚没回家，等他回来，一定好好教训他，不能由着他造孽。来长友正思谋着，听见了汉儒野狼一样的嚎叫。他撂下碗，跑到汉儒家，见汉儒抱着柳方氏的尸体摇晃着。来长友快速踩上凳子，把绳子从柳方氏脖子上取下来，托着她平放在旁边床上，陆续有听到哭喊的邻居过来。来长友在柳方氏鼻翼下试了试，早就没了气息。来长友脸色铁青，面颊上的肌肉跳动着。汉儒倒不哭了，坐在地上，握着母亲的手，眼睛死死地盯着外面。有人试图把他从地上搀起来，他的身体抗拒着。门外有人嚷嚷，反革命投敌分子赶紧交代罪行。来长友见福顺手臂上戴着红袖章，领着几个人在外面喊叫。他气不打一处来，抄起门边的棍子冲了过去。福顺一看大像个煞神一样拎着棍子冲出来，吓得掉头就跑。跟在后面的几个人愣了一会儿，眼看来长友拿着棍子来到了面前，也掉头作鸟兽散了。来长友紧追着福顺不放。福顺几个还不知柳方氏上吊的事，打算今天接着批斗，没想到来长友拎着棍子从柳家冲出来。来长友又气又急，柳方氏这一死，乡邻乡亲，碰头碰脸的，以后怎么面对大伙？来长友满腔怒火，骂骂咧咧地追着福顺，说非打断他一条腿，给柳家一个交代。福顺不敢回头，想这样跑不是法子，万一被追上了，看大那样子，不死也得脱层皮，得找个避祸的去处。他想到了柳生，他想，是柳生支使俺做的，冤有头，债有主，轮不到俺受过。想到这，他扭头往柳生家跑去。

　　柳生儿子根生刚跑进家，正向柳生说着汉儒娘上吊和来长友父子打架的事。根生一着急，嘴巴不利索，说得夹缠不清。柳生正费劲领会着，外面一阵急促的脚步声滚了过来，柳生想去门外看看，大门被一下推开了，福顺像只丧家的狗一样冲了进来，满脸惊慌地躲到他身后说，队长，救我！柳生忙问，怎么了？柳生话音没落，来长友黑着脸，怒瞪着双眼拿着棍子进了门。柳生心里明白了七八，他把福顺挡在身后说，长友哥，咋着了这是？福顺还是个孩子，有啥大不了的？来长友说，你问问他，干的那叫人事吗？来长友心里窝火，他骂的是福顺，捎带着把柳生也骂了。柳生见来长友的样子，心里哆嗦着，却给自己打气，不能怂，扬名立万的时候到了。柳生向前走了一步，说，长友哥，你在队里做了恁多年，有些事比我清楚，上级精神不执行会是什么后果？再说，是肖队长安排的，咱更得执行好不是？来长友见他把肖常福搬出来，更是气恼地说，你我从小在桃村长大，桃村就这几户人家，有啥深仇大恨？非把人家往死路上逼？柳生说，长友哥，你是明白人，这次怎么就糊涂了？哥，消消气，孩子大了，让他闯一闯，好歹有我兜着呢，有啥事，让他们找我。来长友的目光越过柳生的肩，满眼怒火地瞪着福顺，握棍子的手上青筋纵横，像春天地里钻出的蚯蚓一样欢快。福顺双臂抱在胸前，一条腿哆嗦着，脸上泛着得意的笑。来长友见福顺的样子，更是气急，把手里的棍子从柳生肩头抡了过去。棍子翻滚着，带着风声飞向福顺。福顺纵身向旁边一跳，棍子落在地上。来长友用手指着福顺，恨恨地说，臭小子，你给我等着。柳生拉着来长友说，咱们队屋说话吧，俺娘一会儿回来，以为咱俩打架呢，她又得骂上半天。柳生母亲会骂人是出了名的，骂上一天不带重样的，关键她还护犊子，柳生的几个孩子要是和谁闹架了，不管有理没理，她一准跑人家里骂上半天，有时还在人家门前撒泼打滚。来长友怕柳生母亲，骂起来没完没了，又不能还嘴。没办法，来长友只好随着柳生出了门。他又不想跟柳生蹚浑水，现在村里境况微妙，来长友明白肖常福的手段，实在不想掺在他俩中间，借口家里有事，挣脱开柳生走了。柳生看着他的背影笑着说，正合我意呢。

柳生见来长友走远了，转身回了家。福顺坐在院里逗弄着柳生家的狗，狗摇着尾巴，跳跃着围着福顺。福顺见柳生进来了，说，叔，咋办呢？根生说那边死人了。柳生说，怕什么？稳住，临危不乱才能打胜仗嘛。福顺点点头说，俺听叔的。柳生来到福顺跟前，沉思了一会儿说，记住，一会儿带几个人去她家，就说她是畏罪自杀，火候一定要掌握好，让他们哑巴吃黄连。福顺有些惶恐，摸着头说，人死了，汉儒要是拼命咋办？柳生说，他敢？要真敢，给他定个反革命罪，坐牢去吧！放心，只管按我说的做，有事我给你兜着，有我在，你老子也不敢找你事。福顺听了，脸像早晨的太阳朝气蓬勃，红艳艳的明亮。柳生又拍了拍他的肩说，赶紧的吧，有些事迟了就赶不上茬口了。福顺笑着说，知道了。说完甩开膀子，大步流星地走了。柳生看着他的背影阴恻恻地笑着自语道，你放手，当心收不回。柳生这些年跟着肖常福和来长友鞍前马后跑，虽然没机会拿主意，但在一旁耳濡目染的，村里工作早谙熟于心，出了人命，也没慌乱，还能稳坐中军帐指挥。

福顺出了门，心想昨天那几个随从出憨力还可以，没脑子，成不了事，沙泽厚在就好了，他是怂了点，不过，他识文断字，又见过大场面，关键时候能拿主意。只是他一直躲在镇上，不敢回村，得想个法子让他回来才好。他是为了躲肖常福，现在，村里大事小情交给了柳生，没什么好怕的了。想到这，他拐向沙泽厚家，先打探一下他在镇上啥地方。福顺来到沙泽厚家门前，见他家的大门半掩着。他推开门，看见堂屋一个人影闪进了里间，看着像沙泽厚。他大步跑向堂屋喊着，泽厚。沙静轩从堂屋出来，冷着脸说，泽厚不在家。福顺像一团火被放进结了冰的运河里，搓着手站在门前说，大爷，我看见泽厚了。沙静轩前几日憋下的气还没消，听福顺这么一说，向外推着他说，你哪只眼看见泽厚了？该干啥干啥去！福顺见沙静轩生气了，赔着小心，说，大爷，我找泽厚有要紧事商量，刚才一晃眼看错了。沙静轩面色缓和了些。福顺向前偎了偎说，大爷，知道你心里窝着火呢，咱村就这样，人前栽了跟头，一些小人会跟着埋汰欺辱你，只有哪跌倒，哪爬起来，他们才不敢小看。福顺话还没落。听见屋里有人喊，福顺，快进来。福顺听出是沙泽厚，一猫腰从沙静轩腋下钻进了屋。沙静轩苦笑着摇摇头，向门外走去。

　　福顺进了西间屋，沙泽厚正搓着手站在屋中间，见福顺进来，拉着他问，外面怎么样了？可把我憋死了。福顺说，老龟孙现在不管事了，柳生叔管事了。沙泽厚用力抓住福顺的胳膊说，真的吗，他能放手？福顺说，不知道呢，反正现在村里的大事小情都是柳生叔说了算。你啥时候从镇上回来的？沙泽厚脸笼上了乌云，说，回来几天了，别提了，老龟孙女儿不是嫁到镇上了，我大怕他们找碴打我。福顺说，你亲戚在镇上不是大户吗，谁敢呀？沙泽厚说，一山自有一山高，怕被贼惦记上，再说，俺家就我一个独苗，俺大不放心。福顺说，那倒是，不过，不能老猫在屋里，得出去做大事。沙泽厚眼里闪烁着繁星般的光芒说，咋做呢？福顺把柳生委托的事详尽向沙泽厚说了一遍，最后说，你现在是出去的最佳时机，一能一雪前耻，再就是，就着这机会把敌人打倒，让他不得翻身。沙泽厚听完，皱着眉在屋里转了几圈说，我倒是想出去，只怕俺大不同意。福顺说，要和腐朽顽固思想做斗争，我和俺大都闹崩了。他今天追着我打，我跑到柳生叔家，柳生叔和他一白话，他也没辙了，跟斗败的鸡一样走了。沙泽厚问，真的？福顺说，那还能假！再说了，现在出去能把前些日子窝的气撒出来，也算给你大争回脸面了。沙泽厚一只手握拳，击到另一只手掌里，咬牙切齿地说，不出这口恶气，枉为人了。福顺不失时机地窜到他面前说，那还等啥，革命不是请客吃饭，更不能靠等，要有实际行动，现在咱们去地主婆家。福顺说着拉沙泽厚向门外走，沙泽厚被福顺拽到门前，临出门时，沙泽厚甩开福顺的手。福顺以为他反悔了，心想还须再费些口舌。却见沙泽厚走到门后的洗脸架前，对着洗脸架上的镜子拢着头发左右照着，又打量着身上的衣衫说，你等等啊，我去换件衣裳，得精神利索点。福顺扭头捂着嘴笑着说，快点啊，外面都火上房了。沙泽厚说，急什么，要有泰山崩于前面不改色的气度。福顺想，到底是读过书的，催他快些，他能扯到泰山崩了，泰山真崩在你面前，就是天王老子也会变了脸色。想归想，还是佩服人家说话文绉绉的，不像他们几个，一说话满嘴高粱渣子味。

　　沙泽厚换了件藏蓝色的学生装，上衣兜别了金星钢笔，亮闪闪的扎眼。福顺低头瞅瞅自己身上的粗布对襟褂，心像是被凉水漫过。沙泽厚家里只他一个孩子，不像他们家，孩子一大窝，吃喝不争抢都没份，能活下来已经不易了，还讲究什么吃穿。衣服是大的穿完小的穿，几年也穿不上件新衣裳。福顺心里的悲凉并没影响他的热情，一路上向沙泽厚说着汉儒家的事。沙泽厚与汉儒有老亲，当初沙泽厚曾鼓动汉儒与他一起斗争肖常福，汉儒胆子小，只是抵不住沙泽厚的轮番游说，沙泽厚历数着肖常福对汉儒家做下的恶事。汉儒坐在门前，双脚不安地在地上来回搓动着，过了一会儿，他抬起头，眼含泪水说，俺去成，可俺没斗争的本事。沙泽厚想，不能要求太高，助个人场也行。汉儒跟着去了肖常福家，不过，一直缩在后面，没说一句话。沙泽厚觉得眼下汉儒母亲走了，未必是坏事，至少可以换得汉儒暂时的安逸，毕竟人死了，近期村里无论谁掌权，都不会再找他麻烦。福顺说，咱们要把汉儒家这桩棘手的事处理好了，以后在桃村算站稳脚跟了，再干别的，会顺畅些。沙泽厚沉思着没说话。他想起了肖常福当初对自己的羞辱，面色冷厉起来，加快了脚步。福顺追着说，泽厚哥，等等我，咱们商量下咋处理再去他家嘛，别弄砸了。沙泽厚冷冷地说，怕什么，见机行事。两人说着话来到汉儒家门前，门外站着几个人，满脸肃穆。沙泽厚冷冷地看了看他们，没说话，昂首挺胸地进了家，福顺跟在身后进去了。柳广福袖着手站在门外，福顺和沙泽厚连看都没看他一眼，柳广福心里憋屈，小声说，眼睛都长头顶上了。

沙泽厚进了屋，见汉儒跌坐在地上，像庙里的泥塑神像，一动不动。靠墙的床上躺着汉儒母亲，脸上盖着张黄草纸，旁边站着两个妇人。沙泽厚进了门，犹疑了一下，来到汉儒身边，福顺紧跟在身后。沙泽厚回头看见福顺，挥挥手说，你先出去一会儿，又看向那两个妇人。福顺明白了他的意思，拉拽着两个妇人说，咱们先出去吧。沙泽厚见他们走了，起身关上门，又蹲下拍着汉儒的肩膀说，汉儒，我知道你心里苦，这几年，大娘受了天大的苦，现在走了，对她老人家未必是坏事。汉儒抬起头，眼睛像夏日清晨微山湖的湖面，水气缭绕，雾气空蒙，又没夏日微山湖的柔美，带着一股冷厉。沙泽厚抚着汉儒的背说，汉儒，有时候，人得想开，前些年，大爷没走时，你锦衣玉食，读书习字，俺大和娘常说起你小时候的日月，过得跟神仙一样。俺大现在总说一句话，人与啥争都不能与命争，远的不说，瞧瞧咱村吧，沙家、柳家、崔家、朱家，哪一家不这样。再说大娘走也是为了你，免得你受牵连，人一走，谁也不会再揪着大爷的事不放了。大爷去那边的事吧，说是传言，不过无风不起浪，书你读得比我多，看事比我透，大爷归大爷，咱要好好活着给他们看。汉儒抬起头，眼神冷冽地盯着沙泽厚看。沙泽厚被盯得心里发毛，刚才那番话，他也是乱说，有没有道理，管不管用，他心里没底。沙泽厚摸头尬笑着。汉儒忽然抓住他的胳膊，使劲摇晃着，眼泪汹涌地奔出来，嘴巴哆嗦着，含混不清地说着什么。自从把母亲从梁上放下了，没人对他说这么多话，心绪像被风雨吹打的湖面般烦乱，又像被利刃切割，痛得不行。有一刻，他有些支撑不住了，想随母亲去了，不用再承受眼前的一切。可是，他要走了，这个家在桃村就不存在了，也就是绝户了，村里人骂人最厉害的一句话就是绝户头，他不能让柳广林在桃村绝户。沙泽厚的话，给了他些光亮，让他明白，他必须活下去。汉儒思谋着，心里的愤怒像火山爆发后的岩浆般四溢，他的脸被表里不一的情绪折磨得变了形，胸腔里发出野兽般的低吼，手抓挠着凹凸不平的地面，双膝跪在地上，头磕得直响，喊着，娘，儿子不孝。沙泽厚说，入土为安吧，别生是非了。汉儒没说话，只是久久地跪在母亲床前。沙泽厚又说，我出去招呼他们。汉儒忽然转过身，伏地给沙泽厚磕头。桃村的规矩，家里老人去世，恳请人操持后事，孝子须给人行磕头大礼。汉儒磕头已是应允了沙泽厚的话。沙泽厚出了门，福顺从门东侧跳出来。沙泽厚双手抄在裤兜里说，都妥帖了，找些人过来帮着下葬吧。柳广福站在旁边，侧身支棱着耳朵听他们说话。听说要下葬，跑到他俩面前，呲眉瞪目地说，就这么埋了？沙泽厚仰起头，看都不看柳广福说，不埋还想咋的？等着去交代通敌罪行？再说了，你还一身鸡屎没擦干净呢。福顺跟着附和着，推搡着柳广福说，就是嘛，贫下中农还没和你算账呢，你倒跳出来了。柳广福听完，像只被咬败的狗，垂头丧气地躲到一边了。福顺在后面喊，哎，去哪里？让你媳妇找两个人，帮着收拾一下，下午埋了吧。柳广福应着向家里走去。

　　柳方氏是下午埋的，时间急，汉儒实在凑不出钱给母亲买寿材，只能用床上的草席卷了埋葬。柳广福和柳广田老婆帮着翻找了半天，也没给柳方氏找出件齐整点的衣服。倒是柳方氏身上那件缎面上衣，湖蓝底色上用金线绣着一朵朵菊花，深沉大气，只是上面满是褶皱，估计压在衣服下面久了。柳方氏下身穿条黑色府绸裤子，脚上黑鞋白袜。估摸着柳方氏去意已决，帮自己收拾了一番。当新鲜的泥土一锹锹撒在柳方氏身上时，跪在旁边的汉儒发出撕心裂肺的哭喊。柳广田试图把他从地上拉起来，汉儒像尊石雕一样沉重，柳广田拉了几次没拉起来，只好陪着跌坐在地上。

  柳家下葬柳方氏时，福顺、沙泽厚和柳生坐在队屋里说闲话。柳生说，到底读过书，事情处理得不错，往后啊，桃村还得靠你们年轻人领着前进。沙泽厚仰躺在椅背上，架着二郎腿，一条腿有节奏地哆嗦着，手指在油漆斑驳的桌面上敲击着说，对付这些人，小菜一碟。福顺说，就是，泽厚三言两语就把柳广田唬得灰溜溜地夹着尾巴走了。柳生说，真不赖，到底是初生牛犊，咱得乘胜追击，谋划下步的工作。沙泽厚脸上的笑意没了，站起来说，柳生叔，福顺和我从小一块长大，他有难处喊我帮忙，我不能不来，至于村里的事，我再参与就名不正了。柳生拉住沙泽厚说，大侄子，这是啥话嘛，别村都是你们这些年轻有学识的人冲在革命斗争一线。沙泽厚摇晃着身体，双手插在裤兜里，歪头看身后的福顺。柳生又转向福顺说，你俩今后好好合作，负责桃村的红卫兵工作。沙泽厚低下头，一条腿抖动着说，我俩谁听谁的？柳生有些为难，眼睛在他俩之间像条滑腻的鱼游动着想，这两人一文一武，一定要笼络好了为我所用，才能稳住桃村局面。想到这，柳生打着哈哈说，你俩有事商量着来，就跟当年刘邦和关羽一样，互相成就一番大业，一根筷子毕竟力量有限嘛。沙泽厚歪头想，柳生说得也有道理，福顺别看脑子里的东西抵不上自己，可要紧时，敢冲在前面，自己缺的就是这个勇气，要不然不会刚起步就被肖常福打败了。眼下被福顺邀出来，多半是为了报复肖常福，犯不上和福顺较劲，刚才只想让柳生给自己明确一下职务，以便在村里行事，至于福顺，可以当个马前卒用。想到这，他笑着说，柳生叔，刚才和你说笑呢，今后我协助福顺工作，以福顺为主，我俩都听你的。福顺听到这，不好意思地摇着头说，就我这脑瓜，可不要听我的，你喝的墨水多，是军师的料，我听你的。柳生听他俩这么说，高兴地拍着手说，到底是读过书的人，觉悟就是高，有你俩，是桃村的福气，一定能把桃村各项工作做好，力争上游。再纳新党员时，优先考虑你俩，年轻人好好干，前途一片光明。福顺和沙泽厚的眼神交汇到一起，看到彼此眼里跳跃的火苗。两人不约而同地说，柳生叔，以后你掌舵，说怎么干，俺们就怎么干。柳生说，哪能呢，后生可畏，以后咱商量着来。就说眼前吧，要响应上级号召，阶级斗争要继续抓。沙泽厚说，柳生叔，咱村最大的阶级敌人柳广林的老婆自杀了，沙从君这些年蜷着尾巴做人，谅他也不敢做出反革命的事来，其他的，比如崔福运，能斗吗？人家儿子别看离得远，咱们可惹不起，所以桃村的阶级斗争可以告一段落了，倒是之前的当权派，我们可以斗争一下。沙泽厚说完故意停顿了一下。柳生知道他是说肖常福，与肖常福斗争当然合他的意，不过，他不能表现出来。故意说，我和福顺大都是当权派，要斗我们吗？沙泽厚摇着头拉长音说，你们算什么当权派，咱村的当权派只有一个，欺男霸女，作恶不是一天了。柳生没说话，站起身来到门前，倒背着手探头左右逡巡了一下。沙泽厚向福顺努努嘴，福顺没明白他的意思，来到他跟前问，啥？沙泽厚小声说，看你笨的，肖常福不倒，你大永远是二把手，只有扳倒他，你大才能成为桃村一把手。福顺撇着嘴说，俺大还要打断我的腿呢。沙泽厚说，你大也就是说说，还能真打呀，再说了，他做了恁多坏事，也该让他滚蛋了。福顺有些犹疑不定。沙泽厚说，今日要是那家伙在，咱俩连队屋的门都甭想进。福顺说，那倒是，不过，怎么和他斗呢？沙泽厚说，别担心，有我呢，关键你同不同意和他斗争。福顺说，俺同意斗争他。沙泽厚向他递了个眼色。福顺心领神会，走到柳生身后说，柳生叔，俺觉得泽厚说得有道理，咱找准斗争的方向才好斗嘛，斗争他，村里老少爷们有七八成会支持呢。自从沙泽厚说斗争肖常福，柳生心里的得意像被春雨浇灌的禾苗一样，只是表面跟止水一样。柳生强忍着心中的得意，转过身说，他根深叶茂着呢，再说他为桃村做过贡献。沙泽厚"呸"了一声说，他为桃村做啥了？欺男霸女、假公济私的事倒不少。柳生说，话不能这么说呢，他在那个位置上，有私心也正常，再说他有能力，我要是他，未必有他做得好。沙泽厚说，长友叔和你不在位？长友叔和你没能力？村里的工作都谁干的？村里管饭长友叔都不吃，大伙眼睛亮着呢。柳生没接话，要把他俩的火拱起来，让他们把桃村搅闹得翻天覆地，他坐收渔利，目前看，一切按他预估的方向前进。柳生故意面露难色地说，你们有想法很好，世界终究是你们的，按你们的想法实施未尝不可，我表个态，我双手支持你们。福顺和沙泽厚相互看了一眼，福顺看到沙泽厚脸上一闪而过的得意，他有些后悔把沙泽厚找来了，看沙泽厚刚才那架势，以后也许会和自己一决高下，这不是自己给自己找岗爬嘛，事已至此，无路可退。柳生眼下倚重沙泽厚，一口一个读过书的人就是不一样，没办法，走到这了，只能哪黑哪住了。沙泽厚拉着福顺来到柳生面前说，叔，俺们斗争是为了桃村，关键时候还得你出面。柳生说，那还用说嘛。沙泽厚放肆地笑了，脸像门前的向日葵般灿烂，说，有你这话，俺们能放开手脚干了。说着拉着福顺出了门。

　　肖常福这几日没出门，村里发生的事秀芬会原原本本告诉他。当他听到柳方氏自杀时，高兴地跳起来，抱起身边的老四举起来。老四惊恐地瞪着眼睛，两条腿在空中蹬着，伸着手向旁边的秀芬求救。秀芬老些日子没见肖常福笑了，对老四说，怕什么，你大和你玩呢。肖常福举着肖四正玩得高兴，大建急急慌慌地跑进来，说，大，不好了，沙泽厚去汉儒家了。肖常福放下肖四说，汉儒娘死了，他去也正常嘛。大建跑得满头大汗，说，不是的，大，是福顺找他去的。肖常福这才回过味来，说，小贼羔子啥时候回来的？大建说，谁知道呢。肖常福摸着稀疏的头发，这才知道事情的严重。

肖四开飞机上了瘾，拽着肖常福的裤腿说，大，还要开飞机。肖常福心里像塞了破棉絮一样难受，一脚踹倒肖四说，一边去。说着进了屋。沙泽厚介入，意味着他借刀杀人的计谋有了偏差，还向着不可预知的方向发展，这是他不曾想到的，怎么扭转局面呢？他像热锅上的蚂蚁般。

沙泽厚和福顺离开队屋后，沙泽厚拉着福顺向村里场院走去。福顺被拉得踉跄着，心不在焉地看着周围。两人脚步凌乱地来到场院，眼下不是农忙，场院空无一人，场院边堆着麦秸。沙泽厚和福顺来到麦秸垛边，沙泽厚撒开拉拽福顺的手，倚着麦秸垛坐下，随手抓住一根麦秸叼在嘴里，眼睛看着远方。福顺看看周围，挨着他坐下。沙泽厚说，福顺，咱俩从小一块长大，村里的事你也清楚，没势力，只能像丧家狗一样被人看轻，你比我强，有长友叔替你支撑着，我大人善，老被咱村的王八蛋欺负。福顺侧身看着他说，村里也不全是这样的人，就说立柱大爷，人老实，大伙都很敬重他嘛，立柱大爷一直积德行善，谁的忙都帮，崔福运当年有难处，立柱大爷都出手相助。沙泽厚说，啥时候的事？福顺说，我是听俺大说的，崔明铎有次回去需要钱，崔福运当时手头急，一时筹措不出，想来想去，去立柱家求助，立柱大爷二话没说，从瓮里取了银钱给崔福运。崔明铎前几年回村，谁也没看，专去看了他，还给他包了点心。沙泽厚说，你真能扯，我和你说咱眼下的工作方向，你扯到立柱那里。福顺说，我是觉得做好事好。沙泽厚说，想做好事，为什么柳生叔一吆喝，你就跟着批斗人，还闹出了人命？福顺撇撇嘴，没话了，他一时也搞不懂跟着闹革命是对是错，别村也这样批斗，没见出人命，到了他们这，咋就不顺呢？沙泽厚见福顺不说话，心想还得给他上点药，说，现在只有向前走，证明给你大看，让他知道你是对的，以后才好在桃村立足，你还有退路吗？福顺想起大咬牙切齿地追自己的场景说，俺大那关就不好过呢。沙泽厚说，就是嘛，直捣肖常福的老巢，让他再无反扑之力，咱们才有胜算，才能立住脚跟。福顺舔着嘴唇说，到底怎么做？俺听你的。沙泽厚的眼睛像暴雨欲来的天空一样阴沉，说，这次不比上次，一定要计划周全，上次没一个回合就被他打败了，是计划不周。

　　沙泽厚和福顺在麦秸堆里嘀咕了一下午，想出了多个方案，又感觉不妥都否定了，到了傍黑，两人才觉得肚子饿了。沙泽厚说，不如先回家吃饭吧。福顺说，俺大气还没消，回去还得打俺呢。沙泽厚说，要不去我家，先吃了饭再说。福顺跳起来拍着屁股上的麦秸说，那感情好，还真饿了。两人说着向村里走去。村里有人高一声、低一声地吆喝着孩子名字，喊回家吃饭。两人进了村，拐过胡同，快到沙泽厚家时，黑暗中忽然窜出一个人，把两人吓了一跳。黑暗中的一双大手捉住了沙泽厚的胳膊，小声说，跑哪去了？我和你娘急坏了。沙泽厚听出是父亲，甩开他的手说，恁大人了，有什么好急的？沙静轩跟在身后说，上次的事还没完，可别再生事了。福顺说，大爷，不是生事，是斗争。沙静轩黑暗中没看见后面还有人，福顺一开口，吓了他一跳。前日会场上，福顺带头批斗沙方氏，那狠劲，来长友都不曾有。人们一直拿福顺当没长大的孩子看，经了这一事，村里人像不认识他了。儿子与肖常福结下了仇，再和福顺弄在一起，还不定会惹出什么祸事呢。想到这，沙静轩说，是福顺啊，你娘傍黑时到处找你吃饭呢，找到你没？福顺说，没呀，我和泽厚哥在一起呢。沙静轩说，天不早了，别让你娘担心，赶紧回家吧。沙泽厚不知真假，福顺知道以娘的脾性不会找他的，多半是沙静轩不让去他家的托词，又找不出理由跟着去，只得在黑暗中捏了捏沙泽厚的手。沙泽厚以为福顺和他告别，站住说，婶找你，回吧，咱明天一早集合。福顺应着，不情愿地转身走了。

　　沙泽厚回到家，见桌上用碗盖着饭菜。母亲见父子俩进门，笑着站起来说，厚啊，饿了吧，快来吃饭。母亲说着揭开碗，猪肉炖粉条的香气迎面扑来。沙泽厚搓着手盯着桌上的饭菜说，还真饿了。沙静轩说，先洗手。沙泽厚草草洗了把手，顾不上擦，甩着湿淋淋的手坐到饭桌前,抓起筷子,挑拣了一块肉放进嘴里,边嚼边说,好吃。母亲递过一块煎饼说,慢些吃,别噎着。沙静轩说,就是,读过书的人,吃饭要有吃饭的样子。沙泽厚只顾低头喝汤。母亲从盘里翻捡出肉片放到他碗里,他夹起碗里的肉放进嘴里,嘴巴上下翻飞着。沙静轩见他只顾狼吞虎咽地吃,有些生气,说,上次的事还没完,又出去生事,让俺们多活几天成吗?沙泽厚歪着头说,大,食不言,寝不语可是您说的。沙静轩嘴巴下的几根胡须抖动着,拿起筷子要敲他的头,他歪头躲着,沙泽厚母亲伸手挡住了沙静轩的筷子说,吃饭呢,有话吃过饭说。沙静轩瞪大眼睛看着老婆说,慈母多败儿,说的就是你。沙泽厚母亲没搭理他,对沙泽厚说,厚,吃,多吃点。沙泽厚不说话,只管吃。沙静轩敲着桌子说,你娘俩就作吧,咱家就泽厚一个,又没啥势力,这样下去,早晚会吃亏。厚啊,我和你娘勒紧裤腰带供你读书,指望着你读书上进,以后去镇里、县里谋个饭碗,别再在土里刨食,也算给我们争口气,谁知你回来蹚这浑水。沙泽厚刚好吃完,站起来用手抹着嘴说,我还真不是蹚浑水,你们在村里低着头过了那么多年,今后,我要让你们在桃村抬起头过日子。沙静轩生气地站起来要打他,沙泽厚母亲站到他们中间说,消消气,有话好好说,说着拉着爷俩进了里屋,又转身出来,把院门插上。

  沙泽厚母亲进屋时,父子俩背对背坐在床沿上,沙静轩的胡子随着胸脯的起伏抖动着。沙泽厚母亲搬个凳子坐在他们面前说,爷俩吹猪呢?沙泽厚笑了。沙泽厚母亲又转向沙静轩说,老头子,你一辈子怕事,该来的事没少来一回,搁着往日,我不会让厚掺和村里的事,可姓肖的也忒欺负人了,原指望着厚上学跳出农门,可眼下学校停课,一时半会儿上不了,这条路怕走不通了。依着眼前的样子,今后只能在村里混。你想想,姓肖的掌权,能有咱厚的好果子吃?要我说,还不如让孩子出去闯闯,斗胜了,今后咱和孩子在村里能舒开身子,斗败了,也不打紧,让他知道咱们也不是吃素的，今后会忌惮点，不至于再下黑手。沙泽厚跳起来说，谁说俺娘没见识，我看俺娘比识文断字的人都能认清形势。沙静轩拍着大腿说，你娘俩知道啥？真那样了，可没退路了。沙泽厚挥着手说，正因为没有退路了，才要背水一战嘛。沙静轩指着沙泽厚，嘴哆嗦着，一时语塞，竟没合适的话语。沙泽厚母亲打落他的手说，随孩子去吧，让他闯闯，别像你，一辈子怕踩死蚂蚁，到头来怎样？还不是连儿子被打都求不下情来，算了，由他去吧，天塌不下来。又转身对沙泽厚说，厚呀，你也别光想着斗争，斗赢了，顶多做个队长，一辈子还是离不开土坷垃，娘是想，上学出去的路断了，说不定这也是条路，眼皮活泛点，多结交点上面的人。沙泽厚盯着母亲，像不认识她一样，这是一天到晚只知道围着锅台转的母亲吗？沙泽厚母亲嗔怪地拍了下沙泽厚的头说，傻小子，看啥？你以为娘只知道洗衣做饭？当年娘也曾舞过文弄过墨呢。沙泽厚摸着头笑着说，倒把姥爷是读书人的事忘了。沙静轩两手捂着头，小声说，儿子还小，不知外面的凶险。沙泽厚母亲说，还小？你像他这么大时干什么来？放心让他去吧，捂在家里不是事，等咱俩一蹬腿，剩下他咋办？不如现在让他历练好了，咱们走的那天，也能安心闭眼了。沙静轩叹了口气，没再说话。

第二天一早，沙泽厚还没起床，福顺在院里喊他。沙泽厚母亲刚做好饭，从灶屋里出来问，福顺，恁早，吃饭没？福顺低下头，小声说，大娘，还没呢。福顺昨天没敢回家，跟杨军睡的。沙泽厚母亲说，正好，在我们这吃吧。福顺一听来了神，跑进灶屋说，大娘，我帮你。沙泽厚从屋里走出来说，起恁早呀！福顺端着饭碗往堂屋走，说，心里装着事，睡不踏实。说着捏起碗里的芋头吃起来。芋头刚出锅，福顺被烫得吸溜着嘴。沙静轩坐在堂屋，见福顺的样子皱起了眉。当沙静轩一家人坐到桌前时，福顺碗里的芋头吃去了大半。沙静轩说，泽厚呀，没事跟人家小河、小溪学学，看人家，学校不上课，在家里读书，从来不在外面疯跑。沙泽厚说，我前些日子见小河来，说不上学了，他大给他弄了个亦工亦农指标，快去上班了。福顺抬起头，嘴里塞满了芋头，说，人家大是局长呢。沙静轩没说话，低头吃碗里的芋头。沙泽厚母亲说，千人千路，不要总盯着人家碗里的肉。

朱成礼是孝子，当初，父亲一再坚持让他在家讨老婆，那时他在单位有一个心仪对象，是分配来的大学生孙维。孙维梳着两条黑油油的辫子，戴着眼镜，说话轻声慢语的，见了朱成礼会脸红。办公室的老王在朱成礼面前说过多次，要撮合他和孙维，说都老大不小的了，搭伙过日子吧，免得老吃食堂。朱成礼回了趟家，想给父亲商议一下。朱成礼到家时，父亲在灶屋忙，被烟呛得直咳嗽。朱成礼记得母亲在时，父亲从没进过灶房，每次都是母亲盛好饭，父亲才坐到桌前。朱成礼来到灶屋前，朱泽运站起来问，今个咋有空了？朱成礼弯腰进了灶屋说，今天休息。朱泽运向外推着他说，烟火燎灶的，出去吧。朱成礼见灶台上有一层厚厚的油灰，应该有些日子没清洗了，灶屋连站的地方都没有，到处是柴草和烧过的草灰。朱泽运把朱成礼推出灶屋说，饭马上好了，去堂屋吧，你哥下地快回来了。朱泽运跟着朱成礼走出灶屋，他佝偻着腰，头向前探着，粗布上衣的前襟处油亮亮的。朱泽运说，别在外站着，进屋吧，你哥回来咱就吃饭。朱成礼进了屋，屋里光线灰暗，八仙桌上积着一层厚厚的灰，里间屋的床上堆满了衣服，发出难闻的气味。堂屋地上摆满了簸箕、篮子。朱成礼茫然地站在屋中央，朱泽运递来一个板凳，问，坐车来的？朱成礼说，单位车路过，捎我来的。朱成礼记得父亲爱干净，或许是真的老了。朱泽运咳嗽起来，咳得惊天动地的。朱成礼上前拍父亲的后背。过了一会儿，朱泽运缓过劲来说，咱这个家，缺个媳妇呢，你哥指望不上了，得赶快给你找个。朱成礼说，大，我正想和您说这事呢，别人给我介绍了个。朱泽运翻着眼睛看他，朱成礼被看得心里发毛，笑着喊，大。朱泽运问，你同意了？朱成礼说，还没，这不先回家和大商量。朱泽运说，我早看出来了，你想找城里老婆，可是，你想过没有，找了城里老婆，咱这个家就完了，我还好说，没几年活头了，你哥咋办？还有我这片宅院，有一天，你哥不在了，会成别家的了。说着哽咽起来。朱成礼没想到父亲会反对，而且这么激烈。他想到了哥，哥就不能成个家吗？他心情复杂地走到父亲面前说，大，别难过，回头和哥说说，他要实在不愿成婚，再说我吧。朱泽运抬起头，核桃般的脸上依稀挂着泪痕说，你娘撂下你们走了倒省心，剩下我受罪。朱成礼不知怎么安慰父亲，这时，大门响了，朱成功扛着镢头进了家。朱成礼迎上去说，哥回来了。朱成功看见他，两眼发出奕奕神采，说，成礼呀，怎么有空回来了？说着用袖子擦拭着脸上的汗。朱泽运从屋里出来说，洗手吃饭吧。

朱成礼帮父亲去灶屋盛饭，白菜炖粉条，锅沿上躺着几个黑乎乎的饼子。朱成礼把饭菜放桌上，朱泽运见朱成礼对着饭菜发呆，说，眼睛看不清东西了，对付着吃吧。朱成礼说，大，挺好的，做梦都想吃家里的饭呢。朱成功说，成礼，别小瞧这饭，就这样的，我有时还混不上呢。朱泽运把碗怼在桌上说，吃不上活该，怨得着谁？放着人的日子不过，非要当倔驴。朱成礼从碗里挑出一个虫子转身扔掉说，哥，大说得对，该成个家了。朱成功的脸瞬时冷了下来，像石雕泥塑般说，大、成礼，你们甭指望我了，我不会再找了。说着放下碗，起身出了门。朱成礼站起来说，哥，吃饭嘛。朱成功没应答，走出了大门。朱泽运说，甭理他，一说这事，就这熊样，人家光召也丧家了，立马找了，生了俩小子满处跑了，他倒好，连门都没进，倒为人家修起道来。朱成礼说，大，别说哥了，他心里苦。朱成礼忽然想起了孙维，心像被锐利的东西戳了下，疼得他用手捂着胸口。朱泽运放下碗说，成礼呀，我不同意你找城里媳妇，说是为了这个家，为你哥，到底还是为了你呢。你想想，眼下吃公家饭的女子都是读过书的，能读书的女子，都是家境好的，平日娇纵惯了，没吃过一星半点苦，成了亲，别说孝顺大了，大想喝碗她烧的水也不易呢。再说读书读野了，之前的礼数早忘了，哪个会持家？你是做事业的人，整日在外面忙，回头还要操心家事，人有多少精力？成礼，听大的，大眼睛不好使了，心里跟明镜一样。在家找老婆，啥事不用问，一心扑在事业上，男子嘛，终究要成事光宗耀祖。朱成礼没说话，盯着面前的碗陷入了沉思。大说的不是没道理，食堂不开火时，孙维连面条也不会煮。只是，这些日子，他和孙维接触多了，孙维不再躲他，有时两人也单独说说闲话。朱成礼发现和孙维能说到一块去，他说托尔斯泰，她能讲安娜·卡列尼娜的痛苦和挣扎；他说宋词的绚烂，她能说出谁是婉约派代表；他讲工作时，她能提出中肯的意见。还有，他已经习惯面对新式女性，不知如何面对一个懵懂无知的农村姑娘。朱成礼感觉自己被架在火上烤，一边是年迈需要照料的父亲，一边是自己想要的生活。朱成礼觉得手里的碗太重，把碗放在桌上，他感觉今日比任何时候都让他难以抉择。父亲放下碗说，成礼，下午没事，和成功去你娘坟上看看，大说的事，你好好想想，人呀，不能太贪心，啥都想全满是不成的。杨村有个女子，她父亲和我是至交，人长得清秀，居家过日子是把好手，比你要小上几岁，我找人合完八字了，挺般配的，大也不强求，你琢磨下，你娘临走嘱托我，让我给你弟俩成家，挑好人家温良恭顺的女子，你哥那个熊样子，你这边俺不得不操持了。朱成礼将蜷着的腿伸直，舒了口气说，大，容我想想。

　　下午，朱成功和朱成礼去给母亲上坟，按说离七月十五还有些日子，上坟有些早。朱泽运说，你工作忙，不知哪会儿再来，今天去吧。朱成功买了火纸，爷仨在大门旁围在一起剪火纸。朱泽运把纸打开，拿起几张对折了几次，左一下，右一下地剪着说，瞧着没？火纸剪成钱串子这样，到那边才能用，万事都有章程可循。朱成功和朱成礼专注地看着，没说话。朱泽运剪完一沓，朱成功接过来，一张张揭开，放在旁边的笕子里。朱泽运又卷起一沓纸说，成礼，知道你不信这个，你信什么列主义，可是有些事，经历了，你就信了，比如说上坟为啥用笼子盛火纸，不用篮子呢？篮子漏东西，钱放在里面会漏掉。笼子是柳条编的，密实。前些年，柳广林还没走时，他不信这个，每年故意提竹篮给先人送纸钱，瞧瞧，现在咋样了，万贯家财败了不说，人也败了。朱成礼感觉大真老了，絮叨起来没完。他看着残阳如血，心底的伤感像涨潮的水慢慢淹没了他。朱泽运见他心不在焉地盯着太阳发呆，说，成礼，今晚要是不梦到你娘，大的话从这往后不要听了。朱成功怕大说多了伤心，岔开话说，大，差不多了，得抓紧些，太晚了不好。朱泽运把手里最后一沓纸交给朱成功说，去吧，和你娘说，在那边，别太节省。朱成功应着，将纸放进笼子里，提起笼子说，成礼，咱们去吧。

　　朱成功母亲杏花生病时，朱泽运预感到她时日不多了，请来了看风水的李先生，让他为朱家寻一方能荫及后人的良穴。朱泽运知道李先生喜阅古籍，把家里一本不知传了几代的手抄书送给了他。朱泽运闲时翻过这书，里面都是些一雾水，二风水，三山水，四丘水，五泽水，六地水，七少水，八缺水，九无水的内容，还有些气盛风则散，界水则止，古人聚之使不散，行之使有止，故谓之风水。风水之法，得水为上，藏风次之。朱泽运每次看这本书，都是关上门看，看了许多年，也没弄明白里面的内容，他想这是本奇书，放在能读懂它的人手里会大放异彩。自家大儿子生性愚钝，以他的脾性和禀赋，不愿读，也读不懂这书。二儿子离家多年，音讯全无，以他对儿子的了解，对这书也不会感兴趣，不如把书赠予李先生，让他为自家寻得好穴才是上策。朱泽运想明白了，把李先生叫到里屋，放下门帘，把一个粗布包裹郑重地交给李先生。李先生疑惑地接过，捧在手里。朱泽运说，先生打开看看。李先生一层层打开包裹，打开最后一层油纸时，赫然是本泛黄的书，书边磨损得破旧不堪。李先生将书捧在手里，翻了两页，双目熠熠生辉，说，此乃千古奇书也。朱泽运笑着说，难得先生喜欢，送给您了。李先生推脱说，朱老哥，这是您祖传的，不合适。朱泽运说，先生，所谓宝剑赠英雄，书送读懂人，先生收了吧，放在我这里是对先人智慧的耽搁。李先生激动地说，朱老哥，放心，我一定为夫人寻个好的安身之所。朱泽运握着他的手说，拜托先生了。

李先生果然没食言，拿着罗盘，在方圆十几里内查勘。朱泽运有时跟去，实在脱不开身时，就让朱成功跟着。李先生围着桃村查勘了两天，眉头始终皱着。朱泽运明白，李先生是言而有信之人，看来没发现吉穴。朱泽运忽然想起北湖沙河边有自家一块荒地，连雨天时，沙河的水漫上岸淹没庄稼，十年九不收，后来干脆栽上了树。沙河水漫溢次数多了，带来了泥沙，黄土地变成了沙土地，栽的树不怎么见长，还死了几棵。朱泽运一直觉得地太孬，没让李先生看，眼下实在没合适的，只能带李先生去看看。朱泽运带着李先生来到荒地时，李先生站在地垄边东西南北四个方向看完，用罗盘在地中央看了半天，又掏出随身带的铲子铲土。李先生把铲出的土在手里细细捻着喊，朱老哥，过来看，这土上黄下白，良地呀！朱泽运说，上面一层是沙河淤过来的黄沙，当然是黄色的，下面一层是砂浆层，当然白了。李先生说，这才妙不可言呢。他跪下来，把一根手指伸进地里，沉思着说，朱老哥，看夫人病情还能迁延几日，你回去取一鸡蛋，埋在此处，不要告诉任何人，一周后取出，若鸡蛋新鲜，说明此乃极佳之穴。又站起身说，按说呢，阴宅旁忌讳有水流过，可是这河水，没往日之势了，如玉带缠腰，吉像。朱泽运说，先生，这几年，上湖缺水，修了拦水坝，把水拦住了，流下来的水就少了。李先生说，这就是了。又指着东方隐约绵延的山脉说，阴宅讲究依山抱水，前朝后靠，是依着左青龙右白虎，前朱雀后玄武的说法，这个穴位好就好在背后有山，前面有蜿蜒的河床，从天人合一上讲，屈曲蜿蜒的河床阻断了正面而来的煞气，使得明堂开阔，利于人才成长和拓展基业。只是此处有一点不好，此穴利次子不利长子。朱泽运欣喜的面色晦暗下来，问，先生，有没有万全的法子？李先生摆摆手说，老朱哥，此事古难全，这是老理了。若占了此穴，今后次子的次子无论求学还是做官都是大圆满的吉相，长子嘛，如树荫下的小草，阳光雨露自然少了点。朱老哥，你得知足，太阳要是被一家全占了去，其他家还要不要活？这应该是桃村，不，也是方圆百里极难觅的一处好穴了，朱老哥早做定夺吧。说着把罗盘和铲子收进随身带的褐色布囊中。朱泽运见李先生话已至此，连声道谢，邀李先生家中叙话，想置酒谢李先生。李先生坚辞不去，说，离家几日，今日一定回。朱泽运见李先生去意已决，让朱成功套了牛车送。李先生说，夫人沉疴病榻，床前焉能离人？老哥不必拘礼，来日方长。朱泽运用力握着李先生的手，从兜里掏出红纸封的包塞到李先生兜里。李先生欲伸手阻拦，朱泽运紧握着他的手说，先生，这点心意不受，我岂能安心。说着哽咽难耐。李先生不再推辞，说，老哥，万事天意，保重！说完拱手告别。

　　朱泽运回家后，见朱成功低头颦眉守在母亲床前。朱泽运问，今日怎样？朱成功摇摇头，转身抹着眼泪说，一直没醒，迷糊着叫成礼名字呢。朱泽运没说话，进屋从瓮里掏了个鸡蛋装进兜里。朱泽运来到地里，见周围没人，依着李先生的嘱咐挖了一拃深的土，把鸡蛋埋进地里。又在旁边用树枝做了标记，这才拍拍手上的泥回了家。

　　杏花是在李先生走的第三天去世的。杏花去世后，桃村人来哭丧，朱泽锋问要不要请先生瞧个日子。朱泽运木然地坐在一边说，再缓两日，看成礼能回来不。有人问，给成礼打信了？朱成功摇摇头。别人不再多问。杏花去世四天了，朱泽运和朱成功一天到晚守丧，没有发丧的意思，屋里隐隐有了异味。村里人偶尔在门外看看，也不便多问。第四天中午，朱泽运出了门，人们见他去了北湖。朱泽运来到自家地里，看看周围没人，找到标记，挖出了鸡蛋。朱泽运把鸡蛋捧在手里，暮春日头已很泼辣，地温随之升高，鸡蛋埋在地里几日了，蛋壳仍新鲜如初。朱泽运用嘴哈了下鸡蛋，将鸡蛋磕开，晶莹剔透的蛋液包裹着浅黄的蛋黄在泥土里晃动着。朱泽运趴在地上看了会儿浮在泥土上的蛋黄，过了片刻，他单膝跪在地上，哽咽着说，拜谢上天赐俺福地，非吾偏心苛待成功，实在万难周全，万望上天一并庇护拙子成功。说完东西南北各拜了三拜，才起身离去。

朱泽运回到家，让朱成功请来朱家三老四少，告知明天安葬杏花。众人说是不是仓促了点，什么都没准备呢。朱泽运说，出殡的一应所需皆准备齐全，其他一切从简。众人听从他的安排，把杏花安葬在沙河边。朱泽锋还纳闷，李先生在桃村周边查勘几天，怎么就选了这块地？大家纳闷归纳闷，但都知道朱泽运博古通今，一定有他的道理。后来，朱成礼做了官，村里人才明白朱泽运的深谋远虑。

朱成功带着朱成礼穿梭在田间小道上，来到了北湖娘的坟前，坟头周围长了不少杨树和槐树。有之前栽的，没修剪过，有些是从树根发出来，歪斜着，根不正，树也不旺，就那么东倒西歪，蔫头耷脑地立着。倒是坟前的柳树枝繁叶茂，树冠像把伞罩住了坟头。坟头的柳树是哀棍发的，依着桃村的规矩，人下葬后，孝子的哀棍要插在坟头上，能生根发芽长成树最好，预示后人有福气，会财运亨通或者仕途通达。哀棍是一根柳树枝砍分来的，一般是儿子、女儿、侄子辈发丧时用。桃村哀棍长成树的人家极少，像朱家长得这么粗壮、茂盛的更是少见。朱成功每次来上坟，朱泽运都会嘱咐他，看看树有什么闪失没。朱成功明白父亲的心意，平日不上坟也来检视一番，在朱成功的养护下，柳树冠如华盖，蓊蓊郁郁。坟前的沙河只有少许的水有气无力地躺在河床里，远处的铁路上不时有火车驶过。远处是隐约的群山，在夕阳的映衬下，显得山光明媚，水色秀丽。杏花的坟孤零零地躺在河沿边，长满了荒草。朱成礼看着母亲的坟，想起幼时母亲给自己穿衣暖手的画面，眼泪不由得涌了出来，他怕哥哥看见，将脸扭向一边。朱成功清理着坟上的荒草说，娘，在那边可别那么会过了，俺和成礼给娘送钱来了，娘一定买些好吃的。朱成礼看着哥清理杂草，想着父亲的话，心里像塞满了破败的棉絮般难受，他感觉孙维像断了线，飘在空中的风筝，离自己越来越远了。也许父亲说得对，城里女子融不进这个家，也确实，孙维是要强的现代女子，一心想改进农业生产技术，提高产量。她常到田间地头采集样本做实验，她的人生重心在实验室，锅碗瓢盆交响曲不是她要的。自己工作忙，和她成了家，家也不会有家的样子。朱成礼的心像天边的云飘飘荡荡着。朱成功清理完杂草，见朱成礼还站在一边发呆，说，成礼，过来了，给娘送钱，你也说句话嘛。朱成礼来到坟前，一只膝盖杵在地上，帮哥摆弄着火纸。朱成功絮叨着，娘，俺和成礼来看您了。说完看着朱成礼，等他说话。朱成礼在哥的注视下，嘴翕动了半天没说出话来。朱成功说，成礼，你在台上讲话一套一套的，给娘说句话怎么就恁难了？朱成礼在哥哥的催促下，咬着唇把手里的火纸投进火堆里，说，娘，放心吧，我会照顾好大和哥。朱成功用树枝翻挑着火纸，让火纸烧得更充分。跳跃的火苗把朱成功的脸映照得更加黑红，朱成功嗓音嘶哑地说，俺不要你照顾，你工作多忙呀，做好工作，比啥都强，咱家也有荣光。朱成礼没说话，火光将周围的一切映照得飘忽不定的。朱成功见火纸燃烧尽了，站起来说，咱回吧。朱成礼没说话，跟在朱成功身后，沿着田垄往回走。

　　回到家，朱泽运做好了饭，朱成礼感觉疲乏，眼睛老是睁不开，说，我有些乏累，眯一会儿。朱成功担心地摸着他的额头问，没事吧？朱成礼推开哥的手说，今天赶路急，有些累了，睡一觉就好了。朱泽运说，成，啥时饿了再吃，东间屋收拾好了。朱成礼应着去了东间屋，没脱衣服，倒在床上沉沉睡去。迷糊中，朱成礼听到有人叫他的名字，他想起身，怎么也起不来，只看见一个模糊的身影，像是母亲。朱成礼喊着娘，伸手奔过去，却怎么也走不动。

他努力辨认着,模糊看着是娘,娘不说话,只是怔怔地看着他。朱成礼挣扎着奔过去,嘴里喊着娘,却被摇醒了。朱成功站在旁边用力摇着他说,成礼,醒醒,做梦了?朱成礼欠起身,见哥和父亲站在床前。桌上的煤油灯忽闪摇曳着,周围的一切变得神秘叵测起来。朱成礼抹了把头上的汗说,没什么,我睡多大会儿了?朱成功说,两个时辰了。朱成礼起身,来到桌前喝了半碗水,抹着嘴上的水问,大,你白天说的是哪家女子?朱泽运的脸笑得像枯树逢春般,说,杨天寿家的四女子,天寿这人和我几十年的交情了,本分,会过日子,读过几年私塾,对孩子教管得法,他家闺女,我敢说十里八村都没有,知礼数,针织女红样样能拿出手。朱成礼见父亲如数家珍般说起没完,又喝了口水说,大,你满意就成,我那边事情多,操持好,定了日子,让哥给我拍电报就成。又从兜里掏出一沓钱说,大,这个先用着,不够的话,我那边还有,下次带回来。朱泽运见他不太欢喜,满脸的欢喜倏忽间被风吹走了。过了一会儿,他缓缓地说,成礼,你到了大这年纪时,会明白大的心,大不是为了自己,俺还能活几年,俺是为了朱家,为了你呀。朱成礼淡淡地说,大,我明白,天不早了,哥明天还要出工,咱们早些歇息吧。

  朱成礼在父亲的操持下迎娶了杨雨竹,他还是在洞房知道她叫杨雨竹的。他不明白,生长在水深地厚的北方的杨天寿,怎么给女儿取了这个名字。朱成礼借着烛光看低眉顺眼地坐在床上的她。她长得说不上漂亮,不过,比一般女子周正,身上有一种淡淡的忧郁气质,还有一种说不出的清冷,这是他喜欢的。朱成礼有些乏累,说,天不早了,咱们歇息吧。她应着,起身收拾床铺。朱成礼看着她袅娜的背影,心底有了异样的感觉。他走上前,她转过身,四目相对,朱成礼看到一张陌生写满张皇的脸,他有些索然,想起了孙维哀怨的眼睛,说,明日还要早起,歇吧。说着吹熄了蜡烛。她在黑暗中惊呼,蜡烛吹不得。朱成礼听到黑暗中的摸索声,大概是她在寻火柴，转身沉沉睡去了。

第二日，朱成礼在睡梦中听到笤帚的沙沙声，小时候，他常在这种声音中醒来，然后揉着眼叫母亲，母亲会擦着手进来给他穿衣服。朱成礼仿佛是在梦中，他抬头环顾四周，看着窗棂上鲜红的喜字，瞧着身上喜庆的红被子，这才想起昨日结婚了。他穿衣下床，来到堂屋，父亲一身新衣，脸上每一个褶皱里都藏着呼之欲出的欢喜。矮桌上摆着热气腾腾的饭菜，有他喜欢喝的萝卜疙瘩汤，他自幼喜欢喝这个，小时候母亲常做给他喝。碟里有葱白和红辣椒拌的咸菜，葱白和辣椒切成了丝，褐色的咸菜掺在红白之间，氤氲缭绕着香油的醇香。旁边还有一盘翠绿的凉拌豆角，上面覆着雪白的蒜泥和褐色的芝麻酱。杨雨竹头上顶着花手帕在院里忙碌着，她把清扫的垃圾装进簸箕里，院子清爽齐整了不少。朱泽运轻声对朱成礼说，洗把脸，成功回来咱吃饭。哎，自从你娘走后，大就没吃过这么如适的饭了。说着眯眼捻着稀疏的胡须。

朱成礼拿盆舀水洗脸，杨雨竹拿着簸箕从院外进来，快速放下簸箕，接过他手里的盆，舀一瓢凉水放在盆架上，又从灶屋舀一瓢热水，用手试了试水温，轻声说，好了。朱成礼把脸埋在温水里，像是在梦中。朱成功进了门，朱成礼听到一个软糯的声音说，哥回了，洗手吃饭吧。朱成功大概还不习惯，有些局促地"嗯"了声。朱泽运问朱成功，今天队里做啥活？朱成功说，锄草呢。爷仨相继坐到饭桌前，拿着筷子，相互看着。杨雨竹进了屋。朱泽运说，成礼家的，别忙了，吃饭吧。杨雨竹双脚并拢站住说，大，你们先吃吧，我把大和哥的被褥泡上，吃过饭好洗。朱泽运说，吃过饭再做。杨雨竹说，大，你们先吃吧，我一会儿就好。朱泽运和朱成功看向朱成礼，想让他能说句话。朱成礼没说话，端起面前的汤喝了一口，他闭上眼，让汤在嘴里停留了片刻，慢慢滑进胃里。过了一会儿，他睁开眼，大口喝着碗里的汤。朱泽运说，慢点，锅里还有。朱成礼见哥在旁边呆愣着说，哥，你尝尝，跟娘做的味道一样。说着话,他觉得眼睛涩涩的,低头拿煎饼时,深吸了口气,平复了一下情绪。朱泽运喝了一口说,确实不错。直到爷仨吃完饭,杨雨竹也没忙完。朱成礼吃完来院里漱口,朱泽运和朱成功也离开了饭桌,杨雨竹才用围裙擦着手进了屋,把饭桌收拾归整利索,坐在灶屋的矮凳上盛了碗汤,慢慢吃起来。

朱成礼来到院外,朱泽运跟出来说,成礼,大的眼光没错吧?朱成礼不想拂逆父亲,说,大,挺好的。朱泽运说,你得好生待人家。朱成礼点点头说,单位事多,我明早得回了。朱泽运说,你这是结婚呢,人生头顶大事,就这两天假?朱成礼说,大,你整日教导我干好工作,单位千头万绪,我不在,很多事不好定夺,耽误工作进度。朱泽运颔首道,也是,男子以事业为重,可莫忘了家国天下,家和国一样重要,是不可分的,有家才有国。朱成礼说,大说得对,我知道呢。

朱成礼和父亲在门前说了会儿话,朱泽运说,一会儿去村里找人说说话,莫让人说咱忘本了。朱成礼应着回了屋,从帆布包里掏出一条烟,递给朱泽运。朱泽运摆摆手说,我不吸那玩意,装几盒去村里转转。朱成礼把烟往裤兜和上衣兜各装了两盒。父亲让他在村里走一圈,是让人看看他朱泽运的儿子出息了。他理解父亲,人活一辈子,都祈愿家门兴旺,孩子有出息。再说,桃村人厌弃在外混出息了,回到村,傲气得不得了的人。朱成礼离家多年,也想在村里转转,另外,家里忽然多了个杨雨竹,他感觉不自在,大一提议,他一刻不停地出了门。

朱成礼家前面是朱光召和朱光明家,他们房分比较近,他预备先去朱光召家。朱光召蹲在自家门前,看着门前坑里的青苔发呆。朱成礼走上前说,二哥,吃了吗?朱光召站起来说,成礼呀。朱成礼递过烟,朱光召接过烟不知说什么好,一只手拿着烟,一只手在裤缝间摩挲着。这时从大门里打闹着跑出来两个半大小子,一个妇人在后面追着喊,小贼羔子,慢点跑。朱光召满脸窘色地看着朱成礼，朱成礼说，二哥，你家小子？朱光召点头说，是呢。门里妇人拿着半截秫秸追出来，看见朱成礼，站住愣了一下。朱成礼见她一头浓密的头发妥帖地用发卡归拢在耳后，漫长脸，浓密的眉毛下卧着一双蚕豆般的眼，鼻梁挺直有型，嘴巴微张着，穿着月白色偏襟上衣，蓝色裤子有些肥大，膝盖处磨掉了色，被膝盖顶得凸出来。妇人被他盯得不好意思，低头拽身上的衣裳。朱成礼问朱光召，这是二嫂？朱成礼之所以问朱光召，是因为他小时候见过朱光召的第一个老婆朱方氏，比这个女子要雅致些，听父亲说朱光召续娶了。朱光召点着头说，是，是你二嫂。朱成礼开口叫二嫂。妇人缓过神来，笑着走过来说，到底是公家人，看着跟咱土里刨食的不一样。朱成礼不知怎么接她的话和乱窜的目光，于是岔开话题说，俩小子几岁了？朱光召说，大的快十岁了。妇人打断朱光召说，他叔，俺一定让他们好好读书，像你一样出息。朱成礼说，嫂子说笑了，我和光召哥一样。妇人说，那可不一样，差一大截子呢。朱成礼不知说什么好，于是说，哥、嫂你们先忙着，我去光明哥那边站站，我不在家，都照应不少。妇人话犹未尽，挥着手说，他叔，有空来家里坐啊。朱成礼诺诺应着，逃一样向朱光明家走去。有了朱光召家的教训，他不敢见朱光明老婆，自己实在不擅长与妇人叙话。他走到朱光明门前正踌躇着，朱光明恰巧从家里出来。朱成礼递上支烟叫着哥。朱光明往家拉朱成礼，让他家里坐。朱成礼说，不成，哥，大交代的几家还没走动呢，明日一早还要回呢。朱光明说，恁急呀。朱成礼说，是呢，改天再说话吧。朱光明说，成，有空来哈。朱成礼从小就不喜欢朱光明，小时候，见他不是跟在日本人身后，就是跟在国民党身后，现在解放了，他又跟在肖常福身后，每次还跟得心安理得的。

朱成礼在桃村的小巷里走着，桃村的格局还和从前一样，只是门前站着的媳妇和嬉耍的孩子认不得了。他不时地递烟给路上的人，说两句闲话才离开。路过沙从君门前时，他原本想进去看看，见门里静悄悄的，贸然进去是否好？他站在门前犹豫着，最终还是没进去。他来到村东头，觉得有必要看看崔福运，顺便问问崔明铎的近况。他走进崔福运家时，崔明铎母亲正扫着门前。她直起身眯着眼打量着朱成礼。朱成礼说，大娘，不认得我了？成礼呀！崔柳氏丢下手里的扫把，拍着手说，成礼啊，快，屋里坐嘛。又扭头向屋里喊道，他大，快出来，看谁来了。朱成礼小时候常来崔家玩，崔福运夫妇俩都喜欢他。崔柳氏拉着朱成礼进屋，崔福运迎出来说，成礼来了。朱成礼走上前说，是呢，大爷，身体还好吧？崔福运连声说着，好、好，快屋里坐。朱成礼见崔福运的腰佝偻着，头发花白，眼睛像蒙上了一层雾，被满是褶皱的眼皮包裹着，没了曾经的精气神。崔福运让崔柳氏泡茶，朱成礼拉住崔柳氏说，大娘，别忙了，坐下说会儿话，老些年没见您了。崔柳氏说，可不，一晃都做恁大的官了。朱成礼说，哪呀，比明铎，我啥都不是。崔福运听了，拍了下膝盖，气愤地说，别提那个逆子，他不抵你一半，以前革命也就罢了，眼下解放多年了，说结婚了，孩子都有了，俺都没见过。从小到大，光跟着他受罪了。朱成礼见崔福运腮上的肉跳动着，手还哆嗦着。崔柳氏说，老头子，成礼来了，说些高兴的，动啥气嘛。崔福运说，成礼不是外人，别人面前我还不说呢。这个狗东西，俺跟着他拾掇了多少年的乱子，末了革命革到我身上了，整日跟着挨批斗。朱成礼不知说什么好，递了支烟给崔福运说，大爷，莫生气，明铎有苦衷呢。崔福运接过烟，拿在手里，眼睛看着别处，沉声说，古人语，做事者必于东南，功成者常于西北。他非反其道而行之，做事起于北方，功成后留于南方蛮荒之地，还找了个南方老婆，焉将我等放在眼里，书怕是读到狗肚子里了。朱成礼见两人神情落寞，房间灰暗，到处了无生机。感觉崔家和从前的情形不一样了，哪里不一样，说不清楚，条几、八仙桌、太师椅都还在，也擦抹得锃亮。到底是什么呢？朱成礼想了半天，忽然明白了，是屋里人的心境。崔福运当年还年轻，崔明铎聪明，书读得好，镇上老师都稀罕他，崔福运期盼儿子能有锦绣前程，光宗耀祖。现在两人垂垂老矣，儿子是位高权重，可是离得太远，跟天边的云一样，抓挠不着，思之伤神。朱成礼听哥说大洋马在村里闹得不像样子，有些日子，天天敲朱成功的门，被朱成功骂了几次才消停。朱成礼心神两分，不知怎么安慰两位老人，只是干巴巴地说，明铎确实忙，是省里的要员呢，我这辈子只有向他学习的份了。崔福运说，向他学？他得向你学，泽运兄至少能见到你，他呢，做再大的官有啥用？眼里都没爹没娘了。朱成礼说，大爷，他也是有难处呢，前几年，他实在没法回来。一直没说话的崔柳氏说，这几年，害人精不是走了嘛，也没见他人影，没那心呢。朱成礼后悔来崔家了，原本想看看两位老人，谁知却让他们更伤心。朱成礼走也不是，不走如坐针毡，正六神不定着，听见门外有人说话，仔细一听，是哥在问，家里有人吗？崔柳氏出去问，谁呀？朱成礼站起来说，大爷，是我哥呢，八成叫我回去吃饭。崔福运拄着椅子两边，艰难地站起来送他。朱成礼扶着他说，大爷，千万别送。崔福运站起身说，别让大爷坏了礼数。朱成礼见他执意要送，只得扶着他往门外走。朱成功和崔柳氏站在院门处说话，朱成功见他们从屋里出来，说，大爷，家里饭好了，俺大说成礼八成在您这，一看果然是呢，从小他就爱往大爷这跑。崔福运哈哈笑着，算是回答。崔柳氏问，饭做得恁早，新媳妇做的？朱成功看看朱成礼，见成礼没答话，只得说，是成礼家的做的。崔柳氏说，泽运就是有福气，讨了恁好的儿媳妇。朱成功笑着。弟兄俩站在门外与崔福运夫妇告别。崔福运说，成礼，有空来。朱成礼应着。崔福运两人站在门前，待朱成礼两人拐进胡同看不见了，才往家里走。崔柳氏说，咱们福薄命浅呢，看看人家泽运，这儿子在桃村一转，那心气。崔福运没说话，转身进了西屋，放下了门帘。崔柳氏知道，崔福运到晚上也不会出来了。

朱成礼跟在朱成功身后，朱成功不时回头看他笑。朱成礼疑惑地拽拽上衣，又提了提裤子问，哥，笑什么？朱成功不说话，笑得更欢了。朱成礼记得哥从小就整日黑着脸，很少笑，长大了，更是难得见他笑，今日哥是怎么了？朱成礼追上他，拉着问，太阳从西边出来了？朱成功试图摆脱他，扭动着身子说，不只我高兴，你回家看看咱大，比我还高兴呢。朱成礼狐疑地问，为什么？朱成功说，高兴就高兴呗。两人说着话进了家门。朱成礼见院子里晾晒着洗好的被面和衣衫，被风一吹，飘摇出肥皂的清香，让人神清目爽。白布被里洗得雪白耀眼，院子也跟着亮堂起来。朱成礼记得早上出门时，杨雨竹抱出的大的被子油渍麻花的，用什么法子洗得这么干净呢？朱成礼站在门前正疑惑着，杨雨竹从灶屋出来，慢声细气地说，回来了，洗手吃饭吧。朱成礼瓮声瓮气地应着，来到盆架前洗手。朱成礼洗完手，抬起头，杨雨竹拿着毛巾站在一边。他接过毛巾，擦了手。杨雨竹一直站在一边，他将毛巾还给她，进了屋。

朱泽运坐在桌前，朗声问，咋去了恁大会儿？朱成礼说，去福运大爷家了，多说了会儿话。朱泽运说，福运不易呢。朱成礼见桌上放着两盘菜，一盘是草鱼炖山药豆，一盘是小白菜炖肉片。肉片切得纸薄透亮，配着翠绿的小白菜，比食堂的饭菜好看多了，饭菜香气飘满了整个房间。朱泽运说，成礼，这都是你喜欢吃的。朱成礼坐下抓起筷子要吃，朱泽运用筷子扒拉开他的筷子说，你媳妇忙活半天了，她不愿意上桌吃，那是人家懂规矩，乾道成男，坤道成女，天地万物，皆有一定之规，阳即阳，阴即阴，所谓顺应天时，乃阴阳和谐之道，方能利万物也。人家懂礼数，咱也得知进退，去厨房拿个碗，把菜拨一些过去，都是爹娘的孩子，来咱家了，得当自己的孩子待。朱成礼放下筷子，用眼睛看朱成功。朱成功挠头看脚下。朱泽运瞪着朱成礼，没办法，朱成礼只得起身去厨房。杨雨竹在灶屋收拾着，见朱成礼进来，问，要啥？朱成礼说，拿个碗。杨雨竹从墙角橱柜里取了碗给他。朱成礼拿着碗来到堂屋，每个菜拨了一些，端回灶屋。杨雨竹站在灶屋中间擦着手，朱成礼把碗递给她说，趁热吃吧。杨雨竹紧咬着嘴唇，双手接过碗。

吃过饭，朱成礼不想在家待，让朱成功带他去湖里看看。朱成功说，队里还有活计呢，不去扣工分。朱泽运说，就是，你在家做些事。朱成礼看着父亲，从记事起，父亲没让他做过家事，只催他读书。他不解地问，大，家里有什么事做？朱泽运嘴向院子努了努。朱成礼见杨雨竹正刷洗碗筷。朱成礼没领会父亲的心思，搓着手站在门前。朱泽运坐在太师椅上，美美地吸了口烟，见朱成礼仍傻站着，颔首笑着说，还做领导呢，一点眼色没有，没看见缸里的水见底了，赶紧挑上几桶。朱成礼拿起挂在墙上的扁担，取水桶时，杨雨竹在后面拽住了扁担说，俺去吧。朱成礼犹疑着。朱泽运在屋里敲着烟袋锅说，成礼家的，让成礼去，他在家时候少。杨雨竹松开手，朱成礼挑起桶，摇摇晃晃地出了门。

朱成礼来到井边，拿起井绳把桶放进井里。桶在水面上漂浮着，他铆足劲将水桶用力扣进水里，水桶总算灌满了，向上提时，桶几次碰在井壁上，桶里的水洒出不少。当朱成礼摇摇晃晃地挑着水进门时，只剩下半桶水了。朱泽运倒背着手站在门前说，你这是脱离了群众生活。朱成礼被肩上的扁担压得伸着头，咧嘴笑着，没说话。朱成礼将水倒进缸里，又挑着空桶出来。朱泽运问，和你工作比咋样？朱成礼说，大，没可比性。朱泽运说，啥可比性，毛主席都说了，工作只是分工不同。朱成礼心想，别看大年纪大了，还挺懂形势。朱泽运见他偷笑，说，你小子，是不是觉得大老了，不懂政策了，村里大喇叭天天响着，讲得明白着呢。你得知道家里的日月辰光，家里的活计不比你轻省，今后要体恤家里的。朱成礼看着父亲，自从杨雨竹进了门，他发现一个问题，他成了被教育对象，以前可不是这样的。朱成礼明白现在多说无益，只得点头称是。

吃过晚饭，朱泽运说，都累了一天了，早点歇息吧。朱成礼说，大，我明天吃过早饭得回了。朱泽运说，不能多待天？朱成礼说，上面有工作组下来，我不在，很多事不好做决定。朱泽运没说话，专注地吸烟。朱成礼把板凳挪到父亲跟前说，组织将我安排到这个位置上，是对我的信任，我不能只想着儿女情长，辜负了组织对我的信任。朱泽运黯淡的眼神忽然犀利起来，白了他一眼。朱成礼被大的眼神吓了一跳，大平日老眼昏花的，一瞬间哪来的神采？朱成礼正惶惑着，朱泽运向前探了探身子说，小子，你那点心思瞒不过俺，你哥不娶，你娶了，不让我朱家有后，你就是不孝。朱成礼低头想，大果然还是大。朱泽运见他不说话，将烟袋锅在他头上敲了敲说，做多大的官，还是我儿子，记着儿子该做的事，天不早了，回屋吧。

朱成礼回到西厢房，杨雨竹正收拾床铺。杨雨竹见他进来，站直了身子，双手绞在一起放在胸前问，明天回？朱成礼"嗯"了声。杨雨竹说，不用挂心家里，照顾好自己。朱成礼又"嗯"了声。杨雨竹缓缓走到门前说，天不早了，你歇息吧。朱成礼看着她，疑惑地问，你做什么去？杨雨竹说，俺给你做了双鞋，快好了。朱成礼见她从箩筐里拿出做了一半的黑色布鞋问，你知道我穿多大码的？杨雨竹说，昨晚俺量你鞋了，夜里把鞋帮做出来了，鞋底是之前纳的，正合你脚呢。朱成礼说，费这事做什么，现在买鞋很方便。杨雨竹低着头飞针走线，说，不一样，俺娘说了，做的鞋养脚，再说……朱成礼见她满脸绯红，在灯光的映照下像湖里的荷花般明艳。朱成礼的心像春日的柳枝，被风抚得生发春意。故意逗她，再说什么？杨雨竹背过身子说，俺忘记了。朱成礼忽然想起若和孙维说这些会怎样，想到孙维，他脸上刚露出的笑意瞬间不见了，走到床前说，我先睡了。杨雨竹回头看他，见他和衣侧卧在床边。杨雨竹眼里的火苗像被雨浇灭了，一走神，针扎在手指上渗出了血珠，她把手指放进嘴里吸吮着。

朱成礼第二天睁开眼时，阳光从窗棂照了进来，他抬手看表，刚七点,睡得还挺沉。他下了床,见床前工整地摆着双布鞋,他犹豫了下,把脚伸进鞋里,鞋不大不小,正合脚。他穿着鞋在屋里走了两圈,新纳的鞋底有些板脚。他把鞋脱下来,重新换上皮鞋。村里孩子看见他的皮鞋,曾追着喊,大皮鞋呱呱叫,上了火车不要票。他不排斥布鞋,只是这次穿回去不合适,大伙开玩笑倒是小事,他不想刺激孙维。他打开门,杨雨竹正在灶屋忙着,父亲依旧在堂屋吸烟,院子刚洒扫完,干净明亮。杨雨竹从灶屋出来,见他站在门前,盯着他的脚。朱成礼结结巴巴说,鞋挺好,下次来穿。杨雨竹听了,没说话,眼神黯淡了许多,低头进了灶屋。父亲在堂屋叫他,朱成礼应着进了屋。朱泽运问,什么鞋?朱成礼说,大,她做了鞋。朱泽运问,做好了?朱成礼点头。朱泽运猛然把烟袋砸在八仙桌上,说,做好了为什么不穿?有皮鞋穿,不愿穿布鞋是吧,你这叫忘本,忘了你是泥腿子的儿子。朱成礼见父亲面色乌青,嘴边的胡须抖动着。没想到父亲为这小事动气。于是赔着小心说,不是不穿,是新鞋板脚,下次来穿会好些。朱泽运说,不是穿不穿鞋的事,你小子心思不正。朱成功恰巧进来,见情形不对,说,大,成礼一会儿就走了,他大小也是个领导,老是这样训他不好。朱泽运扭头瞪着朱成功说,什么领导?他是我儿子,我为什么训他,他心里明白,眉角眼梢都露出心思了,你以为大真老了,俺心里明镜一样。朱成礼擦擦头上的汗想,原来大一直借题发挥,他能看出什么呢?朱成礼心里忐忑着,上前安抚着父亲说,大,我什么都听您的,吃饭吧,晚了可赶不上火车了。朱泽运面色活泛了些,说,记着勤回来,大过一天少一天了。朱成礼点头称是,把父亲从太师椅上扶到矮桌前。杨雨竹把饭菜端上来,朱成礼怕大当着杨雨竹训自己,赶紧去厨房拿了碗,装了菜端给灶屋的杨雨竹。朱成礼递碗给杨雨竹时没抬头,说,都是一家人,以后一起吃吧。杨雨竹没说话,双手捧着碗。朱成礼想听她说句话,哪怕是个"不"字。可是,没有,她就那么静静地捧着碗站着,仿佛不是一个有血有肉的人，是一个泛着幽光的物件。朱成礼有些索然，他回堂屋埋头吃饭。朱泽运一直看着他，几次张嘴想说什么，都被朱成功打断了，朱成功不断地说，成礼，一会儿俺送你，时辰早着呢，多吃点，食堂饭菜没咱家地道。朱成礼不明白，一向寡言的哥哥今天为何如此活跃。他哪知道，哥是为他阻挡来自父亲的汹汹训斥。

吃过饭，朱成礼收拾东西，他来时只带了个帆布包，没什么可收拾的。朱泽运从里屋拿出两个封着的纸包给他。朱成礼接过来问，什么？朱泽运说，糖块。朱成礼把纸包放到桌上说，那边有卖的，留家里吧，家里买东西不方便。朱泽运拿起纸包放进包里说，你懂什么？不是好不好买的事，结婚得发喜糖，一是让大伙沾个喜气，再就是，让大伙知道你是有家室的人，凡事得有个样子。朱成礼见父亲话里话外全是说法，不再坚持，把糖块放进兜里，拉上拉链说，大，多注意身体，哥，家里多受累。朱泽运挥挥手说，净说些废话，回趟屋吧。朱成礼提着包没动。朱泽运拿着拐棍作势要打他，说，去，给你家里的说句话。朱成功这次没拦在中间，接过朱成礼的包去了大门外。朱成礼只好进了西屋。杨雨竹低头坐在窗前。见朱成礼进来，站起来，仍旧低眉顺眼的。朱成礼站在门前说，我今天回了。他还想说什么，但脑子像干涸的沟壑，嘴巴挤不出只言片语。杨雨竹还是没说话，朱成礼觉得这样站下去简直太煎熬了，他转身向外走。杨雨竹追出两步，离朱成礼一丈远的地方又站住了，低着头说，在外注意身体。朱成礼应着出了门。

朱成礼回单位两个月了，音讯皆无。杨雨竹整日忙进忙出的，脸上波澜不惊，如无风的运河水，看不出高兴，也看不出不高兴，只是整日不说话。午饭时，朱泽运问朱成功，成礼走了有俩月了吧。朱成功掰着手指说，大，算上今天正好俩月。朱泽运放下筷子说，吃过饭，你去镇上打个电报，就说我病了。朱成功看着他的脸小心地说，大，不好吧，也许成礼忙，再等几天吧。朱泽运说，等什么？臭小子，翅膀硬了，不给他发电报，再过俩月也不回来。朱成功见父亲生气了，没办法，只得说，俺吃了饭去，只是得半天工夫，怕互助组的人有意见。朱泽运说，我去，什么活计能难住我？无奈，朱成功只好吃了饭去镇上发电报。

杨雨竹最近做饭老走神，饭菜不是咸了就是淡了，朱泽运吃饭时小声问，成功，是不是成礼家的把咱爷俩的嘴养刁了，菜没以前的好吃了。朱成功伸着头咽下饭菜说，大，我觉得还好，比我做得强多了。实际上，朱成功嘴里的菜齁咸，他只好喝了口稀饭送下去。他觉得每日下地回来能吃上口热乎饭已经不错了，不能挑拣，再说成礼不在家，媳妇确实不易。朱泽运不止一次见儿媳妇烧锅时发呆，火从灶膛里引出来，她才惊慌地把火送回到灶膛。朱泽运回屋抽着闷烟，提亲时，他跟杨天寿说过，孩子进了门，会当自己孩子待。这些日子，杨雨竹的脸没了之前太阳般的光彩，像深秋的荷花，笼罩着肃杀孤寂。朱泽运叹了口气，这样下去，没法跟亲家交代呢，他才决定让朱成功拍电报。他嘱咐成功，在电报里说自己病得厉害，速回。

朱成礼是第二天傍晚回来的，他在门外喊着，大，大！朱泽运原本坐在太师椅上，听到叫声，快步走到东间屋的床上躺下。杨雨竹在灶屋忙着，听到声响，从灶屋出来。朱成礼进家，看见站在灶屋前的杨雨竹，愣怔了一下。杨雨竹揪着衣服下摆低下头。朱成礼问，大呢？杨雨竹说，在屋呢。朱成礼大步奔向堂屋，进了屋，朱成礼见父亲侧身卧在床上，他奔过去跪在地上问，大，怎么了？朱泽运面向墙，没搭理他。朱成礼抱着他的肩，试图把父亲扶起来，喊道，大，到底哪不舒坦？咱去医院吧。朱泽运甩开他说，你还记得有大呀。朱成礼愣在那里，看大甩自己的气力，不像生病了。他正困惑着，朱泽运坐起来，用烟袋指着他说，现在是领导，了不起了，一走俩月，没个音讯。朱成礼苦着脸说，大，原来您没病呀！朱泽运说，怎么着？巴望着我早死，你好逍遥！朱成礼说，大，哪呀，我见天忙得脚不沾地，今天三反五反，明天各种路线方针学习，我们还承担改进生产方式的研究工作，哪一项不费神费脑？朱泽运说，忙，谁不忙？忙得家小都不要了？朱成礼说，大，不是依着您的心意了。朱泽运向窗外看了看，用烟袋敲着他的头小声说，浑小子，忙只是托词，这些年，心野了，想三想四了，我和你说，别说眼下俺有口气，就算有一天我不在了，家还是你的家。朱成礼说，大，家本来就是家嘛。朱泽运拍着床沿说，少给我装糊涂，我是说家里的人，大给你找的媳妇，十里八村打着灯笼也难找，赶紧给大生个孙子，大是土埋到头顶的人了，说不定哪天睡着醒不来了，大不怕死，只是咱家这个样子，到了那边，没法跟列祖列宗和你娘交代。朱泽运说到这，竟掉了眼泪，鼻涕眼泪汇合后渐次落到稀疏的胡须上。朱成礼拿了毛巾帮父亲擦拭着说，大身体好着呢，别多想，我听您的。朱成礼的心像被钝器戳着，木木地疼着。上次回单位时，在门前遇到了孙维，孙维看见他，想躲开。他叫住孙维，故作轻松地问，去哪呀？孙维没说话，脸像冬日冻硬的土地，没点生机。朱成礼回家时，只给办公室李硕说回去结婚，他试了几次想和孙维说，终究没说出口。看这情形，难不成她知道了？朱成礼绕到她前面，见她垂在胸前的辫梢上赫然系着白头绳。朱成礼指着白头绳问，孙维，这是怎么了？孙维冷笑着说，朱局长，心死了，祭奠一下。朱成礼像被当头打了一棍，有些胸闷气短，结巴着说，孙维，我一直……一直想和你解释。孙维冷冷地打断他说，朱局长，没必要解释，今后咱们各自安好。说着转身走了。朱成礼看着她的背影，心像断了线的风筝，忽忽悠悠地在空中翻滚着。

朱成礼独自在风里站了一会儿，才缓过神向办公室走去。李硕迎面走来，看见他很是愕然，说，局长，这么快就回来了。朱成礼没搭理他，狠狠地瞪着他说，跟我来！李硕跟着进了办公室。朱成礼扔下包，关上门说，我回家的事，不让你说，你却昭告全局了？李硕见他满脸怒气，吧嗒着嘴解释着，局长，我觉得吧，结婚是大事，大伙凑个份子，热闹热闹多好。朱成礼指着他说，有什么可热闹的？你这个人呀，就是搁不住事。李硕委屈地撇撇嘴，没敢说话。朱成礼有些烦躁，拽开领子，挥着手说，你走吧！李硕蹑手蹑脚地走出去，返身带上门。朱成礼扶着头坐下来，脑子里嗡嗡作响，哎，当年打仗时也没这么难呢。朱成礼正烦躁着，有人在外面敲门。朱成礼搓了把脸，整理了下衣衫说，进来。王副局长推门进来，手里提着个红色包袱。王局长随手关上门说，朱局长，回来了。朱成礼站起来说，刚回来，坐吧。王局长坐在椅子上，笑着说，局长，结婚是大事，怎么能不告诉大伙呢？朱成礼说，大伙都忙，不想烦扰大家。王局长说，那可不成，大伙知道了，凑了份子，给您买了些结婚用的东西，李主任和局里的女同志一起上街，给新娘子买了身衣裳，都在这呢。朱成礼说，这可不好，三反五反运动白搞了。说着拿起包袱塞到王局长怀里，拍着他的肩说，别让我犯错误。王局长说，再运动，人情来往还得有，咱是人情社会，啥运动也不能没了人情味。再说了，不能枉顾了局里女同志的一片心意，人家跑了多少店，花了多少心思才买到的，有的还贴补了自家的布票，你不要，寒了大伙的心。朱成礼见王局长把话说到这份上了，再推辞，他不知要搬出多少道理来。王局长在新中国成立前是杂货铺的伙计，据说为地下党接头望过风，后来入了党，能说会道，心眼也多。朱成礼觉得他过于油滑，工作不太踏实，除了工作，朱成礼私下和他交集不多。王局长见他不说话，向前凑了凑，一手遮住嘴，眼睛瞟着门的方向，压低声音说，局长，孙维说一辈子不结婚了。朱成礼怔了一下，勉强笑了笑，身体靠到椅子后背说，你怎么知道的，局里女同志咬耳朵时你听到的？说着揶揄地看着他。王局长被他的表情弄得很不舒服，说，真的，今早上见她眼睛红得跟个桃一样。朱成礼正色道，王局长，我这两日不在局里，你应该向我汇报局里的工作情况，而不是这些妇人话题。王局长讪讪地摸着头说，原本想向您汇报来，一高兴，扯远了。说着从兜里掏出小笔记本，手指在唇边沾了下唾液，翻开一页说，前天县里召开农业工作会议，您不在，我去参加了会议，冯县长主持会议，主要安排秋收工作。王局长说着抬起头看了看他。见朱成礼若有所思，王局长刚想接着说，朱成礼翻着桌上的文件问，你在会上发言没？王局长揉了下鼻子说，发……发了。朱成礼说，发言稿呢。王局长说，即兴发言，没准备稿。朱成礼眼神锐利地看着他说，不对吧，这么重要的会议，发不发言会提前通知。朱成礼知道他好大喜功，如果在领导面前夸下海口，做不到的话，自己会受过。王局长说，我回头想想，整理一下。朱成礼说，不用了，待会儿让李硕去趟县委，找找会议纪要吧。王局长挪挪屁股，舔舔嘴唇说，那好吧。他翻着笔记本说，剩下的都是小事。朱成礼说，我知道了，回头咱们几个开个会，你传达一下会议精神。王局长应着，那我先去了。朱成礼点点头。

朱成礼翻了下面前的文件，他想尽快用工作冲淡淤积在心中的块垒，只是王局长的话老是在他耳边萦绕，孙维打算单身一辈子，真这样了，自己的罪责可就大了。王局长嘴大舌长，保不齐开会时把这事宣扬了出去，今后怎么在人前立足呢？朱成礼想到这，坐不住了，来到盆架前，洗了把脸，在屋里转起了圈。朱成礼觉得自己越活越缺遇事后的冷静，战争年代，与敌人周旋，一念之差就会丢脑袋，也没像现在这么不笃定。他想起了无声无息的杨雨竹，对于杨雨竹，局外人看是完美的。只是，她是自己老婆，是携手一生的人，他觉得欠缺了点什么，是什么，他也说不清，只是事已至此，再伤神也于事无补，一时又无法接纳她，该怎么办呢？单位又一团乱麻，他想找个僻静处，理一下凌乱的心绪。他跟困兽一样在屋里来回踱着步，听见外面有人说话。朱局长在吗？李硕说，在呢，刚回来。有人说，带我们见朱局长。朱成礼听出不是单位的人，他打开门，见门外站着几个人，有些面熟，一时叫不上名字。走在前面的是一位穿中山装，面容清瘦的中年人。他说，我们是县委派驻你局的工作组，主要检查你们三反五反运动开展的成效。朱成礼见几个人神色凝重，连忙让他们进屋说，有话进来说，我刚回来。几个人鱼贯进了屋，朱成礼回头见王局长带来的红包袱还放在椅子上，几人已经进了屋。他快速走过去，把包袱扔到办公桌下面，搬起椅子放到来人面前说，坐嘛。走在前面的人看见了包袱，皱了皱眉，坐在椅子上。后面的人陆续进了屋。屋里椅子不够，朱成礼喊李硕搬椅子，匆忙中差点被椅子绊倒。朱成礼向坐在椅子上的人道歉，不好意思啊。那人勉强笑了笑。李硕搬来几把椅子，来人才陆续坐下。朱成礼环视周围，见都坐下了，这才坐下。又觉得坐在办公桌后面与来人说话不妥当，把椅子搬到离他们近些的地方，在膝盖上摊开笔记本，右手握着笔，等着来人说话。为首的说，朱局长，我们几个是临时从各单位抽调上来的，我姓石，叫一峰，以后叫我一峰就成。朱成礼欠欠身子说，石组长。石一峰又向他介绍了随行人员。朱成礼礼貌地向他们点头致意。其他人异常严肃，连礼貌的微笑都没有，朱成礼心底冷飕飕的阴风四起。石一峰说，朱局长，县委派我们来，也没什么大事，想看一下三反五反运动成果，顺带了解一下，干部队伍里有没有贪污、浪费、官僚主义的问题。朱成礼心里翻转了千百个来回，工作组通常是在运动开始时派驻，指导开展运动，现在运动过了有些日子了，忽然进驻工作组就有深意了，也许有人反映问题，或者……朱成礼的脑子还在翻腾着，石一峰又说，朱局长，局里把运动情况做了总结，形成材料上报，我们来时看过了，组织认为是隔靴搔痒，没触及问题根本。朱成礼说，石队长，我们工作有疏漏，希望在组织的帮助下尽快完善，补齐短板。石一峰不置可否地说，我们必须召开全局人员大会，有些精神我们要在会议上传达。朱成礼问，现在吗？石一峰抬头看了看墙上的钟表，时针马上指到"5"了，看着周围的人说，是有点晚了，要不主要领导先座谈吧，朱局长辛苦，先回避一下。朱成礼听到这，心里"轰隆"巨响着，要自己回避什么意思？他忽然想到了王局长，这两日不在单位，他主持工作，有了去县委的机会，要是他在领导面前通过只言片语给自己埋雷，麻烦可就大了。领导一旦对你有感觉，有没有问题，先审查再说，周围这样的例子太多了。他懊恼大意了，不该在这个节点回家。可事已至此，只能冷静面对，相信组织。想到这，他说，我去通知他们。说着带上门走了。

朱成礼出了办公室，左右看了看，见王局长在隔壁鬼鬼祟祟地探头向这边看。朱成礼向他招手，他碎着步子一路蛇形走来，还不时回头看身后和左右。来到朱成礼面前，他眼神躲闪，不敢与朱成礼对视。朱成礼心里有了大概，笑着说，王局长，组织有些事找你们座谈，咱本着对自己和他人负责的态度实事求是地谈，对大家都好。王局长说，那是。朱成礼说，你先去吧，我去通知他们。王局长说，我去叫他们吧。朱成礼"哼"了一声，没说话。王局长转身时看到朱成礼脸上露出一丝冷厉，他了解朱成礼，平日不声不响，有人说他是闷头狗，暗下口，这话不假，王局长多次领教过。朱成礼平时对工作认真是出了名的，工作上出了纰漏，无论是谁，从不留情面。他年轻，有学问，真枪实弹地打过仗，颇得各级领导赏识。王局长年龄不小了，窝在他手下，总觉得无出头之日，眼看着朱成礼一时半会儿走不了，他着急上火着。那天县里召开会议，散了会，他没回单位，夹着包去了县委第二排房子。县委第二排房子可是个要紧去处，主要领导的办公室都在这。王局长热情地向熟人打招呼，路过县委书记李达办公室时，恰巧有人拿着文件从屋里出来。王局长踮着脚侧身向屋里看，李达从椅子上站起来揉着太阳穴。王局长一个箭步窜到门前，一手扶着门，弓着腰说，李书记好！李达有些愕然，看了他一会儿说，老王呀，进来坐嘛。李达书记原本和他不熟，只是刚刚参加会议时，王局长的发言慷慨激昂，他才注意到的。王局长见书记让他进去，受宠若惊，轻手轻脚地走进来说，李书记，正好路过，看您门开着，想听听您的教诲。李达笑着问，喝水吗？王局长用力摆着手说，不用了，书记。李达说，成礼怎么没来？王局长有些惊讶地说，他回家了，李书记不知道？

李达若有所思地"哦"了声，问，局里各项工作开展得顺利吗？王局长说，还成，朱局长有思想，工作上也有干劲，加上新中国成立前累积的经验，我们都很省心。李达若有所思地坐下问，平时局里的工作会协商吗？开民主会吗？王局长摸着头问，民主生活会？李达看着一脸困惑的他，换了个话题问，你们局三反五反运动搞得怎么样？王局长说，也没怎么搞，再说有朱局长把关，别人想贪污、浪费也没机会。王局长故意停顿了一下说，朱局长心事比较多，毕竟还没成家。李达说，是嘛，年龄不小了。王局长说，可不是嘛，我们全局上下都跟着操心，我们局的孙维倒是对朱局长有意思。李达说，好事嘛，撮合下。王局长笑笑没说话，李书记有时间去我们局检查指导工作。李达说，有时间再说吧。说着抬手看了看腕上的表。王局长识趣地站起身说，李书记，我先回了。李达说，好。

朱成礼在走廊从王局长的神情中，判定是他引来的工作组。他皱着眉引燃了支烟，想着工作细节，有没有留下把柄。思来想去，应该没什么，只是王局长有意颠倒黑白，也没办法，须费些心思。想到这，他把手里刚吸了两口的烟扔到地上，用脚狠狠地踩了踩，转身去找老蔡和老汪。老蔡也是副局长，人老实本分，从不多事。老汪是工会主席，佩服朱成礼的能力，对他唯命是从。朱成礼很尊敬他，遇事总和他商量。三人在走廊碰了面，都没说话。进了老蔡办公室，朱成礼说，时间紧，长话短说，我刚回来，工作组就来了，找你们谈话，你们不用慌，沉住气，配合组织。老蔡说，是有人作妖吗？朱成礼用眼神制止他说，多说无益，记住，清者自清，无须多言，实事求是。两人点头意会，老汪一直没说话，走了两步，又回到朱成礼面前，想说什么，嘴翕动了半天，"唉"了一声转身走了。

工作组在农业局驻扎了下来，每天不是单独谈话，就是召开全体人员大会，他们在朱成礼的办公室办公，朱成礼也不好来办公室。朱成礼陆续得到消息，说有人揭发他贪污、浪费和官僚主义，工作组多次找局里人谈话，找到汪主席问，有人反映你们局主要领导有贪污、浪费行为，还有官僚作风，谈谈你的看法。汪主席没说话，胸脯一起一伏地喘着粗气。工作组见他不说话，又说，汪主席，你是明白人，检举揭发有功，更有机会得到组织重用。汪主席实在忍不住了，站起来说，谁揭发的朱局长？让他来和我对质，我一直参与局里工作，朱局长的能力没得说，是真心待大伙，哪个坏良心的胡说八道。石一峰有些意外，他示意汪主席坐下，说，老汪，你也是老同志了，遇事要心平气和，和风细雨，咱们组织的原则是不冤枉好人。汪主席梗着脖子说，现在就冤枉了。石一峰说，这不是在调查嘛。汪主席说，清白得像张白纸的人，一调查就被泼了墨了，说不清楚了。有的人，就是居心不良，整日打如意算盘。汪主席年龄大了，在延安待过，认识很多首长，连李达书记都敬他几分，工作组不敢得罪他。石一峰说，我们来是对朱成礼同志负责，调查没问题了，说明他经得起考验。汪主席一挥手，向外走着说，我不管那么多，你们来了有些日子了，局里人心惶惶的，都没心思工作，眼看着秋收了，我们要下去指导农业生产，老这样，耗不起，再没完没了，我去找李达书记。石一峰也觉得没必要待下去，局里除了王局长，其他人一口咬定朱成礼不存在贪污、浪费问题，并且历数了他的工作成绩。石一峰慨叹，朱成礼能得到这么多人的拥护，不仅有工作能力，更有人格魅力，自己要有这么一天，是否有人帮自己说话呢？想到这，他有些索然。

朱成礼去了县委几次，李达书记都不在，说是去地区开会了。别的办公室朱成礼没敢去，他觉得非常时期，不能给别人添麻烦，眼下只能见李达书记。

朱成礼去县委次数多了，有一次，终于见到了李达书记。李达见站在门前的朱成礼，愣了一下，说，成礼，好些日子没见你了。朱成礼苦笑着说，李书记，来了几次，没见到您。李达书记说，是嘛，进来坐吧。朱成礼进屋坐下说，李书记，向您检讨来了。李达听了，面色有些冷峻，问，这话怎么说？朱成礼说，我有错误，组织才派调查组嘛。李达笑着说，听着有情绪嘛。朱成礼说，李书记，没情绪，就是觉得因我个人，耽误局里的工作，挺对不住大伙的。我今天来，不是为自己开脱，眼下是指导秋季生产的时节，我个人可以接受组织审查，请让局里恢复正常工作，不能因为我的个人原因，耽误了生产大事。李达笑了笑说，好，成礼，没牢骚，有大局观。朱成礼说，工作上，我确实有做得不到位的地方，愿意接受组织调查。李达说，你怎么不换个思路，也许这是组织对你的考验呢。朱成礼苦笑着摇摇头。李达说，天将降大任于是人也，必先劳其筋骨，饿其体肤，组织上考验你能否挑起更重的担子。朱成礼明白，书记把话说得冠冕堂皇，实际上是对自己有看法。朱成礼在领导面前不善表现，话也不多，平日工作上的事请教冯县长较多，不常来李书记这里，冯县长以前是作战科长，李达书记大多时间在做宣传工作。合作后，工作上免不了有分歧，不过，仅停留在工作层面，私下里，两人的关系还说得过去。科局领导们，有耳聪目明长袖善舞的，在两人之间平衡得很好，朱成礼心里只装着工作，又不会花言巧语，也许让李书记误会了。朱成礼思前想后，表情凝重地坐着，好长时间没说话。李达书记摸着下巴想，这小子，来我这甩脸子，闹情绪，胆子不小嘛。假如今天朱成礼说两句服软的话，李达打算把工作组撤了。现在，他改主意了，于是站起来说，成礼，先回吧，正常工作，别有思想负担，社会主义建设得依靠你们年轻人，我还有点事。朱成礼听出书记下逐客令了，感觉有许多话要说，又不知从哪说起，便站起来说，李书记，那个什么。李达拍着他的肩，笑着说，年轻人，回去吧。说着转身向门外走。朱成礼无奈地跟着出了门。李书记去了旁边会议室，朱成礼站在门外，看着院内的枫树发呆，树干上有一个凸起，像一只奇怪的眼睛看着他，日光有些刺眼，他抬头眯眼看着明晃晃的太阳，把帆布包夹在腋下，低着头，缓缓地走了。

工作组在局里驻扎两个月了，朱成礼大多时间躲在宿舍里抽烟，屋里每日烟雾缭绕的，很多人见他宿舍的灯整晚亮着，不时传来咳嗽声。一天吃过午饭，汪主席让老婆煮了梨水端过来。朱成礼打开门，烟雾从屋内涌出，汪主席歪着头捂嘴咳嗽着，见朱成礼双眼布满血丝，面色灰黄，两颊凹陷下去。汪主席说，朱局长，吸这多烟可不成。朱成礼以前不怎么抽烟，现在看着手上的烟，笑着说，抽烟心里舒坦。汪主席一手端着梨水，一手拿着电报进了屋。他把碗放在桌上，叹了口气，说，朱局长，您想开点。朱成礼苦笑着说，我早想开了。汪主席没说话，低头摩挲着手里的电报，偷眼看了朱成礼几次，欲言又止。朱成礼见他手里拿着东西，问，老汪，拿的什么？汪主席走到他面前说，朱局长，您家里来的电报。朱成礼刚坐回椅子上，听到家里的电报一下站起来。家里很少给他发电报，莫不是有什么事？他的心狂跳着，手哆嗦着拽过电报，见上面只寥寥数字，父病重，速归。朱成礼像遭到电击一般跌坐在椅子上。汪主席搓着手说，朱局长，别着急，应该没什么，上次回来，不是说大爷身体挺好的。朱成礼扶着桌子，好一会儿才缓过神来，猛地吸了口烟说，老汪，你不了解家父，头疼脑热不会给我发电报。你替我给组织请假，我马上回去。老汪嘴张了几次，最后，实在忍不住，说，朱局长，搁着往日，我去哪给你告假都不是事，眼下非常时期，咱别再让人揪着借题发挥了。朱成礼站起来，来回走了两趟，把手里刚引着的烟扔到地上说，我这就去请假，这边的事拜托你和老蔡多费心吧。老汪说，咱们还用说这些嘛，只是上边要维护好，别横生枝节了。朱成礼拿起挂在门后的帆布包说，我先去了。老汪瞥见桌上的碗说，等等，喝了这个再走。说着把碗端给朱成礼。朱成礼感激地点点头，接过碗一饮而尽，抹着嘴巴说，走了，老汪。老汪盯着他的背影，直到他转过墙角。他见朱成礼昔日挺拔的后背不知何时有些驼了，头向前伸着。老汪看着他的背影，心抽搐着疼。王局长恰巧从前院办公室过来，自从工作组来了后，他特别积极，局里的大事小情都要过问，只是有些专业问题，他实在不懂，闹出了不少笑话。不过，这没影响他的热情。他见朱成礼腋下夹着包好像往县委方向去了，他着急忙慌地去找石一峰。石一峰正百无聊赖地待在办公室，来了俩月了，除了朱成礼结婚时，大伙凑份子买的东西，再也挖不出半点贪污、浪费事实。局里同志除了王局长，其他人见他们都满脸嫌弃，他早想撤回去。为此，他找了李达书记。李达书记说，那小子太狂，查不出问题不要紧，待在那里给他点压力，让他学会做人做事。石一峰说，我看他挺得人心的。李达书记说，这更说明这小子不简单，攻心工作做得好，我们本着对国家和人民负责的态度开展工作，把隐藏的贪污分子揪出来。石一峰没说话，他觉得这块山芋太烫手。前几日，他碰到冯县长，冯县长绷着脸问，听说你去了农业局？石一峰点头。冯县长说，战争年代我就认识朱成礼同志，他工作认真，有学问，有涵养，比我们这些大老粗强多了，他要是有问题，估计整个县的干部都会有问题。石一峰说，是呢。冯县长冷着脸说，什么叫是呢？我问你查出什么问题没？石一峰摇摇头。冯县长剑眉倒竖，说，查了这么久，没什么问题，你们还不撤？赖在那里耽误工作。石一峰说，冯县长，应该快了。石一峰正为这事郁闷着，王局长跑来向他汇报朱成礼的事。通过这段时间接触，他不太喜欢王局长，可能是先入为主，第一次见他时，看着王局长额头滚动着机警的小眼睛就不舒服，感觉那眼睛有问题。有一天，他看见墙角一只老鼠，老鼠看到他有些惊慌，眼睛像极了王局长的眼睛。石一峰当时哈哈大笑着说，总算对上了。加之王局长有些婆婆妈妈，像个女人一样嘴碎，平日石一峰尽量躲着他。王局长没感到他的疏远，依旧积极配合工作，鸡毛蒜皮的小事也过来汇报请示。有一天，王局长吞吞吐吐地问石一峰，成礼不来办公室，局里没个主事的，这样下去不是办法。石一峰知道他的心思，轻描淡写地说，不是有你王局长嘛。王局长忽然扭捏起来，说，组织上没明确，毕竟名不正言不顺。石一峰说，王局长耐心等下。石一峰偷眼打量他，发现王局长嘴向外鼓凸着，如果再多几根胡须的话，加上那双眼睛，与老鼠真是太像了。王局长的野心就这么不经意间露了出来，只是，石一峰觉得他能力有些欠缺。可王局长一腔热血，每天操持东，指导西的，俨然是局里当家主事的了。他时不时找石一峰，石一峰实在不愿与他多说，又不愿拂逆他的热情，故意说，王局长，眼下你得拿出魄力来处理问题，让上级看到你的能力。王局长双手握在一起，扭动着身子，眼睛里除了机警，还多了些狡黠，说，还请石组长多在领导面前美言。石一峰看着他，忍住了笑，挪了挪身子，坐端正说，那是自然的。王局长的眼睛在石一峰身上溜了一圈，小跑着拿来暖壶，给石一峰本来满着的杯子续水。石一峰想笑，又觉得失礼，只得支走王局长说，你去后院看看，问问有人知道他为啥走吗。王局长听了，点头哈腰地说，我这就去。说着一溜小跑走了。

王局长来到后院，碰到老汪。老汪看见他，立马耷拉下眼皮，装作没看见。王局长拦住他说，老汪，咋还端着碗了？老汪没抬头，侧身绕过他。王局长追着老汪说，老汪，现在可是关键时候，要有觉悟。老汪没好气地说，我就这觉悟，你想咋地就咋地。说着气哼哼地走了。王局长碰了一鼻子灰，气急败坏地说，行，你有种，别跟姓朱的一样，让我逮到把柄。当然，这话是老汪走远后才说的，他怕老汪跟他动真格的。

王局长不死心，又去大门外找朱成礼，大门前空无一人，早就没了朱成礼的影子。王局长有些怅然，倒背着手站在大门前，看着挂在门垛上的单位牌子发呆。

朱成礼来到县委，李达书记不在，他找到马副书记，把电报给马书记看。马书记很同情朱成礼，只是有些事，他识时务，不便多言。他看着一脸焦色的朱成礼说，成礼，电报放这，你回吧，我回头交给李书记。朱成礼紧握着他的手，说不出话来，哽咽着扭头走了。马书记追出门问，成礼，要不要车送？朱成礼没转身，只是挥挥手走了。

朱成礼见父亲身体与往日无异，说，大，哪能开这玩笑。朱泽运说，不扯个谎，局长难请。朱成礼看出父亲的不满，不敢多言，怕招来父亲的训斥，当着杨雨竹总是有些难为情。他忽然鼻子酸酸的，这些日子被莫名审查，他心间翻涌着愤怒，又无处发泄。回到家，面对老父亲，他须谨言慎行。面对不声不响操持家务的杨雨竹，他满怀愧疚。他恨自己，有些事老是举棋不定，一错再错。朱泽运看不透儿子的心事，对他又是一场引古喻今的训斥。朱成礼木然地听着。朱成功在旁边一会儿看父亲，一会儿看向朱成礼，不敢插嘴。好在，杨雨竹端上了饭菜，朱泽运才停止了训话。朱成礼坐到桌前问朱成功，哥，有酒没？朱成功很是意外，用问询的目光看父亲。朱泽运缓缓地说，拿酒吧。

朱成功从里间搬出一个酒坛，杨雨竹刷洗了三个酒杯送上来。朱成功把酒倒进了黑色酒壶里，随后给父亲斟上。朱成礼接过酒壶说，哥，我来。他先给朱成功倒上，又给自己倒满。朱泽运端起酒杯说，成礼，你有心事？朱成礼端起酒杯说，大，工作上的事，没什么大不了的。朱泽运说，就是，有什么大不了的，人来这世上，不经些事，那不白来了？遇事要迎着事，想法子，不能逃，你一逃，它倒是长能耐了，人这一辈子，得一道道坎迈，记住，没有过不去的坎。朱成礼说，大，喝酒，回家了，高兴。朱泽运放下酒杯，捋了下胡须问，大没教过你说瞎话吧？朱成礼仰起头，将一杯酒倒进肚里，辣得龇牙咧嘴，抹着嘴巴说，没有。没有？你扯谎扯得挺圆的。朱泽运看着儿子说。朱成礼又给自己倒上酒说，大，真没说谎。朱泽运说，好，回家高兴，为什么不愿回来？朱成礼又喝了一杯酒，他习惯了酒的辛辣，表情没那么夸张了，看着面前的酒杯，伸长脖子，让热辣的酒缓缓流进胃里。朱成礼又给自己倒上酒。朱泽运给朱成功使了个眼色，朱成功夺过酒壶说，成礼，酒量见长了。朱泽运说，借酒浇愁是孬种！人这一辈子，说快也快，这几年，村里不少老家伙都去阎王那报到了，人呢，要看开，瞧历史能通透点，之前的王朝更迭，哪个不是血流成河，一将功成万骨枯，那是大事吧，是改朝换代天大的事，今天看不就是一页纸嘛，再大的事，也没必要期期艾艾，是男人，就要振作起来，笑着迎着难处。朱成礼几杯酒下肚，脸成了猪肝色，说，大，我不是孬种，就是心里憋气。朱泽运说，为啥憋气？是你道行浅，你呀，也就是龙宫前的小虾米，盛不下事。朱成礼说，大，不说那些，咱喝酒。朱泽运说，咋了，说不过我了？别看你走南闯北，东征西讨，你大多少年没出过桃村，可咱家有祖上留下的书，书里乾坤大着呢。朱成礼干笑着。朱泽运说，你小子，别不服气，老子早看穿你了，知道在单位为什么不顺吗？是你做下了亏心事，放着这么好的老婆，还不满意，想三想四。大知道你心野了，不过，我可告诉你，老祖宗说过，休妻毁地到老不济。别说到老了，有这想法的人都不会顺当。朱泽运说完，端起酒杯一饮而尽，说，成功，盛饭去。杨雨竹不声不响地端着饭进来，她低头放下碗，又退着出去。朱泽运说，天不早了，吃完饭，都早点歇了。

朱成礼喝的是陈年老酒，酒劲不一会儿上来了，周围跟着模糊不清起来，脚像踩在棉花上。他摇晃着站在院里，感觉一股清香幽幽飘来，香气似有若无，像槐花，又像湖里的荷花，让人神清气爽。他跟跄着，一个温热的身体靠过来，搀扶着他向西厢房走去。朱成礼有着前所未有的舒心，他想到了母亲的臂弯，像个听话的孩子跟着进了西厢房。

一年以后，杨雨竹生下了朱小河，又过了一年，生下了朱小溪，朱成礼还是不常回家。小河和小溪会走路后，朱泽运时常领着他们在村里玩。有一次，朱光明路过朱泽运家，见他带着俩孙子在地上画棋盘，用石子当棋。朱光明说，叔，老长时间没见成礼回来了。朱泽运没抬头，正用石子布局说，俺有孙子了，他回来不回来，俺不稀罕。朱光明见杨雨竹正在院里忙碌着。杨雨竹一般不出门，地里的活计有朱成功，她见天在家里忙前忙后，从不像其他妇女一样聚在一起，说东家长、西家短的是非。她家从堂屋到大门前扫得跟镜子般，一家人穿得清爽利索，就连以前邋遢的朱成功，出工时也利索齐整。村里男人回家抱怨老婆，你看人家成礼家的，把家收拾得跟镜子一样，咱家跟猪窝似的。老婆也不示弱，说，人家成礼是局长，你呢，翻土坷垃头的，猪头狗脸的，还想有富贵命。桃村每家都会上演如此鸡飞狗跳的戏码。

朱家人人羡慕的好日子随着杨雨竹生病终结了。有一段时间，杨雨竹的脚没来由地浮肿了，杨雨竹没告诉家人。她不是不想说，是不知该向谁说。朱成礼三个月没回来了，公公每日眼里只有小河和小溪，大伯哥每日下地，两个孩子还小，她只能忍着，只是双腿跟灌了铅一样沉重。有一天，朱成功收工早些，见她在灶间落泪。朱成功一向不善言辞，成礼不在家，他更是避嫌，与弟媳一般不说话。之前通过父亲在中间传话，现在有了孩子，通过小河、小溪传递。平日，杨雨竹会把洗干净的衣服叠好，招呼朱小河把衣服给大爷送去。朱成功从外面带回菜，说，小河，把菜给你娘送去。朱成功见她落泪，去了堂屋，朱小河和朱小溪趴在朱泽运膝盖上，朱泽运正给他俩讲书。朱成功说，小河、小溪，你娘叫你们呢。朱小河，朱小溪答应着去了灶间。朱成功瞅了眼门外，小声说，大，刚才看见成礼家的在灶屋落泪呢。朱泽运摸了摸胡须，沉吟了一会儿说，不愁吃喝的，成礼在外有出息，孩子又招人喜欢，有啥好落泪的，矫情。朱成功看着大的脸，没再说话。

又过了几天，朱成功出工回来，朱泽运带着小河和小溪在村里转了一圈也进了家门。家里静悄悄的，往日杨雨竹早把饭菜端上桌了。朱泽运的脸像被乌云遮住了，推着小河和小溪说，去，看你娘干啥了，到现在也没做下饭。小河和小溪跑到西厢房。不一会儿，小河跑出来说，爷爷，俺娘腿疼，起不来了。朱成功像火上房一样跳到朱泽运面前说，大，俺去请先生。朱泽运点点头。

不一会儿，满头大汗的朱成功领着背着银针袋的张先生进了门。朱成功隔着门帘说，成礼家的，先生来了。屋里有窸窣的声音。过了一会儿，杨雨竹微弱的声音传来，哥，让先生进来吧。朱成功撩开门帘，张先生抬腿进去。朱成功把门帘放下，立在门外。张先生进去，好一会儿才适应屋里的光线。屋里有些暗，东墙上有一个窗户，糊着报纸，照进些微光亮，床依着西墙。张先生见一个妇人倚在床头上，屋里游动着沉闷的气息。妇人有气无力地说，有劳先生了。张先生听说朱家娶了贤惠媳妇，这么多年了，一直没见过，一听说话，果然和村里妇人不一样。张先生说，没啥，乡里乡亲，应该的，请把手伸过来。张先生搭上了杨雨竹的脉，张先生搭完右手的脉，又搭了左手的脉。张先生紧皱着眉头，过了一会儿，张先生说，可以了，没啥大不了的，主要太劳累了，多歇息一下便是了。杨雨竹说，先生不必瞒我，我的病已非一日，先生只需告我还有多少时日。张先生说，千万莫多想，确是劳累所致，我开个方子，你抓些药煎服，好生将养。说着撩开门帘出去了。朱成功立在一侧，见先生出来问，先生，怎么样？张先生面色凝重地向屋里看了看，悄声说，这边说话。朱成功引着他来到堂屋，朱泽运领着两个孙子在堂屋玩耍。见先生进门，朱泽运说，去院里玩会儿，起身让张先生坐。张先生也不客气，落座后说，令媳左脉出多弦之音，且紧而有力，是相火不位之像，且非一日了，得赶紧医治，否则……张先生后面的话含在嘴里没说出来。朱泽运往前探了探身说，先生有话直说。张先生说，病人是气攻之像，久病沉疴，恐余日不多。朱成功失态地大喊道，先生莫乱说，怎么可能？朱泽运用眼神制止失态的朱成功。朱成功蔫头耷脑地坐下。张先生说，我开个方子，先抓了给病人服，只能延缓，眼下，还有一个法子，可去大医院看看，保不齐还有个祈望。朱泽运说，多谢先生了，成功跟先生去拿方子抓药吧。朱成功满脸忧戚地站起身。张先生拱手作别，朱泽运扶着桌子站起来送先生。

朱成礼接到朱成功的电报回来了，进家时，见院子里横七竖八地扔着小河、小溪玩的棍子、秫秸，屋子里也乱糟糟的，灶屋没了之前的烟火气。朱成功在电报里只说杨雨竹病了，没说得什么病。他来到堂屋，见父亲没了之前的神采，歪头坐在太师椅上抽着烟袋，像之前他没娶亲时的神态。朱泽运看见他说，你家的病得不轻，先生说日子不多了。朱成礼抓挠着裤缝说，怎么会？好好的人。印象里，杨雨竹像路边的野草一样顽强，是不会生病的。朱成礼问父亲，谁说的？朱泽运说，张先生来瞧过了，你去屋里看看吧。朱成礼心里像压了铅块，他来到西屋，掀开门帘，一股草药味迎面扑来。杨雨竹听见声响，挣扎着想坐起来。朱成礼说，别起来，歇着吧，怎么了这是？杨雨竹有气无力地说，没啥，就是浑身没力气。朱成礼走到床前，见她的脸瘦脱了形，眼窝深陷，头发蓬乱，没了往日的利索。朱成礼觉得胸间有团东西堵着，他转身来到窗前说，屋里太暗了，明天把这报纸撕了吧。杨雨竹说，别费事了，你咋回来了，不忙吗？朱成礼说，路过，回家看看。要不，跟我一起走吧，顺带去医院瞧瞧病。杨雨竹说，你恁忙，俺不拖累你，养几天就好了。朱成礼站在屋中央，实在不知说什么好。杨雨竹说，去跟大说会儿话吧，还有小河小溪，只想着玩，得让他们好好念书，将来和你一样。朱成礼答应着出了屋，他感觉眼眶热热的。朱成礼站在门前平复了一下情绪，才木然地走进堂屋。朱泽运愣愣地看着他，眼睛像深不可测的潭水。朱成礼说，大，没想到，她病得那么厉害。朱泽运沉思了一会儿，问，你咋想的？朱成礼说，想带她去医院，她不愿意。朱泽运说，她是不想给你添心事，今后家咋办呢？俩孩子还没成人，这个院不养女人呢。朱成礼一下想到娘，屋里光线暗下来，父子俩像雕像般枯坐着。朱成功领着朱小河和朱小溪进来，两人看见朱成礼有些害怕，朱小河倚着门框，朱小溪躲在朱小河身后。朱成功拉着两人进屋说，你爸回来了，快进来。朱成礼站起来，朱小河长高了，快到朱成功肩膀了，他低着头叫了声爸。朱小溪腼腆，低着头，拧着身子看着脚下。朱成礼摸着朱小河的头问，书读得怎么样？朱泽运敲着烟袋锅说，和你爸说，咋样？朱小河挺起胸，吸了下鼻涕说，挺好的。朱成功揽着两人的肩说，是挺不错的。朱泽运说，小河字写得忒差，没小溪用功，跟你俩小时候差不多。朱小河嘻嘻笑着看爸和大爷。朱成功跺脚说，大，又提以前的事，陈芝麻烂谷子了。朱泽运叹了口气说，操完儿子的心，又操孙子的心。朱成礼和朱成功随着父亲的叹息声表情凝重起来。朱成功推着小河和小溪说，问问你娘想吃什么。朱小河把食指含在嘴里，看爷爷，又转向大爷和爸，见他们眉头紧锁着，朱小溪悄无声息地进了西厢房。朱小河这才一步一回头地向西厢房走去。

屋里光线更暗了，三个男人对角坐着。忽然，朱泽运拍着腿说，老天咋不把我带走呢。朱成礼说，大，别愁了，明日和她说说，去大医院医治。朱泽运说，成，别管花多少钱，一定治，这个家不能没她。朱成功说，我去收拾饭吧。说着去了灶间。朱泽运看着他的背影说，成礼，你哥不易呢，五个手指头跟棒槌一样，做完家里的细活，还要出工。朱成礼没说话，他想，要是她不在了，这个家该怎么办？

杨雨竹终究没同意外出看病，他不想让朱成礼领着病恹恹的她到处跑。她不声不响地走了。办完杨雨竹的丧事，朱泽运愈发苍老了，每日拄着拐棍，弓着腰，两只脚小心翼翼地迈着细碎的步子在院子里走动。朱成功每日陀螺一样家里地里忙着。朱小河常在村里疯跑，朱小溪不出门，闷在家里看书。

福顺和沙泽厚想让朱小河加入他们的队伍。沙泽厚说，朱小河要是加入咱们阵营，就更有胜算了，连肖常福也忌惮他家。他们说着来到朱小河家门前，他们怕朱成功，趴在朱小河家门前向家里张望。朱泽运在堂屋咳嗽着，院里没人。福顺小声喊，小河、小河。小河没出来，朱成功在他俩背后呵斥道，叫什么魂！小河不在家。

两人吓得一激灵，转过身干笑着。朱成功说，今后别来找小河，小河和你们不是一路人，他爸快来接他了。两人不死心，问，接哪去？朱成功没好气地说，接哪要你们管。两人吓得一缩脖子跑了。

沙泽厚和福顺边跑边小声骂着，真是头老倔驴，有什么了不起的。福顺说，人家确实了不起呀，马上吃公家饭。沙泽厚说，公家饭有什么稀罕的，在农村广阔天地，一样大有作为，我非把桃村搞好，做出成绩给他们看。福顺见他咬牙切齿，眼露凶光，心里嘀咕着，沙泽厚心野着呢。福顺用胳膊肘碰碰他说，先醒醒，咱把眼前的事做好再说。沙泽厚说，没他个臭鸡蛋，还做不了槽子糕了，明日我们去镇上看看，寻些支持。福顺说，肖常福女儿可在镇上呢。沙泽厚说，笨死你算完，为啥让他们知道？去找你那几个虾兵蟹将来。又指着脑袋说，把这里充实一下，别满脑袋高粱花子。福顺应着，又问，明早几点走？沙泽厚说，五点半吧，趁着天没亮，免得让人撞见。福顺说，成。两人在路口分了手。

肖常福让大建去了趟大芝家。大建下午回来时，没了去时的欣喜，低眉塌眼地进了过道旁的耳房。肖常福从堂屋跑过来问，大建，见到你姐没？大建低头坐在床沿上，小声说，见到了。肖常福问，你姐怎么说？大建犹疑了一会儿，说，也没怎么说。肖常福心里火烧火燎的，见大建这样子，有些生气，进了屋，来到大建身边，拍着他的头说，你个死东西，倒是快说呀。大建抬头看了他一眼，又迅速低下头说，俺姐说李建国出了点事。肖常福一把薅住大建的后衣领问，出什么事了？大建说，我也不太清楚，好像私拿集体财产。肖常福扔下大建说，混蛋！偏在这个节骨眼上出这等丑事。他走到院里，又返身问大建，现在咋样了？大建说，不知道呢，姐夫几天没回家了，俺姐被他全家埋怨，说李建国结婚之前不贪财。肖常福气鼓鼓地说，什么屁话嘛。肖常福在院里搔着头，他头发最近愈发少了，上次依着大芝才反败为胜，这次，大芝自家先起火了，想必有心无力了。说来也是大意了，原本想修理一下柳生，没想到，这小子翅膀当真硬了，要把自己连根拔了，怎么办呢？肖常福一筹莫展。

晚上，昏暗的煤油灯下，柳生美美地就着咸菜，咂着地瓜干烧酒，狼腔鬼调地哼唱着，要学那泰山顶上一青松，挺然屹立傲苍穹。八千里风暴吹不倒，九千个雷霆也难轰。唱到高兴处，拍着腿笑起来。儿子根生跑过来问，大，笑啥呢？柳生拉过根生，把酒杯入到他嘴边说，大高兴，来，喝酒。根生被酒辣得龇牙咧嘴，挣脱开，趴在一边咳嗽着。柳生指着儿子说，看你这怂样，一点也不像老子。柳生老婆过来拍着儿子的后背数落着，哪有你这样的老子。柳生说，我这样的咋了？往后在桃村，看我的吧。柳生老婆撇着嘴说，美得你。

柳生真不是狂，福顺和沙泽厚连着去了几趟镇上。有一天下午，两人从镇上回来，直接去了柳生家。两人脸上的得意像雨后的小草，噌噌往外蹿着。柳生故意不问他们，知道他们搁不住事，会主动向他汇报。果然，福顺沉不住气了，兴奋地说，柳生叔，这下好了，捣了他的老巢了。柳生故意问，谁？福顺说，还能有谁，桃村南霸天。沙泽厚一直没说话，坐在椅子上，跷着二郎腿，脸仰得高高的。福顺说，叔，泽厚确实不是盖的，在公社找了几个人，都谋划好了，这次一定把他铲除了。柳生说，你们筹划好了，就去执行，独立完成这事，老话不是说是骡子是马拿出来遛遛，现在看你们的本事了。福顺和沙泽厚放肆地笑了。

肖常福去了趟县城，他要找周县长做最后一搏。明知道周县长出事了，他还要死马当活马医，再也没别的路可走了。到了县政府，他问传达室老孙头，周县长在吗？老孙头像看怪物一样看着他，拿下老花镜问，外地的吧？肖常福心里一沉，周县长是他最后一根救命稻草，看这情形，彻底没指望了。老孙头看他呆愣着，有些于心不忍地说，周县长早去五七干校了。肖常福点头哈腰地谢老孙头，心却像冬日的荒野般萧瑟。周县长彻底失势，自己更没了依靠，与其被他们赶下台，不如自己主动请辞，免得受辱。想到这，他加快步子向汽车站走去，最好能坐上车，无论如何，去公社看看，主动请辞和被赶下台，会在人们翻飞的嘴里产生不一样的效果。肖常福悲怆地想。

肖常福心急火燎地赶上了去韩镇的车。当他满腹心事地进了公社大院，大院里一群红卫兵正吵吵闹闹着，他无心听他们争吵，拐进了王主任办公室。王主任办公室的门虚掩着，他推开门，屋里没有人，到处乱糟糟的，像是被人刚翻腾过。他心下惶然，带上门出来，看见旁边办公室的门开着，他记的是刘副主任的办公室，他和刘副主任不是太熟，眼下，他只想甩下身上的担子，别管是谁，证明他肖常福请辞过就成。想到这，他进了旁边办公室。肖常福来到门前，看见刘主任与两个人围坐在办公桌前，似乎在商议事。见肖常福进来，很是愕然。肖常福有些尴尬地说，刘主任忙着呢。刘副主任摸了摸下巴说，常福，稀客呀，进来吧，什么风把你吹来了？肖常福探着身子进了屋，看着旁边的凳子，拧着身子没坐，说，刘主任，路过，来看看您呢。刘主任说，好呢，坐会儿吧，我们有事要说。肖常福做社长时，刘主任是打杂的，肖常福那时没用正眼看过他，这才几天，居然坐上了副主任的位置，真是风水轮流转，莫笑穷人穿破衣。肖常福心里慨叹着，见刘主任不冷不热的，心里像吞了苍蝇般难受，又没有办法，在人家屋檐下，不低头只能碰头。要是早明白这些道理，小心把握方向，不至于混到今天这地步。可是，日子向前走，没有重来的。他心里七七八八的，两手握在一起拘谨地站着。刘主任和另外两人的头挨在一起，小声叽咕着。搁着往日，肖常福早识趣走了，今日不同，他被火烧到屁股了。刘主任几次抬头看他，见他没走的意思，对两人说，你们先回吧，我和肖队长说会儿话。两人不情愿地站起身，乜眼看着肖常福，满脸嫌弃地出了门。肖常福装作没看见，快步走到刘主任桌前说，主任，有点急事找您。刘主任说，肖队长，有话慢慢说，当年，我可是拿你做榜样呢。肖常福说，千万别提当年了，不对的地方，多担待。今天我来，是向组织请辞的，年龄大了，思想和体力跟不上形势，别耽误了村里的工作。毛主席老人家说了，世界终究是属于年轻人的，所以呢，我让贤，辞去桃村的一切职务。刘主任认真地看着他说，肖队长，这样不好吧，你工作经验丰富，在社里和队里做了那么多年，怎能说不做就不做了？肖常福说，年龄确实大了，希望组织尽快物色人选。刘主任翻捡着桌边的一摞报纸，漫不经心地问，你认为谁合适？肖常福说，长友最合适不过了，有大局意识。刘主任似乎有些疲乏，打了个哈欠说，我们回头商议一下，公社事也多，你先回吧。肖常福原本想刘主任会说上几句褒扬的话，或者挽留一下，再不济留自己在公社食堂吃顿饭，于公于私也好看，没想到，这么快就下了逐客令。肖常福心里积聚了怨气，想着对一条狗也不能这么绝情，怨气把他的嗓门抬高了，朗声说，刘主任，我这算辞完了，以后桃村的事与我再无瓜葛了。刘主任挥挥手没说话。肖常福想起村里人攥鸡赶鸭时也是这副模样。他转身用力带上门走了。在院里，碰到两三个相识的，有一个点点头，一个转过脸装作没看见，一个绕道走了。肖常福心底一阵悲凉，人间冷暖今天算是尝尽了。

第四章

天高地远

仲阳

肖常福回到家，大建悄没声息地跟进来。肖常福被吓了一跳，厉声呵斥道，多大人了，做事不能大样点？跟个鬼一样。大建没说话，低头垂手站着。肖常福知道大建又遇到难事了，眼下，他心里兵荒马乱的，实在经不起折腾了，转身要进里屋。大建小声说，大，俺想结婚。肖常福怔在那里，心里翻转了千百个来回，大建前阵子去镇上农大学习，当时给了桃村两个名额，花妮听说了，找了多次，非让大凤去，说大芝当初许诺过。肖常福拗不过她，又怕她在村里胡言乱语，再者，大建也想让大凤去，肖常福也就同意了。村里人倒没说什么，有些事，他们已经习惯了，顶多饭后嘀咕几句，龙生龙，凤生凤，老鼠的儿子会打洞。谁知到了学校后，那个学校风气不好，青年男女在一起技术没学到，倒成双成对起来。学校建在田地里，有些学生不顾学校规定，每晚成双成对去田间地头谈情说爱，搞得学校非常头痛。后来，随着大、中、小学停课搞运动，农校也解散了。大建怎么忽然想起结婚了？说起来也不是坏事，眼下正走背运，来点喜事冲冲晦气也好。大建见父亲半天没说话，心里更是忐忑，他本来要娘跟大说的，秀芬看肖常福进门时的脸色改了主意，让大建自己去说。过了一会儿，肖常福慢悠悠地说，好！说着进了里屋。大建摸着头，一头雾水，他不知大说好是啥意思。他想问什么时候去提亲，什么时候造房子，还有一些结婚的细节。看着尚在晃动的门帘，他又没了勇气，只得出了堂屋。秀芬在灶间向他招手，探着头小声问，咋说的？大建说，只说了好，没下文了。秀芬眼睛瞟着堂屋小声说，又发什么疯呢？大建苦着脸说，娘，大凤她、她。秀芬因花妮不喜欢大凤，没好气地说，她怎么了？大建跺着脚说，她怀孕了。秀芬推了一把大建说，你个死东西，那货要是为这闹事可咋办？大建说，所以才急着结婚嘛。秀芬拍着腿说，祖宗呀，说得跟捏灯草棒般轻巧，结婚可是大事，得有个窝吧,还有杂七杂八的开销,这几年,家里的日月你是看到了。大建负气背过身说,我不管,我想结婚,再说村里和我一般大的都结婚了。秀芬听了,没说话。也确实,村里和大建差不多大的都成家了。只是钱是硬的,造房子不是小事,秀芬愁闷地叹了口气。

福顺和沙泽厚听说了肖常福去公社请辞的消息,福顺高兴得一蹦三尺高,说,没开打先投降了。沙泽厚有些怅然,皱着眉说,原本想和老家伙干一仗,羞辱一下他,出口恶气,没想到积聚多日的力气,竟没处使了。最高兴的要数柳生了,不费一兵一卒便坐享其成。他满面红光地在队屋来回踱着步,忽然想到了一个现实问题,自己前面有来长友,组织上会不会让来长友做队长?要是这样,劳心费力便宜别人了。柳生琢磨着须提早谋划一下,他寻思着去公社探探虚实,又担心公社乱糟糟的,这派那派的,把握不准,说错了话,再把自己搭进去。他忐忑不安着,不甘心到嘴的肥肉被人抢走,每日如困兽般。

晚上,秀芬唠叨大凤怀孕了,肖常福心头骇然,怕花妮上门闹。不过,眼下请辞了,无事可做,忙忙娶儿媳妇也好,让桃村人知道,是我肖常福想抱孙,自愿不干的。第二天,他筹划着给大建造房子。肖常福大门前有一片空地,能建两间南房。他趿摸着去哪里弄些石头做地基,再拉些土做墙。他想起运河边有很多条石,又方正又光滑,可以找车子拉些来用。肖常福拿着尺子在门前左右丈量着,翠莲领着一个年轻男子从官道拐过来。翠莲停下来,招呼肖常福,叔,忙呢。又对身边男子说,叫叔。年轻人腼腆地笑着喊,叔。肖常福打量了下年轻人,穿戴齐整利索,头发油光锃亮四六分开,面皮白净,黑眉虎眼,白色的确良上衣束在蓝色卡其裤子里,脚下一双圆头皮鞋。肖常福盯着年轻人,嘴里应着说,来了。心想,这孩子长得真好看,不像本地人,看那架势,是新女婿上门了。立柱家的狗摇着尾巴迎出来,见到年轻人非但没叫,还友好地摇着尾巴围着他转。肖常福想,看来老话说的燕知家贫,狗识新婿果然是真的。枣花听到说话声,从家里出来,大声招呼着年轻人。不一会儿,立柱家传来追鸡撵鸭的声音。青莲、粉莲脸上满是喜气,出来进去买酱油抱柴火。肖常福想起了李建国,真是人比人,气死人。单看李建国,比村里小伙强不少,不过,和这小伙一比,就跟湖里天鹅和野鸭子的差距一般大。他心里烦闷,扔下手里的尺子,向湖里走去。

肖常福背着手走到村头,见朱成功用席夹子端着豆角、辣椒走来。朱成功目不斜视,看架势不想和他搭话。肖常福没话找话,问,成礼最近回来没?朱成功"嗯啊"了声应着走了过去。朱成功有些日子不搭理他了,前些日子,朱小河要去镇上厂里做亦工亦农工,需要大队盖章。朱小河去了队屋几次,肖常福不是推脱章不在,就是急着有事,要等他回来再盖。朱成功火了,去了队屋。肖常福正坐在屋里抽烟。朱成功把证明拍在桌子上说,赶紧盖了,急着用。肖常福瞟了眼桌上的证明说,成功,让成礼再要一个名额呗,俺家大建老大不小了,人没长起来,做不了地里活,跟小河一起去厂里互相也有个照应。朱成功没好气地说,先把章盖了再说。肖常福见朱成功黑着脸,他知道朱成功的脾气,不盖的话,会和自己翻脸,打起来也未可知。只得从抽屉里拿出章盖上。朱成功抓起盖完章的证明头也不回地走了。再就是,公社征兵,朱小溪想去,张明海的儿子张中宇也想去。肖常福悄没声息地给张中宇开了介绍信,没通知朱小溪。朱小溪知道后,在家哭。朱泽运气不过,拄着拐棍去找肖常福理论。说着说着就动了气,要用拐棍打肖常福。大建不知深浅,推了朱泽运一把,朱泽运跌坐在地上。朱成功正好赶到,见父亲被推倒了,火一下上来了,脱了上衣要和肖常福拼命。朱光明听到吵闹声赶过来,好说歹说事情才算平息。从那之后,朱成功不搭理肖常福了,肖常福倒不介意,每次见了都主动打招呼。有一次,朱成礼回来,肖常福上门解释,说小溪年龄不到,受不了部队训练的苦。朱成功在旁边翻着白眼说,我倒听说张家买了你的账呢。肖常福干笑着，哪有的事。朱成礼说，没事，以后再找机会。

肖常福在路上又遇到了几个人，见了他都不冷不热的。肖常福心里灼痛，他们大概听说自己不做队长了，才有今天的态度。他无心去湖里了，低头顺着村后的小道回家了。

肖常福抄小道回家，路过立柱家屋后，见几个人拿着尺子量地基，高广杰也在。高广杰见肖常福过来了，说，队长来了。肖常福应着问，做啥呢？高广杰说，队长还不知道？立柱哥要造屋了，造砖瓦的呢。肖常福问，真的？高广杰说，可不是嘛。眼睛左右逡巡着说，立柱哥找了个好女婿。肖常福说，做什么的？看着不像咱庄户人。高广杰说，你们房分恁近，还不知道？立柱哥的女婿是南方人，还是大学生，在镇供销社上班，翠莲去供销社买东西，人家相中了，托人介绍，一开始，翠莲不悦意，小伙子三番五次托人，翠莲提出了条件，嫁可以，得入赘。南方人开通，竟同意了，这不男方出钱造房子呢。肖常福脸沉下来，立柱造屋，指定比自家屋高，这不又压自己一头。高广杰看出他的不悦，小声问，立柱哥造屋没和你商量？肖常福心里乱糟糟的，无心说话，转身走了。

肖常福进了家，隔墙传来立柱女儿们的欢笑声。肖常福心烦难耐，大建和秀芬坐在堂屋，大建说大凤家要四身衣裳，一季一身，另外再买上头的，被窝铺盖都是咱家的。秀芬问，她们不陪嫁吗？大建低头不语。秀芬说，你个笨蛋，不能啥事都依着她，过了门，规矩更难立了。肖常福不想听他们啰唆，索性进了屋。立柱偏偏在这个节骨眼上造屋，还造砖瓦屋，依着自己那点家底，只能造个泥墙草屋，两家挨着，人家砖瓦高屋，自己小草房，不是让桃村人看笑话嘛。再说自家山墙还连着他家的，立柱强行拆怎么办？肖常福思前想后，唉声叹气着，人活着咋就那么难呢？这一道道坎，为什么自己从来没真正赢过立柱？自己眼下正走下坡路，立柱家春日门前燕子飞旋，是兴家的好兆头呢。有了翠莲的帮衬，翠莲几个妹妹也能嫁好人家，以后，立柱家的日子会愈发红火。回头看自己的几个孩子，没一个能光兴门楣的。他有些泄气，转身躺到床上。

第二天，肖常福还没起床，听见外面鞭炮滚在地上的爆炸声。他欠起身，有些头昏脑涨，窗棂处钻进几束亮光，光亮中万千灰尘飞舞着。肖常福眯着眼，叹了口气，胸口像被破棉絮塞住了。秀芬进来，他打着哈欠问，谁放炮呢？秀芬说，西边的，拆屋呢。秀芬说完，怔怔地看他。肖常福有些烦躁，说，该干啥干啥去。秀芬没走，倚着柜子说，你去和他们说下，造屋不能比咱家高。肖常福说，他家造的砖瓦房，能和茅草屋一般高？秀芬说，那风水不都让他家霸尽了。肖常福用力掀开被子，趿拉着鞋出了门，站在院内，见高广杰几人在屋脊上拆房顶，年代久了，烟尘嚣张地四处飘散。立柱心里的火气随着灰尘升腾起来。他出了门，来到立柱家。立柱蹲在院里，看着房顶出神，没看到气鼓鼓的肖常福。翠莲在灶间烧水，见他进来，招呼着，叔来了。肖常福脸上堆满乌云，"嗯"了一声，算是回答。立柱这才抬头看了看他，没说话，继续蹲在地上。肖常福压住心头的怒气说，哥，咱们挨着门，造屋得和我说声吧。立柱瓮声瓮气地说，我造屋，为甚要和你说？肖常福被噎住了。愣了一会儿，说，哥，我这是为你好，没听说屋要高出四邻招风，钱财不保，刮个风下个雨的也会先遭难。立柱一下从地上站起来，说，闭上你的臭嘴，我刚开工，说这些混账话，你就是眼红呗，有本事你也盖呀！说完满眼怒火地瞪着他。肖常福见屋顶上的人停下来，大眼瞪小眼地看着他们，他有些下不了台，说，我好心提个醒，别当成驴肝肺了。立柱气哼哼地说，你有好心？你要是有好心湖里的水会倒流了。我没拆山墙已经给你留脸了，别给脸不要脸。肖常福见高广杰骑在屋顶上，抱着膀，用嘲弄的眼神看着自己，他的火气再次蹿上来，真是虎落平阳被犬欺，今日要不扳回一局，以后在桃村更没法混了。想到这，他踢开脚下一个瓦盆说，山墙是祖上留下来的，是你的？今天，我就让你造不成屋，怎么着吧？立柱眼睛追着瓦盆，瓦盆翻着跟头滚了几圈，撞在一块石头上，一下碎成了几块。立柱向来节俭，看见碎了的瓦盆，血气翻涌，一拳捣在肖常福胸口上。肖常福没想到立柱出手这么快，没防备，后退了几步才稳住身子。秀芬见肖常福去了立柱家，怕有闪失，让大建在门前盯着。大建见立柱动了手，快速跑回家，大喊着，娘，打起来了！秀芬一听，扔下头巾，带着大建几个冲进了立柱家。立柱和肖常福扭打在一起。秀芬抄起旁边一根棍子要去帮忙。枣花见秀芬拿着棍子，以为要砸东西，上去夺棍子，两人也扭打在一起。立柱整日在地里劳作，气力上胜肖常福一筹，肖常福渐露败象，他见大建站在一边发呆，声嘶力竭地喊着，大建，上，打他。大建听到命令，抓起旁边的笤帚去打立柱脑袋。二建、三建抱立柱的腿，四建捡起地上的石头扔过去，弟兄几个加入了混战。翠莲姊妹几个被眼前景象吓呆了，站在一边哭喊着，别打了，别打了！高广杰见下面混战在一起，招呼屋顶的人下来拉架。待大家七手八脚地把他们拉开，肖常福和立柱都挂了彩，枣花和秀芬头发散乱，秀芬衣襟被撕开了，露出里面的红肚兜。大建几个手里抓着东西虎视眈眈地看着周围。翠莲几个围着枣花和立柱哭。众人劝说，一笔写不出两个肖来，有事商量着来，万不能打架，打了谁都不好。立柱吐了口唾沫，竟吐出一口血来。他跳起来骂着，老子想盖多高就盖多高，天王老子也管不着。肖常福擦着脸上的血，想说几句狠话。高广杰拉住他，附耳小声说，赶紧回吧，来人家里打架，到哪说咱都怵理。肖常福转念一想也是，半推半就地随着高广杰出了门。秀芬一看肖常福走了，拢着头发，骂骂咧咧地领着大建几个走了。枣花看着满院的狼藉，坐在地上高声低声地哭着。翠莲说，娘，别哭了。枣花推开她说，养你们有什么用？要是儿子，他敢上门打人？立柱听了"唉"了一声蹲在地上，抱着头呜咽起来。高广杰送走肖常福，回头见立柱一家人哭成一团。高广杰问，立柱哥，屋还拆吗？立柱一时缓不过劲来，整个人如筛糠般抖着。翠莲擦着泪站起来说，叔，接着拆，多受累。高广杰见翠莲抽噎着，眼睛红肿，说话还是慢声细气的，心里大加赞许，说，侄女，放心吧。说着几人上了房。翠莲让玉莲和黄莲陪大和娘，自己带着两个妹妹收拾院子。最小的黄莲拱在枣花怀里说，娘，别哭了。说着帮枣花擦眼泪。枣花抱住她，哭声更高昂了。玉莲依在立柱身边说，大，别哭了，让人笑话。立柱听了，立马住了声，心想，是呀，还不如孩子呢，娘活着时常说，再大的苦自己咽，嚷嚷得全天下知道了，苦还得自己吃。立柱抹了把脸站起身，到枣花身边说，别哭了，赶紧烧饭。枣花的哭声像被刀齐刷刷切断了，一口气憋在胸间，半天才悠悠吐出来。翠莲姊妹三个把院子收拾齐整，又去灶屋忙活。枣花起身进了灶屋，翠莲让母亲歇着，指挥她们做即可。枣花刚哭完，脸干巴得难受，黄莲拿着湿毛巾帮她擦脸。

　　立柱的老屋用了一天时间拆倒了，墙土被捣碎，摊平后垫高了地基。肖常福绕到后面，见立柱家的地基比自家要高出一米，有心再去立柱家找事，但没了底气。打架那天晚上，立柱女婿来了，带来了几个穿制服的人，在立柱家吃饭喝酒，很晚才离去。肖常福听高广杰说，立柱女婿叫钟方仪，是供销社会计，在镇上结交了许多朋友，那天打架，要不是翠莲摁着，兴许治安的会找肖常福。高广杰说这话时，皮笑肉不笑地看着他。肖常福不知他说的是真是假，看着立柱家的地基，窝火是窝火，只能干生气，不敢再生事。家里也不让人省心，花妮听说翠莲家造砖瓦房，逼着大建也建砖瓦房。大建回家说给了秀芬。秀芬说，蹬鼻子上脸了，不嫁拉倒，看谁丢脸。大建负气说，她要不嫁我，你们也别想好过。秀芬拍着腿骂道，滚你娘的，就敢在我面前横，找你大说去。肖常福进了门问，找我说什么？秀芬使劲拉着风箱说，人家也要砖瓦房。肖常福"哼"了一声，说，自己几斤几两不知道，咱有那个家底？人家造砖瓦房，是有噱货出钱，你们谁有那本事？大建和秀芬没敢搭话。

　　肖常福隔了两日也找人造房，附近几个村会造房子的也就那几个人，立柱家先开工，造房师傅大多被他请去了。立柱开工后，每天给师傅一盒烟，还好酒好菜地招待着。肖常福向朱光明发牢骚，看看，有俩来历不明的钱烧的，坏了老规矩，今后别人怎么做嘛。朱光明点头说，也是。朱光明准备给庭训造屋，依着立柱家的情形，要多支出不少，不依着吧，人家前有车了，后面有了辙印。朱光明气归气，上了年纪，话也少了。

立柱家造砖瓦房不仅轰动了桃村，连杏园和前村的也过来瞧稀罕。立柱家聚了许多人，立柱不爱说话，枣花招呼着熟识的乡邻。沙老玄老婆夸枣花好福气，住恁好的房子，从前，地主家也没像你这般青堂瓦室。枣花脸上黯淡了许多，淡淡地说，有啥用呢，百年之后身后没个人送。沙老玄老婆眼神不济，抚着枣花的胳膊说，妹妹，可得想开了。枣花说，俺倒是想想开，千年老理在呢。沙老玄老婆抿了抿因缺牙瘪进去的嘴，想说些安慰的话，终究不知说什么好，只得说，我回去烧饭了，你忙吧。

立柱的屋历时三个月造好了，三间一明两暗的青砖灰瓦房，配上绿色的玻璃门窗颇为气派。立柱又修了几间一半砖一半泥墙的配房，大门重新换了双扇的，新上了油漆，散发着桐油和油漆味道。肖常福也为大建盖好了房，盖房时，肖常福权衡左右，只盖了两间草房，家底不允许盖三间，更不允许盖砖瓦房。肖常福不愿为盖屋拉饥荒，一是眼下自己这情形，不好借钱，再就是大建之后还有二建、三建、小四，还有二芝，都是眼前的事，只能有多少头发挽多大的髻了。房子比立柱家的逊色不少。

肖常福造屋这段时间，村里异常热闹。公社接受了肖常福的请辞，让来长友接手主持桃村工作。柳生失落了一阵子，费了一箩筐心思，竹篮打水一场空不说，还替人做了嫁衣。不过，公社让他协助来长友工作，明确他从老三的位置升到老二了。沙泽厚每日去队屋，想着柳生位置空出来了，他能顶上去。恰在这时，县化肥厂给了桃村两个亦工亦农指标。来长友嫌他天天待在队屋，把其中一个名额给了他。柳生说与沙泽厚,以为他会欢喜,谁知他冷着脸说,我不去,我发誓要把桃村搞好,搞出个样子来。柳生说,泽厚,别后悔,村里好多人想去呢,每月有工资拿,还能进城,多好的事。沙泽厚说,我不稀罕,谁爱去谁去。说着走出队屋,抱着膀子坐在门前石头上。来长友一直没说话,柳生有些为难地看着他。来长友说,随他吧,要不给大建一个?柳生说,那不行,大建刚从农大学习回来,好事不能全让他占了。给福顺一个吧,老是在我家也不是办法。来长友黑着脸说,谁让你招惹他来,该!柳生说,我该不该先放一边,福顺不小了,得为他谋划一下了,机会可不多。来长友沉吟了一会儿说,我是党员,这样做不合适。柳生说,在哪都是为国家做贡献,有什么不合适的。再说,除了泽厚和福顺,村里那些毛蛋孩子拿不出手,到厂里乱来,毁了桃村的名声。来长友皱眉沉思了一会儿,也确实,杨军和二狗蛋几个整日只知道捞鱼摸虾,掏窝抓鸟,去了县城,不一定能适应。朱小河和朱小溪倒是见过世面,只是朱小河已经去镇上水泥厂上班了,朱小溪被朱成礼接走去读书了,挑来拣去没有合适的。来长友又问,另一个名额给谁?柳生的眼睛地上屋顶乱蹿了一会儿,说,俺家根生也不小了。来长友问,十几了?柳生说,虚岁十五了。来长友说,根生没长足身子,跟豆芽菜一样,进了厂子,肯定要出力,你能舍得?柳生说,有啥舍不得的,总比在家强嘛。来长友说,一共俩名额,你一个,我一个,不合适吧,不如开个社员大会,听听大伙的意思。柳生着急地摆着手说,千万莫开,人多嘴杂,那不乱了套了,咱就这么做,谁又敢说什么?顶多背后嘀咕两句,翻不起多大的浪来。来长友还是犹豫不决。柳生说,从上到下,这种事多了,上次开会还有人说什么近水楼台先看月亮,不就是这个意思嘛,时间紧,赶紧报上吧。来长友站起来向外走着说,这事你弄吧。柳生嘴里应着,心想,你倒落得干净。不过,了却了他的心事。福顺整日赖在他家,家里的粮食本来就紧,福顺吃饭时不管不顾,只要有饭,自己先吃饱,惹得柳生常饿肚子。再就是，根生也能进城，虽不是正式工，也算半条腿跨出了农门，每月有工资拿，之前做梦都不敢想呢，要是肖常福做队长，这种好事无论如何轮不到他。

沙泽厚自恃有功，每天来队屋坐在唯一的办公桌后面，脚伸在桌上，拿张报纸看。来长友或者柳生进来时，他顶多挪开报纸看一眼，又继续看报纸了。每到这时，来长友会一声不响地离开。柳生会走到桌前小声问，泽厚，学校什么时候开学？沙泽厚说，我怎么知道？再说，我对上学不感兴趣，立志扎根桃村，把桃村建设好。柳生见他脸仰得高高的，用眼睛余光看自己，心里老大不舒服，又不能表现出来，只得赔着小心问，你想怎么建设桃村？沙泽厚把目光收回到报纸，说，这不正在寻着嘛。说完吹着口哨，眼睛盯着报纸，腿摇晃着，再也不搭理柳生。柳生站在桌前，有些无趣，转身走了。沙泽厚看着他的背影，阴恻恻地笑着说，我还熬不走你们。

根生和福顺去化肥厂没多久，化肥厂把根生退了回来，说年龄太小。柳生气不过，雄赳赳地去化肥厂讨说法。根生和福顺年龄差二三岁，为啥没说福顺年龄小？柳生下午从化肥厂回来时像烈日下晒蔫的庄稼，他进了家，拉过根生就要打。柳生老婆护着根生说，吃错药了？柳生指着根生说，你问问他，在化肥厂作恶了吗？根生说，哪作恶了，就是困，睡觉呗。化肥厂三班倒，根生去后，跟了师傅，他年幼，好犯困，一到夜班就找个地倒头便睡，叫也叫不醒。白天学习时，他连个一二三都写不囫囵，学技术更别提了，扳手和钳子都分不清。师傅找到车间主任说，咱这里是工厂，不是哄孩子的地方。车间主任找到厂长，没办法，厂长只得把根生退了回去。柳生到化肥厂，被化肥厂的人训了一顿，心里窝着火，才要打根生。柳生老婆听了，说，回都回来了，打有什么用，命里无福莫强求，祖辈翻土坷垃，也没饿死。柳生气得脸色乌青，手哆嗦着指着老婆说，有你这样的娘，才养出这孬种儿子，看人家小河和小溪多出息。柳生老婆见他把火烧到自己身上，撇着嘴说，孬种就对了，小溪、小河的大还是局长呢。柳生一时语塞，满院找家什打老婆孩子。柳生老婆见状，坐在地上哭天抢地起来。门外有人探头探脑地往家里看，柳生扔下手里的半截棍子出了门。

翠莲和钟方仪在秋天结婚了，婚礼在立柱新盖的院子里举行，很是隆重，镇上各单位都有人来祝贺，门前的大金鹿和凤凰自行车停了明晃晃一片。枣花像娶媳妇一样出来进去地招呼客人，桃村多少年没这么排场的婚礼了，大伙都挤在门外瞧热闹。钟方仪长得跟年画上的人一般，中等身材，不胖不瘦，那脸太俊了，村里女人没见过这么俊秀的脸，不停夸赞着。钟方仪的漫长脸细皮嫩肉的，眉下一双星目，鼻梁直挺，一笑满嘴洁白的牙齿在阳光下闪闪发光，头发修剪齐整，被四六分开，闪着金属的光泽。整个人透着书卷气，确实耐看。花妮说，看人家翠莲，真是好福气，找个恁俊，又有本事的男人。朱光明老婆说，眼馋啥，你家大凤不是快结婚了。花妮撇撇嘴说，那货能和人家比？沙老玄老婆挤在人群里有些乏累，找了块石头坐下说，有啥不一样？房子不也造好了。花妮回头瞥了一眼肖常福新盖的两间草房，又看立柱家的砖瓦房，叹了口气，落寞地低下头，没再说话。

翠莲结婚没请肖常福，依着翠莲，觉得两家挨门，在桃村按房分是最近的，应该请。立柱不同意，说，你要敢请他，婚事别办了。翠莲知道父亲脾气，没敢请肖常福。搁着从前，村里红白喜事没肖常福不成，现在不同以往了。这几日，肖常福隔墙听着立柱家人来人往的热闹，他躲在家里不敢出门，怕碰到人难堪。秀芬每日骂骂咧咧的，弄得他异常烦躁。大芝前几日来，眼睛哭得跟红桃一样，说，李建国受处分了，要不是打点及时，可能要被判刑。肖常福说，眼下没事了，你还哭什么？大芝抽噎着说，公公婆婆骂我是丧门星，说建国本来在群众中威信挺高的，自从娶了我，大事小情没顺过。依着我的性子是不会受这窝囊气，只是、只是我心里有愧呀，以往，我回来想风光，让建国拿了集体的东西，建国几次得手后，胆子变大了，只要有机会，什么都往家划拉，我还夸他能干，后来，他收不住手了，只是纸里终究包不住火。建国父母了解儿子，之前从不占集体便宜，现在这样，自然将火发到我身上。建国回来后，觉得自己身负污点，前途渺茫，亲戚朋友对他敬而远之，他说都是因我而起，把怨气发在我身上。我现在是公公不喜，婆婆生厌，李建国嘴里不说，也不搭理我，我能不哭嘛。秀芬听了，一遍遍咒骂李建国。肖常福烦躁地说，越是这样，越要坚守阵地，回娘家能解决问题？再说当初是你要死要活嫁人家，现在知道爹样娘样了。大芝泪眼婆婆地说，大，要不是为你，建国不会出事。肖常福说，咋扯到我身上了，我让他做那些事了？大芝说，那倒不是，李建国当初想收拾沙泽厚，沙泽厚的姨父胡广伟知道了，借机整建国。肖常福说，要是没做那些事，他能借机？大芝说，那些事也是为了咱家，家里大事小情哪点我不操心？肖常福嘴鼓动了半天，没说出话来。过了一会儿，狠下心说，赶紧回吧，在这里哭天抹泪没用，回去和他们正面斗争。肖常福满腹的烦心事像六月泛滥的洪水无处宣泄，哪容得大芝在自己面前添堵，再说，待在娘家也解决不了任何问题。

　　肖常福把大芝打发走，开始筹备大建的婚事。肖常福算来算去，决定把大建婚事简办，再说，眼下境况，不简办也得简办。做队长时，村邻碍于面子，大多会来祝贺，眼下就微妙了，恐怕连柳生也不会来。他要大建新事新办，去公社领个证，放挂鞭炮，把大凤领回家算了。大建低着头说，怕花婶不同意呢。肖常福生气地说，她不同意，让她操办好了。秀芬在旁边帮腔道，就是。大建低着头，眼泪落下来。秀芬推搡着大建说，看你那怂样，哭什么？大建说，前两日，花婶刚骂完我，说我没本事，看人家翠莲的婚事多风光。秀芬说，人家风光是人家的事，她有本事找那样的去，再说，就她那样的人家，女儿能嫁出去就烧高香了。大建说，娘，大凤眼看是咱家的人了，莫说这话了。秀芬撇撇嘴没说话。肖常福说，实在不行，少办两桌？大建无奈地说，大，太寒酸，长了人家的威风。

花妮对肖常福要简办婚事颇为不满，大凤却支持简办。花妮见天骂大凤，赔钱货，喂不熟的狗。花妮一骂，大凤直接跟大建住了。花妮只得不再过问，由着她去。

翠莲结婚第二年生了个胖小子，立柱高兴得合不拢嘴，枣花里外张罗忙碌着。钟方仪父母去世多年了，他非常敬重立柱和枣花，每日带回吃的、用的，立柱家的日月比别家要好许多。每当从立柱家飘来炖肉的香气，二建、三建和肖四就蹲在墙根处使劲吸着鼻子，肖常福看到，会暴打他们一顿，打得他们哭爹喊娘的。秀芬没像以往护着不让打，躲在灶屋掉泪。立柱家人来人往的热闹起来，有相熟的，也有生面孔，来人手拿肩挑着礼物。有的挑着二尺来长的鲤鱼，有的送来螃蟹，有的送来用的，桃村人看得直咽口水。村里有红白喜事会邀请钟方仪参加，钟方仪不懂当地规矩，桃村人不在乎，以能请到钟方仪为荣。肖常福在门前碰到过钟方仪，钟方仪礼貌地对他笑。肖常福没搭理他，冷着脸进了家。大凤在翠莲儿子满月时生了个女儿，秀芬后来才知道，大建之前说大凤怀孕是骗他们的。大建嬉笑着说，要不说大凤怀孕，你们能恁痛快盖屋、下聘礼？气得秀芬咬牙切齿地骂大建不是东西，与外人合伙算计家里。大凤怀孕后，秀芬满打满算大凤能生个儿子，这样在立柱那可以扳回一局，没想到，居然生了个丫头。肖常福在屋里叹气，真是流年不利，诸事不顺。

桃村秋季先旱后涝，收成不好，分的粮刚入冬就吃完了，秀芬一到饭时就愁得满院子转圈。大凤刚出月子，奶水不足，花妮来过几次，看着日渐消瘦的大凤说话一次比一次难听。秀芬原本就嫌弃大凤生了女儿，花妮没轻没重地唠叨，她索性不搭理花妮。花妮窝着火，说话愈发尖酸刻薄，什么不"摇骚"了吧，当年尾巴快把天戳破了，现在学会夹尾巴了，家有贤妻，夫少横祸，天作有雨，人作有祸。秀芬起先躲在屋里不出来,听花妮越说越离谱,再也忍不住了,从屋里跳出来,拍着手说,老鸹趴在猪身上,光看别人黑,不看看自己是什么货色,还有脸出门?脸比地屋墙还厚呢。秀芬气急,口不择言,拿花妮的名声说事。花妮忌讳别人说这些,守着长人不说短话,她这是哪壶不开提哪壶。花妮像头愤怒的牛冲了过去,伸手拽住了秀芬的髻,秀芬也不示弱,两人撕扯着打在了一起。大凤从屋里跑出来,见娘和婆婆扭打在一起,跺着脚声嘶力竭地喊,别打了!秀芬和花妮扭打在一起,哪还听得见。一筹莫展的大凤见大建在不远处,着急地挥手喊,大建,快把她们拉开。大建早看见娘和岳母打在一起,秀芬比花妮高些,明显占了上风,她用膝盖把花妮抵在地上,腾出手打花妮。大建见大凤叫他,扭头想跑,被大凤扭住拉过来。大凤说,赶紧拉开。花妮被秀芬压在地上,嘴里骂着难听的话。大建皱着眉,站着没动。秀芬摁着花妮抽她嘴巴,大凤眼见娘吃亏,大建又不动,上前掀开婆婆,把母亲拉起来。秀芬被大凤掀开,跌坐在地上。拍着地哭喊,大建,你个龟孙,你媳妇打俺了,你管不管?花妮掩着被撕开的衣服,叫骂着想再和秀芬打斗。大凤拉着花妮说,娘,算了,咱回吧。花妮吐了口痰在秀芬面前说,好鞋不踩你这臭狗屎,走,不跟这个龟孙过了。大凤也觉得大建过分,想回屋抱孩子。花妮拉拽着说,她姓肖,喂不熟的狗,咱不要。大凤被花妮拉着跟跄地走了。看热闹的人越来越多,秀芬从地上爬起来,拍拍屁股上的土说,早就不让你要这货,你不愿意,根不正,梢不正,结个葫芦拧个腚,有这户的娘,能养出什么好东西来,居然合起伙来打老娘了。大建见大凤走了,想去追。秀芬说,你要是敢追,我也不活了。说着作势要往墙上撞,撒泼打滚起来。众人拉拽着,大建只能眼看着大凤被花妮拉拽走了。肖常福从屋里出来,冷着脸呵斥秀芬,嚎什么?秀芬的哭声硬生生被切断了,身体不断抽动着。这时,屋里传来孩子微弱的哭声,肖常福对坐在地上的秀芬说,赶紧看看孩子去。秀芬爬起来,摇摆着去了大建屋。进了屋,见孩子蹬开了包被,闭着眼睛,两只拳头在身体两侧挥舞着,张大嘴巴哭着。秀芬站在床前看了一会儿,后悔没让大建拽回大凤。她想起村里人常说的一句话,孩子哭了抱给娘。她大声喊大建,大建应声进了屋。秀芬说,把孩子给她娘送去。大建苦着脸说,我不去,去了她家人会骂死我。秀芬恨铁不成钢地指着大建的额头说,没用的东西,连媳妇都管不住。看着点,我去弄点糊糊喂。

朱光明多方遴选,终于给庭训寻下了亲事。虽不是十分满意,只是村里和庭训一般大的,孩子都能下湖捉鱼了,只能将就了。女方姓马,叫马月娥,家里只有母女两人。据说父亲是教书先生,在城里教书,新中国成立后一直没回来。之前,家里有些地,被划成了中农。马月娥人长得清秀,识得些字,收拾得比村里其他女孩子齐整些。朱光明心里打着小算盘,马月娥是独女,以后她家的家产就是庭训的了,别的不说,单房后那片杏树结的杏,每年都能卖不少钱。朱光明还有一个心思,据说马月娥父亲是教书先生,村里人也只是听说,谁也没见过。马月娥母女这些年吃穿用度没为难过,说不定有些家底呢。朱光明反复权衡后订下了亲事,马家没提聘礼的事。朱光明装聋作哑,有些环节,能省则省。庭力自从第一个孩子夭折后,媳妇再也怀不上了,多方求医问药也不见效。朱光明眼见村里和自己年纪相仿的大多有了孙子,心里着急,想着让庭训成婚,抱上孙子。庭力在村头造了两间房,搬出了院子。朱光明打算让庭训结婚住庭力从前的南房。庭训见天在学校忙,最近带着学生到处破四旧,还去了土地庙,砸了土地爷的泥塑像,听说土地爷的头滚出老远。朱光明狠狠训斥了庭训,十里八村有人去世,都去那里向土地爷报到,送盘缠,你倒好,毁坏了,以后人去世了怎么办?庭训洗着手说,大,破四旧破的就是旧思想、旧文化、旧风俗、旧习惯,人死如灯灭,搞封建那套是反动的。朱光明瞪着他,花白的胡子抖动着说,识几个字就不知天高地厚了,小子,万物皆有矩,做事多用脑子,莫逾了矩。庭训早不听他唠叨,甩着湿淋淋的手去了堂屋。朱光明摇摇头想,不懂敬畏,早晚要吃亏。庭训经过这几年历练,成熟了不少,对他不再言听计从了,这让朱光明很是失落。

土地庙被朱庭训带着学生砸了,加上大喇叭整日要求大家破除旧思想,村里再有人去世,大多草草埋葬了事,没人再去土地庙送盘缠了。

朱庭训婚后第一年,马月娥生了个女儿,这让朱光明很是无奈,巴望着来年能生个儿子,谁知二胎还是女儿。朱光明脸上没了笑容,大多时候闷在家里,很少出门。秋收分粮时,柳生来找朱光明,想让他帮着写分粮纸条,往年都是朱光明帮着算账、写名单。那日,庭福正好在家,朱光明推说身子不舒坦,让庭福去帮忙。柳生带着庭福出了大门,朱光明忽然来了主意,以后得多让庭福去帮忙,时间长了,说不定就有机会了。朱光明想到这,来了精神,哼哼唧唧地唱着出了门。他原想去场院上看看,走到村头,感觉这事不能操之过急,得寻个稳妥的法子。村里不缺识文断字的,就说沙泽厚,每日在村里横着走,看谁都不顺眼,要是庭福做记账员,他那关就难过。朱光明想到这,转身回了家。

沙泽厚在村里积极表现了一阵子,公社只要有新精神,他会第一个冲在前面,水稻试验田,冬季兴修农田水利一样不落。福顺去化肥厂后,他身后换成了杨军。杨军长得干巴精瘦,头也小,上尖下尖的枣核脸,使得五官很是紧凑,两只眼睛像黑豆似的闪闪发亮。杨军之前在村里偷鸡摸狗做坏事,村里没人搭理他,好不容易跟上沙泽厚,鞍前马后的十分殷勤。沙泽厚整日风风火火地瞎忙,愁坏了沙静轩夫妇,眼看着与沙泽厚一般大的都娶妻生子了,沙泽厚仍单着。一提相亲,沙泽厚会说上一堆做不成事业不娶妻的话。母亲着急上火,看东西都模糊了。高广杰女儿高玉巧和李甲的女儿李凤华倒是常和沙泽厚在一起,沙静轩看不上这两家女子,高玉巧太矮，李凤华太要强，女子争强好胜不好，两人都不是居家过日子的人选。吃饭时，沙静轩侧面提醒沙泽厚，意思娶妻是大事，要慎重考虑，不是一个人的事，是关乎几代人的大事，切勿仓促行事。沙泽厚满不在乎地说，所以呢，我才慎重，不着急。沙静轩没想到儿子误会了他的意思，着急地摆着手说，早该找媳妇了，我是说咱得慎重，不能挖到篮子里就是菜。沙泽厚说，放心吧，没挖菜。母亲在旁边说，啥叫没挖菜？你倒是挖呀！翠莲和你一起上的学，人家孩子都满地跑了。沙泽厚喜欢翠莲，谁知翠莲不声不响地嫁了外乡人。母亲提起翠莲，戳到了他的痛处，他生气地摔了筷子说，还让人吃饭不？男子汉何患无妻。说着抓起椅背上的衣服走了。两人看着他的背影，再也无心吃饭，你看着我，我看着你。

沙泽厚之前和翠莲一起上学，他对翠莲动过心思。翠莲和别家女孩不同，她是老大，家里又没男孩，做事要老成些。沙泽厚曾试探问她将来找什么样的对象。翠莲愣都没打一下说，我没啥要求，家里同意就成。沙泽厚说，现在可讲究自由恋爱呢。翠莲淡淡地说，为了自己那点小心思，闹得鸡飞狗跳的，忒不值。再说父母养大我们不容易，不能惹父母生气。从那一刻起，沙泽厚心死如灰。立柱不待见他不是一天了，偶尔在路上遇到，立柱对他横眉冷眼的，吓得沙泽厚连招呼也不敢打，赶紧溜掉。翠莲结婚那天，他跑到湖边，对着微山湖野狼般地嚎叫了半天，吓得打鱼的船都往湖里撑。沙泽厚一时半会儿放不下翠莲，放眼四周，长相人品没有超过翠莲的。他发誓，一定找个强过翠莲的，只是希望渺茫。父母只知道催他，怎知他心里的苦呢。在村里，他没实际职务，作为积极分子忙前忙后。他常去公社，想结识个伯乐，识得他这匹千里马。去得次数多了，他发现自己是痴人说梦。公社的头头脑脑经常换不说，没人能静下心来当他的伯乐。再说，小地方讲的是人情，早就形成了圈子，公社进了新人，一打听，不是谁的嫡亲，就是远亲，反正没他这般农民的儿子。时间久了，他明白一个道理，没根没基的愣头青是闯不进圈子的。即便这样，他还得向前走，每日没头苍蝇般忙活。他后悔当初没去化肥厂，福顺在化肥厂站住了脚，前几天，还领了对象回来，女子长相一般，不过，看着大气，比村里女子强。当初要是去了化肥厂，以自己的能力，一定比福顺做得好。可是，世上哪有卖后悔药的，当初他满打满算肖常福卸任后，公社会给自己明确个职务，以自己的能力，终究会有机会的，没想到，步步失算。在家里，面对愁闷的父母，他只能以沉默应对。在村里，人们表面上对他恭顺，他明白，那只是表面现象，大多数人看不上他，等着看他笑话，他看不到出路，只能在黑暗中摸索前行。高玉巧对他落花有意，可是他压根看不上她，高玉巧长得粗俗不说，身高还是硬伤，父母也不待见她。沙泽厚就这样在愤愤不平中艰难度日，眼看着年龄一天天大了，每天都着急上火。

庭训媳妇生了第二个女儿后，朱光明家好些日子没声息，朱光召家的日子过得倒是红火。朱光召的两个儿子朱武和朱文书读得不好，不过，弟兄俩对父亲毕恭毕敬的，这让朱光明很是气馁。弟弟要嘴没嘴，心思更不及自己一半，为啥孩子恁敬重他呢？最让朱光明闹心的是光召老婆常在院里大呼小叫地叫儿子，显得家里红火，人气足。朱光明的院子冷清了许多，他有时对老婆发火，当初要不是她简慢，庭力的孩子该娶老婆了，现在弄得他家庭不睦，膝下无孙承欢。当年父亲和朱泽运吵架，笑话人家没后，现在他家倒是人旺家兴，自己这边人丁萧条。朱光明每念于此，心神难宁。庭福还没成家，只得寄希望于庭福了。他开始谋划给庭福娶房媳妇。娶媳妇得盖房，这是大事。庭训还住院里，不好去外面给庭福盖房。庭福住的偏房太逼仄，没法当新房，没房子，就跟买鸟没笼子一样，朱光明想，无论如何得给庭福造两间房子。朱光明不亏诸葛的称号，他想在院里造房，然后把门改到外面去，房子还在自家院里，庭训也就说不出什么了。朱光明想到便实施，他一边给庭福造房子，一边张罗着给庭福找媳妇。媒人知道朱家挑剔，一般女子人不了朱光明的眼。媒人揣摸了多日，想到了冯村女子冯幽兰。冯村距桃村二十里地，媒人将冯家境况说与朱光明，朱光明寻思不能听媒人一面之词，须去冯村打听下女子人品。

　　朱光明想到做到，第二天吃过早饭去了冯村。冯村不大，朱光明在村头装作找水喝进了一户人家，进门见一位老人蹲在门旁菜园里拔草，见朱光明进来，起身招呼。朱光明与老人寒暄了几句扯到冯幽兰身上，老人会意地笑了，明白朱光明是打听媒的。老人住村头，常碰到这样的事，笑着说，幽兰这孩子不错，直爽，爱笑，家里没男丁。朱光明听到这，感到意外，媒人没说她家没男孩。老人停了一会儿，意味深长地说，老哥，看你人不错，多说一句，娶媳妇也在调教，幽兰母亲比别家媳妇开通。朱光明看着老人，没弄明白他最后一句话的意思，想再问问，老人说，天不早了，我就不留客了，要我说呢，姻缘天定，外人改变不了，娶媳妇得看本人和老一辈的造化，不是凭一己之力能改变的。朱光明很是吃惊，之前看老人，与村里其他老人无异，只是最后这句话，显出了老人的与众不同。朱光明有心和老人多聊两句，无奈，老人起身回了屋。朱光明心想，老人有此见地，一定不是村野农夫，他依着不破婚事的古训，又坚守做人底线，不妄语，才有了方才那番意蕴深远的话。朱光明有些拿不定主意了，老人话里话外暗示幽兰母亲人品有问题，只是那么一点，不把话说透，可又说姻缘天定，这让朱光明举棋不定。按说庭福年龄不小了，早该成家了，这些年，朱光明没了之前过日子的心气，才把庭福的婚事耽搁了。他想还是回家问问庭福的意思，如果庭福悦意，他不会干涉。

　　朱光明回到家，庭福刚从外面回来。朱光明吸着烟袋问庭福，前几日见的冯家姑娘，觉得咋样？庭福红着脸说，大，就这个吧。庭美走过来问，三哥，长得俊吗？庭福绷着脸说，去。庭美噘着嘴说，还没娶老婆呢，就这样对我，要是娶了老婆，会不会像大哥、二哥般对我。庭美仗恃着朱光明夫妇的宠爱，经常挑拨哥嫂关系，起初，庭力和庭训信了庭美的话，夫妇间常吵架、怄气。次数多了，两个哥哥才知道很多事是庭美杜撰的。庭力自从儿子夭折后，媳妇伤心落下了病根，不能生育，对父母颇有怨言，只是碍于面子，一直没表露出来，后来盖房搬出了院子，自然另立了锅灶。庭训每日在学校忙，不知家里的情形，被庭美挑拨后，打了媳妇马月娥几次，马月娥贤惠，挨了打一声不吭。到了晚上，庭训想进她被窝，她抵死不从。庭训有些火，猛地掀开被子，孩子被惊醒了，马月娥抱起孩子说，你是先生，可你是糊涂先生，你妹妹说什么都信，你可知我的苦？你见天不进家，我一人看孩子，饭也没得吃，外人一句话你就着火，早知你这样，我宁愿成家姑老，也不受这委屈。说着嘤嘤嗡嗡哭起来，边哭边哄怀里孩子。庭训看着她，心生怜侧，也确实，马月娥之前细皮嫩肉的，头发乌黑油亮，现在面色蜡黄，头发蓬乱，眼皮还有些肿胀。细算起来，嫁过来拢共才三年，怎么成了这样呢？庭训心有悔意。马月娥又说，我给你生孩子，照顾你生活，预备和你过一辈子的，我问你，除了我，谁还能和你过一辈子？说白了，都是外人，你是先生，怎么就想不通这个理呢？庭训觉得她说的有道理，只是受父亲耳濡目染，不会承认错，他一声不吭地拉过被子，蒙头睡觉。从那之后，他对马月娥体贴了许多。庭美再说三道四，搬弄是非，他只当没听见。庭美受不了冷落，跑父母那告状。母亲袒护她，时不时地找庭训理论。朱光明背地里训过庭美，你就消停点吧，有一天你也会进别家门，要贤良，眼看着你三嫂进门了，你也老大不小了，前后村，像你这么大还待字闺中的不多了。庭美不等父亲说完，就摇着母亲说，大是要撵我呢。李氏说，不撵行吗？再搁几年，嫁不出去了。朱光明入了心，开始给庭美物色婆家。朱光明觉得给女儿找婆家更须细心，人品长相不说，家庭也不能差，他朱光明的女儿，不能随便找个人嫁了。朱光明这一细琢磨不要紧，心里骇了一跳，这两年只顾琢磨村里的风向了，把女儿的婚事都耽搁了，稍微入眼的，现在都是孩子爹了，剩下的歪瓜裂枣，朱光明无论如何是瞧不上的。

　　沙泽厚眼瞅着三十多了，父母愁白了头，沙静轩整日待在家里不出门，每到年节，更是喃喃自语，说香火在自己这断了，对不住列祖列宗，人也消瘦了许多。中秋节时，桃村大人孩子都忙着秋收，人们在地里忙碌、说笑着。花妮和村里妇女们在地头割高粱穗，花妮感觉小肚子鼓鼓的，想找个地方小解。她抬起头四下张望，寻着僻静的地方。每到农忙，高广杰总爱待在女人堆里，一是活计轻省，再就是和妇女们说个浑话，嘴上讨个便宜。他看见花妮四下张望，知道她八成内急了，于是慢慢靠近她。花妮眼睛找寻了半天，看见不远处有片没收割的高粱，向前走有一个水沟，能避人。她起身奔向高粱地，边走边解着腰带。高广杰一声不吭地跟在后面，大家都忙着手里的活，没人在意他俩。花妮到了地里，着急忙慌地褪掉裤子，刚褪了一半，高广杰捏着腔学起了猫叫。花妮吓了一跳，回头一看，高广杰在不远处一脸坏笑地看着她。花妮提着裤子骂开了，贼羔子，跟着老娘找奶吃。高广杰不急不恼，笑着哼哼唧唧地唱起来，大海航行靠舵手，万物生长靠太阳，雨露滋润禾苗壮。人们听到声响，发现花妮和高广杰不见了，高粱地里传来花妮的骂声和高广杰的歌声。有人好奇地奔过去，见花妮提着裤子，两腿哆嗦着骂人，高广杰嬉皮笑脸地唱歌。众人明白了，笑得前俯后仰的。花妮开始往高粱地深处走，高广杰紧跟其后，花妮越骂，他跟得越紧。最后，柳生媳妇看不下去了，说，高广杰，花妮要是尿了裤子，你给洗。花妮听了，来了精神说，再跟着，老娘真尿裤子里，不给老娘洗，老娘去你家住着去。几个妇女拉拽着高广杰，总算把他拉走了。沙静轩老婆也在人群里，别人笑出了眼泪，她依旧笑不出来。她看着不远处的庄稼地出神，金黄的庄稼地近处是大豆，远处是试种的水稻。再往远处是湖堤，堤上的白杨树抖着渐渐泛黄的叶子，被风吹得惬意地摇晃着。透过树干的缝隙，可以看见银光闪闪的微山湖，湖上游弋着打鱼的船。北面是收割后的高粱地，露出齐刷刷的秫秸茬，旁边没收割的高粱穗像醉汉的脸般嫣红。高粱地旁边有一片等待采摘的棉田，棉桃咧开嘴，露出洁白的棉花，棉花叶子有的尚绿，有的被霜露染红了脸，棉田远看像一块染色不匀的布。再往远处是块地瓜地，男人们有的在割秧，有的在用锄头刨地瓜，几个孩子跟在后面捞地瓜，偶尔捞到个大的，大呼小叫起来。沙静轩老婆看了一圈，眼睛湿润起来，泽厚小时候也这样，捞到地瓜背回家，会高兴地大喊大叫，说着说着就长大了。算着嫁到桃村快四十年了，她稀罕这里的水土，只是儿子和静轩让她愈发没了活的心气。今天八月十五了，无论怎样，回家要好好过个节。她叹着气抹了把眼角。

　　沙静轩老婆傍晚到家时，家里静得让人心慌。她打开门，见沙静轩在东间床上面壁和衣卧着，骨架像山峰一样。她捂着嘴退出来，沙静轩这几年眼看着瘦下去了，之前可不这样，人壮实着呢。她撩开西间屋门帘，见儿子还没回来，她放下帘子叹了口气，心想，再难，日子还得过下去。她进了灶屋，拾掇起了晚饭，今天八月十五，饭菜无论如何要弄得像样点。她看见正在鸡窝边徘徊的大公鸡，抓了把高粱撒在地上，公鸡看见粮食，顾不得矜持，拍着翅膀跑过来啄食。她蹲在一边，把只顾低头吃食的公鸡一把抓住。公鸡受到惊吓，伸头鸣叫着，两条腿划桨般蹬着。沙静轩老婆捋了把鸡毛说，今天要送你去西天了，你生来是人口中之物，不要怪俺。说着拿来碗和刀，把鸡脖子上的毛薅掉，提刀在鸡脖子上来回拉了两道，鸡血喷涌到碗里。她以前是不敢杀鸡的，都是沙静轩杀，今天不知为啥，做起来一点不手生。她把鸡甩出去，去灶间烧水。

　　她将鸡收拾利索，翻炒完炖上，满院四溢着鸡肉的浓郁香气。月亮升起老高了，她出门看了几次，沙泽厚还没回来，她着急地在院里转圈。这时，大门被推开了，沙泽厚肩上搭着衣服进来了。他吸着鼻子问，做了什么好吃的？怪香呢。她见儿子回来了，向灶房走着说，今天不是十五嘛，过节，我把公鸡杀了。沙泽厚应着进了屋。她盛来饭菜放到桌上，随后来到东屋，慢声细气地说，他大，饭好了。沙静轩动了动身子说，我不饿，你们吃吧。她说，今天十五，得好好过个节。沙静轩听了，缓缓坐起来问，十五了？她说，可不是。说着帮沙静轩找鞋子。

　　一家三口坐在饭桌前，煤油灯忽闪着，月光也挤进了屋里，比平日光亮了许多。沙静轩看着灯光说，他娘，过节了，得喝点吧。老婆难得见他有这兴致，说，泽厚，去东间帮你大拿酒去，还是过年敬神的呢。沙泽厚起身拿来了酒，又找了酒杯，给大倒上。沙静轩问他，你不喝点？沙泽厚有些意外，大好长时间不和自己说话了，他用筷子扒拉着菜说，大，陪你喝点。爷俩推杯换盏起来。她想，要是泽厚成个家，日子还是不错的。她唯恐沙静轩喝多了，又提起泽厚的婚事，弄得节也过不安生，于是在旁边不停地说，吃菜，过节了，一家人要高高兴兴的。沙静轩听了，把杯里的酒一饮而尽，抹抹嘴巴进了里屋。她僵在那里问，不吃饭了？沙静轩没回答。她见儿子脸上慢慢涌上乌云，说，泽厚，别管你大，多吃点。沙泽厚自顾吃起来。

　　她里外收拾完，已月上中天。她端着灯进了东屋，见沙静轩睡在床边。她推了推沙静轩说，往里点，别掉下来。沙静轩没动，她感觉不对劲，又推了推，沙静轩仍纹丝不动。她把灯放到柜上，抱着沙静轩喊，他大，你怎么了？没有回音。沙静轩老婆变了音，号叫着，泽厚，快来看你大怎么了！沙泽厚趿拉着鞋跑过来抱起沙静轩，感觉大的身体冰冷僵硬。沙泽厚狼嚎一样地喊着，大，大！醒醒。沙静轩老婆长声大气地哭起来。沙泽厚慌了神，他不相信大就这么走了，呆呆地抱着父亲。邻居听到哭喊声，拍门问，泽厚，出什么事了？沙泽厚没动，他抱着父亲，像尊泥塑般。门外邻居越聚越多，人们相互询问着，泽厚娘大过节的哭恁大声，出什么事了？杨军听到哭声也来了，他整日跟在沙泽厚身后，以为沙泽厚是条龙，能带他跳出农门，没想到，跟了一段时间发现，沙泽厚整日东游西逛，桃村人说他是二流子，干啥都不入流，公社的人也不用正眼看他。杨军眼看着跟沙泽厚进步无望，想投奔别处，又没合适人。眼瞅着福顺、小河都走出了桃村，小溪上了工农兵大学，他们几个依旧在桃村游荡，啥事也没成，杨军有些心灰意冷。他趴在门缝里向沙泽厚家看了半天，见屋里亮着灯，沙泽厚娘哭得凶。有人问杨军，看到什么没？平日你与泽厚要好，翻墙头进去看看，莫出了什么事。杨军本来不想去，见大伙众星拱月般围着他，豪气一下冲到了脑门，撸着袖子来到院墙前，上下检视着。他想在墙半腰找搁脚地，以便翻过去。寻了半天，没找到。他寻来一块石头，用石头棱在院墙上凿了个坑，脚蹬在上面试了一下，转身招呼人推他一把。几个人喊着号子推他，他一纵身，双手抓住院墙上的茅草，翻身骑在墙上。月光照得院里如同白昼，屋里忽闪着微弱的灯光，传来泽厚娘凄厉的哭声。杨军骑在墙上犹豫着，不敢往下跳。下面有人问，看清楚了吗？出啥事了？杨军扭头见大伙在墙外仰脸看着他。心想，今日就算下面是刀山也得跳下去，要是不敢跳，会成为村里人的笑柄。想到此，他闭上眼，把另一条腿从墙外偏过来，心一横，眼一闭跳了下去。杨军一屁股坐在地上，外面人忙问，怎么样了？他的屁股摔得生疼，五脏六腑震得移了位。他摸着狂跳的心站起来，打开院门，外面的人涌进来，奔向堂屋。人们进了屋，见沙泽厚母亲坐在地上哭，沙泽厚呆呆地抱着沙静轩。柳生走在前面问，这是怎么了？沙泽厚母亲看见众乡邻，哭得更是伤心。柳生把手伸到沙静轩鼻下，没探到鼻息，却触到了他僵硬冰冷的面颊。柳生惊呼着，没病没殃的，咋走恁快？众人也说，就是，怎么了这是？有的俯下身子劝沙泽厚母亲。柳生轻声说，泽厚，想开点，人死不能复生。说着把沙静轩轻放在床上，拉起了沙泽厚。沙泽厚突遭变故，不知如何应对，木然地站在一边。有人把沙泽厚母亲扶去了西间屋，免得看见沙静轩伤心。

沙姓的陆续来了不少，商议着让沙泽厚恳请村里的老支帮着处理后事。桃村操持红白喜事有固定的人和程序，操持事的被尊称为老支，领头的为大老支。有人看着天色说，恁晚了，明天再请吧。柳生说，不成，泽厚就自己，有些事须提前商议，不能让他娘俩守丧，近门年轻的来几个陪夜。没人应声。柳生有些火，说，谁家还不死人了，该上前的赶紧上前。人们面面相觑，觉得柳生的火有些大。不是大伙不愿上前，只是沙静轩去得太突然，人们一时无法接受，还没缓过神来。柳生心里打着小算盘，他虽然在桃村老支行列里，可距离大老支还差几个人呢，之前是肖常福，朱光明，现在以来长友为主。朱光明别看年纪大了，毛笔字写得好，账目也算得清晰，村里的红白喜事少不了他。自己一直不是关键人物，这让他上火。眼下来长友没来，他想拿出点气势，只是力道有点大。有人听着不入耳，年轻人火气大，想回敬柳生，碍着沙静轩刚去世，人死为大，不便多计较，开始小声商议谁留在泽厚家。

桃村人一直遵循丧事到，喜事叫的规矩，不一会儿，沙泽厚家屋里院里站满了人，开始商议丧事细节。桃村丧事几百年延循出了规矩，前有车，后有辙，做起来不难，细节根据主家经济状况和要求定，大老支才能在细节上表现出来，力求把事情办圆满不出纰漏，主家和大老支都有面子。沙泽厚往日东游西逛，人情世事都是沙静轩操持，丧事上的细节需要他拿主意时，他茫然地看着人家，没了往日的锋芒，嘴里喃喃地说，你们看着办吧。人们不相信地看着他，慨叹遇了大事改了性情。

前几年，沙泽厚家日月过得比桃村一般人家要好。沙静轩精明，会过日子，吃穿用度在桃村算上等的。这几年，沙静轩没了过日子的心气，沙泽厚只出不进，整日瞎忙，连整劳力工分都挣不到，日子过得邋遢起来。桃村人知道他家处境，想把丧事简办，依着沙泽厚的脾性，怕他不悦意，凡事须向他问清楚。沙泽厚母亲一直长声短声地哭，更不能主事。来长友刚被邀来，很是为难，简办吧，怕死要面子的沙泽厚事后说不是，隆重些吧，怕娘俩拉饥荒。

依着沙泽厚脾性,今后恐怕撑不起这个家。尤其是丧事,不同的决定,花费出入大。比如让哪些亲朋来,来的亲朋谁穿孝衣,招待用什么酒菜,沙静轩安葬在哪里,风水先生请谁,诸如此类的问题,都要事先商议好,大老支再在一起细商议,预算出大体费用说与主家。主家一般根据自家情况定夺,才能具体去操办。来长友几个凑在一起挠着头,想着怎么把沙静轩的丧事少花钱,还办圆满些。

沙静轩在桃村人缘不错,村里人对他突然去世很是惋惜,沙老玄老婆抹着泪说,静轩一辈子人善,没享福就走了,可惜呢。桃村人嘴里的享福是指儿女成家,子孙成群,日子过得去。人们没直接说出来,沙静轩唯一的儿子没能成家,在桃村人眼里,这是最大的遗憾,老了无孙让沙静轩的丧事办得冷清,喇叭响器班当然没有,棺木是三寸杨木的,白刷刷的连油漆都没上。老支们经过商议,认为沙静轩灵柩不宜停留太久,隔天出殡较好。沙姓族人也觉得可行,灵柩停一天,花费大不说,沙泽厚母亲的嗓子都哭哑了,怕哭出个好歹来。商议出眉目后,便好行事了。大家各司其职,尽心竭力操持着。

出殡那天,沙泽厚一人形单影只地穿孝衣打幡,年纪大些的妇女背过身抹眼泪。招待亲朋的酒席是桃村最次的,八个碗,只一个里面有几块肉丁,剩下的菜,除了一个微山湖鲤鱼做的瓦块鱼,其他的都是青菜萝卜。桃村丧事酒席历来比喜事要差些,喜事酒席不好有人会闹事,丧事不会,即便再不讲情理的人,也不会在丧事上闹事。人们只有一个念头,让去世的人入土为安,桃村人有一句话,谁家不死人呢。

沙静轩出殡那天,崔福运老婆崔柳氏拄着拐棍挤在人群里。这几年,她顶受不了发丧的场面,想着有一天自己躺在棺材里,被人抬着去掩埋,她会胆战心惊。几个老人聚在一起说闲话,有病痛或者子孙们常惹他们生气的会说,咋还不死,死了倒享福了。真让他们面对死亡,他们是惧怕的,都想在这个曾经嫌恶的世上多待一会儿。今日，崔柳氏见沙泽厚一人打幡，想着自己百年之后，丧事会不会也这样凄凉。她倒是孙男娣女一大片，只是一次也没见过。睡梦里，她听见孩子喊奶奶，又惊又喜地应着，睁开眼，却是漆黑一片，她会重新闭上眼，沉浸在刚才的梦境中。崔明铎年节会打钱来，开会路过回来一次，一盏茶的工夫就要走。崔福运见儿子回来了，躲在东屋不见。崔明铎在门外叫着大，崔福运没搭理。崔明铎用央求的目光看着娘，崔柳氏摇摇头。她知道，崔福运把这些年受的委屈全记儿子头上了。崔明铎也有苦衷，这些年一是工作忙，再就是，回来怕见到杨晓玛，怕她没完没了地闹。后来，杨晓玛拐跑了花妮丈夫，不在桃村了，只是他们住邻村，以她的个性，听到消息，保不齐还会过来闹，会弄得自己很没面子。再说，现在的老婆，新中国成立前是城里大户人家的女儿，她不习惯乡下生活，不愿回来。孩子们出生后一直生活在城里，不愿跋山涉水回来。桃村对他们来说是模糊的，没有任何吸引力，这些因素加在一起，崔明铎才这么多年没回来。眼下，他能理解父亲，父亲曾几次去信质问过他。有些事，崔明铎也说不清，只得给父亲回复些注意身体之类的空话，现在怨不得父亲对自己这态度。崔明铎站在门前，左思右想，没找到打开父亲心结的法子。手下在门外等着，让他很难堪。崔明铎看着紧闭的门，狠狠心，跺跺脚走了。崔福运在屋里支棱着耳朵听外面动静，听到儿子走了，他打开门，奔向大门，只有吉普车带起的尘土飞扬着。崔柳氏站在身后说，就是个倔驴。崔福运没搭理她，手扶着门框，努力踮起脚，专心看着车离去的方向。

沙泽厚办完父亲的丧事，在家里待了两天。母亲天天擦眼抹泪，不哭时，会唠叨起没完，说你大被你愁死了，到那边没法跟列祖列宗交代。沙泽厚有时用被子蒙上头，有时吼上两句。母亲许是受了丈夫突然去世的打击，全然不管气急败坏的沙泽厚，自顾沉浸在自己世界里，唠叨起没完。沙泽厚不堪其扰，跑到队屋。柳生和来长友在队屋商议事，见到沙泽厚很是愕然。桃村有个规矩，家里老人去世，发完丧后，儿子一个月内不出门，说是守丧。沙静轩刚埋了两天，他怎么就跑出来了？来长友和柳生眼睛瞪得溜圆，你看我，我看你，连招呼都忘了打。沙泽厚全然不在乎他俩的目光，径直走到他们面前问，公社有什么新精神？来长友像是刚从梦里醒来，说，也没啥新精神，昨日柳队长去公社开会，主体精神还是要念念不忘阶级斗争，念念不忘无产阶级专政，念念不忘突出政治，念念不忘高举毛泽东思想伟大旗帜。来长友一气读完朱光明刚写的标语，脸憋得通红。来长友平日不愿和他说话，眼下觉得他父亲刚去世，多少应付一下。沙泽厚瞧着横七竖八摆在地上的标语，问，之前不都用石灰水刷墙上吗？柳生说，村里凡是能写字的墙都写满了，实在找不到地了，怕上级来检查，所以才着急写的。沙泽厚撇撇嘴说，恁大的桃村还装不下几个字？柳生和来长友对望了一下，没说话。沙泽厚有些无聊，胡乱拢起地上的标语说，我贴了去。柳生嘱咐道，贴个显眼的地。沙泽厚早走远了。来长友满脸忧戚地说，之前他大活着，好歹有个忌惮，现在他大走了，他一蓬风到顶，没人奈何得了他了，赶紧想个法子，让他离开桃村。柳生摊开手说，有什么法子，当年让他去化肥厂，恁好的差事他都不去，眼下更没指望了。来长友搔着头问，那可咋办？又抬起头说，也是你多事，当初被猪油蒙心了，把他引过来。柳生说，可不是我的事，万事有个机巧。来长友知道他又会说出千万个与他无关的理由，烦躁地站起来走了。柳生看着他的背影自语着，好事没我点。

朱小河在镇上水泥厂上班有些日子了，工厂三八制，朱小河下班后回家，帮大爷做些家事。爷爷确实老了，拄着拐棍在院里挪着，堂屋到大门也就五十步的样子，爷爷能走半个时辰。朱小河常想起爷爷年轻时走路带风的样子，日月真是不饶人呢，当年意气风发的爷爷耳朵也聋了，眼睛也花了，腰佝偻得厉害，要不是拐棍支撑着，朱小河怕爷爷的头会碰到地上。大爷身体也不如从前，老是丢三落四的，做菜不是咸，就是忘记放盐，衣服更是穿不齐整。朱小溪去上学了，爷仁的日子过得差三落四的。朱泽运别看老了，操持朱小河的婚事时，眼睛会发出豁亮的光，说找个好媳妇利三代，他一定帮朱家把好关。朱小河人长得不错，每月拿工资，十里八乡的姑娘想嫁进朱家的不少，只是一般姑娘入不了朱小河的眼。朱泽运平日有些糊涂，但媒人上门提亲时，他比年轻人还清醒，问姑娘家几口人，父母人品，爷爷奶奶如何，最后才问姑娘长相、人品。有媒人说姑娘可好了，就是姑娘奶奶有些不讲理。朱泽运很坚决地摇摇头，说，不要再说了，这样的姑娘绝不能进朱家门，会招致家门不幸。媒人说，姑娘好着呢。朱泽运说，耳濡目染恁多年，能好哪去？好也是表面的，日子久了，砍倒青蒿狼就露出来了。这样选了几年，朱小河也没找到合适的。朱泽运老得更彻底了，整个人像把弯弓，平日像只猫一样眯眼坐在太师椅上，有时嘴里念叨，小河和小溪成家了，我才能安心走呢。朱光召老婆中梅来说媒，把自己的远房亲戚繁花说给朱小河。朱泽运平日喜欢这个快言快语的侄媳妇，说，可得给俺家说个好媳妇。中梅靠近朱泽运说，叔，那还用说，俺明日带小河去相亲，保准能相中。朱泽运点点头，像往常一样问了姑娘父母和奶奶的情况。中梅快言快语地说，您老就放心吧，八辈子过日子的人家。朱泽运笑着点头说，那就成。朱成功蹲在门外说，小河，明天收拾一下。中梅说，大侄子这模样，不收拾也比他们强。

第二日，朱小河随中梅去相亲，到了晌午才回来。朱成功迎上来问，这次咋样？朱小河边放自行车边说，比以前的顺眼。朱成功说，那就成了。朱泽运咳嗽着说，让姑娘来家一趟吧。朱成功说，八字没一撇，人家能来吗？朱泽运说，是一家人的话，会来的。爷仁正说着，中梅满脸欢喜地进了门，说，叔，大侄子挺满意的。朱小河没了往日的爽利，低着头没说话。朱泽运在屋里说，光召家的，哪天让姑娘来家一趟。中梅听了，有些意外，大呼小叫地说，叔，依着你的意思，让姑娘来看家？朱泽运说，还没到那时候，俺想看看姑娘。中梅有些为难，说，这合适吗？朱泽运用拐棍捣着地说，为了俺家的子孙后代，我一定要看。中梅看向朱成功，朱成功说，依着他吧，要不然这亲事不好弄。中梅叹了口气，说，我问问那边的意思，十里八村没这规矩呀。说着转身走了，嘴里唠叨着，说媒说媒，一天三回，我这腿都溜细了，可是不图麸子不图面。

　　中梅一刻不停地赶到繁花家，说明来意。中梅又说，朱家老爷子要见繁花，他不点头，亲事恐得迁延。朱家是殷实人家，再说朱小河的样貌繁花也见过了，跟画上的一样，千万莫错过了恁好的亲事。繁花早听邻居二美说过朱小河，二美说朱小河时，眼睛都直了。痴痴地说，朱小河跟电影里的李玉和差不多，要是能嫁给这个男人，也不枉来世上一场。二美家曾央人去朱家提过亲，只是，朱泽运知道二美奶奶是改嫁来的，一口回绝了媒人，连回旋的余地都没有。繁花比二美小几岁，儿女情长还在懵懂中，见过朱小河后，感觉没二美说得恁好，不过，样貌要好过村里其他年轻人。对于朱家要繁花去家里的要求，繁花自己没主意，她凡事听父母的。繁花长这么大，只去过镇上两次，再远的地方都没去过。平日，繁花帮娘做家务，在生产队挣些工分，没拿主意的机会。说来也奇怪，粗茶淡饭偏让她长得细皮嫩肉的，一张银盘脸在姑娘中特别出众，繁花的样貌让父母很是傲娇，十里八村也没繁花这么周正的。单看那脸，如满月般，白皙方正，眉眼也清秀，珍珠般的牙齿，齐整光洁，再加上适中的身材，让朱小河一眼相中了。

　　繁花父母踌躇了半天，知道朱泽运这关不过，婚事定不下来。繁花父亲说，大妹子，这事俺们听你的，在中间操了恁多的心，你说该不该去？中梅怕繁花家不同意去，一直绷着脸，说朱泽运是个老顽固。听了繁花父亲的话，中梅心里有了七八，眉开眼笑地说，要我说呢，新社会了，去一趟也不多，显得咱大方不是，再说了，就咱闺女这模样，让他们看看也好，好多备些聘礼。繁花母亲说，也行。

中梅领着繁花进门时，朱泽运正在院子里晒太阳。看见繁花，满是皱纹的脸上霎时洒满春光，扭头向屋里大声喊道，小河，来客了。朱小河从屋里出来，嘴里喊着姊，眼睛却瞟向繁花。中梅领着繁花来到朱泽运面前，说，叫爷。繁花低着头有些害羞，声音像是从嗓子挤出来的，爷。朱泽运看着繁花，连声说，好！好！眼睛一刻也没离开她。繁花看着脚下，不敢抬头。朱小河很久没见爷爷这么高兴了，往日，朱泽运整日恹恹地歪在太师椅上，听到响声，会眯眼看一会儿，又把头窝进臂弯里。朱成功见父亲高兴，想是对繁花满意，小心地在旁边说，大，预备饭吗？朱泽运说，可是得吃饭，把过年的腌肉拿出来。繁花听说要吃饭，眼睛像受了惊扰的兔子，慌张地看着中梅说，姨，俺还是回吧。中梅小声对朱泽运说，叔，孩子第一次来，饭就免了吧。朱泽运点点头说，也成。又向朱小河摆手说，把你大买的手表拿来，算爷给的见面礼。朱小河站着没动，他不明白一向节俭的爷爷今天为甚恁大方。朱泽运见朱小河没动，用拐棍捣了捣地，说，听到没？朱小河这才像从梦中醒来，向屋里跑去。不一会儿，手里举着一个红布包来到爷爷面前。朱泽运接过来，递给中梅说，光召家的，这是给孩子的一点心意，和人家父母说，亲事我们没意见。繁花双手胡乱摇着说，太贵了，俺不要。中梅接过手表握在手里，满脸欢欣地说，我先替你收着。

繁花还没回村，整个村子就都传开了，朱家给了繁花一块手表。村里有好多没见过手表的，早早地来到繁花家门前等着瞧稀罕。二美娘也在人群里，有人说繁花找了个好人家，人长得好，大又在外面做官，嫁过去擎等着享福呢。二美娘撇撇嘴说，有什么好的？俺家二美还瞧不上呢。繁花大娘撇着嘴说，你家二美怕是做梦都想嫁人家吧，只是朱家门槛高，跨不进去呢。二美娘脸青一阵白一阵地说，有什么大不了的，俺那是不稀罕。众人憋着笑，低头用眼神交流着。这时，中梅领着繁花来了。妇女们迎上去说，繁花，快拿手表让俺瞧瞧。中梅把手表握在手里说，去，看一眼会少一块,你们赔得起嘛。有人拉住中梅说,看你小气的。中梅把手表握在胸前,跑进繁花家说,偏不让你们瞧。人们嘻哈地跟在后面,有人拉着繁花问,你婆家除了手表,还给什么稀罕物了没?繁花的脸像块红布,扭捏着说,没呢。繁花大娘说,打小就看俺繁花有福气。众人说,可不是,咱村真没繁花这门面脸。

朱小河和繁花预备秋收后结婚,朱成礼给儿子备了缝纫机、自行车、收音机以及脸盆和暖水壶等生活用品,还买了两床杭绸的被面,给繁花买了春夏秋冬各两身衣裳,还让中梅给繁花送来六百元压腰钱。朱小河给朱光召家送了两条鲤鱼,两块上好的确良布料作为谢媒礼。中梅跑得愈发勤快,臂弯里挎着包袱,遇到人老远就招呼,说给繁花送聘礼呢。有人好奇,凑过来看,中梅捂着不让看,摆着手说,我那侄子,真没得挑,人家当局长的大,欢喜着繁花呢,几大件早备好了,繁花过去擎等着享福吧。二美娘也在人群里说,大姐呀,还有没结婚的侄子吗?中梅说,有倒是有,就是眼光高着呢,一般人入不了他的眼。二美娘向前凑了凑说,大姐,俺闺女你见过没?比繁花可不差。二狗娘在一边说,啥叫不差?都长着一个鼻子两个眼,只可惜位置不一样,那可是天上地下呢。中梅说,就是,小河弟弟小溪,眼下上大学,比小河长得还好看,有好姑娘,我给他说合。二美娘听到这,拽着中梅说,大姐,去俺家喝口水吧。中梅笑着推开她说,改天吧,俺这边有要紧事呢。

繁花秋收后隆重地嫁进了朱家,她和未曾谋面的婆婆一样勤快,家里家外忙碌。只是婆婆像冬日午后的阳光般温驯,每天无声无息地忙碌着。繁花不同,她像夏日午后暴烈的太阳般火热,家里的事,她不一会儿就麻利地忙完了。刚进门时,左邻右舍还不熟,繁花最多站在门前与往来的人说会儿闲话。慢慢熟稔了,繁花会在院门前与别人说东道西,有时候,还去邻近的中梅家。中梅的两个儿子朱文、朱武都学业未成。朱光召倒是无所谓,中梅好强,给朱小河做媒时，想让朱成礼帮俩儿子安排工作，只是朱成礼没应承。朱成礼有自己的想法，万一应承了他家，朱光明和邻近的本家都来找，应谁不应谁？不如直接把口子堵死，断了他们的念想。为这事，中梅愤怒了一阵子，没办法，她让大儿子朱武学了木匠，总得混口饭吃。朱武天资不差，学了两年，板凳椅子倒是都能做，神韵都有，用朱光明的话说，家什筋骨还不行，这可不是一天两天的功，得耐得住去磨砺。中梅听说了，撇着嘴说，他是鸡蛋里挑骨头，整天到处指手画脚，有本事管好你家的事。朱光召和朱光明分家后，几十年挨门住着，朱光召从没去过朱光明家，也从不跟他说话。朱光明觉得憋气，可也奈何不了他，倒是小辈们，年节时走动问候一下，不过，也像微山湖的水，淡淡的没有味道。

中梅故意让朱武在门前做家具，木材需要自己锯开。朱武带着朱文把一搂粗的树干固定在地上，用墨斗挑了线，和朱文一人一头拉大锯，破板材。朱文初学，免不了劲使不均匀，锯会走偏。朱武会黑着脸训斥朱文。朱文从小话少，这时更没了话，只有低头挨训的份，有时候，被训得眼泪汪汪的。中梅心疼朱文，知道朱武脾气暴，不敢上前，唯有吃饭时，多给朱文碗底放个荷包蛋。

朱武做好家具，会带到集市上卖。大多时候，怎么拉过去的，又怎么拉回来，这让朱武很是气馁，拉锯时更是疯狂，训斥朱文的嗓门更高了。朱武早过了结婚的年龄，一直没找到合适的。最近，中梅发现朱武吃过晚饭老是往外跑，大半夜才回来。中梅不敢问，想说与朱光召，又怕白说，说上半天也得不到回音，像对截木头说一样。没办法，中梅只好亲自出马。一天晚饭后，朱武迫不及待地出了门，中梅碗也来不及收拾，小心跟在身后。外面到处黑漆漆的，中梅看见朱武去了村后的地里，她不敢靠近，怕被朱武发现。黑暗中，远远听见个女声问，怎么才来？朱武说，俺娘饭做晚了。两人开始叽叽咕咕絮语，听不太清晰。中梅琢磨着与朱武说话的女子是谁呢？她把村里的姑娘踅摸个遍，听着像是崔福运弟弟的闺女崔清芳。崔明铎把弟弟带走了，崔清芳经常住崔福运家，受成分影响，眼看着三十了也没找到婆家。要说崔清芳，人长得倒不差，只是成分才耽误大了。武咋跟她好上了？中梅心下忐忑，满腹心事地回了家。

　　中梅回到家，坐在灯下心乱如麻。她想找人说说话，拿拿主意，家里每遇到事，和朱光召说等于白说。他会说，你看着办。时间久了，中梅遇到事，也懒得和他说了。只是，这不是小事，该找谁问个明白呢？他想到了来长友，待明天问清楚，眼下成分到底还重不重要，别影响了后代。中梅打定主意，收拾了碗筷，吹熄灯睡了。中梅一直没敢睡实，后半夜，听到门响。她隔着窗问，是武吗？朱武瓮声瓮气地答，娘，是我。

　　第二天吃过早饭，中梅见朱武出了门，便尾随着出来，见儿子径直进了队屋，她躲在门边侧耳听屋内动静。听见朱武和来长友说，队长，把崔清芳的富农帽去掉，我就娶她，要不然，嫁不出去，你们也不好看不是。来长友说，现在成分不重要了，该娶就娶嘛，再说你也老大不小了。中梅听到这，转身回家了。来长友的话给她吃了定心丸，她知道儿子的脾气，他认准的事，九头牛也拉不回来，再说了，崔清芳挺好的，知根知底的。

　　朱武和崔清芳的婚事没费周折，崔家正为崔清芳的婚事发愁呢，两家都合意，婚事也就顺畅多了。朱光召收拾东偏房作为新房，崔福运想体面地嫁侄女，算来算去，手里没多少余钱，又不想向儿子张口，只能把家里的衣柜重新油漆了，勉强凑够了八件拉过去。崔清芳母亲做了两床被子，这嫁妆在桃村还不算寒酸，只是离中梅的期望低些。中梅本以为崔明铎做恁大的官了，妹妹结婚，会出手阔绰，没想到，崔明铎人没来，钱也没来。后来，村里人私下议论说，别看明铎做了大官，可怕老婆了，老婆一瞪眼，他魂都吓掉了。村里人说归说，谁也没见过，崔明铎娶妻后，没回过桃村倒是实实在在的，这给了村里人想象的空间。说书唱戏讲凡是功成名就的，大多携妻带子地风光回家了，崔明铎别说妻儿了，自己也很少回来。大洋马在邻村安家后生了两儿一女。大洋马偶尔遇到桃村人，会大方地跟桃村人打招呼，问问崔家近况。听说崔明铎不回来，崔福运两人孤苦无依时，她哈哈笑着说，老天有眼，这就是现世报，要不是两个老家伙作妖，让他儿子不要我，他能不回家？我在崔家的话，他们早儿孙满堂，享儿孙福了。村里人随口答道，是啊，看你这孩子多好。大洋马抱起儿子说，可不是，等天啊，我带去桃村，让俩老古董眼气死。大洋马说归说，自从离开桃村后，她一次也没回去过，她不怕花妮，花妮打骂都不是她的对手，她怕花妮婆婆，也是她婆婆。花妮婆婆不只骂人，有时还用拐棍打人，这让大洋马很是惧怕。有了儿子后，大洋马怂恿丈夫带孩子回去，觉得婆婆看在孙子的面上能接纳他们。谁知丈夫把头摇得跟拨浪鼓一样，身体还躲闪着。大洋马生气地骂道，看你那怂样，孩子可是你家的后代。丈夫甩开她说，姑奶奶，你就消停点吧，她连我也不认了。大洋马冷笑着说，老太太够狠的，认不认都是你家的种，看你能管多久！大洋马这次失算了，老太太去世时，把族里的三老四少叫到一起，交代自己的身后事，出殡不让儿子参加，他和大洋马的孩子永远不能入家谱。族人们面面相觑，老太太说，你们要是不答应，我不咽这口气。众人看老太太艰难地仰着头，胸脯起伏着。花妮抚着婆婆的胸说，娘，您安心走吧，俺不让他们回来就是。老太太说，谁要让他们入谱，我做鬼也不放过的。说着艰难地闭上了眼睛。

　　花妮婆婆的丧事办得异常凄凉，男女孝子全由花妮一人承担，行路祭时，花妮像儿子一样行九叩大礼，村里人边看边哭，崔福运也在人群里说，造孽呀，古往今来没这样的。沙泽厚也在人群里忙碌着，他的眉头整日拧在一起，脸像挂了霜。村里仍有姑娘对他动心，柳生闺女爱玉曾明里暗里地向他示好。按说呢，爱玉长得不差，只是皮肤黑些，被前后村小伙子戏称黑牡丹。沙泽厚心里驻扎着翠莲，爱玉和翠莲一比，自是一个天上，一个地下了，沙泽厚对爱玉爱搭理不理的。柳生看出了端倪，让老婆告诉爱玉，离那臭小子远点，不是过日子的人，嫁过去有的苦吃。柳生老婆不明白他说的什么，追着问，哪个小子？柳生不耐烦地说，滚一边去，按我原话说。

  杨军整日在村里晃荡，和沙从君女儿如月腻在了一起。依着沙从君的心气，杨军根本入不了他的眼，只是，儿女都大了，也没人上门提亲，才睁一只眼闭一只眼。沙从君的大儿子眼瞅着过三十了，没讨上老婆。中梅去过沙从君家，想让沙从君拿女儿给儿子换媳妇。桃村有过这样的亲事，自己闺女去对方家，对方姑娘嫁过来，叫换亲，两家的困难都解决了。只是这样的人家，大多因为身体有残疾，婚事才耽搁了。沙从君怕委屈女儿，一直犹豫着。后来，中梅又出了个主意，让三家转亲，这样多了选择余地。沙从君眼瞅着儿子窝在家里唉声叹气，狠心答应了中梅。中梅拍着胸脯说，放心吧，人家祖上也是读书人，书读多了，成了臭老九了，才耽误了孩子的婚事，孩子不错，闺女嫁过去，保准当家主事，受不了一星半点的委屈。如月听沙从君说完，躲在小屋里哭了很久。沙从君说，大对不住你，咱家得延续下去。沙明广站在门外说，大，妹不愿意，算了吧。如月止住了悲声，说，大，哥，我愿意去，嫁谁都是嫁。沙从君担心地看着她，如月的眼睛像细雨时的天空般迷蒙，穿着褪了色的格子衫，肩上垂着两个短辫，整个人暮气沉沉的。沙从君想和女儿说说话，无奈，喉咙像被棉花堵上了，只得转身出去。

  陈佳在儿女婚事上依了沙从君，她想亲手给女儿缝制嫁衣，想起了自己结婚时穿的旗袍，低头看身上破旧的蓝粗布褂子，叹了口气。陈佳常被村里孩子追着骂地主婆，为此，她很少出门，尤其那次见了侄女后，她更不出门了。她后悔当年怂恿父亲谋害嫂子，嫂子逃走后，侄女去外面读书，参加了革命，再也没回过陈家。前些日子，上级来村里检查秋收工作，陈佳和妇女们在场院摔高粱，一个女干部笑着来到她们中间，问她们辛不辛苦。陈佳抬起头，觉得女干部眼熟。女干部循着目光看向她，愣怔在那里。陈佳嘴角有一颗黑痣，女干部认出了她，咬牙切齿地说，你还活着？陈佳看看周围，红着脸低下头。公社干部围拢过来问，陈主任，怎么了？陈主任丢下手里的高粱穗说，没什么，碰到狗了。公社干部不解地看了看周围说，陈主任说笑了，哪有狗嘛。陈佳低着头，脸青一阵，白一阵。陈主任拍拍手说，有的人连狗都不如。王主任循着陈主任的目光看见了陈佳。陈佳他有印象，斗沙从君时，她跟着陪绑。沙从君身份特殊，全县就一个，他印象深些。陈佳前几年还保留着资产阶级大小姐的做派，走路昂首挺胸不说，两脚慢吞吞地走直线，胳膊风摆柳般。坐时脊背挺直，双臂抱在胸前，眼睛、眉梢带着蔑视，批斗了几次后，成效明显，和村里妇女差不多了。王主任不明白陈主任怎么和陈佳结上仇了，陈主任他可不敢得罪，眼下是县革委会副主任，年轻、有魄力，是县里的红人。王主任想到这，说，反革命分子得时刻接受贫下中农再教育，你们几天没批斗了？柳生毕恭毕敬地说，前天刚批斗完。王主任丢了个眼色给柳生，柳生意会说，收了工我们去开会，时刻不忘阶级斗争。王主任说，阶级斗争须常抓不懈。柳生说，那是。王主任偷眼看陈主任，见她面色缓和了许多，说，陈主任，咱们去别村看看吧。陈主任拍拍手说，好。

柳生送走陈主任一行，回到场院问陈佳，你认识陈主任？陈佳卖力地摔着高粱穗说，不认识。柳生阴恻恻地笑着说，不认识？她姓陈，你也姓陈，不会是你娘家人吧。陈佳身子哆嗦了一下。秀芬和枣花坐在陈佳左右，秀芬说，不会吧，真是娘家人，亲还来不及呢。枣花说，就是呢，俺娘家没亲的，看见邻居还亲得慌呢。柳生说，你们小门小户出来的，懂什么？陈家是大户人家，高门事多。秀芬问，有什么不一样的？柳生说，不一样的多了，人家家财万贯，你们怕连隔夜粮都没有。秀芬撇撇嘴没说话。陈佳垂着头，紧咬着唇。陈佳以前看不起桃村人，她孩子和别家孩子闹架，她会领着孩子找上门，非争个一二三不可。沙从君成为斗争对象后，她收敛了些，骨子里还是瞧不上桃村人。秀芬和枣花为孩子都和陈佳吵过架，秀芬和陈佳还动过手。当时肖常福还是队长，陈佳拉着孩子来找秀芬，秀芬当然护着自家孩子，没给她好脸色。陈佳没讨到便宜，说，人家有权有势，咱理论不过人家，今后不要和卖花婆玩。卖花婆是骂人的话，秀芬不愿意了，扑上去与陈佳厮打，两人旗鼓相当，秀芬的衣襟被撕开了，陈佳的头发掉下一绺。两人厮打着，嘴里还不停叫骂着，被赶来的邻居拉开，两家好久没来往。陈佳为孩子和村里大多妇女吵过，出工时，妇女不愿搭理她，陈佳也不屑与她们说话，觉得她们太粗俗，尤其笑得太放肆，龇着牙，嘴咧到耳边，前仰后合的，她实在看不上。这些年，沙从君时不时被批斗，她觉得日月都没了光，今日又被侄女羞辱了一顿，更觉得河湖无色了。

朱小河结婚后，几乎每日回家。朱泽运在朱小河结婚一个月后去世了，临死时，他握着朱小河的手说，没见到朱家第四辈人心不甘呢，待小溪结婚，朱家添丁一定到我坟前告知一下，九泉之下也瞑目了。朱小河哽咽着握着爷爷的手说，爷，放心吧。朱泽运看着跪在床前的朱成功，叹了口气。朱成礼还没回来，朱泽运扭头看向门外，胸口急剧起伏着，气息急促起来，不一会儿，艰难地闭上了眼睛。朱成功跟野狼一样哭喊着。送走朱泽运后，朱成功老了许多，在门前一蹲两三个时辰。繁花做好饭，叫上两三次，他才慢吞吞起身，饭也吃不多。繁花担心，说与朱小河，大爷好像不对劲。朱小河没说话，只是每天下班急急赶回家。

有一天，朱小河刚回到家，村里大喇叭响了，播音员一改往日铿锵有力的风格，用喑哑的声音沉痛播报着，中国人民的伟大领袖、伟大导师毛泽东于今日凌晨0时10分在北京逝世。朱小河听到这，像木桩一样站在院内。过了一会儿，他擦着眼泪奔向队屋。柳生和来长友站在队屋前，来长友眼里汪着泪，柳生眼睛红红的。沙泽厚气喘吁吁地跑过来问，这是真的吗？来长友抹了把脸说，这事能乱说？上级号召大家开展悼念活动，咱们搭个灵棚吧，方便大伙悼念。朱小河听了，蹲在地上，扶着头哭起来。来长友很是意外，朱小河的喜怒一般不外露，当年他母亲去世时，他还小，打着幡一滴眼泪没掉。前些日子，他爷爷去世，只是咽气时哭了会儿，出殡时，眼睛红红的，也没这么长声大气地哭。沙泽厚见朱小河哭，也蹲在地上哭起来。村里人听到队屋前哭声一片，聚集了过来。沙老玄挎着粪箕子问，到底是谁家死人了？你们在这哭丧。有人哽咽着说，毛主席升仙了。沙老玄用手捋了把胡须说，别管谁死了，咱们还得翻坷垃头吃饭。柳生说，沙老玄你这是反动，污蔑伟大领袖。沙老玄见柳生瞪着血红的眼睛看他，吓得后退了一步。周围很多人瞪着他，他像只老鼠般弯着腰溜了。柳生问来长友，这么多人在场，他说这话，传出去可不得了，咱得有个态度。来长友的眉头拧成了疙瘩。他知道沙老玄口无遮拦，说的是无心话，可是现场这么多人，传出去保不齐就变味了，非常时期，万事须稳妥处理。来长友小声问，你想怎么办？柳生说，我们须表明立场和态度，开全体社员大会，对他的错误言论进行批判。来长友说，可以，让年轻人担点责任。说着眼睛瞟向沙泽厚。柳生明白了他的心思，说，放心，得给年轻人锻炼的机会。柳生来到沙泽厚身边，和他耳语了一会儿。沙泽厚一下从地上站起来，把本来敞开的上衣向两边一甩，双手叉腰说，接受再教育那么多年，还是反动，看来无药可救了。斗！狠狠批斗！柳生说，轻重你把握，你们一个姓，我和队长不便出面。沙泽厚说，这是原则问题，亲娘老子也不能通融。柳生竖了竖大拇指说，我和队长没看错，就你原则性强。

第二天一早，沙泽厚的吼声通过喇叭在桃村上空飘荡，让全体村民吃过早饭到场院开会。之前开会大多在队屋门前，现在队屋前搭了灵棚，灵棚正中是毛主席画像，挂上了挽联，挽联是朱光明写的，横批是"沉痛悼念伟大领袖和导师毛泽东主席"，上联是"厚德载物天地换新颜"，下联是"万民悲悼千古共缅怀"。两边松柏环绕，不时有满脸忧戚的村民来悼念。太阳被乌云笼罩着，桃村被哀伤淹没了。

村民听沙泽厚在大喇叭里吼，不敢怠慢，陆续来到了场院，人们没了之前开会时的嘻嘻哈哈，多了些肃穆。沙泽厚下完通知，去了沙老玄家。沙老玄知道闯祸了，回来一直躺在床上哼哼唧唧的。沙泽厚在门外听到了他的叫声，他带着杨军一脚踢开门，见沙老玄躺在床上。沙泽厚说，别哼唧了，赶紧起来吧，去接受人民再教育。沙老玄老婆佝偻着腰，努力仰着头，翻着眼皮，抓着沙泽厚的手说，孩啊，他老了，不中用了，腰扭伤了，动不了呢。沙泽厚甩开她的手，来到床前，认真地看着沙老玄。沙老玄不敢抬头，哼唧得更响了。沙泽厚说，搁着从前，我抬也要把你抬去，这几日，看在毛主席老人家的面上，先让你反思着，摸摸肚皮想想好日子是怎么来的，别当白眼狼。沙老玄鸡啄米般点着头说，我错了，我好好反思。沙泽厚说，这事不算完，腰总有好的时候，躲得过初一，躲不过十五。说完带着杨军走了。沙老玄老婆看他们走远了，拿起笤帚抽打着沙老玄说，老不死的，土埋到脖子了，不知道说人话，胡呲八嚼惹出事了吧。沙老玄抱着头没说话，他心里打着鼓，不知咋迈过眼前的坎。

桃村人从喇叭里知道了唐山地震的事，年龄大的在家焚香叩头，祈愿太平丰年。上级号召全民防震，村里各家各户挖了防震棚。立柱家的防震棚是村里最好的。立柱在院里挖了地基，做了防震棚支架，做支架的棍子和绳子是立柱闲时预备的，比别家东拼西凑的好多了。钟方仪从单位借来帆布，帆布覆在支架上，有模有样的。村里很多人来参观，夸赞立柱手巧。村里媳妇闺女也来立柱家,她们拘束地站在一边,眼睛偷偷瞄向钟方仪。钟方仪认不清她们,笑笑算是招呼了。村里媳妇不看防震棚了,低声八卦开了,说一样的笑,人家笑咋恁好看呢?庭福老婆幽兰说,没看见人家的牙,雪白晶亮的,再看看咱那口子,一口黄板牙,不笑还好,一笑饭都吃不下了。她们在立柱门前小声说笑着,你搡我一把,我打你一拳,很是恣意,吓得旁边几只鸡扑扇着翅膀跑开了。

桃村人熬过了漫长冷厉的冬,迎来了草木复苏的春,桃村人没了从前对季节的宽容,抱怨起今年的春咋恁长呢。立柱常念叨,家有余粮,不嫌春长。这话一点不假,桃村大多人家的粮食早吃完了,花妮常去地里挖刚冒出头的野菜做汤。挖来后,把野菜淘洗干净,用石臼捣碎几粒豆子,与野菜一起做出清淡的汤来。花妮通常要喝上几碗,但喝再多,也不耐饥,一时半刻的,肚子又叫起来,天显得特别长。日上三竿时,桃村队屋墙下一字排开许多人,袖着手说闲话。有一日,村里人正倚墙说闲话,看见沙从君从官道上下来,他不像往日低头缩肩地走路,今日昂首挺胸,胳膊向两边甩开,大踏步地向家走。高广杰说,国民党反动派捡到元宝了,走路扇起土了。朱光明眯眼看了会儿,捋了把胡子没说话。朱光明这几年话少了许多,很多时候,他只瞪着栗色的眼珠听别人说。过了一会儿,沙泽厚也从官道上走来。高广杰老远招呼着,泽厚,去哪了?沙泽厚走过来说,去公社开会了。高广杰笑着问,上级有啥新精神?沙泽厚漫不经心地看了大伙一眼说,还是搞好生产。过了一会儿,又说,听公社的人说,国家要恢复高考了。高广杰说,恢不恢复咱也没人考,名字还不会写呢。朱光明说,泽厚,你的机会来了。沙泽厚说,撂了恁多年了,学的东西早还给老师了。高广杰拍着手说,怪不得国民党像是捡了元宝一样,他家有能考的呢。朱光明说,是呢,小香能考。小香是沙从君的小女儿,平日不出门,整日闷在家里看书。高广杰拉住沙泽厚的衣袖,挤着眼睛问,什么人都能考？不论成分了？沙泽厚甩开他说，我哪知道。说完踏着正步进了队屋。高广杰说，这孩子，还是这躁脾气，到现在连个媳妇也没讨上，可惜了。朱光明没接话，撇撇嘴扶着墙站起来说，有些饿了。别人见朱光明走了，也站起来拍拍屁股上的土说，是饿了呢，只是吃啥呢？高广杰见大伙都要走，抬起头看着太阳说，天还早着呢，啥活不做，饿得倒挺快。众人陆续走了，没人搭理他。高广杰有些无趣，自语道，说得好好的，说散就散了。于是拍拍屁股向家里走去。

2020 年 01 月 08 日修改

济宁市文艺精品扶持项目

微山湖三部曲（下）
风物

余秋玲 著

山东文艺出版社

图书在版编目（CIP）数据

微山湖三部曲.风物/余秋玲著. —济南：山东文艺出版社,2021.12

ISBN 978-7-5329-6359-1

Ⅰ.①微… Ⅱ.①余… Ⅲ.①长篇小说—中国—当代 Ⅳ.①I247.5

中国版本图书馆 CIP 数据核字(2021)第 048797 号

目 录

第一章　春日灼灼 ……… 1
第二章　大江东去 …… 35
第三章　日长月短 …… 99
第四章　趣舍有时 …… 147
后　记 ……………… 183

第一章

春日灼灼

风物

今年桃村的春和往年无异，立柱屋后的桃树在凌厉的风中摇曳着缀满骨朵的枝条，肆意盎然。周围的小草探头探脑看着外面世界，地里的庄稼尝试舒展着被冻僵的身体。微山湖凌开波漾，波光粼粼，运河上偶尔传来渔人悠长吆喝鱼鹰的声音，一切在欣欣然中勃发着生机。

开春后，与往年一样，公社开了几次会。来长友每次开会回来，神情都不一样。有时皱着眉摇头叹息，有时又喜笑颜开，与路边的人说笑。有一次回来后，他关上门与柳生嘀咕了半天。来长友神色凝重地说，今天会上传达了中央精神，除了少数坚持反动立场至今还没改造好的以外，其他遵守法令，老实劳动，不做坏事的地、富、反、坏分子，经过群众评审，县委批准，一律摘掉帽子，给予人民公社社员待遇。咱村咋办呢？柳生听完，沉思了半天，这些人一旦摘掉帽子，会不会找自己算账？还是来长友有远见，批斗会上从不主动说话，还一直劝自己，家门亲邻的，做事不能太过，看来，他是对的。来长友见他半天没说话，说，咱村一共就那几户，这帽子给谁摘不给谁摘都是事，上级也没个硬性规定，只是说遵守法令，真是难呢。柳生说，不是说要经过群众评选吗？咱们走群众路线，开社员大会，群众说了算。来长友摇摇头说，别人不了解咱村，你还不知道？大部分群众眼里只有亲疏远近，依着他们能做出正确决定来？柳生说，至少能撇清咱们。来长友点了根烟，歪着头沉思了一会儿，说，要我说，把咱村有帽子的都报上去，争取都摘了，要不然落下谁家，都会和咱结仇呢。柳生小声问，汉儒的也摘吗？来长友说，那当然，汉儒被成分所累，到现在也没娶上媳妇，摘掉帽子，赶紧让他成个家。还有沙从君家，孩子婚事是一方面，考学当兵都不成，几个孩子都耽误了。柳生没说话，来长友有了主意，他反对意义也不大，只是有些不甘，汉儒每次见他，表面上没什么，柳生从他偶尔瞟来的眼神里，看出里面装满了怨毒。以后摘了帽子，还不反了天。柳生想归想，却没说出来，他明白前进的火车一个人也挡不住，不如就坡下驴。想到这，他说，那就依着队长的意思吧，只是表面工作咱们还要做，开社员大会，让大家知道摘帽的事，也算过了群众这关。来长友说，那倒是，开完会，把名单报到公社去。柳生应着。

桃村召开了全体村民大会，大喇叭只通知开会，没说为啥。人们陆续到了队屋前，来长友和柳生已坐在那里等大家了。沙箕斗蹲在后面问身边的朱光明，诸葛叔，看着柳生没以前开会的劲头了。朱光明摸摸下巴上几根稀疏的胡须，翻着栗色的眼珠，盯着柳生看了一会儿没说话。不一会儿，柳生清清嗓子说，都安静了，现在开会。会场和往日一样没安静下来，柳生在上面讲，人们在下面小声说笑着。当柳生说到要摘地主帽时，人们惊叫起来。高广杰站起来问，队长，这不是好赖不分了？柳生停下来，看了看情绪激动的人们，扭头看向来长友。来长友吐了口痰，向前走了一步说，摘帽是国家根据目前的发展形势做出的英明决定，咱村根据上级要求完成土地改革，实现农业集体化后，地主、富农也参与了这些运动，经过二十多年的劳动改造，他们已经成了自食其力的劳动者，是社会主义人民公社社员了，所以呢，才要给他们摘掉帽子。今后上学、参军、入团、入党都不受限制了。来长友话还没说完，人群里传来呜咽的哭声。柳生循着声音看去，见柳广福哭了。汉儒蹲在旁边，紧咬着下唇，看着痛哭的柳广福。沙箕斗说，广福，恁好的事，哭什么？还不感谢国家。柳广福一时止不住哭声。沙泽厚和杨军几个一直站在会场右侧，杨军小声对沙泽厚说，这下完了，当初我可批斗他们了。沙泽厚皱着眉说，怕什么，当初要不斗他们，还改造不好呢。杨军说，你瞅瞅汉儒那样，像要和谁打架一样。沙泽厚与汉儒的关系一直不错，他不满地看着杨军说，汉儒哪样了，还不兴人家有个表情了？杨军说，闷头狗才咬人呢。柳生宣布散会，人们哄闹着散去了。

　　散会后，柳生和来长友没走，两人待在队屋说话。柳生说，队长，看到没？还没摘掉帽子，就猖狂起来了。来长友说，不会吧，任他猖狂，能狂哪去？只是，还有个事，你得有个思想准备，昨日听了信，也不知准不准，没敢和你说。柳生瞪大眼睛问，什么事，又有新精神了？来长友看了看门外，压低声音说，听说北面有的县区搞试点，把地分到各家各户耕种。柳生激动地站起来说，怎么可能，这不是要走回头路？来长友说，小声点，只是听说，也没确切消息，只是想让你心里有点数，别到了眼跟前接受不了。柳生来回在屋里踱着步，挥着手说，我肯定接受不了，集体公有恁多年了，咋会这样？来长友说，先别激动，有些事咱不了解情况，不好乱说，国家这么做自有道理，到时候学习一下精神，心里就敞亮了。现在都是传闻，没见文件，咱们还是按老路走。柳生反复搓着手想说什么，一时又没好的措辞，他站在来长友面前，皱着眉头，愣怔了一会儿，喉结滚动了几下，终究没说话，转身走了。过了一会儿又回来，如此二三，终究没说一句话。来长友看着他也没说话。他明白，柳生有情绪，说出来，怕自己传出去，对他有影响，不说呢，窝在心里难受，才如此反复。来长友知道柳生脾性，不愿多问。从上次他对肖常福的决绝上，他觉得柳生不可交心，与他共事也得小心。柳生碍于公社决定，才不得不接受自己，若时机成熟，他会像斗肖常福那样把自己赶下台。来长友觉得做队长太疲累，没多大意思，平日，他从不占集体便宜，唯一觉得对不住大伙的是福顺去了化肥厂。他想着再干个一两年，找机会向公社请辞，犯不着老是这么心累。福顺最近添了个大胖小子，三五日不见，他还有些想念大胖孙子呢。

　　桃村最近的出工时辰比从前迟了不少，以往都是柳生和沙泽厚催着。最近，沙泽厚没了从前的心气，之前向沙泽厚示好的姑娘全嫁人了。连杨军也娶了老婆，杨军老婆矮是矮了点，不过，洗衣、做饭、下地干活一样不差。杨军表面不乐意，晚上却很少出来，沙泽厚知道他被老婆拴住了。每到晚上，沙泽厚就没来由地气馁。前村有个刚死了丈夫的寡妇，眉眼还算俊俏，最近有事无事总来桃村与沙泽厚搭讪，沙泽厚感觉她的目光像六月的日头一样火辣。沙泽厚明白这女人的心思，她丈夫撇下一窝孩子，需要有人帮她养孩子。沙泽厚心里像吞了苍蝇般难受，自己咋沦落到这地步了。出工时，也没了从前吆五喝六的气势。

　　柳生最近心里不得劲，沙从君冷着脸要村里出证明，让他女儿参加高考。汉儒见了他把头仰得高高的，别说打招呼了，像没看到他般。柳生牙根恨得痒痒也没用，出工时，他也没了从前的精气神。村里人平日出工被催赶惯了，一下不适应，坐在田间地头说着闲话。来长友站在地头，看着散落在田间的人，皱着眉说，一晌午了，还没锄完地头，磨洋功呀。来长友声音不高，周围几人听到了，看他不急不恼的样子，也没当回事，转脸继续扯闲话了。来长友看着坐在地里嬉笑的人们，生气地拿起锄头刨起地来。高广杰过来说，队长，您说句话，我让他们干。来长友说，随他们去吧，挨饿时就知道了。高广杰又看向柳生，柳生蹲在地头用石块砸锄头，有几下砸在地上。高广杰说，柳队长，当心手。柳生抬头白了他一眼，继续砸着，地上的泥土受到惊扰，围着柳生飞扬。柳生被呛得咳嗽着，站起来瓮声瓮气地说，队长，大伙不愿干，回家吃饭吧。众人不相信地看着他，之前他都是过了饭点才放大伙回去，这次太阳从西面出来了。众人正面面相觑，来长友抬头看看日头说，是不早了，回吧，吃过饭早点来，地和人一样有灵性，对它上心，才会给大伙供奉吃食。大伙早不听他后面的话了，扛起锄头就往家跑。高广杰跟在花妮身后，拽着她的衣衫，花妮扭头要挠他，他闪身躲到别人身后。花妮笑着骂，你个龟孙，躲到你娘腚里，我也能找到你。高广杰也不恼，追过来摸花妮的屁股，花妮作势要用锄头刨他，高广杰惊呼道，想谋害亲夫呀！秀芬也在人群里，头扭向一边小声嘀咕着，也不给小的留点脸面。大建也在人群里，面色绯红，故意落在人群后面。

肖常福一般不出工，队里也没安排他差事，依着沙泽厚，非让他去大家的茅房里淘粪。来长友压着没同意，说，给自己留点退路。他明着说给沙泽厚听，实际是说给柳生听。沙泽厚提出来，他压下去问题不大，要是柳生也坚持让肖常福出工，那就不好驳回了，要少数服从多数嘛，再说村里老人孩子都要出工，放学后，孩子们会去湖里割草喂牲口挣工分。柳生听出来长友话外的话，附和着说，他为桃村出过力，不去不要紧，还有秀芬呢。沙泽厚见他俩意见一致，继续坚持也没用，就把手里的上衣抖了抖，甩在肩上出了门。

柳生看着他的背影说，年龄大了，脾气也见长了。来长友说，谁让你当初招惹他来着，依着他这样下去，往后更不好开展工作了，只要不合他的意，立马给咱甩脸子。柳生摊着手说，我可没招惹他，是他自愿斗争的。来长友摆摆手说，眼看着小四十了，和他一般大的，孩子都该嫁娶了，也是难呢，依着他的脾性，不做出格的事，就要感谢党的教导了。停了一会儿，又说，前几日，我去公社，公社看大门的老朱头病了，公社李副主任原本就嫌他年纪大，怕他哪晚睡去醒不来，牺牲在岗位上，麻烦就大了。想趁机把他换了，问我去不去。我觉得他是说笑，再说，我一大家子人，吃住能在那？后来，我寻思着，泽厚去倒是好事，又怕泽厚傲气，不同意，没敢跟李主任提这一出。柳生说，怎么不提呢？多好的事！来长友说，咱看着是好事，他未必这么认为，当初去化肥厂还不是这样子。柳生说，也是，他和别人不一样，要不你明天给他提提。来长友叹了口气，说，我年岁大了，有些事不想操心，也跟不上形势了，秋收后，我准备向公社辞了队长，有些事你做主就成。柳生听了，心里一阵窃喜，嘴上却说，哪能呢，你不干，我可没主心骨了。来长友说，我有些乏累，先回了。说着起身走了。柳生看着他的背影笑着说,春天快来喽。又一想,来长友不做了,沙泽厚会没了忌惮,自己对付他实在吃力,无论如何得在来长友不干前把沙泽厚撵出桃村。想到这,他关了队屋门,向沙泽厚家走去。

　　沙泽厚正在家就着咸菜大葱喝酒,见柳生来了,弯腰抄个板凳递过来说,柳队长,喝点?柳生接过板凳坐下,摆着手说,不喝。沙泽厚知道柳生来肯定有事,故意不问,把杯里的酒喝完,抹抹嘴,拿起一块煎饼吃了起来。柳生看着里屋问,嫂子呢?沙泽厚说,刚才还在呢。柳生向前靠了靠说,泽厚,老大不小了,这样漂着不成。沙泽厚嬉笑着说,队长,来给我说媒了,哪家姑娘?丑话说前面,太砢碜的不行。柳生说,我哪有那本事,今天得了个信,想着是好事,特意过来跟你说。沙泽厚笑着问,什么好事,队长先想着我了?沙泽厚了解柳生,他心里只装着自己,好事不会想着别人。这话要是来长友说,他或许会信,从柳生嘴里说出来,他得反过来想。柳生把板凳向前挪了挪说,刚得到信,我就过来了,公社老朱头病了,暂时没人看大门呢。沙泽厚看着柳生的脸问,你想去?柳生笑着说,我倒是想去来,一天到晚住那里,家不要了?沙泽厚忽然明白了,指着自己的鼻子问,你想让我去?柳生点点头说,是呀,多好的事,在公社大院待着,有工资拿。沙泽厚脸上涌上乌云,说,我说呢,恁好的事,你会想着别人?柳生搓着手说,这话说的,怎么不是好事了?沙泽厚气愤地把筷子甩在桌上说,看大门都是老头们干的事,你让我去?柳生说,什么老头干的事,你去了,天天与领导见面,机会也多了。两人正说着话,沙泽厚母亲从外面进来说,队长来了。柳生正被沙泽厚怼得束手无措,见到沙泽厚母亲,仿佛看到了救星,忙站起来说,老嫂子,来和泽厚说点事呢。他把老朱头病了的事又说了一遍,拍着手说,我觉得泽厚岁数不小了,到了镇上,有了工资,说不定能说上门好亲事呢,再说泽厚识文断字,到公社会有大作为。沙泽厚母亲天天愁儿子的婚事,听到这,忙不迭地说,恁好的事,过了这村可没这店了,明天去公社问问。沙泽厚满脸愠色。沙泽厚母亲见他的样子，知道他不愿意，一把鼻涕一把泪地哭诉起来，你爹被你愁死了，你想再愁死俺，村里和你一般大的，人家在干啥，你在干啥？我死了倒好，眼不见，也不用愁了。柳生见沙泽厚母亲哭起来没完，走也不是，坐也不是，只好干巴巴地说，老嫂子，别哭嘛。沙泽厚站起来说，别哭了，我明天去还不成嘛。

第二天，柳生和来长友一起去了镇上。他们到公社找到了李副主任，两人把李副主任拉到一边。来长友搓着手笑而不语，李副主任一头雾水地说，你们有话快说，我可忙着呢。来长友用胳膊捣了下柳生。柳生笑着说，主任，俺俩是给你解眉毛上的急来了。来长友听柳生说不到位，着急地说，主任，老朱头一时半会儿回不来，再说年纪大了，公社也担风险，俺村给你送个年富力强，有文化，有责任心的同志过来，帮着把公社大门守好。李副主任看看柳生，把目光转向来长友说，你俩来就为这事？来长友用力点点头说，是呀，守大门是个重要岗位，一天也不能空缺。李副主任说，这事不用你们操心吧。说着作势要走。来长友和柳生一边一个拉住他，李副主任冷眼看着他们的手说，干什么？来长友被他的目光吓了一跳，像被火烧着一样松开手说，主任，俺心里着急呀，你说泽厚这些年跑前跑后的，到现在连个家也没成，一直待在村里，这辈子算完了，让他来公社，看能不能讨个媳妇。李副主任指着他俩说，全公社生产大队就没你俩这么鸡贼的，听风就是雨。就你们那点心思，还想糊弄我？他沙泽厚不好领导吧，你们想甩给我？来长友连忙解释着，可不是的主任，泽厚识文断字，能当大用，他爹被他的亲事愁死了，咱不能眼看着他打一辈子光棍吧，来镇上机会就多了不是。李副主任说，人家都没这心思，只有你俩见缝就钻。柳生说，俺也是为了集体，为了群众嘛。李副主任说，套话就别在我这说了，你俩张口了，我要不卖你们个人情，见面不好说话了，不过，我可丑话说前头，来我这得收收性子，别跟在你们村一样，天地广阔横着走。来长友说，那是，那是。

　　沙泽厚去公社后，村里冷清了许多，出工时，大伙总觉得少了什么。妇女们在一起嘀咕说，少了泽厚，跟少了百十口人一样。高广杰说，要我说，你们这些老娘们三天不被骂就难受。妇女们笑骂着要上前打他，他边跑边扭头与妇女对骂。柳生坐在地头上笑，他最近见谁都笑嘻嘻的。他和来长友前几日去公社开会，开会间隙去了王主任办公室，王主任不在，他们看见王主任桌上有一个红头文件。来长友好奇，站在桌边，扫了一眼，小声念了出来，是地委常委扩大会议的会议纪要。按说地委的会议纪要不会下发到公社，一定有重要精神，让大家提前有思想准备。来长友心思翻转着继续看，上面一行是年月日，下面写着中共鲁州地委召开了常委扩大会议，地委革委会副主任、各县委书记、地直各口负责人参加了会议。会议学习了华主席、叶副主席、邓副主席在中央军委全体会议上的重要讲话，学习了中央文件，传达了全国第三次农业机械化会议、全省计划会议和省委召开的地市委书记会议精神。大家围绕我区农业生产发展速度缓慢的问题，以整风精神，揭矛盾，找差距，查原因，总结经验教训，按照省委对鲁州的要求"一年见成效，两年大变样，三年解决问题"的要求，讨论加快我区农业发展速度问题，安排今年的工作，会议统一了思想，提高了认识，明确了方向，增强了信心。来长友和柳生正一个专注读，一个认真听着。王主任推门进来，见他俩站在桌边，问，你俩做什么？来长友不好意思地搔着头，结结巴巴地说，王主任，参观您办公室呢。柳生附和着，是呢，主任。王主任指着他俩笑着说，你俩那点心思当我不知道，每次来都像特务一样到处打探消息，好为你们村争取利益，肖常福那时这样，到了你们也没改，应该是桃村水的问题，一个比一个滑，还把眼线安到公社来，也就你俩能想出这馊主意。来长友说，主任，我们可是为公社解决实际问题呢，就跟当年支援前线一样，出人出力在所不惜。王主任笑着说，瞧瞧，说你胖，先喘上了。不和你们废话了，我下月要退休回老家了，以后见面可就难了。来长友惊叫着，王主任，您要退休了？王主任忽然没了精神，悠悠地说，一个人在这边恁多年了，该回家歇歇了。来长友说，王主任，您一走，俺们没主心骨了。王主任哈哈笑着说，地球离了谁都转，只是生产问题你们要放在心上了，这些年，人民公社管理你们生产队，把你们都管懒了，什么都向公社伸手，生产队管理上集中，分配上讲究平均主义，加上前阵子吃大锅饭，农民的主动性和积极性都没了。社员们被监督着干活，干多干少一个样，谁愿意多干？都铆足劲耍滑头，再说，即便认真干了，一年到头，分到的粮食也不能养家糊口，谁还有积极性？社员出工不出力，低效劳动和无效劳动都成常态了。干部管得越宽，群众的应付办法越多，什么队长在，我就磨，队长走，我就站，不是你们村说的？大伙摽在一起受穷，没饭吃了，再伸手向国家要。来长友和柳生你看我，我看你，王主任说的确实是实情，只是这话王主任之前从没说过，还夸他们工作做得好，原来心里有本账呢。王主任见两人不说话，翻着手里的文件还想说下去，有人推门进来说，王主任，会议就等您了。王主任放下手里的文件说，走吧，开会去。

　　来长友和柳生来到会场，找了个地方坐下，王主任开始讲话，和刚才讲的精神差不多，最后王主任有些激动地说，作为干部，我们要发扬一心为民、敢于担当、求真务实的作风，鼓励农民要有敢闯、敢试、敢为人先的开创精神，试探着让社员从土地上找到甜头。会场上有人交头接耳，大家用问询的眼神看着彼此，谁也没搞明白。

　　散会后，来长友和柳生没走，他们来到王主任办公室门前。来长友说，王主任说要走了，没说什么时候，咱们不常来公社，提前和王主任告个别，王主任挺照顾咱村的。柳生点头应着，两人蹲在王主任门前，想等王主任办公室没人时再进去。等了好一会儿，王主任办公室出来进去的人还是络绎不绝。柳生看着偏西的日头说，天不早了，咱们再不走，怕是要走夜路了。柳生胆小，他们回家要路过一片坟地。来长友又回头看了看王主任办公室，门里门外站着很多人，大概都想探寻王主任会上讲的深意。来长友估计再等上个把个时辰，人也不见得散去，只好跟在柳生身后走了。

路上，来长友一直没说话。柳生见他低着头，皱着眉，心事很重的样子。柳生想八成是为这次会议精神落实闹心，来长友和肖常福不一样，肖常福从不为难自己。来长友觉得执行起来有难度，会唉声叹气些日子。不过，这次柳生猜错了，来长友自从听了王主任要退休的话，心里没来由地失落。王主任退休，意味着一个时代的落幕，他还人前人后地蹦跶，有啥意思？自己年纪也不小了，风口浪尖上的日子还能挺住吗？王主任一走，还不知谁接班，就王主任说的那些精神，他无论如何都理解不了，更何况还要去执行。人有时候得看开，该松手就松手。他这么想着。

桃村的大喇叭沉寂了好些日子，村里人很不习惯，没事时，探头探脑地在队屋门前张望，大多时候，队屋门关着。沙泽厚之前常带着一帮人有事没事地围着桃村转，他一走，没人带头，人也聚不到一起，村里一下冷清了。人们没事时在一起嘀咕，依着以往的经验，怕是要有新精神了。桃村人整日不出村，不过，会看门道，瞧着柳生和来长友的脸色就能知道日月长短。沙箕斗吸着鼻子蹲在队屋前，旁边是朱光明。朱光明一直没说话，他蹲在地上，头抵在膝盖上，胳膊束在胸前，没了往日的神采。前几天，朱成功去世了，朱光明老些日子没精神。他倒不是多心疼朱成功，只是有些兔死狐悲。朱成功和他一个辈分，比他还小几岁，说没就没了。繁花那天做好早饭，迟迟不见朱成功起床，她在门外叫了两声，没人应答。繁花正着急，朱小河推着自行车进了门。繁花说，往日这个点，大爷早去地里转了，今日不知为啥到现在还没起床呢，叫了半天也没应。朱小河慌忙放下自行车，用力推开门，见大爷躺在床上。他跑过去，触到了朱成功冰冷僵硬的身体。朱小河跪在地上哭喊着，大爷！朱小河对大爷比对父亲还要亲，朱成功从小带着他弟兄俩，像珍惜自己眼珠子一样疼惜着他们，他是朱小河和朱小溪幼年时的依靠。一下子没了，朱小河一时接受不了。繁花出门去叫朱光明。朱光明是朱家的老家长，凡事须请他主事。

　　朱光明正在家吸闷烟，看着脸上挂着泪，慌慌张张进门的繁花很是愕然。繁花断续说明白后，他跟着繁花跑向朱小河家。朱小河正抱着朱成功哭，朱光明试了试鼻息说，怕是上半夜走的，平日不是挺壮实吗，咋说走就走了？繁花说，昨晚大爷说肚子疼，没吃饭。朱小河站起来瞪着繁花说，怎么不带大爷去看病？繁花向后缩着身子说，我和大爷说了，他说不打紧，喝点热茶烫烫就好了，谁知道会这样？朱光明拉了拉朱小河说，算了，人的命，天注定，该活多大岁数，阎王爷都定好了，眼下要紧的是让你爹和小溪回来，主持你大爷的后事。朱小河这才擦着泪往外走，说得找人发电报。朱光明说，我去叫庭福。村里人得到消息，陆续有人赶过来，人们问询着，好好的人，咋说走就走了？有的说，好事呢，没受罪，人活千年还得死。大家小声议论着。柳生进来了，大伙自动给柳生让出道来。柳生问，通知成礼哥了吗？朱小河跪伏在地上没答话。朱光明说，庭福发电报去了。柳生拽着朱光明的衣角，向他丢了个眼神。朱光明心领神会，随着柳生出了屋。柳生来到门外僻静处停下来，朱光明跟在身后也停下来。柳生说，老叔，有些事呢，我想跟你说，你是明白人，成功哥的丧事依着现在形势，我建议简办，成礼和小河都在外面工作，别为这事受影响。朱光明点头说，成礼做恁多年领导，能分出轻重来。柳生讪笑着说，我就是提醒一下，人一遇到急事，容易慌乱，乱中有可能会出错。朱光明说，我会提醒他们。朱光明年岁大了，站一会儿须扶着墙。柳生说，老叔，你多操心，我和长友哥要去趟公社，回头我们过来帮忙。两人正说着话，来长友来了，他向朱光明笑笑，进了小河家。不一会儿，出来与柳生走了。

朱光明见两人走了，觉得有些乏累，便蹲在地上。他看着直挺挺躺着的成功，心里有些恐惧，想着自己有一天也会这样躺着，他浑身没了气力。成功一人下葬凄惶了点，得为他做点什么，等成礼回来，去孙家说说，让成功与那未过门的媳妇合葬最好不过了。孙家老辈人要是在，这事不难，现在是侄子孙敬业当家主事，朱光明与他打过几次交道，不太近人情，恐怕得费些周折。

朱成礼很快回来了，见到朱光明伸手打招呼。朱成礼这几年见老了，头发花白，脸上没了年轻时的明朗，笼上了日月的痕迹。朱成礼进了家，招呼着院里的人。朱成礼见哥躺在堂屋地上，跪下叩了三个头，眼泪在眼眶里打转，紧咬着牙没哭出来。朱小河又呜呜哭开了。

朱光明上前把朱成礼拉起来说，成礼，起来吧，我有话和你说。朱成礼跟着朱光明进了里间，朱光明坐在床边说，成礼，成功孤单了一辈子，不能让他到那边还单着。朱成礼一下子没明白他的意思，瞪着眼睛看着他。朱光明被他看得很不自在，用手比画着说，合葬。朱成礼一头雾水，问，和谁合葬？朱光明说，当然和成功先前定下的媳妇。朱成礼问，不是没过门吗，没过门怎么合葬？朱光明见朱成礼不开窍，有些着急地说，咱找人去那边说说，把尸骨合葬在一起。朱成礼低头沉思了一会儿，终于明白了他的意思，说，大哥，这不是搞封建迷信那套吗？人死如灯灭，我是坚定的马列主义，不信这个。朱光明摆摆手说，算我多嘴。朱成礼见他不悦，说，大哥，这都啥年代了，咱不能搞这套了。朱光明忽然想起来，说，你不说，我倒忘了，柳生刚才来就说建议简办，别造成不好的影响。朱成礼说，放心吧，大哥，这点觉悟我还是有的。

朱成礼为朱成功置办了上好的棺木，繁花与近门媳妇们连夜赶制寿衣。朱李氏眼睛花了，不能用针线了，在一边絮叨着说，成功这辈子可惜了，连女子的手都没拉过，这般长情的男人打今起没了。清芳在一边耐不住问，大娘，大爷当初要娶的是哪家的姑娘？

朱李氏说，就是前村孙家姑娘，人长得那叫一个俊，只可惜得急症死了，害得成功有一年没说话，当初都怕他哑了呢。按说，成功人长得不赖，有家底，当年说媒的也是一拨拨的，成功就是不松口。哪像俺家老二，这边刚没那边又娶了。清芳见她把话扯到公公身上，她早听婆婆唠叨过从前的事，知道公公第一个老婆去世，多半是朱李氏造成的。今天，朱李氏提起这话，她听了很不顺耳，笑着说，当初俺公公能娶到婆婆，多亏着大娘成全呢。朱李氏听了不对味，又不好发作，起身说，你们小年青的忙吧，俺可要回了。

　　幽兰探着身子看婆婆走远了，才小声说，清芳，也就你能说她，在家里，俺们是大气不敢出呢，眼下庭美出嫁了，日子还松快点，刚进门那几年，在她娘俩手下讨生活，那叫一个难，见天眼泪拌饭过日子。繁花说，看大娘还怪好嘛。清芳没说话，只是笑笑。婆婆交代过，打断胳膊连着筋，啥时候人家都是一家人，人多时要守住嘴。刚才要不是她说公公，她也不会多嘴。幽兰见没得到应有的同情，心有不甘地说，你们知道不，昨天庭美公公来俺家了。清芳说，走亲家不挺好的。幽兰说，哪呀，人家庭美公公识文断字，说出的话比俺公公耐听多了。繁花问，说什么了？俺觉得大爷说话够在理的了，比俺大爷还会说的不多见呢。幽兰说，你品品人家说的话，立国不愁吃喝，就是不能出门，没法见人。幽兰说完，见大伙都停下了手里的活，大眼瞪小眼地看着她。她有些得意地说，立国就是庭美男人，她公公来俺家说这话什么意思？俺公公往日嘴里的话跟开闸的河一样，在庭美公公面前，一句话也没了，只是闷头抽烟，连日常的客套都没了。繁花问，这是为什么？幽兰埋头看着手里的活说，这个你都不明白？清芳没说话，借口找东西出去了。繁花附在幽兰耳边说，到底什么事呀？幽兰看看左右，附在繁花耳边小声说，庭美和别人睡觉，被立国堵床上了。繁花"啊"了一声，针扎了手，她快速把手指含嘴里问，有这事？孩子都三个了吧。幽兰说，可不，人家看在孩子的面上，又不能离婚，只得跑这边撒撒火，俺婆婆还不知死活地到处说三道四，自家都火上房了。繁花说，平日觉得没婆婆难呢，月子里没人照看，看来没婆婆也非坏事呢，免得受气。幽兰说，你就美去吧，进门就当家主事，小河每月往家拿钱，谁有你命好？两人正说着闲话，听见外面有人说小溪回来了。小溪大学毕业留在城里工作，听说还是个管事的差事。幽兰站起来，探着头向外看说，小溪长得比小河还好看呢。繁花说，你家三哥不好看？幽兰有些索然地转过身说，好看啥，跟个没嘴的葫芦一样，平日里屁都没一个。繁花说，男人又不是女人，整日嘴碎也不好。朱武进屋问孝衣缝好没，幽兰应着，马上就好了。

  柳生和来长友到了公社，他们先去了王主任办公室。王主任办公室的门敞着，来长友心里一阵窃喜，想着王主任还没走，可以多说两句话。他进了门，却见屋里变了样，新刷的墙面，屋里布局也变了，一个小年青正拿着抹布打扫卫生。看见来长友问，有事？来长友问，王主任呢？小年青没抬头，说，王主任走了几日了，现在这屋是李主任的办公室。来长友大声问，走几日了，咋恁快呢？小年青不满他的态度，不再搭理他，继续忙自己的。柳生拉拽着来长友向外走。来长友心神还没回到身上，有些不耐烦地说，你拉拽我做什么？柳生小声说，你忘了咱今日为啥来了？来长友整理了下被柳生拉拽的衣服说，只是刚才忘了问是哪个李主任。柳生说，看他那态度，问也不会和咱说，不如另找人打听。来长友说，那倒是。两人探头探脑地在公社院里找寻目标，一直没碰到合适的人。柳生说，咱俩一着急糊涂了，问谁不如问泽厚嘛。来长友说，就是嘛，进门时没看到泽厚。柳生说，可能刚才有事出去了。两人说着向传达室走去，隔着玻璃窗看见沙泽厚正在吃饭。两人推门进去，沙泽厚正吃着油条喝着粥呢。沙泽厚见两人进来很是诧异，问，咋来恁早？柳生来到沙泽厚跟前说，吃得怪好嘛。沙泽厚抹着嘴问，你们吃了吗？来长友怕柳生乱说，抢在前面答道，在家里吃过了。沙泽厚给两人拿椅子。屋子有些逼仄，靠墙放了张床，床前是张桌子，剩下的空间就不多了，柳生也不客气，一屁股坐在床上问，院里谁主事了？沙泽厚问，你们还不知道？换了好几个呢。来长友很是意外，问，真的？咋一下换恁多？沙泽厚将一条腿搭在另一条腿上，摸着下巴说，我哪知道恁多，报纸上都说了，干部要年轻化、知识化呢。来长友瞟了眼摊在桌上的报纸问，换的人是上面派来的，还是就地提拔的？沙泽厚说，上面派来的多，一把手李主任就是上面派来的，年轻着呢。说到这，沙泽厚忽然问，没听说开会啊，你们来有事？柳生看向来长友，来长友说，也没什么事，前几日听说王主任要退休，今天过来看看。其实，来长友今日来有更重要的事，连柳生也没说。他前段时间从王主任桌上的文件上嗅到了不一样的味道，只是不敢确定，他想借这个机会，让桃村向前迈一步，顺便与王主任告别，探探王主任口风，没想到他那么快就走了，新来的主任也不熟悉，不能贸然上前。来长友有些索然，推着桌上的碗说，泽厚，你吃嘛，一会儿凉了，俺们过来看看，立马得回去，成功走了，得回去帮着操持一下。沙泽厚听了，很是意外，说，他不是挺壮实的吗，咋说走就走了？来长友说，谁说不是呢，平日连个头疼脑热都没有。沙泽厚说，可惜了，我今日离不开，帮我捎点纸钱过去。说着从兜里掏出两元钱递给来长友。来长友接过来装进兜里说，放心吧。说着站起来，隔着玻璃窗往院里看，院里人多起来，来长友趴在窗户上看了一会儿，发现了几个陌生的身影。他收回目光问沙泽厚几点了，沙泽厚看了下表说，九点了。来长友说，咱们回吧。柳生站起来说，大老远的来了，就这么回去了？来长友说，这不是还有事啊，改天再来吧。说着拉开门向外走，柳生跟在后面出了门。沙泽厚把他们送出大门。

来长友和柳生来到街上，人多了起来，来长友快速走在前面，柳生小跑着才能跟上。两人不一会儿出了镇，来长友放缓了脚步，说，柳队长，我有个想法。柳生见来长友脸色多了些凝重，说，啥事？说嘛。来长友说，这些年，乡亲们跟着咱一年到头忙，到了年尾，吃顿白面馍馍都要算计半天，我有个想法，趁着公社换领导这空，咱给每家都分几分地，让社员自己拾掇，收的粮食归自家。柳生惊得半天没合上嘴巴，过了好一会儿才说，这样能行？来长友说，我估摸着，走这条道是早晚的事，只是咱早走一步，让大伙早吃上白面馍。柳生没说话。来长友知道他的心思，怕为此受牵连。来长友说，你放心，是我一人所为，以后有事，推到我身上就是，我原本想请辞的，眼下想为大伙办了这事，才能安心请辞，说实话，这些年，对不住家门亲邻。柳生说，全公社都这样，又不只咱桃村。来长友说，话是这么说，看大伙吃不饱，穿不暖，觉得自己无能。事先这么定，回去咱们把地归拢一下，捡家前院后好耕种的分给大伙，和大伙说明白，别出去乱说。柳生说，这恐怕难呢，众口难调，有一人讲出去，咱就不好收场。来长友说，放心吧，他们又不傻，把利害说清楚，损人利己的有，损人不利己的是笨蛋，猪狗不如。这些事，我担责，你做就成，以后，桃村老少爷们指望你领着过日月呢。柳生说，我哪有那本事。柳生嘴上这么说，心里乐开了花，想着快要熬出头了。

送走朱成功后，来长友和柳生见天待在队屋里，他们叫了几次朱光明去商议事，朱光明都推说年纪大了，没来。这是从来没有过的，之前朱光明有事没事就来队屋，问有什么活计要做。朱成功去世后，对他打击很大，年龄上朱成功比他还小，朱成功都走了，他想他还蹦跶啥。加上庭美公公来过，朱光明更不愿出门了。没办法，柳生只得让庭福过来帮忙，庭福在记账方面还是有两下子的。

来长友和柳生在队屋合计了两天，预备把桃村前后的地每人分二分，让大伙自己耕种，收了粮食归自己。柳生反复唠叨着，肉吃千口，罪责一人，村里啥人都有，这事要是泄露出去，罪可不轻。来长友蹲在椅子上，眯着眼抽烟，来长友之前不常抽烟，这几日烟不离手。他吐了口烟圈说，放心，有我呢，出了事我一人兜着，你继续带大伙向前奔，日子会越来越好，眼下是有难处，不过想想新中国成立前，日月不是一天比一天好吗？感谢共产党这话不是我一人说的。柳生见他越说越远，小心地说，咱得开全体社员会，把口砸死，要是哪个孬种把这事捅出去，今后就不要在桃村混了。来长友说，我觉得大伙都明事理。柳生说，不好说，地主啥时候都是地主。来长友说，你招呼大伙吧，我和他们说。

晚上，桃村人聚集在队屋前，汽灯将门前照得如同白昼一般。桃村人很是好奇，好些日子没开会了，大家互相问询着，见来长友和柳生石像般坐在前面，脸上看不出悲喜。沙箕斗问高广杰，看样子，莫不是有新精神了？高广杰正看着台上，被他一问，不耐烦地说，我哪知道。柳生看人来得差不多了，清了清嗓子说，大家安静下，听来队长讲话。

来长友站起身，逡巡着会场。大家见来长友神情肃穆，知道一定有大事，都安静了下来。来长友的目光在会场上游弋了一会儿，声音嘶哑着说，兄弟爷儿们和姊妹娘儿们，我呢，没什么本事，这些年大伙跟着我受苦了，对不住大伙呢。说着向众人鞠躬。高广杰说，队长不要说这话，咱村比别村日月强多了。有人附和说，就是呢，没敞开肚皮吃，也没饿着。来长友眼里热辣辣的，他强忍着眼泪向大伙挥挥手说，今天把大伙叫来，想和大家说件事，我呢，想让大伙吃饱饭，吃白面馍，想给每家分点地，收了粮食归自己，大伙愿意不愿意？众人你看我，我看你。立柱第一个站起来说，当然愿意了。沙箕斗问，队长，真的吗？来长友说，当然是真的，我啥时说过昏话，是我个人行为，今后上级要是追查，就说是我一个人的主意。坐在前面的高广杰站起来说，队长是为了让咱过上好日子，哪能让他一人受过，上级要是追查，大伙一起扛。柳生说，不是扛不扛的事，只要大家嘴有把门的，别把这事说出去，对大伙都好。沙箕斗说，谁这么混蛋，说出去不是坏自己的事吗？来长友说，既然大家都懂这个理，明天吃过早饭先量地，每人二分，然后抓阄分地。人们像沸油中滴进了水，兴奋起来。崔福运蹲在后面，年岁大了，耳背，听不清楚，他问身边的汉儒，啥精神，大伙恁高兴？汉儒说，大爷，你又有自己的地了。崔福运问，真的？上级精神？汉儒说，不是，是队长为了让咱吃饱饭，自己决定的，不让往外说。崔福运说，打小看长友这小子不错，是个爷们儿。

第二日，人们吃过饭早早地来到队屋前，年轻人主动扯绳量地，做标记。村里的男女老幼像过节一样高兴，聚拢过来说闲话。柳生看着大呼小叫的人群皱着眉说，队长，墙糊百把还透风呢，瞧这阵势，就算咱村的人不说，让外村人瞧见了，事也大了。来长友看着人群说，大伙高兴让他们高兴会儿呗。杨军一直帮着做名册，听了柳生和来长友的话，走到人群里说，老少爷儿们听我说，两位队长为了让咱过上好日子才这么做的，前后村都没这好事，他们知道能不眼红？所以呢，每家留一人在这里，剩下的赶紧回去，关上门狠劲笑，从天明笑到天黑也行，只是不能都在这，自己搅黄自己的事，那可不划算。大伙一听，觉得在理，陆续散去，剩下的人，也都噤了声。

桃村分给大伙的地，是旱涝保收的好地。立柱家分到一亩地，他稀罕得不得了，在地里待到天上出了星星也不愿回家，在地里走来走去，弯腰抓把土在手心里搓，又放到鼻子底下闻，闭上眼狠劲吸着土腥味。立柱家这几年的日子愈发红火，翠莲婚后，生儿育女，孝顺父母，陆续给几个妹妹寻了婆家，并给妹妹陪送了不少的嫁妆。这让桃村人眼气，就算是撑门立户的儿子，也不能把家照顾得这么周全，都夸立柱、枣花有福气。钟方仪和翠莲第一个孩子是男孩，翠莲曾提议让孩子姓肖。钟方仪没否定，也没答应，只是淡淡地笑着。枣花倒是满心欢喜，想着家里总算添了男丁。立柱头摇得像拨浪鼓般，说，不成。翠莲看着他，不解地问，为啥？方仪乐意。立柱说，人呢，不能太贪心，方仪带给咱家的日月，大很知足了，他父母生养他一场，没受他半点反哺之恩，倒都落在咱家了，孩子再随咱的姓，忒不地道，不能夺了钟家香火，举头三尺有神明，做事得识大体。翠莲把这话说与钟方仪，钟方仪瞪大眼睛说，我这老岳父，整日与土地打交道，没想到是这般深明大义之人。翠莲嗔怪地说，你的意思，我就不是深明大义的人了？钟方仪说，倒不是，只是你看问题更局部，我那老岳父心中有沟壑山岳，当真是民间有高人。翠莲说，你少贫，日后多孝顺就是。钟方仪拱手作揖道，那是自然，给我生养了这么好的老婆，眼下两位老人又帮我照看孩子，我自然会当亲生父母看待。翠莲说，少说没用的，眼下只黄莲没嫁，你须上点心，帮着物色个。钟方仪说，我早就留意了，只是你过于挑剔，一般人入不了你的眼。翠莲说，黄莲与那几个不同，胆小，没主心骨，遇人不淑怕被欺负。钟方仪说，你多心了，现在是新社会，谁还敢给媳妇气受。

  桃村各家各户领了地后，开始盘算着种什么。有的说队上不统一领着种，还不习惯呢。立柱早早就把地翻好了，打算种上些花生，翠莲几个孩子大了，得给他们种些零嘴。豆子、高粱、谷子、玉米棒子都得种些，还得种些棉花，留着给孩子们做棉衣用。立柱这么一盘算，地就显得不够用了。立柱让枣花准备种子，枣花说，多少年不自己操心种粮了，一时半会儿上哪弄去？翠莲说，回头让方仪想想办法。立柱说，队里说不定会分些，长友比那家伙心里有数。说着向隔壁努了努嘴，翠莲和枣花笑笑没说话。

  肖常福这几年的日子不好过，孩子们都大了，连肖四都长成了半大小伙子了，家里更显逼仄，关键二建到了娶妻年龄，说了几门亲事，都为没房黄了。二建为此整日耷拉着脸。眼下，指着工分连肚皮都混不圆，造房子是没戏了。肖常福着急，又不能显露出来，秀芬每日放工回来唠叨个没完，肖常福被唠叨得异常烦躁，又不能像从前一样打她一顿出气。秀芬现在每日挣工分，洗衣做饭，自恃家里没她转不动，神气得不得了。肖常福每日待在家里，没了往日的气势，只能由她唠叨。肖常福想，房子无论如何得想法造起来，让大芝和二芝出些钱。二芝前几年嫁人了，是大芝介绍的镇上的，日月过得不是多宽裕，不过，比村里人家强些。等大芝和二芝回来，跟她们说道说道，看人家翠莲，把妹妹和家照顾得多好。

桃村分地后，村里闲逛的人少了，吃过饭，大多去侍弄地，没人袖着手聚在一起扯闲话了。柳生媳妇在新分的地里弯腰翻地，一边翻一边骂，哪个黑心烂肺的想出这招，自己又不种，让我出这骡马力。之前，集体出工时，柳生媳妇会干些轻活，眼下，地是自家的，自己不干，没人干。柳生见天不着家，孩子们也不愿干，吃过饭就不见人影了。看着两边人家的地翻完开始播种了，她的火气钻到了头顶。高广杰在自家地里忙活着，还不忘盯着村头的路，向旁边的人唠叨着，兄弟爷儿们眼睛活泛点，别村要是上咱这打探消息，都管住嘴，一个娘的也不能把这事说出去。沙箕斗说，你以为大伙傻，拆自家台。高广杰说，人心隔肚皮，谁知都啥心。沙箕斗说，谁要是使了坏，就是桃村人的公敌。高广杰说，连电影里的词都搬出来了。两人说着话，也没耽误干活。

从夏到秋，桃村人出工再也不用催喊了，早早出完工，回头忙自家地。秋天了，立柱家的地像画家打翻了调色盘。地头种着棉花，酱紫色的棉花叶衬托着咧开嘴的棉桃特别醒目；豆叶有的黄了，有的黄绿相间，有的还绿着，青黄的豆荚尖向外张望着；高粱顶着被太阳晒得紫红的脸，如喝醉的汉子在风中东摇西晃；金黄的谷穗招惹得麻雀飞上飞下。再向里面，立柱种了花生，说留给翠莲和孩子吃。立柱没事总蹲在地头看着庄稼笑，豆叶刚泛黄，他就开始捡着收割。他收割时很用心，一手小心地拿住豆秸，一手拿着镰刀割，割完再一根根码好，用绳子捆好背回家。枣花把门前的地用碌碡碾压了多次，平展如镜般光滑。立柱把豆子放下，仔细晾晒，像待孩子般细心，左看右瞧着妥帖了，才挽着绳子进家。

秋天的桃村，每家每户门前都热闹起来，庄稼陆续被收到门前的场院上，忙碌了一天的人们，晚上聚在各自场院上说闲话。孩子们兜里装着裹着鲜泥的花生，不时掏出来剥着吃，剥不开会用牙咬，花生壳上的泥沾到牙上也不在乎，把白胖的花生米丢进嘴里，眯着眼美美地嚼起来。桃村人个个喜笑颜开，每家每户的粮食都有结余，沙箕斗光着晒成古铜色的脊背，赶着有些疯狂的蚊子说，这一季的收成，赶上我一年的工分了。

  桃村人沉浸在丰收的喜悦里，话里话外透着欣喜。一天中午，村头来了几个骑自行车的人。高广杰看见了，着急忙慌地跑向队屋。到了队屋，一看门锁着。几辆自行车停在了队屋前，一个走在前面，穿着白衬衣的人问，你们队长呢？高广杰小声嘟囔着，八成去地里了，你们等下，我去叫。白衬衣说，不用了，正好去地里看看，还有，怎么家家户户门前都有秸秆？高广杰偷瞧他的脸色，又迅速收回目光说，俺队场院小，分散放在各家门前。白衬衣盯着高广杰看，高广杰被他看得很不自在，抹了把头上的汗问，我带你们去找队长？白衬衣说，不用了，我们随便看看。说着一行人骑车走了。高广杰急得直跺脚，看看左右除了几个小孩，没有大人，他唯恐刚才话说得不周全，出了纰漏。正六神无主着，柳生从队屋后面走来，高广杰跳着脚说，队长，你可来了，刚才来了一群人呢。柳生不解地看着他问，人有啥稀奇的？高广杰比画着说，都骑着车子呢，像是公社干部。柳生的脸色霎时变了，问，去哪了？高广杰向西指着说，说去地里看看。柳生撇下高广杰，向西跑去。跑了一会儿，又掉头向来长友家跑去。

  柳生跑到来长友家，来长友正光着膀子用棍子打豆秸。柳生上气不接下气地说，队长，不好了，公社可能听到风声了，来了好多人，去地里了。来长友放下手里的棍子说，慌什么，该来的早晚会来。说着拿起上衣穿着问，在哪呢？柳生指着西面说，广杰说去那边了。两人一路向西小跑，杨军迎头跑过来说，队长，可找到你们了，来干部了，正在一道渠那呢。来长友故作镇静地对柳生说，莫慌，说不定只是顺道下来看看，别到时候啥都说出来。柳生说，队长，你说，我保准不多说一个字。来长友和柳生说着来到一道渠那，见几辆自行车停在路边，几人在地里说着什么。来长友细看这几人，只一个有些面熟，余下的都是生面孔。来长友想，莫非是县里来的？心里嘀咕着，还是硬着头皮走过去，笑着说，各位领导，来我们桃村检查工作了？俺是队长来长友。几人扭头看他，其中一人指着他说，李主任，他就是来队长。被称作李主任的人大约四十多岁，梳着中分头，面色白皙，双眼像被云彩蒙住的月亮，朦胧阴沉。上身穿着白衬衣，束在卡其裤子里，脚下一双圆头皮鞋。他向来长友招手说，来队长，过来。来长友走过去，柳生站在原地，看着他们干笑。来长友还没站稳，李主任问，来队长，你们播种完了？来长友松了口气，看来他们不是为私分地的事来的，便笑着点头说，是的，耩了有几日了。李主任弯腰从地里抓起一把土，举到来长友面前说，看看，麦种都浮在上面，你这个队长，就这样抓生产？来长友低头仔细一看，果然好多麦种浮在上面，他又向远处看，远处更多。耩完后，他曾督促柳生盖种了。柳生当时应着，过后，他也没到地里看，也怪自己，这些日子，没了从前的心气，搁着从前，每次都跟着耩地、盖种。眼下，只能把过失揽到自己身上。于是赔着小心说，李主任，确实是我的疏忽，没抓好生产。李主任把手里的土生气地撒到地里说，轻飘飘一句话就完了？公社让你领着全村老少过日子，你倒好，从我们进村，就没看见有人抓生产，年末闹饥荒了，苦巴巴地向上级伸手，一个比一个能说，有那工夫，不如花在土地上。来长友赔着笑说，主任说得对，今后我一定改正。李主任厉声说，你还有以后？来长友看着李主任苦笑着说，领导，我一时半会儿死不了，以后的日月肯定要有。李主任指着他说，你还有脸笑？来长友说，当着各位领导，我总不能哭吧？我也受党和国家教育多年，这点觉悟还是有的，要接受批评，还要进行自我批评。李主任说，没看出来，还挺能说，也就是嘴上功夫，你要是明年不向我讨救济，顺利完成征购任务，今天的事我不和你计较，就算还有别的出格的事，也不和你计较，如何？说完盯着来长友。来长友心想这人的脸变得真快，瞬间云开月现了。他依旧笑着说，李主任是来将我军的，全公社生产队每年有几个能完成征购任务？李主任说，不用管别人，先管好自己。来长友说，主任，我要是完成征购任务，队里的生产能自主吗？李主任说，别胡乱夸口，今天咱们立个军令状。来长友风轻云淡地说，没问题，要是完不成，怎么处理我都成，我只要求自主抓生产。李主任说，这个没问题，完不成的话，别怪我不客气。来长友说，主任，君子一言，八匹马也难追。随行的见来长友话语多有放肆，有一个离来长友近些，岔开话题说，来队长，李主任第一次来你们生产队，带李主任参观参观。来长友惊出了一身汗，他们要是在村里溜达，保不齐会发现问题。来长友正不知如何回答，柳生在后面说，请李主任到队屋歇歇脚，到饭时了，一会儿让人去湖里捉些鱼来，中午用铁锅炖鱼吃。李主任看了看柳生，对随行的人说，天不早了，咱们回吧。几人应着，跟在李主任身后走了。来长友跟在后面絮叨着，主任，别走嘛，去湖里立马能捞回鱼来，跟自家养的般，用湖水炖鱼可好吃了，那叫一个鲜。李主任说，等你完成征购任务，我再来吃。来长友说，主任，这鱼您吃定了。李主任没搭理他，几人上了路，骑上自行车走了。来长友看着他们的背影，一屁股坐在田垄上，用袖子擦抹着头上的汗。柳生在旁边问，这就是新来的李主任吧，头次来就给咱个下马威。来长友说，我倒是不怕他的下马威，我是担心大伙的日子刚有起色，就生生给断了。柳生说，就是，幸亏他们没在村里转。来长友说，今天也算是好事，有了主任的话，以后步子再迈大点也不怕。柳生说，我这心天天吊在嗓子眼呢，还要迈步子？来长友说，别说吊到嗓子眼了，就是吐出来，只要大伙能过上好日子，我也认了。你看这种子，要是自家的地，能这样？恐怕早盖上了。现在倒好，让主任挑咱的不是，咱们前些年依着国家给饭吃，不依着土地吃饭，不上心，还不挨训吗？柳生听出来长友是训自己，低着头说，队长，都怪我。来长友说，不是怪谁不怪谁，队里的事你得上心，当成自家的事。柳生苦着脸说，队长，我确实难呢，大伙的心思根本不在公家地里，一心回去伺候自己的一亩三分地，得好好教训一下他们。来长友说，不能全怪大伙，自己的地，收的粮食全是自家的，公家的地，收的粮食是公家的，人都有私心，咱们将心比心，不要苛责他们了。整日面朝黄土背朝天的，别指望着他们有多高的觉悟。要我说，把这块地按人头分给他们管理，每亩上交六十斤征购粮，余下的归自己，不信你等着看，不用喊，不用叫，保准满地是人。柳生说，能行吗？来长友说，咋不行？还是那句话，有事我兜着。

第二天，柳生让庭福挨家通知，每家派一个当家主事的到队屋开会。村里人相互打听着，让当家主事的去，八成又有新精神了。不一会儿，男女老幼聚拢到队屋前。柳生站在门前，点名让人进屋。进不去的趴在窗沿上向里看。柳生赶着，去！一边去！他们会暂时离开，不一会儿，又在队屋前转悠。柳生一进屋，他们又围拢到窗前，打探着，到底什么新精神，弄得怎神秘。

柳生关上门，来长友坐在桌前说，大伙都来了，今天和大伙说件事，咱们之前每人分了些地，管理得挺好，收成不错，我想呢，把一道渠的地也分给大伙管理，还是按人头分，每亩收成上交统购任务后，余下的归自己，大伙同不同意？高广杰说，队长，真的？怎好的事，大伙肯定同意。其他人闹哄哄地说，傻子才不同意。来长友说，咱们都是当家主事的人，回去安抚好家人，别把这事露出去，别村知道了，地会被收回去，还会挨处分，大伙能做到吗？沙箕斗说，谁要是往外说，谁就是电影里的叛徒，要被人唾骂的。高广杰说，就是，是人民的公敌。来长友说，大伙都没意见，这事咱就这么定了。

一道渠的地分给大家种后，男女老幼每日老早吃过饭后，就拿着锄头下地盖种。沙老玄也在人群里，年龄大了，没了往日的张狂劲，走路都怕踩死蚂蚁。他来到地头自语着，秋季闹了蝗灾，这季得看护好，不能再受祸害了。那次蝗灾，桃村周围村子的受灾情况比桃村要严重得多。闹蝗灾时，天都被蝗虫遮蔽阴沉了，蝗虫所到之处，庄稼最后就只剩下秸秆。来长友听说上湖正闹蝗灾，提早做了准备。那天，他见蝗虫遮天蔽日地飞向桃村，连忙用大喇叭招呼大伙，让精干劳力从运河里向沟渠里引水，又让妇女拿出准备好的口袋和网兜，网兜是用纱布做的，有尺把长，用桑树条弯成一个圈，把兜固定在上面，用木杆做手柄，便于捕捉蝗虫。来长友让年岁大的男子腰间系上口袋，手持网兜，并排站在地里，蝗虫只要过来，他们一起挥舞着网兜捕蝗虫，通常挥舞一下，网兜里的蝗虫就沉甸甸的了，把蝗虫倒进腰间的口袋里。地头的沟渠里，引来了明晃晃的运河水，蝗虫前赴后继地跌落到水里，掉进水里的蝗虫还在挣扎着，后面的蝗虫把刚挣扎出水面的蝗虫又砸进水里。桃村男女老幼都加入了与蝗虫的战斗中，田地里你喊我叫着，煞是热闹。蝗虫过后，桃村庄稼受蝗虫祸害轻些，家家户户门前晒满了蝗虫，用辣椒炒着吃，磨成粉掺着地瓜面蒸饼子吃，蝗虫被桃村人吃出了新花样，吃不完的就储存起来。别村的粮食被蝗虫糟蹋了，也没捉到蝗虫，看着桃村的情况，酸戳戳地说，有个好当家的就是不一样呢，人家吃香的喝辣的，咱们的肚皮瘪瘪的。桃村人听了，愈发神气地说，家里的蝗虫吃到麦子下来也吃不完呢。

  桃村人迎来了隆重的年。今年桃村人过年，没了往年的算计，家家的粮食都有了结余，个个喜笑颜开，说要过个像样点的年。有人给孩子做了鲜亮的新衣，罩住破旧的棉袄，女孩子们穿上新花衣，头上戴着母亲刚从集市上买来的纸花，在场院里跑来跑去。男孩子们聚在一起抽陀螺，偶尔从兜里掏出个炮仗，趔着身子点燃后，捂着耳朵，闭着眼睛快速跑开，一声响后，几人跳着脚乐了。有的会在炮仗上放个破铁碗，碗被炮仗顶起老高，他们看了更是高兴，围在一起，掏出各自的炮仗，比着大小。桃村人看着欢喜的孩子，也跟着乐了。

今年缸里有粮食，心里有底，不乐干啥去？沙箕斗说。高广杰说，有饱饭吃是得乐，可得饮水思源，想想这饱饭是怎么来的，别村眼下怕是正愁咋过年呢。朱光明说，这倒是实话。沙箕斗说，谁说我不饮水思源了，我天天锄地就是思源。高广杰指着他说，就你，比柳武哥几个强不了多少。柳武弟兄几个自从父母去世后，饥一顿饱一顿的，不久就先后生病了。村里把他们送到医院瞧了几次，开了药，他们也不按时吃，陆续病死了。朱光明说，柳大全这户今后在桃村没有了，几人唏嘘了半天，说柳大全当年过日子心气高，全桃村数第一呢，人呢，活着没多大意思。高广杰说，都说没意思，还都活得自在着呢，没一个愿意死的。沙箕斗说，你小子，不抬杠难受。几人说，就是，真是王八的孙子。高广杰笑着说，你们才是王八的孙子呢。

夏收时，桃村人悄悄地开镰收割了。今年的收成不错，桃村人个个抿着嘴乐。崔福运说，麦子上了场，粮食扛在肩膀上，才不心慌。高广杰说，眼瞅着扛家去了。柳生说，可不能都扛家去，统购粮得交，村里提留得交，交完这些才能往家里扛。高广杰说，那是，大河没水小河干，大伙懂这个理。崔福运笑着说，广杰个贼羔子，一年两年还那样，不显老，恁大年纪了，还跟个蹦豆子一样，小人能。高广杰说，别看我个子小，可筋道，才耐老的，你看你，个子高吧，腰弓成虾米了。崔福运捡起一块土坷垃扔向他说，小贼羔子，连老子的玩笑都开。桃村人在说笑中把粮食收回了家。

该交统购粮时，来长友多了个心眼，粮食扬净晒干放到生产队的仓库里，迟迟没上交。他每日派村里人去各村探察，有的回来说，前村粮食紧吧，交完统购粮就没口粮了。杏园的好些，除去统购粮，还有些结余，会过日子的能挨到过年，不会过日子的，三五日吃顿白面，能挺到秋收就不错了，他们打算去公社找领导，看能不能少交点统购粮。来长友暗自盘算，周边这样，别的生产队也好不到哪去，桃村要是提前交了，公社一看交得顺当，别再增加统购任务。交是得交，不能食言，只是得去公社唱出苦情戏。想到这，他叫来柳生，让他去公社见李主任，就说我当初在领导面前夸了海口，眼下完不成任务，没脸见领导，看领导能不能酌情减点统购任务。来长友又嘱咐柳生，和领导说这些时，务必要可怜巴巴的。柳生心里没底，说，我一人去能行？来长友说，又不是打狼，去那么多人没用，把这场戏演好了，以后就能单独开展工作了。柳生还是有些犹豫，来长友说，我不能去，你要是不去的话，让庭福去，只是上面要求干部年轻化、知识化，万一领导相中了庭福，可没咱俩什么事了。柳生说，那还是我去吧，咱俩都不去，领导会起疑心。

天擦黑了，柳生才从镇上回来。来长友一直在队屋等他，柳生垂头丧气地进了屋，说，队长，李主任把我训苦了，问咱俩没金刚钻，当初为啥揽瓷器活？工作浮躁，得做深刻检讨，限我们三日之内足额交上统购粮，要不然把咱俩撤职，还得秋后算账。来长友坐在椅子上，一只脚脱了鞋，脚后跟蹬在椅子面上，笑眯眯地抽着烟。柳生说，队长，可别不当回事，李主任可严厉了，就差给我一巴掌了。来长友说，怕啥，咱有粮食，交完还有啥事？柳生说，那咱明天赶紧交吧。来长友说，慌啥？沉住气，不是三天时间吗，第三天交。柳生说，为甚呢？早交完，早利索，说不定还能给咱个奖励。来长友说，稳当点，那些虚的没用。

统购粮交完后，公社召开了全公社生产队长大会。来长友这才知道，全公社只有桃村足额完成了统购任务，其他生产队大多只交了一部分。李主任在会上表扬了桃村，说一样的土地，人家桃村能完成统购任务，你们为什么完不成？这是思想问题，老是伸手跟国家讨，这种思想是不可取的，会后，我们要一起去桃村学习经验。来长友听到这，吓了一身冷汗，若都去的话，人多嘴杂，别出了纰漏。散会后，来长友踩着李主任脚后跟进了办公室。李主任回头见是他，说，你小子，跟只猫一样，正想组织去你们队参观学习呢。来长友说，主任，千万莫去，依着今年收成，俺村也完不成统购任务，俺给大伙做工作，让他们有大局意识，舍小家顾社会主义大家，才七拼八凑完成的统购任务。去俺村学习，老少爷们会骂俺，说自家肚皮喂不饱，到处充脸大的，这么一来，生产积极性会打折扣，明年统购能不能完成可就不好说了。李主任皱着眉说，你小子，葫芦里到底卖的什么药？你要保证继续完成统购任务，我就暂时不组织去你那学习，只是，过些日子，我要实地去看看。来长友说，李主任，您一定要去，村里人正对我一肚子意见呢，说我把好粮食全交给国家了，你去了，他们会向您诉苦，说不定会扯着您要救济，农村人难缠，正好给他们讲讲政策，免得他们没点大局观。李主任说，那好吧，我正想听听大伙的心声呢。来长友说，那成，李主任，俺那有几个难缠的主，只有您去了，才能震得住。李主任看着手里的文件说，我最近忙，过些日子吧。来长友说，那好，主任，俺等着您。

后来，来长友每次来公社，李主任都会说，过些日子去你们村。来长友拍着手，满脸欢喜地说，欢迎主任指导工作。又问，主任，啥时候去？俺村有几户闹着要见主任呢。李主任笑着问，见我做什么？来长友说，他们信不过俺，说有些事要和主任说道说道。李主任说，成，过些日子去。不过，一直没去。柳生不解地问，李主任说了七八次了，咱们得准备一下，万一哪天真来了呢。来长友蹲在椅子上说，把心放肚里吧，只要足斤足两地交统购粮，李主任不会来的。柳生说，我看着他说得蛮有诚意的。来长友哈哈笑着没说话。桃村人的日子一天天好起来，家家从年头到年尾都能吃上地瓜干煎饼了。

肖常福为二建造了三间屋，虽说是草屋，不过，也不错了。来长友帮着批的宅基地，单独一个院，敞亮，比大建那两间倒座南屋强多了。二建三十多了，前后村的姑娘没恁大的，只能央求媒人往远处找。媒人知道秀芬难缠，眼下又家道败落，二建长相黑粗，一般闺女不愿意。媒人多日没回信，肖常福坐不住了，儿子找不到媳妇，让他很没面子，得多撒几网，逮着鱼的机会才大些。他去找了朱光明，想让他前后村帮着打听。朱光明这些年很少出门，见肖常福来，只是在椅子上欠了欠身说，常福，来了。肖常福不习惯他的轻慢，只是没办法，有事央人，忍下心头的火说，在村里见不着您了，过来瞧瞧。朱光明说，身子骨不如从前了，老觉得乏累，不愿出门。肖常福递过烟，朱光明摆摆手说，咳得厉害，不敢吸烟了。肖常福把烟放回到烟盒说，老叔，你现下是马放南山了，孙男嫡女一大群了。朱光明勉强笑笑说，哪呀。庭力多年求子无望后，抱养了一个男孩，这是朱光明心里迈不过的坎，不知啥人的孩子，归到了老朱家门下。当初，朱光明想让庭力从庭福或庭训的孩子里过继一个，庭力不同意，也不说为啥，后来抱回了这个男孩。男孩长得方头大脸，唇红齿白惹人喜欢。村里人私下议论，说孩子八成是城里的，村里孩子粗皮糙肉的，哪有这孩子洋气。朱光明也承认，庭训和庭福家的孩子，没一个长得这么讨人喜欢的。只是这个孩子，朱光明就是喜欢不起来。庭力给孩子取名风华，庭力夫妇待风华比对自己眼睛都爱惜。朱光明平日里忌讳别人说他孙男嫡女的事，肖常福心里装着事，忽略了他的感受。肖常福见朱光明应答不积极，以为他势利呢，心里不爽，又想既然来了，有枣没枣也要打上一竿子，不说白不说。于是说，老叔，二建眼瞅着大了，您老眼界宽，帮着给打听着，说门亲事。朱光明忽然想起当年央求他给庭训说亲的事，不但没说，还被他羞辱了一顿。朱光明摸着稀疏的山羊胡说，我整日闷在家里，老眼昏花的，连村里的姑娘都认不全了，恐怕有心想吃大鲤鱼，也没那力气了。这事你得找长友，他十里八村的都熟悉，和你当年一样。当年你只要出面保媒，还有不成的吗？成人之美的事，只要有点人心，都会乐意做。肖常福听了，心里憋闷，媳妇没说成，还被他夹枪带棒地奚落了一通。想到这，站起来说，老叔提醒得好，早该找长友帮忙，长友这人讲交情，这么多年，俺们之间就没变过味，他待我比之前在位时还客气，这样的人不多呢。朱光明打着哈哈起身送他说，就是。

　　肖常福到队屋找来长友，自从不当队长后，肖常福还是第一次来队屋。队屋还和从前一样，木门有些破旧，油漆斑驳，墙被众人倚蹭得光滑。肖常福见门半掩着，上前推门，老旧的门吱呀了一声。屋里光线有些暗，肖常福站在门前适应了会儿，见一个人趴在桌上打盹。肖常福歪头看了一会儿，认出是来长友。他上前推了一把说，大白天的，恁困呢？来长友揉着眼睛说，谁呀？他看清是肖常福，站起来说，常福哥来了，快坐嘛。说着拉过一个板凳，又觉得让他坐到办公桌旁边不合适，拉着肖常福坐到办公桌后面的椅子上说，坐这。肖常福身子拒绝了一下，来长友一拉拽，就势坐在椅子上。肖常福坐在椅子上左右摇晃了一下，低头看着椅子说，还是从前那把，该换了。来长友掏出烟说，换不换咱不管了，以后谁坐让谁换吧？肖常福抬起头，盯着他问，怎么着？来长友说，老哥，这些年，我做的这些瞒上的事，较起真来，够我喝一壶的。肖常福说，怕什么呢？你是为了让大伙过上好日子。再说了，他用眼睛瞟了下门外说，中央早有精神了，只是还没到咱这罢了。来长友向前探着身说，《中共中央关于加快农业发展若干问题的决议（草案）》我在公社看过，上面说不允许无偿借用和占用生产队的劳力、土地、牲畜、机械、资金。社员自留地是社会主义经济的必要补充，继续实行三级所有，生产队为基础制度，肯定了包工到作业组，用产量计算劳动报酬等，我干的分户管理土地这一项，政策上可没有。肖常福见来长友一口气说了恁多，佩服他的记忆，说，长友，不要怕，政策里是没说你干的这事，不过，你没觉得政策和之前不一样了吗？你做的事终究有一天能拿到太阳底下。两人正说着话，柳生满头大汗地推门进来。柳生见到肖常福很是愕然，愣了一下，讪笑着说，肖队长也在。肖常福笑着点点头。来长友说，开恁长时间会？柳生抹了把头上的汗说，事忒多，让你去，你不去，就我这脑瓜，哪能记住恁多的事，有一个我记清楚了，传达了《全国农村工作会议纪要》，肯定包产到户是社会主义性质。来长友瞪大眼睛问，一下迈恁大步子？柳生说，咱是才听说，别的省早就偷偷搞土地承包了，咱们分户管理还偷偷摸摸的呢。来长友拽住柳生说，快说说，还讲啥了？柳生翻着眼睛想了一会儿说，我也记不太清楚了，好像要实行各种责任制，包括包工、专业联产承包、联产到户、包产到户。来长友听了，来回在屋里踱着步子说，真是太好了。肖常福问，这是不是在走回头路？柳生说，不是的，会上专门强调了这个，说要消除群众思想上存在的模糊认识。肖常福摸着下巴陷入了沉思。柳生又转向来长友说，过几天公社还有一个会，到时候你可得去，我是记不过来，一是要包产到户，再就是公社好像没有了，要成立乡政府，大家都忙，我也没找到人问。来长友问，公社要没有了？肖常福说，公社怎么会没有？也就是换块牌子，里面还是那些人。柳生说，就是的，肖队长经得多，比咱俩明白。肖常福有些坐不住了，起身说，你们商量事吧，我先回了。来长友和柳生把他送到门外。肖常福出了门，才想起此行的目的，转身对来长友说，长友，二建老大不小了，房子也造好了，十里八乡的，你人头熟，有合适的帮着物色个。来长友笑着说，我没那巧嘴，哪能吃这巧食，我可从来没说过媒呢。肖常福说，凡事都有第一次，我和柳生给你保媒时，柳生还是个愣头小伙呢。来长友不好意思地干笑着，搔着头，眼睛瞄着左右说，猴年马月的事了。柳生也觉得肖常福翻旧账没意思，长友又没忘你的好，再说，这些年，要不是长友罩着你，你能恁轻松？柳生说，不就说媳妇吗，二建样貌长得好，家又不差，还能少了媳妇？再开会，我和队长排开阵全公社打探。肖常福一听，柳生话里有话，全公社排开了说，不都知道他肖常福的儿子说不上媳妇了。他心里窝火，又不能像以前一样黑起脸来训斥他，只得说，公社开会以工作为主，切莫谈这些私事，显得咱小家子气，上不了台面，尤其现在关键时刻，领导盯着呢，以大局为重，长友留意下就行了。柳生见肖常福说话绵里藏针，把自己贬斥了一顿不说，话里话外压根没托付自己。柳生心有不甘，想再说两句，来长友抢在前面说，这事我知道了，不敢打包票吧，能有个八九成。肖常福一听，高兴得眼睛眯成一条缝，说，成，到时请你喝酒，可要放在心上。说着转身走了。

  来长友和柳生回到队屋。柳生看着肖常福坐过的椅子问，他怎么来了，莫不是听到什么讯息了？来长友说，不会，他都多大年纪了，别说他了，我都没了心气，不是怕咱村出事，我早就不干了。若你说的那些政策开始实施，我会主动要求退下来。柳生没像以往说些不成的话，他翻着黑色人造革手提包要找东西，包用久了，边角磨出了白色底子。柳生翻了半天也没翻出什么，说，咱们回吧，开会开得我脑瓜疼，比在地里干活还累。来长友说，回去早点歇着吧。

第二章

大江东去

风物

过了几天，柳生和来长友从公社开会回来，在队屋门前贴了张红纸，是庭福写的小楷，很多人认不清，大体是桃村响应上级号召，实行联产承包责任制，就是把村集体土地，按照人口数分给各家自主耕种，各家各户自主安排生产活动，收成除向国家交纳农业税，向集体交公共提留外，全归个人所有。就是"交够国家的，留够集体的，剩下是自己的"。沙箕斗问，这样咱不都是地主了？朱光明和崔福运蹲在远处，崔福运问，光明，这又是干啥？朱光明眯着眼看着人群说，好事呢，这两年，别村还和从前一样吃救济，只有咱村，家家有了余粮，说不准是上级看到了咱的成绩，才推广的呢。崔福运说，可惜，我是有心无力了。朱光明说，谁说不是呢，说话间，都老了。

告示贴出第二日，村里开始分地。朱武分到地后，一夜没睡好，他盘算着，种什么收入更多，还有广播里也说了，号召大家搞养殖业，多业并举。朱武感觉春天来了，得好好把日子谋划一下。他翻来覆去地睡不着，第二天一早，他便起了床，洗了把脸，去了集市。朱武夜里睡不踏实，梦里老在庄稼地里转。他想着不能像从前一样种庄稼了，得科学种田。他思谋着来到了集市，种子站开了门，他走进种子推广站大厅，厅内的陈列柜上摆放着种子。他想把玉米和大豆套种，收成会高些，另外，要想高产，还得种子好，这边的种子价格比邻居们互换的要贵上两三倍，朱武觉得投入高，肯定会有好回报。

朱武把种子带回家，清芳刚做好早饭端上桌。朱文娶了媳妇冯云，冯云的脾气不像清芳温顺，婚后与婆婆吵了几架。一向厉害的中梅竟败在冯云手里。没办法，只好分家单过。朱光召给两个儿子各造了房子，家分成了三个小家。中梅气性大，一辈子当家主事，没想到儿媳妇让她颜面扫地，整日窝在家里不出门。没多久，中梅胸口憋闷，咳嗽个没完。朱光召要带她去医院，中梅躺在床上说，花那钱干啥，该活多大年纪阎王爷早就定下了，再说，我这一辈子，该做的都做了，孙子都得了，还有啥好留恋的？只是你个老家伙，得学着烧饭了。朱光召蹲在门前，眼泪掉在地上。院子冷清，门外几只鸡来回踱着步，儿子搬出院子后，很少回来了。朱光召想起了方氏，想起她瘦弱的身体，还有挑着两个水罐摇晃的身影。方氏爱干净，水罐平日会用干净的毛巾盖上，怕脚后跟带起的尘土弄脏了水。为这，嫂子李氏没少奚落她。方氏还是我行我素，每次挑水，依旧把洗得雪白的毛巾盖在水罐上。中梅在屋里剧烈地咳嗽着，朱光召这才悠悠地回过神来，咋又想起她了？他起身进了屋，帮中梅抚着后背。中梅的脸黑瘦，没点光泽，两眼无神地盯着窗外。朱光召说，去院子里坐坐吧。中梅答非所问，武几日没来了？朱光召说，刚分了地，咱家武要强，花高价钱买了种子，天天下地呢。中梅说，武向来心气高，让咱耽误了。朱光召说，耽误啥，一辈辈不都这么过来的。中梅没再说话，似乎累了，头歪向一边闭上了眼。

　　桃村今年的春天似乎与往年不同，田地里没了社员们追打嬉闹的情景，也没了柳生的吆喝声，家家户户闷头在自家地里忙碌着。来长友辞了队长的职务，在自家地里种棉花。高广杰路过问，队长，刚过惊蛰，点棉花是不是早了些？来长友没抬头，说，早什么？抢种抢收，再说种完了，俺要去瞧大孙子。

　　中梅没熬过春天就走了，朱武帮母亲选墓地时很是费了些心思。当初没分地时，地是生产队的，老坟在哪，接着葬哪就是。现在地分给大家了，坟地会影响耕种。朱武家的老坟在沙从君二儿子地里。沙从君二儿子刚娶了个四川媳妇黄丽，很会过日子。她看到有人在她家地里查勘，呼天抢地地跑过来，骂着众人。朱武央柳生去沙从君家说说，沙从君老了，无奈地说，按说呢，老亲世邻的，人死为大，只是刚给二孩娶了媳妇，全家人都依着她，怕一不如意跑了。柳生语气多了些冷厉,说,死人总得埋吧,打记事起,就没听说过谁家地不让埋人。沙从君说,我能不知道这个理?只是不如了她的意,跑了咋办?好不容易给孩子糊弄个家人。沙从君说着话脸上能拧出苦水来。朱光明小心地说,要不,让武拿些钱吧。沙从君说,老哥,这不是在打我的脸呀。柳生冷着脸说,不能开这个头,开了头,今后不好收场了。朱光明说,情形不同了。柳生无奈地说,你们协商吧。说着走了。

朱光明回来说给朱武,朱武拿了二百元钱,央柳生送去。柳生黑着脸说,此风不可长,我不能开这个头。没办法,朱武只得与朱光明商议。朱光明说,让庭福送去。庭福来到沙从君家,黄丽也在,说明来意后,黄丽爽利地从庭福手里接了钱,喜滋滋地装进兜里。朱家再有人去地里挖坑,她也不哭闹了。方氏的娘家人闻讯来了,他们名义上来吊唁中梅,实是想亲眼看看中梅安葬的位置。方氏须在上位,中梅排在方氏下位,中间留出朱光召的位置,称为夹棺葬。朱光召眼下在,还没合葬,也不能马虎。方家人感念方氏活着时不易,再说,方氏没后,方氏娘家人怕朱武弟俩没公心。方氏几个侄子膀大腰圆,自来了后,一直虎视眈眈地盯着丧事过程。朱武起初不待见方家,朱光明颤颤巍巍地说,朱武,万事按规矩来,才能天安、地安、人安,顺当把你娘安葬了,比什么都强。朱武想想也是,闹起来了,倒霉的是自己。他听了朱光明的话,待方家如上宾,礼仪周全,方家挑不出毛病来。中梅的丧事顺利办完后,朱光召更加沉默,他在自家门前能一动不动地蹲上几个时辰。有时朱武儿子大鲁过来叫他吃饭,他像没听见似的,盯着门前的水坑看。大鲁上前摇晃着叫爷爷,他才像刚睡醒般说,你们吃吧,你奶奶烧饭了。大鲁惊恐地盯着门里,扭头跑了。

朱光明感觉身子一天不如一天了,走几步就会喘不上气来,他有些困惑,日月咋过得恁快呢?年轻时真好,想干啥干啥,走起来跟飞一般。儿女们都成家了,也没啥心事了,有些小闹心的事也免不了。庭力夫妻俩整日围着风华转,十四五岁了还抱着洗脚,朱光明说过庭力,惯子如杀子。庭力不急不恼地说,就这一个孩子,好看,稀罕。朱光明没话了。他又想起了庭训,庭训长得周正,媳妇也不差,只是几个孩子实在不像样子,不只是丑,大茹小时候发烧,烧成了脑炎,腿落下了毛病,得用手扶着一条腿才能勉强走。马月娥经常抱着去城里找大夫诊治,也没见效。二茹头歪向一边,脖子拧不过来,去了多家医院,大夫说是腹里带来的,没法医治。马月娥整日愁得擦眼抹泪。庭福生了五个孩子,倒是个个周正,只是前几年老四掉水塘里淹死了。那天,刚下过雨,已经七八岁的老四在水塘边洗脚,岸边石头湿滑,掉水里被水呛着了,没能呼救,扑腾了几下,就沉水里了。待到吃饭时,庭福找到水塘,才发现浮在水上的四妮。大伙七手八脚地帮着捞上来,早就没了气息。冯幽兰整日在家哭,这让朱光明很是烦躁,搁着从前,他早过去训斥了,如今,他没了当年的脾气。

  土地承包到户后,桃村的收成比往年翻了一倍,朱武家的收成比别家要好。桃村人家家户户吃上了白面馒头。冯幽兰带着儿子二安去翠莲家玩,枣花拿了馒头给二安吃,二安头摇得拨浪鼓般。冯幽兰说,大娘,不像从前了,家里天天吃这个。枣花说,是呢,日子都好了。冯幽兰说,可不是嘛,朱武家都要买铁牛了。枣花问,啥铁牛?翠莲说,娘,就是拖拉机。枣花问,拖拉机吃啥呀?翠莲说,喝油,比牛的力气可大多了,还不知道累。枣花笑着说,那敢情好,省得一到忙时,牲口忙不过来,都着急。翠莲还没接话,朱武进了门。朱武常来翠莲家找钟方仪,朱武嘴甜,一口一个姑父,钟方仪被叫得晕头转向的,朱武没少从他这捞实惠,别人买不到的东西,他能让钟方仪帮着买到,价钱还便宜。这两年,供销社似乎大不如从前了,镇里冒出几家私人开的商店,货物全,价格还便宜,也不用凭票购买了,朱武来翠莲家的次数就少了。今天突然登门,翠莲料到他有事。朱武坐了一会儿,看着门外说,姑父该回来喽。翠莲擀着面条说,这个可说不准,他有时回来,有时不回来。正说着话,钟方仪推着自行车进了家。朱武迎上去说,姑父下班了。说着帮着放好自行车。钟方仪应着,把手里的包放到矮桌上。朱武把钟方仪的躺椅搬到过道风口说,姑父,这凉快。钟方仪笑着坐过去,朱武找了个板凳坐在旁边问,姑父,上班忙不忙?钟方仪说,不忙。朱武来回摩挲着膝盖看向屋里,又看向钟方仪说,姑父,我想买辆拖拉机。村里很多人喊钟方仪姑父,钟方仪分不清亲疏,只要有喊的,一律应着,只有朱武喊得亲切,钟方仪便觉得与他亲近。钟方仪说,好事呀。朱武说,好是好,缺钱呢。钟方仪说,拖拉机可不便宜,镇上也没几台。朱武见钟方仪不顺着自己的话说,心一横,说,姑父,俺买拖拉机的钱不够,您借我点钱呗。钟方仪"嗯"了一声。朱武弄不懂他"嗯"的意思,又不能追问,满脸堆笑地看着钟方仪。钟方仪坐在躺椅上,摊开一本书看。朱武又向前探探身子说,姑父,"嗯"什么?钟方仪盯着书本点点头。朱武急出一身汗,心想到底行不行,给个痛快话。他买拖拉机还差一千块钱,他把村里人踅摸了一遍,虽说眼下日子好了,可是能拿出一千元的,也就翠莲家了。朱武不知道,钟方仪在单位管钱,在家里不管钱,钱都在翠莲那里,翠莲不点头,他不敢应,只能应付着他。朱武不知他的苦衷,一个劲地追问,姑父,成不成呀?钟方仪打着哈欠说,今日有些乏累了,明日再说吧,说着起身进了堂屋。朱武站起来,摸着头,看着他的背影。翠莲也在堂屋,朱武进也不是,退也不是。过了一会儿,向堂屋大声说,姑,我回了。翠莲在屋里说,不再玩会儿了?朱武说,不玩了,明天再来。

翠莲见朱武走了,唠叨起钟方仪来,朱武这人,眼皮太活,做事不踏实,钱千万不能借,借了就打水漂了。钟方仪说,你没发话,我能答应?翠莲说,怕你经不住他的油嘴滑舌。钟方仪没说话,一家人开始吃饭。翠莲生了五个孩子,吃饭时围满了桌子,立柱和枣花在旁边单吃。立柱老了,腰佝偻着,仍旧每日在地里忙碌着，枣花年岁大了，伺候不了牲口，耕种时须借别人家的，农忙时，各家各户都急着用牲口，立柱就会乱发脾气。翠莲忙完家里的，也去地里帮忙，孩子渐渐大了，开销多了起来，依着钟方仪的工资，养不起这么多孩子，翠莲种些地，贴补家用。

　　村里眼皮活泛的小伙子，开始骑着自行车到各处打探生意门路，有几个试着贩卖粮食。三建是村里最早开始贩卖粮食的，他也到了婚娶的年纪。肖常福在来长友的帮扶下，刚给二建娶了媳妇。二建媳妇杨竹是个老姑娘了，她母亲去世早，她里外支撑着家有二十年了。杨竹心气高，一般人入不了她的眼，偏偏自己长相一般，村里老人常说她是心比天高，命比纸薄，挑着挑着就小三十了。来长友有个亲戚在杨竹村子，从中牵了线。杨竹父亲正为杨竹婚事发愁呢，媒人一说，杨竹父亲拉着媒人的手说，您多费心，了却我的心事。媒人说，那边也是过日子的人家，人长得也不错。杨竹父亲当即和媒人说，只要那边没意见，俺没意见。杨竹在屋里听见了，噘着嘴出来说，大，急等着撵我走呢。杨竹父亲狠狠地瞪了她一眼，招呼媒人喝茶。就这样，肖常福把二建的婚事办了。三建的婚事又摆在面前，好在，三建比大建和二建能吃苦，还有头脑。他买了辆大金鹿自行车，将村里的粮食收来，用自行车驮着去外面卖，最多能带三百斤，一趟能挣个十块八块的。三建挣钱买了喇叭裤，裤脚有一尺宽，把脚包上后拖在地上，裤脚被踩得脏兮兮的，有时还会被搅进自行车蹬里，撕扯裤脚是常事。尽管村里老人看不惯喇叭裤，可是村里的小年轻仍喜欢穿，几乎每人都穿。

　　沙从君的儿子沙明广看不上他们的小打小闹，他常去运河边，见运河里的船愈来愈大，船上装着满满的货物，用雨布苫着。沙明广有时和船上的人打招呼，马达轰鸣着，船上的人听不清楚。沙明广不在意，在岸上向船上的人比画着。船上的人整日游走在水上，甚是无趣，乐得跟岸上的沙明广比画。沙明广每日流连在运河边，连地也懒得耕种。沙明广老婆百遮找沙从君告状，说一大家子人了，还不安心过日月。沙从君让百遮捎话给明广，让他来见爹娘。别看沙明广老大不小了，沙从君一瞪眼，他瑟缩得像被赶入穷巷的狗。

沙从君和陈佳分坐在八仙桌两边。沙从君说，你也是一家之主了，不好好耕种地，等着喝西北风？陈佳咳嗽了一声，没说话。沙明广站在门一侧，看着脚下没说话。沙从君看他蔫头耷脑的样子来了气，别看沙从君年纪大了，站着仍像松树般挺拔。沙从君拍了下桌子说，站有站样，坐有坐样，才能有人样。好日子摆在眼前，不好好营生，就是败家。陈佳瞟了他一眼，轻声说，有话慢慢说，搁着别家，儿子这岁数都当爷爷了，别跟训小孩子一样。陈佳其实抱怨沙从君耽误了孩子，沙从君撇撇嘴，把后面的话咽了回去。沙明广有母亲撑腰，站直了身子说，大，我有个想法，不是一天了，我想去跑船。沙从君站起来问，什么，你说什么？陈佳也站起来，走到他面前问，明广，说什么呢？沙明广挺了挺后背说，我想跑船。陈佳拍着沙明广的胸口说，你这孩子，说什么疯话，船是谁都能使的？江河的风浪你能经得住？看着微山湖风平浪静的，江河可不这样，凶险着呢。沙明广说，娘，你没去运河看过，现在的船和从前不一样了，大着呢，风浪奈何不了。沙从君说，即便这样，你一直在岸上，没在船上待过，怎么就凭空想这出呢？沙明广说，大，我琢磨多日了，俺年纪不小了，让我闯一下吧。再说，我想让他们看看，咱沙家子孙啥时候都不是孬种。沙从君淡淡地说，有志气挺好，只是志气不同于意气行事，凡事得考虑周全。沙明广说，这我可不是意气行事。我没上几天学，指着考学翻不了身；做生意，又没本钱。先去船上出点力，积攒点经验，再谋出路。沙从君和陈佳对望了下，陈佳扶着桌子坐回去。沙从君看着别处，眼睛酸涩难受，儿子有志向实属不易，得支持才好。儿媳妇见识短也正常，农家出身，盯着一家人温饱也没错。媳妇和明广都没错，就同别人说的鸡同鸭讲一个道理，他们的想法不在一条线上。沙明广见父亲半天没说话，偷看父亲，见他似是陷入了沉思。陈佳说，广，你打算啥时候去？沙明广说，爹和娘要同意，俺明日先去码头打探，有船要人，我随时走。陈佳叹了口气，说，老话说下矿挖煤的是埋了没死，使船的是死了没埋，但凡有斗粮的人家，不会让孩子做这两行。沙从君说，都是老皇历了，眼下是新社会，讲究劳动平等。陈佳没说话，沙明广说，要是没事，我先回了，明早去码头看看。沙从君说，好好和百遮说，她不是不讲情理的人，只是心气高些，家要兴旺，两人得劲往一处使，家和才能四时八节好运伴。沙明广应着走了。沙从君和陈佳枯坐无语，偶尔看对方一眼。过了一会儿，沙从君叹了口气，说，没想到，明广这孩子恁有想法。陈佳说，明广随了我家，是个做生意的料。沙从君说，俺家差吗？陈佳说，是不差，老地主的帽子刚拿掉。两人说着笑了起来。陈佳顺手拉了下灯绳，橘黄的灯光泄满了房间。陈佳指着电灯说，老家伙，依着你的地主脑瓜，咱这辈子在老屋能用上电灯？沙从君说，这有啥，我当年在上海早用过了。

  沙明广回到家，百遮正在做饭，大成、二成在院里摆弄扒鱼的网，网有几处破了，两人蹲在地上笨拙地缝补着。百遮一个人在灶屋忙，烟从灶屋里飘出来，悠悠荡荡地飘向天空，四散而去。沙明广蹲在儿子身边，大成回头叫了声，大。二成没抬头，继续缝补着网。沙明广问，扒到鱼了？大成仰起头说，在锅里炖着呢。二成缝着网说，要不是网被黑鱼窜了洞，还能多逮些。沙明广摸摸两个儿子的头，站起来，又回头说，今后大要是不在家，地里的活你们多做些。大成问，大去哪？沙明广说，大要出去挣钱给你们娶媳妇。二成说，娶媳妇早着呢。沙明广笑着说，该上轿了再扎耳朵眼，晚喽，凡事得早筹划。爷仨正说着，百遮在灶屋喊，吃饭了。说着从灶屋端出一个粗瓷大碗，碗里浓白的汤里卧着大小不一的鱼，有草鱼、黑鱼和泥鳅，翠绿的青菜缠绕在鱼中间，煞是养眼。沙明广闻到鱼的鲜香，吸着鼻子说，还怪香呢。说着去接百遮手里的碗，被她用手打开说，一边去。沙明广干笑着，回头喊二成，吃过饭再缝。

　　吃过饭，大成和二成去河沟洗澡。沙明广看着收拾碗筷的百遮说，我明日要走了。百遮停下来问，去哪里？沙明广说，孩子眼瞅着大了，今后用钱的地方多，再说，窝囊了恁多年，我想放开手脚过日子。百遮说，朱武要买拖拉机了。沙明广说，他买他的拖拉机，人各有志，我不想在土里刨食。百遮说，本就是土里刨食的命，还想进城做工人，老辈没落下这命。沙明广说，我偏不认命，我明日去码头跟大船。百遮把手里的碗筷怼在桌上说，水上的饭不是谁都能吃的。沙明广说，我想这事不是一天了，我能做得了。百遮问，家怎么办？地谁种？沙明广说，给我两年时间，保证你以后享清福。百遮拿起碗向外走，说，俺是出力受穷的命，这辈子没指望享福，能安稳过日子就烧高香了。沙明广跟出来，夺下百遮手里的碗说，我洗碗，你先洗澡。百遮站在原地，看着蹲在地上洗碗的沙明广发呆，直到今日，她也搞不懂眼前这个已是自己男人的人，脑袋里整日想的什么。当初为了哥哥，她才嫁到沙家的，对沙明广本就没抱多大期望，不憨，不缺胳膊少腿已是万幸了，将就着过日子吧。百遮之前上过学，有些看不上沙明广，言语间有些轻慢。沙明广嘴上不说，心里明白，夫妻间少了应有的温情。后来，她发现，沙明广心里装着大气象，是什么，她说不上来，不过，她明白，这个男人她拢不住，她有事没事往公婆处跑，想着日子得过下去。公婆倒是待她不错。

　　沙明广洗完碗，见百遮仍呆愣着站在原地。他擦着手说，洗洗早点睡，说着冲她眨眨眼。百遮揪着衣角，像是不认识他一样看着他。沙明广进屋给她找来衣衫，塞到她手里说，赶紧的，一会儿孩子们回来了。

　　百遮洗完澡，擦着湿漉漉的头发，心神不定地看着明灭不定的灯泡，电压不稳，电灯常这样。沙明广洗完澡穿着大裤衩，嬉笑着问，愣啥呢？说着上前要抱百遮。百遮被吓了一跳，躲到一边问，你这是做甚？沙明广嬉笑着说，你是我媳妇，你说做甚？说着抱起百遮进了里屋。百遮挣扎着说，一会儿孩子回来了。沙明广不说话，把她放到床上，替她解开衣衫，脸伏在百遮胸间。他的大手在她身后轻抚着，温暖妥帖，百遮闭上了眼，眼角滚下两行清泪。沙明广满头大汗地从百遮身上翻下来时，百遮拿起毛巾帮他擦额头的汗，她下床时，轻手轻脚的，像一只猫。沙明广眯眼看她，感觉她从来没像今天这样像一个女人过。

  沙明广第二天一早就搭车去了县城。他须去货运码头，才有机会跟船。码头离桃村有上百里地，要从县城再搭车去。到了晌午，他转车到了码头，码头的路坑坑洼洼的，路面积满了煤灰，拉煤的大车一过，带起的煤尘四处飞扬，路边的树和小草被煤尘覆盖着，蔫头耷脑的。沙明广被灰尘呛得捂着嘴向前走。码头上排满了卸煤的车，一艘船靠在码头上装煤，远处泊着等待装货的船。沙明广在码头上转了一圈，人们各自忙碌着，没人搭理他。没办法，沙明广准备去装煤的船上看看。他刚走到船边，被指挥装货的人呵斥问，干什么的？没看到正装货，危险。沙明广赔着笑说，大哥，船上要人吗？那人斜眼看了看他，挥着手说，哪凉快哪待着去。沙明广没想到他会训斥自己，真是在家千日好，出门一时难。他满脸通红地嘟囔着，恁凶干吗！说着转身要走。这时，一个瘦小的年轻人从他身边路过，问，找活的？沙明广像是遇到了救星，忙说，是的。年轻人问，使过船？沙明广小声说，没有。年轻人说，没使过船，来这里找活？沙明广说，俺能学。年轻人冷笑了一声，说，船不比地面，不是说学就能学的。沙明广说，俺知道，俺家旁边是运河，见天看船驶过，再说，俺会划小溜子。年轻人笑笑没说话，转身向船上走去。沙明广来了半天，好不容易有人搭理自己，哪能放过这机会。他追上年轻人说，俺啥都能干，你船上缺人吗？年轻人上下打量着他，沙明广点头哈腰地笑着。沙明广从年轻人的穿戴猜出他应是船主或者是煤老板，他不能放过这个机会。年轻人打量着他问，会做饭吗？沙明广忙说，会。年轻人问，做得怎么样？沙明广低下头，看着脚下说，一般。年轻人说，还算实诚，船工你干不了，过江、过闸都要十二分上心，生手不行，想上船，眼下只能做饭，算你运气好，别家船都自己做饭，我跟船，缺个做饭打杂的。沙明广欢快地说，我能做，还能帮着拾掇。年轻人说，跟我来吧。他见沙明广随身背着包袱，笑着问，连行李也带来了，恁有把握能找到活？沙明广笑着说，只要心诚，没有做不成的事，这不，碰到您这个大老板了。年轻人回头看看他，笑着说，没看出来，还挺能说。

沙明广留在了船上，他不知道年轻人的名字，很多人叫他易拉罐经理。他搞不懂是名字还是外号，他不敢跟着叫，每次找年轻人，都会小心地叫老板。易拉罐是个爽快人，说管吃，给他开三百一月，闲时，可以跟船工学学使船。沙明广听完，高兴得差点跳起来，地里一年的收成都难卖三百元。不过，表面上沙明广还是风平浪静。沙明广没想到这么顺利，他原先想着要费些周折呢。

钟方仪最终没借钱给朱武，主要立柱不同意。立柱说，还铁牛，那东西能有准头？朱武压根不是过日子的人，整日想东想西的，钱借出去，算被风刮走了。翠莲听信父亲的话，没借给朱武。朱武在家郁闷了一阵子，买拖拉机的想法在他心里生根发芽，让他寝食不安，整日皱着眉思谋着去哪里筹钱。恰在这时，朱光明和朱光召先后病了，两人沉疴病榻多日，朱武暂时放下了买拖拉机的心思。两家都找了大夫，大夫看后，摇摇头走了。朱光召前几日还能喝点水，后来连水也喝不进去了。朱光明也好不到哪去，庭力每日下班后，会来父亲这，庭训下学也来，庭训整日皱着眉，脸上没点笑模样，家里两个病歪歪的孩子，让他没了之前的心气。庭福没事，常守在朱光明床前。李氏还是爱干净，每日唠叨着屋里有味，实则是嫌弃朱光明在屋里便溺。朱光明说不出话了，只能愤怒地瞪着她。

　　朱光明和朱光召是同一天去世的，那天早上，朱光召叫朱武。朱武这些日一直守在父亲床前，有些乏累，昨晚让朱文替自己，回家了。朱文听到他断断续续地呼叫，连忙把父亲扶起来。朱光召看着他问，武呢？朱文说，回去了。朱光召指着门外说，把他找来。朱文扶着他，有些不放心，正犹豫不决。朱光召看他没动，一着急，嘴里呜咽不清地说着什么。朱文看他的样子，怕是凶多吉少，把枕头放在他后背倚好，慌慌张张地跑出门。朱武刚起床，正在刷牙。朱文像只被人追赶的兔子一样闯进来，张皇失措地说，哥，大找你呢，看样子，怕是不行了。朱武把手里装满水的牙缸放在井沿上，用毛巾擦了擦满是白沫的嘴，跑出了家门。当朱武和朱文跑到朱光召床前时，朱光召头歪向里面，没了声息。朱武慢慢走到跟前，小声喊着，大、大。没有回音。朱武慌了神，上前扶着父亲的肩，想扶得周正些。朱武感觉不对劲，大的身子直挺挺的，怎么也坐不成了。朱武颤声喊着，大、大。朱文探身带着哭腔喊，大、大。朱文见大的右手紧握着，一个银簪头露了出来。朱武也看见了，捏出银簪看了看，对朱文说，别哭了，穿衣服吧。桃村老人去世，寿衣是女儿准备的，朱光召没女儿，两个儿媳前些日子给他缝制了寿衣。朱文不敢违拗哥的意思，哽咽着出门叫嫂子和媳妇。朱武胸腔里像是拉风箱般呼呼作响，父亲手里的银簪不是母亲的，母亲说过，当年娘家拿她换钱还赌债的，没陪嫁，过门后，分家单过，日月不宽裕，没件像样的衣衫，更别提银簪了。这么些年，大心里一直装着一个人，这对娘不公平。朱武瘫坐在地上想。隔壁传来了高一声低一声的哭喊。朱武从地上爬起来，侧耳听着，是大娘在哭，听着好像是大爷走了。弟兄俩商量好了一块走，这老殡咋出呀？朱武正嘟囔着，清芳和冯云来了。清芳说，大爷也走了。朱武没说话，接过他手里的包裹，招呼朱文进了里间。清芳和冯云站在外间，门外有人探头探脑地向家里看。清芳说，以前红白喜事都是大爷操持，大爷这一走，都不济事呢。冯云看看屋里，又看向大门外说，可不是嘛。两人正说着话，朱小河进了门。朱小河平日不见笑脸，清芳说，兄弟来了。朱小河没应声，进了里屋。朱武和朱文正帮朱光召穿衣服，见朱小河进来，朱武招呼了声。朱小河"嗯"了一声，算是回答。朱小河说，大爷也走了，这事还不好弄呢，一门抬出两棺材。朱武说，分门立户恁多年了，大不了错开日子。朱小河说，那也好，商量着怎么好怎么办。朱武应着。朱小河说，我刚回来，再去那边看看。

朱小河来到东院，庭力弟兄仨正给朱光明净身。朱小河进了院，冯幽兰招呼朱小河。朱小河来到里间说，弟俩还真会凑日子，一起走了。庭力弟兄仨还是没说话，朱李氏倚坐在八仙桌边说，这样好，谁也不用替谁操心了，当年老二是他的心头肉，谁也不能说一句，后来咋样，连声哥都没喊过，老二是个狠人呢，恁多年了，愣是没往这院迈一步。庭力说，人都走了，还说恁多。朱李氏叹了口气，说，窝心呢，啥事都紧着他，末了也没落下好。没人接话，朱李氏有些无趣，三个媳妇站在门外，离她远远的。媳妇们年轻时受她的气，碍着朱光明，没人敢反抗，现在年岁大了，媳妇待她淡淡的。朱李氏看着几个媳妇，忽然想起今后要在媳妇手里讨日月，悲从心生，号啕大哭起来，哭着还数落着，我的人呢，你走得倒清净，撇下俺一个人可咋活呀？庭力媳妇看不下去了，擦着泪，拿起盆架上的毛巾递给婆婆。冯幽兰和马月娥也围过来劝婆婆，人都会走到这条路上的。朱李氏听了，哭得愈发响了。

朱光明的老殡出得还算顺利，朱光召的倒费了些周折。方氏和中梅娘家都来了很多人，大家心里明白，这是双方展示实力的时候。作为大孝子，朱武很是紧张，怕哪件事做不周全，再惹恼了哪方。他眼下哪方也不敢得罪，能顺当把父亲安葬最好了。只是，总让人觉得到处暗流涌动。方家这边，触景伤心，再说丧事一毕，与朱家再无瓜葛，他们来者不善，虎气生生的小年青来了二十多个，横眉瞪眼地坐在门前的棚下，随时要动手的样子。王家也来了不少人，他们坐在西边的棚里，虎视眈眈地看着对方。朱小河从工厂调到了派出所，他穿着警服出来进去。按说朱小河得为朱光召穿孝衣，戴孝帽。是朱武让他穿着警服里外走动，方家与王家要是生了是非，主家脱不了干系，不如趁早摁住，别节外生枝。方家也不想惹是非，关键方氏没留下后，朱家和方家没了血亲关系，怕屈死的方氏安葬时再受不公。朱小河早和朱武说过，一定把丧事细节做周全，不能让他们挑出毛病来。朱武应着，说咱老一辈的眼下只有成礼叔了，他在城里不能回来，只得你来操这个心了。朱小河没说话，扭头看着门外坐着的两帮人，整理了下身上的制服出去了。

　　朱武依着规矩把方氏和母亲与朱光召合葬在一起，朱光召在中间，方氏在上位，中梅在下首。这样做，是依着千年规矩来的，方家和王家都没话说，丧事也没出纰漏，还算圆满。出完殡后，朱武黑瘦了一圈，不时地喊腰酸腿疼。依着桃村的规矩，孝子头满街留，来吊唁的、执事的，孝子都得给磕头。清芳给吊唁的女客磕头，出完殡，她揉着红肿的膝盖，边揉边说，怪不得人家说，宁在家做家姑老，不做大伯嫂，看这膝盖，没个十天八天养不好。朱武没说话，他听说大爷那边出殡余了不少礼钱，千生意，万买卖，不如家里死个老奶奶，丧事一般都会结余。朱武这边就不同了，方家和王家来再多的人，也只随一份礼，丧事完了算账，不但没有结余，弟兄俩还要贴补些。朱武有些懊恼，看来，拖拉机离自己越来越远了。

　　葬完朱光明后，一个现实问题摆在面前，朱李氏今后跟谁过。朱李氏娘家侄子李大卫说，俺姑年岁大了，不能让她单过，养儿防老，这时得用上了。庭力低头不说话，庭训和庭福看向庭力。李大卫见弟兄仨沉默不语，有些生气地说，九个小的不嫌多，一个老的没窝搁，你们不会让人看笑话吧？庭力抬起头说，我上班忙，家属身体不好，要不然三家轮着住吧，免得住一个院烦。李大卫觉得可行，将烟头丢到脚下碾了碾说，那成，我过些日子来看俺姑。几人起身送他，李大卫对弟兄仨的态度不甚满意，头也不回地走了。

朱李氏年纪大了，仍爱干净，花白稀疏的头发在脑后挽成一个髻，插着银簪。身上的白布衫和青色裤子洗得清爽，白色线袜，黑色布鞋，青丝带扎裤脚，整个人干净利索。吃饭也很挑剔，要咸淡适中，还得不重样。三个媳妇心里根本不想伺候，碍着外场和丈夫还得一日三餐地伺候着。朱李氏吃完饭，攥着手绢在村里串门。她年轻时，有些看不惯秀芬的显摆，眼下朱光明不在了，肖常福还活蹦乱跳着，她怕秀芬奚落自己，串门时，故意避开秀芬。村里能串门的去处不多，自从土地承包后，队屋前没人聚着说闲话了，屋角上长出了青草，柳生一两个月不来队屋一趟，门前长满了草，显得荒凉。村里新娶了不少年轻媳妇，她老眼昏花认不得几个，再说年纪大了，和人家说不到一块去。朱李氏在村里走累了，会将手绢仔细铺在干净些的地上，坐下歇会儿。她看人模糊，有的人路过不与她说话，她会小声嘀咕，没家教的东西。说起家教，她忽然想起了大洋马。昨天，她听崔柳氏说，大洋马的眼睛瞎了。传到花妮这里，花妮抬头看着天说，老天总算睁眼了。花妮身子硬朗，每日还能家里、地里忙活。

朱李氏有时会去花妮那坐坐，有一天上午，朱李氏与花妮东家长西家短地说了半天，末了，朱李氏叹了口气说，这人呢，跟庄稼一样，一茬茬的，说话间，老家伙走得差不多了。花妮说，可不是嘛，听说立柱哥也不成了，病得挺重的，勤劳了一辈子，现在也闲不住，走路都打晃了，还用塑料袋往地里送肥呢。朱李氏问，得的啥病？翠莲恁孝顺，咋不带到城里瞧病呢？花妮说，眼瞅着九十岁的人了，再去医院受那罪。要我说，立柱哥一辈子也值了，有儿子的能咋样？惹气、不孝顺的多了。朱李氏没说话，看着别处，她倒是有三个老虎般的儿子，儿子好不好不打紧，媳妇好顶重要，进了儿子家，像被凉水浇了般。搁着从前，她无论如何不会看媳妇脸色，眼下，实在没办法，吃饭时，只能装聋作哑，吃完饭赶紧出来溜达。花妮见她不说话，用胳膊肘碰了她一下，问，想光明哥了？朱李氏打了花妮一下，说，你才想呢。说着，核桃般满是皱纹的脸竟润染上了锈红，拿着手绢的手撩了下滑到脸颊上的碎发。花妮正剥着毛豆，没在意朱李氏的脸。朱李氏说，这几天没往后去，枣花身子骨咋样？花妮说，恁大年纪了，能好哪去？咱这批老家伙，都是熟透的瓜，早晚的事，都是吃了晚饭，明早还不知能不能睁开眼的主。朱李氏说，那倒是，福运多要强的人，睡觉睡过去了，也是福呢。花妮说，走了确实是福，憋屈恁多年了，头几年被狐狸精搅扰得不得安生，儿子说是做了大官，有啥用？还不如身边有个种地的儿，能给碗汤喝。朱李氏说，谁说不是呢，当年供明铎上学时，整日用驴驮煎饼送去，受的那罪呀。花妮说，是呀，费心思了，他俩当年满脑袋想让儿子读书，铆足劲供，眼下，出息倒是出息了，唉，没爹没娘了。两人正说着话，沙从君从大路上走过。朱李氏说，走路像阵风，跟年轻人一样。花妮说，他比我可要大上几岁呢，瞧人家的身板。朱李氏拍着花妮的背说，你这小身板也不孬呢。说完前仰后合地笑着。花妮笑着说，你这个老家伙。朱李氏擦着笑出的眼泪抬头看了看天说，天不早了，得回去吃饭了。花妮说，美得你，擎吃坐喝的，俺是一顿不烧饭，就得挨饿了。朱李氏说，饭也不是恁好吃的，年纪大了，脸皮厚点就成。说着掸掸裤子走了。

　　沙从君最近比较得意，他女儿小香大学毕业了，小香是桃村有史以来的第一个女大学生，毕业后还留校任教了，沙从君和陈佳高兴得一宿没睡觉。当年恢复高考时，沙从君与陈佳商量，几个孩子要么年岁大了，要么有些愚钝，只有小香还能试试。陈佳平日不待见小香，小香人长得黑不说，个子还没长起来，五官也不好看，这让要强的陈佳很是气馁，早早把小香撵到过道旁的小屋睡觉。小香沉默寡言，放学回来，帮家里割草挣工分，闲下来看书。书是沙从君很久之前从外面带回来的，小香有的能看懂，有的看不懂，不过，她乐意看，看着看着会笑出声来。后来，学校停课了，小香跟着出工。回来后，再累她也雷打不动地看上一会儿书，有的书被小香翻得卷了边。起初，陈佳不同意小香参加高考，说，又黑又丑，看样子就没出息。沙从君耐着性子说，自己的孩子，不能这样说，眼下，只有小香还有希望，不培养小香，下一辈全窝在桃村了。陈佳说，要不然让二香试试。沙从君说，自家孩子你还不了解，二香压根不是读书的料，上学时，及格的时候就少，让她去挤千人万马的独木桥，不是自讨没趣吗？陈佳见他铁青着脸，说，愿意考就考呗，我又不是晚娘。就这样，小香去镇上中学跟着复习了。没想到，居然考上了。收到通知书后，沙从君在桃村走路都不一样了，他高仰起头，气宇轩昂地走在村路上，一改挨批斗时低头缩肩的模样。现在小香当了大学老师，陈佳见天慢悠悠倒背着手在村里溜达，脸抬得老高。高广杰年纪大了，仍爱说笑，见到陈佳说，看着点脚下，别摔个狗啃屎。陈佳气得翻着白眼骂他，狗嘴啥时候都吐不出象牙来。

最近，沙从君还有一件高兴的事，沙明广不但在船上找到了活，还跟上了大老板，大老板很是赏识他，沙从君又看到了希望，活到这把年纪，只能靠儿女挣脸面了。

沙明广上船后，看哪都新鲜。在船上待了几日，才知道人称"易拉罐"的老板姓殷，叫殷帆，看样子生意做得挺大。他发现船上有个女的，长得那叫一个俊。殷帆叫她欧阳，对她毕恭毕敬的。欧阳穿着时髦，沙明广从来没见过这么好看的衣衫。沙明广上船几天了，慢慢习惯了船上的生活。船沿着运河南下，去哪卸货，依着买家定。沙明广做完饭，收拾利索，满船溜达，摸摸这，瞧瞧那，还去船头看如何驾驶。这个船和桃村用竹篙撑的小溜子不一样，有方向盘，还会鸣笛。沙明广看了一会儿，心想，也不难嘛，转转方向盘，摁摁喇叭，自己要是坐到方向盘前也会开呢。沙明广现在很佩服自己，他觉得自己的脑袋比在家活络多了，没事时，他眼睛总盯着船上装的煤，发货过程，收货手续，经理怎么与人谈生意，生意背后的尔虞我诈，还有船上的禁忌，没用多少时日，都被他摸得一清二楚了。

沙明广这趟船跟了一个多月，返航时，殷帆把工资发给了他。他捏着钞票高兴得合不拢嘴，忙说，谢谢老板了。殷帆拍着他的肩说，干得不错。沙明广把钞票揣进兜里说，必须的。船在码头装货时，沙明广向殷帆请了假，回了趟家。他在南方给父亲买了套砂壶，给母亲买了块上好的苏州丝绸布料，给媳妇买了件黄色丝绸衬衣，给两个儿子除了买衣服，还带了南方的糕点。大成和二成从没吃过这么好吃的东西，糕点放到嘴里软糯香甜，不用嚼，含在嘴里，不一会儿就化了。大成、二成吃完，兴奋地围着沙明广问东问西。百遮把衣服穿在身上，左右转身瞧着说，这衣服俺穿不出去。沙明广坐在一边，跷着二郎腿问，咋穿不出去？百遮红着脸抖着衣服说，太合身了，箍得太紧，尤其这。说着指着胸，满脸嫣红。沙明广说，人家南方女的都这么穿，好看。百遮把衣服扔到他脸上说，出了一趟门就学坏了。说完进了里屋。沙明广嬉皮笑脸地跟进来，从后面抱住百遮说，怎么就学坏了？让你看看怎么才叫坏。说着把百遮抱到床上。百遮惊慌地看着外间屋问，做什么？沙明广不说话，用力抱紧百遮，嘴贴在百遮嘴上。百遮推着他说，出去几天，变得越来越下流了。沙明广不说话，只是将她掼在床上，像只猛虎扑了上去。

立柱走了，丧事异常简单。翠莲说，活着时俺对得起大，人走了，再操办是拿老的挣钱，俺不做那事。枣花面色平静地为立柱穿衣裳。对于翠莲的决定，枣花不好说什么，这些年，翠莲和女婿支撑这个家，他们在村里才能被高看，她很知足了。她有心为立柱操办场像样的丧事，可是，她没说出来。最近，村里常来宣传车，宣传移风易俗，丧事从简。她知道，如果操办了丧事，钟方仪也许会为难，她不能苛求翠莲。只是寂寥的丧事，总感觉是个缺憾。人死了，丧事是留在世上最后的痕迹，能张扬最好。枣花思前想后，落寞伤心中多了些无奈。她安慰自己，这些日子村里的丧事，除了朱光召和朱光明那会儿，宣传车还没来村里，他们操办了，后来，连崔福运死了，也是被悄没声息地埋了，人家儿子还做恁大的官。枣花想到这，起身操持几个女儿吃饭。

这几年，钟方仪的单位开始走下坡路，村里人见他没了从前的恭敬。钟方仪原本认不全村里人，倒也不在乎他们态度上的亲疏。倒是翠莲，很是愤愤不平了一阵子，说村里人没良心，势利眼。好在孩子大了，儿子大明和女儿大华已经上班，每月能领工资，这让翠莲欣慰。余下孩子还小，都在上学。翠莲打算让钟方仪早早为他们想好出路，钟方仪前些年确实落下了不少人情故旧，给孩子安排个工作不难。于是对翠莲说，放宽心，好歹让他们上完初中再说。

朱李氏这个月要到庭福家吃饭。日上三竿了，朱李氏也没来。庭福在生产队做会计，刚夏收完，村里人去镇上交公粮，庭福随着去了。冯幽兰让女儿大丽去叫奶奶吃饭，大丽不去。她记恨小时候朱李氏不给她糖吃，冯幽兰让儿子大全去，大全在门前玩玻璃球，也不愿意去。冯幽兰说，你们要是都不去，你大回来打你们，我可不管。大全最怕庭福打他，丢下玻璃球去了后院。大全老远叫着奶奶，屋里传来呜咽不清的声音。大全推堂屋门，门从里面插着，推不开。大全又叫了几声，屋里有声音，听不清楚。大全趴在窗户上向里看，窗户上糊着白纸，他用手指把白纸捅开，眯着一只眼向里看。屋里光线有些暗，过了好一会儿大全才看清屋里的情景。他看见奶奶躺在地上，一只手在空中摇晃着，眼睛看着门外。大全吓了一跳，大声喊，奶奶！朱李氏看见大全，向外伸着的手缩回来，用力拍着身子左边，嘴里含混不清地说着什么。大全问，奶奶，你说什么？大全的大呼小叫引来了在隔壁收拾院子的朱武，朱武站在大门外问，大全，你喊恁大声做甚？大全着急地指着屋里。朱武跑过来一看，见朱李氏躺在地上，估计摔倒起不来了。他说，鬼喊什么？回去叫你大。大全怯怯地看着他，手指含在嘴里说，俺大不在家。朱武推着他说，去叫你大爷，赶紧的。朱武说着去撞门，门是当年朱光明用松木做的，厚重粗笨，朱武撞得肩膀生疼也没撞开。他蹲下身子，两手在门板底部试探着，想把门板从门环里托出来。朱武正用力托着，庭力跑过来问，怎么回事？朱武说，大娘摔倒了。庭力在院里直跳脚，说，这可怎么办？朱武说，先把门打开再说。庭力这才过来帮忙，庭训也小跑着来了。三个人合力将门板从门环里托开，门插着，朱武跪下身子试着从闪开的门板下爬进去，无奈，空隙太小，试了几次都没进去。朱武招呼站在后面的大全，让他钻进去，把门插栓拿开。大全起先不敢钻，朱武说，再晚人就不行了。大全这才爬进去，打开门插栓。三人冲进去，一股骚臭味迎面扑来。朱李氏摔在地上多时，身底下一摊屎尿。朱武捂着鼻子说，赶紧抬去医院吧。庭力说，洗洗再去。他看向庭训，庭训把脸转向一边，皱着眉，憋着气。庭力没办法，上前扶起朱李氏，朱李氏看见儿子，抓住不放，嘴角流下涎液。庭力憋着气把她拉起，吩咐庭训赶紧去弄些水来。庭训说，让她们来弄吧。庭力知道他说的是三家媳妇，平日里，三家媳妇对朱李氏心有罅隙，叫也是白叫。想到这，说，有咱们呢。庭训没说话，去灶间烧水。朱武说，这得耽误多长时间？别误了瞧病。庭力说，估计没多大问题。朱武不好再说什么，转身走了。

朱李氏被送到了医院，大夫说胯骨骨裂，需要住院。庭力问大夫，得住多长时间？大夫说，年纪大了，什么时候能恢复，恢复到什么程度不好说。庭力说，那可咋办？我得上班呢。大夫白了他一眼走了。庭力想什么就说什么，还不会掌控语气，不像庭训，一直坐在朱李氏床前，不说话，也不交钱，时不时给朱李氏掖掖被子，大夫和护士私下都说他孝顺。庭力交完钱，站在门外说，你先在这看护吧，我今天夜班，得回去眯会儿。庭训说，我那还有几十个孩子等着呢。庭力说，要不然让庭福来，咱俩出钱，让他出力。庭训看着脚下不说话。庭力是个暴脾气，他受不了庭训的慢性子。其实，以他对庭训的了解，他不说话，是不同意出钱，不出钱，不出力算怎么回事。庭力说，有啥想法快说，要不然我可走了。庭训这才抬起头，吞吞吐吐地说，我那点工资，像六月太阳底下的水滴，眨眼工夫就没了，孩子吃喝差点没啥，关键得吃药，每月都先借些，才能勉强过下去，眼下，实在拿不出钱了。庭力说，不拿钱，也不出力，和庭福说吧，娘是三家的，总不能一毛不拔。两人正说着话，朱李氏醒过来了，她看着周围问，这是哪？庭训趴下身子说，在医院呢。庭力在门外大声说，你不能小心点，这下好了，躺着吧，花钱还受罪。朱李氏说，俺也不想摔倒，谁还想找罪受。别的病房听到声响，好奇地向这边看。庭力黑着脸说，有什么好看的？庭美慌慌张张地跑来，问站在门前的庭力，哥，娘怎么样了？庭力还在气头上，没好气地说，自己进去看。庭美愣怔地看着他说，吃枪药了？庭力说，你来得正好，我上夜班，先走了，钱交完了。说着转身走了，庭训见他走了，对庭美说，孩子们还等我上课呢，我也得走了。庭美顿足道，有你们这样的吗？朱李氏呜咽哭着说，都是白眼狼。

  立柱走了半年后，枣花也走了。枣花一辈子要强，老了也没为难闺女。枣花身体一直挺好，有天晚上，她对翠莲说，明早不要烧我的饭了，不想吃了。翠莲正给孩子缝衣服，笑着说，今天怎么知道明天想不想吃呢？第二天，翠莲做好饭，孩子们放学了，翠莲见母亲还没来。孩子长大后，一个院住不下，翠莲在自留地里给父母盖了两间房。翠莲让孩子们吃饭，自己去了母亲家。她拍着门喊了一会儿，枣花才过来开门。翠莲说，娘，半晌午了，咋还没起床？枣花没说话，又回到了床上。平日枣花天不亮就起床忙里忙外，到了天黑，才会上床，白天从没在床上待过。翠莲见娘没说话，凑近问，娘，胃又疼了？枣花有气无力地说，没。翠莲听着不对劲，娘说话一直高声大气的，今日怎么了？她走到床前，见娘的脸色灰青。她又摸了摸娘的手，冰凉。翠莲心里涌上不安，眼泪掉了下来。枣花说，莫哭，老的没有跟一辈子的，都得走那一步。翠莲觉得母亲要不行了，她握着母亲的手说，让她们来吗？枣花说，没恁快，家里都忙，明天吧。翠莲说，我去给您烧碗汤。枣花摆着手说，不用了，吃不下了。

翠莲让人给几个妹妹捎了信。枣花看着站在床前的女儿们说，都来了。姐妹几个看着娘挺精神的，说，这不挺好呀。枣花没说话，从床上坐起来，脚在床前试探着找鞋。黄莲蹲下身子，帮她穿上鞋。枣花去了趟茅房，回屋说，把我衣服拿出来吧。几人面面相觑。翠莲打开柜子，取出一个包袱，里面是崭新的棉袄和棉裤。棉袄是红的，裤子是蓝黑的。衣服从柜子里取出，泛着淡淡的霉味。枣花一件件给自己穿上，最后，仔细扎上绑带，戴上黑丝绒帽，这才平躺在床上。翠莲姐妹几个你看我，我看你，不敢上前叫她。过了一会儿，翠莲走向前，坐在床沿上向上拉着被角说，娘，妹妹都来了，起来说会儿话。没有回音。翠莲惊慌地回头看几个妹妹，几人一下围到床前，长短不一地叫着娘，娘。枣花像睡熟了，满脸安详，嘴角还带着笑意。翠莲带头哭起来，几人跪在床前大声哭着。枣花没儿子，去世得有人摔老盆，当初立柱去世时是大建摔的。枣花先不同意，对翠莲说，你大要是活着，指定不乐意。翠莲说，按房分亲疏，确实该他摔。枣花也就同意了。桃村人有讲究，老盆不是白摔的，一般是长子摔，摔了盆就有了绝对的继承权。肖常福人前人后撺掇让大建摔立柱老盆，一是为了让外人看他行事大气，再就是立柱单独有处房子，摔了老盆，房子就到手一半了。翠莲当时想着走个过场，了却父母身后没人的缺憾，再说，她当初给父母盖房子时，就没想要那房子，以后自己孩子也不会在桃村生活，要那房子也没用，就同意了。现在枣花也走了，翠莲姊妹几个只知道哭，不知如何料理母亲的身后事。这时，钟方仪进来了，钟方仪恭敬地站在床前鞠了三个躬，他面如止水地说，一切世界，始终生灭，前后有无，聚散起止，年年相继，循环往复；种种取舍，解释轮回。除了翠莲，青莲几个都诧异地看着他。钟方仪说完，转身走了。青莲擦着泪拽着翠莲问，姐夫这是怎么了？翠莲说，自大走后，他开始吃素，学习佛经。他说大勤劳了一辈子，最后孤单走了黄泉路，一饮一啄，莫非早就定好了？他说他从遥远的江南，流落至此，也许是还前世未了的愿。黄莲说，从前姐夫家里外面的被人捧着，眼下单位不景气，别受不了这落差，神经出毛病了。翠莲冷着脸说，不许胡说，他好着呢。只是他与大和娘朝夕相处这么多年，都走了，他难受。别看平日他和大、娘说不上几句话，只有我知道，他把大、娘当成自己的父母待了。几人不说话，你看我，我看你，屋里光线灰暗，看不清彼此的脸，不过，能感到彼此心里的哀伤像微山湖的水一样绵绵不休。

　　肖常福早听到了哭声，他估摸是枣花走了。他犹豫着是现在过去，还是再等上一会儿。立柱的那处宅子，别看不起眼，惦记的人不少。好多年前，肖家续家谱时，外地近门肖广贵把二儿子二勇续到立柱枣花名下，立柱也同意了。续完家谱后，肖广贵把二勇送到了立柱家，想让二勇成为立柱名副其实的儿子。肖广贵这么做，一是家里孩子多，养起来费劲，再就是，外面都知道立柱夫妇过日子手紧，家底殷实，想着日后能图了立柱的家业。起初，立柱和枣花很是倚重二勇，半路白捡了个儿子，稀罕得不得了，做了新衣服和鞋子，把二勇从头到脚收拾得齐整利索。立柱平日长在地里，二勇来了后，他每日带着二勇下地，想让二勇成为和自己一样的好庄稼把式。二勇当初在家，吃穿差了些，不过，日子过得自在，每日吃了饭到处游荡，掏鸟蛋、戳马蜂窝。眼下，整日长在地里，风吹日晒不说，还像牲口一样被催逼着干活，这样的日子，他实在过不下去。起初几天，他还能咬着牙撑下来。后来，他受不了做活的辛苦，从地里跑回了从前的家。立柱很是生气，周围人也都知道了。

肖广贵也是一肚子不快，说立柱不待见他儿子，短缺慢待了二勇，二勇才走的，两家从此落下了嫌隙。

立柱去世时，二勇离得远，不知道，待安葬完，二勇才跑到翠莲面前说，该我给大爷送终的，家谱上白纸黑字写着呢，肖家三老四少都在场，怎么能让他给俺大爷送终呢？翠莲不想多生是非，说，也不算他送的终，政策紧，没给你大爷办场，他只是替俺们摔了老盆。二勇把手里的烟头扔掉说，到大娘老时，可得通知我。翠莲随口应着。肖常福当然知道二勇的事，他没把二勇放在眼里，毕竟他不在桃村住，要了宅基地也没用，再说自己跟前四个儿子，还怕他一个外来户不成。不过，二勇弟兄五个，个个长得膀大身宽，瞪起眼来，较了真，倒也挺棘手。自家几个儿子没一个顶事的，他迟迟不去，想着翠莲能主动请自己过去最好，今后对二勇，对外场，就有了更好的说辞了。

肖常福坐立不安地在家里等了两个时辰，翠莲也没派人过来。肖常福想，不能再等下去了，撑过了劲，不好收场了。他让肖四去叫大建，肖四长成大小伙子了，他不愿上学，在学校天天被老师数落，被同学们嘲笑，肖常福见他实在不是上学的料，逼他也是枉然，就随他去了。肖四每日在村里游荡，下湖捞鱼摸虾，天天倒也惬意。只是到晚上回到低矮的偏房，就没了好心情，村里好多人家把草屋翻盖成了瓦房。他家男孩多，一处处地盖房子、娶媳妇，家底早用光了，父母也是筋疲力尽了。肖四几次想问大，啥时候给自己盖房子，话到嘴边又咽了回去。他知道大的难处，这些年大在村里不受待见，心里憋屈。可是，眼看着自己年龄大了，他想娶媳妇，又觉得太渺茫，每日蔫头耷脑的没精神。

大建前两年批了宅基地，自己盖了两间房，也是草屋，不过，有了院子，坐北朝南，光线好。肖常福常用这事教育肖四，你大哥自己盖房子，你年纪轻轻的，得自己想办法操持盖房子。肖四一肚子委屈，大哥多大年纪了，我能和他比吗？这些话肖四只在肚里滚腾，没说出来。

　　肖四一路小跑着来到大建家，大建正蹲在灶屋烧锅。桃村男人很少进灶屋，大建比较特殊，他喜欢依着自己口味做饭。结婚后，大凤才发现大建不仅懒，嘴还馋，还穷讲究。大凤想，多半是大建小时，肖常福在乡政府，每日往家里带吃的养出的毛病。习惯一旦养成，就很难再改变。大凤眼下后悔也晚了，她和大建有了三个孩子，每日要操心吃喝拉撒，大建只顾着自己，哪像个当家主事的男人。肖四进了家，瓮声瓮气地说，大让你过去。大建说，饭快好了，吃过饭再去。肖四说，大说让你快点去。大建站起来问，啥事这么急？肖四说，大没细说，只说让你快些去。大建掀开锅看看，向屋里喊道，菜快好了，看着点。说着拍打着身上的草屑出了门。大凤从屋里出来，看着背影说，赶着投胎呢。

　　大建还没进门，肖常福呵斥道，怎么到现在才来？大建说，老四一喊，我就过来了。肖常福有些烦躁地说，恁大人了，心里没点数，西院大娘走了，你怎么打算的？大建问，走了？啥时候的事？肖常福指着大建说，让我说你什么好呢，除了挂心吃，心里压根装不下别的。大建抿抿嘴没说话。肖常福说，赶紧过去，抢着把老盆摔了，房子也就名正言顺了。大建说，他那房子比我的也强不了多少。肖常福说，你只看眼前那点，宅基地呢？大建小声说，也是，我现在就去。说着往外跑，肖常福在后面嘱咐着，到了见机行事。大建早走远了。肖四倚着门站着，肖常福说，你也过去看看，那边有什么变故，快点过来跟我说。肖四站着没动，说，死人了，有什么好看的？肖常福气得差点把自己残存的几颗牙咬掉，孩子们的心机没一个随自己的，都随他娘，只长了个吃心。肖常福脱下鞋扔向肖四骂道，赶紧滚去。肖四跳着躲开鞋，一溜烟跑了。

　　肖常福在屋里转着圈子，不时向门外看着，肖四再也没回来。肖常福想，不知跑哪疯去了。他担心大建话说不圆满，必须亲自出马才稳妥。他捡起刚才扔出去的鞋穿上，向立柱家走去。他觉得自己现在出面，一是能随时掌控局面，再就是显得自己大度，让村里人看看我肖常福的肚量。

沙明广带回一台电视机，整个桃村人都去瞧稀罕。沙明广把电视机放在堂屋的八仙桌上，来的人太多，屋里坐不下了，连门外也站了很多人。屋外的人踮着脚也看不到，吵吵嚷嚷地说，前面的，歪下头，看不到了。里边的人听了，说，想看清楚，自己买呀，抱着看也没人管。后面的不乐意，大声说，看把你能的，就跟你能买得起一样，要是买得起，还跑这看？旁边的人说，瞎嚷嚷什么，看不见霍元甲要和日本人打了，打输了，就是你俩的事。大家把眼睛又收回到电视上。电视是十四吋黑白的，眼睛瞪再大也看不甚清晰。沙明广见家里来了恁多人，很是得意，来人中有不少当年骂他地主羔子的。沙明广故意大声说，瞧瞧，还是地主羔子有做买卖的头脑，刨坷垃头的啥时候能买上电视？杨军也在人群里，他来得早，坐在前面专心地看电视，好似没听见沙明广的话。沙明广故意递给他一支烟问，杨军哥，你说是吧？杨军接过烟，眼睛没从电视上移开，随口应着。沙明广觉得无趣，坐在桌边用宜兴紫砂杯喝茶。茶是上好的杭州龙井，幽香四溢。肖四好奇地问，明广哥，喝的什么茶叶？怪香的。沙明广笑着不说话，起身找来一个玻璃杯，把紫砂杯里的茶倒进玻璃杯里。他端起玻璃杯，对着灯光说，看见没，这是明前茶，是珍品，看这汤色，多清冽，入口淡然无味，饮后香气在唇齿间留存，无味之味，乃人间至味。沙明广喝了口茶，摇头晃脑地闭目陶醉着。过了一会儿，他睁开眼，见大伙只顾着看电视，没人搭理他，于是拉着肖四说，你看这茶叶，泡在水里直站着，芽都向上，这就是一旗一枪。肖四像是听天书一样，一脸困惑地看着他。电视里霍元甲正与日本人打得激烈，肖四把目光又收回到电视上。杨军向这边瞟了一眼，目光快速回到电视上。沙明广倒了一杯茶问杨军，要不要尝尝？杨军摇摇头说，地主羔子怪会享受来。沙明广说，那是，老辈就讲究，传下来的。杨军心里想，小样，才安生几天，看把你嘚瑟的，再来个运动批斗你们，就不猖狂了。不过，他只在心里想，没说出来，毕竟在人家屋檐下。后面又吵嚷着看不到了，沙明广说，演完这集，把电视搬到院里敞亮地看。有人说，那忒好了。

沙明广说话算话，一集看完，广告的间隙，他把电视搬到了院里。院里宽敞，人们自觉地一排排坐好，都能看到，没人争吵了。

第二日，不只桃村人来沙明广家看电视，连前村和杏园的也来了不少年轻人，他们都想看霍元甲怎么打日本人的。沙明广家的板凳自然不够，人们从门外找来了砖头石块坐，看到深夜才恋恋不舍地离开。百遮早上起来，看着满院子的砖头石头，边扫院子边唠叨着，天天点灯熬油的，也不知图啥，今天不让看了。大成站在廊下说，不看不行。百遮很是愕然，抬头看大成。大成平日话不多，今日怎么了？话冲得像吃了枪药般。二成笑着从屋里出来说，娘，你坏了哥哥的好事。沙明广拍了下二成的头问，什么好事？二成摸着头问，你们没看到？大成急了，红头酱脸地指着二成说，别胡说，小心挨揍。二成嬉笑着躲在沙明广身后说，偏说！看电视时，杏园好几个闺女天天拽着哥在后面说话。沙明广低下头问二成，真的？二成说，昂，不信你们晚上看看。百遮嘟囔着，谁家姑娘，长得咋样？沙明广说，看把你矫情的，前两年还愁地主羔子的后代不好找媳妇呢，送上门了，你又挑三拣四了。百遮说，不是挑拣，实在是种上庄稼一季，娶了媳妇一辈子，可不是闹着玩的。沙明广笑嘻嘻地说，你晚上偷偷看下不就成了。

沙明广跟船时间长了，除了学会了做生意，还见识了外面的风花雪月，逢场作戏。他开始嫌弃百遮不懂风月，看老婆没以前顺眼了。嫌弃归嫌弃，他没殷帆的魄力，家里有老婆孩子，还下功夫追欧阳娜娜。他听说这个欧阳娜娜可不简单，她家离桃村一百余里地，据说家里很穷，不过，人长得跟微山湖的荷花般水灵。欧阳娜娜初中没上完，经人介绍，在县城一家私人宾馆做服务员。县城宾馆里住满了南方的煤老板，住上十天半月是少的，有的在宾馆长期包房。俊美的欧阳娜娜自然引来了不少人的目光，这些目光有欣赏的，有淫邪的，有不怀好意的。他们趁欧阳娜娜打扫房间时摸一把，亲一口是常事。有一次，欧阳娜娜给一个醉酒的南方老板送开水，这老板姓方，谁知，他不是真醉，他打欧阳娜娜的主意不是一天了。他躺在床上，眯眼见欧阳娜娜进了门。突然像条在甲板上打挺的鲤鱼跳了起来，跑过去快速把门锁死了。欧阳娜娜惊恐地瞪大眼睛看着他，方老板没容她说话，来到她面前，把她掀倒在床上。欧阳娜娜像是被火烧到了，惊叫着问，你做什么？说着用力推着他。欧阳娜娜哪是他的对手，被他摁在床上。方老板不说话，用力撕扯着她的衣衫，欧阳娜娜又气又急，大声喊着，救命！救命呀！他被吓了一跳，用手捂她的嘴。欧阳娜娜的好朋友小青听到了呼救声，跑过来拍着门喊，娜娜，娜娜！欧阳娜娜咬住了方老板的一根手指。他一吃痛就放开了她。她趁机爬起来，哭着向外跑。小青见她衣衫不整，什么都明白了。她冲进屋，指着正握着手指，疼得顿足捶胸的方老板说，什么东西，敢在这欺负人？方老板不屑地看着她说，有什么了不起的，老子有的是钱，比她漂亮几倍的老子也睡过。小青说，不就有几个臭钱吗，显摆什么？睁开你的狗眼看看，这是哪？小青的话把方老板吓了一跳，是啊，自己毕竟是外乡人，别为此被讹上了，那可不划算。想到这，他讪讪地说，喝酒喝昏头了，这钱拿去，你们姐妹买件衣服。说着递给小青一沓钱。小青眼里冒着火，一巴掌打掉他手里的钱说，谁稀罕你的臭钱！说完走了。方老板握着手，越想越害怕，收拾东西，连夜走了。

　　第二天，老板知道了，把欧阳娜娜和小青叫过去训斥了一顿，怪她们多事，把店里的大客户得罪走了。小青说，是他不地道。老板说，装什么贞洁烈女，都得嫁人，没钱，说什么都是扯淡。别管黑猫白猫，逮着老鼠就是好猫，能拿钱回家孝敬爹娘才是本事。再说了，有人看上你们乡下人就不错了，还矫情，现在年轻，有资本，有资本为啥不用？别人老珠黄时再后悔。小青听着刺耳，说，你闺女也有资本，干吗不让你闺女用？老板铁青着脸说，不想干收拾东西滚蛋。小青说，就你这德性，留俺也不干了。说着愤怒地拉着欧阳娜娜走了。

小青和欧阳娜娜回到宿舍，小青说，咱们和那老吝啬鬼撕破脸皮了，不能在这干了，说的那叫人话吗？欧阳娜娜坐在床边，揉着红肿的眼睛问，不干做什么去？小青说，干什么不成？反正不能在这待了，压根拿咱不当人。欧阳娜娜茫然地看着窗外说，能去哪呢？小青正收拾东西的手停了下来，是呀，去哪呢？刚才话赶话，家里弟弟妹妹可等钱上学呢。想到这，小青跌坐在床上，眼泪涌了出来。欧阳娜娜拿过毛巾递给她，小青接过毛巾，擦着奔涌而出的眼泪说，活着为啥恁难呢？看看城里姑娘，那才是人过的日子。欧阳娜娜说，人各有命。小青说，这日子啥时是头呀？欧阳娜娜没说话，她也被这个问题困扰，从村里走出来，再也不想回去了。可是，人进城了，城市并没有接纳她们，她们像浮在水面的泡沫般尴尬，城里人瞧不上她们这些打工妹，想在城里找个全毛全翅的男子结婚，简直比登天还难。两人各怀心事枯坐着，门被推开了，老板的表弟武六推开门探着头问，收拾好了没？有人要住这。小青站起来说，催什么催，留姑奶奶也不在这了。说着把衣服胡乱塞进包里。小青收拾完，见欧阳娜娜还站在床前，说，你不走？我不在这了，就你这蔫性子，少不了被欺负。欧阳娜娜喃喃地说，能去哪呢？我和你不一样，我大还等我拿钱回去买药呢。小青说，再找活呗。欧阳娜娜还在犹豫，小青提起包袱说，随你吧，我可去结工资了。欧阳娜娜看着小青空空的床说，等等，我也走。

两人提着东西从宾馆出来，看着街上来来往往的人群，像是在梦里般。她们坐在马路牙子上，不敢看彼此写满绝望的脸。太阳一点点向下落，她们的心也跟着向下沉。小青眯眼看着太阳说，要不，咱先回家待几天？欧阳娜娜摇着头说，怕是没车了，再说，家里问起来咋办？还有，回去能待得起吗？小青抬头看着天说，眼看着黑天了，今晚怎么办？欧阳娜娜捏了捏口袋里的钞票，是刚结的工资，七扣八扣的没剩几个钱。欧阳娜娜趴在胳膊上，带着哭腔说，活着咋就那么难呢？从记事起，她没见母亲笑过。母亲整日家里、地里忙着，孩子多，日子怎么算计也是捉襟见肘。父亲又病着，不能做重活，还要药养着，家里散发着浓重的药味。欧阳娜娜正愁闷着，小青用胳膊肘捣她，她抬头看小青，小青努着嘴示意她向前看，欧阳娜娜看见面前停着一辆白色的桑塔纳，车玻璃摇了下来，一个戴着眼镜的男人坐在后座上对她们微笑。小青小声问欧阳娜娜，你认识他吗？欧阳娜娜看着那个男人，有些眼熟，却一时想不起来，也许是从前住店的客人。两人正疑惑着，车上的男人操着南方软糯的声音开口了，是小青和欧阳吗？小青点点头，没说话。那人又问，怎么有空坐这里看景了？说着揶揄地笑了。小青看他那样子，脾气一下上来了，甩了甩头发说，俺愿意，管得着吗？那人听了，并不恼，仍笑着说，被炒了吧？不要紧，我给你们找工作。小青以为他要笑她们，没好气地说，你谁呀？谁知你是哪路王八。那人被小青骂，不急不恼地笑着说，随你们吧，不乐意我可走了，只是别露宿街头就成。小青还想骂他，听完他最后一句话，小青没了骂人的勇气，是呀，眼看着太阳只剩半拉脸了，夜晚说来就来，她俩即便今晚能找个小店住下，明天呢？不如问问他能给找什么工作。小青想到这，站起来问，你能找什么工作？那人挪了挪身子，漫不经心地问，你们能做什么工作？这倒把小青问住了，她初中只上了一年，来城里后，一直在宾馆做服务员，能做什么，她还真没想过。那人又说，别硬撑着了，天快黑了，女孩子在马路边挺危险的。欧阳娜娜听了最后一句话，心底涌上一股暖流，是啊，在这个陌生的小城，没人对她说过如此暖心的话。她拉了拉小青的衣角小声说，问问他让我们做什么？小青回头看了她一眼说，我问过了，他不说。小青见那人打了电话，小青知道那是人们说的大哥大，好像得几万块。小青看着那人，小声对欧阳娜娜说，看这家伙不像坏人，不如我们跟过去看看，我们两个人，还怕他不成？欧阳娜娜点头说，我听你的。这时，那人打完电话问，走不走？小青拉开车门说，走！司机下来，把东西放进了后货箱。那人下车坐到了副驾上，小青和欧阳娜娜坐在后排。司机轻踩油门，车驶了出去。小青小声对欧阳娜娜说，记着点路。欧阳娜娜还没回答，那个人说，不用记，马上就到了。小青向欧阳娜娜吐了吐舌头。果然，拐过一条街，车停在了一家气派的宾馆门前，欧阳娜娜小声对小青说，这是县城最好的莲花宾馆呢。小青以前从这路过，看着豪华的门面曾幻想着，啥时候能来这上班，这辈子也值了。小青拽着欧阳娜娜说，他把咱带这是啥意思？两人正满腹狐疑。那人又问，这家宾馆如何？你们要是愿意，今后可在这上班。两人不敢相信自己的耳朵，小青问，我们能在这上班？那人笑着问，你说呢？小青和欧阳娜娜你看我，我看你，像是在梦中。司机下车帮她们拿下行李。那人又说，怎么着，还没想好？小青仰着头大声说，想好了，有啥大不了的。又小声附在欧阳娜娜耳边说，走，进去看看他葫芦里卖的什么药。说着一手拿包，一手拉着欧阳娜娜。欧阳娜娜小声嘟囔着，咱和他不熟，别把咱卖了。小青冷笑着说，你不知道吧，这是政府的定点接待宾馆，旁边是警察的值班岗亭，谅他也没恁大的胆子在这撒野。欧阳娜娜说，你怎么知道的？小青说，天天听老板那个吝啬鬼白话这些事，好像他知道的事多，就成了县城有头有脸的人了。就他做的那些缺德事，八百年也成不了大事。两人说着话，那人已从宾馆的转门进了大厅。两人在转门前站了一会儿，她们第一次走这种门，两人相互鼓励着，瞅空跑了进去，转门一闪缝，她们拉着手跑了出来。两人摸着彼此汗津津的手，有些狼狈地站在大堂里。两人回过神来，又惊呆了，整个大厅灯火通明，亮如白昼，到处流光溢彩。那人说，发什么呆，过来登记一下，今天先休息一下，明早再说工作的事。一个和她们年龄差不多的女子微笑着迎过来说，请跟我来。欧阳娜娜看着女子的背影小声说，看看人家，走路跟风摆柳一样好看，咱走路跟头笨牛一样。小青看着那女子说，人家受过专业训练，做啥都有板有眼的。欧阳娜娜仔细看向女子说，真的呢，不知咱有没有机会接受培训。小青使劲掐了下她的胳膊说，先别做梦了，把眼前的事弄清楚再说，从现在开始，瞪大眼睛，别被骗了。欧阳娜娜这才张皇地看着左右。

两人像做梦一样在宾馆工作，承诺的试用工资比原来的工资都高。更让她们高兴的是，她们被一起派往南京金陵饭店学习礼仪。去南京的前一天，两人高兴得睡不着，你一言我一语地说起来没完。天快亮时，两人才迷迷糊糊睡去。欧阳娜娜做了个梦，梦见自己站在一片清澈的水里，水里的鱼儿游来游去，她想伸手去捉鱼，一只狗在岸边向她狂吠着，她从小就怕狗，转身想跑，一着急，跌倒在水里。这时，外面有人拍门说，八点统一乘车去火车站，抓紧收拾一下。两人这才着急忙慌地起床洗漱。

欧阳娜娜学习回来，看见那个人坐在大厅的藤椅上看报纸。欧阳娜娜从同事那里知道他姓陈，是南方的煤老板，在这里包了一层楼，宾馆餐厅也有他的专门账户，是宾馆的财神爷。宾馆说是国营单位，不过，正经历着改制，要自收自支，宾馆经理把陈老板奉若上宾，陈老板提出让她俩进宾馆，经理当然不好拒绝。让欧阳娜娜费解的是，他为什么帮素不相识的自己呢？小青说，管他呢，咱出力挣钱。欧阳娜娜说，听说好多人想来这工作呢，宾馆用人很挑剔的，这里的服务员都能嫁好人家呢。小青撇着嘴说，想嫁人了？欧阳娜娜捶打着她的后背说，你才想呢。

欧阳娜娜从南京培训回来，眉眼开阔了许多，走路时目视前方，步履轻盈，显得沉静而内敛，加上束起的马尾，有了这个年龄该有的朝气，每日袅袅婷婷地在宾馆穿梭，为宾馆增色不少。欧阳娜娜常在宾馆看见陈经理，他有时一个人，有时和别人在一起。欧阳娜娜每次看到他，都会气血翻涌，心跳莫名加快，脸不知不觉红了。她同他打招呼，他会淡淡地"嗯"一声，或者微笑颔首示意。欧阳娜娜每天都想碰到他，又怕碰到他。见不到他心里空落落的，见到他心里紧张害怕，不知说什么好，像只初次走出森林的小鹿般紧张。欧阳娜娜的心事不知向谁说，最近小青好像很忙，每天下了班就不见了人影，有时很晚才回宿舍，有时就直接不回来。欧阳娜娜问过她晚上去了哪，小青笑着说，管恁多干吗？说着开始对着镜子梳妆。小青最近变了不少，整日描眉画眼不说，衣着也前卫、时尚，欧阳娜娜很是困惑，以她们的工资根本买不起那些衣服。她有些担心小青，怕她被骗。一天下班，欧阳娜娜见小青又在化妆，还穿了件漂亮的粉色连衣裙。欧阳娜娜忍不住问，小青，谈恋爱了？小青正专心化妆，漫不经心地说，管恁多。欧阳娜娜坐到对面看着她说，我是担心你，别被骗了。小青刚涂上口红，抿着嘴唇站起来说，有什么好担心的，又不是三岁孩子，谁能骗得了我？欧阳娜娜见小青有些不耐烦，不好再说下去。小青抓起包要走，临出门时说，晚上不用等我了。欧阳娜娜追出门，小青已到了楼道尽头。欧阳娜娜来到窗前，见小青上了停在院里的一辆车。小青上车后，车一溜烟开走了。

小青不久后就辞职了，欧阳娜娜想问小青为啥辞职，可小青早不住宿舍了。小青没辞职时，宾馆的人常在她背后指指点点，欧阳娜娜一走近，别人就噤了声。

小青走后，许久没有消息。一天，小青忽然来找欧阳娜娜。小青新买了辆车，烫了时髦的卷发，衣衫时尚、鲜亮，走路带起一阵香风。她是来和欧阳娜娜告别的，欧阳娜娜发现小青的眼睛没了往日的神采，像蒙上了层雾。小青学会了抽烟，这让欧阳娜娜很是意外，在老家，只有男人才可以抽烟的，女子抽烟是会被人耻笑的。小青看着她愕然的样子，笑着吐了一口烟圈说，这有什么？抽烟能解愁。欧阳娜娜小心地问，去的地方远吗？小青点点头，甩了甩头发。欧阳娜娜发现她被头发遮住的左脸上有一块淤青。她走过去，撩起头发问,这是怎么了?小青挡开她的手,轻描淡写地说,磕了一下。咱们这些人,从村里出来,是不愿回去了,可是,城里有咱的立足之地吗?没有!好在咱们还年轻,还有点资本,那就好好用一下,了却自己的心愿。人啊,得学会忍,忍着忍着就成往事了。欧阳娜娜坐在她对面,能感到她汹汹的忧伤和无奈,她小心地说,小青,有心事就说出来吧,别憋心里。小青站起来说,哪有恁矫情,咱这种人,活好才是正道,别的都是多余的,我走了,今后你好好的吧,逢人且说三分话,切莫过分相信人。欧阳娜娜有些不舍地说,再说会儿话嘛。小青包里的BB机响了,小青拿起看了一眼说,我还有事,先走了,多保重吧。

  小青走后,欧阳娜娜的宿舍住进来了秦玉,秦玉一天到晚像小鸟一样叽喳不休,是个心高气傲的人。欧阳娜娜开始拿她当知心朋友待,两人常聊宾馆的事。谁知后来,欧阳娜娜发现不对劲,很多人对她莫名其妙地冷淡了,有的还用言语讥讽她。欧阳娜娜在宾馆被孤立了,她一头雾水,不知哪做得不周。有天,她路过大厅,陈总正一人看报纸。陈总叫住她说,今后在宿舍少说话。欧阳娜娜愣在那里,她忽然明白了。晚上,秦玉再找她说话,她不是说困了,就是敷衍应付。秦玉有些索然,只得去别的房间串门。欧阳娜娜想,自己不说话,她总不能再编排是非了吧。谁知,这反而惹恼了秦玉,她变本加厉地在背后煽动是非。欧阳娜娜不会为自己辩解,更不会争斗,有限的见识使她没法应对眼前的困局,她发现自己在宾馆没法立足了。她不会尔虞我诈,只能独自垂泪。秦玉编排是非,目的是排挤走欧阳娜娜,欧阳娜娜已升任了主管,工资待遇比秦玉要高很多,平日里人们欧阳主管地叫着,这让要强的秦玉的心像被猫抓了般难受。她故意要求和欧阳娜娜住一起,然后搬弄是非。秦玉到底年轻,她没想到,即便赶走了欧阳娜娜,以她的资历和能力也不可能坐上主管的位置,她是被人当枪使了,还洋洋得意呢。欧阳娜娜不明就里,在单位到处碰壁,上班会莫名挨训,有时候，有人还把状告到总经理那里，她感觉周围全是藩篱，举步维艰。屋漏偏逢连夜雨，欧阳娜娜父亲恰在这时病重住院了，母亲捎信让她送些钱回去。她每月的工资早交给了母亲，手里哪有多余的钱。以前小青在时，她俩还能相互照应，现在连个说知心话的人都没了，她独自一个人躲在宾馆院子角落垂泪。后面响起了软糯的声音，做不下去的话，就别做了。她擦干眼泪站起来，看见陈总站在身后。他定定地看着她。她有些手足无措。他递给她纸巾，她接过来。他问，遇到难处了？她摇头。他说，我什么都知道，别做了，去我公司吧。她慌乱地摇头。他说，知道小青做什么了吗？她是想开了，女人得活明白，我除了给不了你婚姻，什么都能给你，这是一万块，你拿着先用，想明白了来找我吧。说着把一沓钱放在她面前走了。她看着他的背影，又看向那沓钱，长这么大，她第一次见这么多钱，有了这些钱，父亲的病能得到很好的医治，弟弟妹妹们可以安心上学了，娘也不用那么操劳了。她想了一圈，觉得这钱能把她的家庭从泥沼里拖出来，她想起了小青的话，我们得好好活着，她拿起钱回屋了。

第二天，她收拾好了行李。秦玉假模假式地问她怎么不干了，她本来想唾她一脸，或者骂她一顿，她试了几次，怎么也开不了口，她想起了母亲的话，善有善报，恶有恶报，随她去吧。

欧阳娜娜跟着陈总去了南方，陈总叫陈国轩，他说他第一次见她时，她像一枚青涩的果子，有着特有的光芒和醇香，他忘不了她。她像一枚石子投进了他心里的湖，荡起的涟漪久久不散。他说话文绉绉的，欧阳娜娜听不懂，不过，她陶醉在他的眼神里，心甘情愿地把自己献给了他。他看着她身下那一抹红，眼里满是欣喜，一遍遍抚摸着她的身体说，我会好好疼你的。她落泪了。他没食言，让她在公司管事，给了她很多钱。其实，除了维系家里的开支外，她不需要他的钱，她迷恋他的臂弯，那的温暖让她的身心得到了慰藉。

欧阳娜娜在公司做了一段时间,他和她的事传到了他老婆那里。他的生意能做大,多少仰仗了老岳父的势力。老岳父眼下虽年纪大了,人却不糊涂,把他叫过去喝酒。几杯酒下肚,老岳父说起了三国,说起了成也萧何,败也萧何,还说了一句意味深长的话,别看我人不在江湖了,可江湖上不只有我的传说,还有我实实在在培植的势力。老婆在旁边说,爸,您喝多了。岳父指着女儿说,当初你不信老子言,非要嫁土凤凰,当年没吃亏,现在要吃亏了,之所以晚吃了几年亏,还不是沾老子的光亮。又指着他说,你小子,听好了,安分守己地过日子,不要自寻绝路。他的脸色很难看,转身走了,全然不顾拍着桌子骂人的岳父。

欧阳娜娜不知道这些。那天被岳父训斥后,陈国轩再也没回家。只是这几日公司麻烦不断,先是供货方断了货,再就是相关部门找上门来,不是手续不规范,就是根本想不到的地方存在问题,他疲于应付,焦头烂额。没有供货,生意没法继续,还得应付一大堆麻烦,他没了之前的从容淡定,微笑时,忧愁从眉眼里流泻了出来。欧阳娜娜小心翼翼地看着他,她从别人那里知道了原委,犹豫着要不要离开。他来找她,眼里满是血丝,他给了她一个沉甸甸的纸包说,我对不住你,下辈子再见吧。她抱着纸包泪流满面,当初父母在村里说,她是嫁到南方来的,孤身一人回去,肯定会被人闲话,她不想让家人为她蒙羞。今后,该怎么办呢?她打开纸包,是两捆钱。她把钱包好,去了他办公室。他正闭目仰躺在沙发上,看到她没说话。她说,我离开公司可以,你得匀我点客户。他瞪大眼睛看着她说,你知道,这行到处是坑,你能行?她点点头说,我必须行,从此咱们就是陌路人了。

她开始用他给的钱做生意,起初,人家以为她还在陈总公司,对她还算客气。后来,人们知道了真相,她做起来异常艰难。直到她遇见了殷帆,她觉得他是个可以合作的人,殷帆缺少资金,两人一拍即合,合伙走了几趟货,居然很顺利。欧阳娜娜决定继续和他合作下去，她觉得殷帆有商人的精明，却没有商人的市侩和粗鲁，有时候，还文绉绉的。她需要一个为她出谋划策、跑前跑后的人。前些日子，陈国轩的一个朋友，做水运多年，被人骗了两船货，那几乎是他的全部身家。欧阳娜娜见到他时，他像换了个人，穿着破旧的衣衫，目光呆滞，头发散乱，正帮人家使船。做这行，没有足够的智慧和眼光，转眼间会从天上摔到地下。有他的前车之鉴，欧阳娜娜更是小心又小心，每次都要人随货走。殷帆曾劝过她，说这样太辛苦，让她坐镇指挥。她说，反正闲着无事，就算散心了。殷帆劝说不动她，只能由她去了。

朱李氏在医院住了一阵子，费用大多是庭力出的，用他老舅的话说，谁让你是老大呢，老大就得吃亏，再说你能拿得起。老舅发话了，庭力没办法，只得多出钱，尽管心气不顺，也是没办法。更让庭力生气的是，自己多出了钱，庭训、庭福丝毫不领情不说，陪床上还和他斤斤计较，弟兄三个整日为陪床的事闹气。庭训不出钱，也很少出力，人前人后不急不恼的。庭力说他装老实讹人，庭训笑着说，瞧哥这话说的，一个娘的怎么能说讹呢？你多出钱，外人会说你当哥的有担当。庭力说不过他，又觉得委屈，有话说不出来，气得面色发青。朱李氏稍微好些，出了院，养了一段时间，腿是好了，人却糊涂了。一天早上，朱李氏对前来送饭的庭力说，大，下地回来了。庭力吓了一跳，放下碗，见娘眼神不对，眼睛上像是蒙上了混沌不开的雾气。庭力放下碗说，吃饭吧。他突然闻到一股恶臭，朱李氏坐在床沿上，脚下一摊屎尿。庭力被熏得差点吐出来，捂着嘴向外跑。朱李氏面色平静地问，大，咋着了？庭力这才明白，娘怕是老糊涂了，连自己也认不得了，今后怎么办呢？他找来庭训和庭福，商量怎么赡养。庭训和庭福看着床前的屎尿说，一家伺候十天吧，今天从哥开始。庭力说，前几日可都是我送饭呢。庭训和庭福早走远了。没办法，庭力把她的裤子脱下来，用水清洗了身体，用草木灰把地上的屎尿盖住，打扫干净。做完这些，庭力跑到茅房吐了一阵子。他坐在院子喘息了一会儿，看着娘脱下来的衣服发愁。在家不好清洗，他想到了清凌凌的运河水，他用自行车带着脏衣服去了运河。村里人知道朱李氏糊涂了，慨叹着说，年轻时干净得跟大米一样，到老了这样，可怜呀。庭力从运河洗完衣服回来，见娘的裤子又尿湿了。庭力跌坐在地上吼道，我是哪辈子欠你的吗？朱李氏看着他，满脸无辜地问，小孩，叫唤啥呢？

柳生最近很少出门，他听广播说，允许台湾人回来探亲。汉儒前几天收到了台湾来的信，说柳广林死了，汉庭、汉轩还活着，过些日子要带家人回来。汉儒现在更是不理睬他，还有沙从君的儿子沙明广，更是牛气，也不知在外干什么勾当，整日往家里带稀罕物件，还买了全村第一台电视。那天在村里碰到他，他阴阳怪气地说，柳队长，来家里看电视吗？党的新精神、新政策每天都播报，国家现在鼓励发展经济，搞明白国家政策，才能带领桃村的老少爷儿们向前奔呢。柳生打着哈哈说，国家的政策，我早领会透了，电视嘛，我是不愿看，想看早买了。沙明广说，队长，你有买电视的路子？帮俺买一台呗，俺在南边看的彩色电视，是日本进口的，质量真好呢，里面的人看着跟真的一样，不像俺家的电视是黑白的，我想把黑白的给俺大和娘看，正愁没门路买呢。柳生装作没听见，倒背着手走了。

来长友从城里回来，唉声叹气地进了家。媳妇桂花看着他的脸没敢说话，过了一会儿，小心地问，吃饭没？来长友说，吃个屁，福顺的饭碗没有了。桂花说，啥，饭碗没有了？上次俺去还有一摞碗呢，这才几天，全摔完了？哪个败家货干的事？来长友搡了一把站在门前的桂花说，滚一边去。来长友平日对媳妇好是出了名的，从来没说过重话。桂花摸着被撞疼的肩膀说，这老货，今天改肠了？来长友进屋找了一瓶酒，拧开盖倒了一碗，端起来，一仰脖子喝下去。他用手抹了下嘴巴，把碗怼到桌子上，两手抱着头蹲在门前。桂花蹲到他跟前问，到底怎么了？来长友说，福顺厂子改制，他下岗了。桂花惊惧地问,什么叫下岗?来长友两手来回摇着头说,下岗就是不让干了,你说,这都大半辈子了,一下子不让干了,咋办呢?这些年,在厂里上班,又没学到啥手艺,要地没地,要业没业,一大家子可怎么活呀?桂花问,以前不说是铁饭碗吗,说砸就砸了?广播里天天说不能吃大锅饭,要打破大锅,咋把碗也砸了?来长友没搭理她,自说自话着,后悔让他进城了,当初觉得捡了宝了,真是报应呢,命里无福莫强求,要是不进城,土地承包时能分到地,有一亩三分地守着,富不了,也饿不着。再说,村里和福顺一般大的,人家日子越过越红火。这下好了,四口人,想天天喝西北风也不天天刮呀。桂花坐在地上,大呼小叫地哭叫着,这可怎么活呀!来长友小声低吼着,你这是做什么?大呼小叫的,人家会以为家里出啥事了呢。她不管不顾地说,这还不叫大事?饭碗都没了。来长友说,赶紧起来,打掉牙咽到肚子里,人前也不能跌这份。

　　桃村的老人应了一句话,蚕老一时,麦老一晌,人老一片。桃村老人生病的生病,死的死,剩下的不多了。崔福运两人先后走了。崔明铎一人匆匆回来,处理完父母的后事,又一刻不停地走了。崔福运偌大的院子闲置了下来,一场雨后,门前长起了齐腰深的荒草。清芳清理了一次,怎奈,再一场雨过后,草又葳蕤蓬勃了。清芳整日忙于家事,也就懒得管了。花妮眼瞅着村里的老人一个个走了,心里很是感慨。有些日子她觉得自己的肚子鼓胀得难受,傍晚时分,会不断打嗝、吐酸水。大凤要带她去城里看病,花妮不愿去,大建怕苦怕累,庄稼种得差三落四的,又不会其他营生,大凤这几年日子过得紧巴,手头没有余钱。花妮也没积蓄,她不想让大凤作难,便淡淡地说,这一辈子,光受罪了,也该闭上眼享几天福了。花妮几个孩子,除了大凤外,另两个嫁到了邻村,种地为生,有一个脑子还不大灵光,日子当然好不到哪去。花妮最后生的男孩叫二黑,一直没讨上老婆,整日在湖里捉鱼,捉了鱼拿到集市上卖钱买酒喝,整天一身酒气,房子也没盖,十里八村的姑娘没人愿意嫁给他。花妮知道几个孩子的情况,不愿去瞧病,说和她一般大的都死了,她还是多活的呢。

没多久,花妮死了。村里人以为大壮能回来看看,大洋马失明多年了,她和大壮的几个孩子都成家立业了,虽说没多大出息,在村里混得比上不足比下有余。大壮或许怕孩子那边不好交代,终究没来送花妮。高广杰年岁大了,耳朵有些背,他弓着腰说,二黑,好好葬你娘,她这一辈子可不易。二黑伐了屋后的一棵杨树给母亲做棺材。高广杰说,家里没有别的树可伐了?老话说得好,生不睡柳,死不睡杨呢,杨树不适合做寿材。二黑说,都是木料,有什么区别?高广杰叹了口气,说,杨树木质太差,一个雨季便沤烂了,到时候黄土会打在你娘脸上,她辛苦了一辈子,对不住她。二黑说,都是骗人的,人死如灯灭。高广杰见二黑油盐不进,叹了口气,不再说什么,佝偻着腰,扶着墙慢慢回家了。

肖常福最近感觉身子不爽利,他以为是给三建盖房累的,也没在意。后来,浑身乏力,走不上几步就喘得不行,他只好蹲在地上歇息。这几年,眼看着村里的老人像秋天的落叶一个个走了,活着时,红头酱脸地争吵过,人一死,还是会难过上一阵子。人这一辈子,说快真快,以前村里轰轰烈烈在一起干活的场景跟在眼前一样,一晃都过去多少年了。队屋多少年没人修缮,倒塌了。地基被清理出来,成了贯穿桃村南北的又一个路口。队屋倒了后,肖常福每天路过,会站上一会儿,他想起了从前在队屋门前开会时的喧闹,日头晃眼,有那么一会儿,他像是又回到了会场上,浑身的血汨汨奔流着。有人路过会问他,大晌午的,在这站着想啥呢?想起了当年的光辉岁月呗。高广杰在一边说。肖常福淡淡地说,走累了,歇歇,屋要是修修,不会倒塌呢。高广杰说,大伙种自家的地,不需要人操持了,也不需要搞斗争了,队屋没用了。肖常福心想,再听他说下去,还不知冒出啥话来,转身走了。高广杰说,别走呀，想想当年队屋多红火呀，还别说，真想回到那时候呢。肖常福没搭话，转过一堵墙，不见了。高广杰有些索然，他几个孩子倒是成家立业了，儿子个子矮了点，用妹妹换了门亲事，总算成家了。只是连着生了三个女孩，这让他有些失望，崔福运活着时经历的事，轮到他了。桃村人讲究这个，觉得老了无后，人前人后矮了几分。立柱活着时，翠莲让他和枣花享了福，只是立柱的坟后，今后不会有新坟了，翠莲再孝顺，出嫁后姓了钟，百年之后，即便不回老家安葬，也会在别处。立柱与枣花的坟日久年远，会成为荒坟。高广杰每念于此，会唉声叹气上一阵子，身子骨一日不如一日。

朱李氏一会儿清醒，一会儿糊涂，胃口却出奇地好。只要把饭送到，三下两下就扒拉完了，端着碗说，再盛点，还没吃饱。庭力、庭训、庭福三人轮番伺候着。庭力逢人就说，啥时候死呀！死了都解脱了。过年时，高广杰来给朱李氏拜年，桃村的年没前几年热闹了，没分地时，整个村子的人都会相互拜年，通常一个姓的有一两个领头人，到了一家，黑压压的，跪一院子人，嘴里说着吉祥的话，年味愈发浓了。主人们忙着递烟、拿糖给人吃。大多人嘴里含着糖，手里还攥着一把上家给的花生，过年的气氛浓烈四溢。土地承包后的第一年，家家丰收了，但人与人之间却远了。大年初一，桃村的几大姓各自聚集在门前，相互观望着，他们要来拜年，咱们再过去，有人小声说。相互观望中，日头升到三竿了，家家户户开始下饺子。有的小孩出来叫大人回家吃饺子，年拜得也就差三落四的了，有的看人家过来了，才过去。有的你不过来，我也不过去。也有的顺路拜了。到了第二年，观望的人少了，大家像商量好了似的，同姓的相互拜拜也就算了。高广杰觉得村里上了年纪的人没几个了，初一这天，他会去仅有的几个老人家里坐坐，今年老人只剩下朱李氏了。他慢慢挪到朱李氏家时，朱李氏正端着碗吃水饺，见他进来，像没看见似的，一口一个吃着。庭力起身招呼他，他接过庭力递过来的烟，刚坐下，朱李氏举着空碗说，大，没吃饱。当着高广杰的面，庭力有些难堪，没好气地说，没有了！朱李氏站起来，盖在身上的褥子滑落了下来。朱李氏常拉在裤子里，庭力想了个办法，在凳子面挖了个洞，下面放个盆，不穿裤子，盖上褥子坐在凳子上。朱李氏光着下身站着，庭力脸上挂不住，推搡着她说，就你饿，好人也没你能吃。朱李氏被推搡地站不住，手用力抓着桌子边，眼里满是惊恐。高广杰看不下去了，说，庭力，老如顽童，别这样。庭力说，你不知道，被她作死了，什么时候能死呀？死了都好过了。高广杰说，大过年的，盆罐都有耳朵，千万别这么说。当年你们小时，你娘给你们擦屎刮尿不说，那会儿生活多困难，也把你们养大了，老了倒被嫌弃了，这不是为人子的做法。庭力说，漂亮话谁都会说，做起来就知道长短了。高广杰被庭力的话噎住了，还想说两句，觉得大过年的没必要落个不痛快，土埋到头顶的人了，省点力气，留着喘气吧。想到这，说，我也是老糊涂了，家里饺子下好了，回去吃喽。说着扶着身边的凳子慢慢站起来走了。朱李氏在后面说，小孩，再来玩啊。高广杰苦笑着摇摇头。庭力觉得大过年的，人家恁大年纪过来，自己是有些过了，可庭力是个不会迂回的人，搓着手没说话，看着他出了门。

  沙明广跟船时间久了，发现殷帆看欧阳娜娜的眼神有些热烈，眼里像有团火在燃烧。沙明广跟着走南闯北，知道做生意的人很多都在外拈花惹草。他替殷帆担心，以他对欧阳娜娜的了解，她绝非随便的女子。有一次，他们又顺着运河向南走货，这次，殷帆和欧阳娜娜合伙弄了一个拖队的煤，去时走自己的货，再捎些回头货来，钱如流水般进了账，沙明广觉得钱来得太容易了。

  船开出码头的第三天，过山东地界时，天已完全黑了，雨落在篷布上，像珍珠散落在瓷盘里，噼里啪啦地响着。沙明广睡了有一会儿了，迷糊中，他听到舱门响。他坐起来，看见殷帆打开了船舱门，探着身子向外看。外面雨下得正大，沙明广借着微弱的灯光见他出了舱门，他在雨里站了一会儿，抹了把脸上的雨水，抬头望着黑漆漆的前方。前面船舱里流泻出微弱的灯光，在黑夜里有些明灭不定。殷帆看着灯光笑了，在些微光亮的映照下，看着有些狰狞可怖。过了一会儿，他像受到了灯光的召唤，关了舱门，摸索扶着湿滑的雨布，身子趴伏在雨布上，试探着从船舷边向灯光处挪动着。船舷非常窄，很多货运拖队为了多装货，船舷仅能容一人侧身站立。沙明广趴在窗内见殷帆小心又小心地在船边移动。船舷与水摩擦出的声音沉闷、单调。一会儿的工夫，殷帆的衣服就湿透了，贴在身上，他有些伸不开手脚。尽管这样，他仍继续前进。黑夜里，他眼里射出像狼一样凶狠的目光。

殷帆离那扇窗越来越近了，他正高兴着，脚下突然一滑，一只脚滑到船舷旁边防撞击的轮胎上。他慌乱地抓住了固定雨布的棕绳，拼尽全力抓住绳子，另一只手平衡着身体。沙明广想过去帮忙，又觉得不妥。迟疑中，殷帆挣扎着趴伏到货物上，大口喘着气。殷帆的心跳得厉害，刚才要是抓不住棕绳，掉下去可不是闹着玩的。他抹着头上的汗想，尽管自己能在水里扎个猛子，凫会儿水，时间长了，还真撑不住。伸手不见五指的运河上，不会有人救他，喂了王八也没人知道。想到这，殷帆用湿袖子擦了擦额头上的雨水和汗水。

殷帆历难经险，终于来到那扇窗前，他长舒了口气，两手在湿漉漉的胸前来回摩挲着，又用手指向后拢了拢头发。这时屋里的灯突然灭了，他站在黑漆漆的夜里一时不知该如何是好。过了一会儿，他捶了一下头，发出了一声叹息。莫不是她发觉外面有人？殷帆心里翻起了云雨，历尽千辛万苦，差点喂了王八，不能铩羽而归。想到这，他凭着感觉摸索到了窗户前，轻叩着窗框。窗框是铝合金的，尽管力道很轻，震动还是连锁到了周围几扇窗，回声让他有点心惊胆战。他不敢敲了，侧耳听了听里面的动静，一片沉寂，只有雨无休无止地在天地间宣泄着情绪。殷帆的手在空中犹疑了几秒，又敲了一下。力道比刚才大了，有些急躁杂糅在里面，回声当然更大。他这次没侧耳听，而是笔直地站着，像等待检阅的士兵。里面终于传来了声音，谁？短而急促，夹杂着惊恐和疑惧。殷帆一只手捋了一下脖子，似乎想把声音捋顺，变得柔美些，小声说，我，殷帆。里面没了声息。殷帆像尊雕塑般站立着，耳朵却飞出千万缕电波探寻。时间如运河的水在黑暗中流淌着，殷帆仿佛经历了万千日月，里面终于有了回音，这么晚了，有事？殷帆历经千难万险过来，倒被这句话问住了。是啊，还真没什么事。只是欧阳那双大眼睛老是在脑子里飞旋，还有她跟藕瓜一样的手臂和红艳艳的嘴唇，招惹得他把草席翻到地上也睡不着。来时，没想到她会问这个问题。殷帆平时利索的嘴巴改了脾性，结结巴巴地说，没事，看看雨布苫好没，正好看你这边亮着灯，就过来了。是嘛，天不早了，下雨滑，慢点回。里面慢声细语地说。他不想就这么回，依旧立在雨中，任凭雨水顺着脸颊蜿蜒流下。

殷帆在雨中站了一会儿，雨继续慷慨地浇在他身上，他浑然不觉，心底仿佛有团熊熊烈火，抵消了外界的风雨。他用力咳嗽了一声。船舱里的灯亮了，她在里面似是自言自语着，这雨下起没完了，真烦人，还没回吗？殷帆急忙应道，没！殷帆听到脚步向门边移动。门打开了，橘黄色的灯光从门里流泻出来，映照在欧阳娜娜身上，显得神秘而瑰丽。殷帆眯着眼看她，她双臂抱在胸前，用眼睛询问着雨中的殷帆。殷帆向前走了一步，立在门边，一股温热的香气从舱内奔涌而出，他看着她竟不知说什么。欧阳娜娜见他像只落汤鸡一样，说，会淋病的。说着侧身示意他进来。殷帆反倒犹豫了，不进也不走，就站在门前。她说，你这是做什么？殷帆愣了一下，才结结巴巴地说，睡不着，就过来了。她有些生气地说，要么回去，要么进来。殷帆看着舱内，碎花帘子后面是她的床，窗下是一张小桌，放着水杯和翻开的书，还有一盆娇俏的菊花含苞待放，门边放着一对藤椅，屋里清新，雅致。他低下头看自己，转身跑进雨里。她扶着门框,"哎"了一声,他已经走到了船边,趴伏在货物上慢慢回了。

第二天早上,太阳红着脸注视着运河。河面上的雾霭正在散去,四处苍苍茫茫的,来来往往的拖队相互鸣着笛。欧阳娜娜站在舱外眯着眼向前看,她浓密的披肩发在风中轻舞飞扬着,衣裾在风中上下翻飞着。她在甲板上站了有一会儿了,向殷帆的舱门看了数次,那边却毫无动静。倒是住后面船舱的米尔夫妇出来了,他们喊,欧阳经理,这么早。欧阳娜娜向他们挥挥手,算是回答。米尔媳妇尹秀眯着眼,用手捋着被风吹乱的头发说,欧阳经理,夜里雨下得真大呀!一宿都没住下。欧阳娜娜觉得再不说话太没礼貌,点着头说,可不,下得可不小,河水都涨了。说着又向前方看了看,她怕尹秀啰唆起来没完,便又说,快到闸了,该做准备了吧。尹秀这才刹住了话头,说,可不,快到韩镇闸了,得赶紧准备下。说着和米尔进了舱里。每次过船闸,航道会比较窄,米尔夫妇须站在船两侧,手里拿根粗粗的棍子,一旦船舷贴近船闸,就用棍子撑开,避免碰撞船。欧阳看见很多船工如临大敌般地站在船的两侧,等待过闸。殷帆船舱的门还是紧闭着。欧阳娜娜返身回到舱中,她对着镜子看了看妆容,还算满意,又拿出口红重新涂了一遍,抿了抿嘴。她整了整上衣,抻了抻裙子,尽管镜子非常小,只能照到面部,她还是在镜子前转了个圈,才满意地走出舱门。

太阳变得凌厉起来,驱走了河面上的雾,河道明朗了许多。过往的船只不多,拖队顺利通过船闸,河道开阔了不少,岸上的行人、村落历历可见,岸边的树木跟着船队跑了起来。欧阳娜娜看多了这样的景致,已经熟视无睹了。她小心地从船舷边向前面船舱走去。这趟货装得多,整整挂了十个驳船。待她来到殷帆船舱前,身上竟汗津津的。她用手扇着颈部,低头跺着脚,雨后水位涨了,船前进带动的水花,溅湿了她的鞋子。看着肆意亲吻着船舷的运河水,她竟有些紧张。欧阳娜娜从兜里掏出纸巾,擦着脖子和额头上细密的汗珠。沙明广从船舱出来,说,欧阳经理!可不得了了,正想找您呢,殷经理发着烧说胡话呢!欧阳娜娜一时没弄明白,殷经理?她重复了一句。沙明广点着头,是呢,是殷经理,额头烫手呢。平日里很少有人这么喊殷帆,猛一听,还不适应。欧阳娜娜明白过来,躬身进了船舱。舱里到处乱糟糟的,殷帆躺在靠舱里的床上,身上盖着毛巾被。旁边椅子上搭着湿衣服,床头柜上放着水杯、烟盒、打火机等杂七杂八的东西,显得凌乱拥挤。她在距床一米的地方站住,沙明广跟在身后絮叨着,昨晚我睡了,他非喊我起来喝酒,我实在困,喝着喝着,不知啥时候睡着了,他自己喝到啥时候我就不知道了。平日,他向来起得早,今天到这点还没起,我过来一看,还睡着呢。我一摸他的头,好家伙,烫手呢。侧身躺着的殷帆突然抬起胳膊抡了一圈,嘴里喊着,娜娜,我……后面的话就含糊不清了。欧阳娜娜回头看沙明广,沙明广满脸惊慌地问,欧阳经理,殷经理说啥呢?都说胡话了,这可咋办呢?欧阳娜娜的脸上泛起了红晕,幸亏沙明广没听明白。她对沙明广说,没事,你去打盆水来,先给他降降温。沙明广应声出去了。

  沙明广打来水,欧阳娜娜拿起椅背上的毛巾闻了闻,一股刺鼻的汗馊味直冲脑门。她把毛巾浸到水里反复搓洗着,沙明广一直站在旁边,看看她,又看向躺着的殷帆,担心写在脸上。欧阳娜娜说,老沙师傅,没事的,麻烦你再打盆水来。沙明广应声端着水盆出去了,不一会儿又端来一盆水。欧阳娜娜边把毛巾放进水里边问,船上有大葱和姜吗?沙明广连声说,有,芫荽也有。又伸着头问,现在用吗?欧阳娜娜把毛巾放在殷帆的额头上,又拿来一条毛巾在殷帆腋下擦拭着说,用,把这三样东西洗干净,记住,芫荽不要去根。沙明广应着出去了。

  沙明广眼瞅着跟殷帆快三年了。当初,殷帆把沙明广领上了船,殷帆是个精明人,他想试探一下沙明广的人品,就把买菜的活交给了沙明广。沙明广买菜回来,会一一向他报账。买菜那点支出，殷帆闭着眼就能算到角分。不过，沙明广说时，他会认真地听，听着听着会不停点头说，好，好。沙明广一头雾水地问，好哪了？殷帆拍着他的肩笑着离开。从此再喊老沙时，会在后面加上个"哥"字。沙明广觉得殷经理待自己不薄，照顾起来格外上心。

  欧阳娜娜把殷帆额头上的毛巾换了几次，用手试了试，没刚才烫手了。她重新给他换上毛巾后，出了船舱，进了旁边的小厨房。沙明广在里面忙活着，洗好的葱、姜、芫荽放在塑料筐里。沙明广见欧阳娜娜进来说，欧阳经理，殷经理没事吧？欧阳娜娜说，别担心，受了风寒，我熬点茶给他喝，你先去忙吧，这有我呢。沙明广甩着湿淋淋的手走到门前，又回头看着她。欧阳娜娜见他不放心，笑着说，放心吧，就熬点水，关键是火候，你去看他醒了没，醒了先喂点水。沙明广应声走了。欧阳娜娜找出一个平底锅，反复刷洗后，放在煤球炉上，倒了小半锅水，拿了根筷子伸进水里试了试深度，又向锅里倒了些水，她盖上锅盖，开始翻检沙明广洗过的菜。她看见菜叶上有细小的煤粒，不放心，又把芫荽根放进水里反复搓洗。

  沙明广来到床前，殷帆嘴里嘟囔着什么，沙明广侧耳听了一会儿，没听出头绪来。殷帆烧得迷迷糊糊的，先是看见欧阳娜娜在前面跑，他拼命在后面追着，突然，欧阳娜娜一下不见了，四下水茫茫，他着急地喊着，喊哑了嗓子，依然没有欧阳娜娜的影子。又过了一会儿，他仿佛回到了上小学时，他上小学时不是一般的刻苦，每天天上还挂着繁星时，他会起床去学校。为了学习方便，他向老师请求保管教室钥匙。他来到学校时，学校到处黑漆漆的，一个人也没有。他打开教室门，燃着火柴照路，来到自己位子前，从水泥台底下掏出煤油灯点上。煤油灯是自己做的，他从高年级同学那里讨来用过的墨水瓶，找了个铁钉，在瓶盖处打了个孔，又在箍铁桶的王三家门前捡了块铜钱大小的铁皮，把铁皮剪圆，固定在瓶口上。再用母亲做衣服的棉线搓成小手指粗细做灯捻。把灯捻从瓶口铁皮的小孔中穿过去，固定好，瓶里倒上煤油，浸上小半天，棉线浸足了油，油灯就可以用了。油灯做成后，他宝贝得不得了，每天用完会小心地收进水泥板下的小洞里。平日里，他上课认真听讲，下课反复读看课本，后来，语文课文里的标点符号他都记得丝毫不差。每次考试，他都遥遥领先于其他同学。他的学习动力很简单，改换门庭。他出生在一艘四处漏风的船上，船是他家的唯一财产。父亲带着他和母亲在水上四处漂着，一年四季，逐鱼而居。捉到鱼后，他们会去岸上的村子里换些粮食。捉不到鱼就得挨饿。后来，连这样的日子也没法维持了，他家的船年久失修，破败得不能再下水了。这些年，捕鱼只能混圆一家人的肚皮，实在没能力排新船了。不排船，一家人只能喝西北风。后来，父亲东挪西借地排了条小划子。小划子太小，不能住人，更不能远行，只能在浅水域捞鱼摸虾。父母在湖沿处搭建了茅草房作为栖身之处，房子搭建时材料短缺，建好后四处漏风。进了勉强立着的破败家门，里面就一览无余了。一张床，床上是露着棉絮的被和破衣烂衫，一个小木头桌子晃晃悠悠地立在屋中央，几个缺了腿，东倒西歪的板凳，这是他们的全部家当。门左边还搭了一个做饭的棚子。父亲从他记事起就病歪歪的，他打小没见父亲昂首挺胸地站立过，无论春夏秋冬，父亲喜欢随便歪躺在地上或船上，黑瘦的脸上常年没有笑意，老是皱着眉，一幅苦痛不堪的样子。母亲不是本地人，小时候人们喊母亲侉子。他不知道侉子是什么意思，反正人们叫的时候，脸上满是轻蔑的笑。他家的日子愈发艰难，常吃了上顿没下顿。他和弟弟每日费力地用细脖子顶着个大脑袋，光着肋骨嶙嶙的上身，在街上乱晃着找吃的。该做饭时，母亲常对着锅灶抹眼泪。母亲有时去集市上捡拾些烂菜叶子，清洗后用水煮着吃，现在每想起那个味道，他的胃还会痉挛翻腾着难受。家里的小船没人管理，经常孤单地泊在湖岔处。他和弟弟尝试过撑船打鱼，那天，他俩饿得眼冒金星，弟弟说，不如咱去湖里捉鱼试试吧。他侧身看了看歪躺在门前的父亲，母亲一早出去了,到现在也没回来。他拉着弟弟的手,蹑手蹑脚地出了门。他们上了自家的小船,他让弟弟坐下,自己摇橹,船在原处打着旋,他前倾着身子,拼尽全身力气摇橹,仍是出不了浅水湾。兄弟俩坐在船上一筹莫展。母亲听人说他俩在船上,大呼小叫地跑过来。那时他七岁,弟弟不到五岁。母亲把他们从船上拉下来,狠劲地打。打完他俩,搂着哭。弟弟被母亲打得嗷嗷大哭着说,饿,想吃鱼。他紧咬着嘴唇,愣是一声没哭。村里的陈大雷刚打鱼回来,看着抱在一起哭的娘仨,把刚打来的鱼递给了他们。母亲慌乱地摇着头,低声说,可不能,他大叔,你家里也等着吃呢。陈大雷没说话,放下鱼篓径直走了。母亲提着鱼篓,领着他们回了家,给他们熬了一锅浓浓的鱼汤。父亲在一边骂骂咧咧,小贱人,又出去卖了,要不谁恁好心,白给你鱼吃。母亲不在意父亲的叫骂,而是扳着他的肩膀,看着他的眼睛,一字一句地说,记住,给咱鱼的人,是咱的恩人。他似懂非懂地点点头。

从那时起,他发誓一定要出人头地,不让母亲和弟弟挨饿。后来,政府统一给渔民在镇西面的荒地上盖了房子,被镇上人称为西街。上岸居住后,政府每月有粮食供应,不用再挨饿了。镇上原有的住户经商的居多,他们住在镇东边,称为东街。东街多是老户人家,多年的积累,大多家境殷实,看不起刚下船的西街的人。东街与西街明明紧挨着,东街人走在街上碰到西街人,会皱着眉说,西街的。然后远远躲开。不过,东街也不全是这样的,比如开钱庄的穆老爷就很慈祥。一次,他光着脚板从钱庄经过。穆家钱庄分为前后两进院子,临街的一面开了钱庄,他路过时,好奇地向里看,对门放着一对太师椅和一张茶几,椅子两边各放着一个与椅子齐高的花瓶。左侧是红色的柜台,用朱红色的油漆漆得锃亮,柜台底部是实木板的,有一人多高,上面是快到屋顶的木栅栏,栅栏上留着几个一尺见方的窗口。他好奇极了,想看看柜台里面的样子,于是侧着身子探头向里看。一个穿着长袍的伙计驱赶他,去去,哪里来的野孩子。一位慈眉善目的老人说，小孩子好奇，不用赶。老人走近，见他光着的脚板，穿着单薄的衣衫，叹了口气说，可怜的孩子。说着从兜里掏了几张零钞给他。他有些疑惧地看着老人，旁边的伙计说，还不快谢谢穆老爷。老人的眼神倏然变了，原本安静的眼神射出凌厉的光芒来，低声呵斥，又混了！他仿佛听到了老人胸腔里呼啸的愤怒。伙计张皇地捂着嘴看着左右。老人捉住他的手，把钱塞到他手里，转身进了后院。

　　他拿着钱回了家，母亲问钱从哪来的，他说钱庄的穆老爷给的。母亲捂住他的嘴说，现在是新社会，不兴叫老爷了，咱不能害了人家。从那后，只要路过钱庄，他就会伸长脖子向里看。可是，他再也没见过穆老爷。有次，从里面走出一个小女孩，梳着好看的辫子，穿着绿色绲边的长马甲，里面是藕荷色绸衣裤，一位穿着旗袍的妇女牵着她的手，她蹦蹦跳跳地从他面前走过。小女孩的面色好白呀，眼睛忽闪忽闪的，整个人像湖里的荷花一般好看。他把手指含在嘴里，痴痴地看着，直到女孩走远看不见了，他仿佛还在梦中。

　　晚上，他跟母亲说，穆老爷家有个小姐姐真好看。母亲说，是穆老爷的女儿吧，听说叫芝诺，穆老爷老来得女，宝贝得不得了。小姐该是上辈子积德了，才托生到这样的好人家。他坐起来说，娘，上辈子咱们是作恶了吗？爹在外面恶狠狠地骂着。母亲抖着露着棉絮的被子盖在他和弟弟身上，拍着他们睡觉。

　　殷帆就这么昏昏沉沉了许久，忽然感觉一股暖流进了胃里，身体也跟着舒服起来，一只温热的手抚摸着他的额头说，没先前烫了。沙明广惊喜地问，真的？殷帆悠悠醒来，他微微睁开眼，见欧阳娜娜揽着他的头，小心地给他喂水。他享受地闭上了眼睛。沙明广在一边说，殷经理好像醒了。殷帆心里那个气呀，真想一巴掌打蒙这个乱说话的家伙。欧阳娜娜也看到他睁了下眼，把他的头放回到枕头上说，沙师傅，你来喂吧。说着直起身，掸了掸衣服。沙明广端起碗，学着欧阳娜娜那样喂他。殷帆故意紧闭着嘴巴，沙明广心里惶惑，刚喝得好好的，现在怎么就喂不进去了呢？他手上用了些力道，殷帆吃不住劲，被呛得大声咳嗽着坐起来。欧阳娜娜刚走到门前，见殷帆坐起来了，笑笑没说话，转身走了。沙明广忙问，殷经理，没事吧？殷帆扯过他手里的毛巾说，能有啥事？差点被你呛死。沙明广说，欧阳经理守了你半天了，还给你熬了这水，说出了汗就好了，真管用呢。殷帆有些烦躁，心想好好的事让你搅和了，便倒在床上说，出去。沙明广看看躺下的殷帆，又看着远去的欧阳娜娜的背影，摩挲着裤缝，不知如何是好。

　　殷帆好了后，常与欧阳娜娜说些莫名其妙的话，搞得沙明广丈二和尚摸不着头脑。后来，他渐渐瞧出了门道，殷帆像一只求偶的鸟，一直向欧阳娜娜示好。欧阳娜娜常面色如霜，不搭理他。后来，他们在一起时，沙明广尽量避开。沙明广和船工老米聊天，听老米说，殷帆有老婆，还有两个孩子，殷帆现在嫌弃他老婆。沙明广这才明白，欧阳娜娜为啥不愿搭理殷帆了。殷帆仍涎着脸找欧阳娜娜，欧阳娜娜对他更冷淡了。殷帆近些日子有些喜怒无常，沙明广觉得他像电视里练武功走火入魔的人，神志不清了。

　　日月像匹快奔的马，一眨眼的工夫，年关临近了。沙明广跟着拖队返航了，眼看着拖队过了桃村，下午能到码头了，殷帆对沙明广说，到了码头，你回家看看，我也回家祭祖。沙明广说，要我过去帮忙吗？殷帆说，不用，你忙你的。沙明广说，家里也没啥好忙的，要不然，我跟您回去，做恁大的生意，回家带个帮手显得好看。殷帆想想也是，有好多事要跑，总不能自己一项项做，再说，带个随从回去，人前人后好看。想到这，殷帆说，那就有劳沙大哥了，顶多忙上两天，你便回家，船装货卸货得几天。沙明广说，成。

　　船到了码头，殷帆联系货源，年底的缘故，煤炭指标紧张，得等些日子才能有货。殷帆在船上交代了一番，说回老家北阳。欧阳娜娜也想回家看看，船交给老米看守。沙明广和殷帆坐上了来接他们的桑塔纳，车是殷帆的朋友老魏的。老魏听说殷帆要回家，提早把自己的车留给他。老魏不是生意场上的人，是县城一个单位的头，是哪个单位的，沙明广记不清楚，只记得老魏大方、敞亮、爱交朋友，据说整个县城场面上的人，没有他不认识的。殷帆是在一个饭局上认识老魏的，别人介绍殷帆时说，当年考上了北京大学，家里穷，没能上。老魏听完，握着殷帆的手，满脸惋惜地说，可惜了，可惜了。仿佛殷帆当年没上大学是他造成的，随后很豪气地挥着手说，兄弟，你这个朋友我交定了，以后有什么难处，尽管和哥哥说。殷帆感动得眼泪差点掉下来，从那以后，外出只要遇到稀罕物件，殷帆会给老魏捎点来。老魏也礼尚往来，给了殷帆很多支持。沙明广想，也许这就是人们常说的多个朋友多条路。他回头一想，也不对，自己也想和老魏交朋友，见了多次了，老魏也没把自己当朋友。看来，交朋友也需要肩膀一般高才成，能相互成就。自己要是和老魏交朋友，以自己的能力，丝毫帮不上老魏，老魏轻巧的一句话，能帮自己解决大问题，这就跟小孩子玩跷跷板时，体重悬殊太大没法玩。沙明广这么一想，心里豁亮了许多，想交有本事的朋友帮衬着做大事，首先自己得有本事，他想努力跟殷帆学本事。

　　老魏送殷帆上车时嘱咐，兄弟，在外混，回家得风风光光，让左邻右舍看看，咱混得不孬。殷帆点头笑着说，哥哥说得是，多谢哥哥帮衬。又附在老魏耳边嘀咕了几句。沙明广见老魏不住地点头，脸上的笑容像菊花一样慢慢绽开了。沙明广知道昨日殷帆从银行提了一大捆钱，说是有用，今早用黑皮革包装上带来了。沙明广见殷帆把黑皮革包塞给了老魏，说，拜托哥哥了。老魏右手接过包，不时地点头，没说话。殷帆与老魏握手告别，沙明广看见两人握手特别用力。殷帆用另一只手拍了拍老魏的胳膊，转身上了车。司机轻摁了下喇叭启动了车，老魏与他们挥手告别。沙明广第一次坐这种小车，坐在后面好奇地东张西望。殷帆与司机有一搭没一搭地聊天，他们聊到了煤炭的行情。司机说，最近扛着现金在矿门前等着提货的可多了，那些人也傻，有时只有钱不行，还得有关系和路子。殷帆说，就是，有钱也得有地使呀。司机说，就是，买货时谁都不缺钱。他俩聊天，沙明广插不上话，偶尔跟着笑两声。司机把车开得溜顺，比船还平稳，不一会儿到了北阳镇码头。

北阳镇不大，却很有特点，镇子四面环水，大运河从镇子中央穿过，水汽缭绕中，有了江南小镇的韵致。从镇南走到镇北，镇东走到镇西，转上一圈，用不了一个时辰。镇上没有汽车，自行车都很少。通往北阳的码头上，有不少北阳镇的船等着摆渡。他们正无聊地坐在船上，看见来了辆小车，争相招呼着，问要不要乘船。殷帆从车上下来，掏出了中华烟挨个发，有人说，我当哪来的大干部呢，原来是帆子呀。旁边的人说，就是，愣是没认出来，这小子，混发达了，红光满面的。殷帆笑着说，我才走了几日，你们就不认得我了，怕是眼睛只认钱了。尤二叔笑着说，谁有你认钱认得准。北阳镇的居民来源比较杂，有之前沿运河经商在此落脚的，有渔民上岸的，还有黄河决堤逃黄河水流落来的，年纪相仿的称兄道弟，没宗族的牵扯，称呼上随意了很多。年岁大些的，骂骂年岁小些的，也没人在意。殷帆和众人说笑的工夫，沙明广从后货箱卸下来一堆东西。司机与殷帆告别，殷帆霸气地向他挥挥手。沙明广来到殷帆面前，毕恭毕敬地问，殷经理，东西搬过来吗？殷帆挺胸抬头，看着湖里的船，指着一艘装了柴油发动机的船说，搬到那船上去。尤二叔丢掉手里的烟头说，你小子，真有眼光，我昨天才弄的新座套。殷帆说，尤二叔，你的船呀，我说呢，船头都绿了。尤二叔一边上船，一边笑骂着，小贼羔子，胆肥了，拿叔消遣。殷帆笑着又发了一圈烟，沙明广开始往船上搬东西。尤二叔把东西摞好，问，贼羔子，发财了，买恁多东西，累死老子了。殷帆说，累死出殡，搁着从前六十活埋，这几年你是多活的了。殷帆与尤二叔说笑着，手插在裤兜里上了船，和岸上的人告别。岸上的人说，瞧瞧人家混的，小时候瘦得跟猴子一样。有的说，是呢，只可惜老殷没享儿子的福，最亏的还是他娘，一天好日子没过，待到儿子出息了，倒死了，可惜呢。

尤二叔的船是改装的，加装的座位上覆着大红的丝绒座套，殷帆拍着座套说，老灰头，还怪有头脑来，收拾得恁好，载人去湖里看景？尤二叔说，眼看封湖了，谁还去湖里。殷帆摆弄着座套说，不对呀，你个老头，睡觉都睁着一只眼，会做不点现的买卖？尤二叔坐在船头驾驶着船说，你个王八羔子，啥事也瞒不住你，这不想万一有人雇船去湖里打鸟，就能用上了嘛。殷帆听了，脸上的笑意没了，小声说，二叔，不是我说你，咱可不能干这个，一是国家让保护鸟，再说了，咱们岛上多少辈子传下来的规矩，不能伤鸟。尤二叔脸上没了笑意，说，我能不知道这个理？只是家里实在等着用钱，快进入休渔期了，鱼休息了，人还活着，得吃喝，开门七件事，哪一件不要钱？殷帆不再说话，看向远处。尤二叔见他不说话，问，在家住几日？殷帆说，住不了几日，回来祭祖，明日在咱村前空地上搭祭祖的棚，天南地北的本家都来，到时候二叔帮着操持一下。尤二叔问，来多少人？殷帆说，我也不知道，通知了，能来多少算多少，费用我出。尤二叔说，得不少钱呢。殷帆说，十年一次，我眼下有能力就多出点，祭祖嘛，是对先祖的缅怀，得有敬畏心，不能计较太多，再说了，还得求先祖保佑一顺百顺呢。尤二叔说，你小子，发达是有道理的，比那些抠抠搜搜的主强多了。两人说着话，船靠了岸，殷帆从兜里掏出一沓钱塞给尤二叔，尤二叔推脱着说，臭小子，再是新座套，也用不了恁多钱。殷帆说，二叔，拿着，给你的酒钱，明天还指着您操持呢。尤二叔不再推让，把钱装进兜里。沙明广看见尤二叔转身时抹了把眼睛。

沙明广跟着殷帆下了船，东西太多，沙明广手提肩扛也拿不完。尤二叔说，我帮着送过去。殷帆说，有劳二叔了。沙明广走在镇街上，见北镇的房子与桃村大不相同，桃村的房子大多坐北朝南，院子也宽敞。北镇的房子也有连排坐北朝南的，只是院子小了些，显得局促了许多。临街的房子依街道走势建，不讲究朝向了。不一会儿他们到了殷帆家门前，他家是青砖灰瓦的三间上房，两间配房，黑色大门半掩着。一个半大小子从旁边胡同跑出来，撞在了殷帆身上。殷帆拽住孩子的胳膊说，臭小子，跑什么？孩子抬起头，满头大汗，见是殷帆，惊喜地喊道，爸，啥时候回来的？殷帆拍了拍孩子头说，浑小子，还没进门呢。孩子跳起来推开门喊，娘，娘，俺爸回来喽。沙明广跟着殷帆进了家，一个妇女像刚出屉的馒头，满脸惊喜地从屋里奔出来。妇女顶着一头凌乱的卷发，面色黑红，眉眼长得有些马虎，穿着蓝色对襟棉袄，蓝色牛仔裤，黑色运动鞋，显得粗笨敦实。她搓着手，咧嘴笑着站在门前。殷帆不耐烦地说，傻站着干什么！赶紧把东西接过去。妇女这才忙不迭地奔向沙明广，嘴里絮叨着，大哥，受累了。沙明广说，不累。尤二叔也跟进来，说，殷帆家的，瞧瞧，殷帆多能耐，带回来这么多好东西。妇女手里提着东西说，二叔，受累了，屋里坐嘛。尤二叔说，不了，船还泊在湾里呢。说着放下东西走了。殷帆从屋里出来说，尤二叔，留下喝杯酒呗。尤二早走远了。沙明广和殷帆进了屋，屋里收拾得整洁干净，到处亮堂堂的。殷帆坐在沙发上，冷冷地说，赶紧弄些吃的。妇女应着出了门，沙明广听见偏房里传来锅碗瓢盆的声响。殷帆说，老沙哥，别客气，像在自己家一样，一会儿我本家来，都是外地的，在我这吃饭，商量祭祖的事，你吃你的，吃罢早点歇着，累一天了，一会儿让她收拾下东屋。沙明广应着。殷帆两个儿子叫大瑞、二瑞。大瑞一直围着殷帆问东问西，二瑞腼腆，站在远处向这边看，间或低头看脚下。沙明广想起了自己的两个儿子，眼瞅着要给大儿子造房了，现在村里不兴造瓦房了，兴造平房或者二层小楼，但沙明广觉得不如瓦房住着舒坦。他上次回家说过这事，百遮说，房子是给儿子盖的，又不是你住。沙明广说，这话说的，我还是一家之主吧。百遮不急不恼地说，当然是了，没人和你争，只是盖好了，媳妇看不上，看你咋办？沙明广一想，也对，自己在家里当家主事不假，只是房子是儿子媳妇住，媳妇不乐意，婚事又会后延。他这一走神，从外面进来四五个人，殷帆起身招呼他们，不是大叔，就是二爷爷，三兄弟什么的，沙明广觉得自己一个外人在场不好，起身去了门外。殷帆媳妇在厨房看见他说，大哥，饭马上好了。沙明广说，不急，我去门前看看，第一次来这呢，瞧瞧稀罕景。

沙明广来到门外，门外有些冷清，偶尔有人路过，衣着与外面的差不多，面色要黑红些，估计是整日被湖水映照的。沙明广刚想去湖边看看，二瑞在身后怯怯地喊，大爷，吃饭了。沙明广应着，这就来。

沙明广进屋时，见矮桌上摆满了热气腾腾的菜，有香辣鲤鱼，蒸的鱼干，还有肥腻腻的猪头肉和萝卜炖鸭子。沙明广眼睛有些不够用了，这才多大会儿，弄出这么多菜来，百遮可没这能耐，要紧的是色、香、味都有。殷帆吩咐大瑞拿酒，大瑞从里间屋拖出一箱酒来，几人按辈分坐下。沙明广坐在下首，帮着倒了一圈酒。殷帆向本家介绍说，老沙哥，一直跟我在船上，实诚人，这不没回家，过来给咱帮忙了。坐在上首的老者说，赶紧给老沙拿酒杯。沙明广说，我不会喝酒呢。殷帆说，老沙哥一般不喝酒，让他随意吧。大伙这才放了沙明广。沙明广简单吃了些，小声对殷帆说，你们慢慢吃，我先歇着去了。殷帆忙着喝酒，说，去吧。沙明广走出堂屋，殷帆媳妇站在门外说，大哥，屋子收拾好了，早点歇着吧。沙明广应着，好。进了东屋。他进屋一看，屋里和堂屋一样清爽干净，靠墙一张单人床，床单是蓝白格子的，黄色绸子被面，白色被里，被褥散发出肥皂的清香。床边放着个三抽屉桌，桌上放着个台灯，再无他物。沙明广想，百遮在桃村妇女中算是利索的了，一比殷帆家的，就看出差距了，殷帆媳妇持家的确是把好手，只是人长得不咋地。他又想起了欧阳娜娜，论长相，俩人确实差着十万八千里呢，怪不得殷帆对欧阳娜娜动心思，他这媳妇，看来只会做事，不会讨男人欢心。沙明广胡思乱想着，确实有些乏累，倒在床上睡着了。

　　第二天，沙明广听到说话声，揉着眼醒过来，看着模糊不清的周围，一时没想起在哪。这时殷帆在院里喊大瑞，他才想起来，连忙穿衣出了门。院里站着许多人，沙明广有些不好意思，心想，太阳都升起老高了，咋睡得恁死？殷帆与本家商量祭祖时的分工，嗓子有些嘶哑了。一位老人在门前大声说，咱们十年才祭一次祖，一定要弄得风光一点，让列祖列宗保佑咱们平安。殷帆还没说话，有人说卦师来了。殷帆说，赶紧请进来。卦师主持整个祭祀活动，并且能卜算吉凶。殷帆把卦师请进了堂屋，外面有人安排谁去买祭祀的贡品，谁去搭棚，谁去安排饭食。今天来的人多，得上大灶了。吩咐了一圈，院子里的人少了。沙明广站在门前，不知该做些什么，自己是外人，太主动不好，不干点什么吧，自己是来帮忙的。他正迟疑着，殷帆媳妇在灶屋前向他招手。沙明广看看身后没人，确定是在叫自己，便快步走过去。她小声说，大哥，先吃点垫着，一会儿忙起来，不知啥时候能吃上午饭呢。沙明广问，殷经理不吃吗？她看着屋里说，他哪还有心思吃饭，觉都没睡呢。沙明广听出她的抱怨，没敢接话。她进厨房盛好稀饭说，大哥，别管他们，先吃吧。说着端上咸菜、锅贴。沙明广觉得自己吃有些不妥，探头看了看外面。妇人说，大哥，他们忙完再吃，不用等他们，快尝尝这锅贴，听说当年乾隆皇帝路过时吃过，皇帝都说好吃呢。沙明广看着金黄的锅贴说，是不错。

　　沙明广刚拿起一个锅贴，就听见殷帆在院里叫他。他慌忙放下锅贴跑出去。殷帆说，老沙哥，赶紧帮着把棚子搭起来，一定要牢固，把旗杆也竖起来，安全第一。我这些本家，大多在湖上讨营生，不会搭棚。又对旁边人说，搭棚听沙大哥的。几人点着头。沙明广答应着走了。几人来到广场，沙明广见柱子、篷布被散乱地堆放在地上，围了一圈人，没人动手。村里红白喜事时，沙明广常帮着搭篷，熟悉搭棚过程。沙明广围着广场看了一下地势，殷帆说过，要搭一个主棚供奉用，主棚得宽敞，便于挂神像、摆供桌，还需在祭棚前搭一个小点的戏台，外面用棚罩上，祭祀时要唱端鼓腔助场。沙明广在船上见过唱端鼓腔的，唱者手里拿着羊皮鼓，脚下踩着鼓点，哼哼唧唧地唱。沙明广听不明白，年纪大些的却听得入迷。沙明广转了一圈，心里有了七八，指挥人干了起来。不一会儿工夫，主棚搭好了。沙明广依着殷帆的指示，又在两边搭了小棚，有了搭大棚的经验，小棚不一会儿就搭好了。

棚子搭好后，有人拿来彩带布置，中间戏台也用木板搭了起来。沙明广发现这些人搭棚时手生，布置起祭棚来倒很熟练。棚前的旗杆也竖了起来，彩旗被风吹得呼啦啦响着，周围满是看热闹的老人和孩子。不一会儿，祭品被抬了上来，猪头、果品、点心、香烛火纸摆满了桌子，桌子实在摆不下，又用凳子加长。各家各户开始从自家船上请下供奉的神像，主持祭祀的鸣锣开道，口中念念有词地把神像请进了棚，所有人敛息屏气，甚是肃穆。殷帆也捧着自家神像进了场。进场后，大家依序把神像挂在棚后面。殷帆和族人开始行祭拜大礼，妇女们在门外候着，几个年长的妇女坐在棚边观看。叩拜完，主持祭祀的开始卜卦，他拿出一个崭新的簸箕，上面铺上火纸，又拿出红檀卦杯，嘴里念念有词，将两个卦杯掷到簸箕里，瞧了一会儿卦象，开始念叨，您老人家哪不满意，哪能出这样的卦象？您再指示一下。说着又掷了一次。殷帆和族人们跪在两边，不一会儿，大概卜到了满意的卦象，主持祭祀的收起卦杯。唱端鼓的开始上场，殷帆与族人起身退到了戏台下面。

到了晚上，祭棚内灯火通明，辈分长的在神像左右侧守夜，妇女们挤在门外的小棚里守夜，一个挨着一个，瑟缩着身子躲在被子里，没人抱怨冷。沙明广一直跟着瞧稀罕，桃村各姓都没这样祭祀过，顶多年节在家里敬敬祖先，没这么大张旗鼓地聚在一起祭祀。

他觉得这样挺好,能把本族人聚在一起。

第二天一早,天刚蒙蒙亮,沙明广听见外面人来人往的非常热闹,他起身从窗户向外看,见院子里人影绰绰。沙明广穿衣起床,简单洗漱后出了门。他见堂屋的灯亮着,过去一看,却没了人,估计都去广场了。他轻掩上门,向广场走去,端鼓腔已经开始咿咿呀呀地唱开了。祭棚边上围满了人,后面的人看不见,踩在凳子上,仰着脸看。沙明广挤进人群,见殷帆和族人们正襟危坐,今天正式祭祀,和昨天一样卜卦、唱戏、跪拜,祭祀时仍然只有男人,女人们守在门外的小棚里,不同的是今天棚外多了几个瓦盆,盆里放着火纸。端鼓腔告一段落,卦师又和昨日般念念有词地卜卦,这次卜了上上卦象,预示大吉大利,殷帆往簸箕里放了一百元钱。殷氏的宗亲族人开始行大礼,每个人的脸上都写着虔诚,各怀心事地许愿,大概期盼来年万事顺遂,人丁兴旺吧。卜完卦,一个穿黑衣的年轻壮汉上了戏台,他脱掉上衣,光着肥腻的臂膀,念念有词,像喝醉了酒般来回走动着,最后手持利刃,划破胳膊,流出了鲜红的血。殷帆与族人顶礼膜拜。沙明广问旁边的老人才明白,黑衣青年划伤胳膊,是代表主家祭祖的一番诚意。一轮祭祀下来,东方天空才露出鱼肚白,门外有人抬着供桌准备进棚祭祀。沙明广看这些人眼生,不是殷帆的族人,问问身边的人,才知道是殷氏的姻亲,他们准备了祭品,一家一桌,满满当当。记账的开始报姻亲名字,每来一家,会在棚前挂上一匹红布,给卦师随礼,才能把祭品抬进棚里摆上,姻亲们在卦师的引导下,满脸虔诚地行跪拜大礼。

姻亲们祭拜后,祭祀告一段落了。经过短暂的休整,各家各户须将自家的神像请回到船上,有人燃着了门前瓦盆里的火纸,火纸熊熊燃烧起来。年岁最长的双手抱着自家神像从棚里走出来,在急如骤雨的锣鼓点中跨过一个个火盆,寓意消除劫难,来年家族红红火火,一家家紧随其后,忙而有序。请完神像,妇女们开始收拾供桌上的祭品,偶尔有一两个男子提着猪头离开。殷帆抱着自家神像回了家，沙明广不知何时收拾棚子，站在棚外看码头的船只。码头上的船大多为这次祭祀来的，他们请回神像，手脚麻利地收拾着守夜的被褥物品，收拾完，起锚走了。码头上的船只越来越少，轰轰烈烈的祭祀结束了，沙明广有些意犹未尽。

　　沙明广正站着发呆，殷帆向他招手。他跑过去，心想是让他拆除棚子。到了跟前，殷帆却说，咱们回吧。殷帆看着身后的一片狼藉，淡淡地说，我安排好了，有人做，我去看煤炭计划批下没，你回家看看。沙明广说，好吧，我去拿包。殷帆转身上了旁边的船说，快点吧。沙明广一路小跑地进了殷帆家，来到东屋拿了包。想着麻烦殷帆媳妇两日了，得和人家打个招呼再走。他探头向堂屋张望，门敞开着，堂屋没人，他向里间看了看，听见里屋传来呜呜咽咽压抑的哭声。沙明广听出是殷帆媳妇在哭。他犹豫了一下，提着包蹑手蹑脚地出了门。

　　来到码头，殷帆皱着眉看着远处。沙明广上了船，还是尤二叔的船。尤二叔见沙明广来了，问殷帆，走吗？殷帆把手里的半截烟扔到湖里说，走吧。尤二叔说，祭祀弄得真不赖，花了不少钱吧？殷帆说，钱多少无所谓，关键了个心事，老的活着时没享福，但愿泉下有知。尤二叔说，心到神知。殷帆见沙明广低头不说话，便问，老沙哥，这两天累坏了吧？沙明广说，累啥，压根没帮上忙。殷帆笑着说，帮大忙了。沙明广抬头看了看专心驾船的尤二叔，小声说，刚才听见兄媳妇哭呢。殷帆双手交叠搓着没说话。沙明广看着他的脸说，兄媳妇人挺好的，操持家，不容易。殷帆直愣愣地看着他问，我容易？风里雨里不说，还得应付人情世事。沙明广靠近了说，我是说咱得守护好家。殷帆摆着手说，别说了，我明白你的意思，可谁又明白我？我说我苦恼，肯定会有人骂娘，说才吃了几天饱饭，就矫情起来了，其实，我有事说与她，她不懂，你知道多难受吗？如同鸡跟鸭讲话一个样，不是一类的。人活着，心没伴最苦呢。沙明广心想，早年娶媳妇时，怎么没这讲究，现在倒讲起这个来了。殷帆见他不说话,说,我知道你心里想什么,你的眼睛把你卖了,瞒不住我。你现在心里鄙视我,说你小子忘本了。要我说呀,人就是善变动物,有一天,你老哥发达了,也会有这样的想法。沙明广把头摇得拨浪鼓般,说,我觉得媳妇还是原配好,能踏实过日子,外面的再好,只能当景看。殷帆指着脑袋说,这里面装的东西不一样,很难受的,用当下的话说,不在同一个频道上。沙明广鼓足勇气说,家里的孩子可是咱的。殷帆没说话,叹了口气。尤二叔在船头上被风吹得眯着眼,不时与对面来的船只鸣笛示意。见两人低头私语,回头问殷帆,这一走,得年跟前才能回来吧。殷帆说,二叔,这可不好说,万一哪个闸不开,耽搁十天半月是常事,跑船最没准头。尤二叔说,过年不回来可不好,你媳妇在家不容易。殷帆说,二叔,我尽量回来吧。沙明广心里明白,殷帆没必要趟趟跟船的,他跟船是为了和欧阳娜娜在一起。欧阳娜娜在岸上没地方待,才上船消磨时间的,这下倒好,给殷帆留下了念想。

沙明广和殷帆来到县城,殷帆让他到宾馆歇息一下再回。沙明广说,好些日子没见老婆孩子了,想得慌。殷帆说,都恁大年纪了,还跟小青年一样。沙明广提着包说,那可不,一直有着刚结婚时的劲头。

沙明广在家待了两天,第三天回了宾馆,在殷帆的房门前敲了半天门,没人应答。服务员听到声响,问他找谁。他说,找殷经理。服务员翻着白眼问,殷帆?沙明广心想,今天有些不对劲,以往服务员见了殷帆都是高接远迎的,今天怎么了?提了名字都翻白眼,像是欠他们钱似的。服务员说,他走了,房费还没结呢,你和他一起的?不如把房费结了吧。沙明广问,他去哪了?服务员没好气地说,我哪知道他去哪了,今天,好几拨人来找他了,要不是有人找他,我们还不知道他走了呢。沙明广自语着出了门,怎么回事呀?他恍惚地出了门,被明晃晃的太阳一照,打了个激灵,心想,才隔了一天,货不可能装上,须先去码头看看。到了码头,沙明广见船上站满了吵吵嚷嚷的人。他站在岸边听了一会儿,好像殷帆带着货款和女人跑了,债主要扣船,银行的听到消息也来了。沙明广纳闷,即便殷帆带着欧阳娜娜跑了,消息咋这么快就传出去了?在船上,看着殷帆有意,欧阳娜娜无情呢,不能说跑就跑嘛。沙明广站在岸上一头雾水,他想上船收拾自己的东西,又怕被那群人赖上。正犹豫不决着,身边有人说,看着风光,都是纸老虎,拿银行的钱嘚瑟,早晚现眼。另一个说,不是为女人跑的吗,怎么引来恁多追债的?另一个说,该着出事,预付了钱的老板,年关急等着用煤,过来催一催,谁知找不到殷帆了,老板一想,好几百万预付给他了,人找不到了,感觉不妙,才报了警。一报警,消息就像长了翅膀,银行就知道了,一查,竟发现他资不抵债。这家伙,这几年忒烧包,见着有用的人,先拿钱说话,要多大脸,现多大眼,这都是有数的。沙明广这才明白,殷帆这些年风光的背后,是用无序花钱支撑的。刚开始,沙明广见他大把花钱时,也被吓得心惊肉跳。后来,习惯了,觉得有钱人都这么花,现在用桃村的话说,是砍倒蒿子狼露出来了。沙明广想,他带走欧阳娜娜,只是表象,背后是他无法填平的亏空,怕连累欧阳娜娜,只能这么掩盖。怪不得村里人说,人作有祸,天作有雨,一点不假,殷帆吃了几天饱饭,起了花花肠子,才有今天。不过,沙明广为他老婆孩子惋惜,他又想起殷帆老婆压抑的哭声。以后殷帆的老婆和孩子咋办呢?船上的人吵得越来越凶,沙明广觉得此地不宜久留,桃村还有一亩三分地,饿不着,日子倒安稳。想到这,他连船上的衣物也不要了,转身去了汽车站。

第三章

日长月短

风物

桃村的人愈来愈少了，村里年轻人大多去南方打工了，过年时才回来。回来时穿着奇怪的衣服，头发染成黄色，还带回了大把钞票。父母看着新崭崭的钞票，顾不得训斥顶着满脑袋荒草般黄发的孩子了，一遍遍数着手里的钱。高广杰从村东头走到村西头，竟然没遇到一个人。高广杰脚下发软，蹲在路边喘息着。他眯眼看着一排紧闭着的门，想着咋不知不觉就老了呢？年轻时的事还跟在昨天一样。他有些日子吃不下饭了，看着吃的想一把塞进肚里，可是不行呀！饭吃到嘴里，无论如何咽不下去，没完没了的黏液从身体深处翻涌出来，吐也吐不尽。儿女们嘴里不说，眼睛里全是嫌弃，他不想看别人的脸色过日子，搬回了自己将要坍塌的小屋。小屋是前几年种菜时盖的，老伴没走时，出来进去还有点人气。眼下屋里真静呀，他能听到自己满是杂音的喘息声，像从前老旧的风箱。如果有一天自己死了，或许都没人知道。想到这，他的眼睛潮乎乎的。按说，这个年纪该看开生死了，可他不想死，他想活着，看天，看地，看村里的老人孩子。村里的老人走得差不多了，想找人说话都难，他只要看见人，就会上前和人说话。很多人不愿搭理他，也许是别人怕自己的病会传染，或者自己年轻气盛时，与他争吵过。事情过去恁久了，咋还放在心上呢？他想与面前的一撮土和解，土只是冷眼看着他。他没辙了，用双手支撑着地缓缓地站起来。

　　高广杰从柳生门前走过时，柳生媳妇探着身子看着他的背影，吐了口痰说，让你胡嚼乱吣，遭报应了吧。柳生媳妇佝偻着腰，她站着有些累，扶着身边的树，努力挺直身板，左右看着。见汉儒老婆玉萍从家里出来倒垃圾，她一手扶着树，一手摆着手招呼玉萍。玉萍趔着身子老远把垃圾袋甩进垃圾桶里问，婶，有事？柳生媳妇用力摆着手让她过来。玉萍只得走近。柳生媳妇看着高广杰远去的方向说，看到了吗？这就是报应。玉萍见高广杰弓着腰缓缓移动着。柳生媳妇一只手指着高广杰的背影说，前几年，你叔从台湾回来，他在你叔面前胡嚼，说你婆婆是被俺当家的批斗怕了，才寻的短见，惹得你叔回来，哪家都去了，就没到我门前来。玉萍说，都过去恁多年了，俺叔也不会计较。柳生媳妇拉下脸来说，听你这话，你们一直认为你婆婆是俺柳生害死的，咱们可是近门，柳生维护你们还来不及呢。玉萍娘家是前村的，她从奶奶那里多少听说过从前的事，婆婆的确是被批斗后寻的短见。那些年，丈夫还小，受了不少苦，但他从来不提。不过，他从来不搭理柳生一家，只是碍于面子，红白喜事上还得走动。玉萍见她想抹去柳生做过的恶，有些气闷，又觉得她好歹是长辈，不便发作，于是笑着说，人吃五谷杂粮，哪有不生病的，就跟我叔一样，那么壮的人，连生病加走一共才几天，活着得好好保重呢。柳生媳妇一听玉萍把话转到柳生身上，气得直翻白眼，一时又找不到回击她的话。玉萍笑着说，婶，我还熬着汤呢，得回了。说着快步走了。柳生媳妇拍着腿，咬着残缺的牙小声说，多少辈了，地主性还不改，不是好东西。

柳生媳妇觉得话没说尽，哽在喉咙里难受，伸着头左右找了半天，也没看见人影，她有些索然，悻悻地转身向回走。猛然间隐约听到了叫骂声。柳生媳妇揉了揉眼睛，循着声音传来的方向看去。年纪大了，看什么都不太清晰，她用手罩在额头上也没看到人影。她不甘心，以前，村里骂街是常事，谁家南瓜少了，谁家鸡丢了，谁家孩子挨打了，都会响起抑扬顿挫的叫骂声。这些年，村里人稀了，年老的骂不动了，年轻的不屑于这种行为，骂街几乎绝迹了。这是谁呀？闻声不见人的。她觉得眼下还不饿，便想过去看个究竟。她背着手，弓着腰，伸着头，循着骂人的声音走去。

柳生媳妇半路碰到福顺，福顺骑着电动车急匆匆过来。柳生媳妇招手把福顺拦下，问，谁在骂人呢？福顺漫不经心地说，肖四媳妇。柳生媳妇拽着福顺的电动车不放，问，骂谁呢？福顺着急有事，便随口说，我哪知道骂谁呀。柳生媳妇没有松手，说，你不是刚从那边来吗，不知道骂谁？顺福说，我好歹是个男人，我能问妇女的事？柳生媳妇像是自言自语，骂啥呢？福顺见一时脱不了身，说，婶子来，家里还烧着饭呢，回去晚了饭煳了。柳生媳妇像是没听见，抓着电动车，站直了身子张望。又问福顺，你小子，肯定听到什么了。福顺怕生是非，不愿意和她多说，不说吧，又脱不了身。只得说，好像是骂谁夜里砸她家门窗了。柳生媳妇这才放开车把，嘴里嘟囔着，我说呢，无缘无故怎会骂人。福顺赶紧骑车走了。

  肖四媳妇瑞雪站在门前骂了半天没个人影，感觉口干舌燥。不过她知道，别看外面没人，不知有多少人在家支着耳朵听呢。这些年，她闷在家里，连菜园也很少去。肖四常年在外打工，女儿初中毕业去南方打工了，只有她和儿子在家。去年，儿子去县城读高中了，家里只她一人，她更懒得出门了。肖四几个月不回家，也不打电话，更不寄钱。她和肖四只能算名义上的夫妻，夫妻间的情分早就没有了。说起来，瑞雪的眉眼身段，在村里媳妇中算偏上的，为啥肖四就不珍惜呢？瑞雪这两年算是看开了，你肖四不珍惜我，有人珍惜呢。比如朱武、王留，可着劲讨瑞雪欢心呢。瑞雪当年结婚时，王留已经二十八了，媳妇还没着落。王留是杏园村的，与桃村紧挨着，两个村子经过这些年的扩张，早已你中有我，我中有你的边界不清了。王留姑奶奶是肖四老奶奶，肖四和瑞雪结婚时王留来帮忙。瑞雪结婚时穿着红色羊毛绒上衣，红色裤子，红色尖头皮鞋，像一片红霞染红了小院。瑞雪那双眼睛太好看了，晶晶亮亮的被睫毛覆盖着，勾人心魂。红红的嘴唇像嵌在圆润小脸上的红樱桃。王留心里老大不服气，肖四哪点比我强，竟讨上了这么好的媳妇。他见人们围着瑞雪嬉闹，愤懑、疼惜、无奈窝在一起折腾着他。他一杯杯地喝着酒，不一会儿舌头都捋不直了。他拍着桌子喊，酒呢？再来一瓶！喜酒还不让人痛快喝。他大有些恨铁不成钢，说，看你那怂样，没酒量喝怎多，丢祖宗人。瑞雪好像隔着人群向这边看,他低下头,不敢让瑞雪看他猪肝色的脸。他喝得东倒西歪的,不知怎么回的家。

　　后来,他的脚好像不听使唤了,有事没事老往肖四家跑。肖四有时在家,有时不在家。瑞雪换下了火红的衣衫,显得有些消瘦,但眉眼更好看了。王留站在二门里想,十里八村没瑞雪这么俊的。瑞雪看他愣在那里,说,你哥出去了。王留嘴里应着,我知道。人却没走,搓着手看天。王留的白色衬衣是临来换上的,扎在黑色的西裤里,显得干净利落。瑞雪说,坐会儿吗?王留不说坐,也不说走,站在院门内东看西瞧。肖四回来了,说,进屋坐嘛。王留看见肖四反而不自在起来,说话时嘴里像塞了东西,没事,来看你在不在家,啥时候出去干活?肖四说,也就这几天,去苏州,你去不?王留说,俺老头不让去,我倒想出去见见世面。王留家里喂着几匹骡马,帮着四邻八乡耕种,家里需要人手。肖四说,我有你的家业,我也不出去,在外的日子不好过。瑞雪自从肖四进家就回了屋。瑞雪爱干净,擦擦抹抹,把屋里屋外擦抹得亮堂堂的。王留的母亲邋遢,从小被村里人耻笑,他发誓,自己找媳妇,一定找干净利索的。可是,他这种做庄稼活的小伙子越来越不受姑娘待见,相了几次亲,连话也没回。家里的房子盖好几年了,就是说不上媳妇。王留在院里和肖四站着抽了根烟,他偷看肖四,肖四冷着脸,像冬日的庄稼地没有益意。瑞雪开始拾掇做饭,王留觉得再待下去自讨没趣,说,你忙着,我回了。肖四说,在这吃嘛。王留说,不了。说着走了。回头见肖四进了屋,眼前又闪过肖四进门看他时眼里一闪而过的阴冷。他心里恨恨地想,不就是娶了个俊老婆,有什么了不起的。

　　瑞雪骂了一阵,心里的怨气不但没释放出来,反而从胸腔里悠悠生出一股委屈来,眼泪在眼圈里转着转着就滑了下来。她二十二岁时被媒人领着和肖四相亲。肖四长得说不上好看,也说不上难看,一米七六的个头,看着有点威武,话不多,坐在一边,眼睛时不时地像探照灯一样在她身上扫着。肖四弟兄四个,两个姐姐。哥哥姐姐都成了家,父亲肖常福前两年去世了,去世前,好歹帮肖四盖了三间瓦房。肖四和老母亲生活在一起。肖常福给肖四盖房子时,手里没几个钱,全凭着在女儿那压榨些,房子盖得马虎了些。肖四的房子较周围新盖的平房,有些卑微地趴伏着。

媒人留下瑞雪与肖四单独说话,她问肖四,能不能翻盖房子?肖四愣都没打,说,能!瑞雪看着肖四,咬着唇问,家里有没有余钱?肖四仰着头说,有!我大留下不少呢。瑞雪盯着肖四的脸看了半天,上面除了真诚没别的。瑞雪听冯云说,肖四大以前是队长,手里有积蓄。瑞雪相信冯云,瑞雪还想问点别的,冯云进来说,没有回去的车了,俺家又没地住,住肖四家吧。瑞雪红着脸看肖四。肖四看着她,搓着手,面颊油红,在屋里转了一圈,一下拉开门喊着,娘,家里的新床单、新被子呢?

瑞雪有点恨媒人冯云,红着脸问,你家里哪住不下我?冯云附在她耳边说,小伙子要人有人,要钱有钱,去哪找这么合适的?冯云是瑞雪的远房表嫂,父母托冯云帮瑞雪找婆家,冯云拍着胸脯保证,一定给他找个好人家。瑞雪姊妹五个,她在家排行老四,不上不下,有点爹不疼,娘不爱的尴尬。她很小就帮家里捡柴、做饭、挖猪草。吃饭时,她坐在最外面,菜很少,她人小胳膊短,几乎没有吃菜的机会。杂粮饼子拿在手里硬邦邦的,她啃着饼子,喝着能映出影的稀饭长大。该上初中时,父亲说话了,家里家外需要人手,女孩子读书没多大用,娘身体也不好。她听出父亲话里的意思,其实,她成绩在班里排末位,书本上的东西装不进脑子里,她对读书没多大兴趣,就听从了父亲的话,开学没去报名。邻居秀英喊她去报名时,她低着头说,不想上了。秀英说,不上学今后能做啥?她说,家里活计多着呢。秀英说,多上几年学,还有希望改变日月,现在窝家里,一眼能看一辈子,像咱的娘辈们一样走不出庄子和院子。瑞雪说,我是改变不了了,你行。秀英气得直跺脚,说，谁脸上写着行，写着不行了？瑞雪说，我家和你家没法比。秀英五个哥哥，一家人几双眼睛盯着她，有个头疼脑热，一家人像天塌了一样。瑞雪上次发烧躺在小西屋，父亲在外面一遍遍抱怨着，咋没给他弄饭。母亲说，这丫头，咋睡恁死，赶紧起了。她强撑着起了床，感觉脚底下虚飘飘的。她扶着门框，摸着头说，娘，我头热呢。娘正给鸡喂食，说，穷家破沿的，咋恁矫情？

瑞雪不上学了，每天起床后，先把院子清扫一遍，开始准备一家人的早饭。父亲通常很早去湖里打鱼，她提早为父亲准备好一天的饭食。哥哥结了婚，刚添了小侄子，母亲一早向瑞雪嘱咐完家里的事，便动身去村东头哥哥家照料嫂子和小侄子。瑞雪从早到晚忙得脚不沾地，倒也说不出忙的啥。

秀英初中毕业后，不愿待在家里，父母托县城的亲戚给她找活计，起先帮人卖衣服，老板娘辛锐看不起乡下人，时不时说秀英，你们乡下人就是见识少，得看什么人要什么价。乡下人要贵些，反正他们到年关才来一次，又不懂好孬，拿些次货卖高价就行。城里人不一样，见过世面，眼毒，不好糊弄，得想法让他们成主顾，少挣点，多来几次就有了，既能赚人气，又能挣钱。秀英顶看不惯辛锐见到单位的人来店里时的样子，比见了自己爹妈还要亲。她先是大呼小叫地迎上去，谄媚地笑着说，老些日子没见您了，又年轻了，您这发型真好看，到底是文化人，看着气质就不一样。说着还把人家肩上的一根头发捏下来。嘴里依旧说着一连串不重样讨好的话。秀英听不下去，转身咬牙切齿地低声骂，贱货！辛锐大声喊秀英，让她把新到的衣服向顾客展示下。秀英应着，故意磨磨蹭蹭的。店里没顾客时，她让秀英站在门前招揽生意。秀英有些抹不开脸面，看着来来往往的人发呆。辛锐吐着瓜子，阴阳怪气地说，还挺爱面子，面子是自己挣的，不是别人给的。没办法，秀英开始试着招呼人，一开始声音小了点，辛锐在屋里大声说，声音像蚊子一样，谁听得见呀？你倒是大声点！秀英累死累活做了一个月，发工资时,辛锐用计算器摁来摁去,末了,给了她五十元。她捏着几张薄薄的钞票看了许久,说少呢,确实不少了,父母辛辛苦苦种下的小麦一斤才卖两角四分,下湖捕十次八次的鱼虾,也卖不了这些钱。可她看不惯辛锐,还有她的丈夫黄曙光,他趁辛锐不在店时对她动手动脚的。秀英看着他肥腻的脸,想起了家里猪圈里的猪头,他身上确实有股猪身上黏臭的味道。有一次,辛锐进货去了,黄曙光来了,他知道老婆得晚些时候回来,胆子大起来,喊秀英去后面帮他找东西。秀英起初不去,架不住他的拉拽。到了后面,黄曙光更加放肆,搂抱起秀英来。秀英喊,黄叔自重,他搂抱、抓挠着秀英,嘴里胡言乱语着,小亲亲,别叫叔,叫哥,哥给你买好衣服,给你找工作,别跟母老虎干了。黄曙光后面那句话,让秀英动了心思。跟着辛锐干,累不说,她受不了她看自己的眼神,她用眼角的余光看秀英,满是不屑,还不如看一条狗的眼神温煦。秀英一分神,阵脚就溃了,被黄曙光搂进怀里,黄曙光的嘴在她脖颈处乱拱,用身子抵着秀英倒在一堆衣服上。秀英眼看要全线溃败了,恰巧外面有人喊,有人吗,这衣服怎么卖?黄曙光这才不甘心地放开秀英。秀英捋着头发,擦着嘴唇向外走。黄曙光嘴里的烟臭气在她脖颈处缭绕着,她的胃里一阵翻江倒海。她捂着嘴来到外面,一个中年妇女拎着一件上衣正左右瞧着。秀英赔着笑迎上去说,姨真有眼光,这是今年的新款,只有姨这样的好身材穿上才好看。秀英想,无论如何得把客人留住,要不然黄曙光会没完没了。妇女听了秀英的话,面色活泛了许多。秀英趁热打铁说,要不姨试试吧,不试看不出效果来。中年妇女说,行,拿个我穿的码。秀英应着去后面翻找衣服。黄曙光见中年妇女一时半会儿走不了,只得悻悻地走了。

　　辛锐抹着头上的汗进了门,她用余光看了眼秀英,秀英正帮顾客试衣服。辛锐目光移到试衣服的人身上,看见是前街的王姐,王姐是个家庭妇女,她丈夫在政府部门上班,好像还是个什么长。辛锐对在政府部门上班的人有着莫名的敬畏，她满脸堆笑地说，王姐呀，老些日子没见您了，看您这气色多好呀，这衣服像比着您做的呢！王姐左右瞧着身上的衣服，笑得合不拢嘴，说，辛锐就是会说话，来你这呀，心里敞亮。辛锐嘟着嘴说，王姐就会夸我，没事您可常来。又扭头对秀英说，给王姐算便宜些，就当我给王姐捎来的。秀英点头应着。

秀英白天在店里忙活，人来人往的倒不觉得孤单。到了晚上，关了店门，秀英觉得没着没落的，总觉得缺点支撑，是什么也说不上，心悬吊着，落不到实处。秀英想，也许是家里人多，热闹惯了。再说，家人可劲惯着她，没事总爱在她身上找话题。眼下一个人在外，一时适应不了。秀英又想，也不全是这，自己在城里没亲没故、无根无基的，像湖里的浮萍般，没个依傍，才会有这种感觉。一开始，父母不同意她出门打工，只是秀英从小被惯得心高气傲，她不想在田地里劳作一辈子，铆着劲就出来了。在父母那里，她向来是报喜不报忧，说城里哪都好，辛锐对她也好。父母信了她的话，高兴得逢人便说，俺家丫头在城里碰到好人了，过得可好了。秀英看着满脸欣喜的父母，发誓一定要混出个名堂来。没事的时候，她常看着对面单位的大门发呆。大门旁挂着白底黑字的牌子，有种说不出的庄严，走到牌子前，不由自主地生了敬畏心。上下班时，进出的男女衣着整洁，挺胸阔步，气势和村里人不一样。秀英想，他们家里会是什么模样呢？进门一定要换鞋吧，地板干净得能照出人影来，饭菜是丰盛的，一家人说话是彬彬有礼的。不像村里人，开口不是猪狗鸡鸭，就是家长里短。城里人一定常谈国家大事，或者是书里、电视里的人和事。黄曙光的话在她耳畔萦绕着，给你找工作。她仰躺在窄小的钢丝床上，使劲掐着自己的胳膊，成为城里人没那么容易，黄曙光的话能信吗？她翻来覆去地睡不着。

瑞雪骂完人回家了。朱武媳妇清芳两只手插在裤兜里出了门。

她来到繁花家门前，探着身子向里看，见繁花在灶房，正往灶底添着柴。清芳进了门，问，还没吃呢？繁花从堂屋拿来热水瓶放在锅沿处，一边把马勺伸进翻滚的水里，舀起热气腾腾的水倒进水瓶，一边说，早上吃得晚，还不饿呢。清芳探着身子伏在繁花耳边说，听到没？不要脸的货，还有脸出来骂。繁花回头瞟了眼清芳，马勺偏离了水瓶口，沸水溅出来，落在脚面上几滴。繁花疼得龇牙咧嘴地拍着脚。繁花把水瓶从锅台上拿下来问，没听清楚，骂谁呢？清芳说，谁知道骂谁呢，说半夜有人砸她门窗，说不定和野汉子约好的呢。繁花说，没影的事，别乱说。清芳说，村里都传疯了，说得有鼻子有眼的，朱武个不要脸的，整天往她家钻。繁花把地瓜用刀砍成小块放进锅里，淘洗了些绿豆放进去，又往灶下加了些柴草，说，挨门邻居，还不能串门了？清芳说，肖四不在家，孤男寡女的有啥聊头。繁花低头拾掇灶前的柴草，她也看不惯瑞雪与朱武整日腻在一起，前段时间清芳去儿子家，朱武买了菜去瑞雪家吃饭，她是看见了，不过，她不愿多说，朱家和肖家几代前，有扯不清的老亲，是什么亲，她也说不清。爷爷在世时念叨过肖家的不是。肖家家族不大，肖四的父亲当年是村里的队长，还当过合作社的头。当年，朱小溪想当兵，名额只有一个。朱小溪老实、腼腆，不过，书读得好，到了部队能有大出息。肖四父亲肖常福愣是把名额给了别人。朱小溪在家绝望地哭。朱小河的大伯朱成功和爷爷心疼小溪，找肖常福理论，理论着就打在一起了，都挂了彩。朱成功说，从这以后拔了亲戚的根，两家多少年不来往，走对面都不带说话的。后来，两家住得近，碰头碰脸的，关系缓和了些。再加上朱小溪后来被推荐上了工农兵大学，肖常福反对的话，也走不成。后来，朱小溪在县里当了卫生局局长，肖常福常去找朱小溪帮忙。朱小溪老实厚道，拿肖常福当长辈敬着，两家表面上还过得去。不过，朱小河和弟弟不一样，他是个记仇的人，肖常福活着时，朱小河从不搭理他。

朱小河的爷爷读过私塾，朱小河记得小时候自家黑色的大门油光铮亮，门框边漆了约一寸宽的红色油漆，黑红对比特别醒目。门上面挂着牌匾，写着四个苍劲有力的大字，爷爷曾伏下身子教他认，说，耕读传家，到啥时候也不能忘。他记住了爷爷的话，上班再忙，家里的几亩地一直没丢。他讨厌繁花满村窜，但他与繁花的婚事是爷爷在世时订的。爷爷说繁花银盆大脸，福相，在娘家是老大，能周全持家。朱小河见了好多姑娘，没有比繁花顺眼的。再说那时不兴自由恋爱，到了婚嫁年龄，他也就默认了这桩婚事。现在，朱小河有些后悔，主要是一儿一女的教育问题，繁花整日只知喂鸡撵鸭，没读过书，不知道怎么辅导孩子，更不知书识礼，对孩子的教育连基本的言传身教也没有。两个孩子除了样貌尚可，学习一塌糊涂。朱小河和朱小溪当年在学校读书时，成绩一直不错，这或许与爷爷平日的教导有关，当然也少不了母亲的督促。从朱小河记事起，他就不记得母亲大声说过话。母亲总是温言细语地忙着家里的一日三餐，织布纺棉，缝补浆洗。一家人的饭食、衣着总比别家妥帖。朱小河大伯一辈子没娶妻，据说当年爷爷为大伯订下了婚约，后来女子害病死了，大伯是个长情的人，一直没娶。朱小河记事时，大伯已经很老了，整天脸上只有一个表情，穿着母亲织的粗布对襟衣衫，粗布原本是白色，后来用草木灰水淘洗过，有些灰，但又泛着白，衬得大伯更显老成。大伯是家里的顶梁柱，朱小河父亲在外读书，后来参加革命，再后来工作，地里的活全指望着大伯。

朱小河的儿子、女儿在小学一直是后几名，上个初中都很费劲。后来，实在读不下去，只能回了家。女儿还好，到了该嫁的年龄，找个婆家嫁了。儿子就不行了，一直在外打零工。他觉得孩子没教导好，愧对了祖先。朱小溪的老婆是大学生，人长得好，能力强，做了农业局办公室主任，教育孩子还上心。孩子在上海读的研究生，后来被导师留校搞科研。朱小河的父亲朱成礼和弟弟都在城里任要职，孩子落在家里不好看。朱成礼是南下干部，快退休时才调回本地。朱小河不好向父亲开口，繁花去找过公公，公公续娶了一位老姑娘孙维。据说老姑娘年轻时喜欢公公，但公公当年听信爷爷的话没娶她，她也一直没嫁。前些年，婆婆去世了，孙维娘家人催促，让她考虑身后事，说死了得有地方埋，不能埋回娘家。朱成礼自从老婆去世后，才念起了她的好，觉得亏欠她太多，天天深居简出，面壁思过。孙维来找了他多次，最后一次，她说了句话，让朱成礼改变了想法。她说，这辈子，你得为自己活一次。是呀！最初，他为自己的信仰少小离家，在外奔波多年，后来忙工作，再后来听从父亲安排亲事。这大半辈子，一直为别人活着，从没为自己考虑过，余下的日子是得随着自己的心意活了，他们这才结了婚。朱成礼人不错，又曾经有职位，孙维娘家对他还是满意的，他们也松了口气，终于把孙维嫁出去了。

　　朱小河的母亲去世时，朱小河和朱小溪还年幼。去世前她先是腹部肿胀，后来脚和腿也肿了，用手指按在上面会出个坑，半天回不过来。母亲常看着他们流泪，说不能看着你们娶妻生子了，没福气呀。朱小溪会帮母亲擦去腮边的泪，朱小河只是看着，手里握着大伯刚做好的陀螺，他和二柱子约好了比赛陀螺呢。他觉得母亲只是腿疼，就像他吃坏了肚子，疼一会儿就没事了。没想到，有一天，他起床后，发现母亲躺在堂屋的草席上，脸上盖着一张黄纸。爷爷说，你母亲成仙了。爷爷对这个儿媳还是非常满意的，奶奶走了好多年了，朱小河母亲进门后，操持着一家人吃穿，还生了小河和小溪，应该算这个家的功臣。可不知为什么，这个家的女人总是活不过五十岁。朱小河奶奶也是这个年纪病死的，现在朱小河的母亲也走了。

　　爷爷把朱小河的父亲叫回家，说小河娘在咱家不容易，好好办她的后事，也算给她个交代。朱成礼没说话，对于这个女人，他说不上讨厌，也说不上喜欢，是父亲为他安排的。父亲的眼光没错，她进门后,家里家外一团和气。父亲说,娶了好媳妇,会惠及几代人。他的脑子被工作占据着,没时间想家里的事。他随着部队南下归来后,在农业局工作了一段时间,单位的运动、检查,一个接一个,千头万绪,家里又出了这样的事。好在两个孩子已经长大,有父亲和哥哥照应,不会花费太多精力。他拿出积蓄,置办了上好的柏木棺材,买了上好的布料,请婶子和大娘连夜为她赶制了寿衣,单的、棉的都有。婶子、大娘摩挲着布料说,活了一辈子,第一次见这么好的布料,溪他娘这辈子值了。朱成礼的单位来了好多人帮着料理后事,朱小河母亲的丧事办得风风光光的。可是,朱小河总觉得亏欠母亲什么,他没见过母亲发火,也很少看到她笑,母亲走进这个院子后,很少出去,一辈子就像屋顶烟囱上的一缕烟一样去了。这些年,朱小河经常想起母亲,他感觉母亲的人生太单薄了。

繁花的性格和母亲迥然不同,她也勤劳持家,只是她缺少了母亲的不急不躁。她做事急急火火的,做完就会跑出去,满村窜。为这事,朱小河没少训斥她。繁花嘴里应着,但只要他前脚离家,繁花后脚就跟着出去了。朱小河最受不了她说人家是非,母亲从来不会这样。他和繁花吵过几次,也动过手,繁花就是改不过来。后来,朱小河单位事多,也懒得跟她计较了。现在,他更喜欢住在单位,没事和对桌的褚依依聊天。依依丈夫在外地工作,很少回家,他聊着繁花的不是,她聊着丈夫的冷淡。聊着、聊着,四目相对时,朱小河听到了撞击声。说实话,依依的长相一般,骨架粗大,皮肤黝黑,不过,她身上有书卷气,那是繁花没有的,也是小河稀罕的。他和依依有种走到彼此心里的感觉,朱小河觉得那种感觉是美好的,是熨帖的,是一种流淌在全身的温暖舒适,有种说不清道不明的欢愉。朱小河有些沉迷于这种感觉,回家后便不给繁花好脸色,还吓唬繁花想过日子就在家好好待着,少惹是非,要不然,说着用鼻子"哼"了一声,后面的话没说出来。繁花看着朱小河岩石般僵硬的脸,心里忐忑着。

清芳说了半天，得不到繁花的附和，觉得无趣。反过来问繁花，繁花，你猜谁会砸她家门？繁花没抬头，说，我上哪知道去？都出去打工了，家里也没几个人，剩下的老的老，小的小，谁还有那气力。清芳说，就是，保不齐骂空呢。繁花说，按说也不会，一骂人会动气，先把自己伤了。清芳扁着嘴，侧着身子想再和繁花扯会儿，儿子大鲁在院外叫着她的名字。大鲁这几年老是直呼她的名字，连姓也加上，叫的时候紧绷着脸，像学校老师点名时的表情。清芳一开始训斥过他，怎奈儿子长大了，不服管教了。儿子叉着腰，抖着腿，满脸的不屑，一副吊儿郎当的样子，说，名字不就是让人叫的嘛。一次，清芳气不过，顺手拿起棍子作势要打他。大鲁夺过棍子，放在脚下狠劲跺下去，棍子断成了三截。大鲁捡起棍子，扔在清芳脚下，昂首挺胸地走了。清芳看着他杀气腾腾的背影，再也没有管教他的勇气。听到儿子叫，她急匆匆地走了。

繁花煮好饭，起身去菜园拔菜。菜园在家西边，朱小河一回家就收拾菜园子，园里的菜比别家鲜亮。菜花洁白硕大，芫荽水灵鲜嫩，萝卜神气十足，白菜鲜嫩养眼，大葱傲娇耸立，辣椒红绿相间，很是好看。繁花割了一棵菜花，拔了一根葱，又薅了两棵芫荽，盘算着朱小河今天大概不回来，一个人简单吃些。她把菜花叶子掰下来，拿着进了冯云家，在大门外喊着冯云。冯云端着碗从屋里出来，说，正吃饭呢，在这吃吧。繁花说，不了，菜叶子扔了可惜，留给鸡吃。说着把手里的菜叶子扔进圈着的鸡群里。几只鸡奔向菜叶，抢着一片吃。繁花扔了叶子，并没走，上了台阶，问冯云做的什么饭。冯云说给浩翔妈妈炖了排骨汤，白菜豆腐炖肉和焖菜。繁花见朱文和儿子朱涵、孙子浩翔在矮桌上吃得香甜。冯云儿媳如意刚生了个男孩，正坐月子呢。繁花问，奶水足吗？冯云说，还行，比浩翔时多。繁花趴在冯云耳边问，听见骂街没？冯云侧耳仔细听着说，我忙得脚不沾地，听着了，不知是谁呢。繁花附在冯云耳边,手拢成筒状连到冯云耳边说,是瑞雪,说有人砸她家窗户。冯云还没搭话,繁花又说,你嫂子刚去我家说的。冯云抬头看着繁花问,她还说啥了?繁花说,没说什么,气不顺,嫌你哥到处乱窜。又扭头看向屋内,朱文的筷子正在盘子里上下翻动着。繁花看着冯云手里的碗,靠近她问,谁会砸她家窗户?冯云说,没仇没怨的,谁会做那事。繁花想引着冯云说,冯云鬼精灵,她才不会和快嘴的繁花多说呢,繁花知道的事,全村都知道了,还会添油加醋变了味,这种事不是一次了。繁花眼看套不出冯云的话,饭菜香气惹得她的胃抗议起来。她转身说,你们吃吧,锅里还烧着饭呢。冯云说,走了。转身进了屋。朱文用筷子敲着碗边说,就你嘴快。冯云有些委屈地说,我啥也没说,你发啥疯?朱文瞪着眼说,你不说,只要接话就会惹你身上了。冯云瞪着眼,像一根即将擦燃的火柴,正想发火。如意在屋里喊,妈,又拉了。冯云慌忙跑进屋,又回头嘱咐着,吃完收拾啊,别当甩手掌柜。朱文没理会冯云,问呆愣着的孙子,吃饱没?孙子四岁半了,黑眉虎眼的,就是不爱说话。他两手放在桌下,前胸抵在矮桌上,直勾勾地看着朱文。朱文只得起身来到孙子旁边,端起碗喂他。朱涵说,别管他,爱吃不吃,饿急就吃了。朱文只朱涵一个孩子,到现在也没长大,儿子的吃喝拉撒他一概不问。冯云累了也抱怨,说现在媳妇生孩子都是给婆婆生的,只管生,不管养。朱文说,全村都这样,就你矫情。冯云就没了下文,确实全村都这样,娶了媳妇,恨不得放在桌上供着。再说冯云还年轻,有的是精力,别人抱着孙子满村转,她要是不抱孙子,会没着没落的。

　　瑞雪有些乏累,躺在沙发上,嗓子有些疼。没想到,自己也会骂街。以前,她最讨厌村里人少了南瓜,丢了根豆角就满村叫骂,现在自己也成了这样的人。她胸中窝着委屈,又不知委屈来自哪里,一个人待着,眼泪就流下来了。她想起了秀英,秀英自从去了城里,每次回来都不一样,瑞雪都有些认不出来了。她先是烫了头发，嘴唇涂得红艳艳的，衣服穿得花里胡哨的。有时，秀英来她家玩，扯着她掉色的衣服说，老古董了，谁还穿这个？赶紧扔了。瑞雪低着头，看向别处说，在家里干活，穿这个方便。秀英恨铁不成钢地问，真想一直待在家里？瑞雪说，家里需要人手呢。秀英提高嗓门问，家里需要钱吗？瑞雪抬头看看秀英没说话。昨天瑞雪听父母说闲话，说瑞雪弟弟瑞峰眼看二十了，得给他盖屋了。这几年，哥哥结婚生子，家里欠了外债，父母愁闷得直叹气。瑞雪想帮父母，又没办法。听秀英这么一说，她问，外面好找活吗？秀芬说，有我呢！想出去了吧？瑞雪说，出去能做啥呢？秀英说，别管做啥，能挣钱就成。秀英还没说完，腰间一个黑色的小匣子响起来。秀英拿起一看，脸上飞上两朵红云。瑞雪问，这是什么呀？秀英晃着黑匣子说，BP机，两千多块呢。瑞雪捂着嘴站在原地，前年给哥哥造了三间瓦房才花了两千多元，秀英哪来恁多钱？秀英晃着手里的黑匣子说，我先回了，下次来听你信。

  夜晚说来就来了，刚刚太阳还在西天边，给整个村子披上了酱红的衣衫，村边的柳树甩着长发，像爱美的姑娘顾影自怜着。太阳看着倦鸟归林，万物将息，觉得一天的职责完成了，只一会儿工夫，就没了影，空留下放肆燃烧的晚霞被夜一点点吞噬。瑞雪早早做好了晚饭，父亲在外劳累了一天，瑞雪尽量把晚饭做好点，她用青椒炒了两个鹅蛋，又清炒了盘豆角。瑞峰向厨房探了探头，说，姐，天天吃这些，嘴都淡出鸟来了，我想吃肉，见了猪腚都想上去咬一口。瑞雪没好气地说，想吃自己挣钱买去。瑞峰"哼"了一声，转身进了屋。瑞峰初中毕业后，一直待在家里，父母不放心他外出，地里的活他不愿做，一天到晚和村里几个不着调的人聚在一起打牌，还讲究起吃穿来。瑞雪看不惯，也没办法，父母护着不让说。

  晚饭时，瑞雪看着父母说，今天秀英回来了。母亲说，是啊，听你花婶说，她在城里发财了，来回都是"山歌啦"接送。瑞峰嘴里的饭差点喷出来,笑着说,娘,别土了,什么"山歌啦",是桑塔纳。母亲说,不都差不多嘛,四个轱辘,屁股冒烟的。哎,秀英看着就有福,白白净净的,听说还给她娘买了金耳环,昨天,还送来一卡车块煤。瑞峰翻着盘内的菜问,娘,眼红了?母亲说,小龟孙的,谁眼红了?这辈子俺是没戴金耳环的命喽。瑞峰嬉笑着说,别呀,咱家不是有我姐,她秀英能挣来钱,我姐比她差哪了?我姐收拾利索了,可比她强多了。一直没说话的父亲有些愠怒地说,饭也堵不上你的嘴,秀英那鬼机灵,在城里还不知做什么呢。母亲翻着白眼看父亲说,你管人家做什么,这年头,有钱就是好,没钱,亲戚邻居都看不起。别不服,上次他大姑儿子结婚,开席时,人家让娘家人说句话,你是老大,该你说,结果老三上台讲话了,为啥?不就是老三这几年手里有几个臭钱,连长幼都不分了。瑞雪父亲说,别胡说,就我这样的,上台能说啥?说不好,丢了咱家的人,老三见过世面,他说的那些场面上的话,打死我也说不出来。瑞峰说,大,不是见没见过世面的问题,是钱能让人的腰杆挺直,你要是比我叔有钱,说话会更有底气,说出的话说不定比我叔强。瑞雪母亲听到这,再也没了吃饭的兴致,推开碗说,就是呀,他叔脑子活络,挣钱快,咱们累死累活,一年到头也落不下钱,想想就没劲。瑞峰眼看该娶媳妇了,盖房子的钱还没着落呢,愁死人呢。父亲没说话,放下手里的碗,抹抹嘴巴,两手背在身后,向门外走去。瑞雪看着父亲的背佝偻着,像驮了座山一样沉重。瑞雪又看向母亲,母亲刚过五十,头发已经花白了,锈红色的脸上纵横着皱纹,眉头紧锁着,人坐在那里暮气沉沉的。瑞雪放下手里的碗说,娘,秀英说,让我跟她去干活。瑞峰转过脸看着瑞雪说,姐,真的吗?做啥?给多少钱?母亲脸上显出悦色来,手在腿的两侧摩挲着说,有这好事?那感情好,什么时候能去?瑞雪低着头说,还没说好呢,她让我考虑好,我觉得家里需要人手,就没说定。瑞峰说,姐,考虑啥,赶紧去,我的房子和媳妇可就指望你了。母亲说,就是，就是。瑞雪低头收拾着碗筷，说，我心里没底，到城里能做啥？瑞峰说，她秀英比你强哪去？有些地方还不如你呢，姐，你一定比她干得好。

秀英是隔了几天回来的。瑞峰兴冲冲地跑回家，大喊着，姐，秀英回来了，是轿车把她送回来的，开车的是个四十多岁的男人，戴着金闪闪的大链子，一看就是有钱人。瑞雪母亲说，是秀英对象吧。瑞峰说，不知道，那家伙富态着呢，年纪也不小了。瑞雪母亲的眼神飘忽了一下，像蝴蝶一样盘旋了一下又回来了，说，对象大点也好，知冷知热，青瓜蛋子啥都没有，还不懂事。瑞雪还没说话，门外传来秀英的声音，瑞雪，做啥来？瑞雪母亲听见秀英来了，起身迎出去，拉着秀英的手上下打量着说，秀英来了，正说你呢，在城里混好了，看看这衣服，多俊，把俺家瑞雪也带出去，让她见见世面。秀英说，成，婶，只要你们愿意，城里活多着呢。瑞雪母亲说，愿意，怎么不愿意，老在家待着有啥出息？瑞雪一直没说话，瑞雪母亲看了看瑞雪说，秀英，你俩好好唠唠，瑞雪做啥婶都没意见。秀英说，成，婶。

瑞雪把秀英带到了自己的小屋，秀英环顾着四周说，小窝还是老样子。瑞雪说，见天忙，又不出门，能有啥改变。秀英说，我在城里有自己的房子了，明天带你看看，厕所都比你这狗窝大。瑞雪瞪大眼睛问，单位分的房子？秀英哈哈大笑说，哪有恁大方的单位？是人送的。瑞雪说，谁这么大方？秀英说，你别管了，反正有人愿意，不要白不要。瑞雪问，秀英，你在城里到底做啥？秀英忽然就不笑了，低着头看着脚下，说，咱这样的，到城里能做啥？要文化没文化，要根基没根基。刚进城，看城里人瞧咱的眼神就来气，有什么呀，都是爹娘养的，不就是你们会投胎嘛。置气归置气，看人家过的日子，再看咱爹娘过的日子，心气就顺了，知道人和人不一样呢。秀英说着，眼泪在眼圈里打转，神色有些凄然。她深吸了一口气，平复了一下情绪，说，在城里待久了，实在不想回村了，想把父母也接进城。瑞雪说，你真厉害，到底做啥能挣恁多的钱？秀英忽然像漏气的皮球，没了刚才的气势，蔫蔫地说，能做啥？有吃有穿，存点钱，过上想过的日子就成了，想恁多没用，走一步算一步。老话说，争啥别跟命争，我就不信这个邪，偏要争下。秀英说着甩了下头发，抿抿嘴继续说，你只管跟我去，待在家里，一旦找了婆家，再也没有翻身的机会了。瑞雪低头没说话，她想起隔壁花婶和母亲说，瑞雪该找婆家了。母亲说，有合适的帮俺焊摸着。瑞雪不想就这么嫁了，真嫁了，过几年就会和母亲一样了。

　　瑞雪正想着以前的事，王留悄无声息地推门进来了。王留伸头向里间看了看，这才缩着脖子轻手轻脚地来到瑞雪面前。瑞雪抬眼看了眼王留，翻过身，把脊背留给他。王留俯下身子，嘴里呼出的热气哈在瑞雪耳边，痒痒的。瑞雪推了他一下，说，滚一边去。王留伸开手臂搂抱瑞雪，问，生啥气？瑞雪心底的委屈又蹿上来了，眼泪涌了出来。王留把嘴贴在瑞雪的面颊上说，你受的委屈我都知道，我比你还难受呢。瑞雪听了，哭开了。王留说，别哭嘛，你一哭，我心就乱了，我寻思了半天，只有清芳个臭娘儿们能做出这事，以后少跟朱武来往。瑞雪推开王留说，你一出去几个月，那个死鬼有和没有一样，我心里的苦和谁说，地里的活计我一人又做不成。王留苦着脸说，我知道你难，可我是为你着想，我来你这，家里那货知道也不会咋的，清芳可不一样，狠着呢。还有她那个儿子，更不是东西，公安局都几进几出了，什么事做不出来？我是担心你呀。瑞雪坐起来，眼里满是怨毒，说，我会怕他们？王留说，姑奶奶，不是怕不怕的问题，他们在暗处，咱们在明处，不好防呢，这次，也许只是警告。瑞雪瞪着王留问，你吓我？王留摊摊手说，真不是吓你，我是心疼你。以后，我少出去，多陪陪你。眼下，先消消气，以后千万不要出去骂了，跌咱的份，也让她们有舌头嚼了。王留正说着话，手机响了。他拿起一看，是老婆打来的，他摁了拒接，说，宝贝，别生气了，那货叫我回去吃饭，我晚上来，给我留门啊。说着在瑞雪脸上亲了一下，走到门前，又回头探着身子说，可给我留门啊。瑞雪拿起只鞋扔了过去，说，死不要脸的。

　　桃村的夜晚是安静的，是朦胧的，月亮在空中像个高傲的夫人，乜眼看着桃村。偶尔有一两声犬吠，单调、短促。村边的公路上时不时呼啸驶过一辆汽车，倏忽间沉淀到夜色中了。鸟虫偷懒，没了白日的聒噪。肖二和媳妇杨竹对坐在屋里，之前人们喊肖二为二建，现在年岁大了，村里人觉得叫着不妥，喊全名肖建邦又觉得拗口，精简了喊肖二，村里人喊顺口了，弟兄几个的名字干脆没人叫了。肖二歪着头看电视，杨竹瞟了一眼肖二，又看了眼电视。她低下肿胀的眼睑，用手拍了拍裤腿。杨竹瘦小，坐在沙发里不起眼。她咳了一声，问，响午听见你兄媳妇骂街没？肖二白了她一眼，没说话，拿起遥控器换了频道。电视正重播着新闻。杨竹见肖二不搭理自己，有些心不甘，拍着大腿说，丢人呢！肖二把遥控器甩到沙发上，说，你别跟着胡咧咧。杨竹站起来，拍着手说，是我胡咧咧？村里都传遍了，就你们装聋作哑。肖二起身回了屋，随手关上了门。肖二与杨竹分开睡多年了。儿子和女儿先后成了家，家里的房子宽敞了，肖二自己睡东间，杨竹睡西间。家里只有两人时，肖二一天不说一句话，只有儿子和女儿回来了，才看见他笑。杨竹看着肖二关上的门，想上去踢一脚，又不敢，她怕肖二发火。肖二年龄大了，脾气见长，前些年，杨竹在家里说一不二，这些年，杨竹说话不是不管用，是肖二压根不听。好在还有女儿月霞，肖二不理睬杨竹，对女儿月霞却言听计从。杨竹心里发着狠，等月霞回来，好好修理这个倔家伙。

　　肖二关上门，并没睡。他怕杨竹唠叨起没完，才躲进来。肖四不在家，村里对弟媳人品有了流言，杨竹一天到晚在他面前白话，他心里有了七八。心头窝着火，又不能发出来。杨竹是个惹事精，前几年母亲活着时，没少挨她的骂。肖四成家后，母亲回到从前的老屋独居。弟兄几个每年给一口袋小麦，杨竹捡秕的给。肖二见嫂子、弟媳对母亲都这样，村里媳妇们也大多这样，就放任杨竹对母亲恶言恶语。当母亲躺进棺材时，他才忽然醒悟，这辈子再没机会叫娘了。他想起小时候姊妹多，吃饭时，一个个饿急了眼，就差吃盘碗了，不多的饭食，一会儿就被抢光了。母亲忙完过来，锅里早就干干净净的了，只能挨饿。给母亲盖棺时，他想起了母亲的好，哭天抢地的，他向母亲棺材里塞了很多吃的。母亲刚去世那几年，他常梦见母亲，母亲不说话，用眼睛直直地看着他。他哭着抱住娘，说对不住她。娘的眼睛虚空地看着远方，不搭理他，丝毫不被他的哭声感动。他想，要是小时候这么哭，娘早把他搂进怀里哄劝了，现在娘咋就不理他呢？娘是不会生他气的，不管他犯了什么错，娘也不跟他计较。他结婚成家后，娘知道他的难处，没说过一句抱怨的话。娘这是怎么了，怎么就不理我了呢？他又上下打量娘，娘有些枯瘦，衣衫破旧。他恨自己，娘活着时不孝，娘活着时，也是这个样子坐在老家的破屋前。那时，每次从娘门前经过，他连头也不转。娘有时候会叫他，他有时应一声，有时连应也不应。娘的神情有些落寞，唠叨着，娘没用了。他对娘吼道，就你事多！娘就没了声息，低下头，拽着破旧的衣襟，虬枝一样苍老的手不知放哪好。醒来后，他抹着满脸的泪水，怨恨自己，怨恨杨竹。母亲走后，杨竹一点愧疚也没有，有次提起娘，杨竹说那个老不死的东西。他的火一下蹿上来，一巴掌狠劲打在杨竹脸上。杨竹没想到他会打自己，捂着脸愣了半天，哭喊着扑向肖二，嘴里骂着，挨千刀的……肖二被骂急了，拽住杨竹的头发，脱下鞋，狠劲抽着杨竹的嘴。杨竹翻腾抓挠反扑着，反倒不喊不叫了。杨竹和左邻右舍的关系不好，她怕邻居听见笑话她。她双手漫空扑抓挠腾，却怎么也抓挠不住肖二。肖二这次下了狠心，一下下用鞋底抽打着杨竹。杨竹死心了，不再挣扎反抗，趴在地上，任由他抽打。肖二或许是打累了，手稍微松了下。杨竹逮住机会，像条饿狗一样狠劲咬住肖二的小腿肚子。隔着薄薄的裤子，肖二感到锥心的疼。他扔下手里的鞋，一脚踢开杨竹，蹲下身子，卷起裤子查看，牙印青紫，深入寸许。杨竹躺在地上，用手拍着地，咬牙切齿地问候着肖二的祖宗八代。肖二上前狠劲踢在杨竹身上说，再骂！宰了你！说着黑青着脸，瞪着杨竹。杨竹第一次见肖二这样，见他眼珠快要从眼眶中奔突出来了，像猪圈里被追赶急了暴怒的猪。杨竹像断电的电视，没了声息。

　　肖二不记得从什么时候开始厌弃杨竹的，反正每次看到她枯瘦、矮小的身材，他会想起冬天树上的枯枝。杨竹的眼睛被厚厚的眼睑包围着，眼珠依着厚厚的屏障，射出有恃无恐的光来。杨竹能从芝麻绿豆般的小事中，挑出天大的不是来。杨竹把肖二姊妹几个骂了个遍，骂得他们不敢上门，平日没了来往。只是有红白喜事时，没办法必须聚到一起，见面连基本的寒暄都没了，大多是用白眼招呼。前几年，儿子月峰结婚了，杨竹又有了斗争对象，与儿媳张姝明着暗着吵了几次。儿媳张姝和儿子是自己处的，有感情基础，杨竹感觉斗争得有些吃力。月峰是孝顺孩子，没结婚前，极听杨竹的话。婚后，夹在老婆和母亲中间很是为难。肖二训斥过杨竹，无奈，女儿月霞和杨竹一个阵营，他厌弃杨竹，拿女儿月霞却没办法。月霞遗传了杨竹的身高、样貌、性格，只是比杨竹更有主见。月霞初中毕业后，去城里做了保姆。没多久，女主人找来，说下班回来看见不该看到的了，希望他们能管好自己孩子。肖二羞愧地低着头，说不出话来。杨竹拍着手说，他姐，俺月霞是好人家的孩子。女的站起来，冷着脸说，没证据的事我不会乱说，今天来，是想给大家都留个脸，对双方都好，再说，农村和城里不一样，村里人更珍惜脸面吧。肖二站起来走到女人面前，赔着笑说，他姐，孩子我们没教导好，你大人大量，我们会好好教育。女子没说话，脸涨得红红的，眼睛里的波涛转到杨竹脸上。杨竹扯着肖二的衣服，小声说，胡呲什么！肖二使劲甩开杨竹的手，说，闭嘴！杨竹嘴翕动着，两只手在前襟处摩挲，眼睛里飞出无数只带着毒针的蜜蜂，越过肖二旋到女人脸上。女人说，你们要不信，把月霞叫来问问，别丢了祖宗的脸。说完带着风旋出门，把门摔得震天响。肖二两手抱着头跌坐在沙发上。杨竹指着肖二说，她埋汰咱闺女，你也跟着糊涂。肖二没回应，依旧抱着头坐着，脸埋在双臂间。杨竹走近肖二，指着他说，你个糊涂蛋！肖二站起来，逼近杨竹，眼睛红得瘆人，说，自己的孩子，啥样还不知道吗？非要让全村人看笑话。杨竹嘴张得大大的，想骂肖二，但看着他血红的眼睛，没了骂的勇气，只得嘟囔着转身来到门外。肖二说，赶紧让她回来。杨竹没说话，独自在院子转着圈，赶赶鸡，咬牙切齿地骂骂鸭子。

　　月霞是第二天和月峰一起回来的。月霞穿着白色短袖上衣，扣子敞开到第三个，上衣束在牛仔短裤里。短裤极短，刚到大腿根，趿拉着凉拖鞋，头发披散着遮住了半拉脸。月霞进了门，低着头，一句话也没说，直接进了自己屋。肖二站在檐下，看了会儿天，又低头瞅脚下的地。杨竹正在厨房洗菜，看见月霞，用衣角擦着湿漉漉的手跟进了屋。月峰在院里转了一圈，来到大门外，往村路上左右张望。路上没人，旁边沙四媳妇抱着女儿坐在门里。沙四媳妇特别瘦，整日有气无力的样子，不过，做起农活来，倒是顶个壮劳力。月峰打小就奇怪，她的力气是从哪来的？杨竹几乎和村里人的所有人都吵过架，沙四家当然也不会幸免。月峰不记得母亲为什么和村邻吵架，反正母亲整日在家里翻着白眼，说着村里人的不是。月峰胆小，脾气也好，他觉得日子好也是一天，不好也是一天，没必要整日气鼓鼓的。他微笑着问沙四老婆，婶，吃饭没？沙四媳妇笑着说，还没呢，吃得晚，还不饿呢。

　　杨竹推月霞屋的门，没推开。手反复在衣服上擦着说，霞，开门，开门。月霞不耐烦地说，困了，有事等会儿说。杨竹伸着头压低声音，对着门缝小声说，听话，霞，把门打开。月霞没好气地说，做你的饭去。杨竹向后退了退，嘴里嘟囔着，这孩子，就是倔。杨竹走出屋，偷眼看了下肖二，肖二说，锅糊了。杨竹小跑向厨房。

杨竹把饭端上来时，月峰和肖二坐在矮桌的两端。肖二对月峰说，把过年的酒拿来。月峰瞪大眼睛看着父亲，肖二眼神坚定地看着他。月峰又把目光转向母亲，杨竹耷拉着脸，把碗怼在桌上，碗里的汤四溅开来。肖二拍了一下桌子说，听见没？没办法，月峰只得去菜橱底下翻找。杨竹翻着白眼看肖二，嘴里不停嘟囔着，却没完整的话。肖二脸色阴沉地盯着正翻找酒的月峰。杨竹到底绷不住，对着月霞房门大声喊，霞啊，吃饭！没有应答。月峰从菜橱前直起身来，手里拿着一瓶白酒，酒瓶上落满了灰尘。月峰用两根手指捏着瓶口，拿到门外用抹布擦酒瓶。月霞屋的门打开了。月霞来到门外洗了手，径直来到桌前，谁也不看，端起面前的碗吃起来。月峰把酒瓶放到桌上，又从茶几上拿了两个酒杯去外面刷。杨竹紧挨着月霞，盯着她的脸说，霞啊，多吃点，娘做了你爱吃的鱼。说着把装鱼的盘子向她面前推了推。月霞没说话，只是筷子戳在了鱼身上，夹了一块鱼肉放进嘴里，伸头把鱼刺吐在桌上。杨竹抚了下月霞的头发，说，霞啊，娘看你瘦了。月霞没看杨竹，说，瘦了好，减肥见效了。月峰把酒杯放到肖二面前，倒上了酒。肖二端起酒杯喝了一口，脸立马变了形，龇牙咧嘴地伸着脖子说，怪辣的。月峰拿着酒瓶看着面前的空酒杯，又看杨竹，杨竹正盯着月霞的脸看。月峰稍微在面前的酒杯里倒了一点。肖二拿起筷子说，吃，都多吃点。峰啊，还记得你爷爷吗？月峰说，记不清楚了。肖二说，你爷爷可不是一般人物，你太爷爷更是在咱这十里八村有名望，可惜到了我这辈，没个有出息的，全翻坷垃头，对不起先人。杨竹说，翻陈年旧账干啥，吃饭。肖二像没听见，继续对月峰说，儿子，你爷爷土改时可是乡长，管着十里八村呢，作为他的后人，学没上出来不打紧,不过,事一定要做好,人家会说,看,这是谁谁的孙子,干得不孬,这就算不辱没门楣,人的名,树的影,说的就是这。月峰说,大,我知道了,我在师傅那学得好着呢。肖二端起酒杯说,那我就放心了,都好好的,十里八村的让大能抬起头来,不求混得多好,只求不亏心。又转向月霞说,霞啊,伺候人的活咱不干了,你在家也是我们的心头肉,给再多钱咱也不干。月霞低着头狠劲咬着手里的煎饼,说,我长大了,想做啥就做啥。月峰挨着月霞,小声说,姐,少说点。月霞把手里的煎饼和筷子摔在桌上,说,遮遮掩掩地干啥?亏着说我是你们的孩子,你们就不能信我?听别人嚼舌头,回头说我的不是。杨竹快速从桌上捡回煎饼,塞到月霞手里,说,霞啊,娘信你,谁嚼舌头娘也不信。肖二黑着脸说,还不能说你了?大还不知道你,心气高,一心想走出农门,可也得顺天时。月霞说,我怎么就不顺天时了?肖二说,自己做的事,自己知道,我心里跟明镜一样。想在城里待可以,赶紧换个工作。月霞说,好啊,你帮我找去呀,有好爹好娘的,谁愿意伺候人。肖二把酒杯重重摔在桌上,说,嫌弃爹娘,可以不认,不过,你姓一天肖,就不能做对不起这个姓的事,要不然我打断你的腿。杨竹说,都吃饭,吃饭哪怎多话。月峰递了煎饼给肖二,说,大,先吃饭。肖二接过煎饼,把煎饼放进嘴里,腮部被撑得鼓凸着。肖二平日脸就黑,加上满脸怒气,脸笼罩上了一股煞气。月霞长这么大,肖二还是第一次对她说这么重的话。月霞自知理亏,没了先前的气势,低着头,眼里噙着泪,喝着稀饭。月霞从小要强,七八岁时,爹娘下地,她在家照看弟弟、做饭。刷锅时,灶台高,须踮着脚尖,烧锅燎灶,脸弄得跟花猫一样。杨竹下地回来,搂着她心疼地哭。有时,肖二会从集市买上少许瓜果,月霞不吃,看着月峰吃,月峰吃完了,她接过核来吃。有一次,她带着弟弟在大爷的菜园边玩。月峰想尿尿,月霞说,这是大爷家的地,去咱家地里尿,能积肥。月峰赶紧向自家菜园跑,急急慌慌褪下裤子,差点尿在裤子里。朱文恰巧路过,觉着好笑,在村里传开了,村里人说月霞这么小就会过日子,长大了不得了。那时,肖二对杨竹的话还言听计从,村里人常和他开玩笑,说他怕老婆。肖二不急不恼地说,怕婆子,门口拴着大骡子,你们有吗?村里人就噤了声,肖二是村里最早翻盖房子的,还买了拖拉机,别人也就没了耍笑他的底气。

沙明广买了电视后,肖二带着两个孩子去看。回来时,月霞问,大,咱家啥时候能买电视?省得天天跑人家里去看了。肖二看着月霞充满渴望的眼睛,心想,省吃俭用也得买电视。后来,肖二买了台十四吋黑白电视机。月霞第一次近距离地看电视,看得真切,她从电视里见识了城里孩子的生活,他们的衣服整洁、好看,他们可以去图书馆读书,去公园玩,还能看到许多不知名的动物。她第一次知道世上还有这种生活。晚上,她怎么也睡不着,凭什么他们能过那种日子,自己只能过土里刨食的日子呢?她愈想心里愈憋屈,小声地哭起了,哭得上气不接下气,眼泪打湿了枕巾。黑暗中,她掐着自己说,这辈子,一定要混成城里人,过城里人的生活。她哭着哭着就睡着了,梦见自己在黑漆漆的道路上前进,怎么也看不到光亮,周围什么也看不清,她有些害怕,喊了起来。杨竹跑过来把她摇醒,问,月霞,怎么了?她眯着眼,清醒了一会儿,推开杨竹说,没事。杨竹摸着她的头说,怎么没事了,看你这一头的汗。月霞翻了个身,不搭理絮叨的母亲,她觉得从今天起,自己长大了,她心里装了一个愿望,一定要变成城里人。

月霞把愿望装在心里,实现起来就难了。父母没办法让她成城里人,考学又无望。再说,家里日月眼看着风光,翻盖了房子,买了电视,月霞知道,这些都是父母从牙缝里省出来的。杨竹在村里是出了名的节俭,花生收下来后,家里就基本不吃油了。做菜时,杨竹会剥上几颗花生,把花生米拍碎后放到锅里炒,当油用。杨竹说,老辈说得好,嘴头吃得油,身上会披麻片,日子算计不到,会过得差三落四，让外人笑话。杨竹母亲去世早，妹妹还小，父亲整日在外忙活，她过早经历了日月长短，性格也变得要强。她说日子是过给外人看的，她宁愿从牙缝里省，也要攒钱盖房子。肖二在她的督促下，比从前勤快了许多，每日里外忙碌着。外人只看她家日子过得红火，不知道她家日月红火是用节俭支撑出来的。她想帮父母分担，让他们少辛苦点，可一直没找到办法。月霞想了数条进城的路，求学进城的路被她否定了，一是她学习一般，再就是漫漫求学路，会给家里增加负担。弟弟还年幼，家里需要花钱的地方多。她想成城里人，只有先进城，再寻门路，可出路在哪呢？月霞被这个埋在心底的愿望折磨得没了从前的活泼，整日用与年龄不相称的忧郁眼神看着周围。肖二和杨竹整日忙地里的活计，没时间去探寻月霞的内心。

月霞正苦闷着，一个远房姨来家串门，说她婆家侄子想找保姆，村里有合适的帮着踅摸着，每月给六百块钱，管吃住，看一岁多的孩子。杨竹说，回头问问村里有没有愿去的。月霞在旁边入了心，姨前脚刚走，她就拉着杨竹说，我想去。又说了一大堆去的好处。杨竹对月霞言听计从，也就同意了。倒是肖二踌躇了很久，他了解月霞的脾性，再说去人家屋檐下讨日月，不容易呢。怎奈月霞铁了心要去，肖二也没有办法，只好依了她。

月霞随着姨来到她侄子家。女主人刚好在家，她是铁路上的售票员，丈夫在交通局工作，公婆身体不好，回老家养病了，孩子没人照看。月霞姨让月霞叫她谢姐，月霞嘴里叫着谢姐，顺手抱起了坐在推车里的小家伙，小家伙在月霞怀里手舞足蹈的。月霞姨说，瞧瞧，姐俩还怪投缘呢。女人上下打量着月霞，问，不上学了？月霞说，下学两年了，书上的字不认识我，我也不愿意认识它们。说着抱着孩子，嘴里哼哼唧唧地哄着。孩子在她怀里安静了许多。谢姐笑着点头。

月霞留了下来。那天晚上，月霞迷迷糊糊地刚睡着，听见门被敲得震天响,月霞披衣下床,刚走到房门前,听见谢姐抱怨着开了门,问,怎么这么晚才回来?月霞听到一个男人含混不清地说,和局长喝酒呢,别人想和局长喝酒还没机会呢。谢姐说,就显你能!没见过你这样的,孩子也不管。男人说,错,我喝酒就是为了孩子。我陪局长喝好了,局长会提拔我,提拔我了,等于给儿子打下江山了,我今日拼着命喝酒,是另一种奋斗,我现在的奋斗能减轻儿子以后的负担。谢姐说,懒得理你了,我一会儿去上夜班,你别睡太死,听着点孩子。今天婶子带来个保姆,还不错,在那屋呢。月霞没听到回音,倒是一阵阵鼾声传来。

　　月霞回到床上,不敢睡去。晚饭时,谢姐告诉她,她今天上夜班,让她夜里警觉点,孩子要是哭闹,须喂奶粉。月霞心里有些忐忑,之前没做过这些,怕哪里做不好,一遍遍问着细节,喂多少,大概什么时间喂,温度多少。谢姐一一交代着,最后又不放心地说,往嘴里放时,一定把冲好的奶粉倒在手背上些试试温度,热了可不行。月霞点头说,记住了。

　　月霞和衣躺在床上,侧耳听外面的动静,只有一阵高过一阵的鼾声传过来。月霞有些困倦,翻个身刚迷糊着,突然听到孩子的哭声。月霞一个激灵跳下床跑出去。月霞推开卧室门,见一个男人穿着短裤四仰八叉地躺在床上,孩子在床沿上手脚扑腾着哭闹。月霞有些难堪地站在门外。在家里,即便天再热,父亲也不会在她面前穿短裤,月霞还是第一次见一个男人裸着上身,穿着短裤的样子,可是孩子已经到了床边,再不抱,会掉下来。月霞低着头,快速抱起孩子往外走。床上的男人翻了个身,嘴里含混不清地嘟囔着,又打起了呼噜。月霞人在屋外,脸却烧得厉害。

　　月霞把孩子放在沙发上,手忙脚乱地冲奶粉。她将奶嘴放到孩子嘴里时,孩子立马不哭了,卖力地喝着奶粉。月霞松了口气,看着周围的一切,有种在梦里的感觉。孩子喝完奶,看着月霞,精神头十足,看来一时半会儿不会睡。月霞有些困乏,要是在家里,倒头睡到天亮，再大的动静也惊不醒她。现在不行了，月霞抱着孩子来回踱着步，心里有股忧伤悠悠荡荡地飘着，她劝慰自己，不是一直想走出来吗？眼下离自己的期望愈发近了，该高兴才是。月霞的心情起起伏伏，像初春的天气一样变化不定，孩子不知月霞的心情，左右摇着头，看着周围的一切。月霞拍着孩子后背，想把他哄睡了，自己才能安心睡，可孩子仍手舞足蹈着。月霞实在困，只得将孩子抱到自己的小床上，把孩子放在床里面。月霞的床只有一米宽，她怕压着孩子，侧身躺在床沿上，不一会儿就迷迷糊糊地睡着了。

　　月霞是被谢姐推醒的，月霞揉着眼起身叫了声谢姐。谢姐伸手抱起里面的孩子，说，以后不要让他睡这。月霞拢着头发应着，麻利地收拾好床铺来到外间。谢姐站在客厅喊，华兴，还不起床，也不看看几点了，今天不用上班吗？月霞见谢姐丈夫穿着短裤打着哈欠走出来。谢姐扭头看到月霞，向屋里推着丈夫说，家里有外人，以后注意点。华兴探着头往外看，见月霞满脸绯红，低头站在门外。谢姐随手关上了门，听见谢姐在屋里数落着丈夫。月霞隐约听谢姐说人家是女孩子，今后多注意。月霞低头进了卫生间，开始洗漱。在家里，这个钟点，父母已经吃过饭下地了，初来乍到，也不知早饭做什么。月霞快速收拾好自己，进了厨房。谢姐从卧室出来，见月霞在厨房里，说，早上不用做饭，一会儿去外面买。月霞应着，茫然地站在厨房里。谢姐扭头对里屋说，你快点，月霞刚来，不知道买什么，你去给我们买完早点再上班。华兴在屋里不情愿地说，门外就有，用得着我去吗？谢姐说，家还是你的吗？买个饭这么多话。华兴说，大丈夫主外，这般琐碎小事焉能用得上我操刀。说着从屋里出来，月霞这才看清楚他的样子。他长得矮胖，肥腻的脸粘在肩上，两只小眼睛在肥胖的脸上来回滚动着，满是阴狡。他上下打量着月霞，月霞在他的注视下，身上像爬满了蚂蚁般难受。谢姐说，华兴，这就是月霞。华兴心不在焉地说，好。转身进了卫生间。谢姐又转向月霞说，把保温桶刷一下，在中间柜子里，一会儿跟他出去买饭。月霞答应着去了厨房。

月霞提着保温桶随华兴出了门。华兴在楼道里遇到了邻居，与他们打着招呼。出了楼道，华兴甩开胳膊，扭动着肥胖的身躯，像只鸭子一样走在前面，全然忘了跟在后面的月霞。月霞只好紧走几步跟上。华兴听到身后的动静，回头瞄了一眼。月霞的鼻尖上渗出细密的汗珠，太阳一照，晶闪闪的。华兴放缓了脚步，问月霞，多大了？月霞怯怯地说，虚岁十八了。华兴说，什么叫虚岁呢？月霞说，我腊月出生的，几天也算一岁。华兴点点头又问，家里几口人？四口人。月霞说。两人说着话来到一排卖早点的铺子前。卖早点的大声吆喝着，煎包来！喝粥来！刚出锅的油条呢！声音此起彼伏，像暗自较着劲。华兴与早点铺熟识的人打着招呼，让身后的月霞过来，盛了粥，买了油条和包子，又让月霞装了些店里的咸菜。月霞提着东西站在一边，华兴却在早点铺坐下来，让老板上吃的。见月霞站着没动，说，回去吧，我在这吃完直接去上班了。月霞这才转身走了。有人问华兴，你家亲戚？华兴说，昨天才找的保姆。

月霞回到家，把早点盛好，等谢姐过来吃。看着冒着热气的早点，月霞想起家里的早饭。家里的早饭简单，一般是咸菜、稀饭和煎饼。像这种早饭也许一年会有一两次。赶年集时，父亲和母亲会带上兄妹俩，买些过年用的东西，当他们路过热气缭绕，人声喧哗的早点摊时，弟弟定定地看着他们。父亲会摸摸兜，带他们找个空位坐下。父亲从来不吃，说自己不饿呢。母亲也是，默默地坐在一边，看着姐弟俩吃。还不断提醒着，慢些吃，热着呢。弟弟吃得狼吞虎咽，月霞看着父母不吃，也没了吃的心情，放下碗，说吃饱了。

月霞坐在桌边，心里七七八八地想着从前的事，谢姐把孩子放到推车里，来到桌前说，赶紧吃吧，吃完收拾一下，我得补会儿觉。月霞点头应着，坐在桌边，迟迟没吃。杨竹从小教育月霞，贪吃是最没出息的，在别人家贪吃，会让人瞧不起的。母亲多年的耳提面命让月霞潜意识里认为贪吃是丢脸的事，她想等谢姐吃完了再吃。谢姐见月霞迟迟不吃，问，怎么了？月霞两手握在一起低着头说，等姐吃完，我再吃。谢姐微笑着说，没那么多讲究，赶紧吃吧，有孩子的人家，吃饭跟打仗似的。月霞这才吃起来。煎包是芹菜猪肉馅的，外酥里嫩，咬到嘴里，满嘴流油，香而不腻。这是月霞长这么大第一次吃这么美味的煎包。她想，城里的日月就是比农村好，眼下，只这早点，怕是村里很多人都不曾吃过呢。

　　现在，月霞被雇主从家里赶出来了。前几日，月霞知道谢姐去过自己家，月峰把自己叫回家，父亲很生气，让她赶紧收拾东西回来，她骗父母说找好了工作。月霞不想回家，男人曾搂着她，许诺她会和谢姐离婚的。弄成今天这局面，有些事说不清了，月霞的心里火烧火燎的疼。月霞恨华兴怂包，媳妇一发火，他便成了缩头乌龟，没了当初挑逗自己的油嘴滑舌。月霞收拾着衣服，想着不能便宜了他们，临出门时说，这月的工钱还没给呢。谢姐从屋里出来，用看流浪狗的眼神看着她。月霞的脾气上来了，仰头迎着她的目光。男的走出来，把六百块钱放在桌上，拉着女的进了屋。月霞伸手拿过钱，转身摔上门走了。月霞紧咬着嘴唇，嘴唇上渗出了血丝。她恨自己，轻信男人的鬼话，被他占了便宜，今后怎么办呢？家暂时不能回了，得找个地方落脚。她强忍着眼泪来到大街上，阳光刺眼，她眯眼看着来来往往的人群，像是在梦里。她使劲捏着兜里的几张钞票，心像是被什么东西撕咬着。月霞低下头，小声告诫自己，肖月霞你得振作起来，活出个人样来，让那对狗男女看看。以前，月霞的心底还残存着一个念头，城里实在待不下，就回家找个婆家，一样能过一辈子。这次不成了，月霞发誓，只要活着，就一定要在城里扎下根。父母指望不上，得靠自己去拼。月霞咬着唇，开始留意路边店家有没有招人的，最好管吃管住。月霞提着包，从街东头走到街西头，也没看到招人广告。她气馁地坐在路边，双手捧着头，她觉得眼泪又要流下来了。她告诫自己不能哭，除了父母，没人在乎你的眼泪。生在这样的家庭，没有资格流泪矫情，只能打掉牙咽到肚子里，或者像狼一样舔舐伤口疗伤。经历了男人的薄情，她忽然觉得自己长大了，身体像铁一样坚硬。她甩甩头，站起来，向另一条街走去，也许机会就在前面，月霞对自己说。

另一条街也走到了尽头，渗入骨髓的绝望使她全身瘫软地坐在地上。她扭过头，想擦拭潮湿的眼睛，忽然看见街角一家蛋糕店门前贴着张红纸，上面似乎写着招工。她揉了揉眼睛，仔细看去，确实是。她像溺水的人抓住了根木头，疾步奔向蛋糕店。走近蛋糕店，看见店也就一间门脸，玻璃柜台里摆着蛋糕，后面用隔板隔开了，应该是操作间。月霞听见操作间里有声响，舔了舔干裂的嘴唇，小声问，有人吗？有人应着，来了。说着走出一个四十多岁的妇女，她身材微胖，面色红晕，腰间系着围裙，看着月霞问，买蛋糕？月霞指着门外的纸说，这招人？中年女人向前走了两步，上下打量着月霞问，是，你找工作？月霞点点头，女人看着月霞手里的包问，家哪里的？月霞说，不远，桃村的。女人问，会做蛋糕吗？月霞放下包，来到屋内说，以前没做过，不过，我能学，一学就会。女人"哼"了一声，说，老多学会就走了，有的是专门出来学手艺的。月霞说，俺不是，俺是真心找活。又指着自己的包说，俺把行李都带来了。女人把目光从行李上抽回来，问，一月想挣多少钱？月霞想，要紧的是先有个落脚的地。经历了这事，她想彻底离开桃村了。想到这，月霞挤出笑容说，姐，一看您就是老板，有福相，工资给多少先别说，看我活干得咋样，您凭心意给。女子听了，眉开眼笑地说，小嘴还真会说，干好了，我自然不会亏待你，先留下吧。月霞说，姐，我得住这。女人说，咱有地住，我姓贾，叫贾荣，以后叫我贾姐好了，后面有个小间，先住那吧。月霞欢天喜地地说，谢谢姐了，我把东西放下，马上出来干活。女子说，先等等，带身份证了没？月霞说，带了。说着从包里翻出身份证递到女人手里。女人拿在手里看了看说，先放东西去吧。月霞见她没有归还身份证的意思，只得提着东西穿过狭长的过道向里走。

　　月霞走到过道尽头，见楼梯间下面有间小屋，门敞开着，里面黑乎乎的。月霞站在门前问，贾姐，是这里吗？贾荣探头看过来说，是的，进了门有开关。月霞摸索着找到开关，昏黄的灯光驱走了屋内的黑暗。月霞看见靠墙放着一张单人床，床上有一条毛巾被，脏兮兮的，旁边放着个矮凳，地上满是灰尘。月霞把包放在矮凳上，出门找来了扫把，慢慢清扫地面。地方是小了点，不过，能落脚就成。月霞现在不单想成为城里人，还想活出个人样来，让那个不要脸的男人看看。那就先吃苦中苦吧，她安慰自己。许多年后，每当月霞想起这段过往，她恼恨自己当时太单纯了，让那家伙白占了便宜，不给补偿，就去告他。他是公家人，这种事情他是惧怕的。当时混沌未开，丢了宝贵的东西，还遭到他老婆的羞辱，真是没天理了，被单上的那朵血梅花，在月霞脑子里晃了很多年，连那男人欣喜中夹杂着占有后的满足嘴脸都印在脑子里。

　　月霞在蛋糕店安顿了下来，贾荣见月霞手脚麻利，嘴巴利索，心下窃喜，心想，总算找到一个靠谱的帮手了。贾荣表面上不显露出来，干活时，有一搭没一搭地和月霞说话，月霞，眼下生意难干，成本也高，每天起早贪黑也挣不了几个钱，够你工资就不错了。月霞正弓着腰，卖力地擦着过道，头也没抬地说，姐，工资是小事，别老放在心上。贾荣沉吟了一会儿，说，那可不成，出门是挣钱的，我也不亏着你，在我这吃饭，不要你饭钱，一月四百怎么样？贾荣心里打着如意算盘，通过这两天的观察，看出月霞手脚麻利，人也勤快，想留住月霞，又不愿多出钱。四百块钱工资是少，不过，管吃管住呢，一般雇工的可不管吃。贾荣还有个小心思，她不愿做饭，月霞饭做得不差，一举多得。月霞忙着手里的活，随口应着，成，姐。月霞眼下不计较工资多少，须先站稳脚跟。贾荣一家住楼上，她丈夫是汽车站的大客司机，有时几天不回家。两个孩子，男孩上高中住校，女儿上小学五年级。月霞觉得贾荣会算计，鸡零狗碎算得明明白白。月霞又想，不算计哪能积攒下如此家业，贾荣丈夫王立山是甩手掌柜，家里的大事小情都得贾荣操持，他们才能盖楼置业。四百块钱依着市价确实不多，不过，能暂时有安身之地，月霞悬着的心落了地。

晚上，月霞帮贾荣收拾利索，回到了自己的小屋。她侧身躺下，屋内不通风，霉味夹杂着粗粝的气息缭绕着她。她胸口沉甸甸的，像是淤堵的河道。月霞翻了个身，两只手在胸口处抚着，想把淤积的怨气排解出来。多少年来，她总是做相同的梦，梦见自己从高高的悬崖上跌落下来。她挣扎着惊醒，抚着狂跳的心在黑暗中静坐良久，她抓扯着自己的头发，泪眼迷离。她感觉自己的身体一点点变硬，牙齿咬得嘎嘣响，不知多少个这样的夜晚，她翻来覆去地折磨着自己。早上起来，她又换了副面孔，把自己收拾利索齐整，在店里忙前忙后。来了顾客，月霞不笑不说话，谨小慎微地接待顾客，她从小练就了察言观色的本事，能从表情上洞察人的心理，说些贴心的话。顾客自然欢喜，夸月霞聪明、能干。蛋糕店的生意比从前好了许多。贾荣喜在心里，表面上还是唉声叹气地说，生意难干，赚钱真难呢。又时不时探问一下月霞家里的境况。月霞小心敷衍着，小城太小，保不齐哪天有人把那段过往传过来。月霞想，要是那事不曾有过多好，能从容做人，现在老是觉得自己见不得光亮。

柳生媳妇在外面转了一早上，有些饿了，转身回了家。柳生去世后，她一个人住。儿子、女儿常送些吃的过来，生活不比柳生活着时差，只是屋里空落落的。她常出去找人说话。柳姓人口在村里不多，也不和睦。柳生家祖辈人不旺，财也不旺。不像柳汉儒家，柳汉儒和柳生没出五服，柳汉儒父亲当年有几百亩地，村里人几乎都租种他家的地，临近几个村也有租种的。柳汉儒父亲叫柳广林，据说柳广林爷爷读过几天书，柳广林的名字就是他爷爷取的。读书人取的名字确实好，没白瞎了广林这俩字，桃村到处都是他家的地。柳生媳妇看见过柳广林的画像，长脸，鹰眼，不怒自威。只是新中国成立前逃到台湾了，家里剩下最小的儿子汉儒。新中国刚成立那会儿，柳广林家被划成地主，汉儒是地主羔子，整日挨批斗，在学校里被同学欺侮，整日闷着头不说话。老大不小了也没讨上媳妇，与母亲相依为命。那时柳生在村里是小队长，村里人见了柳生都会点头哈腰，大到上学、娶媳妇、当兵，小到丢了猪羊，村里人都找柳生。柳生媳妇常想，还是那时的人好，不像现在，忙着挣钱，日子是过好了，人心聚拢不到一块，年轻人见面连个招呼都不打。尤其柳汉儒家，这些年的日子是芝麻开了花节节高。前些年，汉儒逃到台湾的两个哥哥汉轩和汉庭回来了，为了补偿汉儒当年和母亲相依为命的艰难，给了汉儒不少美金。县里、乡里也来了不少人，前呼后拥的风光。他们带来了不少洋玩意，柳姓人家都给了，唯独没给柳生家。汉轩和汉庭回来的那天晚上，柳生在家喝闷酒。柳生媳妇说，看把他们能的。柳生把酒杯掼在桌上，说，你懂个屁。柳生心里窝囊，汉儒大概把前些年运动时挨批斗的事说给了两个哥哥，他们记着仇呢。柳生想，再来次运动，你们就不拽了。他心里发着狠，酒喝得没滋没味的。汉儒兄弟几个合伙埋汰他，搁着往日，早给他们上纲上线了。乡里的领导，有点交情的大多退休了，干部越来越年轻，思想也先进。开会时，有的词他都没听过，更别提领会精神了，在会场上还不能认怂，装着听懂，不时地点头、鼓掌。临到他发言了，却没了底气，唯恐哪句话说不周全，成为别人的笑柄。即便这样战战兢兢的，村里的各项工作也总是排在末尾。乡里不止一次提醒他，让他纳新党员，组织要有新生力量。柳生是千年狐狸了，他能不知道纳新党员后面的意思？他嘴里应着，却没实际行动。全乡大会上，新来的李乡长说，要解放思想，真抓实干，不要搞表面一套，背后一套。散会后，他擦着头上的汗问管区张书记，李乡长啥意思？张书记苦着脸说，新领导，新作风，工作思路和方法都得变，得跟上形势发展需要。柳生见张书记说着官话，恨得牙根痒痒，什么玩意？多年的伙计，在我这里吃了多少饭，喝了多少酒，现在有个风吹草动，给我打官腔，惹急了我，抖搂抖搂你的老底，够你喝一壶的。柳生心里发狠归发狠，他可不敢这么做，撕开脸皮对大家都不好，十里八村，乡里乡亲的，一会儿就传开了，大伙饭后搁嘴里一咂，以后可就不好混了。柳生的心正翻腾着，偏偏汉儒弟兄几个又给了他一闷棍。他心里火烧火燎的，又说不出来，窝在心里，窝着窝着心口就疼上了，疼得实在厉害，酒也没法喝了，面向里躺在床上。又觉得不妥，他从前听母亲唠叨过，说人快死时，大多面墙睡觉，墙是通向阴间的路。想到这，柳生立马翻过身来，面向床外，可怎么都不妥帖，浑身没一处舒坦的。他仰躺着喘着粗气，难道命要休了？他两只手使劲握在一起，一上一下地捶着胸口。想到死，他忽然害怕起来，他无数次操持过村里人的丧事，没想到有一天自己也会死。他想着躺在棺木里，被埋进泥土里，就不寒而栗。他猛地坐起来，妈的，老子不想死，老子的日月还长着呢，兔崽子想窝囊死老子，没门。他站起来往外走，起得太猛，身子摇晃了一下，又跌坐到床上，胸口一阵剧痛蔓延到全身。随着疼痛的加剧，柳生忽然被悲哀淹没了，他想，不能就这么完了，不能就这么任人轻慢，得把儿子推出去，我不中用了，还有儿子呢。组织上不是要求纳新党员嘛，这些年真是被鬼蒙了眼，怎么不把儿子纳新了呢。柳生有三个儿子，大儿子在村里游荡老些年了，另外两个儿子年岁也不小了，老话说，从小看大，三岁到老，他能看出来，下面这俩儿子行事畏畏缩缩的，担不了大事。倒是大儿子根生机灵，鬼点子多，就是人瘦小了点，没点气势，不像自己肚大腰圆的，有着人家说的官相。柳生明白自己这身肉是依着吃公家饭长来的，儿子做了村书记，以后也会长成这样的。柳生心里扒拉着如意算盘，疼痛竟莫名少了许多。

柳生想到做到，纳新党员的事无论如何不能再拖了。他反复琢磨着怎么向组织提这事。搁从前，乡里那些老相识在，根本不是个事。现在不行了，万事得想周全了，单独纳儿子吧，组织指定不同意，得找个陪衬的，陪衬的不能太精明，太精明了，是给儿子埋地雷呢。柳生把村里的年轻人趸摸了一遍，觉得肖二儿子月峰不错。月峰下学几年了，这孩子不随爹不随娘，人厚道、老实，一直在城里学修车，就是他爹娘难对付。柳生想，再难对付又能咋的，桃村眼下还是我说了算，没我的举荐，他入不了党，但凡有点良心，都会记得他的好。柳生确定了月峰，想着还须找个陪衬，觉得沙家也应该纳一个。沙从君的孙子沙大成不错，沙从君三个儿子，也许沙从君基因好，他五个孙子，两个考上大学的，有一个还上了什么医学院的研究生，沙从君说孙子的研究生相当于清朝的翰林了。柳生弄不懂翰林是啥官职，这些年，无论啥时候，沙从君见自己都客客气气的，好像当年挨批斗的事不曾发生过一样，这让柳生感动。不像汉儒，小家子气，还记仇呢。沙大成是沙从君的大孙子，沙明广的儿子，上学时成绩不错，人也敦厚，只是不知为啥落榜了。柳生考虑沙从君孙子，还有一个目的，前些年运动时，沙从君没少挨批斗，别看沙从君表面没表现出来，说不定搁心里呢，当初也是大形势，没办法的事。趁现在活着，能消解一家是一家，不能给后辈留下太多仇人。柳生心里明白，村里对他有意见的人很多，只是碍于形势不敢表露出来，一旦时机成熟，就如汉轩、汉庭一般，用无视羞辱自己。再说儿子也需要有陪衬的，一举两得，何乐而不为呢？柳生心里谋算出路子来，心底宽松了许多。

瑞雪跟随秀英进城时，弟弟瑞峰欢欣鼓舞着说，姐，我娶不娶得上媳妇就全指望你了。瑞雪父亲一句话也没说，拿着渔网走了。瑞雪母亲像只喜鹊，嘴里不停地唠叨着，雪啊，到城里好好做事，别担心家里，出门在外，眼皮要活泛些，多做事，勤快点。瑞雪用一个洗得发白的布兜，装着几件换洗衣裳，低头站在堂屋门前。瑞雪母亲说，出门是好事，欢喜点，死皮塌眼的可不行。瑞雪没说话，双手使劲攥紧布兜，一只脚反复搓着地面。这时，秀英在门外喊着，瑞雪，好了没？说着像只花蝴蝶一样飞了进来。秀英穿了件豆绿色无袖雪纺连衣裙，薄如蝉翼，粉红色的内衣若隐若现，腰带随意系了个蝴蝶结，把纤细的腰勾勒了出来，走起路来袅袅婷婷的好看。秀英擦了口红，白皙的面庞愈发明艳。瑞雪母亲盯着秀英的胸，她的胸像只不安分的兔子。瑞雪母亲的心被撞了一下。再看秀英嬉笑的样子，心里愈发忐忑。看秀英的样子，怕早就不是姑娘了，她在城里到底做什么呢？秀英拉着瑞雪向外走，瑞雪母亲没了刚才的欢喜，想伸手拉拽住瑞雪，手伸到半空又停住了，嗫嚅了半天，说，雪呀，进了城，一定好好的啊。秀英拉着瑞雪说，放心吧，婶。瑞雪母亲跟到大门外，见不远处停着一辆黑色的小车。秀英拉着瑞雪上了车，瑞雪回头看了眼，坐上车，关上了车门。瑞雪母亲抵着门框，看着车远去，只有扬起的尘土久久不散，在空中肆意飞舞着。

晚上，瑞雪父亲回来。瑞雪母亲端上一盘凉拌黄瓜和素炒豆角。瑞雪父亲蹲在廊下瓮声瓮气地问，走了？瑞雪母亲应道，嗯。瑞雪父亲叹了口气，依旧蹲在廊下，没理会瑞雪母亲催促他吃饭。瑞雪母亲问，忙活一天了，不饿吗？瑞雪父亲说，吃不下，你们吃吧，孩子没出过门，你放心？瑞雪母亲说，你当我愿意，她在家里我不轻省？只是不出去，哪有出路？出去了，说不定能有个好的将来呢。瑞雪父亲说，天上掉馅饼也不会掉到咱家，想一步登天，哪有恁好的事！瑞雪母亲说，就你这心胸，才把日子过成这样，一母同胞的，他叔怎么就能混出去呢？瑞雪父亲说，一爷一娘生九子，各安天命。人家有那命，我没有，也不穷争。瑞雪母亲生气地把手里的盆摁在地上说，你一辈子这样就算了，别拖累了孩子。瑞雪父亲说，你不知道外面的凶险，钱恁好挣？没手艺，没学问，能一下子赚恁多，只要不是猪脑子，都知道钱是咋来的。瑞雪娘没了之前的狂躁，缓缓地坐在门前的台阶上，半天没说话。过了一会儿，瑞雪母亲把脸埋在膝盖上，压抑地啜泣起来，轻声絮叨着，看你这鼻子不是鼻子，脸不是脸的，俺知道你怪俺，可俺也是想让孩子和这个家往好里奔呢，依着眼下的日子，是瞅不见光亮的。瑞雪出去，至少能给自己寻个路，若待在家里，过个三年两载嫁了人，只能循着咱的老路走下去，一想到这，就觉得对不住孩子，没能给她个好的前途，让她自己闯一闯吧。瑞雪父亲知道她这是安慰自己，没说话，转身进了屋，摸黑爬到床上，和衣躺下。瑞峰推开了大门，见家里黑灯瞎火的，走到堂屋，依着外面照来微弱光亮，见娘坐在堂屋前，脸埋在膝盖处。瑞峰弓着腰看着母亲说，娘，怎么了，想我姐了？我姐出去是好事，瞧你，才一天，就想成这样了。瑞雪母亲站起来说，你个小龟孙，少说没心没肺的话，你也老大不小了，明天找点正事干，跟你大下湖去。瑞峰说，我可不去，风吹日晒不说，还弄一身鱼腥气，连个媳妇也说不上。瑞雪母亲用手指着瑞峰说，你……却半天没说出下文来。瑞峰绕过她，进了屋，嘴里哼着，明天你是否依然爱我……

　　瑞雪坐在车后座有些拘谨，她把布兜抱在胸前，两只手不安地握在一起。秀英坐在前排，与开车男人调笑着，男人一只手从方向盘上滑下来，落在秀英大腿上，顺势抚摸着。秀英打掉他的手，佯装发怒，低声说，滚一边去。男人并不恼，回头看了一眼瑞雪问，秀英，她就是瑞雪？秀英点着头说，是，从小一起长大的。男人忽然笑起来，像乌鸦的叫声一样令人生厌。秀英问，你鬼笑什么？男人说，好，一块长大的好！准备做什么？秀英说，我和丽姐说好了，去她饭店。男人回头看了眼瑞雪，说，可惜了。瑞雪被他看得很不自在，向后缩了缩身子。秀英打了那男人一巴掌，说，胡说什么呢？男人说，我胡说？染布店还能出了白布？秀英伸出拳头说，再胡说,打死你。男人摇摇头,说,算我没说。秀英说,把我们送到,赶紧滚!男人用手指了指秀英,似笑非笑地说,行,小样的,长本事了。两人说着话车拐进了县城,街上人来车往的非常热闹,商店橱窗里摆着形形色色的商品,瑞雪感觉自己的眼睛都不够用了。不一会儿,车开进了一个小院。秀英下了车,说,谢了!男人流里流气地说,秀啊,跟我还客气,要不我请你们吃饭吧,肥水别流进外人田里。说着冲秀英眨眼。秀英一手扶着车门,一手指着他说,张大山,你想死吗?瑞雪见秀英两眼瞪得溜圆,满脸厉色。男人见秀英真生气了,摆着手说,开玩笑嘛,这不你朋友刚来,怎么着也得有个欢迎仪式。秀英甩上车门,说,滚!瑞雪有些无措地站在旁边说,秀英,生恁大气干吗?秀英说,这些家伙,不对他们厉害,以为咱农村来的好欺负呢,瞎了狗眼了。瑞雪没说话,眯眼看眼前的楼,这是一座六层楼,墙面挺新的。秀英拉拽着瑞雪的手说,走,咱上去。瑞雪亦步亦趋地跟着秀英,小声问,秀英,这是你的房子吗?看着挺好呢。秀英满不在乎地说,好什么呀,凑合住呗。

瑞雪随秀英进了楼道,来到三层的一户门前,秀英掏出钥匙,打开了门。秀英抬腿进了屋,瑞雪站在门外,低头看脚上的鞋。瑞雪的鞋底花纹里沾着泥巴,她看着屋内光洁的地板不敢进去。秀英回头见瑞雪低头缩颈地站在门外,想起了自己刚进城时的样子,转身从鞋架上拿了双拖鞋,递给瑞雪。瑞雪在门外换上拖鞋,把鞋放在门一侧,才像踩在薄冰上一样进了屋。

瑞雪进屋才看明白,房子布局和家里不一样,家里的房子大多是一明两暗的格局,这里的房子一间一间的,进门是一个两米多的通道,门右面放着一个白色的柜子,旁边的门关着。向里走应该和家里的堂屋一样,放着沙发和电视,再往里是吃饭的桌子,不是家里的小矮桌,是和八仙桌一般高,长方形的,桌边规规矩矩地放着几把椅子。旁边又是两个门。秀英见瑞雪一直站着,说,瑞雪,这是我的窝，就咱俩，跟搁家里一样，别拘着。瑞雪勉强笑笑说，你一个人住恁大的屋。秀英嬉笑着说，这还叫大，你还没见过大房子呢。秀英领着瑞雪来到靠门的那个房间，说，这间我住。瑞雪见秀英的床是白色的，床头上雕刻着好看的花纹，床上铺着粉色的床单，被子没叠，团在床的一边。瑞雪发现秀英床上的两个枕头整齐地排在一起。瑞雪心里一阵狂跳，在家里，只有结过婚的床上才摆两个枕头呢。瑞雪扭头看旁边，旁边是一排衣柜，有一个柜门没关上，瑞雪向里面瞄了一眼，见里面赫然挂着男人的衣裳，白色和天蓝色的男式衬衣与秀英的花裙子挂在一起，特别扎眼。瑞雪把目光转向另一边，看见一个梳妆台，上面满是瓶瓶罐罐。秀英满脸得意地说，瑞雪，怎么样？我没说谎吧。瑞雪点点头没说话。秀英把瑞雪领到最里面的房间说，瑞雪，你住这间。瑞雪站在门前，见屋内陈设比秀英的房间简陋了些，不过，比自己家里的小窝强多了。房里摆放着原木色的床和衣柜，只比秀英房间少了梳妆台。瑞雪犹疑着走进屋，摸着头像是做梦般。秀英推了瑞雪一把，说，你先歇会儿，一会儿带你出去吃饭。说着带上门出去了。瑞雪来到床前，小心地坐上去，床软软的。瑞雪使劲坐了下去，被弹了起来，她这样反复坐着，无声地笑了。

晚上，秀英要带瑞雪出去吃饭。瑞雪怕秀英花钱，说不想出去，她做饭。秀英说，也行，看看冰箱里有啥菜，我整天不在家吃，估计除了鸡蛋，也没别的。瑞雪说，不要紧，晚上不太饿，用鸡蛋下个面条吃就行了。秀英说，行。瑞雪打开冰箱，里面果然空空的，只有几个鸡蛋可怜巴巴地躺在抽屉里。瑞雪拿出面条和鸡蛋进了厨房，却对着煤气灶犯起了愁。她在家里听说过这东西，村头婶子大娘们聚在一起说，瑞雪啊，找婆家要找城里的，人家做饭都用煤气灶了，一打开就冒蓝火苗，不用受烟熏火燎的罪了。其他人也附和着，就是，瑞雪，赶紧找个城里的婆家吧。瑞雪第一次见她们说的煤气灶，她左右看了半天，没弄明白怎么用。没办法，瑞雪只得叫秀英。秀英笑着说,好好看着,我可只教一次。瑞雪点着头,瞪大眼睛看秀英操作。秀英打开阀门,拧开开关,搓了个纸条,用火机点燃,戳向煤气灶,蓝色的火苗一下热烈地舔着锅底,锅立时响起来。秀英问瑞雪,会了吗?瑞雪轻轻点头说,会是会了,就是引燃时怪吓人呢。秀英笑着说,习惯就好了。瑞雪心里还是有些惧怕,看锅冒烟了,忙接水倒进锅里。

瑞雪和秀英就着辣椒酱,一人吃了一碗面条。吃饭时,秀英叮嘱瑞雪,一会儿早点休息,明天带你去上班,很简单,就是端端菜,给客人服务下。瑞雪收拾着碗筷说,心里老慌呢。秀英说,千万不能慌,慌了别人会看轻你,有什么呀,都是人,他们能比咱高哪去?记住,别露怯。瑞雪面露难色地问,你在那吗?秀英说,我不在那,你先在那干着,回头有好的,我再帮你找。瑞雪有些纳闷,秀英从来没说过她是做什么的,又不好多问,只得点头应着。

晚上,秀英催促瑞雪去洗澡,告诉瑞雪哪个水管出凉水,哪个水管出热水。瑞雪洗着澡,看着雾气蒸腾的空间,恍如做梦般。瑞雪洗完澡,穿着长袖衣衫走出浴室。秀英斜躺在沙发上说,进城了,啥都得学,包括穿衣戴帽,洗完澡得穿睡衣。瑞雪有些窘迫地拽着自己的衣襟,满脸绯红。秀英起身进了房间,出来时,手里提着一件吊带裙,两根细细的带子,中间是薄薄的纱料,裙身是粉色缎面,泛着光泽。瑞雪从来没见过这么好看的衣裳,心想穿上应该很好看吧。秀英不理会瑞雪的惊愕,说,这是睡衣,等着啊,回来穿给你看。说着进了浴室。

瑞雪坐在沙发上看电视,电视里正放着《渴望》。瑞雪喜欢看这个剧,只是在家里,遥控器不是在父亲手里,就是在瑞峰那里,瑞雪只能跟着看。秀英家的电视比自家的大好多,还是彩色的,电视里的人穿着花花绿绿的衣服,很是好看。家里的黑白电视和这个没法比,影像也不行,有时天线被风吹歪了,满屏雪花乱跳,夹杂着沙沙的声响。瑞雪正胡思乱想着，秀英擦着湿漉漉的头发，穿着那件粉色衣服出来了。瑞雪看着秀英的衣服，霎时脸红心跳起来，眼神躲闪地看着秀英。秀英倒不在乎，转着身子问瑞雪好不好看。瑞雪低声说，好看，眼睛却看向别处。秀英说，看你那小样，这有什么呀，明天你也买一件。瑞雪没说话，心想，我才不穿这个呢。秀英的睡衣吊带有些长，两个馒头般挺拔的乳房，有一半突兀地袒露在外面，颤颤悠悠地晃荡着。秀英的胳膊修长、纤细，她抬手整理着头发，背影像湖里的荷花般妖娆好看。秀英见瑞雪没言语，说，早点睡吧，明天送完你，我还有事。瑞雪起身回了自己房间。

　　瑞雪躺在松软的床上，翻来覆去地睡不着。她好像听见外屋有开关门声，伴随着小声絮语。仔细听，又不甚清晰。瑞雪就这么一会儿清醒，一会儿迷糊着。约莫到了后半夜，瑞雪想去厕所，她起身来到窗前，看外面有零星的路灯亮着。瑞雪轻手轻脚地打开门，摸黑走向卫生间。她摸索着打开卫生间的灯，见秀英房间的门紧闭着，鞋架边赫然放着一双男人的鞋。瑞雪顿时紧张起来。她揉着眼睛仔细看，确实是一双硕大的男式黑色皮鞋，皮鞋在幽暗的光线下静静地躺着。瑞雪看着鞋，无异于惊雷在脑子里炸开了，她清楚地记得，进门时没这鞋。她看着秀英的房门，像做贼一样惴惴不安，她又看见衣架上挂着一件男人的西装。瑞雪慌忙进了卫生间，随手关上门，用后背抵着，抚着胸，大口喘着气，好一会儿心神才缓过来。屋里怎么会有男人的衣服呢？他是秀英的什么人？如果是正大光明的朋友，秀英早带到村里显摆了。在村里，不结婚就住在一起，是要被人耻笑的。秀英怎么会这样？瑞雪的脑子很乱，一时理不出头绪。她觉得自己待在卫生间里更是不妥，万一那男的进来怎么办？想到这，瑞雪赶紧上完厕所，快速回到自己的房间。她溜上床，没了睡意。看来秀英变了，她有许多事瞒着自己。怪不得村里有人对秀英指指点点呢，她以为村里人是看不惯秀英的穿着，现在想想，根本不是那么回事。瑞雪的心里兵荒马乱起来，自己住秀英这里，绝不是长久之计，得想法找住的地方。瑞雪坐在床上七七八八地想着，晨曦从窗帘边钻了进来。瑞雪不敢起床，她一直侧耳听着外面的动静。外面倒是有开关门的声音。瑞雪还是不敢动，她心里很乱，依着她的见识，无论如何也找不到妥帖的法子应对面前的事。在家里，她不用操心什么该做，什么不该做，她只能这么坐着，她怕出去看到不该看到的东西，更不知一旦看到了，该如何应对。她双手紧拽着被子，盯着房门，侧耳听着外面。

太阳从东方升起，屋子里变亮堂了。瑞雪走下床，来到窗前向外看。窗外是一条小巷，偶尔有背着书包的学生和提着早点的人匆匆路过，没人注意站在窗前的瑞雪。瑞雪向远处看，远处矗立着几座高楼，高楼上的玻璃墙被太阳照得亮闪闪的，高楼周围是低矮的平房，众星捧月般环绕着高楼。瑞雪想，城里和村里就是不一样，单早上就有很多不同。村里的早上到处是鸡鸣狗叫，城里的人像木偶，即便在窄巷里遇到，脸上也看不出喜怒来，更不会打招呼。偶尔传来汽车的鸣笛，才显出生机来。瑞雪站在窗前看了一会儿，有些无聊，恰在这时，听见秀英叫她。她打开门，见秀英散乱着头发，伸着懒腰站在客厅里。秀英的身上还穿着那件睡衣，睡衣的一条吊带滑落到肩膀一侧，半个奶子像只脱兔一样向外探视着。瑞雪慢慢走出房间，见秀英哈欠连天，脸上却红润明艳，还有那种肆意的慵懒。秀英揉着眼说，困死了。瑞雪看着她没说话。秀英见瑞雪盯着自己，问，有什么好看的，不认识了？赶紧洗漱，咱们出去吃早点。瑞雪只得进了卫生间。卫生间里有一股奇怪的味道，是那种夹杂着烟草味的男人的气息。瑞雪的心里不舒服起来，秀英嫣然的脸庞在她眼前晃动着，她今天的样子，和哥哥刚结婚时，嫂子起床时的样子很像。瑞雪从婶子大娘粗野的玩笑里，知道了男女间的隐秘事，又有些懵懂。她敢断定，秀英眼下不是一个简单的女子了，她有些恐慌，觉得秀英是陌生的，是捉摸不透的，这些念头像挥之不去的苍蝇一样，搅扰得她惴惴不安起来。也许自己跟秀英出来有些草率了，刚才，她特意看了下，皮鞋和衣架上男人的衣服都没有了。瑞雪宁愿相信夜里看到的鞋和衣服是在梦里，这样她面对秀英会坦然些，秀英还是从前那个秀英。可是她知道，这些只是她的一厢情愿，她夜里掐自己胳膊来着，疼着呢。看这情形，这个男人应该是见不得光亮了，想到这，瑞雪的心又沉了下去。秀英在外面不耐烦地喊着，瑞雪，快点呢，我急着用厕所。瑞雪应着，用毛巾胡乱擦了把脸向外走，瑞雪与秀英在卫生间门口撞了个满怀。秀英问，你没事吧？大早上的跟丢了魂似的。瑞雪咧嘴笑笑，没说话。

秀英从卫生间出来，开始坐在梳妆台前涂涂抹抹。瑞雪不敢进秀英房间，她从敞开的门瞥见她的床凌乱不堪。瑞雪的脸莫名红了，心也跟着狂跳着。瑞雪在客厅等了好一会儿，秀英终于从梳妆台前站了起来。瑞雪看见秀英脸涂上了厚厚的粉，嘴唇血红，眉毛像两节黑碳棒横在眼睛上面。瑞雪想起了戏台上唱戏的。秀英高兴地哼着歌，去衣橱里翻找衣裳。嘴里嘟囔着，衣服不少，就是每天都感觉没衣服穿。秀英嘟囔着，拿出白色的套裙穿上，上衣长些，下面是窄窄的一步裙，走路有点迈不开步子。秀英在镜子前转着圈看了一会儿，这才拿起包招呼着瑞雪出门。

秀英来到楼下，从储藏室里推出了一辆红色的木兰。瑞雪瞪大了眼睛，听说这车好几千块呢。瑞雪在电视里看过广告，一个女的骑着木兰，风吹起了头发，飘逸好看，可惜电视是黑白的，没秀英这辆车瓦亮、喜庆。秀英坐上车，示意瑞雪坐在后座上。瑞雪小心地把屁股沾在后座上，脚丫拉着无处安放，两只手抓着座椅，又觉得不妥，去扯秀英的衣服，看着秀英雪白的裙子，又像被烫着了，缩回了手。秀英说，把脚放在脚蹬上，揽着我的腰。瑞雪依言去做。秀英启动了车子，缓缓地驶出了院子。街上的人多了起来，秀英带着瑞雪来到路边的一家早餐店。瑞雪见翻滚的油锅里不时捞出金黄的油条,浓稠的米粥散发着香气。秀英放好车子,来到桌前,用手抚了下板凳,确定是干净的才坐下,示意瑞雪坐在旁边。秀英抬起头说,师傅,两碗粥,两根油条。正在盛粥的中年男人应着,马上来了。中年男人不一会儿端来两碗冒着热气的粥。秀英看见他白色的围裙上满是油渍,让人没了胃口。秀英见瑞雪在发呆,问,想什么呢?赶紧的。瑞雪接过秀英递来的筷子,端起碗抿了一口粥。瑞雪揣摩着两人早餐的花费,瑞雪出门时,磨磨蹭蹭地在母亲身边站了半天。她想着母亲会给自己带些钱,出门在外嘛,不比在家里,在家没钱一样过,囤里有粮,园子里有菜,出门就不一样了,一切都是未知的。母亲有着少有的兴奋,一遍遍地说,俺雪不比秀英差呢。她笑着从屋里走到院里,又站在院里看着地上的几只鸡笑,说鸡窝里也有凤凰呢。唯独不看站在她左右多时,脸上写满心事的瑞雪。

到了晚上,瑞雪实在忍不住,向母亲开了口,她实在没底气兜里一分钱没有就走出家门。她依在母亲身边说,娘,明天俺走了。母亲说,走吧,好生干,不要惦记家里。瑞雪看母亲忙着择菜,园子里的菜吃不完,拿到集市上换个三五角的。瑞雪见母亲没有给钱的心思,只得横下心说,娘,明天出门,给俺带些钱吧。母亲扭头认真地看着瑞雪。瑞雪双手叠在一起,放在两个膝盖之间,她被母亲看得心里发毛。母亲看了她一会儿,继续择菜,说,出门是挣钱的,再说家里也没有多少钱,给你带十块吧。说着侧身去裤兜里掏。母亲掏出一个手绢,小心地把手绢打开,瑞雪看见几张钞票蜷缩在里面。母亲翻捡着找出一张十元的,在手里甩了甩,才递给她,又把手绢摊开给瑞雪看,说,看看,家当都在这呢。瑞雪瞟了一眼,里面确实只剩下一张五元的和几个一元的。瑞雪没说话,把钱装进裤兜里。她心头忽然涌起了无尽的哀伤,明天就要离开这个小院了,这里承载了她太多的欢乐忧愁,忽然这么离开了,满是缠缠绕绕的不舍。再说外面的世界是未知的，她有些恐慌。她早早进了自己的小屋，黑暗中，她睁着眼睛没有困意。不知过了多久，才迷迷糊糊睡去，早上母亲在院里赶鸡撵鸭把她吵醒了。秀英见瑞雪老是呆呆愣愣的，问，想什么呢？再不吃，可来不及了，今天还有重要的事呢。瑞雪赶紧喝了几口粥，放下碗说，走吧。秀英没说话，过去结账。瑞雪捏着兜里的钞票，脸红红的。她想过去付钱，又怕钱不够，不付钱吧，又觉得白吃了秀英的，心里的恍然，又增加了她的卑微和不安。

第四章

趣舍有时

风物

秀英把瑞雪带到一家饭店门前停下来。瑞雪怯怯地问，来这里做啥？秀英拉着她向里走着说，进去就知道了。瑞雪被拉着跟跄地进了门，门里是个大厅，靠左侧有一个柜台，柜台后面是一排柜子，柜子上面摆满了酒，后墙放着一套皮沙发，沙发两边放着高大的发财树。一个嘴抹得血红，顶着一头黄发的女人从柜台里探出头。看见她们进来，从柜台里走出来，眼睛像探照灯一样上下打量着瑞雪。秀英说，丽姐，看啥呢？丽姐拍着手说，我说呢，大早上画眉叽喳半天了，来客了，快来，让我看看，长得真俊呢。瑞雪往秀英身后躲着。秀英拉着瑞雪说，别怕，丽姐又不是外人，人可好了，以后让丽姐罩着你。瑞雪没办法，向前挪了挪，小声叫了声丽姐。丽姐眉开眼笑地说，来这了，就甭客气了。秀英抬头看了看表说，丽姐，我还有事，瑞雪交给你，多教教她。又转向瑞雪说，有啥不懂的尽管问丽姐。瑞雪惶恐地问，你这就走？秀英点了点头。瑞雪的话到嘴边又咽了回去。来时秀英也没说明白，只说端菜、倒水，她心里没底，当着丽姐的面，有些话又说不出口。丽姐是个明白人，说，到我这了，尽管放心，姐不会亏待你，每月工资五百，外加提成。瑞雪问，什么是提成？丽姐打着哈哈说，时间长了，你就明白了，就是多劳多得。瑞雪说，俺可什么都不会。丽姐拉着她的手说，不会不要紧，有人领你！走，姐领你熟悉下。说着示意瑞雪跟她走。

瑞雪被丽姐领着向里走，两边屋子有的门开着，里面黑漆漆的，涌出烟酒混合的浊气。丽姐边走边问瑞雪，家里几口人，父母做什么的。瑞雪一一回答了。丽姐听了说，家里用钱的地方不少嘛，现在是金钱社会，没钱啥都干不成，所以呢，趁着年轻，多挣些钱才是正道。瑞雪觉得她说的有道理，又觉得哪不对劲，一时又想不出哪不妥，只是点头应着。丽姐说，爹娘生养咱们不容易，得让他们过上好日子，学没上出来，挣大钱得想些法子，别死心眼。瑞雪越听越不对劲，问，丽姐，在这到底做什么？丽姐没回答，推开了一扇门，一股温热的香气扑面而来。瑞雪下意识地向后退了退。丽姐进了屋喊道，都几点了，还在睡！瑞雪听到屋里的哈欠声和抱怨声交汇在一起。丽姐说，赶紧起来，今天来了个新姐妹，你们多教教她。有丽姐还用得着我们教？有人拉着长音说。丽姐过去扯起那人的被子说，就你话多，赶紧起来。瑞雪看见那女子的衣服比秀英的睡衣还暴露。瑞雪转过脸去。丽姐说，不跟你们废话了，我那还有许多事呢。

　　瑞雪现在不愿回忆在饭店的那段时光，想起来，会锥心地疼。她后来明白，从进入饭店的那一刻起，她这一辈子注定要生活在黑暗里了，可惜，她明白得太晚了。饭店里的女子，表面上是服务员，可瑞雪从她们与顾客放肆的调笑中感觉到了什么，一个叫美云的女子，竟然当着一桌人的面，坐在一个男人的大腿上，让那个男人喂她酒。一桌人跟着起哄说，他老婆厉害着呢，美云你小心点。美云往那男人脸上吐着烟圈说，哥哥，有胆吗？男人不说话，眼神迷离地喘着粗气。不一会儿，美云和那男人进了后面的小屋，一桌人有的开始对别的服务员动手动脚。有一个走到瑞雪跟前，上下打量着问，新来的？瑞雪被看得满脸绯红，瑟缩着往后退。丽姐走过来，拉着那个男人说，哥，您这边请，她是新来的，不懂规矩。男人不甘心地回头看着她。

　　瑞雪搬到丽姐的饭店住了，尽管她不想去，可实在没办法。她来秀英家的第二天，晚上在客厅撞见了一个男的，男的年岁不小了，鬓角有了白发，他赤膊躺在客厅沙发上。瑞雪进门看见他时吓了一跳，那人漫不经心地看了瑞雪一眼。瑞雪看那人有些面熟，一时想不起来，她快速跑回自己的小屋。瑞雪关上门，忽然想起来了，好像在电视新闻里看见过这个人，果然是个大人物，怪不得秀英天天神神秘秘的。

瑞雪在饭店里每日被丽姐反复开导，加上周围姐妹的影响，她的心跟着躁动起来。有一天，丽姐拿了一沓新崭崭的钞票在她面前晃着说，想明白了，这钱就是你的。她看着钱，想着钱够给弟弟盖房买砖的了。瑞雪终究没接那钱。美云说她傻，见钱不拿，以后想拿都没机会了，真是个榆木脑袋。瑞雪低头没说话。美云说，看看你穿的这衣衫，谁还穿呀？女人呀，一忽闪的工夫就老了，自己不对自己好点，指望谁呀？爹娘给不了，指着男人给？别痴心妄想了，男人还想从你这捞点呢，他们把你娶进家门，要你生孩子，做保姆。瑞雪听人讲过美云的事，她丈夫喜欢喝酒，喝醉了打她。她心死了，和村里一个男人好上了，没想到，被丈夫捉奸在床，男人却说是美云勾引他。后来，村里人都骂她是破鞋，她待不下去了，来了这。美云三十多了，腰身肥硕，面目也算不上清秀，瑞雪几次见她带着五六十岁的男人进了后面的小屋。丽姐的饭店包间后面有一个廊道，转过廊道有一排没有窗户的小黑屋，里面放着床，瑞雪见饭店的姐妹常带着男人们进出小黑屋。瑞雪心里很乱，她向丽姐请了一天假回家，想给父亲、母亲买些衣服回去。她从丽姐那预支了一百元钱。瑞雪来到街上，听说百货大楼的衣服好看，她打听着来到百货大楼，到了三楼服装区，五颜六色的衣服果然好看。她捏着兜里的一百元，手心里全是汗。她看上一件绸缎面料的花色上衣，走近一看标价，惊得合不拢嘴巴。标签上赫然标着 499.00 元，她攥紧兜里的钱，又转了一圈，越转越心慌气短，兜里的钱竟然给父母买不到一件衣衫。

瑞雪来到街上，垂头丧气地走在人行道上，感觉自己艰难竖起的道德屏障又一次遭到了冲击。出来这些日子，遇到了很多事，她被多种情绪灼烧着，搅扰得她坐立不安，她有时觉得美云说得有道理，可是她始终迈不过去心里的那道坎。自己眼下的境况，又重重撞击着那道坎。她不知道今后的路该怎么走，以她的眼界和见识，一时半会儿走不出眼前的困惑。

她捏着兜里的那张钞票，在街角站了一会儿，看着熙攘的人群，更是茫然与惶惑。她想，衣服买不到，就买点吃的回去吧，她对周围不熟悉，不敢走远，就在街角小店买了些点心，搭上了回家的汽车。

　　瑞雪进了村，感觉有些熟悉的陌生，村头有人打招呼，问，瑞雪回来了，买了啥好吃的？瑞雪说，没买啥。瑞雪怕他们多问，加快了脚步。到了门前，见大门紧闭着，看看天色，母亲应该快从哥哥那边回来了，她坐在门前石头上等母亲。家里的鸡鸭大概饿了，烦躁地鸣叫着。不一会儿，母亲从东边小路上走来。看见坐在门前的瑞雪问，怎么回来了，发工资了吗？瑞雪站起来，鼻子酸酸的，这些日子，她攒了许多话要和母亲说，见了面，却被母亲的问话冲散了，她不知如何回答母亲，淡淡地说，回家说吧。母亲打开门，鸡鸭冲了过来，围着她们放肆地鸣叫着。母亲驱赶着它们，打量着瑞雪手里的包。瑞雪把包递到母亲面前说，买了点吃的。瑞雪母亲接过来，打开看了看，说，放屋里吧，帮我弄饭。

　　瑞雪和母亲弄好饭，瑞峰和父亲先后进了家。父亲的手捉鱼时被扎伤了，缠着纱布。瑞雪担心地问，大，在家歇两天吧。父亲说，没恁娇贵，人闲一天，家里的开销用度又停不下来。瑞雪说，瑞峰可以去嘛。瑞峰说，姐，我可不干那个，看你，去了恁多天，还跟在家时一样，人家秀英，穿金戴银地回来了，前几天，刚给他四哥买了辆摩托车。瑞雪母亲说，就是呢。瑞雪父亲说，各安天命，莫强求。瑞雪母亲听了，有些生气地说，就你这榆木脑袋，日子才过成这样，我问你，她秀英有啥天命？瑞峰在一边帮腔说，就是嘛，人家正备料，要盖二层楼呢，全村第一家，村里谁不羡慕？瑞雪父亲不说话，多少年了，每次只要被瑞雪母亲一挤兑，他就没了下文。瑞雪想，大要是能挣来大钱，估计在家里说话也会硬气些。瑞峰被娘惯坏了，啥活不做，整日梦想着过上好日子。瑞雪想说瑞峰两句，看娘脸色不好，没敢说出来。瑞峰倒是来劲了，问，姐，开工资没？一月挣多少钱？什么时候给我盖房子？瑞雪冷着脸说，有本事自己挣钱去。瑞峰没好气地说，钱没挣回来，脾气倒见长了。瑞雪不再搭理他，收拾着碗筷。母亲问，真没开工资？瑞雪说，去了还没一个月呢。母亲说，没开工资你回来做甚？以后开了工资再回来，家里等着用钱呢。瑞雪的眼泪在眼窝里转，回来后，母亲没问一句在外怎么样的话，绕来绕去全是钱，钱就恁重要？瑞雪一声不吭地收拾碗筷，顺势踢了一下瑞峰伸长的腿。瑞峰指着瑞雪说，娘，你看她。瑞雪母亲起身踢了下凳子，进了里屋。

  瑞雪收拾完，进了自己的小屋，地上摆满了东西，她用脚踢开，才勉强走到床上。床上灰扑扑的，一股霉味，她侧身抱着肩躺下，心没着没落的。原本想回家寻个支撑，没想到支撑没寻到，心里那块坚守的东西坍塌了，她心中涌动着莫名的悲伤，想哭，又不敢哭出来，她努力闭上眼，豆大的泪珠顺着眼角滑了下来，任由眼泪肆意流淌着。她觉得自己的心孤悬着，无所依傍。瑞雪就这么悲伤地睡着了，直到母亲在院里叫她的名字，她才醒来。她连忙下了床，要不然娘会唠叨起没完。她打开门，娘在院子冷冷地说，咋睡恁死呢？也不看看几点了，你大都下湖了。瑞雪茫然地问，走了？娘用白眼看着她，算是回答。瑞雪去了灶屋，她觉得这个家到处像石块一样硬邦邦的。瑞雪把饭端上桌时，瑞峰还没起床。瑞雪在门外叫他起床吃饭。娘说，叫什么，让他多睡会儿，生在我们这样的家，没福享，就多睡会儿。瑞雪有些喘不上气来，为啥娘刚刚还嫌弃自己起晚了呢？她没说话，坐下来吃饭。娘在一边咋呼着说，你弟还没吃呢。瑞雪低着头自顾吃着说，我吃完回去，给你们挣钱。娘拍着手说，怎么就给我们挣钱呢，你不是这家的人？瑞雪没说话，她觉得喉咙梗得难受，实在吃不下去，放下碗，去了小屋，拿出布兜，来到娘面前，从兜里掏出买东西剩下的钱，塞到娘手里说，我现在回了，这点钱留家里用吧。母亲眼里掠过一丝欣喜，接过钱说，好，回吧。瑞雪快速走出了大门。

瑞雪回到饭店，丽姐说秀英来过。瑞雪问丽姐，她有啥事？丽姐说，她没说，不过，你真该跟她好好学学，看看人家的小日子过的。瑞雪还没说话，进来一个常来吃饭的男子，丽姐热情地站起来说，严老板，有些日子没来了。严老板的眼睛粘在瑞雪身上，他曾对瑞雪动手动脚过，瑞雪没给他好脸色，骂了他一顿。瑞雪见他来了，说，丽姐，我先去准备下。丽姐看着她的背影对严老板说，快开窍了，只要你舍得花钱。严老板把头抵在丽姐的脸上问，是雏吗？丽姐说，如假包换。男子说，怎么换，拿你换？丽姐作势捶了他一下说，你敢换吗？严老板摆着手说，不敢、不敢。

　　严老板又一次来饭店时，悄悄塞给瑞雪一个丝绒盒子。瑞雪推拒了下，严老板捏了把她的脸，小声说，别让人家看见了。说着进了包间。瑞雪到了没人的地方，打开丝绒盒，一条亮灿灿的金项链躺在里面。瑞雪揉了揉眼睛，用两根手指小心地捏起项链，项链来回晃荡着。丽姐在外面喊道，这屋的人呢，上菜了。瑞雪慌忙把项链放进盒子里，装进衣兜，盒子在衣兜里鼓鼓囊囊的。瑞雪快速跑回宿舍，把盒子塞到被子里。瑞雪回到包间门前，几人在屋里开着严老板的玩笑，你那小蜜咋不给我们服务了？严老板说，慎言啊，传出去可不是闹着玩的。有人说，刚才都看见了，对人家动手了，还死不承认。几人正哄闹着，瑞雪推门进来。一桌人冲严老板挤眉弄眼，厨房开始上菜，瑞雪给他们倒上酒。有人对瑞雪说，多给严老板倒点，他现在是酒不醉人，人自醉了。瑞雪两颊绯红，慌乱中碰翻了一个茶杯，茶水洒在严老板的裤子上。几个人起哄，嘴里说着不三不四的话。严老板一脸得意，抿着嘴乐。几人开始灌严老板酒，祝他早日摘花。瑞雪低着头，站在一边倒酒上菜，装聋作哑。严老板被众人轮番劝酒，不一会儿，舌头都捋不直了。一桌人都喝多了，有人东倒西歪地走出了房间。严老板扶着桌子想站起来，晃了一下，差点栽倒。丽姐进来说，瑞雪，愣着干吗？扶严老板去后面休息。瑞雪有些为难，后面的小屋，她一次也没去过。丽姐见她站着没动，催促着，赶紧的，最里面那个房间没人用，还安静，让严老板休息一下再走。瑞雪只好扶着他向后面走。一路上，严老板嘴里嘟囔着，说什么刚来时我就看上你了，为了你，我才来这吃饭的，别没心没肺的。严老板说得不连贯，瑞雪听出了大概意思。严老板身材高大，瑞雪扶他有些吃力。好不容易到了小屋，瑞雪想让严老板自己进去。她一推开门，瑞雪就像被老鹰捉住的小鸡，被严老板挟裹着进了屋。瑞雪还没适应屋里的光线，严老板把她压在了床上。她奋力推着他，他像一座山一样沉重。严老板开始撕扯她的衣服，瑞雪哭着问，你要做什么？滚开！严老板喷着酒气的嘴在她脸上拱着。有一会儿，瑞雪感觉自己呼吸困难，眼冒金星，快要窒息了。严老板说，乖，我会好好疼你，不让你受苦了。瑞雪想喊，屋子没有窗户，喊破嗓子也没人理会，只会让美云一行人笑话。想到这，瑞雪不再喊叫，只是用力推他，做无谓的挣扎。瑞雪才明白，他压根没醉，是他们设的局。瑞雪把力气用尽，仍推不开身上那座山，她觉得今日无论如何也逃不出去了，瑞雪心里翻腾着委屈和耻辱。她有些筋疲力尽，闭上了眼睛。

严老板一边穿着衣服，一边从兜里掏出一沓钱塞到瑞雪手里，捏着瑞雪的脸说，乖，拿去买点像样的衣服，我不会亏待你的。说完拉开门走了。瑞雪抱着腿，窝在床上，看着手里的钱发呆。过了一会儿，她冷笑起来，笑着笑着，眼泪就出来了。她起身穿上衣服，擦干脸上的泪，把钱装进兜里，打开门走了出去。

自那天后，严老板三天两头会来，像老鹰捉小鸡一样将瑞雪捉进小屋里。瑞雪不喊不叫，不哭不闹，严老板再给钱时，她会认真地数一下，说，打发要饭的呢？严老板会从兜里再掏出两张。瑞雪有时会抢过他的钱包，把里面的钱全倒出来。严老板说，行啊，长本事了。瑞雪学会了涂口红，还买了露肩的裙子，学会了和客人调笑。瑞雪想，等攒下钱，学着秀英做些生意。谁知，这样的日子没过多久，一个女人的到来，彻底打翻了瑞雪的美梦。那天，一个女人气势汹汹地进了门。这样的主，丽姐见多了。她不动声色地迎上去问，姐，找谁呢？女的瞪着她说，找你呢，干什么不好，做这腌臜买卖。丽姐冷着脸说，话不能乱说，我开门做的正经生意，容不得你胡说。女人狞笑着靠近丽姐说，别给脸不要脸啊，不知道我是谁吧？我分分钟让你关门，信吗？丽姐心里凛了一下，小地方，到处是盘根错节的关系，看女人的气势，不像是打诳语。丽姐到底见过世面，换了副面孔，笑着说，姐，进门都是客，消消气，有事咱慢慢说。女人面色缓和了些，问，听说严大帅在你这养了个小狐狸精。丽姐嘴里重复着严大帅，问，哪个严大帅？女人不耐烦地说，别装糊涂，小地方，谁在你这花冤钱不知道？丽姐忽然明白了，说，是严老板吧，平日大伙都叫他严老板，原来还是大帅呢。他是常来这吃饭，和朋友一起来的。女人说，别废话了，把那个瑞雪叫出来。美云几个站在远处看热闹，听到瑞雪，她们看向站在走廊尽头的瑞雪。女人明白了，向瑞雪走去。瑞雪早听见了，她深吸了口气，她已不是以前的瑞雪了，她盘算着怎么对付这个女人。女人来到她面前，咬牙切齿地问，你是瑞雪。瑞雪仰起头，迎着她盛满怒火的眼睛说，是！瑞雪话音没落，女人挟裹着风的巴掌扇了过来，狠狠地落在瑞雪脸上。瑞雪捂着火烧火燎的脸问，凭什么打人？女人说，因为你不要脸。瑞雪刚想还手，门外涌进一群人，有男有女，气势汹汹地问，在哪？丽姐拦住他们问，找谁？那群人看见女人和瑞雪正对峙着，拥着丽姐来到瑞雪和那个女人面前。女人说，立马让她滚蛋，要不然，你生意做不成了。又指着瑞雪说，今天算是给你个警告，卷铺盖立马滚回你们乡下去，要不然，见一次，打一次，只要你耐打，就留在这里，贱人还想逆天。丽姐讨好地说，您消消气，她原本说好要回家的，一会儿就走。女人指着丽姐说，这可是你说的，我明天还来，再见到她，你就等着关门吧。有人说，不能就这么完了，得好好教训下这个贱人。丽姐拦在中间说，误会，误会，闹大了对谁都不好，我会处理好。女人说，看你的了。说完带着人走了。走在后面的一个男的，临走还踢了瑞雪一脚。

　　丽姐见一帮人走了，捂着胸口说，哪路的煞神，以前从没见过。美云吸着烟，吐着烟圈说，这女的不是严大帅的老婆，可能是他大姨子。严大帅的老婆听说是公家人，还有职位呢，严大帅的生意全仰仗着岳父家照应，才做起来的，他老婆家知道了这事，严大帅这老小子指定怂了，一时半会儿不会到咱这来了。丽姐说，只知道他生意做得好，没想到，还有恁多弯弯。美云乜眼看着丽姐说，公安局里有他家亲戚，还是管事的，咱这店今后要想开门，提早打算吧。说完，吐着烟圈慢慢悠悠地走了，路过瑞雪身边，故意停了一会儿。最近来店里的客人，见瑞雪年轻，喜欢点名让瑞雪服务，美云早看不惯她了。丽姐听到这，驱赶着看热闹的服务员说，该干嘛干嘛去。几个人这才咬着耳朵离开了。

　　丽姐见人散去了，来到瑞雪身边，说，让我看看，伤到哪没有？瑞雪浑身哆嗦着，大颗的泪珠滑了下来。丽姐见瑞雪半拉脸红肿着，说，作孽呀，怎下恁重的手？赶紧用毛巾敷下。瑞雪没说话，她扶着墙，支撑着摇摇欲坠的身体说，我去找那个王八蛋，凭什么算到我头上？丽姐见她的眼睛里像有团火在燃烧，心想，看样子要拼命呢，须将她安抚好了，别再出岔子了。想到这，丽姐说，瑞雪啊，不是我说你，挺聪明的一个人，怎么遇到事就糊涂了呢？你一个女孩子，今后是要嫁人的，有些事，传出去，好说不好听，女人呢，哪个不是打掉牙往肚子里咽。就跟我一样，姐的苦跟谁说过，我不是不想说，是说了毛用没有，多事的人听了，会当笑话传，编排咱的是非。今后你还有很长的路要走，名声重要，今天的事，就咱几个知道，我一会儿告诫她们，不能乱说，就当一场梦。瑞雪一肚子委屈，想反驳丽姐，听完，竟没反驳的理由了。是的，终究要嫁人，那个怂包对自己的许诺，多半是水中月了。瑞雪说，我要见他，要他说清楚是我招惹他，还是他死皮赖脸地缠着我。丽姐说，这种事哪能说清楚？咱还是稳妥些吧，先回家避避风头。瑞雪不想走，怕回家没法交代，再说，她有些不甘。丽姐见瑞雪沉默不语，走进柜台里，从抽屉里拿出几张钱，数了数，又抽了两张放回去，捏着钱看了一会儿，又从抽屉里拿出那两张钱塞到里面，这才走向瑞雪，来到瑞雪面前，说，瑞雪，姐比你大几岁，听姐的，人活着，该忍的时候就得忍，兔子永远斗不过老虎，这钱，你先拿着，回家歇几天吧。又扭头看向门外说，他们发过狠了，再来了，不好收场了，听话，赶紧回吧。瑞雪心里的波涛汹涌着，她想找回自己那点可怜的自尊，又苦于无策。她想，不回，还会挨打，看美云刚才幸灾乐祸的样子，她们都乐得看热闹呢，自己这样的人就别奢望什么自尊了。瑞雪想到这，说，我回去收拾东西。丽姐说，收拾仔细了。瑞雪觉得丽姐这话别有深意，她仔细看着丽姐。丽姐说，我是怕你不在，丢了东西不好，不如全带走吧。瑞雪咬着嘴唇，盯着丽姐问，扫地出门？丽姐两手无措地在胸前比画着说，不是那意思，先避段时间，大伙都安生了。瑞雪心里骂着难听的话，合着大伙不安生，都是我的错，你挣钱了，怂包拿了我的贞洁，末了是我让大伙不得安生了。瑞雪恨不得把自己撕碎，可是她撕不碎自己，只是心口疼着。她捂着胸口来到宿舍，胡乱把东西装进一个大鱼鳞口袋，擦着眼泪，提着包出了门。

  之前，瑞雪搬出秀英房子没多久，秀英就张罗着结婚了，听说怀孕了。秀英结婚时，瑞雪去道贺，新房设在秀英的房子里，新郎是个挺清秀的小伙子，不是瑞雪见过的老男人。没多久，瑞雪听别人说秀英离婚了，秀英丈夫看着早产的女儿不像自己，偷偷做了亲子鉴定，果然不是他的。男人拿着亲子鉴定，铁了心要离婚。秀英才不在乎呢，她现在开了几家超市，开着宝马谈生意，很是潇洒。

  瑞雪回家第二天，村里人三五一堆地聚在一起说闲话，说瑞雪在城里跟人家男人好，被人家老婆打了。有的说，看着挺老实的，咋能干出这事呢？连带着爹娘抬不起头来。看人家秀英，多能耐，在城里干大生意了。瑞峰在拐角处听到她们说话，故意咳嗽了一声，几人看见瑞峰噤了声。瑞峰踢着脚下的砖块说，为自己积点德吧，要不然，去阎王那报到时，阎王给你清算就晚了。几人你看我，我看你，嘴里小声嘀咕着。

瑞峰怒气冲冲地回了家，一脚踢开门。娘正在院里择菜，问，发哪门子邪风？瑞峰说，全村都在说闲话，人家出去挣大钱，她倒好，钱没挣来，让全家人在村里抬不起头来。说着又一脚踢开脚下的盆，盆叽里咣当地在院里翻滚着。瑞雪娘昨天见闺女脸红肿着回来，定是在外受了委屈，她没敢多问，问了也没办法。昨天，秀英娘从城里回来，挤眉弄眼地绕着全村嚼舌头。瑞雪母亲原本想找她说理，又不知根底，怕她说出难听的话，只能把恶气窝在心里。她不敢给瑞雪大说，怕他生气。瑞雪从昨天回来后就没出屋，这样下去不是办法，好歹嫁出去就省心了。瑞雪像块抹布一样被家里安排嫁给了肖四。

肖常福活着时，肖四最小，从不操心日月长短，在家里东游西逛，眼看着三十了还没讨上老婆。他正为讨不上媳妇愁闷呢，冯云领来了瑞雪。瑞雪比他小上几岁，人长得也好看，他觉得自己捡到宝了。可是，结婚没多久，风言风语传来了，说瑞雪之前做过小姐。肖四的耳朵里灌满了闲话，再看瑞雪时，觉得膈应得慌，没了过日子的心气。地里的活不愿干，出去打工，一是没手艺，再就是吃不得苦，干个三五日便换一家，钱自然挣不回来。家里有了两个孩子，每日吃喝拉撒得用钱，他索性当起了甩手掌柜，对家事不闻不问。瑞雪父亲前几年得了肺癌，住院费用太高，只能回家养着。瑞雪结婚后，不常回去，她怕村里坐在门前的婶子大娘们探寻的目光。父亲病后，她回去了几次。母亲叹着气说，我的命咋恁苦呢？摊上个没本事的男人也就算了，偏偏还生了病，这个病是咱能生得起的吗？瑞雪父亲一直蹲在大门处，呆愣地看着远处。瑞雪看着父亲流泪了，曾经那么壮实的父亲，佝偻着背蹲在地上，又瘦又小。

瑞雪问，大，想吃些什么？他咳嗽了半天，说，啥也吃不进去了。瑞峰从外面回来，嫌恶地看了眼蹲在地上的父亲，更没搭理瑞雪。瑞雪跟进来说，瑞峰，带大去医院吧。瑞峰眼神凌厉地看着她，说，好啊，拿钱来。瑞雪满脸通红地说，他是咱大。瑞峰点着头说，我知道，还用你说，去趟医院就知道了，没钱说什么都是虚的，漂亮话谁不会说？瑞雪想骂他，又没了底气，瑞峰不容易，被父母娇惯坏了，没什么本事，现如今成家了，领着一家人过日子很是吃力。如果骂他，他又会来一通人家秀英怎么给她哥买车的话。瑞雪觉得自己活到现在，一直被钱困着，困得喘口气都难呢。她可以不用钱，地里有粮，园子里有菜，能温饱就成。可是，父母得用钱，孩子们也得用钱。当初为了钱，才着了人家的道，时至今日，还是被钱困着。她告别父亲回了家，肖四躺在沙发上睡觉，两个孩子在院里玩。儿子见她回来，举着黑乎乎的小手迎上来说，妈妈，饿了。瑞雪见肖四睡得正香，气不打一处来，拿起根棍子打在肖四身上，骂着，大白天，谁不去地里干活，挺什么尸？肖四正做着美梦，被一棍子打醒，抚摸着痛处问，发什么疯？瑞雪淤积在胸中的愤怒一下涌了上来，她指着肖四骂起来，什么话难听骂什么。瑞雪也不知哪来的气力，扯着嗓子骂。肖四见她像一头愤怒的狮子，起身向门外走着说，什么东西？肖四刚出门，王留溜了进来，问，骂什么呢？大老远都听见了。王留拿出十元钱递给瑞雪女儿初月，让她带着弟弟去买吃的。王留常给初月钱，初月接过钱，带着弟弟走了。王留揽起瑞雪说，我看看，再骂变丑了。瑞雪推开他。王留问，遇到什么难事了？瑞雪悲从心来，抽噎着说，俺大病了，家里这个死人又指望不上。王留说，赶紧医治嘛。瑞雪看了他一眼没说话。王留从衣兜里掏出一沓钱递给瑞雪，说，拿去给老人家看病。说着把瑞雪拥进怀里，抚摸着瑞雪的头说，莫哭，哭得我心疼。瑞雪拿着钱，抱紧了王留。王留抱着她进了里屋。两人倒在床上时，王留看了眼屋门，说，我插上门。瑞雪说，不用插，让他回来看见才好。王留手放肆起来，替她宽衣解带。王留到底心虚，不一会儿就大汗淋漓地趴在瑞雪身上了。瑞雪推开他说，你个衰货。王留说，你这嘴巴越来越损了。

瑞雪第二日又去了娘家，把钱交给瑞峰，让他带大去医院。瑞峰拿着钱，轻蔑地说，就这些？还不够一天用的呢。瑞雪说，先用着，我再想办法。瑞峰说，成，明天钱花完了我们就回来。后来，瑞雪又从王留那里拿了些钱，她明知父亲的病是个无底洞，却还是不想放弃，她觉得父亲是这个家里唯一疼惜她的人，父亲一旦走了，她的心更没有依傍了。

后来几年，瑞雪父亲治病的花销全是王留支撑着。现在，王留孩子大了，家里用钱的地方多起来，来瑞雪这的次数少了。朱武与肖四家住得近，最近常过来帮忙。王留和朱武偶尔在瑞雪家碰到，他们像两只斗鸡，互相看不顺眼。瑞雪女儿初中毕业去了南方打工。儿子读了初中后，肖四更是邋遢得不像样子。村里好多人家去县城买了房子，肖四家的房子还是肖常福在世时盖的。周围邻居大多盖起了二层楼，门前放着小汽车，肖四家只有一辆电动车。瑞雪这些年不大出门，她怕村里妇女闲话，乐得待在家里清净。朱武年岁大了，却是个讲究的人，每日收拾得光头净脸的来瑞雪这串门。

朱武比王留会说话，他能把话说到人的心坎上，让人舒坦。朱武老婆清芳常去城里儿子家，朱武给儿子在县城买了房子。当初提亲时，女方要求去城里买房子。朱武说，咱在城里没工作，买了房子喝西北风去吗？媒人说，现在都时兴这个，村里房子盖得跟皇宫一样也没人住。朱武原本不想买，儿子大鲁不依不饶。没办法，朱武把多年的积蓄拿出来，在城里买了套房。清芳常带着粮食青菜去儿子家。大鲁嫌干活累，做生意又没本钱，打架斗殴倒是在行，朱武拿他没办法。朱武喜欢和瑞雪说话，瑞雪说话时轻声慢语的，比清芳强多了。清芳年纪大了，脾气却变臭了，说出的话像石头掷在地上，硬邦邦的。朱武和瑞雪说着说着天就黑了，瑞雪看着外面说，天不早了。朱武眼睛看向门外说，是呢。人却坐在沙发上没动。肖四出去有些日子了，没有音讯，瑞雪感觉有他和没他一样。朱武问瑞雪，晚上吃什么？瑞雪说，还没想好呢。朱武说，我给你炒个菜吧。瑞雪看着门外没说话，王留有些日子不来了，平日也没人来，除了周六儿子回来，见不到其他人。朱武最近常来，瑞雪看出了他眼里的兵荒马乱。她知道他的心思，故意绕着他，面色却冷冰冰的。朱武猜不透她的心思，不敢造次，他喜欢看她尚年轻的脸，比清芳耷拉的老脸耐看多了。来了许多日了，朱武看出了她的孤单，他做了铺垫，设计了多个场景，今天想圆了这个梦。他故意磨蹭着不走，寻找时机。瑞雪心里盘算着，儿子又该交伙食费了，女儿月初转来的钱眼看着用完了，她在服装厂做些零碎小活，领不了几个钱。朱武脑子活泛，这些年做家具挣了不少钱，眼下在网上卖，经常见快递来拉货。瑞雪想着，男人没一个靠得住的，不如来点现实的。她进了屋，抹了口红出来，整个人明艳了许多。瑞雪从里屋出来时瞟了朱武一眼，朱武被看得轻飘飘的，他声音颤抖地问，我帮你做饭吧？瑞雪莞尔一笑，问，会做什么？朱武嬉笑着站起来说，我会的多了。两人四目相对，朱武感觉像沐着春日阳光般舒服。他嬉笑着上前拉拽着瑞雪的手说，我教你吧。说着紧握着瑞雪的手。电灯开关在瑞雪身后，朱武早看到了，他顺手摁了开关，屋里漆黑一团，他听到彼此的呼吸。清芳去城里了，家里就朱武一人，他直到天快亮时才从瑞雪家出来。

沙老玄去世几年了，他老婆红云还活着，说是八十六了，隔三岔五地佝偻着腰去店里买吃的，去的时候右手拿着拐棍，左手拿着个凳子，挪上十来步就要停下来，坐在凳子上歇一会儿。坐下后，双手搂着拐棍，大口喘着气。她看着前方，两只栗色的眼珠和年轻时一样，只是像蒙上了层灰尘，没了年轻时的光亮。桃村老辈人在时，说她年轻时长得俊着呢，比沙老玄小上十多岁，简直是一朵鲜花插在了牛粪上。说来，沙老玄当年是白捡了个媳妇。红云奶奶来桃村卖红丝线，晚了，落脚在沙老玄家。那时沙老玄还是个虎虎生威的后生，他父母勤俭持家，家里日月还过得去。红云奶奶看中了沙老玄，说家里有个孙女叫红云，尚年幼，自己年岁大了，怕有一日醒不来，孙女的婚事没人操持，可先订下婚事，待及笄时再成亲。沙老玄母亲问，孩子多大了？红云奶奶说，虚岁十三了。沙老玄父母正为儿子的婚事发愁呢，忙找人做媒，下了聘礼，把红云接了过来。红云与奶奶住在韩镇，两人相依为命，订婚的繁文缛节也没讲究。红云长得娇俏、水灵，沙老玄心里一百个满意，要把红云奶奶一起接过来。红云奶奶说什么都不同意，淡淡地说，孙女有了安身之所，她就放心了。红云知道奶奶的脾气，也没坚持，之后常回去看奶奶。

红云拄着棍，想起过去的事，像在眼前一样，一会儿的工夫，人就老了。她有时会忽然想起沙老玄年轻时的模样，都死了多少年了。她自言自语着。她和沙老玄只生了一个儿子，叫沙瑞东。当年，沙老玄作恶，手上有了人命，红云对他没了之前的心气，生了一个儿子后，肚子再没了动静。儿子娶妻后，生了两个儿子。现如今，儿子的两个儿子也娶了媳妇，只是儿媳妇前几年生病去世了。沙瑞东跟着儿子过，红云不想拖累儿子，一人单过。孙媳妇还算孝顺，常送些汤水过来。红云很知足，大多时候，她自己动手做饭，一人吃不多，不给儿子添麻烦。

红云从小和奶奶相依为命，奶奶用卖丝线的钱养大了她。小时候，除了奶奶，她没见过别的亲人。后来有一天，村里来了几个人，说是搞史志的，想采访一下她，说她父亲是抗日英雄。红云茫然地看着眼前的人，她对父亲这个词很陌生，脑子里搜寻不出父亲的样子。来人翻着陈旧的报纸给她看，她那时眼睛都花了，看不清字，奶奶当初教她识的字，早认不得了，人老了，脑袋也糊涂了。来人说她老家不是本地的，他父亲叫许三才，是川军，打韩镇时战死了。

当年，许三才奉命驻守韩镇有些日子了，他大概觉得战事纷乱，军人的命朝不保夕，便把母亲和妻儿接到了身边，一家人守在一起多一时是一时。红云当时尚在襁褓中，用栗色的眼睛好奇地看着周围的一切。他看着胖嘟嘟的女儿甚是喜爱，他母亲却在一边满脸愁云。媳妇文慧小声说，老封建呢。许三才不明白文慧在说什么，父亲去世早，母亲把他抚养成人，又供他读了多年书，不容易，他不容许文慧有忤逆母亲的地方，便用严厉的眼神看着她，文慧不高兴地扭过头。文慧娘家是开杂货店的，读了几年书，终究在市井环境中生活久了，沾染了太多的世俗习气，和大家闺秀的品性差许多。在家里，时不时会跟母亲使小性子，让他很是闹心。自母亲来后，许三才不止一次看见母亲面对红云时缭绕在眉眼间的愁绪。他从文慧那里知道了缘故。红云出生在腊月初一，生在寅卯交界之时。依着老辈的说法，女孩子生在初一本身就不吉，还出生在腊月初一，腊月又称孟冬之月，人们素有"门间腊先祖五祀"的习俗，就是进了腊月要供奉祭品，答谢祖宗与家神的保佑和恩赐，祈求来年风调雨顺、五谷丰登、六畜兴旺、家人平安。当地人认为进了腊月遍地是神，妇女生产是不洁之事，怕冲撞了神灵。红云作为女孩出生在腊月初一，实为不祥，更要命的是出生的时辰，是太阳将出未出之际，要是男孩自然是贵不可言，是旭日始旦之象。女孩就不一样了，女孩属阴，和即将喷薄而出的太阳是相悖的，即与天地万物不相融，自然会产生煞气，殃及父母和家人。母亲深信这些言论，给女儿取名红云，希望把孩子的出生时辰加以和谐。许三才受过新式教育，文慧说这些时，他忙着逗引女儿，根本没放在心上。不过，母亲那里，他还是宽慰过她几次。战事纷乱，眼看着活蹦乱跳的兄弟，一会儿的工夫，有的被炸得缺胳膊少腿，有的变成了一具冰冷僵硬的尸体，他感到前所未有的恐惧。作为男人和军人，他只能将如山崩一样的恐惧深深地埋在心底。他要在人前人后立个面子，努力抵制着不良情绪的侵扰。外面战事吃紧，他每日承受着烈火油烹般的煎熬。如今，他抱着粉团似的女儿，感觉到了生命有了延续后的妥帖安详。他珍惜与家人在一起的日子，抱着女儿，他会把头埋进襁褓里，闻着女儿身上散发出来的奶香落泪。母亲一般不出门，一天到晚诵经念佛。文慧就不同了，老是抱怨不如家里好，饭也吃不习惯。母亲实在看不惯，说，看看外面衣不蔽体食不果腹的人吧，比他们，咱们可是在天上了。文慧撇撇嘴没说话。许三才心里塞满了战事，没心思顾及妻子的情绪。日本人的士兵和装备正源源不断地涌来，韩镇作为贯通南北的要地，战略意义重大，日军失去了韩镇，意味着在中国的日军被从中间断开，失去了统一作战和相互支援的机会，日军是誓死要拿下韩镇的。许三才这边的情况就不容乐观了，援军迟迟不到，各种装备都跟不上，士气受了影响，连许三才对前景也不看好，他像田里的稻草人，不管天气如何恶劣，也得硬撑着。这种情形下，他每日心里都像灌了铅一样沉重。红云不知大人的心思，咿咿呀呀地玩得欢畅。

　　许三才的担心不是多余的，再次交锋时，部队实在抵不过日军的猛烈进攻，接到上级命令后，部队撤出韩镇。许三才指挥部队撤退时，被敌人的冷枪击中了头部，他不甘心地倒在地上。卫兵小葛子拼命想把他拖走，他毕竟才十六岁，瘦小的他怎么也拖不动。眼看着日本兵端着枪冲了过来，小葛子被战友们拖拽走了。

　　许三才的母亲一天没吃饭。自从和儿子相聚后，她养成了习惯，儿子不回来，她不吃饭。她说，她知道儿子活着才能吃下饭。许三才老婆不管那些，她一人也吃得香甜。到了晚上，外面有日本兵的说话声。许三才母亲屋里没点灯，昨天，放在桌上的茶盏无缘无故地跌落了。她当时对着佛像念叨了半天，心慌得不行。儿子到现在都没回来，她有种不祥的预感。人生的不幸不会都降临到我身上吧？大慈大悲的菩萨呀，求您老人家保佑，让我们苦娘儿们相守着过下去。外面的枪声打断了她的祈祷，使她有些心神不宁。红云的哭声从门缝里挤进来，夹杂着文慧不耐烦的斥责声。今天不知怎么了，红云一直哭着，哭得声嘶力竭也不停歇。文慧早就没了耐心，嘴里骂骂咧咧的。许三才母亲跪伏在佛像前，不祥的感觉愈发重了，红云的哭声像针一样扎着她的心。她明白，该来的还是来了，无论她如何虔诚都没有用。她慢吞吞地起身来到外间，抱起红云，轻轻拍着她的后背。红云抽噎着，一时半会儿缓不过来。文慧进房间休息了，许三才母亲将孩子抱回了自己房间。

许三才一夜未归，以前他不回来，会派人来告知一下，这样还是第一次。许三才母亲侧着身子听着门外的动静，生怕一时疏忽大意，听不见敲门声。可是外面只有枪炮声，没有她想听到的敲门声。红云好不容易刚睡着，又被一发落在附近的炮弹爆炸声惊醒，又哭开了。没办法，许三才母亲只好抱着红云在屋里来回走。她的心像往井里下的吊桶，悠悠荡荡的没有着落。红云的哭闹把她搅扰得更加烦躁。忽然大门处传来了轻轻的叩击声，许三才母亲一溜小跑去开门。她一边走一边说，三才，这一夜上哪去了？当她满心欢喜地拉开门，发现门外站着的根本不是儿子，而是一位衣衫褴褛的老人。许三才母亲疑惑地看着他问，您是？老人抬头看了看门头，低声问，这是许三才家吗？许三才母亲点点头。门外的老人机警地看了看左右，说，有人让我给你们捎信，去铁桥头那寻寻许三才。许三才母亲问，铁桥头在哪，为啥去那里寻？老人摆摆手说，俺也不知道，俺是要饭的，昨天夜里碰到一群当兵的，急急慌慌地向西跑，一个小兵求俺过来给您捎个信，眼下韩镇被日本人占了，俺怕天亮了日本兵巡查，才早点过来的。许三才母亲听到这里，身子摇晃着倚在门上，说，谢谢您呢。红云瞪着栗色的眼睛看着老人，不再哭闹。许三才母亲从口袋里掏出一点碎钞，递给门外老人。老人趔着身子摆着手说，俺不要，你儿子怕是军人吧，不易呀。说着转身走了。许三才母亲把红云紧紧地抱在怀里，说，苦命的孩子。说完大颗的泪珠顺着面颊流下。她不敢哭出声来，只得将脸埋在红云身上。红云伸出小手抚着她花白散乱的头发。文慧听到声响打开门，扶着门看着哭泣的婆婆。她疑惑地走到院里，向大门处看了看，问，刚才谁呀？许三才母亲没说话，摇晃着像要倒下。她尖叫着抱过红云，另一只手搀着她问，刚才是三才吗？许三才母亲早没了力气回答她。媳妇吃力地将她搀到屋里，放在床上。许三才母亲躺在床上，忽然喊着，我苦命的儿啊！文慧被婆婆吓了一跳，看着悲痛欲绝的婆婆，她忽然明白了，问，三才怎么了？刚才谁来过？许三才母亲说，你看好红云，我出去找三才。媳妇说，去哪找？我去！许三才母亲缓缓地从床上下来说，我去！我一定把儿子找回来。媳妇见婆婆的脸像老家山上的岩石一样坚硬，刚才还孱弱的身体，一会儿工夫，像换了个人似的。文慧看着婆婆，已猜出了七八。她和三才结婚三年了，在一起总共也没几个月，他们是依了媒妁之言，父亲看中三才的军人身份，说在乱世，枪杆子能保平安，让她嫁，她没有理由不嫁。只是到了许三才家，她才知道自己错了，这种生活不是她想要的。许三才家并不富裕，每日还须操持家务。婆婆之前是大户人家的女儿，虽落魄了，气势仍在，规矩特别多，这让受过新式教育的她不能接受，又实在没办法摆脱，她像只笼中的鸟，为挣不脱的藩篱苦恼。许三才把她们接来时，她以为许三才升官了，会过上优渥的生活。没想到，和她想的根本不一样。许三才也许受了母亲的蛊惑，对她不冷不热的，这让她烦闷，书里讲的两情相悦、卿卿我我，在他们之间根本不存在。眼下的日子实在让她提不起心气来，这种没滋没味的日子让她乏味。他要是战死了，该怎么办？她无暇顾及摇晃着出门的婆婆，抱着红云回了房间。她把红云放在床上，在屋里转了一圈，她忽然想起了什么，拉开橱子，把里面的衣服拽出来甩在床上，快速翻找着。红云在床上爬着，抓挠着堆在一起的衣服。她到底也没找到想要的，有些颓然地坐在床上。停了一会儿，她起身奔到梳妆台前，打开一个暗红色的匣子，里面躺着一对银质手镯，再无他物。她嘴里恨恨地骂着，一家子穷鬼，还摆不够的谱。她放下匣子，低声喃喃说，兴许他没死呢，要是他能活着回来，今后一定要多个心眼，不能由着婆婆管家。

许三才母亲来到街上，太阳从地平线上探出半边脸来，给万物披上了一层诡异的锈红。街上空无一人，两边的房屋多被炸毁了，路上坑坑洼洼的，许三才母亲深一脚浅一脚地走在路上，她想，无论如何得找到儿子。她来这没多少日子，平日儿子嘱咐她们，这里民风彪悍，没事少出去。她只想守着儿子，无心上街，来了这么久，只上过一次街，她分不清方向，更找不到铁桥在哪，尽管这样，她还是坚定地出来找儿子，她相信会找到儿子的。她出了门向南走，每次她目送儿子出门，见儿子都是向这个方向走。她心里只有一个念头，找到儿子！

她走到街的尽头，看见了一条河，河面有几丈宽，河两岸的荒草有的被烧焦了，有的趴伏在地上，远处的梧桐树上传来乌鸦怪异的叫声。按说这个时辰乌鸦不会出来的，除非……她心头涌上不祥的感觉，乌鸦能闻到死亡的气息，除非有大量的尸体。她站在河岸边左右张望了一会儿，看见西面不远处确实有一座桥，是不是铁的看不清楚。她边看边向桥那边奔去。离桥愈来愈近了，她看见十几个穿着黄衣服的军人在桥头上来回走着，那不是儿子部队的服装。她想，不管怎多了，得找到儿子，她继续向前走。看见草丛里躺着一些穿军装的尸体，那军装和儿子的一模一样。她的心提到了嗓子眼，双手合在一起念着菩萨保佑。她瞪大眼，努力辨认着他们的模样。他们有的趴在地上，有的蜷缩着，有的血肉模糊，有的腿没了。她低声念着菩萨保佑。桥上的士兵看见她，向她喊叫着，挥手示意她走开，看样子是日本兵。她跌坐在地上呕吐起来。一个日本兵端着枪走过来，她坐在地上，闭目转动着手里的佛珠，嘴里念念有词。日本兵用枪指着她说，赶紧离开！她指着不远处的尸体说，我信佛，我是来给他们念经的，让他们走好。日本人看了看她，又看了看尸体，转身走了。她终究没找到儿子。她留在了韩镇，她相信儿子迟早有一天会回来的。许三才媳妇从婆婆的神情里知道丈夫凶多吉少，第二天一早，她把家里值钱的东西卷走了，再也没回来过。

沙老玄老婆听完，用栗色的眼睛看着周围，满脸茫然。来人原本准备采访她，挖掘点史料出来，没想到，老太太连自己的身世都不知道。几人起身告辞，末了，一人将一张黑白照片递给她，说他就是许三才团长。她举到眼前，睁大眼睛认真地看着，照片上的人穿着军装，国字脸，朗目疏眉，眉宇间满是英气。沙老玄老婆看了一会儿，擦了擦眼睛，挪着回了自己的小屋。

第二天，红云孙媳妇见奶奶迟迟没起床，过来敲门，敲了半天也没动静。回去叫来了公公，公公撞开门，见母亲和衣躺在床上，手里紧攥着那张照片，已没了气息。孙媳妇见奶奶像睡着了，很是安详。哭着说，奶奶走得很安心。沙瑞东想起了母亲的好，跪伏在地上，哭得撕心裂肺。

柳生经过多方斡旋，纳了根生和月峰为党员，沙大成为入党积极分子。月峰在城里开了个汽修店，不怎么回来。柳生主动提出退下来时，他儿子被选为桃村的书记。柳生的身体一天比一天差，来不及对儿子言传身教就走了。根生和父亲柳生比，差得不是一点半点，村里整日纷争不断，为救济和低保寻事的大有人在，大伙都不服他。根生这才想起父亲挺着的大肚子里面不只有饭，关键时刻，能压住邪风，那是权势的象征。再一次换届时，村里到处暗潮涌动。沙明广从外面回来后，觉得自己是见过世面的人，想进村委，无奈，他不是党员，希望渺茫。沙大成当年被柳生发展为入党积极分子，这几年，表现不错，被吸收为正式党员了，今年想参加竞选。根生知道了，跑到柳生坟前嘟囔着，大，你临末了给我埋了个地雷。沙姓占桃村人口的三分之一，再加上沙家和其他姓还有姻亲，根生觉得自己的地位保不住了。眼下沙大成只能竞选村主任，他要是当了村主任，沙大成还好说，沙明广肯定不会消停。

果然如根生所料，沙大成以绝对优势当选村主任后，村里的事根生做不了主了。沙大成不强势，但沙明广不是善类，他背后指使沙大成做事，沙大成没主见，一切听沙明广的，村里事端频出。根生是有心却无力扳回局面。柳姓的人，从柳生起就不与他家亲近。尤其是汉儒，前几年在台湾的两个哥哥的资助下，在城里买了门面，眼下在家里喝着茶钱就进账了。柳生活着时，不止一次地说，他就是地主，再来次运动，非斗争他不可。可惜斗争一直没来。根生想起了大活着时与肖常福的争斗，那时，自己还小，弄不懂大人之间的事。有一次，柳生喝大了，讲了些手段给他，还举了肖常福的例子。根生想起从前的事，当时还小，没领会要义。再说，自己实在没大的手段，形神都学不来。根生害怕沙明广笼络人，像当年大赶肖常福一样赶自己。他想，不如找个机会自己辞了，那样不至于太难堪。根生这边还没去请辞，县纪委的就过来找他谈话了。根生之前从没和他们打过交道，他们一亮明身份，根生觉得自己的小腿肚子都转筋了。按说根生这级别，能惊动县纪委，说明事不小。果然，他们是有备而来。问根生南水北调赔偿款的发放是否有账可查，土地补贴款是否有冒领，低保户里有没有自己亲属。根生被一连串的问题弄得满头大汗。他心里清楚，这些事多少都有点小问题。他想，能拖一会儿是一会儿，小心回避着他们的问题。纪委看他矢口否认，拿出了撒手锏，把证据摆在了他面前。在事实面前，根生只好承认。当根生看见门外闪着警灯的警车时，他瘫坐在椅子上。他之前想，这些小打小闹根本算不了什么，大主政桃村时，比这严重的事多了去了，怎么到了自己这，就要坐牢了吗？他在看热闹的人群里搜寻着，想意会家里的人，想法找找人，帮他开脱一下罪责。老婆大玉哭着跑过来问，这可怎么办呀？根生倒是冷静了下来，小声说，多想想发法子，实在不行，找个律师，争取减轻点罪责。大玉泪眼婆婆地点着头。

大玉去城里找了最好的律师黎凡，黎凡拍着胸脯说，这不是事，包在我身上，不过，钱得跟上。大玉问，律师费不是交过了？黎凡笑着问，之前没打过官司吧？大玉抹着眼泪说，谁经过这事呀。黎凡说，不知道没关系，我现在说给你，八万块钱，缓期执行，要不然，判个十年八年不好说。大玉张大嘴巴问，要这么多呀？交了钱的话，啥时候能出来？黎凡手机响了，转到桌子一边接电话。大玉在旁边耐心地等他打完电话。黎凡打完电话，转身见大玉定定地看着自己，于是说，赶紧回去准备钱吧，都是小事。大玉一次次给黎凡送钱，黎凡每次收了钱都会说，放心吧，回去等好消息。从夏天拖到了冬天，快过年了，根生也没出来。大玉每次找黎凡，黎凡都说快了，让她再耐心等两日。大玉总共给黎凡十来万了，根生还是待在里面。大玉有些着急上火，一是疼钱，再就是根生关了恁长时间出不来，别有什么变故。大玉再找黎凡时，没了耐心，言语间多了芒刺。黎凡其实尽力了，只是根生被抓了典型，纪委想处理他，杀一儆百，任黎凡怎么活动，根生还是被关在里面，他都多少年没经历这样缠手的事了。在黎凡眼里，没有钱解决不了的事，再说能用钱解决的事，就不算事了。他后悔一开始把话说满了，没想到根生的事这么复杂。他又给大玉出主意说，根生做了几届书记了，找个得力的人保一下。大玉说，出了这事，人家躲还来不及呢，谁还趟这浑水？黎凡说，找满足两个条件的人，一是能说上话的，再就是与根生有瓜葛的，瓜葛懂吗？就是利益上的来往。抓住这两点，有的人自然害怕。大玉忽然想起了经常与根生一起喝酒的管区臧书记，他官职小，可认识场面上的人，再说之前过年过节根生没少给他上供，私下里说不清道不明的事肯定有。大玉茅塞顿开，去找了臧书记。臧书记看见大玉，像看见鬼一样，转身就跑。大玉追着他，把黎凡教她的话说了一遍。臧书记脸上顿时有汗珠滑下来，说，你容我想想，现在是法治社会。大玉说，所以才找你这样的明白人，你和俺家根生也不是一天两天了，在里面待急了，保不齐会胡说八道呢。臧书记说，我一直想着法子呢。大玉找了臧书记没两日，根生就被保释回来了。根生整个人黑瘦了许多。回来后，书记当然不能做了，待在家里跟困兽般。他想起大当时的样子，多半是窝囊出的毛病，自己不能再步大的后尘了。平日里，桃村人佩服有钱有势的人，我这势没了，再不赚点钱傍身，今后没法在桃村混了。自家几辈子在桃村繁衍生息，他不能像年轻人一样离开桃村，离开他就没有根了，没有根还怎么活？根生在家想了些日子，终于想明白了。

第二天，天还没完全亮，根生起了床，催促着大玉做饭。大玉揉着眼睛问，咋恁早吃饭？根生说，我有大事要做呢。大玉问，什么大事？根生说，一时半会儿说不清楚，赶紧弄饭，我吃了出去。大玉这几日很是担心他，今日见他精神头十足，很是高兴，手脚麻利地下了床。

根生吃完饭，抹着嘴巴出了门，他顺着村道向大湖走去。这几年，村村通工程把村里的路修好了，连通向湖里的路也被包村干部帮着铺了柏油。路上没人，村里能进城的都进城了，小孩子也送进城里上学了。沙瑞东儿子在城里买了房后，孙子在城里上幼儿园，五六岁的孩子，放假都不愿回来。根生替他们担心，现在年轻，有力气打工挣钱吃饭，待到年岁大了，没力气做活了，待在城里吃什么？喝西北风也不天天刮呢。眼下的人就是短视，只看眼前的方寸地。根生这样想着出了村，前几年，时兴养鱼时，他花了几万块钱在运河与微山湖之间挖了鱼池，村里有劳力的都挖了。他的鱼池有四五亩，池里放了鱼苗，鱼池边上种些庄稼，收入还不错，只是收割时麻烦些，得驾船过来。这几日，他憋在家里想出了一个生财的法子，他要依着微山湖做些事。现在国家提倡发展旅游，大伙有钱、有闲了，城里的想来农村，寻个空气好的地方休息，这是他待在拘留所里，听一个城里人讲的。根生想，这几个月待在拘留所里，也算没白待，还是有收获的。接触了形形色色的人，他们的想法和谈吐让根生觉得新鲜，学到了不少东西，才有了今日的想法。

根生想在湖边建一处休闲旅游的地方，名字他都想好了，就叫桃花源，依托着他的鱼塘，养鸡、养鹅、养鸭，当然不能多养，作为田园生活的一个特色来体现。还要盖些房子，房子得独门独院，房前屋后能种菜、养花、垂钓，还要学几样微山湖的特色菜，比如老鳖靠河沿、糖醋鲤鱼、漂汤鱼丸，外地没有的，用生长在微山湖里的鱼，加上微山湖区的独特做法，让人吃了忘不了，还愁没客源？根生现在挺佩服自己的，要不是在里面无聊时听人拉呱，自己这榆木脑袋哪能想出这赚钱门道。他算着实施计划需要的本钱，估计手里的钱不够，不过他在里面时，听一个之前在银行工作的人说，国家有鼓励创业的贷款政策，先看完地方，大体算算需要用多少钱，再去落实资金的事。他忽然想起塞翁失马焉知非福的故事来，说实话，自己的桃花源要是建成了，得感谢在拘留所待的这几个月，让他开阔了眼界，长了见识。根生来到湖边，今年水有些大，鱼池周围的堤被水漫了不少，麦苗泡在水里，没了生机。根生原打算把房子建在鱼池边，看这境况，好像不太合适，现在不是雨季，水都漫上来不少，夏季雨水大时，上级湖开闸泄洪会把整个鱼塘淹没了。前几年就有一次，鱼池的鱼全跑光了。在哪建合适呢？他围着湖堤转了起来。

　　根生转了一上午，肚子咕咕叫了，也没选好地。根生有些恼恨自己，电视里那些大人物，做决断时跟阵风一样，说话间就敲定了。自己也是过五十的人了，一点事，弄了一上午还没个眉目，要不说成大事的人有那命呢，人家有本事支撑着。他正懊恼着，忽然想起一件大事，自己筹划得再好，也得经相关部门批准，尤其这几年，南水北调工程，对水质要求特别高，自己的桃花源虽不涉及污染，也得经过审批。有了这次进拘留所的教训，他明白做事得依着规矩。想到这，原本坐在地上的他，从地上爬起来，拍拍屁股自语着，先回家填饱肚子，下午去趟镇上，一是对自己的错误向组织做个检查，再就是把自己的想法说出来，争取寻求领导支持，只要领导支持，以后的事就好办多了。根生找准了方向，哼着小曲回家了。

　　杨竹又在院子里骂人了，这次骂的是他的准女婿崔明。崔明是月霞新处的对象。月霞和第一个丈夫离婚了，儿子大宇判给了月霞。月霞丈夫李有利是普通工人，是月霞在蛋糕店打工认识的。那时，月霞还没从阴影里走出来，有利所在的工厂在蛋糕店后面，回家路过蛋糕店，有时，有利会给奶奶买些蛋糕回去。一来二去两人就熟了，话也多起来，有利开始约月霞出去玩。有利母亲知道了他们的事，听说月霞是乡下的，长相一般，说什么都不同意他们交往。李有利是独子，爸爸在法院，妈妈在政府，他在国企，在当地，这条件不是一般的好。月霞脾气上来了，想我左右不了你们，还左右不了你儿子？她在李有利身上下了功夫，李有利被她的温言软语迷得七荤八素的，全然不理会父母的态度。有天，月霞告诉有利，她怀孕了。李有利吓坏了，结巴着问，那怎么办？月霞说，孩子是你的，他姓李，得生在你们李家，回去和你父母说。李有利见月霞神情冷厉，后退着说，我回去说。李有利父母不相信月霞怀孕，觉得她想以此要挟。谁知道，月霞第二天跑到了法院，找到了李有利父亲，说，你们是有头有脸的人，你们儿子做下的事，你们不承认不行。李有利父亲怕别人看见说闲话，连忙说，有事让有利带你回家说。

　　月霞用头脑嫁进了李家，生下了儿子大宇。原本月霞可以这样安然地过下去，李有利的母亲打算等孩子大些，帮月霞找份体面的工作。谁知，老天像故意跟月霞开玩笑似的，一次，她跟婆婆出去吃喜酒，碰到了谢姐。月霞生完孩子后，白胖了不少，谢姐还是一眼认出了她。月霞看见谢姐，丢下婆婆，抱着孩子走了。谢姐不知李有利母亲是月霞婆婆，看着月霞背影说，这种人，还有脸人前人后嘚瑟。有人向谢姐使眼色，月霞从她家被赶走后，她与丈夫华兴为这事生了隔阂，谢姐气不顺，经常骂丈夫，说一个乡下小保姆也能入你的眼，层次忒低了。两人整日吵吵闹闹，家里鸡飞狗跳的，为了孩子，才没离婚。这次看见月霞，她气不打一处来，全然没理会别人的提醒，气呼呼地说，什么东西，烂货！月霞婆婆看出了端倪，觉得没面子，他们这是小地方，儿媳妇是农村的也就算了，居然还是这种人，以后人前人后的怎么抬起头来？月霞婆婆饭也没吃就回了家。

月霞婆婆回到家，月霞正在客厅里喂孩子。月霞婆婆没搭理她，回到卧室打电话让丈夫和儿子回家，他们关起门嘀咕了半天。自从见到谢姐后，月霞知道自己的好日子到头了，可是她有些不甘心，想着像从前一样使些手段，笼络住李有利。月霞在屋外思谋着对策，三口人在里屋密谋了半天，李有利黑着脸出来了，一声不吭地出了门。月霞在后面叫他，他连头都没回。李有利一个月没回家，公公婆婆也不管月霞和孩子，他们有时回来，有时不回来。没办法，月霞去李有利单位找，李有利单位的人像看怪物一样看着她，问，李有利调走了，你不知道吗？月霞掩饰着说，知道、知道，他说今天回来取东西来着。

月霞回到家，李有利居然回来了，嘿着脸坐在客厅里。月霞把大宇塞到他怀里，嗔怪道，这些日子去哪了？连儿子也不要了。李有利把孩子放到一边说，我们好好谈谈吧，你做过的事，你知道，我们从前不知道，现在知道了，你说怎么办吧？月霞一脸无辜地说，有利，别听他们嚼舌根子，我是什么人，你不知道吗？李有利说，我之前不知道，现在知道了。月霞想，从前的事看样瞒不住了。想到这，说，有利，眼下看在儿子的份上，咱们好好过日子吧。李有利说，儿子？儿子是谁的还不知道呢。给你看个人，你看孩子像他还是像我。李有利说着打开手机，一张人脸出现在手机屏幕上。他将手机举到大宇面前说，自己瞧瞧，像他吗？月霞仔细一看，手机上竟是华兴。华兴的照片与大宇放在一起，倒是真像。月霞心里七上八下的，怎么早没看出来呢？自从离开华兴家，再也没见过他，为什么大宇和他恁像呢？月霞拉着李有利说，有利，你听我说，大宇确实是你的，要不信，可以去做亲子鉴定。李有利甩开她说，我丢不起那人，说着甩给月霞一张收据，是妇科医院处女膜修复的收据。月霞慢慢地倒在沙发上。李有利开出了离婚条件，他们家有一处老房子，是她妈妈的福利房，可以给她，孩子也归她，马上离婚。如果不同意，会去法院起诉。月霞自知理亏，在离婚协议上签了字。

月霞离婚后杨竹才知道的，杨竹咬牙切齿地骂着，说不能便宜了他们，要去找李有利一家算账。肖二呵斥她，你就省省吧，进了城，能像在桃村一样让你胡来？杨竹眨巴着眼睛，歪着头看了肖二一会儿，说，你干啥吃的？女儿被人欺负了也不出头。肖二说，你女儿能被人欺负？自己的孩子啥样还不知道？杨竹本来还想跟他吵两句，怎奈肖二已经出了门。杨竹最近心里很是窝火，她平时在城里给月峰照看孩子，肖二也去。有一次，她出来买菜，看见肖二用电动车载着清芳，两人有说有笑的。肖二常年阴沉的脸像迎着太阳的向日葵般灿烂。杨竹站在路边大声喊着肖二，肖二居然没听见，与清芳说笑着走远了。杨竹气得在原地跳脚。

杨竹回到月峰家，肖二正在逗孙子玩，儿媳妇在厨房里做饭。杨竹问，你一个人来的？肖二头都没抬应了一声。杨竹看着厨房，她不想让儿媳张姝听见，她不待见张姝，张姝更不待见她，与张姝吵闹时，月霞过来帮忙，娘俩竟没吵过张姝。后来，杨竹怂恿着月峰离婚。月峰之前对母亲言听计从，只是现在有了三个孩子，离了婚，孩子怎么办？再说张姝又没犯什么错。月峰没听她的，杨竹哭闹了些日子，说他娶了媳妇忘了娘。肖二这次倒站在儿媳妇一边，他训斥杨竹说，三个孩子没了亲娘，以后谁管？杨竹说，我管！肖二说，你还能活几天？为了孩子，以后谁也不能提离婚的事。事情总算平息了，只是杨竹与儿子之间有了隔阂。

月霞离婚后，去找过华兴。华兴正上班，见月霞来了，结巴地问，你来做什么？月霞不说话，只是看着他冷笑。华兴办公室里还有四个人，他们的目光时不时地扫过来。华兴害怕了，拉着月霞出了门。月霞甩开他的手说，有啥见不得人的？华兴来到门外，小声说，你我多年前就没关系了，今天来，什么意思？月霞说，本来呢，我们是井水不犯河水的，可你那老婆非得挑事，在我婆婆面前搬弄是非，我好好的日子被你们搅和了，你们想肃静？天下是你们的吗？华兴说，那个女人不是东西，不要和她一般见识，我都不搭理她。月霞说，甭说那些没用的，我本不想惹你们，你们却过来惹我，我还是前几年那个任你们欺负的乡下人吗？瞎了狗眼了。华兴说，多少年的事了，不怕丢人你就说，看谁难看！月霞冷笑着说，行，够狠的，和当年一样，不过，今日，要是没把握，我不会到你这来。说着拿出手机，翻出儿子的照片，举到华兴眼前说，瞧瞧，认识吗？这就是一个缩小版的你。华兴瞪大眼睛看着问，这是谁？月霞说，我儿子。华兴说，你儿子与我有什么关系？月霞说，我也正想呢，这孩子带到这，你全身长满嘴也说不清楚吧。华兴心里翻转了百个来回，这孩子简直比自己儿子都像自己，他问月霞，我与你早断了关系，孩子怎么会像我呢？月霞说，这事你得问科学，我解释不了，即便科学证明这孩子不是你的，有人信吗？要不然明天我把孩子抱这试试？华兴暗自思忖，局里一个副局长要退休，现在是关键时候，单位几个人盯着呢，他等这个职位十年了，怎么能在这个节骨眼上出事呢。华兴想到这，缓和了语气，说，当年是我混蛋，对不住你，你说吧，要怎么补偿？月霞说，这还像句人话，我现在离婚了，我们娘俩得吃饭，你得给我找个饭碗。华兴擦了下头上的汗问，你想做什么？月霞说，体面些的，够我们吃饭的。华兴说，你先回吧，我想办法。月霞问，要多久，我现在开门七件事，哪一件都需要钱呢。华兴说，也就这几日。

　　华兴这次没食言，给月霞在他们的下属单位找了份差事，工资不高，不过，轻松，体面，还交五险。华兴事先和月霞讲明了，以后再无瓜葛，两不相欠。月霞看着头发花白，大腹便便的华兴，冷笑着说，放心吧，回去照照镜子，我胃口没恁差。

月霞工作后，杨竹在村里显摆了一阵子，说月霞有正式工作了，还发制服呢。桃村人大多不愿和她说话，她显摆了半天，没人接话，这让她有些索然。月霞工作后，又处了几个对象，月霞嫌弃他们不如李有利。后来，崔明出现了，崔明长相和李有利差不多，家是郊区的，城市扩张，拆迁得了两套房子，唯一不满意的是有个和大宇同岁的儿子。崔明没正式工作，在街上做些零工，冲着拆迁房，月霞才放低身段与他交往。崔明第一个老婆跟人跑了，与月霞认识后，他对月霞俯首帖耳。农忙时节，会去桃村帮忙。肖二在桃村承包了不少地，崔明会开拖拉机和收割机，帮了肖二不少忙。杨竹对崔明不满意，嫌他没正式工作，不体面，常训斥崔明，也不管有没有外人。崔明本就老实，在未来的岳母面前，更是大气不敢出，这让杨竹更加嚣张。月霞一直在城里上班，偶尔回家，见黑瘦的崔明穿着又脏又旧的衣服在地里做活，气不打一处来，这不是丢自己的脸嘛。月霞生气，赶崔明回去，别在这丢人了。崔明觉得委屈，要不是整日长在地里，自己至于这样嘛，我可是给你家出牛马力呢。这些话，崔明只在肚子里嘀咕，没敢说出来。他看向岳父，希望他能帮自己说句话。这几日，肖二对崔明也有些不满意，老是说累，年轻人，能累哪去？不就是这两年才不种地，这么快忘本了。崔明见一家人都嫌弃自己，有些气馁，蹲在院子里生闷气。恰在这时，崔明手机响了，一看是儿子打来的，儿子说暑假想参加夏令营，得交钱。月霞听见崔明手机响，站在身后听。一听交钱，夺过手机问，交多少钱？崔明儿子听见是月霞，怯怯地说，两千八。月霞吼道，哪有恁多钱给你糟蹋，不去！说完挂断了电话。崔明小心地说，两千八，也不算多，孩子喜欢就让他去吧。月霞叉着腰说，挺有钱的呀。崔明还没说话，手机又响了。崔明一看是父亲的电话，赶紧接听，父亲近乎低吼着说，立马给我滚回来，还没过门，就这样待孩子，今后我们不在了，孩子落到她手里，还有的活？崔明也觉得月霞一家为人处世欠缺了点，这几日在村里，村里人都不太与月霞母亲说话。自己是喜欢月霞，不过，结婚是为了过日子，以月霞的脾性，自己今后的日子指定艰难。想到这，崔明起身收拾东西。月霞跟在身后问，你干什么去？崔明没说话，收拾完东西转身出了门。月霞恨恨地骂着，什么东西，长本事了，有种别向姑奶奶认错。崔明像是没听见，开着车走了。

肖二在屋里早听见了月霞和崔明的对话，他没出来，料定崔明不敢反驳月霞，让月霞骂上两句也就算了。当他听到汽车启动的声音，才知道事情的严重，走出屋问，走了？杨竹站在廊下说，走了，走得好，有种别回来。肖二怒声呵斥着，闭上你的嘴，走了崔明，哪还有恁合适的，你们娘俩就作吧。杨竹翻着白眼小声嘟囔着，以俺月霞的本事，什么样的找不到，谁稀罕他。月霞也觉得自己有点过了，只是人已走了，后悔也没用了。

月霞想着过上个两三天，崔明会来给自己认错。果然，到了第三天，崔明来找月霞。月霞正上班，冷着脸不搭理他。崔明没像以往那样低三下四地认错，他神色凌厉地说，你出来下，我有话和你说。月霞看周围同事有的正用眼角向这边瞟，便跟崔明来到门外。月霞原本想狠狠骂崔明一顿，摆臭脸给谁看？谁知月霞还没开口，崔明的眼睛看着别处，说，我觉得咱俩不合适，咱们好聚好散吧。月霞没想到崔明说出这样的话，一时气急，平日伶牙俐齿的她竟不知说什么好。过了一会儿，月霞缓过劲来说，我早觉得不合适，早断早好。崔明低着头，脚尖在地上来回滑动着说，那个什么，小的就不用算了，大的支出还是要算一下。月霞以为自己听错了，问，你说什么？崔明抬起头说，小打小闹的花销就算了，我给你买的手机和项链，还有两万块钱你要还我，一共三万，不多吧？月霞满脸通红地说，不多你奶奶个头，姑奶奶让你白睡了？崔明憋了半天，说，都是成人了，你情我愿的。月霞说，放屁！再来姑奶奶这撒野，信不信我去公安局告你耍流氓？崔明见院里有人向这看，他一时被月霞的气势吓到了，心想，进了公安局，月霞告自己耍流氓，那就说不清。他又不甘心地说，怎么不讲理了？月霞吼道，滚！崔明吓得往后退了下，身后有台阶，差点跌倒。只好狼狈地走了。

　　崔明又去了趟桃村，他觉得肖二应该讲些道理，想多少要回些钱来。没想到肖二说，我又没见你钱，你这不是讹诈吗？我们肖家在桃村可是大户，要想胳膊腿全乎的离开，赶紧滚吧。崔明没想到月霞一家人这么无赖，杨竹这时从外面回来，见到崔明骂开了，跟我们要钱，在我们家吃喝，我还没和你算账呢，真不是个东西。崔明一看，再待下去只会挨骂，便灰溜溜地走了。

　　月霞与崔明彻底分手了。之后，月霞出门时，周围人咬着耳朵对她指指点点。后来月霞才知道，崔明母亲来小区找过她，她没在家，崔明母亲便向左邻右舍哭诉儿子与月霞的事。好事不出门，坏事传千里，月霞的事在小城里传开了，大宇也一天天大了，月霞的婚事彻底没戏了，她的名声是一方面，与月霞结婚，还要考虑得给大宇买房子、娶媳妇，现在的人都现实，有那能耐的，就不找月霞了。杨竹见天咒骂崔明，坏了月霞的名声。月峰回来过一次，埋怨早该把钱退给人家，小地方，碰头碰脸的，让他跟着难堪。杨竹指着月峰说，你说的是人话吗？不帮你姐教训那家伙也就算了，还说这混账话。月峰看不惯母亲，可毕竟是自己亲娘，没办法，只得转身走了。

　　月峰气冲冲地走出家门，迎面碰上福顺。福顺骑着电动车，穿着满是污渍的工作服，见到月峰问，月峰，啥时候回来的？月峰有些心不在焉地说，刚回来。福顺见月峰态度冷淡，有些落寞地走了。福顺下岗后，在城里待不下去了，只能回了桃村。老婆不愿回乡下，和孩子们待在城里，福顺每周去城里送菜、送面。来长友夫妇前两年去世了，福顺一个人又要种地，又要去船厂做零工，忙得跟陀螺般。他原本在船厂焊船，后来，年纪大了，眼睛花得厉害，手哆嗦着，找不准焊点，船厂老板觉得他在船厂干了恁多年，让他留在车间干些杂活，得按点上下班，熬时间。他感激老板，至少每月能有收入。最近，福顺听说国家有新政策，像他这种户口不在桃村的，父母的房子只能住，不能盖，等房子塌了，就收回归村集体了。福顺听了很是害怕，他找过根生。根生当时还没出事，轻描淡写地说，你住着就是了，到时候再说。福顺的心更吊了起来，两个儿子学没上出来，找不到像样的工作，只能打些零工。早过了结婚的年龄，没房子，对象谈一个黄一个。之前单位的宿舍，破旧得不像样子。福顺睁开眼就发愁，以后桃村再不让住了，他不知道自己还能去哪。他没事会去找杨军说话，杨军的两个儿子在城里打工，他给两个儿子一人盖了一处房子，杨军每日去儿子院子里巡视一遍，院子不住人，免不了长草。他收拾院子时，见了草，会立马拔掉，说有草显得荒凉，不利于家兴业旺。福顺挺羡慕杨军的，每日喝点小酒，听听山东梆子，一天就过来了。他还有土地和老年金，不像自己，恁大年纪了，还要打工。一日不做，一日就没了收入。福顺开始恨大当初为什么把自己弄去化肥厂。当福顺再一次向杨军说这话时，杨军说，好事让你占了，回头又抱怨了，当初你进城，我都急红眼了。福顺说，早知道让你去了。杨军说，现在说大方话了，当初你们可是特权阶级。福顺叹了口气，看着别处说，亏着根生退回来了，要不然也和我一样了。杨军说，根生那家伙多精明，坐牢坐出门路来了。听说他的桃花源生意可好了，北京、上海都有来的。福顺说，北京上海的人咋知道咱这旮旯的？杨军说，现在不是有网络，说有一个什么平台，在上面发布信息，人家看见了，直接在网上下单后过来。福顺叹着气说，跟不上形势喽。杨军说，跟不上也得跟，要不说活到老学到老呢。看人家沙从君家，听说老四家的孩子又考上研究生了。福顺说，沙从君要是活着，该说他家又出翰林了。杨军递给他一支烟说，要我说呢，读书也讲究家传，不是谁都能读出来的。福顺说，我不信，沙大成也是他孙子，咋就没家传上呢。杨军说，沙大成书是没读出来，不过，人聪明，这才几天，搞什么美丽乡村建设，发展旅游，提高大家收入。根生的桃花源要不是他扶持着，能发展恁快？福顺说，那倒是，日子过得真快，从咱俩记事起，咱桃村这一茬茬的，死了多少人了。杨军说，人不就这么一辈辈过来的嘛。待咱这辈人走了，桃村会空下来吧。福顺说，我觉得不会，朱家那边不是还有不少人呢。庭力跟随儿子去了城里。庭训两个儿子早年考上了技校，留在了城里，两个生病的女儿，前年走了一个，另一个一直没好，每日靠药养着，当然也没嫁人，眼瞅着快五十了，也就庭训，一般人眼睛都能愁瞎了。有一年，来了一个算命先生，庭训给女儿算了一卦，问，女儿的病能好吗？算卦的说庭训当年打掉过土地爷的头，灾祸才降到孩子身上。杨军当时在场，他倒是记起当年破四旧时，庭训带着学生去过土地庙。杨军问福顺，天地间难道真有神仙？福顺摇着头说，咱们这些凡夫，哪懂得恁许多，过好眼前的日子吧。要说没神吧，有些人生来就有财，看人家汉儒，到现在还是呢。杨军不说话了，他想起了当年踢沙柳氏的情景，将烟头放到脚下碾灭说，运河水还流，微山湖还在，我们还活着，明日去根生的桃花源看看。福顺说，成！

后　记

岁月于无声中铿锵前行，说她无声，是因为她总是悄无声息地从你身边蹑足潜行；说她铿锵，是发现她远遁后内心会生出震动与惶恐。无声与铿锵日复一日地书写着日渐远去的流年。

我父亲从杏花春雨的江南，寓居于微山湖畔，其中的机缘巧合也好，冥冥中的上天注定也罢，结果是我生活在了微山湖畔，喝着微山湖的水长大。幼时觉得天圆地方，水波浩渺原本就是如此。待长大后，阅历了外面的山水风物，方知微山湖的神奇与不凡，才低头重新检视这方水土和水土上的风物人俗，于是心中就有了丘壑，想写关于微山湖和微山湖畔的故事。这想法蜷缩于心间许久了，一直蠢蠢欲动，等待着破茧而出，却一直迁延兜转。实因到了我这个年龄，缠缠绕绕的事多起来，尤其之于我，匆忙中多了些恍然。

2016年的某一天，我在"我"的数次催促下，将缠绕在心间多年的微山湖畔的故事付诸笔端，之间写了改，改了写，奔涌而出的人物和故事如日渐扩张的城市日渐庞杂，于是有了微山湖三部曲《阡尘》《仲阳》《风物》。其中《阡尘》中的战争故事和历史典故皆由我儿子张博立整理所成，我把真实的战争故事融入民众的琐碎生活中。三部曲是意象桃村的百年风云，亦是微山湖畔的百年风云。小说里的众生都有着时代的烙印，又凝聚着民族精神的内核，我以小人物切入大视觉，用手中的笔，裹上对这方水土和人们的挚爱，试图创作出有张力和厚度的文字，书写人间温情，感受人们内心的疼痛。我一直膜拜钱老的"文学即人学"学说，我尝试以文学为起点，衍生出对社会的关注，在作品中表现出悲悯情怀，以积极的心态融入生活万象，润物无声中反映百年来微山湖畔人们的生命历程，寂然前行中的生活变迁，既有对中华核心文明的传承，亦是对过往生活的历史性回望，让人们于瞬息万变的社会中，有一个灵魂的小憩之所。时间及个人原因，疏漏之处，敬请海涵。

余秋玲于 2020 年 10 月 18 日